빌헬름 마이스터의 수업시대 2

Wilhelm Meisters Lehrjahre

세계문학전집 24

빌헬름 마이스터의 수업시대 2

Wilhelm Meisters Lehrjahre

요한 볼프강 폰 괴테

안삼환 옮김

민음사

상념에 사로잡힌 괴테의 시선
"나는 그의 초상화를 그리기 시작했고, 그 일은 생의 위대함을 그려 내는 것이었다.
그는 마치 폐허 위에 앉아 인간 세계의 운명을 내려다보는 것 같았다."(티슈바인)

연극을 위해 분장한 안나 아말리아
프리드리히 로트르칭(Fredrich Lortzing)의
수채 연필화(1811년경)

칼데른의 「완고한 왕자」를 위해 분장한
피우스 알렉산더 볼프
프리드리히 로트르칭의 수채 연필화(1811년경)

「아돌라와 힐라리아」에서 아돌라 역을 연기하는 괴테
게오르크 멜히오르 크라우스(Georg Melchior Kraus)의 스케치

괴테 극장의 무대 장치 원형

빌헬름 마이스터의 수업시대(동판화, 1828년)

가벨바흐(Gabelbach) 사냥 막사에 있는 괴테의 방

괴테의 서가

차례

1권 차례

어느 아름다운 영혼의 고백

어느 아름다운 영혼의 고백[1]

저는 여덟 살이 될 때까지는 아주 건강한 아이였습니다. 하지만 저는 그 시절에 관해서는, 제가 출생하던 날에 대해서 기

---

[1] 이 글은 일인칭 서술자의 고백 형식으로 씌어져 있다. 일인칭 주인공이 자신을 〈어느 아름다운 영혼〉이라고 부를 수는 없을 것이므로 이 제목은 다른 사람이 붙인 것으로 이해해야 할 것이며, 사실 위의 제5권 제16장에서 이 〈고백〉의 원고를 입수한 〈의사〉가 자기가 붙인 것이라고 말하고 있다(함부르크판 제7권, 608쪽 21-22행 참조). 〈아름다운 영혼 schöne Seele〉이란 18세기에 널리 퍼져 있던 말로서, 일반적으로 천성이 착하여 그 영혼이 조화로운 사람을 가리키고, 실러에 의하면 〈의무 Pflicht〉와 〈취향 Neigung〉이 잘 조화를 이루고 있는 인격체를 말하며, 원래는 플라톤의 『향연 Symposion』에서 유래하는 개념이다. 괴테는 1768년에서 1775년 사이에 프랑크푸르트에서 그의 어머니의 친척이며 친구인 클레텐베르크 Susanna Katharina v. Klettenberg (1723-1774) 부인의 영향 아래 경건주의와 헤른후트 교파의 정신적 분위기에 접하게 되었으며, 여기 이 「어느 아름다운 영혼의 고백」은 그때의 종교적 체험으로부터 출발하고 있다. 그러나 마지막 삼분의 일 부분, 즉 〈아저씨 Oheim〉의 성(城)과 여동생의 가족에 관한 묘사는 이 소설 전체의 틀에 맞추어 새로 창작해 넣은 것으로 보인다.

억하지 못하는 것과 마찬가지로, 아무것도 회상할 것이 없습니다. 여덟 살이 되자 바로 저는 객혈을 했는데, 이때부터 제 영혼은 온전한 느낌과 기억력을 갖게 되었습니다. 그 우연한 사건의 아주 세세한 상황이 마치 어제 일어난 일처럼 아직도 제 눈에 선합니다.

제가 병상에 누워 참고 견디던 아홉 달 동안, 제 정신은 나름대로 독특하게 발전할 수 있는 응급수단을 얻었기 때문에, 저의 온갖 사고방식의 토대도 이때에 마련된 것으로 생각됩니다.

저는 앓고, 또 사랑했는데, 이것이야말로 제 마음의 원래 모습이었습니다. 격심한 기침과 사람을 탈진하게 하는 신열에 시달리면서 저는 마치 제 껍데기 속으로 옴츠러드는 달팽이같이 가만히 있곤 했습니다. 병세에 약간 숨통이 트이기만 하면 무엇인가 즐거운 것을 겪어보고 싶어했습니다. 그러나 저는 모든 다른 즐거움은 누릴 수 있는 처지가 못 되었기 때문에 이것을 시각이나 청각을 통해 보상받고자 했습니다. 사람들은 저에게 인형이나 그림책을 갖다주었으며, 저의 침대 곁에 앉고 싶어하는 사람은 저에게 무엇인가 이야기를 해줘야 했습니다.

저는 어머니한테서 성경 이야기 듣는 것을 좋아했습니다. 아버님은 자연계의 여러 표본들을 보여주어서 저를 즐겁게 해주셨습니다. 아버님은 제법 괜찮은 박물표본실을 소장하고 계셨습니다. 아버님은 때때로 그 표본실에서 서랍을 하나씩 저의 방으로 갖고 내려오셔서 여러 가지 물건들을 보여주시면서 과학적 사실에 입각하여 그것들을 제게 설명해 주시는 것이었습니다. 식물과 곤충의 표본들, 여러 종류의 해부학적 박제들, 인간의 피부, 뼈, 미라 같은 것들이 꼬마 계집아이의 병상 앞으로 운반되어 왔답니다. 아버님이 사냥해 오신 새들이나 짐승들도 부엌으로 가져가기 전에 먼저 저에게 보여주시곤 하셨지요. 그리고 이 다채로운 전시장에 세상의 군주들 역시 빠져서는 안 되겠기에, 아주머니는 저에게 사랑의 이야기들과 요정들이 나오는 동화들도 얘기해 주셨습니다. 저는 이 모든 것을 받아들였고, 그리하여 그 모든 것이 저의 마음속에 깊이 뿌리내렸습니다. 저는 그 모든 보이지 않는 존재들과 몇 시간이고 신이 나서 이야기를 나누곤 했는데, 그 당시 제가 어머니에게 불러드려 적어달라고 했던 몇몇 시구들은 지금도 기억하고 있을 정도입니다.

아버님한테서 배운 것을 아버님한테 다시 이야기해 드린 일도 자주 있었습니다. 저는 약을 받아들고도, 그 원료가 무엇이며 그것이 어디서 자라나느냐, 어떻게 생겼으며 이름이 무엇이냐고 하나하나 캐묻지 않고서는 좀체 먹으려 들지 않았습니다. 그렇지만 저는 아주머니의 이야기들 또한 무심히 들어 넘기지는 않았습니다. 저는 공상 속에서 아름다운 옷을 입고 매우 친절한 왕자들을 만나곤 했는데, 그들은 이 낯선 미녀가 누구인지 알아낼 때까지는 안절부절못했죠. 또, 하얀 옷을 입고 황금 날개를 하고 있는 매력적인 꼬마 천사 하나가 저의 환심을 사려고 애쓰고 있었는데, 저는 이 천사와의 사랑의 모험을 아주 오래 계속했기 때문에 마침내는 그 천사가 저의 상상 속에서 거의 살아 움직이는 모습으로까지 고양되어 현현할 수 있을 정도였답니다.

일년이 지나자 저는 상당히 회복되었습니다. 그러나 어린 시절의 그 분방한 공상의 세계로부터는 아무것도 남아 있지 않았습니다. 이제 저는 인형 같은 것과는 놀고 싶지 않았고, 저의 사랑에 응답해 주는 존재들을 만나보고 싶었습니다. 아버님은 개, 고양이, 새 같은 것을 여러 종류 기르고 계셨는데, 그런 동물들이 저에게 큰 즐거움을 주었습니다. 그러나 아주머니가 애기해 주신 동화들 중의 하나에서 매우 중요한 역할을 하는 한 동물을 가질 수 있었다면, 저는 이 세상의 무엇이라도 주고 바꾸었을 것입니다. 그것은 어떤 농부의 딸이 숲속에서 발견하여 먹이를 주며 키웠다는 아기 양이었는데, 이 귀여운 동물이 실은 저주받은 왕자로서, 결국에는 다시 아름다운 청년의 모습으로 나타나서 그의 은인인 그 처녀에게 구혼을 함으로써 은혜를 갚는다는 것이었습니다. 이런 아기 양을 저는 너무너무 갖고 싶어했던 것입니다!

그러나 그런 일은 좀체 일어날 기미가 없었습니다. 그리고 제 주변에서는 모든 일이 자연스럽게 진행되어 가고 있었기 때문에 그런 귀한 동물을 가졌으면 하는 바람은 차차 거의 사라지지 않을 수 없었습니다. 그 동안에 저는 신기한 사건들이 적혀 있는 책들을 읽으면서 위안을 얻었습니다. 그런 책들 중에서 제가 가장 좋아한 것은 「독일의 기독교적 헤라클레스」[2]였습니다. 신앙심이 깊은 그 사랑 이야기는 제 취향과 아주 맞았던 것입니다. 자기가 사랑하는 발리스카 공주에게 무슨 일이 생기면(사실 그녀에게는 끔찍한 일들이 생기기도 했죠), 그는 그녀를 도우러 달려가기 전에 우선 기도부터 드리는 것이었습니다. 그 책에는 이런 기도의 내용도 자세히 적혀 있었는데, 그것이 얼마나 제 마음에 들었는지 모른답니다! 제가 항상 희미하게 느껴오던, 눈

---

2) 부흐홀츠의 종교적 모험소설의 이름(Andreas Heinrich Buchholtz: Des christlichen Teutschen Großfürsten Herkules und der Böhmischen königlichen Fräulein Valiska Wundergeschichte, Braunschweig 1659-1660).

에 보이지 않는 분에 대한 사모의 정이 그 책을 통해 더욱 커졌습니다. 신은 역시 제가 믿고 마음을 터놓을 수 있는 영원한 친구라고 생각되었기 때문입니다.

계속 성장하면서 저는 무엇이든 닥치는 대로 이것저것 읽었습니다. 그러나 그중 제일 좋았던 것은 무엇보다도 「로마의 옥타비아」[3]였습니다. 초기 기독교도들의 박해를 소설화한 내용이 저에게 매우 생생한 흥미를 불러일으켰던 것이죠.

그러자 어머니께서 항상 책만 읽어서야 되겠느냐고 나무라기 시작하셨습니다. 아버님은 어머니의 뜻을 거스르지 않기 위해 어느 날 그 책들을 제 손에서 빼앗아 가셨지만 그 다음날에 다시 돌려주셨습니다. 어머니는 현명하신 분이라 그런 책에서는 아무것도 얻는 것이 없다고 말씀해 주시면서, 성경을 그만큼 부지런히 읽어야 한다고 강력히 주장하셨습니다. 성경을 읽는 일이라면 저는 억지로 강요받을 필요가 없었습니다. 어차피 저는 큰 흥미를 가지고 성경을 읽었거든요. 그런데도 어머니는 유혹적인 책들이 제 손에 들어오지 않도록 항상 세심한 주의를 하셨습니다. 하지만 그런 치욕적인 책이라면 우선 저 자신이 읽지 않고 내던져 버렸을 것입니다. 그럴 수밖에 없는 것이, 저의 상상 속의 왕자들과 공주들은 모두 품행이 지극히 단정했으며, 더욱이 저는 남녀간의 자연스러운 사랑 이야기에 관해서도 제가 언행으로 나타내는 것보다 더 많이 알고 있었기 때문입니다. 그런 것을 저는 대개 성경으로부터 배워서 알고 있었습니다. 미심쩍은 대목이 발견될 경우에는 저는 그것을 말과 제 눈앞에 떠오르는 사물들과 결부시켜 나란히 놓고 비교해 보았습니다. 그렇

---

3) 바로크 시대의 소설의 이름(Anton-Ulrich von Braunschweig-Wolfenbüttel: Octavia Römische Geschichte, Nürnberg 1677-1679).

게 하면 저는 저의 지식욕과 사물을 조합할 수 있는 능력에 힘입어 곧잘 진리를 알아내곤 했습니다. 이를테면, 만약 제가 마녀들에 관한 얘기를 들었다고 하면, 저는 이미 마녀들이 하는 짓거리들도 아울러 알게 되었음에 틀림없습니다.

제가 책을 그렇게도 지독히 좋아했음에도 불구하고 요리법까지 배운 것은 제 어머니 덕분이었으며, 또한 바로 그 지식욕 덕분이기도 했습니다. 하지만 요리를 할 때에도 무엇인가 관찰하고 배울 것이 있었습니다. 닭이나 새끼돼지의 배를 가르는 일은 저에게는 일종의 축제였습니다. 저는 그 내장을 아버님에게 가져가 보여드렸고, 그러면 아버님은 제게 그것에 대해서 마치 젊은 대학생을 앞에 두고 얘기하시는 것처럼 설명해 주셨고, 자주 마음속으로 기뻐하시면서 저를 당신의 잘못 태어난 아들이라고 말씀하시곤 하셨습니다.

만 열두 살이 지났을 때였습니다. 저는 프랑스어와 댄스와 미술을 배웠고 흔히 그러듯이 종교 수업도 받았습니다. 종교 수업에서는 많은 느낌과 생각이 떠오르곤 했지만, 저의 상태와 관계되는 것들은 전혀 아니었습니다. 저는 하느님에 관한 얘기 듣기를 좋아했고, 제 또래의 다른 아이들보다 하느님에 관해서 더 잘 얘기할 수 있는 것을 자랑스럽게 여겼습니다. 그래서 저는 종교에 관해서 수다를 떨 수 있도록 해주는 많은 책들을 열심히 읽었습니다. 그렇지만 저는, 그것이 저 자신과 무슨 관계가 있는 것인지, 제 영혼도 또한 그런 모습을 하고 있는 것인지, 영혼이란 일종의 거울이어서 영원한 태양도 거기서 빛을 받아서 반사하고 있을 뿐이란 말이 사실인지 따위에 관해서는 한번도 생각해 보지 않았습니다. 저는 그 모든 것이 이미 영원히 전제되어 있다고 생각했던 것입니다.

저는 프랑스어를 굉장한 열성으로 배웠습니다. 저의 어학 선생님은 성실한 남자분이셨습니다. 그분은 경박한 경험론자나 무미건조한 문법학자가 아니라 여러 학문을 섭렵하셨고 세상 견문이 넓은 분이셨는데, 어학 교습과 동시에 여러 가지 방법으로 저의 지식욕을 만족시켜 주셨습니다. 저는 그분을 아주 좋아했기 때문에 항상 설레는 마음으로 그분이 오시기를 기다리곤 했습니다. 미술도 제게는 어렵게 생각되는 과목은 아니었는데, 만약 제 선생님이 두뇌와 지식을 가진 분이셨던들, 저는 훨씬 더 진보했을 것입니다. 그러나 미술 선생님은 단지 숙련된 손재주만을 지니고 계신 분이셨습니다.

댄스는 처음에는 제가 즐거움을 가장 덜 느끼던 과목이었습니다. 그것은 아마도 제 신체가 너무 민감했고, 또 단지 제 여동생하고만 함께 배웠기 때문이었던 것 같습니다. 하지만 우리 댄스 선생님이 자기의 모든 남녀 제자들을 한데 모아 무도회를 열 착상을 하신 까닭에 이 과목에 대한 흥미가 뜻밖에도 아주 커졌습니다.

많은 소년 소녀들 중에서 시종장(侍從長)의 두 아들이 돋보였습니다. 동생은 저와 동갑이었고 형은 두 살 위였는데, 모두들 고백하기를, 아름다운 아이들을 많이 보아왔지만 이렇게 아름다운 애들은 정말 처음 본다는 것이었습니다. 저 역시 그들을 보자마자 다른 아이들은 아무도 더 이상 쳐다보지도 않았습니다. 저는 그 순간에는 특히 정성 들여서 춤을 추었고 아름답게 보이고 싶었습니다. 어째서일까요, 그 소년들 역시 모든 다른 아이들 중에서 유독 저에게 관심을 보이는 것은? 한마디로 말해서, 불과 그 첫 한 시간 동안에 우리는 다정한 친구 사이가 되었고, 그 즐거운 작은 파티가 채 끝나기도 전에 우리는 벌써 다음번에 다시 만날 곳을 약속했습니다. 저로서는 정말 큰 기쁨이었답니다! 특히 다음날 아침, 그 두 소년이 각각 꽃다발에다 멋진 카드를 곁들여서 제 안부를 물어왔을 때, 저는 정말 황홀해서 정신이 나갈 것만 같았습니다. 그때와 같은 느낌을 저는 그후 두 번 다시는 느끼지 못했습니다! 친절한 인삿말에는 친절한 인삿말이, 다정한 카드에는 다정한 카드가 답으로 되돌아갔습니다. 교회와 산책길이 이제부터는 랑데부의 장소가 되었습니다. 그래서 우리의 어린 친구들은 벌써 우리 셋을 항상 함께 초대할 정도였습니다. 그러나 우리 셋은 영리하게도 이 일을 완전히 노출시키지는 않고 살짝 덮어두었기 때문에 부모님들은 우리가 서로 잘 어울려 지내고 있겠거니 하셨고 그 이상은 눈치채지 못하셨습니다.

　이제 저는 갑자기 애인을 둘이나 갖게 되었습니다. 제 마음은 둘 중 그 어느 쪽으로도 기울지 않았습니다. 그들은 둘 다 저의 마음에 들었으며, 우리 셋은 아주 사이가 좋았습니다. 갑자기 형이 매우 아프게 되었습니다. 저 자신이 이미 자주 중병에 걸린 경험이 있었기에 저는 여러 가지 친절한 인삿말이나 병자에게 알맞는 맛있는 과자 따위를 보내줌으로써 환자의 마음을 기쁘게 해줄 수 있었습니다. 그래서 그의 부모가 제 정성을 고마워했고, 사랑하는 아들의 청을 들어주어서, 아들이 병석에서 일어나자마자 저와 제 여동생들을 그에게로 초대해 주었습니다. 그가 저를 맞이하는 그 애정 어린 태도는 이미 어린애다운 것은 아니었으며, 그날부터 저는 그에게로 마음이 기울었습니다. 그는 곧 저에게, 자기 동생에게는 이 사실을 비밀로 하는 것이 좋겠다고 주의를 주었습니다. 그러나 한번 불이 붙은 정열은 더 이상 숨길 수가 없었으며, 또 동생의 질투가 우리의 로맨스를 더욱 완전하게 만들어 주었습니다. 그는 수많은 장난을 해서 우리를 골려주었고, 또한 신이 나서 우리의 기쁨을 망쳐놓곤 했지만, 그렇게 함으로써 그가 없애버리려고 했던 우리 둘 사이의 열정을 오히려 더욱 부채질했습니다.

이제 저는 아닌게아니라 제가 원하던 그 아기 양을 정말 발견한 것이었습니다. 그래서 이 정열의 영향으로, 보통 때는 어떤 병의 영향으로 그렇게 되듯이, 저는 말이 없어지고 열광적인 기쁨을 멀리하게 되었습니다. 저는 고독했고 감상에 젖었으며, 그러자 다시 하느님을 생각하게 되었습니다. 하느님은 아직도 여전히 제가 믿고 마음을 터놓을 수 있는 분이셨습니다. 완쾌되지 않고 계속 시름시름 앓고 있는 그 소년을 위해 저는 계속 기도를 드리면서 얼마나 뜨거운 눈물을 흘렸는지 모릅니다.

이 사건은 어린아이 티를 채 벗어나지 못하는 것이긴 했지만 제 마음의 수양에는 많은 도움이 되었습니다. 프랑스어 선생님께는 우리는 보통 늘 하는 번역 대신에 우리 자신의 감정을 편지로 써 내었습니다. 저는 저 자신의 사랑 이야기를 〈필리스와 다몬〉이라는 이름으로 써냈습니다. 그 노교사는 곧 사정을 알아채시고는, 제가 마음을 솔직하게 다 털어놓도록 하기 위해서 제 작품을 아주 높이 칭찬해 주셨습니다. 저는 점점 더 대담해져서 사실을 숨김없이 털어놓게 되었고, 아주 세밀한 데에 이르기까지 사실대로 쓰게 되었습니다. 어느 대목을 두고 하신 말씀인지는 더 이상 기억이 없지만, 한번은 선생님이 이렇게 말씀하셨습니다. 「글이 참 아름답고 자연스럽군그래! 그렇지만 착한 아가씨 필리스는 자중자애하는 것이 좋을 거야. 일이 곧 심각해질 수도 있으니까 말이지」

저는 선생님이 지금까지 이 일을 별로 심각하게 여기지 않고 계신 것에 화가 났습니다. 그래서 발끈하며, 선생님은 어떤 경우라야 심각하다는 말씀을 하시겠느냐고 반문했습니다. 그분께서 제가 두 번 물어볼 필요조차 없도록 그 경우를 아주 노골적으로 설명하셨기 때문에 저는 미처 경악감을 감출 수조차 없었습니다. 하지만 곧 이어서 화가 치밀어 오르는 데다 그분이 그런 생각까지 품을 수 있다는 사실에 기분이 잔뜩 상했기 때문에, 정신을 가다듬고는 저의 그 아름다운 여주인공을 변호하기 위해 뺨을 빨갛게 붉히면서 말했습니다.「그렇지만 선생님, 필리스는 명예로운 처녀인걸요!」

그런데 그 선생님은 아주 심술궂은 분이어서 저의 명예로운 여주인공을 두고 저를 놀려대었으며, 우리가 프랑스어로 말하게 되었을 때에는 〈명예롭다 honnête〉란 말을 사용하여 그 온갖 의미에서 필리스의 명예로움을 일일이 시험해 보는 것이었습니다. 저는 우스꽝스러움을 느꼈고 극도로 당황해서 어쩔 줄을 몰랐습니다. 제가 공포감을 느끼는 것을 원치 않으신 선생님은 그 화제를 일단 중단하셨습니다. 그러나 다른 기회에 종종 다시금 그 화제를 끄집어 내곤 하셨습니다. 제가 그분의 시간에 극작품들이나 단편들을 읽거나 번역하노라면 그분은 자주 어떤 대목을 계기로 삼아, 이른바 덕성이라는 것이 감정의 요구에 대해 얼마나 약한 방패인가를 보여주시곤 했습니다. 저는 더 이상 항변은 하지 않았지만 속으로는 항상 화가 났으며, 선생님의 주의의 말씀들이 제게는 짐스럽게 느껴졌습니다.

저의 그리운 다몬과도 차차 모든 관계가 끊어졌습니다. 그의 동생의 심술궂은 술책들이 우리 둘 사이를 멀어지게 했던 것입니다. 그리고 얼마 되지 않아 피어나던 그 젊은이들이 둘 다 죽었습니다. 저는 몹시 슬퍼했지만 그들도 곧 잊혀졌습니다.

이제 필리스는 무럭무럭 자랐고 아주 건강했으며 세상 구경을 하기 시작했습니다. 왕세자께서 혼인을 맺으셨으며, 부왕께서 돌아가시자 곧 정사(政事)를 맡으셨습니다. 그래서 궁정과 도시가 아주 활기를 띠게 되었습니다. 이제 제 호기심도 많은 자극을 받았습니다. 그 무렵에 희극 공연들과 무도회들, 그리고 거기에 연이어 벌어지는 각종 모임이 있었는데, 부모님은 될 수 있는 대로 그런 모임에는 참석하지 않고 피하셨지만, 궁정의 행사이고 보니 얼굴을 내밀지 않을 수 없으셨으며, 그럴 때면 저도 부모님을 따라가곤 했습니다. 외지인들이 밀려 들어왔고 집집마다 온 세계에서 밀려온 손님들이 묵고 있었는데, 우리 집에까지도 몇몇 기사 양반들이 추천을 받아 왔고, 또다른 몇몇은 직접 소개되어 오기도 했으며, 제 아저씨 댁에서는 세계의 모든 인종을 다 만날 수 있을 정도였습니다.

저의 정직한 선생님은 겸손하지만 적절한 어투로 저에게 계속해서 경고해 주셨는데, 저는 항상 속으로 그분을 기분 나쁘게 생각했습니다. 저는 그분 주장의 진실성을 결코 확신할 수 없었던 것입니다. 아마 그 당시에도 이미 제가 옳았던 것인지도 모르고, 상황 여하를 막론하고 모든 여성을 그처럼 약한 것으로 생각하는 그분의 주장이 틀렸던 것인지도 모릅니다. 그러나 그분은 동시에 아주 집요하게 그런 주장을 하셨기 때문에 저는 어느 땐가 문득, 그분의 말씀이 옳을지도 모른다 싶은 불안감을 느끼면서, 아주 자신 있는 어조로 이렇게 말씀드린 적도 있습니다. 「위험이 그토록 크고 인간의 마음이란 정말이지 너무나도 약하니, 저는 저를 지켜주십사 하고 하느님께 기도드리겠습니다」

그 소박한 대답이 그분을 기쁘게 해준 듯, 그는 저의 이러한 결심을 칭찬해 주셨습니다. 그러나 저의 그 말은 전혀 진정이 아니었습니다. 이번의 그 말은 단지 빈말에 불과했습니다. 왜냐하면, 〈그 보이지 않는 분〉에 대한 온갖 감정들이 그때의 제게는 거의 완전히 소멸되고 없었기 때문이었습니다. 저를 에워싸고 있던 주위의 시끄러운 군중들이 제 정신을 산만하게 했으며 마치 거센 물결처럼 제 혼을 휩쓸어 가버렸습니다. 그것은 제 인생에서 가장 공허한 몇 년이었습니다. 여러 날을 두고 아무 말도 하지 않고 아무런 건전한 생각도 하지 않으면서 단지 이리저리 돌아다니는 것이 제 일과였습니다. 좋아하던 책들 따위는 까마득히 잊혀졌습니다. 제 주위의 사람들은 학문 따위에 대해서는 아무것도 몰랐으며, 이런 사람들이 독일의 궁정을 활보하고 있었습니다. 그 당시 이 계급의 사람들은 문화라는 것은 조금도 몰랐던 것입니다.

이런 사람들과의 교제가 저를 파멸의 수렁으로 빠뜨리리라는 것은 누구나 생각할 수 있는 일이었습니다. 저는 관능적인 발랄함 가운데서 그저 그렇게 살아가고 있을 뿐이었으며, 마음을 가다듬지도 못하고 기도를 드리지도 않는 데다 저 자신도 하느님도 생각하지 않았습니다. 그러나 그 많은 잘생기고 부유하고 멋있는 옷차림을 한 남자들 중에서 한 사람도 제 마음에 드는 사람이 없었다는 사실을 저는 하느님의 인도하심으로 여기고 있습니다. 그들은 방탕스러웠고, 또 그 사실을 숨기려고 하지도 않았기 때문에, 저는 기겁을 하며 옴츠러들었습니다. 그들은 자신들의 대화를 모호한 말로 장식했고, 저는 그것에 모욕감을 느꼈습니다. 그래서 저는 그들에게 냉정한 태도를 취했습니다. 그들의 무례함은 이따금 상상을 초월하는 것이어서, 저 역시 부득이 거칠게 대해 주지 않을 수 없었습니다.

더욱이, 이런 추악한 청년들의 대부분은 한 처녀의 도덕성을 위협할 뿐만 아니라 건강조차도 망칠 수 있다는 사실을 어느 땐가 저의 그 노선생님이 남몰래 살짝 귀띔을 해준 적이 있었습니다. 그런데 그 말이 이제 다시 생각난 저는 그들만 보면 그만 소름이 끼치는 것이었습니다. 그들 중 한 사람이 어쩌다가 저에게 아주 가까이 다가오기만 해도 저는 벌써 걱정이 될 지경이었습니다. 저는 술잔과 찻잔을 조심하는 것은 물론이고 어떤 사람이 앉았다가 방금 일어난 의자까지도 경계했습니다. 이런 식으로 저는 도덕적으로나 육체적으로 매우 고립된 상태에 있었으며, 그들이 저에게 말해 주는 온갖 상냥한 말들을 콧대 높게도 복선이 깔린 찬사로만 받아들이곤 했습니다.

그 당시 우리 도시에 머물던 외지인들 중에 한 청년이 특히 눈에 띄었는데, 우리는 그를 농담 삼아 나르치스Narziβ라고 불렀습니다. 그는 외교관으로서의 장래가 촉망된다는 좋은 평판을 듣고 있었으며, 우리 나라의 새 궁정 체제에서 일어나는 여러 변화와 더불어 좋은 지위를 얻기를 희망하고 있었습니다. 그는 아버님과도 곧 친해졌으며, 그의 지식과 태도로 인해서 저명인사들만의 모임에도 출입할 수 있게 되었습니다. 아버님은 그의 칭찬을 많이 하셨습니다. 만약 그의 전체 성품이 일종의 자만심 같은 것을 풍기지만 않았더라면, 그의 아름다운 모습은 더욱더 좋은 인상을 주었을 것입니다. 저도 그 사람을 만나본 적이 있었고 그를 좋게 생각했습니다. 그러나 우리는 아직 한번도 같이 말해 본 적은 없었습니다.

그 사람도 참석했던 어느 큰 무도회에서 우리는 함께 미뉴엣을 추었습니다. 그 무도회 역시 우리가 더 가까워지지도 않은 채 끝나 버렸습니다. 격렬한 춤들이 시작되자 저는, 저의 건강을 염려하시는 아버님의 뜻을 따라 그런 춤을 피하곤 했기 때문에, 옆방으로 물러나 버렸습니다. 그러고는 거기 앉아 카드 놀이를 하던 손위의 여자 친구들과 이야기를 나누었습니다. 한동안 일행과 함께 뛰놀던 나르치스도 한번은 제가 있던 그 방으로 들어와서는, 춤을 추다가 터진 코피를 수습하고 난 다음에, 저와 이런 저런 이야기를 하기 시작했습니다. 애정의 기미는 전혀 섞이지 않았음에도 불구하고, 반 시간도 채 안 되는 동안에 그 대화가 아주 재미있어졌기 때문에, 우리 둘은 이제 더 이상 춤출 생각은 전혀 하지도 않았습니다. 얼마 안 있어 곧 다른 사람들이 둘이서 얘기만 하고 있다고 놀리기도 했지만, 그래도 우리는 끄떡도 하지 않았습니다. 다음날 저녁에도 다시 대화를 이어갈 수 있었고, 우리는 서로의 건강을 매우 염려하기도 했습니다.

이제 우리는 서로 친한 사이가 되었습니다. 나르치스는 저와 제 여동생들에게 기사 노릇을 해주었습니다. 그리고 그때에야 비로소 저는 제가 알고 있는 지식, 저의 생각과 감정, 그리고 대화중에 제가 표현할 수 있는 내용 등이 어느 정도인가를 깨닫기 시작했습니다. 진작부터 상류사회에 출입하고 있었던 그 새로운 친구는 역사와 정치 분야를 완전히 조감하고 있음은 말할 것도 없고 그 밖에도 매우 해박한 문학적 지식을 지니고 있었으며, 신간 서적, 특히 프랑스에서 출간된 것은 모르는 것이 없었습니다. 그는 저에게 재미있는 책들을 많이 가져다주거나 보내주었습니다. 그러나 그것은 알아서는 안 될 사랑에 관한 지식보다도 더 비밀에 붙여져야 했습니다. 학식 있는 여성들이 비웃음을 샀던 데다 아는 것이 많은 여자들이 인기가 없었던 까닭인

데, 이것은 아마도 그토록 많은 무식한 남자들을 창피하게 만
드는 것을 예의 바르지 못한 일로들 생각했던 때문인 것 같습니
다. 저의 정신을 교육할 수 있는 이 새로운 기회를 아주 바람직
한 것으로 여기셨던 아버님조차도 제가 이런 문학 책들을 읽는
것은 비밀에 붙이도록 하라고 명백히 요구하실 정도였으니까요.

이렇게 우리의 교제는 거의 일년 남짓이나 지속되었는데, 나
르치스가 어떤 식으로든 제게 사랑이나 애정을 표시한 적은 없
었던 것 같습니다. 그는 어디까지나 다정하고 친절하였지만 그
어떤 감정을 나타내지는 않았습니다. 오히려 그 당시 굉장히 예
뻤던 제 막내여동생의 매력에 대해서는 무관심할 수 없었던 것
같았습니다. 그는 그애에게 농담으로 외국어로 된 온갖 친절한
별명을 붙여주었는데, 실제로 그는 여러 개의 외국어를 잘할
수 있었고, 독일어로 대화할 때에도 그 외국어들의 독특한 관
용구들을 섞어 쓰곤 했습니다. 제 동생은 그의 그 친절한 태도
에 대해 별다른 반응을 보이지 않았습니다. 그애는 그와는 인연
이 달랐던 것입니다. 그애는 원래 성격이 아주 급한 편이었고
그는 민감한 편이었기 때문에 그들 둘이 사소한 일을 두고도 다
투는 일이 심심찮게 일어나곤 했습니다. 한편 그는 어머니와 아
주머니들하고는 잘 지낼 줄 알았습니다. 그래서 그는 점점 한
가족처럼 되어갔습니다.

만약 한 이상한 우연을 통하여 우리의 관계가 갑자기 변하지
않았던들, 우리는 아마 아직도 꽤 오랜 세월을 이런 식으로 계
속 그냥 지냈을 것입니다. 저는 제 여동생들과 더불어 어떤 댁
에 초대를 받았는데, 그 댁은 제가 별로 가고 싶지 않은 곳이었
습니다. 손님들이 너무 잡다한 데다 그 댁에 함께 모여드는 사
람들이 아주 무지막지하지는 않다 하더라도 대개는 매우 천박

한 부류의 인간들이었기 때문입니다. 이번에는 나르치스도 함께 초대되었습니다. 그래서 저는 그가 간다니 어디 한번 가볼까 하는 의향이 생겼습니다. 왜냐하면 거기에 저의 방식으로 이야기를 나눌 수 있는 상대가 적어도 한 사람은 있음을 확신할 수 있었으니까요. 그런데 식사중에 벌써 우리는 꼴불견을 당하게 되었는데, 몇몇 남자들이 심하게 술을 마셔댔던 것입니다. 식사 후에는 벌(罰)서기 놀이를 하게 되어 있었는데, 모두가 다 참여해야 된다는 것이었습니다. 이 놀이는 매우 소란스럽고 야단스럽게 진행되었습니다. 나르치스가 져서 벌을 서게 되었습니다. 그가 받은 벌은 좌중의 모든 사람들 하나하나의 귀에다 무엇인가 듣기 좋은 말을 속삭여주라는 것이었습니다. 그는 내 곁에 앉아 있던 여자, 즉 어느 대위의 부인한테서 아마도 지나치게 오래 머물러 있었던 모양이었습니다. 갑자기 그 대위가 그에게 따귀를 한 대 올려붙였습니다. 그래서 바로 그의 옆에 앉아 있던 저의 눈에 그의 모발에 뿌려져 있었던 분(粉) 가루가 튀어 날아들었습니다. 제가 눈을 닦고 그 경악상태로부터 어느 정도 정신을 차렸을 때, 저는 두 남자가 칼을 뽑아들고 있는 것을 보았습니다. 나르치스는 피를 흘리고 있었고 상대방 남자는 취기와 분노와 질투로 정신이 나가 있어서 나머지 사람들이 모두 달려들어 뜯어말려도 막무가내였습니다. 저는 나르치스의 팔을 붙들고 문 밖으로 데리고 나와서는 계단 하나를 올라가 어느 다른 방으로 들어갔습니다. 그러고는 제 친구가 미친 듯이 날뛰는 적으로부터 아직도 안전한 것 같지 않아서 곧장 문을 잠가버렸습니다.

　우리는 둘 다 상처를 그다지 대수롭지 않게 생각했습니다. 왜냐하면 우리는 손에 가벼운 타박상만을 보았던 것이었습니다. 그러나 곧 우리는 등을 타고 피가 줄줄 흘러내리는 것을 보았고, 이윽고 머리 위에 큰 상처가 있는 것이 드러났습니다. 그때에야 저는 불안해졌습니다. 저는 심부름해 줄 사람을 찾기 위해 급히 계단참까지 달려나왔지만 아무도 눈에 띄지 않았습니다. 모두들 그 미쳐 날뛰는 사람을 진정시키느라고 아래층에 머물러 있었던 것입니다. 마침내 그 집 딸 하나가 뛰어 올라왔지만, 그녀는 그 미친 소동과 그 저주받을 희극에 대해서 거의 배꼽이 빠질 정도로 웃어대고 있었기 때문에 그녀의 그 명랑성이 저를 적지않이 불안하게 만들었습니다. 저는 그녀에게 외과의를 한 사람 불러달라고 다급하게 부탁했습니다. 그러자 그녀는 자기가 직접 한 사람을 데리고 오겠다며 예의 그 거친 동작으로 금방 계단을 뛰어 내려갔습니다.

저는 다시 부상당한 제 친구에게로 돌아가 그의 손을 제 손수건으로 싸매고, 문에 걸려 있는 수건 하나로 그의 머리를 동여맸습니다. 그는 아직도 심하게 피를 흘리고 있었습니다. 부상자는 얼굴이 창백하였고 실신 상태로 빠져드는 것 같았습니다. 저를 도와줄 수 있는 사람은 아무도 곁에 없었습니다. 그래서 저는 서슴지 않고 그를 팔에 껴안고는 쓰다듬어 주고 좋은 말을 해주면서 그가 기운을 차리도록 애썼습니다. 그렇게 한 것이 정신적으로 효험이 있었던지 그는 실신은 하지 않고 깨어 있었습니다. 그러나 얼굴이 새하얗게 되어 거기 앉아 있었습니다.

그때 마침내 그 댁의 안주인이 왔습니다. 그 친구가 그런 모습으로 제 두 팔에 안겨 누워 있는 데다 둘 다 피칠갑이 되어 있는 꼴을 보고 그녀는 경악을 금치 못했습니다. 왜냐하면 아무도 나르치스가 부상당한 것은 상상도 하지 않고 있었으며, 모두들 제가 다행히도 그를 바깥으로 살짝 데리고 나갔다고만 생각하고 있었기 때문이었습니다.

　이제 포도주와 향수 등 환자의 기운을 돋울 수 있는 것이 넘쳐나게 날라져 왔고, 이윽고 외과 의사도 도착했습니다. 그래서 저는 그때 그만 물러나도 좋았을 것입니다. 하지만 나르치스가 제 손을 꽉 쥐고 있었습니다. 하긴 그렇게 손이 붙잡혀 있지 않았다 하더라도 저는 그 자리에 서 있었을 것입니다. 의사가 붕대를 감아주고 있는 동안에도 저는 포도주로 그의 입술을 축여주는 일을 계속했으며, 이제는 손님들이 모두 빙 둘러서서 지켜보고 있다는 것에도 별로 개의치 않았습니다. 의사가 치료를 끝내자, 부상자는 저에게 무언의 정다운 작별인사를 하고는 집으로 실려갔습니다.

　그러자 그 안주인이 저를 자기 침실로 데리고 갔는데, 그녀는 저의 옷을 모두 벗겨야 했습니다. 이런 말을 입밖에 내는 것이 좀 쑥스럽지만, 그녀가 저의 몸에서 그의 피를 닦아내고 있을 때에 우연히 힐끗 거울을 보았더니 제가 옷을 입지 않고 있을 때도 가히 아름답다고 할 만하다는 사실을 처음으로 알았습니다. 저의 옷가지들 중 단 하나도 다시 입을 수가 없었습니다. 그리고 그 댁 사람들은 모두 저보다 더 작거나 더 컸기 때문에, 저는 이상야릇한 분장을 한 채 집으로 오게 되었는데, 그 꼴을 보시고 부모님은 이루 말할 수 없이 놀라셨습니다. 부모님은 제가 놀란 사실과 친구가 상처를 입은 일에 대해, 그리고 그 대위의 망동과 그 모든 돌발사에 대해 격분해 마지않으셨습니다. 자칫하다가는 아버님 자신이 당장 자기 친구의 복수를 하기 위해 그 대위에게 결투를 신청하실 기세였습니다. 아버님은 그런 음험한 결투의 시작을 왜 즉석에서 꾸짖어 주지 못했는지 알 수 없다며 거기에 동석해 있던 남자들을 나무라셨습니다. 그 대위는 뺨을 때린 다음 바로 칼을 뽑아 나르치스를 뒤에서 친 것이 너무나 명백하다는 말씀이었습니다. 손의 타박상은 나르치스 자신이 칼을 뽑을 때에 비로소 입었으리라는 것이었습니다. 저는 이루 말할 수 없이 흥분되고 심한 자극을 받은 상태였습니다. 혹은, 그 상태를 어떻게 표현해야 할지, 말하자면 그것은, 마음 깊숙한 곳에 쉬고 있던 열정이 갑자기 터져나와 마치 바람을 만난 불꽃처럼 활활 타오르는 격이었습니다. 쾌락과 즐거움이란 매우 능란하여 우선 사랑을 만들어 놓고도 남몰래 조용히 키울 줄 아는 반면에, 천성이 씩씩한 사랑은 놀람을 당하면 그 충동으로 아주 쉽게 결단을 내리고 속마음을 고백하기에 이르는 것입니다. 부모님은 딸에게 약을 먹이고 자리에 뉘었습니다. 이튿날 아주 이른 아침에 아버님께서 부상을 당한 친구에게 서둘러 가보셨더니, 그는 부상으로 인한 심한 신열로 앓아누워 있더라는 것이었습니다.

아버님은 그와 나눈 이야기에 대해서 저에게는 별로 말씀해 주시지 않았습니다. 그러면서 이 사건이 몰고 올 수 있는 갖가지 결과에 대해서는 전혀 걱정할 것이 없다고 저를 진정시키려 하셨습니다. 사죄를 받는 것으로 그만 만족할 수 있을 것인가, 법정에까지 끌고 가야 할 일인가, 또는 그 밖의 여러 가지 다른 방법에 관해 논의했습니다. 이 일이 결투 없이 해결되는 것을 보기를 원하신다는 당신의 말씀을 곧이곧대로 믿기에는 저는 아버님의 성품을 너무나도 잘 알고 있었습니다. 그러나 저는 아무 말도 않고 잠자코 있었습니다. 여자들은 그런 일에 참견해서는 안 된다는 것을 저는 일찍부터 아버님한테 배워온 까닭이었습니다. 더욱이 두 친구분 사이에 저와 관계되는 얘기가 오고 간 것처럼 보이지도 않았기 때문이었습니다. 하지만 얼마 있지 않아 곧 아버님은 그 다음에 계속된 얘기의 내용을 어머니에게 털어놓으셨습니다. 그 말씀에 의하면, 나르치스는 제가 해준 구완에 매우 감동해 있었고 아버님을 부둥켜안으면서 자기는 이제 영원히 저에게 은혜를 갚아야 할 사람이라고 선언했으며, 또 저와 함께 나눌 수 없는 행복은 결코 원치도 않는다는 의사를 표명해 보이고는 이제부터 저의 아버님을 자기 아버님으로 생각해도 좋도록 허가해 달라고 간청했다는 것이었습니다. 어머니는 그 모든 얘기를 저에게 숨김없이 그대로 다 말씀해 주셨습니다. 하지만 어머니는 거기다가 또한, 우선 감동한 나머지 입밖에 낸 그런 말을 너무 신뢰해서는 안 된다는 선의의 경고까지 덧붙여 주셨습니다. 「그럼요, 물론이지요」 하고 저는 짐짓 냉담하게 대답했습니다. 그러나 속으로는 천가지 만가지를 한꺼번에 느끼고 있었습니다.

나르치스는 두 달 동안 앓아 누워 있었으며, 오른손의 부상 때문에 편지도 쓸 수 없었습니다. 그러나 그 동안에 아주 정중한 인삿말을 통해 저에게 자기의 호의를 표명해 왔습니다. 평소보다는 더 각별하다고 할 수 있는 이런 모든 정중한 태도들을 저는 어머니한테서 들은 사실과 대비해 보곤 했는데, 그러자니 머릿속이 항상 공상으로 가득하게 되었습니다. 그 사건이 온 도시의 화젯거리가 되었습니다. 저와 그 이야기를 할 때면 사람들은 특별한 어조로 말했으며, 제가 아무리 부인하려고 애써도 그 사건으로부터 항상 저와 상당히 깊이 관계되는 결론을 내리는 것이었습니다. 전에는 장난이나 버릇에 지나지 않았던 것도 이제는 진정이 되고 애정이 되어버렸습니다. 제가 하루하루 살아가면서 느끼고 있는 불안을 모든 사람들에게 조심스럽게 감추려 하면 할수록 그 불안은 더욱더 커지기만 했습니다. 그 사람을 잃는다는 생각만 해도 저는 가슴이 철렁했고, 그와 더 가까운 관계가 될지도 모른다고 생각하면 가슴이 떨려왔습니다. 결혼을 하게 된다는 생각은 아직 철도 덜 든 소녀에게는 무엇인가 두려운 일임에 틀림없습니다.

이렇게 격렬한 감정의 동요를 겪다가 보니 저는 다시금 과거의 저 자신을 되돌아보게 되었습니다. 흐리멍텅한 생활을 해오던 여느 때에 밤낮으로 눈앞에 어른거리던 다채로운 환상들이 갑자기 흔적도 없이 사라져 버렸습니다. 제 영혼이 다시금 움직이기 시작한 것이었습니다. 하지만, 〈그 보이지 않는 분〉과의 오랫동안 중단되었던 친교가 그렇게 쉽사리 다시 회복될 수는 없었습니다. 그분과 저 사이에는 아직도 여전히 상당한 거리가 있었습니다. 그분과 저 사이에 다시금 무엇인가가 끼여들어 있었습니다. 그러나 종전에 비하면 커다란 차이가 느껴졌습니다.

제가 아무것도 듣지 못한 가운데에 결투가 행해졌고, 그 결투에서 대위가 심하게 다쳤다고들 했습니다. 여론은 모든 의미에서 제 애인의 편이었으며, 그 사람은 마침내 다시 공석에 나타났습니다. 만사를 제쳐놓고 우선 그는 붕대로 머리를 동여매고 한 손에 붕대를 친친 감은 몸으로 가마에 실린 채 우리 집을 방문했습니다. 이 방문객을 맞이하며 제 가슴이 얼마나 두근거렸던지! 온 가족이 임석해 있었습니다. 그래서 양쪽이 서로 일반적인 감사의 표시와 정중한 인삿말을 교환하는 데에 그치고 말았습니다. 하지만, 그는 기회를 보아 저에게 남모르게 약간의 애정을 표시했는데, 이 때문에 저의 불안은 더욱 커지기만 했습니다. 다시 완쾌하고 나자 그는 그 겨울 내내 전과 꼭 같은 차원에서 우리 집을 방문하곤 했는데, 그가 저에게 자신의 감정과 사랑이 담긴 온갖 희미한 표시를 했는데도, 모든 것은 아직도 미결상태였습니다.

이렇게 저는 항상 수련을 받고 있는 꼴이었습니다. 저는 어떤 사람에게도 저의 속마음을 털어놓을 수가 없었으며, 하느님으로부터는 너무 멀리 떨어져 있었습니다. 황량하게 지낸 사 년 동안에 저는 그분을 완전히 잊고 있었습니다. 이제 저는 가끔 다시 그분을 생각하게 되었습니다. 그러나 그 친교관계는 싸늘하게 식어 있었습니다. 제가 그분을 가끔 찾아간 것은 단지 의식(儀式) 때문이었습니다. 더욱이 제가 그분 앞에 나타날 때에는 항상 아름다운 옷을 걸치고는 남보다 낫다고 자부하는 저의 품행, 순결성과 장점들을 만족한 기분으로 그분에게 나타내 보였기 때문에, 아마도 그분은 그런 치장을 한 저를 전혀 알아보지 못하신 것 같기도 했습니다.

한 신하가 있어서 주군(主君)이 자기에게 행운을 내려주실 것을 기대하면서 그 주군 앞에서 이런 식으로 행동했을 때에, 만약 그 군주가 그의 그런 행동을 보고 속아 넘어간다면, 그 신하는 크게 불안해할 것입니다. 그러나 저는 이런 행동을 하고도 별로 기분이 나쁘지 않았습니다. 저는 건강과 안락한 생활 여건 등 제가 필요한 것은 이미 다 가지고 있었습니다. 만약 하느님께서 제 호의를 마음에 들어하신다면 그런 대로 좋고, 설령 마음에 들어하지 않으신다 해도, 어쨌든 제 할 일은 한 것이라고 생각했던 것입니다.

하기야 그 당시에 제가 저에 관해서 이렇게까지 분석적으로 생각해 본 것은 아니었습니다. 하지만 이것이 그 당시 제 영혼의 진면목이었음에는 틀림없습니다. 그러나 제 생각을 고쳐먹고 정화시키려는 마음의 준비 또한 이미 다 되어 있었습니다.

봄이 찾아왔습니다. 그런데 제가 완전히 혼자 집에 있는 시

간에 나르치스가 예고 없이 저를 찾아왔습니다. 이제 그는 애인
으로서 나타난 것이었습니다. 그리고 그는 저에게, 제가 자기
에게 마음을 허락해 주겠는지, 그리고 만약 자기가 명예롭고
봉급이 후한 직책을 얻을 경우, 그때에는 자기의 청혼을 들어
줄 것인지를 물었습니다.

사실 그는 이미 우리 고장의 공직에 채용되어 있었습니다.
그렇지만 사람들은 그의 야망을 두려워했기 때문에 우선은 그
를 급속하게 승진시키기보다는 오히려 좀 억눌러 놓고 있는 중
이었으며, 자기 재산도 갖고 있었기 때문에 봉급도 적게 주고
있었습니다.

그 사람에 대한 저의 애정에도 불구하고 저는 그가 아주 솔
직하게 상대할 수 있는 남자가 아님을 숙지하고 있었습니다. 그
래서 저는 정신을 가다듬고는 아버님께 말씀드려 보라고 말했
습니다. 그는 아버님의 승낙을 받는 일은 믿어 의심하지 않는
것 같았으며, 우선 당장 저와 의견의 일치를 보고 싶다고 했습
니다. 마침내 저는 제 부모님의 동의를 필요 불가결한 전제조건
으로 내걸고서 승낙했습니다. 그 후에 그 사람은 두 분에게 정
식으로 청혼을 했습니다. 부모님은 만족의 뜻을 나타내셨으
며, 곧 있을 것으로 기대되는 그의 승진을 생각하면서 동의해
주셨습니다. 여동생들과 아주머니들한테도 이 소식을 알렸지
만, 이것을 당분간 비밀로 하라는 엄명도 함께 내려졌습니다.

이제 애인이 약혼자가 된 것입니다. 이 둘 사이의 차이는 매
우 큰 것으로 드러났습니다. 누군가가 모든 분별 있는 아가씨들
의 애인들을 약혼자들로 바꾸어놓을 수 있다면, 설령 이 관계
에서 결혼이 이루어지지 않는다 하더라도, 우리 여성들을 위해
서는 큰 도움이 될 것입니다. 그런다고 해서 두 사람 사이의 사

랑이 줄어들지는 않겠지만, 그 사랑은 보다 이성적으로 될 것입니다. 수많은 사소한 어리석은 행동들, 온갖 교태와 변덕이 금방 없어질 것입니다. 만약 약혼자가 우리 여성에게 말하기를, 요란하게 머리 장식을 틀어올린 것보다 아침 수건을 쓰고 있는 것이 더 자기 마음에 든다고 한다면, 분별 있는 아가씨라면 틀림없이 머리 치장을 대수롭잖게 여기게 될 것입니다. 그리고 사실, 건전한 생각을 하는 남자라면 자기 약혼자를 인형으로 만들어 세상에 내놓는 것보다는 그녀가 자기를 위해 일해 주는 주부가 되기를 더 원하는 것은 당연한 노릇이겠지요. 그래서 모든 부문에서 이런 식으로 일이 진행될 수 있을 것입니다.

만일 그런 아가씨가 운이 좋게도 분별과 학식이 있는 약혼자를 만난다면, 그녀는 고등교육이나 외국 견학을 통해 배울 수 있는 것보다 더 많은 것을 그에게서 배울 수 있을 것입니다. 그녀는 그가 그녀에게 줄 수 있는 모든 교양을 기꺼이 받아들일 뿐만 아니라, 그녀 자신도 이 길 위에서 점점 더 많은 것을 달성하려고 노력하게 될 것입니다. 사랑은 많은 불가능한 것을 가능하게 하며, 그리고 마침내는 여성에게 그다지도 필요하고 합당한 순종이 당장 가능해질 것입니다. 약혼자는 남편처럼 지배하려 들지 않을 것입니다. 그는 단지 부탁할 뿐입니다. 그러면 그의 애인은 그가 미처 부탁하기도 전에 이미 그것을 실행하기 위해서 미리 그의 의향을 알아내려고 애쓸 것입니다.

이렇게 저는 경험을 통해서 무엇과도 바꿀 수 없는 것을 배웠습니다. 저는 행복했습니다. 이 세상에서 사람들이 누릴 수 있는 그대로 정말 저는 행복했습니다, 짧은 시간 동안이긴 했습니다만.

그런 고요한 즐거움 가운데에 여름 한철이 지나갔습니다. 나르치스는 저에게 불평을 할 만한 계기라곤 전혀 만들지 않았습니다. 저는 그가 점점 더 좋아졌고, 저의 온 영혼은 그에게 의지하고 있었으며, 그도 그것을 잘 알고 있었고 그것을 귀중하게 생각할 줄 알았습니다. 그런데 그 사이에 일견 사소해 보이는 일로부터 우리 관계를 차츰차츰 벌어지게 하는 그 무엇이 조금씩 자라나기 시작했습니다.

나르치스는 약혼자로서 저와 교제하고 있었지만, 그가 우리 상호간에 아직은 금지되어 있는 것을 저한테 감히 요구한 적은 지금까지 한번도 없었습니다. 하지만 도덕이나 윤리의 한계선에 대해서는 우리 둘은 매우 다른 견해를 지니고 있었습니다. 저는 안전하고 확실한 행동만을 하려 했으며, 혹시 알려지더라도 온 세상 사람들이 다 수긍할 수 있는 그런 자유 이외에는 그어떤 자유도 전혀 용납하지 않았습니다. 자질구레한 도락(道樂)에 익숙해 있었던 그는 이러한 저의 절제(節制) 원칙을 너무 엄격하다고 생각했고, 이 점에서 항상 알력이 생기곤 했습니다. 그는 저의 태도를 칭찬하면서도 보이지 않는 가운데에 제 결심을 꺾으려고 했습니다.

저는 그 노 어학 선생님의 〈일이 '심각하게' 될 수도 있다〉던 말이 생각났으며, 또한 동시에, 그렇게 안 되도록 할 수도 있다고 하면서 그 당시 제가 말했던 방지책도 생각났습니다.

저는 하느님과 다시금 약간 더 친숙해졌습니다. 저에게 그처럼 귀한 약혼자를 주셨으니, 거기에 대해 저는 하느님께 감사할 줄 알았습니다. 세속적인 사랑 그 자체가 제 정신을 집중시키고 움직이게 했는데, 제가 하느님과 사귀는 것은 그 사랑과 모순되는 것이 아니었습니다. 저는 아주 순진하게도 저를 불안하게 하는 것에 대해 하느님께 하소연했습니다. 그러면서도 저는, 저를 불안하게 하는 바로 그것을 원하고 갈구하는 것이 다른 사람이 아니라 바로 저 자신이라는 사실을 미처 알아차리지 못하고 있었습니다. 저는 저 자신을 매우 굳세다고 생각했으므로, 기도를 드릴 때도 〈유혹으로부터 저를 지켜주옵소서!〉와 같은 말은 하지 않았습니다. 제 생각으로는 저 자신은 유혹 정도는 훨씬 초월해 있다고 여겼던 것입니다. 자신의 도덕성이라는 이런 불안정하고 겉만 번드레한 장식을 하고서 저는 자신감에 차서 하느님 앞에 나타났던 것입니다. 그런데도 그분은 저를 물리치지 않으시고, 제가 조금만 다가가도 금방 제 영혼에다 부드러운 인상을 남겨주셨습니다. 이 인상에 감동되어 저는 자꾸만 다시 그분을 찾아가게 되었습니다.

나르치스가 없다면 저에게는 온 세상이 다 죽은 것과 같았고 그 사람 이외에는 아무것도 저에게 매력이 될 수 없었습니다. 좋아하던 몸치장조차도 단지 그의 마음에 들고자 하는 목적만을 지니게 되었습니다. 만약 그가 저를 보아주지 않을 것이 확실하다면, 저는 그런 일에 세심하게 마음 쓸 기분이 나지 않았습니다. 저는 춤을 좋아했습니다. 하지만 그가 함께 없는 자리에서는 마치 제가 몸을 움직일 수조차 없는 것 같은 기분이었습니다. 그가 참석하지 않을 때에는 아무리 화려한 잔치라도 그때를 위해 어떤 새옷을 마련한다거나 헌옷이라도 유행에 맞게 입고 갈 생각이 나지 않았습니다. 그럴 때는 그저 이 남자도 좋고 저 남자도 좋았습니다. 아니, 이 남자도 귀찮고 저 남자도 귀찮았다고 말하고 싶을 정도입니다. 손윗사람들과 어울려, 여느 때 같으면 거들떠보지도 않았을 트럼프 놀이라도 할 수 있었을 때에는 그날 저녁 시간은 정말 잘 보냈다고 생각할 정도였습니다. 그리고 어떤 마음씨 좋은 옛 친구가 저의 이런 변화에 대해 농담이라도 하면서 저를 놀려대면, 아마도 저는 그날 저녁 내내 처음으로 한번 미소를 짓는 게 고작이었을 것입니다. 산책을 할 때에나 그 밖에 또 있을 수 있는 모든 오락 모임에서나 저는 대개 이런 식이었습니다.

> 내 오직 그이만을 선택했노라.
> 단지 그이만을 위해 태어난 듯,
> 내가 바라는 건 오직 그이의 사랑뿐!

이 노래처럼 저는 자주 사람들 틈에 섞여 있으면서도 고독했고, 이러한 완전한 고독이 저에게는 대개의 경우 차라리 더 나았습니다. 하지만 복잡한 제 정신은 잠을 잘 수도, 꿈을 꿀 수도 없었습니다. 저는 항상 느끼고 생각해야 했으며, 차차 제 느낌과 생각에 대해 하느님과 이야기하는 법을 터득하게 되었습니다. 그래서 제 영혼 속에서는 다른 종류의 느낌이 점점 자라나게 되었는데, 이것은 나르치스에 대한 느낌과 조금도 모순되지 않았습니다. 즉, 나르치스에 대한 저의 사랑은 전체 창조 계획의 일환에 속하는 것으로서 제 의무와 조금도 위배되지 않았던 것입니다. 이 두 가지 사랑은 상충하는 것이 아니었지만, 또한 서로 한없이 다른 것이기도 하였습니다. 나르치스는 제 눈앞에 어른거리면서 저의 온 사랑을 다 받고 있는 유일한 상(像)이었습니다. 그러나 또 하나의 감정은 어떤 상에 쏠리고 있는 것은 아니었지만, 이루 말할 수 없이 유쾌한 것이었습니다. 지금 저는 이런 감정을 더 이상 가지고 있지 않으며, 가지고 싶어도 더 이상 가질 수도 없습니다.

제 애인은 그 밖에는 저의 모든 비밀을 다 알고 있었지만 이 감정에 관해서만은 아무것도 모르고 있었습니다. 얼마 안 가서 저는 그 사람의 생각이 저와 다르다는 것을 알아챘습니다. 그 사람은 〈그 보이지 않는 분〉과 관계되는 것이라면 무엇이든지 크고 작은 온갖 무기로써 반박하는 책들[4]을 저에게 자주 보내 왔습니다. 저는 그 책들이 그가 보내준 것들이었기 때문에 읽기 는 했으나, 결국에는 그 책에 적혀 있는 모든 내용을 단 한마디 도 이해할 수 없었습니다.

여러 학문과 지식에 관해서도 역시 충돌 없이 지나가지는 않 았습니다. 그 사람도 다른 남자들과 마찬가지여서 배운 여자들 을 경멸했습니다. 그러면서도 그는 끊임없이 저를 교육시키곤 했습니다. 그 사람은 법률학을 제외한 모든 대상에 대해 저와 이야기하곤 했습니다. 그리고 저에게 온갖 종류의 책들을 끊임 없이 갖다주면서도 그는 여자란 칼뱅파 신도가 가톨릭 국가 안 에서 자기의 신앙을 숨기는 것보다 더 은밀히 자신의 지식을 숨 기고 살아야 한다는 미심쩍은 학설을 번번이 되풀이해서 늘어 놓았습니다. 사실 저는 아주 자연스럽게 세상 사람들 앞에서 전 보다 더 현명한 척도, 더 많이 아는 척도 하지 않았는데, 오히 려 그 사람이 저의 재능을 자랑하고 싶은 허영심을 이겨내지 못 하고 가끔 먼저 발설하곤 했습니다.

큰 영향력, 훌륭한 재능, 고매한 정신 때문에 당대에 높은 평가를 받던 한 유명한 사교계의 거물이 우리 나라의 궁정에서 큰 인기를 끌었습니다. 그가 나르치스를 특히 총애하여 항상 자 기 주위에 두었습니다. 그들은 여성들의 도덕에 관해서도 역시 논쟁을 벌이곤 했는데, 나르치스는 그 내용을 저에게 자세하게

---

4) 하느님에 대한 신앙을 자기 기만이라고 해석하는 18세기 유물론자들의 저술을 말한다. 『시와 진실』(함부르크판 제9권) 490쪽 8행 이하 참조.

애기해 주곤 했습니다. 저 역시 그냥 뒷전에 물러나 있지만은
않고 저 나름대로의 비평을 말하곤 했더니, 나르치스는 저에게
아주 글을 한 편 써달라고 했습니다. 저는 상당히 능숙하게 프
랑스어로 글을 쓸 수 있었는데, 이것은 제가 그 노선생님한테
서 기초를 잘 닦아놓았던 덕분이었습니다. 실은 그때까지 나르
치스와 편지를 나눌 때도 죽 프랑스어로 해왔으며, 그 당시에
는 점잖은 교양을 얻으려면 프랑스어로 된 책을 읽는 수밖에 없
었습니다. 제 논문이 그 백작의 마음에 들었던 모양이어서 저는
얼마 전에 썼던 소품의 시 몇 편까지도 내놓지 않을 수 없었습
니다. 요컨대 나르치스는 자제를 못하고 자기 애인을 마구 자랑
한 모양이었습니다. 이 이야기는 나르치스의 대만족으로 결말
이 났습니다. 즉, 백작이 떠나기 전에 그들의 우정 어린 논쟁을
상기하면서 프랑스어 운문으로 쓴 재치 있는 편지 한 장을 그에
게 보내온 것이었습니다. 그 편지의 끝 무렵에는, 나르치스가
그렇게도 많은 회의와 오류를 거듭한 끝에 드디어 매력과 미덕
을 겸비한 영부인의 품에 안기어 이제야 비로소 덕성이 무엇인
지 가장 확실하게 알게 될 터이니 나르치스야말로 행복한 사람
이 아닐 수 없다고 적혀 있었습니다.

　나르치스는 시로 되어 있는 그 편지를 누구보다도 먼저 저에
게, 그리고 나서는 거의 모든 사람에게 다 보여주었으며, 각자
는 그 편지를 읽으면서 자기 좋을 대로 생각했습니다. 이런 경
우가 여러 번 있었습니다. 그래서 나르치스가 높이 평가하는 모
든 사람은 외지인들이라도 반드시 우리 집에 최소한 한 번은 와
야 했습니다.

　어느 백작 가족이 우리 고장의 명망 있는 의사를 찾아와 한
동안 여기서 머물렀습니다. 나르치스는 그 의사의 댁에서도 아

들 같은 대접을 받고 있어서, 저도 그 댁으로 데리고 갔습니다. 그 점잖은 사람들과는 정신과 마음이 유쾌해지는 대화를 나눌 수 있었으며, 모임에서의 평범한 오락조차도 그 댁에서는 다른 집에서처럼, 그렇게 공허해 보이지가 않았습니다. 모두 우리 둘의 관계를 알고 있어서, 우리는 그때그때의 상황에 어울리는 대접을 받았습니다. 그러나 사람들은 가장 중요한 관계만은 건드리지 않고 그냥 넘어가곤 했습니다. 제가 여기서 그 댁과 알게 된 연유를 특별히 언급하는 것은 이것이 앞으로의 제 인생에 많은 영향을 끼칠 것이기 때문입니다.

이제 우리 둘이 이런 관계를 갖게 된 지도 거의 일년이 흘렀는데, 이 일년과 더불어 우리의 봄도 지나가 버렸습니다. 여름이 왔습니다. 그리고 모든 것이 보다 심각하고 보다 뜨거워졌습니다.

예기치 않게 사망한 사람이 몇 생겨서 나르치스가 원할 만한 관직들이 비게 되었습니다. 저의 온 운명이 결판나는 순간이 가까이 온 것이었습니다. 나르치스와 그의 모든 친구들이 그에게 불리한 인상들을 없애버리고 또 그가 원하는 직책을 마련해 주려고 궁정에서 온갖 가능한 노력을 기울이고 있는 동안, 저는 저대로 제 소원을 갖고 〈그 보이지 않는 친구〉를 찾아갔습니다. 그분은 저를 아주 친절하게 맞이해 주셨기 때문에 저는 기꺼이 다시 찾아가곤 했습니다. 저는 나르치스가 그 직책을 얻었으면 하는 저의 소원을 아주 솔직하게 고백했습니다. 하지만 저의 청원은 억지로 사정하는 투는 아니었으며, 저는 이렇게 기도드리오니 꼭 들어주십사 하고 요구하지도 않았습니다.

그 직책은 나르치스보다 훨씬 못한 어떤 경쟁자가 차지했습니다. 저는 신문을 보고 깜짝 놀랐습니다. 그러고는 급히 제 방

으로 달려 들어가 문을 꽉 잠가버렸습니다. 맨 먼저 치밀어 올
라온 고통은 눈물이 되어 주르륵 흘러내렸으며, 그 다음 순간
에는, 〈하지만 이런 결과도 우연히 나온 것은 아닐 거야!〉라는
생각이 떠올랐습니다. 그러자 금방, 얼핏 보기엔 불행한 일 같
아도 사실은 전화위복이 될지도 모르므로 이 일을 달게 받아들
여야겠다는 결심이 뒤따랐습니다. 그 순간, 모든 근심의 구름
을 산산이 흩어지게 하는 부드럽기 짝이 없는 감정이 밀려들기
시작했습니다. 저는 이 감정의 도움으로 모든 것을 참아나갈 수
있다고 느꼈습니다. 이윽고 제가 명랑한 표정으로 식탁으로 가
앉으니까 온 집안 사람들이 놀랐습니다.

나르치스는 저보다 더 낙담해서 제가 오히려 그를 위로해 주
어야 했습니다. 그의 집안에도 귀찮은 일이 생겨서 그는 매우
괴로운 상황에 봉착했습니다. 우리 둘은 서로 진정으로 신뢰하
는 사이였으므로 그는 저에게 모든 것을 털어놓았습니다. 외국
에 일자리를 구해 나가려는 그의 협상 역시 실패로 돌아갔습니
다. 이 모든 것을 저는 그를 위해, 그리고 저 자신을 위해 아주
가슴 아프게 생각했습니다. 그래서 저는 마침내 이 모든 것을
들고, 저의 모든 소원을 그다지도 잘 들어주신 그분한테로 갔
습니다.

그 경험이 부드러우면 부드러울수록 그만큼 더 자주 저는 그
경험을 새로이 하고자 했으며, 제가 그렇게도 자주 위안을 얻
었던 바로 그곳에서 다시금 위안을 얻고자 했습니다. 하지만 제
가 그 위안을 항상 찾을 수 있었던 것은 아니었습니다. 저는 마
치 햇볕을 쬐려는데 무엇인가가 중간에 서서 그림자를 만들기
때문에 방해받고 있는 듯한 기분이었습니다. 〈중간에 서 있는
그것이 무엇일까?〉 하고 저는 자문해 보았습니다. 저는 이 일을

골똘히 생각해 본 결과 모든 것이 제 영혼의 현상태의 소치임을 분명히 알아챘습니다. 제 영혼이 아주 올곧은 방향으로 하느님을 똑바로 향하고 있지 않을 때에는 저는 무감각 상태였던 것입니다. 그럴 때면 저는 그분의 반응을 감지하지 못했으며 그분의 응답도 들을 수 없었습니다. 이제 두번째 의문은 〈이 방향을 방해하는 것은 무엇일까?〉 하는 것이었습니다. 이 해답을 찾는다는 것은 넓은 들판에서 바늘 하나를 찾는 것처럼 막연한 것이어서 저는 그것을 찾느라고 제 사랑의 두번째 해를 모두 보냈습니다. 사실 저는 그 탐색작업을 더 일찍 끝낼 수도 있었을 것입니다. 왜냐하면 얼마 안 가서 곧 저는 그 흔적을 추적해 낼 수 있었기 때문이었습니다. 그렇지만 저는 그것을 스스로 인정하고 싶지가 않아서 수많은 빠져나갈 구멍을 찾고 있었습니다.

　얼마 안 가서 곧 저는 제 영혼의 올바른 방향이 방해받는 것은 가치 없는 일을 두고 어리석고 산만하게 신경을 썼기 때문이라는 것을 알았습니다. 〈어떻게〉 그리고 〈어디서〉 그렇게 되었는가 하는 것은 저에게는 금방 의심할 나위 없이 명백해졌습니다. 그러나 만사가 무관심하게 방치되고 있거나 미친 듯이 날뛰고 있는 이 세상에 살면서 이제 제가 어떻게 거기서 빠져나올 수 있을까 하는 것이 문제였습니다. 저는 이 일을 차라리 모르는 척하고 그냥 덮어두고 싶은 마음이 간절했으며, 아주 안일하게 잘 살아가는 다른 사람들처럼 될 대로 되라 하고 그냥 그렇게 살아가고 싶었습니다. 하지만 저는 그럴 수가 없었습니다. 제 깊은 속마음이 너무나 자주 저 자신에게 반기를 들고 나왔던 것입니다. 모임을 멀리하고 제 상황을 변화시켜 보려고도 했지만 그렇게 할 수가 없었습니다. 저는 이미 어떤 테두리 안에 갇혀 있었으며, 여러 연결 고리들을 끊어버리고 뛰쳐나올 수가

없었습니다. 그래서 제가 그렇게도 중대하게 생각하는 그 일에
도 갖가지 숙명이 끼여들고 겹쳤습니다. 저는 종종 눈물을 흘리
며 잠자리에 들었고 뜬눈으로 밤을 지새고는 눈물이 마르지도
않은 채 다시 일어나곤 했습니다. 저는 어떤 강력한 지원이 필
요했건만, 제가 어릿광대의 방울모자를 쓴 채 바보놀음을 하며
돌아다니는 한, 하느님은 저에게 그런 지원을 해주지 않으시는
것이었습니다.

그래서 이제는 모든 행동 하나하나에 대해서 심사숙고하기
시작했습니다. 춤과 카드 놀이가 맨 먼저 검토의 대상이 되었습
니다. 저는 이것들에 대해 찬성 또는 반대한 모든 연설문, 수상
록 및 논설문은 모조리 찾아서 논평할 것은 논평을 해보고 읽을
것은 읽었으며, 검토해 보고 덧붙이거나 반대해 보기도 하면
서, 저 자신을 굉장히 괴롭혔습니다. 제가 이것들을 그만두
면, 그것으로 저는 나르치스의 마음을 상하게 할 것이 틀림없
었습니다. 그 사람은 세상 사람들 앞에서 좀스럽게 불안해하면
서 성실한 척하려다가 오히려 우스꽝스러워지는 것을 제일 두
려워했거든요. 이제 저 자신이 어리석은 짓이라고, 아니, 게다
가 해롭기까지 하다고 생각하는 노름을, 그것도 취미 때문도
아니고 단순히 그 사람을 위해서 해야 했던 까닭에 제게는 이
모든 것이 무지무지하게 괴로운 일이 되고 말았습니다.

저를 이렇게까지 산란하게 만들고 마음의 평화를 교란시키는
그런 행동들을 자제함으로써 〈그 보이지 않는 분〉의 힘이 와 닿
을 수 있도록 항상 제 가슴을 열어놓기 위해 제가 얼마나 많은
노력을 기울였는지, 그리고 이 싸움이 이런 식으로는 해결될
수 없다는 것을 제가 얼마나 뼈저리게 느꼈는지 다 서술하려
면, 부득이 불쾌한 장광설을 늘어놓아야 하고, 했던 말을 자꾸

되풀이해야 할 것 같습니다. 제가 어리석음의 옷을 입자마자, 그것은 단순히 가면을 쓴 것 정도로 그치는 것이 아니라, 그 어리석음 자체가 금방 저의 온몸 구석구석에까지 속속들이 배어드는 것이었습니다. 이 싸움이 저의 노력으로 간단히 해결될 수 없다는 것은 바로 이 때문입니다.

제가 여기서 단순히 역사적 순서에 따라 서술해 나가야 한다는 법칙을 어기고 당시의 제 마음의 움직임에 대해 몇 가지 고찰을 해도 괜찮을까요? 제 취미와 사고방식을 그렇게도 변화시켜서, 스물두 살이란 정말 이른 나이에 저로 하여금 이 나이 또래의 다른 사람들은 천진스럽게 즐기는 사물들에서 전혀 즐거움을 느끼지 못하게 만든 것이 도대체 무엇이었을까요? 왜 그 사물들이 저에게는 천진난만하게 보이지 않았을까요? 저는 아마도 이렇게 대답할 수 있을 것 같습니다. 그것은 바로 그 사물들이 저에게는 천진난만하게 보이지 않았던 때문이며, 다시 말해서, 제가 제 또래의 다른 사람들과는 달리 제 영혼을 모르고 있지 않았기 때문입니다. 그렇습니다, 저는 저절로 얻게 된 경험으로 이 세상에는 보다 고상한 느낌이 존재하며, 이 느낌이 쾌락 속에서는 도저히 찾을 수 없는 모종의 즐거움을 실제로 우리들에게 선사한다는 사실을 알고 있었습니다. 또, 이러한 보다 고상한 기쁨 가운데에는 동시에, 우리가 불행해졌을 경우에 우리의 마음을 굳세게 북돋우어 주는 신비롭고도 소중한 힘이 비장되어 있다는 사실도 알았습니다.

그러나 젊은 사람들이 모여서 즐기고 기분풀이를 한다는 것은 어쩔 수 없이 제게도 굉장한 매력으로 다가왔음에는 틀림없었습니다. 저로서는 그런 것에는 관심이 없는 체하면서 그런 오락에 참여한다는 것은 불가능했으니까요. 그 당시에는 정말 많

은 것들이 저를 방황하게 하고 심지어는 저를 완전히 휘두르려
고까지 했지요. 그러나 오늘날의 저는 그것들을, 만약 제가 원
하기만 한다면, 정말이지 아주 냉담하게 대할 수 있답니다. 이
런 것들을 대할 때 중간의 길을 택한다는 것은 불가능했습니다.
저는 그 매력적인 쾌락이든지, 또는 사람의 마음을 상쾌하게
해주는 그 깊은 느낌이든지 둘 중 하나를 포기해야 했습니다.

그러나 저의 영혼 속에서의 이 싸움은 제 본래의 의식이 개
입하지도 않고 이미 승패가 나 있었습니다. 제 마음속에도 관능
적인 기쁨 쪽을 열망하는 그 무엇이 없지 않았지요. 그러나 저
는 그 기쁨을 더 이상 즐길 기분이 아니었습니다. 설령 아직도
포도주를 매우 좋아하는 사람이라 할지라도, 부패한 공기가 가
득 차 질식사할 것만 같은 지하실에서 그득히 찬 커다란 술통들
옆에 있게 될 경우에는 술 마실 기분이 싹 가시는 법이지요. 술
보다는 깨끗한 공기가 더 중요하죠. 저는 이 사실을 너무나도
생생하게 느꼈던 것입니다. 만일 제가 나르치스의 사랑을 잃지
나 않을까 하는 두려움 때문에 머뭇거리지만 않았던들, 저는
애초부터 별로 오래 생각하지 않고 매력적인 것보다는 선(善)을
택했을 것입니다. 그러나 제가 수없이 많이 다투고 나서, 그리
고 자꾸만 반복해서 관찰하고 나서 마침내, 저를 나르치스에게
묶어놓고 있는 그 인연의 끈조차도 냉엄한 눈으로 바라보았을
때, 저는 그 끈도 약한 것에 불과하며 그것 역시 끊어질 수도
있다는 사실을 직시하게 되었습니다. 저는 문득 그것이 저를 진
공의 공간 안에 가두어 두기 위한 종(鐘) 모양의 유리덮개에 불
과하다는 사실을 인식했던 것입니다──〈이 유리를 깨뜨릴 수
있는 힘만 내도록 해, 그러면 너는 구원을 받은 것이다!〉

이렇게 생각하자 저는 곧 과감히 실천에 옮겼죠. 저는 가면

을 벗어던지고 이제부터는 언제나 제 마음이 명하는 대로 행동
했습니다. 저는 나르치스를 언제나 사랑했습니다. 그러나 전에
는 뜨거운 물 속에 놓여 있던 온도계가 이제는 자연의 대기 속
에 걸려 있게 되었습니다. 이제 그것은 대기의 온도 이상으로는
올라갈 수 없었습니다.

　불행하게도 그 대기의 온도가 매우 차가워졌습니다. 나르치
스가 잘 나타나지 않고 소원하게 굴기 시작했습니다. 그것은 그
의 자유의사에 맡겨져 있는 일이었습니다. 하지만 그가 잘 나타
나지 않음에 따라 저의 온도계 또한 내려갔습니다. 가족들이 이
것을 알아차리고 제게 물어보기도 하고 이에 대해 이상하게 생
각하기도 했습니다. 저는 남자처럼 강단이 있는 어조로 설명하
기를, 〈내가 지금까지만 해도 충분히 희생을 해왔지만, 앞으로
도, 아니 내 인생이 끝날 때까지 모든 고난을 그 사람과 함께
나눌 각오가 되어 있다, 하지만 나 자신의 행동에는 완전한 자
유를 요구하며, 내 일거일동은 나 자신의 확신에 의거해야만
한다, 물론 그렇다고 해서 결코 내 의견만을 완강히 고집할 생
각은 없고 오히려 다른 사람들의 논거들도 기꺼이 경청할 생각
이지만, 나 자신의 행복에 관련되는 사안이니만큼 결단은 어디
까지나 나 자신이 내려야 하며, 앞으로는 그 어떤 종류의 강압
도 용납하지 않겠다〉고 했습니다. 여느 때에는 아마 아주 건강
에 좋고 많은 사람들이 애호하는 음식이라 할지라도 저의 경험
을 통하여 그것이 저에게는 언제나 해로운 것으로 입증될 때에
는(예컨대 커피가 그러하지만), 아무리 훌륭한 명의가 권한다 하
더라도 그 음식에 제 마음이 조금도 동하지 않는 것과 꼭 마찬
가지로, 아니 그보다도 훨씬 더 불가능에 가까운 쪽이지만, 제
마음을 혼란에 빠뜨리는 그 어떤 행동을 가리켜 누군가가 도덕

적으로 제게 좋은 것이라고 권한다 하더라도 저는 그 행동을 단
연코 받아들이지 않겠다고 선언했습니다.

이미 오래전부터 마음속으로 조용히 준비해 왔던 터이므로
이에 대한 논쟁은 저에게는 짜증이 난다기보다는 오히려 유쾌
한 것이었습니다. 저는 제 가슴속에 쌓인 답답함을 토로했으며
저의 결단의 진가를 절감했습니다. 저는 단 한치도 물러서지 않
았고, 제가 아랫사람으로서의 경의를 표하지 않아도 될 사람한
테는 당찬 논박으로 몰아붙였습니다. 우리 집안에서 저는 얼마
가지 않아 곧 승리를 거두었습니다. 어머니로 말씀드리자면, 젊
으실 때부터 이와 비슷한 생각을 가지셨는데, 당신한테서는 다
만 이런 생각이 성숙한 단계에까지는 이르지 못했던 것입니다.
그 어떤 궁한 처지에 몰리신 나머지 당신의 확신을 꼭 관철시키
고 말아야겠다는 용기가 일깨워질 어떤 필연적 계기가 없었던
것이죠. 어머니는 당신의 못다 이룬 소망이 저를 통해 이루어지
는 것을 보고 기뻐하셨습니다. 바로 밑의 여동생은 저의 뜻에
동조하는 것으로 보였습니다. 둘째 여동생은 주의 깊게 조용히
듣고 있었습니다. 아주머니가 제일 많이 반대하셨습니다. 아주
머니가 내세우시는 논거들은 당신에게는 반박할 수 없는 것들
로 생각되었으며, 워낙에 진부한 것들이었기 때문에 사실이 그
렇기도 했습니다. 마침내 저는 어쩔 수 없이 아주머니에게, 아
주머니는 어떤 의미에서건 이 일에 참견하실 권리가 없음을 지
적해 드리지 않을 수 없었습니다. 그러자 아주머니도 당신의 입
장에는 변함이 없다는 것을 입밖에 내어 말씀하시는 일은 극히
드물어졌습니다. 사실 이 일을 가까이서 지켜보면서도 시종 전
혀 아무 느낌도 못 가진 사람은 아주머니뿐이었습니다. 제가 아
주머니에게는 정서라는 것이 없고 아주머니의 사물에 대한 이

해 역시 아주 편협하다고 말한다 해도 아주머니에게 너무 심한 말을 하는 것은 아닙니다.

아버님께서는 완전히 당신의 사고방식대로 행동하셨습니다. 아버님은 별 말씀이 없으셨지만, 자주 저와 그 일에 대해 말씀을 나누셨는데, 아버님의 논거들은 합리적이었으며, 〈당신의〉 논거답게 반박할 수 없는 것들이었습니다. 그러나 저는 마음속 깊은 곳에서 제가 옳다고 느꼈습니다. 이 느낌만이 저에게 아버님과 맞서서 논쟁할 수 있는 힘의 원천이었던 것입니다. 그러나 얼마 안 가서 곧 그런 장면에 변화가 일어났습니다. 결국 저는 부정(父情)에 호소하지 않을 수 없었습니다. 아버님의 합리적 논리에 쫓기게 된 저는 매우 격정적인 항변을 터뜨렸습니다. 저는 나오는 대로 마구 말하고 눈물을 흠뻑 흘렸습니다. 저는 제가 얼마나 나르치스를 사랑하는지, 그리고 지난 이 년 동안 제가 얼마나 억지로 참아왔는지, 그리고 제가 저의 행동이 옳다는 것을 얼마나 확신하고 있는지를 아버님에게 보여드렸습니다. 그리고 저는 이 확신을 붙잡기 위해서는 눈앞에 다가온 듯한 행복과 사랑하는 약혼자를 잃어도 좋으며, 필요하다면 심지어는 모든 재산을 버릴 용의가 있다고 아버님에게 말씀드렸으며, 또 저의 깨달음에 반하는 행동을 하느니 차라리 조국과 부모님과 친구들을 떠나 이국에서 밥벌이를 하면서 살아가겠다고 말씀드렸습니다. 아버님은 당신의 감동을 숨기시고 한동안 잠자코 계셨습니다. 그러다가 마침내 여러 사람 앞에서 저의 뜻에 동의하신다고 선언하셨습니다.

그 무렵부터 나르치스는 우리 집을 피했습니다. 그래서 이제 아버님은 나르치스도 참석해 오던 주례(週例) 모임을 그만두셨습니다. 이 일이 궁정에서, 그리고 시내에서 사람들의 이목을

끌었습니다. 그래서 이런 경우에 늘상 그러듯이, 모두들 입을
놀려댔습니다. 대중들이란 우둔한 사람들의 결심에 어느 정도
의 영향을 끼치려는 버릇이 있기 때문에 이런 일에는 열을 내며
한몫 끼여들곤 하는 법이지요. 저는 세상을 충분히 알고 있었습
니다. 그래서 저도, 어떤 행동을 하라고 설교를 하던 바로 그
장본인들에 의해서 그런 행동을 했다고 오히려 질책당하는 수
가 비일비재하다는 것쯤은 알고 있었습니다. 그리고 설령 제가
이런 기현상을 몰랐다 하더라도, 저의 내심의 상태가 확고한
이상, 저는 그런 모든 지나쳐 가는 숙덕공론 따위는 정말 아무
렇지도 않게 여겼을 것입니다.

이와는 달리 저는 나르치스에 대한 저의 애정은 포기하지 않
고 계속 가꾸어 보려고 했습니다. 그 사람은 제 눈앞에 나타나
지 않았지만, 제 마음은 그 사람에 대해 전혀 변한 것이 없었습
니다. 저는 그 사람을, 말하자면 새로이, 그리고 전보다 더 의
젓하게 사랑할 수 있었습니다. 만약 그 사람이 제 확신을 뒤흔
들어 놓으려고만 하지 않는다면 저는 그 사람의 여자였습니다.
그러나 이 조건이 선행되지 않고서는 저는 왕국을 준다 해도 그
를 뿌리치지 않을 수 없었습니다. 여러 달 동안 저는 이런 느낌
과 생각을 두고 고심했습니다. 그리고 마침내 조용히, 그리고
의젓하게 일을 처리할 수 있을 만큼 제 마음이 침착하고 굳건하
다고 느낄 수 있었을 때, 저는 그에게 애정이 가득하지는 않지
만 정중한 편지를 써서 그에게 왜 더 이상 저한테 오지 않느냐
고 물었습니다.

사소한 일에 자신의 입장을 밝히기를 꺼리면서 자기한테 좋
다고 생각되는 것을 말없이 행하는 것을 좋아하는 그의 성격을
잘 알기 때문에, 저는 이번에는 의도적으로 그의 태도 표명을

촉구하고 나선 것이었습니다. 저는 장문의 답장을 받았는데, 제가 보기에 그것은 장황한 문체와 하찮은 상투어들로 되어 있는 몰취미한 편지였습니다. 그 내용인즉, 자기는 더 나은 직위를 얻지 못하고선 살림을 차릴 수 없고 저에게 청혼할 수도 없다, 그리고 자기가 지금까지 얼마나 많은 어려움을 겪었는지는 누구보다도 제가 잘 알고 있을 것이다, 또한 자기 생각으로는 이렇게 오랫동안 결실을 맺지 못하는 교제가 계속된다면 저의 명예에 손상이 될 수도 있으니, 자기가 지금까지처럼 거리를 취하고 있게 허락해 주면 좋겠다, 그러나 저를 행복하게 해줄 수 있는 입장이 되자마자 자기가 저에게 한 약속은 신성한 것으로 알고 꼭 지키겠다는 사연이었습니다.

저는 당장 그에게 답장을 썼는데, 그 내용은, 그 일이 온 세상에 알려졌기 때문에 제 명예를 염려하는 것은 너무 늦은 감이 있다, 저는 저의 명예를 위해서는 제 양심과 제 순결이 가장 확실한 보증이라고 생각한다, 그러나 저는 이제 그 사람에게 서슴지 않고 약속을 되돌려 드리니 부디 자기의 행복을 찾으시기 바란다는 내용이었습니다. 보낸 지 한 시간도 채 안 되어 저는 짤막한 답장을 받았는데, 그것은 먼젓번 편지와 본질적으로는 내용이 똑같은 것이었습니다. 그 사람은 자기가 직위를 얻으면 저에게 자기와 행복을 함께하기를 원하는지 물어보겠다는 말을 되풀이하고 있었습니다.

이제 저에게는 그런 말은 아무 말도 하지 않은 것이나 마찬가지였습니다. 저는 저의 친척들과 친지들에게 일은 이미 끝난 것이라고 선언했으며, 사실 그 일은 정말 끝난 것이기도 했습니다. 하기야, 아홉 달이 지난 후 그 사람이 아주 바람직한 직위로 승진하자 다시 한번 청혼을 하긴 했습니다만, 물론 거기에는 제가 집안을 일으켜 세워야 하는 한 남자의 아내가 되려면 저의 생각을 고쳐야 한다는 조건이 붙어 있었습니다. 저는 정중하게 감사의 뜻을 표했습니다. 그러고는 마치 막이 내리고 나자 극장으로부터 어서 나가기를 원하는 심경으로 그 이야기로부터 서둘러 마음과 생각을 돌려버리고 말았습니다. 그런 일이 있고 얼마 되지 않아 그 사람이 이제는 홀가분한 입장이라 부유하고 명망 있는 집안의 규수를 만나 쉽게 결혼했고, 그래서 저도 그 사람이 자기 나름대로 행복해진 것을 볼 수 있었기 때문에, 저는 아주 완전무결한 마음의 평정을 얻었습니다.

그 사람이 아직 새 관직을 얻기 전에, 그리고 그 뒤에도 역시, 저에게 명망 있는 가문들에서 여러 번 청혼이 있었다는 사실을 말씀드리지 않고 그냥 지나쳐 버려서는 안 될 것 같습니다. 아버님과 어머님은 제 쪽에서 제발 좀 양보해 주기를 원하셨지만, 저는 아주 두말 없이 거절해 버렸습니다.

저는 이제 폭풍우가 휘몰아치던 삼사월을 보내고 가장 아름다운 날씨의 오월을 선사받은 것만 같았습니다. 건강도 좋아서 이루 형언할 수 없을 정도로 안정된 마음의 평화를 누릴 수 있었습니다. 아무리 곰곰이 회고해 보고 따져봐도 잃은 것보다는 얻은 것이 더 많음을 알게 되었습니다. 젊고 감정으로 넘쳐흐르는 저에게는, 아름다운 정원에서 시간을 지루하게 보내지 않으려고 모임에 가거나 카드 놀이를 해야만 했던 지난날에 비해서, 하느님께서 창조해 놓으신 이 세계가 천 배는 더 아름답게 생각되었습니다. 이제 깊은 신앙심을 부끄러워하지 않아도 되는 저는 예술과 학문에 대한 사랑도 숨기지 말아야겠다는 용기를 얻었습니다. 저는 소묘를 하고 그림을 그리고 책을 읽었으며, 저를 지원해 주는 사람들을 얼마든지 발견할 수 있었습니

다. 제가 버렸던, 아니 오히려 그쪽에서 저를 버렸다 할 수 있
는 큰 세계 대신에 제 주위에는 훨씬 더 풍요롭고 흥미 있는 작
은 세계 하나가 형성되었습니다. 저는 원래 사람들이 모여 사는
생활을 좋아했습니다. 그래서 제가 과거에 알았던 사람들을 포
기했을 때, 고독이 몹시도 두려웠다는 것도 부인할 수 없는 사
실입니다. 그러나 이제 저는 그 동안의 고통이 충분히, 어쩌면
너무 과분하게 보상받았다고 생각했습니다. 저의 교제는 이제
서야 정말 폭이 넓어지기 시작해서, 그중에는 저와 사고방식이
일치하는 고향 사람들만이 아니라 외지인들까지도 끼여들었습
니다. 저의 이야기가 소문으로 좍 퍼져서 많은 사람들이 약혼자
보다도 하느님을 더 소중히 여긴 그 아가씨를 보고 싶은 호기심
을 지니게 되었습니다. 그 당시 독일에는 온통 모종의 종교적인
분위기[5]가 팽배해 있었습니다. 그래서 여러 군주 또는 백작의
궁성에서는 영혼의 구원을 위해 진력하는 모습이 활발하게 눈
에 띄곤 했습니다. 똑같은 생각을 품은 귀족들도 없지 않았으
며, 하층계급 사이에는 이 사상이 매우 뿌리 깊게 퍼져 있었습
니다.

이제 저는 앞서 언급한 바 있는 그 백작 가문에 더 가까이
끌렸습니다. 그 가문은 몇몇 친척들이 우리 도시로 추가로 들어
왔기 때문에 그 사이에 강성해져 있었습니다. 제가 그 사람들과
의 교제를 원하는 것과 마찬가지로 그 훌륭한 사람들이 저와의
교제를 원했습니다. 그들한테는 친척들이 많았기 때문에 저는

---

5) 정통 교회의 교리보다 인간 내심에서 우러난 종교적 분위기를 더 중히
여기는 경건주의Pietismus적 분위기를 말한다. 당시 널리 전파되어 있던
헤른후트파Herrnhuter의 경건주의적 찬송가집이나 교회의 인습에서 벗어
난 라파터Lavater 같은 성직자, 또는 『구세주Messias』의 시인 클롭슈톡
Klopstock 등을 연상하면 좋을 것이다.

그 댁에 출입하면서 다수의 군주들과 백작들, 그리고 제국(帝國)의 고관들을 사귀었습니다. 저의 사고방식은 아무에게도 비밀이 아니었습니다. 사람들이 이러한 저의 사고방식을 존경해서인지, 아니면 단지 건드리지 않고 아껴주려 해서인지는 몰라도, 어쨌든 저는 저의 목적을 달성할 수 있었으며 논박을 당하지 않고 지낼 수가 있었습니다.

이제 저는 전과는 다른 방식으로 다시금 세상에 발을 들여놓게 되었습니다. 바로 이 무렵에, 여느 때는 단지 지나가는 길에 우리 집에 들리곤 하시던 아버님의 이복동생 한 분이 장기간 우리 집에 머물고 계셨습니다. 그분은 존경받고 영향력 있는 궁중 관리셨는데, 자신의 뜻대로 모든 일이 되어나가지 않는다는 이유만으로 그 직위를 버리신 것이었습니다. 그분은 올바른 사리 판단력과 엄격한 성품의 소유자로서, 이런 점에서는 제 아버님을 쏙 빼놓은 것 같았습니다. 다만 제 아버님은 그러신 중에도 어느 정도의 부드러움을 지니고 계셨기 때문에 보다 쉽게 사업상의 양보도 하실 수 있으시고, 당신의 신념에 위배되는 일은 하지 않으시면서도 남이 하는 일을 그냥 두고 보실 수 있으셨으며, 그에 대한 불만은 나중에 당신 혼자서 잠자코, 혹은 가족들에게 터놓고 얘기하시면서 삭이실 수 있으셨습니다. 제 의(義)숙부님은 훨씬 더 젊으셨고, 그분의 외부 여건을 보면, 아닌게 아니라 그분이 독립심을 가질 만하다고 수긍할 만한 점이 적지 않았습니다. 숙부님의 어머님이 굉장한 부자였던 데다가 숙부님은 또 그녀의 멀고 가까운 친척들로부터도 큰 재산을 물려받을 가망이 있었던 것입니다. 그래서 숙부님은 다른 수입원이 필요없었지요. 반대로 제 아버님은 재산이 별로 많지 않으셔서 봉급 때문에 꼼짝 못 하고 직장에 얽매일 수밖에 없으셨습니다.

숙부님은 가정적인 불행 탓에 더욱더 완강한 성품이 되셨습니다. 숙부님은 다정다감한 아내와 희망을 걸었던 아들 하나를 일찍 잃으셨고, 그때부터 당신의 뜻에 맞지 않는 일은 일체 멀리하시려는 것같이 보였습니다.

우리 집안에서는 가끔 귀엣말로, 숙부님은 아마 다시 결혼하시지는 않을 것이다, 그렇게 되면 질녀인 우리가 혹시 그 큰 재산의 상속자가 되는 것은 아닐까 하고 소곤거리며 우쭐대기도 했습니다. 저는 그런 말에는 더 이상 주의를 기울이지 않았습니다. 하지만 저를 빼놓은 다른 식구들의 태도에는 그런 희망이 적지않이 실려 있는 분위기였습니다. 숙부님은 성품이 강직하시긴 했지만 얘기중에 아무에게도 반대하지 않으시고 오히려 모든 사람 하나하나의 의견을 친절하게 경청하시며, 또 각자가 어떤 사물에 대하여 생각하는 방식을 당신 자신의 논거와 예를 들어가며 더욱 격려해 주시는 습관을 몸에 익히고 계셨습니다. 숙부님을 잘 모르는 사람은 자기가 항상 그분과 같은 의견이라고 믿었습니다. 숙부님은 빼어난 분별력을 갖추고 계신 분으로서 모든 사람들의 사고방식에다 당신의 사고를 이입(移入)시켜 생각하실 수 있으셨기 때문이었습니다. 그러나 숙부님은 저하고는 그렇게 행복한 관계가 아니었습니다. 왜냐하면 여기서는 감정이 문제가 되는데, 숙부님은 감정에 대해서는 전혀 아무것도 모르시는 분이었으니까요. 숙부님은 저의 주의주장에 대해 아주 신중하고 아껴주는 태도로 동정과 이해심을 보이면서 저와 얘기를 나누긴 하셨지만, 저의 모든 행동의 근원에 대해서는 보아하니 전혀 이해를 못 하고 계신 것이 명백한 것 같았습니다.

참, 말이 났으니 말입니다만, 숙부님이 아무리 비밀을 털어놓지 않으시려 해도, 그분이 우리 집에 보통 때보다 더 오래 머물고 계시는 궁극적인 목표가 얼마 후에 드러났습니다. 우리가 드디어 알게 된 것은 숙부님은 우리 자매들 중에서 특히 막내를 골라서 당신의 뜻대로 결혼도 시켜주고 행복하게 만들어 주시려는 의향을 지니고 계시다는 것이었습니다. 그애는 재색을 겸비했고 특히나 거액의 재산까지 얹혀질 테니, 틀림없이 일류 배우자를 고를 만했습니다. 숙부님은 저에 대한 당신의 생각 또한 암묵적으로 알려주셨습니다. 즉, 숙부님은 저를 어느 수녀단의 귀부인 회원[6]으로 입회시켜 주셨는데, 얼마 안 있어 곧 저는 수녀단으로부터 연금까지도 받게 되었습니다.

제 여동생은 숙부님의 보살핌에 저만큼 만족하지도 않았고 감사해하지도 않았습니다. 그애는 지금까지 몹시도 조심하면서 숨겨왔던 남모르는 사랑의 속사정을 저에게 털어놓았습니다. 즉, 그애는 좋아해서는 안 될 남자와 사귀고 있었는데, 제가 온갖 가능한 방법을 다 동원하여 그 관계를 그만두도록 충고할 것만 같아서 잔뜩 두려워하고 있었고, 또 실제로 그렇게 되고 말았습니다. 저는 제가 할 수 있는 온갖 가능한 수단을 다 동원하여 말렸으며, 결국 성공할 수 있었습니다. 숙부님의 의도가 너무나 진지하고 명확했기 때문에, 그리고 또, 세상 물정에 밝은 제 동생에게는 장래의 전망이 너무나 매력적이었기 때문에, 그애는 자기의 이성조차도 동의할 수 없는 그 애정을 과감히 포기할 힘을 얻을 수 있었던 것입니다.

---

6) 여기서 수녀단이라 함은 신교의 헌금자 단체로서 귀족계급의 여성만이 그 회원이 될 수 있었다. 회원은 가톨릭의 수녀처럼 순결의 맹세를 해야 했지만 그 외의 다른 생활상의 자유는 충분히 누릴 수 있었으며, 18세기에는 높은 사회적 신망을 누렸다. 회원은 입회할 때 고액의 헌금을 내고는 종신토록 일정액의 연금을 지급받았다.

이제는 그애가 숙부님의 그 온화한 인도를 더 이상 지금까지처럼 피하지 않게 되었으므로, 숙부님의 계획은 곧 착수되기에 이르렀습니다. 숙부님은 이웃에 있는 궁정에서 여집사장으로서 큰 명망을 누리고 있는 한 여자 친구분에게 제 여동생을 좀 감독 훈련시켜 주십사 하고 맡기셨습니다. 그래서 그애는 궁정의 숙녀 수업에 들어갔습니다. 저는 동생을 데리고 그애가 새로이 머물 곳으로 갔습니다. 우리는 둘 다 우리가 받게 된 영접에 매우 만족해했으며, 가끔 저는 이제는 수녀단의 여성 회원으로서, 젊고 독실한 부인 회원으로서 이 세상이라는 극장에서 연기하고 있는 저 자신이란 인물에 대해 남몰래 미소를 머금지 않을 수 없었습니다.

예전 같았으면 이런 상황에 처하여 저는 심히 당혹감을 느꼈을 것이고, 어쩌면 그만 머리가 돌아버렸을지도 모르겠습니다. 그러나 이제 저는 제 주위의 모든 사물에 대해 아주 담담한 심경이었습니다. 저는 두세 시간 동안 아주 조용한 가운데에 머리를 매만지도록 하고 화장을 하면서, 제가 직책상 이런 궁중 예복을 입을 의무가 있다는 것 이외에는 아무런 생각도 하지 않았습니다. 사람들로 가득 찬 홀에서 저는 온갖 사람들과 대화를 나누었지만, 그 어떤 모습, 그 어떤 성격도 저에게 강한 인상을 남기지는 못했습니다. 제가 다시 집으로 돌아왔을 때, 대개는 다리가 피곤하다는 것만이 제가 집으로 함께 가져온 유일한 감정이었습니다. 하지만 제가 본 그 많은 사람들은 저의 분별력을 키우는 데에는 소용이 되었습니다. 인간이 지닐 수 있는 모든 덕성과 훌륭하고 고귀한 행동의 귀감으로서 저는 몇몇 부인들을 알게 되었는데, 그중에서도 특히 제 동생이 그 아래에서 수련을 받을 행운을 얻게 된 그 궁중 여집사장을 꼽고 싶습니다.

하지만 집으로 돌아오는 도중에 저는 이 여행이 저의 몸에는 그다지 좋은 결과를 가져오지 못한 것을 느꼈습니다. 그 동안 매우 절제를 하고 아주 엄격하게 절식을 해왔지만, 저는 평소때처럼 시간과 체력을 제 마음대로 쓰고 조절할 수가 없었던 것입니다. 먹는 음식, 운동, 기상과 취침, 옷을 입고 외출을 하는 것 등이 고향 집에 있을 때처럼 저의 의지와 저의 느낌에 따라 행할 수 있는 것이 아니었던 것입니다. 사교적인 모임에서는 말수가 적어도 예의에 어긋납니다. 그래서 저는 그때그때 상황에 따라 필요한 모든 행동을 기꺼이 해내었지요. 그렇게 하는 것이 저의 의무라고 생각했고, 이런 상황이 곧 끝나리라는 것을 알고 있었기 때문이었으며, 저 자신이 그 어느 때보다도 건강하다고 느꼈던 까닭이었습니다. 그럼에도 불구하고 외지에서의 그 불안정한 생활은 저에게, 제가 느끼고 있었던 것보다 더 강렬한 작용을 했음에 틀림없습니다. 왜냐하면, 제가 집에 막 도착해서 만족하실 만한 얘기로 부모님을 기쁘게 해드리고 있는 참인데, 그만 뜻밖에도 객혈을 했기 때문입니다. 그 객혈은 위험한 것은 아니었고 금방 지나가긴 했지만 상당히 오랜 기간 동안 눈에 띌 정도의 쇠약상태를 후유증으로 남겨놓았습니다.

여기서 이제 저는 또다시 하나의 새로운 교훈을 되뇌지 않으면 안 되었습니다. 저는 기쁜 마음으로 그 교훈을 받아들였습니다. 저를 이 세상에 묶어두는 것은 아무것도 없었습니다. 그리고 저는 제가 여기 이 세상에서는 결코 올바른 길을 찾을 수 없으리라는 확신을 갖게 되었습니다. 그래서 저는 이제 그렇게 지극히 청량하고 안온한 상태 속에 살고 있었으며, 삶을 포기하고 난 뒤에도 아직 삶의 품안에 안겨 있었습니다.

저는 또다른 시련을 견뎌내어야 했습니다. 어머니가 중환으로 쓰러지셔서서 오 년이나 신고(辛苦)하시다가 마침내 자연의 빚을 청산하셨던 것입니다. 이 기간 동안에도 사소한 시험들이 많이 있었습니다. 어머니는 불안이 너무 심해질 때면 밤중에 우리 모두를 침상 앞으로 불러놓으시고는 우리가 면전에 있음으로 해서, 병이 낫지는 않는다 하더라도, 적어도 불안한 마음이라도 가라앉혀 보시려고 하셨던 것입니다. 아버님조차도 비참한 모습을 보이기 시작하시자 저의 고통은 더욱 심해졌으며 거의 참기 어려운 지경이 되었습니다. 젊으실 적부터 아버님께서는 가끔 심한 두통을 앓으시곤 하셨지만, 그 두통은 길어 보았자 서른여섯 시간밖에 지속되지 않는 것이었습니다. 그러나 이제는 그것이 지속적인 것으로 되어버렸습니다. 그래서 통증이 심하실 때면 그 고통이 저의 가슴을 에이는 듯 와 닿는 것이었습니다. 이런 소동을 겪을 때마다 제 몸이 허약한 것이 가장 한스럽게 느껴지곤 했습니다. 몸이 허약한 탓에 자식으로서 효성을 다해야 할 신성한 의무를 못 하거나, 또는 그것을 실행해 나가는 것이 극도로 힘들었기 때문이었습니다.

이제 저는 제가 택한 길이 진실인지 환상인지, 제가 혹시 다른 사람들의 생각을 흉내만 내고 있는 것은 아닌지, 혹은 제 신앙의 대상이 현실성을 지니고 있는 것인지 스스로 찬찬히 음미해 볼 수 있었습니다. 그 결과는 언제나 제 신앙의 진실성을 확인할 수 있었기 때문에 저에게는 큰 위로가 되었습니다. 저는 하느님을 향하는 제 마음의 올바른 방향을 찾고, 또 〈하느님의 사랑을 받고 있는 친구들 beloved ones〉과의 교제를 찾고자 했으며, 또 찾았습니다. 이것이 바로 저에게 그 모든 고통을 참고 견디기 쉽게 해주었던 것입니다. 마치 길손이 그늘에 찾아들 듯 저의 영혼은 제가 외부 세계로부터 온갖 압박에 시달릴 때마다 급히 그 피난처로 찾아들었던 것인데, 거기서는 한번도 빈손으로 돌아온 적이 없었습니다.

종교적 감정보다는 오히려 종교를 위한 열성을 더 많이 지니고 있는 듯한 몇몇 종교 옹호자들[7]이 최근 동료 신자들에게 기도로써 실제 이루어진 사례들을 공표해 주기를 호소한 적이 있었습니다. 이것은 아마도 그들이 자기들의 반대자들을 정말 외교적 법적으로 공박하기 위하여 증거로 들이댈 수 있는 문서들을 원했기 때문인 것으로 짐작됩니다. 그 사람들은 참다운 종교적 감정을 전혀 알지 못함에 틀림없습니다! 그리고 그 사람들 자신들은 진짜 종교적 체험을 해보지도 않았을 것입니다!

저는 제가 압박과 곤경에 처하여 하느님을 찾았을 때 한번도 빈손으로 돌아온 적이 없다고 감히 말씀드릴 수 있습니다. 이것은 이미 수없이 많이 언급된 말입니다. 그럼에도 불구하고 저는 이 이상의 말을 할 수 없고 또 해서도 안 되는 것입니다. 위기의 순간에 겪어낸 모든 체험 하나하나가 저에게 아무리 중요했다 하더라도, 만약 제가 그 경우들을 일일이 예시하려 든다면, 그것은 아주 진부하고 하찮은, 믿을 수 없는 이야기가 되고 말 것입니다. 마치 숨쉬고 있는 것이 우리가 살아 있다는 표징이듯이, 수천 개의 작은 사상(事象)들이 한데 뭉쳐서 저에게, 하느님이 없이는 제가 세상에 존재하지 않으리라는 사실을 입증해 주었을 때, 얼마나 행복했던지! 하느님께서 저에게 가까이 계셨고, 저는 하느님 앞에 있었습니다. 이것이 바로 제가

---

7) 예컨대 라파터 Lavater를 생각할 수 있는데, 그의 논설집(*Vermischte Schriften*, Bd. 1, Winterthur 1774)이나 『괴테와의 대화 *Goethes Gespräche*』(hrsg. von Herwig, Bd. 1, 1965, 94쪽)에서 이와 비슷한 생각이 나타나 있다.

모든 신학적인 학술용어를 극구 회피하는 가운데에 온갖 진실을 다해 말씀드릴 수 있는 전부입니다.

그 당시에도 저는 제가 전혀 아무 종파에도 속하지 않는 상태를 간절히 원했습니다. 그러나 누가 그렇게 일찍, 다른 사람의 형식을 빌리지 않고 하느님과의 순수하고 직접적인 관계 속에서 자기 자신을 자각하는 그런 행운에 도달할 수 있을지요? 저로서는 제 영혼의 행복이 진지하고도 절실한 문제가 아닐 수 없었습니다. 그래서 저는 겸허하게 다른 사람들의 견해에 의지하기로 하고, 할레의 개종파[8]에 저 자신을 완전히 맡겼습니다. 그러나 저의 온 마음이 그 교리들을 기꺼이 따라갈 수가 없었습니다.

이 교파의 가르침에 의하면 마음의 변화는 죄악에 대한 깊은 놀람과 더불어 시작해야 된다는 것입니다. 마음은 이런 곤경 속에서 많건 적건 간에 갚아야 할 벌을 인식해야 하며, 죄악을 범할 생각이 사라지도록 지옥의 맛을 미리 조금 보아두어야 한다는 것입니다. 그러고 나면 마침내 뚜렷이 알 수 있을 정도로 은총을 보장받았다는 느낌을 얻는 것이지만, 자칫하면 이 은총이 도중에 그만 사라져 버리는 수도 자주 있기 때문에 진지한 독행(篤行)으로 자꾸만 간구해야 된다는 것입니다.

저에게는 이 모든 것이 정확히는 고사하고 대강도 들어맞지 않았습니다. 제가 하느님을 성실하게 찾으면 그분은 제 앞에 나타나 주셨으며 과거의 일로 저를 꾸짖지 않으셨습니다. 나중에

---

8) 경건주의자 프랑케 August Hermann Francke(1663-1727)는 그의 자서전에서, 세속적인 생활, 각성과 회오, 내적인 정관과 행복이라는 3단계를 거쳐 하느님에게 이르는 길을 발견했다고 술회하였다. 이러한 가르침으로부터 그의 제자들이 개종파를 만들었는데, 프랑케의 경건주의의 발상지가 할레 Halle였기 때문에 이들을 할레의 개종파라고들 불렀다.

야 저는 제가 어떤 점에서 용렬했는가를 깨달았으며, 그 당시에도 제가 아직 용렬하다는 것은 알고 있었습니다. 그러나 저의 불완전성에 대한 인식은 불안이라곤 전혀 없이 찾아왔습니다. 저에게는 지옥에 대한 공포가 단 한순간도 찾아온 적이 없습니다. 정말입니다, 악령이라거나 사후에 벌과 고통을 받아야 할 곳 따위의 개념은 저의 관념의 영역에서는 결코 설자리를 찾을 수 없었답니다. 하느님을 모르고 살면서 〈그 보이지 않는 분〉에 대하여 마음의 문을 닫고 있어서 그분에 대한 신뢰와 사랑을 모르고 있는 사람들은 제가 보기에는 그 자체로서 벌써 너무나 불행하기 때문에, 지옥이니 무슨 외적인 벌을 준다는 것이 그들에게는 더 엄한 벌을 내리겠다는 위협으로 들리기보다는 오히려 벌을 좀 완화해 주겠다는 약속으로 들릴 것같이 생각될 정도입니다. 가슴속에 증오심을 가득 품고 그 어떤 종류의 선(善)에 대해서는 냉담하기 짝이 없으면서 자신과 타인에게 악을 강요하려고 하며 낮에는 두 눈을 감아버리고는 태양이 빛을 발하지 않는다고 강변하려는 사람들——이들은 제가 보기에는 모든 표현 가능성을 초월하여 비참의 극치에 달해 있는 사람들이었습니다. 저는 이런 사람들을 이 세상에서 관찰하는 것으로 족했습니다. 이 사람들의 상태를 더욱 나쁘게 만들기 위해, 지옥이란 것까지 또 고안해 내려 하다니! 누가 과연 그런 짓까지 할 수 있었겠습니까?

이와 같은 정서상태가 하루도 변함없이 십 년 동안 저에게 유지되어 왔습니다. 그 상태는 많은 시련을 꿰뚫고, 사랑하는 어머니의 고통스러운 임종 때조차도 그대로 유지되었습니다. 저는 솔직하게 터놓는 성격이라서, 어머니의 임종 때에도 저의 청랑한 정서상태를 경건하긴 하지만 아주 고루한 사람들에게 전혀 숨기지 않았더니, 거기에 대해서 많은 우정 어린 질책을 들어야 했습니다. 그들은 건강할 때에 천당에 갈 수 있는 기반을 굳혀놓기 위해서는 얼마나 진지한 태도를 취해야 하는가를 너무 늦기 전에 저에게 가르쳐 주는 것이라고 여겼습니다.

진지성이라면 저 역시 부족하다는 말을 듣고 싶지는 않았습니다. 저는 적어도 그 한순간에는 저 자신을 설득시키는 데에 성공했기 때문에, 정말 목숨을 걸어도 좋으니 제발 좀 슬퍼하고 두려움에 떨었으면 싶었습니다. 그러나 그것이 도저히 불가능했을 때 저는 얼마나 놀랐는지 모릅니다. 하느님을 생각하면 저는 청랑하고 즐거운 기분이 되는 것이었습니다. 제 사랑하는 어머니의 고통스러운 임종 때에도 저는 죽음이 무섭지 않았습니다. 하지만 이 중대한 시간에 저는 많은 것을 깨달았으며, 주제넘게도 저를 타이르려 들던 그 선생님들이 생각하는 것과는 전혀 다른 많은 것들을 배우게 되었던 것입니다.

차츰차츰 저는 그렇게도 많은 저명인사들의 깨달음에도 의심을 품게 되었으며 남몰래 저의 신념을 키워갔습니다. 어떤 여자친구 하나는, 제 쪽에서 처음에 너무 많은 양보를 했기 때문에 항상 저의 일에 참견하려 들었습니다. 저는 이 친구로부터도 저 자신을 해방시키지 않을 수 없었습니다. 그래서 한번은 그녀에게 아주 결연한 어조로, 그런 수고는 하지 말았으면 한다, 나는 그녀의 충고가 필요없다, 나는 내 하느님을 잘 알고 있으며 오직 그분만을 내 인도자로 삼고 싶다고 말해 주었습니다. 그녀는 매우 모욕을 당한 것으로 생각했으며, 아마 저의 그런 언사를 결코 용서하지 않았으리라 생각됩니다.

종교적인 문제에서는 제 친구들의 충고나 감화를 받아들이지 않겠다는 이 결단의 결과로 이제 저는 비종교적인 상황에 처해

서도 역시 자신의 길을 혼자 걸어갈 용기를 얻었습니다. 만일
저의 그 변함없는 보이지 않는 인도자의 도움의 손길이 없었더
라면, 저는 아주 곤란한 지경에 빠졌을지도 모릅니다. 그리고
아직까지도 저는 그 현명하고 행복한 인도에 대해 경탄을 금치
못합니다. 사실 당시 제 인생에서 무엇이 문제가 되고 있었는지
는 아무도 몰랐고, 저 자신도 그것을 몰랐던 것입니다.

우리에게 생명을 주신 그분으로부터, 생명이라는 이름이 붙
여져야 할 모든 것을 부양하고 계시는 그분으로부터 우리를 떼
어놓는 그것, 아직도 완전히 해명되지 않은 그 악한 것, 사람
들이 죄악이라고 부르는 그것——그것을 저는 아직도 전혀 모
르고 있었던 것입니다.

〈그 보이지 않는 친구〉와의 교제에서 저는 저의 모든 생명력
을 이루 말할 수 없이 감미롭게 즐기고 맛보았습니다. 이 행복
을 항상 누리고 싶은 욕망이 너무나 컸기에 저는 이 교제를 저
해하는 일체의 행동을 단념했습니다. 그리고 이 문제에 관해서
는 경험이 저의 제일 좋은 선생님이었습니다. 하지만 저의 삶은
마치 약은 쓰지 않고 절식으로만 병을 고치려는 병자들의 삶과
비슷했습니다. 그것도 어느 정도 효력이 있긴 했지만, 전혀 충
분하다고는 할 수 없는 정도였습니다.

특히 저는 생각이 산만해질 때가 자주 있습니다만, 이에 대
해서 저는 고독이 최선의 약이라고 생각했습니다. 그럼에도 불
구하고 저는 항상 고독 속에만 파묻혀 있을 수는 없었습니다.
그런 뒤에 소란스러운 군중 속에 끼여들면 그것은 저에게 더욱
더 강렬한 인상을 주는 것이었습니다. 저의 가장 본원적인 장점
은 제 마음속에서 조용한 것을 좋아하는 쪽이 우세해서 결국에
는 항상 그곳으로 물러난다는 데에 있었습니다. 저는 마치 일종

의 희미한 어스름 속에 파묻혀 있는 것 같은 저의 비참하고 약한 몰골을 잘 인식하고 있었습니다. 그래서, 제 몸을 아끼고 저 자신을 외부에 내놓지 않음으로써 이 곤경을 혼자 헤쳐나가려고 했습니다.

칠 년 동안 저는 이렇게 절제하고 조심하는 생활을 해왔습니다. 저는 제 건강상태를 나쁘다고 보지 않았고 제 상태를 바람직한 것으로 여겼습니다. 만약 묘한 사정과 인간관계가 끼여들지 않았던들 아마도 저는 계속 이 상태에 머물러 있었을 것입니다. 그러나 저는 이 상태에 머물지 못하고 묘한 길을 계속 가야 했습니다. 모든 제 친구들의 충고를 따르지 않은 채 저는 새로운 관계를 맺었던 것입니다. 저는 친구들이 반대하는 바람에 처음에는 당황했습니다. 즉각 저는 저의 보이지 않는 인도자한테 여쭈어 보았습니다. 그런데 그분이 저에게 그것을 허락해 주시기에 저는 더 이상 주저하지 않고 저의 길을 계속 갔습니다.

지성과 인정과 여러 가지 재능을 두루 갖춘 한 남자가 인근에 토지를 사서 들어왔습니다. 제가 사귄 외지인들 중에 그와 그의 가족들도 있었습니다. 우리는 풍속, 집안의 법도 및 습관이 매우 일치했기 때문에 얼마 안 가서 곧 서로 가까워졌습니다.

필로Philo——저는 그 사람을 이렇게 부르겠습니다——는 벌써 상당히 나이가 들어 있었고, 기력이 점점 감퇴해 가기 시작하는 제 아버님에게도 사업상 큰 도움이 되는 사람이었습니다. 그는 얼마 안 있어 곧 우리 집안의 제일 친근한 친구가 되었습니다. 그리고 그는 저를 두고 말하기를, 넓은 세상 사람들의 방종스럽고 공허한 면도 없고 고요한 시골 사람들의 무미건조하고 소심한 면도 없는 사람을 드디어 한 사람 보게 되었다고 했기 때문에, 우리는 곧 허물없는 친구가 되었습니다. 그는 저에게 매우 유쾌한 느낌을 주는 사람이었고, 또 매우 필요한 사람이기도 했습니다.

저는 세상사에 관여하여 그 어떤 영향력을 행사할 소질도, 또 그럴 생각도 전혀 없었지만, 그런 일에 대해 듣는 것은 퍽 좋아했고 원근에서 일어나는 여러 사건에 관해 듣는 것도 매우 좋아했습니다. 저는 세상사에 대해서는 감정이 개입되지 않은 명확한 지식을 얻는 것을 선호했으며, 제 느낌과 깊은 정, 그리고 애정은 하느님과 제 가족, 그리고 제 친구들을 위해서 간직해두는 편이었습니다.

그런데 이 친구들이, 이런 말을 하는 것이 좀 주제넘은 것 같습니다만, 필로에 대한 저의 새로운 관계에 대해서 질투를 하고 있었습니다. 그들이 이 관계에 대해 저에게 경고하는 것은 여러 면에서 볼 때 옳은 일이기도 했습니다. 저는 남모르는 가운데 많이 괴로워했습니다. 왜냐하면 저 자신도 그들의 이의 제기를 완전히 허무맹랑하다거나 이기적이라고만 치부할 수가 없었기 때문입니다. 저는 본래부터가 제 견해를 남의 견해에 종속시키는 데에 익숙해 있었습니다. 그러나 이번에는 제 확신을 굽히고 싶지가 않았습니다. 저는 이번에도 저에게 경고해 주시고, 못 하게 막아주시거나 인도해 주십사 하고 하느님께 빌었습니다. 그런데 이에 대해 그분이 제 마음을 통해 저에게 그만두도록 경고하지 않으시기에 저는 안심하고 제가 가던 길을 계속 걸어갔습니다.

필로는 대체로 볼 때 나르치스와 멀리 닮은 데가 있었습니다. 다만 그는 경건한 교육의 덕분으로 나르치스보다는 감정을 더 가다듬을 수 있었고 감정에다 더 많은 활기를 불어넣을 수 있었던 것 같았습니다. 그는 나르치스보다 허영심은 적었으나 더 독자적인 성격을 지니고 있었습니다. 나르치스가 세속적인 사업에서 섬세하고 정확하며 끈기 있고 지칠 줄 모른다면, 그는 명확 예리한 데다 민첩했으며 믿을 수 없을 정도로 경쾌하게 일을 처리했습니다. 그를 통해서 저는 모임에서 낯을 익혔던 거의 모든 저명인사들의 아주 내밀한 속사정까지도 알게 되었습니다. 그래서 저는 저 자신의 망루로부터 시끄러운 세상살이를 멀리서 구경할 수 있는 것이 즐거웠습니다. 필로는 이제 저에게 더 이상 아무것도 숨길 수 없었습니다. 그는 저에게 자기의 외적 내적인 관계들을 하나씩하나씩 털어놓기 시작했습니다. 저는 그 사람 일이 두려웠는데, 그것은 복잡하게 얽힐 여러 가지 상황을 예견할 수 있었기 때문입니다. 그리고 과연 제가 짐작했던 것보다도 더 빨리 나쁜 일이 찾아왔습니다. 그는 어떤 고백은 아예 하지 않고 항상 뒤에 숨겨놓았던 것이었습니다. 그리고 마지막 순간에도 그는 단지 제가 최악의 사태를 추측할 수 있을 만큼만 저에게 털어놓는 것이었습니다.

그것이 제 마음에 얼마나 큰 충격을 주었는지 모릅니다. 저는 전혀 새로운 경험을 하게 되었습니다. 저는 이루 말할 수 없는 비애감에 젖은 채 또 한 사람의 아가톤[9]을 보는 기분이었습니다. 델피의 숲속에서 교육을 받고 아직 그 양육비를 빚지고 있다가 뒤늦게서야 무거운 체납이자까지 덧붙여서 갚아야 했던 그 아가톤이 바로 저와 인연이 깊은 그 친구였습니다. 저의 동정은 열렬해서 그와 완전히 입장을 같이할 정도였습니다. 저는

---

9) 빌란트 Wieland의 소설 「아가톤 Agathon」(1766-1767)의 주인공 아가톤은 델피에서 엄격한 교육을 받은 결과, 관능의 세계를 전혀 모르고 있다가 나중에 아름다운 매춘부 다나에 Danae의 품안에서 관능의 세계를 맛보게 된다. 여기서 필로를 아가톤에 비유한 것은 모호하게 해둔 채 넘어간 그의 고백 내용을 구체적으로 암시하기 위한 것으로 보인다.

그와 함께 괴로워했습니다. 그래서 우리는 둘 다 극히 묘한 정신상태에 빠졌습니다.

오랫동안 그의 정서상태를 두고 연구를 하고 난 뒤에 저는 방향을 바꾸어 저 자신을 관찰하기에 이르렀습니다. 〈너라고 해서 그 사람보다 나을 게 없다〉 하는 생각이 작은 구름과도 같이 저의 눈앞에서 피어오르더니 차차 번져서 마침내는 제 온 영혼을 캄캄하게 뒤덮어 버리는 것이었습니다.

이제 저는 더 이상 〈너라고 해서 그 사람보다 나을 게 없다〉라고 생각만 하는 것이 아니고, 그것을 느끼기까지 했으며, 그것도 두 번 다시는 느끼기 싫을 정도로 그렇게 뼈저리게 느꼈습니다. 그리고 이것은 분명 언뜻 스쳐가는 그런 일과성의 느낌이 아니었습니다. 만약 〈어떤 보이지 않는 손〉이 제한해 주지 않았던들, 저는 지라르,[10] 카르투슈,[11] 다미엥[12]이나 또는 그보다 더 한 괴물도 될 수 있었다는 사실을 일 년 이상이나 두고 지속적으로 느끼지 않을 수 없었습니다. 저는 그렇게 될 수 있는 소질을 제 마음속에서 분명히 느꼈습니다. 아 정말이지, 이 얼마나 무서운 발견입니까!

지금까지 저는 제 속에서 죄악이 있을 수 있다는 가능성을 경험을 통해서는 추호도 인지할 수 없었습니다. 그랬던 만큼 이제 그 죄악의 가능성이 저의 예감 속에서 아주 경악할 정도로 분명히 떠오르는 것이었습니다. 하지만 저는 아직도 악을 모르

---

10) 지라르Jean Baptiste Girard(1680-1733)는 고해하는 소녀를 유혹한 혐의로 기소되었던 성직자 이름.

11) 카르투슈Louis-Dominique Cartouche(1693-1721)는 도둑떼의 악명 높은 수령.

12) 다미엥Robert-François Damiens(1714-1757)은 1757년에 루이 15세를 죽이려던 암살 미수범.

고 있었습니다. 다만 그것을 두려워했을 따름이었죠. 즉, 제가
죄인일 수 있다는 가능성은 느꼈지만, 저 자신을 탄핵할 만한
죄는 아직 없었던 것입니다.

지금 저와 같은 이런 정신상태가 저의 사후 희망인 지고자
(至高者)와의 결합에 적합하지 못하다는 사실에 대하여 깊이 확
신할수록, 그만큼 더 저는 제가 하느님과 이런 식으로 헤어지
게 될까 봐 걱정하지는 않았습니다. 제 마음속에서 발견한 악에
도 불구하고 저는 하느님을 사랑하고 있었고 제가 느끼고 있는
것을 미워했기 때문입니다. 정말이지 저는 그것을 더욱더 진지
하게 미워할 수 있기를 원했고, 이 병으로부터, 그리고 병을
앓게 되어 있는 이 소질로부터 구원받는 것이 제 소망의 전부였
습니다. 저는 그 위대한 의사 선생님께서 이번에도 저에게 도움
의 손길을 마다하시지 않을 것임을 확신하고 있었던 것입니다.

유일하게 남은 문제는 〈이 병을 치료해 줄 수 있는 것이 무
엇인가? 도덕적 훈련일까?〉 하는 것이었습니다. 저는 그것이 도
덕적 훈련이라고는 결코 생각할 수 없었습니다. 왜냐하면, 저
는 벌써 십 년 동안이나 단순한 도덕적 훈련 이상의 것을 해왔
는데, 이제서야 비로소 알게 된 이 무서운 악은 그럼에도 불구
하고 저의 영혼 깊숙한 곳에 숨어 있었던 것입니다. 이 무서운
악은 밧세바를 바라보았을 때의 다윗[13]의 경우처럼 썩 물러가
버릴 수도 있었지 않은가 말입니다. 다윗도 역시 하느님의 친구
였지 않습니까? 그리고 저 역시 하느님께서 저의 친구라고 깊은
내심에서 확신하고 있었거든요.

그러니까 이것은 아마도 인류의 피할 수 없는 약점이 아닐까

---

13) 다윗이 우리아의 아내 밧세바가 몸을 씻는 것을 보고 반하여 정을 통하
　　고 왕비로 삼은 고사를 지칭한다(「사무엘 하」 제11장 참조).

요? 그래서 우리는 언젠가 한번은 우리 욕망의 지배를 느끼게 되는 것을 감수하지 않으면 안 되는 것일까요? 아무리 애쓴다 하더라도 우리는 우리가 빠져들게 된 죄악의 수렁을 싫어하면서도 비슷한 경우가 오면 다시 거기에 빠져드는 것 이외에는 다른 길이 없는 것일까요?

도덕의 가르침으로부터는 저는 아무런 위안도 찾을 수 없었습니다. 엄격성을 통해 우리의 애정을 다스리려고 하는 도덕도, 관대한 태도로써 우리의 애정을 덕성으로 만들고 싶어하는 도덕도 저에게는 다 마음에 들지 않았습니다. 〈그 보이지 않는 친구〉와의 교제로 얻게 된 기본 개념들이 저에게는 이미 훨씬 더 결정적인 가치를 지니고 있었던 것입니다.

언젠가 저는 다윗이 저 추악한 파국[14]을 겪고 난 뒤에 쓴 노래들을 연구한 적이 있었습니다. 그때 제가 주목한 것은, 그가 자신 속에 깃들여 있는 악이 자신이 태어날 때 타고난 육신 속에 이미 들어 있었음을 알아차렸음에도 불구하고 속죄를 원하면서 깨끗한 마음으로 되돌아갈 수 있기를 아주 간절히 기도했다는 사실이었습니다.

그러나 어떻게 하면 깨끗한 마음으로 되돌아갈 수 있을까요? 정통 신학의 교리서들이 가르쳐 주고 있는 답은 저도 잘 알고 있었습니다. 즉, 예수 그리스도의 피가 우리를 모든 죄악으로부터 정화해 준다는 것[15]은 저에게는 성경의 진리이기도 했던 것입니다. 그러나 저는 사람들이 그렇게도 자주 입에 담아왔던 이 말을 지금까지 한번도 이해하지 못했다는 사실을 이제야 비로소 깨달은 것입니다. 〈이것이 무슨 뜻일까?〉〈왜 그렇게 되어

---

14) 구약 「시편」 제51편 및 제31편 참조.
15) 「요한1서」 제1장 제7절 참조.

야 하는가?)[16] 하는 물음들이 밤낮 할 것 없이 제 마음속에서 맴돌았습니다. 마침내 저는 제가 찾고 있는 해답이 만물과 우리 자신을 창조한 그 영원한 말씀의 인간화[17]에서 찾을 수 있다는 사실을, 번쩍하고 스쳐 지나가는 일종의 섬광 속에서 본 것으로 믿었습니다. 태초의 하느님께서, 우리가 지금 살고 있는 이 골짜기 속으로, 그분이 현재 꿰뚫어보시고 조감하고 계시는 이 깊은 속세로, 한번은 주민의 자격으로 오셔서 우리의 상황을 한 단계씩 한 단계씩 수태와 탄생으로부터 무덤에 이르기까지 일일이 다 겪어보셨다는 것, 그리고 그분이 이러한 특이한 우회로를 거치신 다음, 우리도 복을 누리며 살게 될 바로 그 밝은 하늘나라로 다시 승천하셨다는 것——바로 이것이 마치 희미하게 먼동이 터오는 것같이 저에게 계시되었던 것입니다.

아, 이런 일을 얘기하는 데에 왜 우리는 외적인 상태만을 가리킬 뿐인 비유적 표현을 써야만 할까요? 그분 앞에 높은 것 낮은 것이 어디 있으며 어두운 것 밝은 것이 어디 있습니까? 단지 우리 인간만이 상과 하, 밤과 낮을 구분하는 것입니다. 그리고 바로 이 때문에 그분은 우리와 비슷하게 되어주신 것이었습니다. 그렇게 해주시지 않을 경우, 우리가 그분의 사랑을 나누어 가지지 못할까 봐 걱정하셨던 것입니다.

그러나 우리가 어떻게 해야 이 지극히 귀중한 자애를 나누어 가질 수 있을까요? 성서는 우리에게 〈믿음을 통해서〉라고 가르치고 있습니다. 대체 믿음이란 무엇일까요? 한 사건에 관한 이야기를 진실이라고 생각하는 것——그것이 저에게 무슨 도움이

---

16) 「누가복음」 제1장 제34절을 희미하게 연상시키는 표현이지만, 그대로 딴 것이라고 하기는 어렵다.

17) 「요한복음」 제1장 제1절 이하 참조: 「파우스트」 1,224행 이하 참조.

될까요? 저는 그 사건의 영향과 결과까지도 제 것으로 받아들일 수 있어야 하는 것입니다. 이렇게 자기의 것으로 만드는 믿음이란 자연인에게는 쉽게 찾아오지 않는 독특한 정서상태임에 틀림없습니다.

「자 그럼, 전능하신 분이시여! 저에게 믿음을 주옵소서!」하고 저는 한번은 가슴이 터질 듯한 심경으로 간절히 기원했습니다. 저는 조그만 책상 앞에 앉아서 거기에 몸을 기대고는 눈물에 젖은 얼굴을 두 손 안에 묻고 있었습니다. 이때의 제가 바로, 하느님께서 우리의 기도를 들어주실 때에 우리가 갖추고 있어야 할 그 지극히 회귀한 상태에 있었던 것입니다.

아, 그때 제가 느꼈던 바를 그 누가 설명인들 할 수 있겠습니까? 어떤 끌어당기는 힘이 저의 영혼을 일찍이 예수께서 못박혀 돌아가신 그 십자가로 데리고 가는 것이 아니겠습니까? 그것은 일종의 인력(引力)이었지요. 저는 그것을 어떻게 달리 부를 도리가 없습니다. 그것은 우리의 영혼을 멀리 떨어진 곳에 있는 애인에게로 인도해 주는 그런 끌어당기는 힘과 꼭 같은 것이었습니다. 그것은 어쩌면 우리가 상상하는 것보다도 훨씬 더 많은 실체성과 진실성을 지니고 있을지도 모르는 일종의 접근이었습니다. 그렇게 제 영혼은 인간의 아들로 태어나셨다가 십자가에 못박혀 돌아가신 그분에게로 다가가고 있었고, 그 순간에 저는 믿음이 무엇인지를 깨달았습니다.

〈이것이 믿음이다!〉하고 저는 말했습니다. 그러고는 반쯤은 깜짝 놀라서 벌떡 일어났습니다. 이제 저는 제가 느낀 것, 제가 본 것을 확인하려고 했습니다. 그런데 잠시 후에 저는 제 정신이 지금까지와는 아주 다르게도 공중으로 날아오를 수 있는 능력을 지니게 된 것을 확신했습니다.

이런 느낌이란 우리가 말로는 표현할 수 없는 것입니다. 저는 이 느낌을 온갖 공상과는 아주 분명히 구별할 수 있었습니다. 이 느낌에는 공상이나 영상이 전혀 섞여 있지 않았습니다. 그럼에도 불구하고 이 느낌은 자신이 가리키고 있는 대상을 확실하게 보여주었는데, 그것은 멀리 떨어져 있는 애인의 모습을 우리의 눈앞에 그려 보여주는 상상력과도 같은 것이었습니다.

최초의 황홀감이 지나갔을 때 저는 제 영혼의 이런 상태가 전에도 이미 가끔 있었다는 사실을 알아차렸습니다. 하지만 저는 이런 상태를 결코 이렇게 강력하게 느끼지 못했던 것입니다. 즉, 저는 한번도 그 상태를 꽉 포착해서 저 자신의 것으로 만들 수 없었던 것입니다. 대체로 보건대 모든 인간의 영혼이 한두번은 그런 경험을 했으리라고 생각합니다. 하느님이 계시다는 것을 모든 인간에게 가르쳐 주시는 것은 의심할 나위 없이 그분 자신인 것입니다.

이전부터 가끔 저를 엄습해 오기만 하던 이 힘에 대하여 저는 그때까지는 아주 만족해하고 있었습니다. 만약 제가 이상한 운명에 의하여 뜻하지 않은 고통을 늘상 겪지 않았던들, 그리고 이 고통을 겪는 가운데에 저의 능력과 재능이 저 자신에게조차 신임을 못 받는 일이 생겨나지 않았던들, 아마도 저는 그런 상태로 언제까지나 만족하고 있었을 것입니다.

그러나 저는 그 위대한 순간이 있은 이래로 날개가 돋쳤던 것입니다. 이제 저는 전에는 저에게 위험스럽던 것들 위로 날아오를 수 있었습니다. 그것은 마치 물살이 매우 빠른 까닭에 강아지가 겁이 나서 짖고 그 앞에서 멈춰서지 않을 수 없는 그런 강물 위를, 한 마리 새는 노래를 부르면서 아무 힘 들이지 않고 날아서 건널 수 있는 것과 같았습니다.

이런 저의 기쁨은 이루 형언할 수 없었습니다. 제가 이 일에 관한 것을 아무에게도 털어놓지 않았음에도 불구하고 제 가족들은 제 기분이 대단히 밝고 명랑한 것을 눈치챘습니다. 물론 저의 기쁨의 원인이 무엇인지는 이해하지 못한 채였지요. 아, 제가 언제까지나 침묵을 지켜 제 영혼 속에서 그 티없이 맑은 기분을 유지시키고자 애썼더라면 얼마나 좋았을까요! 주위 사정으로 말미암아 얼떨결에 그만 제 비밀을 발설해 버리지 않았더라면 좋았을 것입니다. 그랬더라면 저는 다시 한번 먼 길을 우회할 필요가 없었을 것입니다.

지난 십 년 동안의 기독교도로서의 저의 신앙생활 중에는 이러한 필요 불가결한 힘이 제 영혼 속에 없었기 때문에, 저 역시 다른 정직한 사람들의 경우와 꼭 같은 상태에 처해 있었습니다. 즉, 저는 저의 공상의 공간을 하느님과 관계를 갖고 있는 영상들로 가득 채움으로써 갖가지 어려움을 스스로 해결했던 것입니다. 그런데 이 방법도 아닌게아니라 정말 효험이 있지요. 이렇게 함으로써, 해로운 영상들이나 그 악한 결과들이 감히 범접하지 못하도록 막을 수 있으니까요. 이렇게 하면 우리의 영혼은 흔히 갖가지 정신적 영상들 중 한두 개를 꽉 붙잡고는 그것에 의지하여, 마치 한 마리 새끼새가 이 가지에서 저 가지로 파닥거리며 날 듯이 공중으로 약간 날아오를 수 있거든요. 더 좋은 방법이 없는 한 이런 수련을 하는 것도 아주 탓할 수는 없는 것이겠지요.

우리에게 하느님을 가리키는 영상들이나 인상들을 심어주는 것은 교회, 종소리, 오르간 소리, 찬송가, 그리고 특히 목사님들의 설교입니다. 이런 것들을 저는 이루 말할 수 없을 정도로 갈망하였습니다. 날씨가 나쁘거나 몸이 좀 좋지 않게 느껴지더라도 저는 교회에는 꼭 가야 했습니다. 그래서 일요일의 교회 종소리만이 병석에 누워서 거기로 갈 수 없는 저에게 초조감을 불러일으킬 수 있을 정도였지요. 저는 훌륭하신 분이었던 우리의 수석 궁정목사님의 설교를 듣는 것을 매우 좋아했으며, 그분 동료들의 말씀도 저에게는 소중했습니다. 그리하여 저는 평범한 과일이 지니고 있는 현세적인 과피(果皮)로부터 하느님의 말씀이 깃들인 황금색 사과[18]를 가려낼 줄 알게 되었습니다. 이와 같은 공적인 수련에다가 다시, 그 이름이야 어떻든 간에, 가능한 온갖 종류의 사사로운 신앙심 고취법이 덧붙여졌습니다. 그리하여 이것을 통해서도 저에게는 다만 공상과 아주 섬세한 감각만이 더욱더 발달하게 되었습니다. 저는 이러한 수련의 길에 아주 익숙해져 있었고 이 길을 너무나 존중했기 때문에 그때까지도 이보다 더 고상한 길이 있으리라고는 상상도 할 수 없었습니다. 왜냐하면 저의 영혼은 단지 더듬이만 갖고 있지 눈을 갖고 있지 않은 때문이지요. 제 영혼은 더듬기만 할 뿐 볼 수가 없었던 것입니다! 아, 이 영혼이 두 눈을 지니고 사물을 볼 수만 있다면 좋으련만!

그래서 저는 갈구하는 심정으로 설교를 들으러 다녔습니다. 그러나, 아, 제가 겪은 것이라니! 거기서 저는 제가 평소에 찾았던 것을 더 이상 찾을 수 없었습니다. 저는 이미 속의 알맹이를 맛보고 있는데, 그들 설교자들은 껍질을 깨무느라고 이빨을 무디게 하는 중이었습니다. 저는 얼마 가지 않아 그들에게 싫증이 나지 않을 수 없었습니다. 그러나 제가 찾을 줄 알았던 〈그분〉 혼자에게만 의지하고 있기에는 저는 너무 길이 잘못 들여져

---

18) 「잠언」 제25장 제11절 참조. 이 성경 구절을 원용하여 〈아름다운 영혼〉은 자신의 경건주의적 표현을 하고 있다.

있었습니다. 즉, 저는 영상들을 얻기를 원했고 외부로부터의 인상들도 필요로 했으며, 저 자신이 지금 느끼고 있는 것은 순수하고도 정신적인 욕망이라고 믿었던 것입니다.

필로의 부모님이 헤른후트 교파[19]와 관계를 맺어오고 있었기에 필로의 장서에는 아직도 그 백작[20]의 저서들이 많이 남아 있었습니다. 그 사람은 저에게 한두 번 아주 분명하고도 당당한 어조로 그 교파에 대한 이야기를 한 적이 있었습니다. 그러고는, 저에게 부탁하기를, 단지 심리학적인 한 현상을 알기 위해서라도 좋으니, 이 책들 중 몇 권을 한번 훑어보라는 것이었습니다. 저는 그 백작을 아주 몹쓸 이단자로 간주하고 있었습니다. 그래서 저는 그 친구가 이와 비슷한 의도로 저에게 억지로 떠맡기다시피 했던 에버스도르프의 찬송가[21]조차도 손도 대지 않은 채 그냥 내버려둔 상태였습니다.

---

19) 1722년에 새로 결성된 헤른후트 교단은 오버라우지츠Oberlausitz 지방의 작은 마을 헤른후트에 본부를 두었으며, 교주인 친첸도르프 백작Graf von Nikolaus Ludwig Zinzendorf(1700–1760)은 1736년에 작센에서 추방당했다가 1755년부터 1760년 사망할 때까지 다시 헤른후트에서 살았다. 헤른후트 교파가 작품 속에서 언급된 곳은 이 책의 원본(함부르크판 제7권)의 396쪽 제36행 이외에도, 348쪽 제25행, 414쪽 제19행 이하, 432쪽 제10행 이하, 528쪽 제38행 이하 등이 있다.

20) 친첸도르프 백작을 가리킨다. 그는 감정과 영상이 넘치는 경건주의적 언어로 많은 선교서와 찬송가를 썼으며, 많은 친구와 적을 동시에 지녔던 인물로서, 18세기 독일의 종교생활에 큰 영향을 끼쳤다. 청년 괴테는 그의 저술을 읽은 것으로 알려져 있다.

21) 에버스도르프Ebersdorf는 남부 튀링겐의 마을 및 궁성의 이름으로서, 친첸도르프 백작의 인척인 로이스Reuβ 백작의 영지였다. 에버스도르프의 목사 슈타인호퍼Maximilian Friedrich Christoph Steinhofer는 로이스 백작의 후원 아래 1742년에 에버스도르프 교구의 찬송가집을 출간해 내었는데, 이것이 경건주의 교파간에 널리 퍼지게 되었다. 괴테는 자신의 양친의 집에도 이 책이 한 권 있었으며 자기도 그것을 이용한 적이 있다고 언급한 바 있다.

그러던 중, 외부로부터 아무런 위로가 될 만한 거리를 찾을 수 없던 어느 땐가 저는 우연하게도 그 찬송가집을 집어들었습니다. 그런데 정말 놀랍게도 그 속에서, 제가 느꼈던 바로 그것을 가리키는 듯이 보이는 노래들을 발견한 것입니다. 그 노래들은 물론 매우 이상한 형식으로 씌어 있긴 했지만, 그 표현들의 독창성과 소박성이 저의 마음을 끌었습니다. 독특한 감정들이 독특한 방법으로 표현되어 있는 것 같았으며, 신학적인 용어 때문에 무엇인가 경직되고 세속적인 것을 상기하지 않아도 되었습니다. 저는 이 사람들이야말로 제가 느꼈던 바를 느꼈다는 확신이 들었습니다. 그래서 저는 이제 그 가사들을 암송하고 며칠 동안 그 의미를 골똘히 생각해 보면서 매우 행복해했습니다.

제가 그 진정한 깨달음을 선사받았던 그 순간으로부터 이런 식으로 약 삼 개월이 흘렀습니다. 마침내 저는 제 친구 필로에게 모든 것을 털어놓고 그 백작의 책들을 빌려달라고 청하기로 결심했습니다. 저는 이제 그 책들에 대한 호기심을 억누를 수가 없었던 것입니다. 제 마음속의 그 무엇인가가 저에게 그렇게 하지 말도록 진지하게 말리고 있었는데도 저는 그 결심을 정말 실행에 옮기고 말았습니다.

저는 필로에게 그 모든 것을 자세히 이야기했습니다. 그런데, 그 사람 자신이 그 이야기에서 주요 인물이기도 했거니와 제 이야기가 그 사람을 위해서도 아주 엄격하기 짝이 없는 참회 권고 설교를 내포하고 있었기 때문에, 그 사람은 매우 당황했으며 대단히 감동했습니다. 그 사람은 눈물까지 흘렸습니다. 저는 기뻤으며, 그 사람도 이제 완전히 개심(改心)을 하게 된 것으로 믿었습니다.

그 사람은 제가 요구하는 대로 모든 책들을 구해다 주었습니다. 그래서 이제 저의 상상력은 과영양(過營養) 상태가 되었습니다. 저는 친첸도르프Zinzendorf 식으로 생각하고 말하는 데에 큰 진보를 하게 되었습니다. 제가 그 백작의 사고방식과 화법을 지금은 높이 평가하지 않는다고 속단하시는 일이 없기를 바랍니다. 저는 그분을 공정하게 평가하고 싶습니다. 그분은 결코 공허한 몽상가가 아닙니다. 그분은 대개 상상력을 대담하게 비약시키면서 위대한 진리를 설파하고 있습니다. 그러니까, 그분을 경멸하고 비난해 온 사람들은 그분의 특성을 평가할 줄 몰랐던 것이며 다른 사교(邪敎)와 구별할 줄도 몰랐던 것입니다.

저는 그분이 이루 형언할 수 없이 좋아졌습니다. 만일 제가 마음대로 행동할 수 있는 여건에 있었더라면, 저는 틀림없이 조국과 친구들을 떠나 그분이 계신 곳으로 갔을 것입니다. 그랬더라면, 우리는 틀림없이 서로를 이해했을 것입니다. 그러나, 우리가 오랫동안 서로 마음이 맞기도 또한 어려웠을 것입니다.

그 당시 저의 집안 형편으로 하여금 저를 그렇게 꼼짝 못 하게 묶어두도록 해준 제 수호신에게 감사하고 싶습니다. 그 당시는 제가 정원으로 나가는 것만도 벌써 큰 여행 같았거든요. 늙고 허약하신 아버님을 돌봐드리는 일만 해도 제게는 힘겨웠으며, 휴식 시간에는 종교적 공상에 젖는 것이 제가 소일하는 방법이었습니다. 그 당시 제가 얼굴을 대하는 유일한 사람은 아버님께서 매우 사랑하시는 필로뿐이었습니다. 그러나 저에 대한 그 사람의 격의 없던 관계는 지난번의 그 고백으로 인하여 다소 서먹서먹해져 버렸습니다. 그 사람한테는 그 감동이 마음속 깊은 곳까지 스며들지 못한 것 같았습니다. 게다가, 몇 번인가 저의 언어로 말을 하려고 시도하다가 여의치 않자, 그 사람은 그 화제를 피했습니다. 마침 그 사람은 견문이 넓어서 항상 새로운 화제를 끌어올 수 있었기 때문에 그 사람으로서는 그 화제를 피하는 것이 아주 손쉬운 일이었습니다.

그러니까 저는 자기 혼자서 헤른후트파의 여신도가 된 셈이었습니다. 그러나 저는 제 정서와 취향이 이렇게 새로이 바뀐 일을 특히 수석 궁정목사님에게 숨겨야 했습니다. 저는 그분을 저의 고해 목사님[22]으로서 여러 가지 이유에서 높이 평가하지 않을 수 없었으며, 헤른후드 교파에 대한 그분의 극도의 혐오에도 불구하고 그분의 큰 업적들은 그때 현재까지도 아직 저의 눈에는 조금도 손상될 수 없는 것이었습니다. 유감스럽게도 이 훌륭한 분이 저와 다른 사람들 때문에 앞으로 많은 우울한 일을 겪게 되었습니다.

그분은 수년 전에 나라 바깥에서 정직하고 독실한 기사(騎士) 한 분을 사귀었는데, 그 이래로 하느님을 진지하게 찾고 있는 그 귀족과 끊이지 않고 죽 편지를 교환해 왔습니다. 그 후에 그 귀족이 헤른후트 교파에 들어가 그 교우들한테서 오랫동안 머물게 되자 그 귀족의 종교적 인도자가 이것을 얼마나 고통스럽게 생각했는지 모른답니다! 그러다가, 그 친구분이 교우들과 다시 알력이 생겨 그분의 곁에서 살기로 결심하고 다시금 그분의 종교적 지도를 받으려는 것처럼 보였을 때, 그분이 이 사실을 얼마나 유쾌하게 생각했는지 모릅니다.

이제 수석 목사님은 말하자면 아주 의기양양해져서 새로 온 그 사람을 당신이 특히 총애하는 모든 양들에게 소개하셨습니다. 제 아버님께서 이젠 아무도 접견하지 않으셨기 때문에, 그 사람은 단지 우리 집에만은 오지 않았습니다. 그 귀족은 크게

---

22) 루터는 고해제도를 없애지 않았기 때문에, 루터파에서는 고해제도가 18세기 말까지 개인적 고해의 형식으로 존속했다.

인정받았습니다. 그 사람은 궁정의 예절을 갖추고 있는 데다 교구민들 사이에도 호감을 사고 있었고, 여러 가지 순박한 좋은 특성들을 지니고 있었습니다. 그래서 얼마 안 가서 곧, 그를 사귀는 모든 사람들은 그를 큰 성자로 여겼습니다. 이에 대해 그의 종교적 후원자는 지극히 기뻐하셨습니다. 그런데 유감스럽게도 그가 그 교파와 갈라섰던 것은 단지 외적인 상황 때문이었을 뿐, 마음속으로는 아직도 완전히 헤른후트 교파의 신자였습니다. 그는 실제로 사물의 실상(實狀)을 존중하기는 했지만, 그 역시 친첸도르프 백작이 그 실상의 테두리를 장식하곤 했던 시시한 말의 성찬(盛饌)을 아주 좋아했습니다. 그는 친첸도르프적인 발상법과 말투에 이제 아주 습관이 되어 있었던 것입니다. 그래서 이제 그는 이러한 자신의 모습을 그의 나이 많은 친구분한테 보이지 않기 위해 세심한 주의를 기울여야 했지만, 한 무리의 친숙한 사람들이 자신을 둘러싸고 있는 것을 보게 되면 그만 자신도 어쩌지 못하고 자기의 습작이나 기도문이나 상징적 비유 등을 발설했습니다. 그때마다 그는, 누구나 어렵잖게 짐작할 수 있는 일이지만, 큰 갈채를 받곤 했습니다.

저는 이런 일에 관해서는 아무것도 모르는 채 제 나름대로 계속 그 시시한 말의 성찬에 탐닉했습니다. 우리는 오랫동안 서로 모르고 지냈던 것이지요.

그러던 중 어느 한가한 시간에 저는 병석에 누워 있는 어떤 여자 친구의 문병을 간 적이 있었습니다. 저는 거기서 아는 사람들 여러 명을 만났으며, 곧이어 제가 어떤 이야기중에 뛰어들어 그들에게 방해가 된 것을 알아챘습니다. 그러나 그런 눈치는 조금도 보이지 않고 가만히 있는데, 놀랍게도 저는 헤른후트 교파의 몇몇 그림들이 아담한 액자에 끼워진 채 벽에 걸려 있는 것을 보았습니다. 저는 제가 이 집에 들어서기 전에 무슨 일이 일어났을까를 금방 파악했습니다. 그래서 저는 거기에 잘 어울리는 몇몇 시구들을 읊으면서 이 새로운 현상에 대한 환영의 뜻을 표했습니다.

그때 저의 여자 친구들이 얼마나 놀랐는지는 가히 짐작하실 수 있을 것입니다. 우리는 서로의 입장을 밝히고 당장에 의기투합하여 서로 마음을 터놓는 사이가 되었습니다.

저는 이제 더 자주 외출할 수 있는 기회를 찾고자 했습니다. 유감스럽게도 저는 단지 삼 주 또는 사 주 만에야 한번씩 그런 기회를 얻을 수 있었지만, 그 귀족 출신의 사도(使徒)는 물론이고 차츰차츰 모든 비밀 교구민과도 다 알게 되었습니다. 저는, 제 여건이 허락하는 한 그들의 모임에도 참석하였는데, 원래 사교적인 성향도 없지 않은 저로서는 지금까지 저 혼자서만 속으로 품고 골똘히 생각해 오던 갖가지 일들을 다른 사람들로부터 듣기도 하고, 또 제가 다른 사람들에게 말해 줄 수도 있는 것이 한없이 기뻤습니다.

그러나 그 섬세한 단어들과 표현들의 의미를 느낄 수 있는 사람들은 극소수에 불과했으며, 설령 느낄 수 있는 사람들이 있다 하더라도 그들은 그런 것을 통해서는 전에 교회에서 신학적 학술용어들을 통해서 받던 것 이상의 감화를 받지는 못하고 있었습니다. 제가 이런 것을 알아차리지 못할 정도로 거기에 푹 빠져 있지는 않았습니다. 그럼에도 불구하고 저는 그 사람들과 계속 같은 길을 걸어갔습니다만, 결코 그들에게 잘못 인도되지는 않았습니다. 저는 제가 남의 신앙을 조사하거나 시험할 직분이 아니라고 생각했습니다. 그렇지만 제가 갖가지 때묻지 않은 수련을 통해 더 나은 사람이 될 수 있는 기반을 갖춘 것은 사실이 아닐까요? 그래서 저는 제 분수를 넘을 때도 없지 않았습니다. 즉, 저는 제가 말할 수 있는 기회가 올 적마다, 이런 섬세한 대상일 때에는 말이 암시해 주기보다는 오히려 숨기게 되는 참다운 의미를 집요하게 주장하기도 했습니다. 하지만 대개의 경우에는 잠자코 참으면서 각자가 자기 나름대로 하도록 내버려 두곤 했습니다.

남몰래 회합을 갖고 즐기던 이런 조용한 시기에 연이어 곧 공적인 논쟁과 갈등의 폭풍우가 휘몰아쳐서 궁정과 도시에 큰 소동을 불러일으켰습니다. 아니, 많은 추문을 불러일으키게 되었다고까지 말씀드려야 할 것 같습니다. 헤른후트 교파의 강력한 반대론자인 우리의 수석 궁정목사님께서 굴욕을 무릅쓰고, 자신의 가장 선량한, 평소에 자신을 가장 따르던 신도들이 모두 그 교파 쪽으로 쏠리게 되었다는 사실을 고백하지 않을 수 없는 시점이 온 것이었습니다. 그는 극도로 모욕감을 느낀 나머지 첫순간에 그만 마음을 절제하지 못하고 말았습니다. 그래서 나중에는 자신이 원한다 해도 더 이상 물러설 수 없게 되어버렸습니다. 격렬한 논쟁이 벌어졌는데, 다행히도 거기에 저는 거명되지 않았습니다. 그것은 제가 그렇게도 증오의 대상이 된 그 모임의 우연한 회원일 뿐이었던 데다가, 또 그 열성적인 목사님도 시민 계급에 관한 일에서는 제 아버님과 제 친구의 협조가 꼭 필요했기 때문이었습니다. 저는 조용히 만족해하며 저의 중립성을 받아들일 수밖에 없었습니다. 왜냐하면 설령 호의를 지닌 사람들이라 할지라도, 만약 그들이 아주 깊은 의미를 이해할 수 없이 단지 피상적인 차원에만 머물러 있다면, 그런 사람들과 이런 감정의 문제를 화제 삼아 이야기한다는 것 자체가 이미 저에게는 생각만 해도 싫었기 때문입니다. 그런데 하물며, 자기 교우들과도 서로 이해가 잘 안 되는 문제에 대해서 반대론자들과 싸운다는 것은 제가 보기에는 부질없는 짓, 아니 위험천만한 행동으로 생각되었기 때문입니다. 이렇게 말하는 것도 무리가 아닌 것이, 얼마 안 가서 곧 제가 알아차릴 수 있게 된 사실입니다만, 이 사건으로 말미암아 반감과 증오에 본의 아니게 한번 휘말려 들면 아무리 본성이 친절하고 고상한 사람들일지라도 금방 불공정한 쪽으로 넘어가게 되고, 그래서 외적인 형식을 옹호하기 위해 그들의 가장 선량한 깊은 내심까지도 거의 훼손하기에 이르게 되더군요.

그 훌륭하신 목사님께서 이 사건에서 잘못을 범하셨을 가능성이 아무리 크다 하더라도, 그리고 사람들이 저로 하여금 그분에 대해 분개하도록 아무리 애써도, 저는 그분을 진심으로 존경하는 마음을 한번도 버릴 수가 없었습니다. 저는 그분을 잘 알았으며, 입장을 바꿔서 이 일에 대한 그분의 관점을 이해하고 그 나름대로의 정당성을 인정할 수 있었습니다. 저는 약점을 지니지 않은 사람은 보지 못했습니다. 다만, 훌륭한 사람들한테서는 그 약점이 더 잘 눈에 띄는 것뿐이겠지요. 그래서 우리는 항상, 이렇게 매우 큰 특권을 지닌 분들이 아무 하자도 없고 아무런 희생을 치르지 않아도 되기를 마음속으로 소망하고 또 그러기를 바라는 것입니다. 저는 그분을 아주 훌륭한 분으로 존경하였으며, 저의 말없는 중립적 태도의 영향력을 이용해서 평화까지는 아니더라도 적어도 휴전상태라도 이끌어내고 싶었습니다. 제가 어떤 작용을 했는지는 모르겠습니다만, 하느님께서는 이 일에 빨리 결말을 내리시어 그분을 당신에게로 데리고 가셨습니다. 조금 전까지만 하더라도 그분과 심한 언쟁을 해오던 사람들이 모두 그분의 관 옆에서 울었습니다. 그분의 성실성과 하느님에 대한 경건성을 의심하는 사람은 아무도 없었습니다.

저 역시 이 무렵에 헤른후트라는 그 장난감을 그만 손에서 놓지 않을 수 없었습니다. 그것은 그 논쟁 사건이 생기고 나서는 저의 눈에도 어느 정도 전과 다른 면모를 보이게 되었던 것입니다. 그 동안 숙부님은 제 여동생에 대한 자신의 계획을 은밀히 추진해 왔습니다. 숙부님은 제 동생에게 신분과 재산을 갖춘 한 청년을 신랑감으로 소개했으며, 풍족한 지참금을 마련해 줌으로써 사람들의 기대에 걸맞는 당신의 면모를 보여주셨습니다. 제 아버님은 쾌히 허락하셨고, 제 여동생은 자유로운 몸인 데다 마음의 준비가 되어 있었기 때문에, 자신의 신분에 다가오는 변화를 기꺼이 받아들였습니다. 결혼식은 숙부님의 성에서 거행되었는데, 가족들과 친구들이 초대되어, 우리는 모두 밝고 즐거운 마음으로 그리로 갔습니다.

제가 어느 집에 들어가 보고 경탄을 느껴보기는 이번이 평생 처음이었습니다. 저는 물론 숙부님의 취미, 숙부님이 이탈리아 출신의 건축가까지 고용하신 일, 소장하고 계시는 골동품들, 그리고 도서실 등에 대한 이야기는 자주 들어온 터였지요. 그러나 저는 그 모든 것을 제가 이미 보아왔던 것하고 비교해 가면서 머릿속에서 저 나름대로 다채로운 상상을 해왔을 따름이었습니다. 그 때문에 제가 숙부님의 집 안으로 들어서면서 받은 그 장엄하고도 조화로운 인상에 얼마나 놀랐는지 모릅니다! 그와 같은 인상은 각 홀과 각 방에 들어설 때마다 더욱더 강렬해지는 것이었습니다. 여느 때에는 호화로운 장식이 제 마음을 산란하게 할 따름이었지만 여기서는 저는 마음이 집중되는 것을 느낄 수 있었고 저 자신을 되돌아보게 되는 것이었습니다. 의식(儀式)과 잔치를 위한 모든 준비에서도 호화스러움과 품위가 아늑

한 호감을 자아냈습니다. 또한, 저는 단 한 사람이 이 모든 것을 창안해 내고 지시할 수 있었다는 것도 믿어지지 않았고, 또한 여러 사람이 일치단결해서 이렇게 큰 의미에서의 공동작업을 할 수 있다는 것 역시 불가사의했습니다. 그러나 모든 점에서 주인과 그의 수하들은 아주 자연스러웠으며, 그 어떤 경색된 기미나 공허한 식전(式典)의 분위기는 전혀 느낄 수 없었습니다.

결혼식 사체도 의외로 화기애애한 분위기 속에서 시작되었습니다. 우리는 뜻밖에도 훌륭한 성악곡을 듣게 되었고, 목사님도 이 식전에다 진리의 모든 엄숙성을 부여할 줄 알았던 것입니다. 저는 필로의 옆에 서 있었는데, 그는 저에게 축하의 말을 하지는 않고 깊은 한숨을 쉬면서, 「동생 분이 서약하려고 손을 내주는 것을 보았을 때 저는 마치 사람들이 저에게 펄펄 끓는 물을 뒤집어씌우는 것 같은 기분이었어요」 하고 말하는 것이었습니다. 「왜죠?」 하고 제가 물었습니다. 「저는 혼인서약하는 장면을 볼 때에는 언제나 그런 기분입니다」 하고 그가 대답했습니다. 이런 그의 말에 저는 쿡 하고 웃었습니다만, 나중에 그의 이 말에 대해서 매우 자주 곰곰이 생각해 보곤 했습니다.

젊은 사람들이 많이 섞여 있는 잔치 손님들의 밝고 명랑한 분위기는, 우리를 둘러싸고 있는 것들이 품위 있고 진지했기 때문에 더욱더 훌륭해 보였습니다. 모든 가구, 식탁용품들, 식기, 식탁 위에 놓는 케이크 그릇 등이 전체와 잘 어울렸습니다. 보통 다른 집에서는 건축가가 케이크 굽는 사람과 〈한〉 학교 출신인 것처럼 저에게 보였다면, 이 집에서는 케이크 굽는 사람과 식탁 차리는 사람이 건축가한테서 배운 것같이 생각되었습니다.

여러 날을 함께 지냈기 때문에, 재치 있고 사려 깊은 주인은 손님들이 재미있는 시간을 보낼 수 있도록 아주 다양하게 준비해 놓았습니다. 저는 많은 사람들이 잡다하게 뒤섞인 모임이 얼마나 고약한지를 제 인생에서 아주 자주 겪었습니다. 이런 모임은 그 자체의 속성상 가장 속되고도 무미건조한 오락거리를 택하게 되어 있고, 그 결과 취미가 저속한 사람들보다도 고상한 사람들이 오히려 무료함을 느끼는 법이지요. 여기서는 제가 이런 슬픈 경험을 되풀이할 필요가 없었습니다.

숙부님은 전혀 다른 방법으로 모임을 준비하셨습니다. 숙부님은 집사(執事)라고 해야 할지 또는 대반(對盤)이라고 해야 할지 모를 그런 사람 두세 명을 초빙해 놓았습니다. 그중 한 사람은 젊은 사람들을 즐겁게 하는 데에 헌신하도록 되어 있었습니다. 즉, 춤, 마차 드라이브 또는 사소한 놀이 등은 그의 착안이었으며 그의 지휘를 받도록 되어 있었습니다. 젊은 사람들은 야외에 있기를 좋아하고 바깥바람 쐬는 것을 꺼리지 않았기 때문에, 정원과 정원에 면해 있는 큰 홀이 젊은이들에게 주어졌습니다. 홀에 연이어 두세 개의 회랑들과 정자들이 이런 최후의 목적을 위해 증축되었는데, 그것들은 단지 판자와 아마포로 되어 있을 뿐이었지만, 그렇게 고상한 상황 속에 있다가 보니 모두가 온통 돌이나 대리석으로만 되어 있는 것처럼 보였습니다.

손님들이 모이도록 초대한 주인 자신이 손님들의 욕구와 편의를 위해서도 갖가지로 보살펴주어야겠다는 의무감까지 느끼고 있는 그런 잔치는 참으로 드물 겁니다!

연세가 좀 드신 분들을 위해서는 사냥과 카드 놀이, 또는 간단한 산보를 하거나 따로 정다운 담소를 할 자리들이 마련돼 있었고, 제일 먼저 잠자리에 드는 사람은 또한 어김없이 온갖 소란으로부터 가장 멀리 떨어진 곳에 숙소를 배정받았습니다.

　이렇게 훌륭한 원칙에 따라 모든 준비가 이루어졌기 때문에 우리가 머무르는 그 공간이 하나의 조그만 세계같이 생각되었습니다. 그러나 자세히 보면 그 성은 그렇게 크다고 할 수도 없었습니다. 그래서, 그 성에 대한 세밀한 지식이 없었던들, 그리고 주인으로서의 세심한 배려의 정신이 없었던들, 아마도 그렇게 많은 손님들을 유숙시키면서도 그 손님들 각자에게 모두 마음에 들도록 접대하기가 어려웠을 것입니다.

　잘생긴 사람을 보면 우리의 기분이 유쾌해지는 것과 마찬가지로, 어느 집의 전체 설비를 보고 우리가 거기에서 분별 있고 이성적인 사람의 손길이 구석구석까지 닿아 있는 것을 느낄 수 있으면 유쾌해집니다. 설령 건축과 장식 등 다른 것들이 몰취미하게 되어 있더라도, 깨끗한 집안으로 들어서기만 해도 우리는 벌써 즐거움을 느낍니다. 그 집의 주인은 교양인이 갖춰야 할 자질들 중에서 적어도 〈한〉 면은 갖추고 있다는 사실이 우리에게 드러나 보이기 때문이지요. 하물며, 어떤 사람의 집으로부터, 설령 그것이 감각적인 것에 그친다 하더라도, 제법 고귀한 문화의 정령(精靈)이 우리를 반겨 맞이해 줄 때에는, 우리의 유쾌한 기분은 갑절로 고조될 것입니다.

　저는 숙부님의 성에서 이와 같은 것을 아주 생생하게 보고 느낄 수 있었습니다. 그때까지 저는 예술에 대해서 많은 것을 듣고 읽어왔습니다. 필로 자신이 대단한 회화(繪畵) 애호가였고 아담한 수집실을 갖고 있었을 뿐만 아니라, 저 역시 그림이라면 직접 많이 그려왔습니다. 그러나 저는 한편으로는 지나치게 저 자신의 감정에만 얽매여서 꼭 필요한 한 가지, 즉 믿음의 문제만을 우선 해결해 보고자 애쓰고 있었고, 다른 한편으로는 그때까지 제가 보아온 모든 그림들은 여타의 세속적인 사물들과 마찬가지로 저의 정신을 산만하게만 하는 것 같았습니다. 그런데 이제 저는 생전 처음으로 무엇인가 외적인 것 때문에 저 자신한테로 되돌아왔습니다. 그래서 이제야 비로소 저는 꾀꼬리의 자연스럽고도 훌륭한 노랫소리와 감정이 넘쳐흐르는 인간의 성대에서 흘러나오는 4부합창의 〈할렐루야〉의 차이를 구별할 줄 알게 되어 스스로 크게 놀랐던 것입니다.

저는 이처럼 새로운 관찰안을 갖게 된 저의 기쁨을 숙부님에게 숨기지 않았습니다. 숙부님은 다른 손님들이 모두 자기 방으로 가고 난 다음에는 저와 특별히 말씀을 나누곤 하셨는데, 제가 이 기회를 이용하여 숙부님께 저의 기쁨을 말씀드렸던 것입니다. 숙부님은 당신이 소유하고 계신 것과 이룩해 놓으신 것에 대해서 매우 겸허하게 말씀하셨습니다만, 당신의 소장품들이 수집 진열되어 있는 의미에 대해서는 대단한 확신을 지니고 계셨습니다. 그래서 저는 숙부님께서 제 심경을 다치지 않도록 매우 조심스럽게 이야기하고 계시다는 것을 알아차릴 수 있었습니다. 즉, 숙부님은 당신이 전부터 해오던 방식대로, 당신이 소유하고 통달하셨다고 믿는 선(善)을, 제가 가장 올바르고 최선이라고 확신하는 것보다도 하위에 두시는 것처럼 말씀하시는 것이었습니다.

숙부님은 한번은 이런 말씀을 하셨습니다. 「만약 우리가 이 세상을 창조하신 하느님께서 친히 자신의 피조물의 모습을 띠시고 그 피조물이 사는 방식 그대로 잠시 이 세상에서 사셨다는 것을 가능한 사실로 생각할 수 있다면, 하느님께서 그 피조물과 그다지도 내밀하게 하나가 되실 수 있으셨으니까, 우리는 그 피조물 또한 이미 무한히 완전한 존재로 생각하지 않을 수 없을 거야. 그러니까 인간이란 개념에는 신이란 개념과 모순되는 점이 없는 거야. 하긴 우리가 신과 어떤 점에서는 닮지 않았고, 그래서 신으로부터 거리를 느끼는 수도 자주 있지. 하지만, 그럴수록 우리는 〈악마의 변호인〉[23]처럼 우리 본성의 치부나 약점을 보려 하지 말고 신을 닮았다는 우리의 요청을 확인할 수 있도록 오히려 온갖 완전성을 찾아야 할 의무가 있는 것이야」

저는 미소를 지으며 이렇게 대답했습니다. 「숙부님, 저의 언어로 말씀해 주시는 호의를 베풀어 주셔서 저를 너무 부끄럽게 만들지 마세요! 숙부님께서 해주시는 말씀은 저에게 매우 중대한 의미를 지니고 있기 때문에 저는 그것을 숙부님 자신의 독특한 언어로 듣고 싶어요. 설령 제가 완전히 터득하지 못하는 부분이 있더라도 제가 어떻게든 저의 말로 옮겨서 이해하도록 애써볼게요」

「그래, 나는 이런 어조를 조금도 바꿀 필요 없이 나 자신의 독특한 방법으로 말을 계속할 수도 있겠다」하고 숙부님은 대답하셨습니다. 「인간의 최대의 업적이라고 한다면 그것은 아마도, 될 수 있는 대로 상황을 지배하는 반면, 될 수 있는 대로 상황의 지배를 덜 받는다는 점에 있다 할 것이며, 이 점은 앞으로도 변함없을 거야. 세계라는 전체적 본성이 우리 앞에 놓여 있는 것은 이를테면 한 커다란 바윗덩이가 건축가의 눈앞에 놓여 있는 것과 같다고 할 수 있지. 그가 건축가라는 이름에 값하려면 그는 이 우연한 천연의 돌덩이를 소재로 해서 굉장한 경제성과 합목적성과 견고성을 갖춘, 자신의 정신에서 우러나온 한 원상(原像)을 조립해 내지 않으면 안 된다. 우리의 외부에 있는

---

23) 성자(聖者)의 자격을 심사하는 재판에서 악마를 대리하여 성자 후보자의 결점을 지적하는 사람.

모든 것은 자연의 요소에 지나지 않는 거야. 그렇지, 심지어는 우리한테 있는 모든 것까지도 자연의 요소에 불과하다고 할 수 있지. 그러나 우리의 내부 깊숙한 곳에는 존재해야 마땅한 것을 만들어낼 수 있는 위와 같은 창조력이 숨쉬고 있단다. 그래서, 이 창조력은 우리가 어떤 방법을 쓰든 간에 우리의 외부에다 또는 우리 자신한테다 그런 것을 표현해 두기 이전에는 우리로 하여금 잠시도 쉬게 내버려두지를 않는단 말이야. 애야, 아마도 네가 이 세상에서 제일 좋은 몫을 고른 것 같구나. 너는 네 도덕적 본성, 너의 그 깊고 자애로운 천성을 너 자신과, 그리고 지극히 높으신 분하고도 완전히 일치시키려고 노력해 오지 않았니! 그러나 우리 다른 사람들도 비난할 수는 없겠지. 왜냐하면, 우리도 감각적인 인간을 그의 등신대(等身大)의 규모 속에서 이해하고자 노력하고 있고, 인간들이 서로 힘을 합해 하나로 활동하게 만들려고 애를 쓰고는 있거든!」

　이런 대화들을 통하여 숙부님과 저는 점점 더 속마음을 털어놓을 수 있었습니다. 그래서 저는 숙부님이 저와 얘기하실 때에는 저의 처지를 고려하신 나머지 자신의 입장을 양보하시는 일 없이 마치 당신 혼자서 말씀하시듯 자연스럽게 말씀하시도록 만드는 데에 성공했습니다. 「내가 네 사고방식이나 행동양식을 칭찬한다고 해서 내가 네 비위를 맞추고 있다고 생각하지는 말아라!」 하고 숙부님은 제게 말씀하셨습니다. 「내가 존경하는 사람은 자신이 원하는 바를 분명히 알고서 끊임없이 전진하며, 자신의 목적을 위한 수단들을 알고서 그것들을 휘어잡아 이용할 줄 아는 사람이야. 나는 그 사람의 목적이 위대한 것인가 사소한 것인가, 또는 칭찬할 만한 것인가 비난받을 만한 것인가는 나중에야 비로소 고려의 대상으로 삼는다. 애야, 내 너에게 말해 주지만, 무릇 모든 재앙이나 이 세상 사람들이 악이라고 부르는 것의 대부분은 오직 인간들이 너무 나태한 나머지 자기들의 목적을 올바르게 알려고 하지 않고, 설령 안다고 해도 그 목적을 향해 진지하게 매진하지 않는 까닭에 생겨나는 법이다. 이런 인간들은 내가 보기에는 마치 탑을 세우면 되겠다, 아니 탑을 세우지 않으면 안 되겠다고 생각은 했으면서도 막상 오막살이 하나를 지을 때에 기초공사에 들이는 것보다도 석재와 수고를 들이지 않는 사람들과 같단 말이야. 얘야, 너 자신의 내적인 도덕적 천성과 한 가닥 모순도 없이 순수하게 살고자 하는 지고한 욕망을 가진 네가 만약 그러한 담대한 희생을 치르지 않고서 가족이나 약혼자, 또는 어쩌면 남편 되는 사람 사이에서 그럭저럭 살아왔다고 치자. 그랬더라면, 너는 아마도 너 자신과의 영원한 모순 속에서 단 한순간도 만족스럽게 지내지 못했을 거야」

「숙부님은 희생이라는 단어를 쓰시는군요」 하고 저는 여기서 숙부님의 말을 이어받아 말했습니다. 「하지만 제가 가끔 생각해 본 것입니다만, 우리는 보다 고상한 의도를 위해서는, 말하자면 어떤 신적 존재한테는 비교적 사소한 것을 희생으로 바치고 있다는 사실입니다. 마치 사랑하는 아버님의 건강을 위해 귀여운 양을 기꺼이 제단으로 몰고 가듯이 우리가 무엇을 바치고 싶은 마음은 간절한데도 그렇게밖에 안 된단 말씀입니다」

이 말에 숙부님은 다음과 같이 응답하셨습니다. 「우리로 하여금 하나를 얻기 위해 다른 것을 내놓게 하고 둘 중 하나를 선택하게 하는 것이 오성일까 아니면 감각일까? 그것이 무엇이든 간에, 내 생각으로는, 결단을 내리고 그 결단에 따라 수미일관하게 행동해 나간다는 것이야말로 인간이 지닌 가장 존경할 만한 점이라는 거야. 인간은 누구나 상품(商品)과 돈을 동시에 가질 수는 없지. 상품을 손에 들자마자 구매행위를 후회하는 사람이나, 돈을 내놓을 마음은 없으면서 늘 상품만 탐내는 사람이나 딱하기는 매일반이야. 그러나 나는 그렇다고 해서 인간들을 비난할 생각은 전혀 없어. 그건 원래 그들의 죄가 아니라, 그들이 처해 있는 복잡한 상황 탓이거든. 그들은 그 상황 속에 휘말려서 자신을 어떻게 다스려야 할지 모르고 있기 때문이지. 그래서, 예컨대 평균적으로 볼 때 도회보다 시골에 못된 상인이 적고, 또 대도시보다도 소도시에 그런 못된 인간이 적은 법이지. 그런데 왜 그럴까? 인간은 태어날 때부터 어떤 제한된 여건에 얽매이게 되어 있지. 그는 간단하고 가깝고 특정한 목적들은 통찰할 수 있지. 그래서 그는 당장 손에 잡히는 수단들을 사용하는 데에 익숙해지지. 그러나 조금이라도 멀리 가면 금방 그는 자기가 무엇을 원하는지도, 무엇을 해야 할지도 모르게 된단 말이야. 그래서 이제 그는 자기가 물건들이 너무 많아서 심란해진 것인지, 또는 그 물건들이 고귀하고 값진 것이어서 정신이 나가버린 것인지 알 수 없게 되고 마는 것이지. 무릇 인간은 자신의 규칙적 활동을 통해 밀접한 관계를 맺을 수 없는 어떤 일을 애써 추구하도록 강요받을 때에는 항상 불행해지고 말지.

정말이지 진지한 관심이 없이는 이 세상에서 아무것도 이룰 수 없단다」하고 숙부님은 말씀을 계속하셨습니다. 「우리가 교양인이라고 부르는 사람들 중에서도 실은 이러한 진지성을 찾아보기 힘든 사람이 많아요. 내 감히 말하지만, 그들이 일이나 사업을 하고 예술을 감상하고 심지어는 여가를 즐길 때에도 그들은 단지 일종의 자기 방어를 위해서 그러는 수가 많단 말이야. 사람들은 마치 한 뭉치 신문에서 해방되기 위해서 그것을 읽어치우듯이 인생을 살아가고 있어요. 이런 사람들을 보면 로마에 찾아갔다는 저 영국 청년이 생각난단 말이야. 그 청년은 저녁에 어떤 모임에서 매우 흡족해하며 얘기했다는 거야, 자기는 그래도 오늘 교회를 여섯 개, 미술품 전시관을 두 군데나 해치웠다고 말이야. 인간은 여러 가지를 알고 싶어하고 또 경험하고 싶어하지. 그런데 문제는 자기에게 가장 무관한 것을 대상으로 골라잡고는, 그걸 알아봤자 마치 공기를 헐떡거리며 들이마시는 것과 같아서 고픈 배를 채울 수 없다는 것을 알아채지 못한단 말씀이야. 나는 어떤 사람을 사귀게 되면 당장, 그가 무슨 일을 하는 사람인지, 그리고 그 일을 어떻게, 어떤 순서로 행하는지부터 물어보곤 하지. 그리고 이 질문에 대해 어떻게 대답하느냐에 따라서 그에 대한 내 평생 동안의 관심도 결정나지」

「아이 숙부님도 참, 너무 엄격하신 것 같아요」 하고 나는 숙부님의 말씀을 받았습니다. 「그러시다 보면 숙부님께서 도움을 주실 수도 있는 많은 착한 사람들에게 도움의 손길을 거절하는 결과가 되기도 할 텐데요?」

「그게 오랜 세월 동안 그들한테서, 그들을 위해 헛수고를 해온 사람에게 하는 말이냐?」 하고 숙부님께서 반문하셨습니다. 「우리를 유쾌한 야유회에라도 초대한다고 생각하면서 실은 우리로 하여금 다나오스의 딸들,[24] 또는 시지푸스처럼 헛수고만 하는 부류가 되도록 만들고 마는 그런 인간들 때문에, 젊었을 적에는 누구나 골치깨나 썩는 법이지! 다행히도 이제 나는 그런

---

24) 그리스 신화에 따르면, 아르고스의 왕 다나오스Danaos의 오십 명의 딸들 다나이데Danaide들은 아버지의 명령으로 첫날밤에 신랑을 죽인 죄로 지옥에서 구멍투성이의 물통에 끊임없이 물을 퍼넣는 벌을 받았다고 한다. 시지푸스와 더불어 자주 헛수고의 대명사로 쓰인다.

인간들로부터는 해방되었어. 그런데도, 그런 인간 하나가 어쩌다가 불행하게도 내 활동 영역 안으로 들어오면, 나는 아주 정중한 방법으로 그를 내보내려고 하지. 바로 그런 인간들이야말로 우리한테 세계 정세의 혼란, 학문의 천박성, 예술가들의 경박성, 시인들의 공허성 등 그 밖의 온갖 문제들에 대해 신랄하기 짝이 없는 불평들을 늘어놓는 법이거든. 그러면서 그들이 전혀 생각하지 못하는 것은 그들의 요구대로 책을 써놓으면 바로 그들 자신들은——그리고 그들과 꼭 같은 무리들은——그 책을 읽지 않으리라는 사실이지. 그들은 자기들이야말로 진정한 문학작품을 모르고 있고 훌륭한 예술작품도 편견을 통하지 않고는 절대로 그들의 찬사를 얻을 수 없다는 사실을 꿈에도 생각하지 못하거든. 하지만 우리 이런 말은 이제 그만두자꾸나. 여기서 그런 사람들을 욕하고 나무라봤자 무슨 소용이 있겠니?」

숙부님은 저의 주의를 벽에 걸려 있는 갖가지 그림에게로 돌리셨습니다. 그래서 저는 제 마음이 끌리는 그림, 또는 그 소재가 의미심장한 그림들을 바라보았습니다. 숙부님은 제가 한동안 그렇게 하도록 내버려두시고 잠자코 계시더니, 이윽고 이렇게 말씀하셨습니다. 「자, 이런 작품들을 만들어낸 창조적 정신에게도 좀 관심을 보이도록 하렴. 착한 마음씨를 가진 사람들은 자연 속에서 하느님의 손길을 찾아보는 일을 즐기는 법이다. 그러니, 그분의 모방자의 손길에도 잠시 관찰의 시선을 보내지 말란 법이 어디 있겠느냐?」 이렇게 말씀하시면서 숙부님은 저로 하여금 별로 눈에 띄지 않는 그림들을 눈여겨보도록 하셨습니다. 그러고는, 실은 예술사만이 우리에게 한 예술작품의 가치와 품격을 올바르게 이해하도록 해줄 수 있다는 것을 저에게 가르쳐 주시려는 것이었습니다. 단지 쳐다보기만 해도 이미 현기

증이 나는 그런 최고의 경지 위에서 천재가 자유자재로 즐겁게 노니는 것이 어떻게 가능한가를 이해하기 위해서 우리는 우선 유능한 사람들이 몇 세기에 걸쳐 애써 올라온 기교와 손재주의 그 어려운 단계들을 알아야 한다는 말씀이었습니다.

숙부님은 이런 의미에서 일련의 멋진 작품들을 수집해 오신 것이었습니다. 그래서 숙부님이 제게 그 그림들을 해석해 주셨을 때, 저는 거기서 마치 비유적 상(像)으로 나타난 듯한 도덕적 교양 그 자체가 제 눈앞에 나타나는 것을 보지 않을 수 없었습니다. 제가 숙부님께 이런 제 생각을 말씀드렸더니 숙부님은 이렇게 응답하셨습니다. 「네 말이 전적으로 옳다. 여기서도 알 수 있는 바와 같이, 고독하게 혼자 틀어박혀서 윤리적 교양에 전심전력을 기울인다고 반드시 잘하는 일이라고 할 수 없다. 오히려 우리는 도덕적 교양을 함양하려고 애쓰는 정신적 인간은 비교적 섬세한 감각도 동시에 기를 필요가 있다는 점을 느끼게 될 것이다. 그런 감각을 기르지 않을 경우, 그는 고삐 없는 공상의 유혹에 빠져 그 어떤 아주 나쁜 짓거리는 아니라 할지라도 적어도 몰취미한 장난을 즐기느라고 자신이 타고난 고상한 본성의 품위를 떨어뜨리고, 결국에는 자신의 도덕적 고지(高地)로부터 미끄러져 추락할 위험성이 있단 말이야」

저는 숙부님의 이 말씀이 저를 두고 하신 것이라고 의심하지는 않았습니다. 그러나 저에게 신앙심을 불어넣어 주었던 예의 찬송가들 중에는 몰취미한 것들도 많았을 것이고 저의 종교적 관념들과 결부되어 있던 여러 가지 상(像)들은 숙부님의 눈에는 아마도 달갑게 보이지 않았으리라는 사실을 돌이켜 생각해 보니, 심한 당혹감을 금할 수 없었습니다.

그 동안에 필로는 자주 도서실에 들어앉아 있곤 했는데, 이제는 저에게도 도서실을 안내해 주었습니다. 우리는 장서의 종류가 다양한 데에 놀랐으며, 또 장서량이 많은 데에도 경탄을 금할 수 없었습니다. 책들은 다방면에 걸쳐 포괄적으로 수집되어 있었습니다. 거기에서는 우리로 하여금 명확한 인식에 이르게 하고, 우리에게 올바른 질서를 가르쳐 주며, 올바른 자료를 제공하거나 인간 정신의 통일성을 입증해 주는 그런 책들만이 눈에 띄었다고 해도 과언이 아니었거든요.

저는 지금까지 살아오는 동안 헤아릴 수 없이 많은 책을 읽었습니다. 그리고 몇몇 분야에서는 제가 모르는 책이 거의 없을 정도였습니다. 그런 만큼, 평소 다른 곳에서는 제한된 수의 책들이 어지럽게 꽂혀 있거나 또는 많은 책들이 끝없이 늘어서 있는 것만을 보아오다가, 여기서는 전체를 개관할 수 있고 어디에 무슨 책이 없다는 것도 알아볼 수 있어서 더욱더 유쾌했습니다.

동시에 우리는 조용하고 아주 흥미 있는 어떤 남자분을 알게 되었습니다. 그는 의사이자 자연과학자였는데, 그 댁에 살고 있는 사람이라기보다는 오히려 그 댁의 수호신처럼 생각되었습니다. 그가 우리들에게 박물 표본실을 보여주었습니다. 그 표본실은 도서실과 마찬가지로 닫힌 유리장 안에 표본들을 넣어두고 있는 동시에 방의 벽들을 장식하고 있어서 공간을 비좁게 하지 않으면서 그 품위를 한층 높여주고 있었습니다. 여기서 저는 즐거운 마음으로 제 어린 시절을 회상하였습니다. 그러고는, 그 당시 바깥 세상 구경을 못 하던 어린 딸의 병상으로 가져와 보여주곤 하셨던 여러 가지 물건들을 제 아버님에게 다시 가리켜 보여드리기도 했습니다. 표본실을 안내하면서, 그리고 나중에 있었던 대화에서도, 그 의사는 자기가 종교적 정견(定見)을 펴보려는 의도를 지니고 저에게 접근하고 있다는 사실을 전혀 감추지 않았습니다. 그러면서 그는, 숙부님께서 인간 본성의 가치와 통일성을 보여주고 증진시켜 주는 것이면 무엇이든지 관대하게 생각하시고 높이 평가하신다며 숙부님을 극구 칭찬했습니다. 다만 숙부님이 다른 모든 사람들한테서도 꼭 같은 것을 요구하시고, 이 세상의 그 무엇보다도 개인적 오만과 배타적 편협을 탄핵 또는 경원하곤 하시는 점만은 자기도 아쉽게 생각한다는 것이었습니다.

제 여동생의 결혼식 이래로 숙부님의 두 눈에는 기쁜 기색이 역력했습니다. 그리고 숙부님은 앞으로 제 여동생과 그 아이들을 위해 해주려고 생각하는 계획에 대하여 저와 여러 번 얘기를 나누셨습니다. 숙부님에게는 손수 관리하시는 기름진 토지들이 있었는데, 이것들을 최선의 상태로 조카들에게 물려주기를 희망하셨습니다. 우리가 현재 묵고 있는 이 작은 재산에 대해서는 숙부님은 특별한 생각을 품으신 것 같았습니다. 「나는 이 건물이 담고 있는 것이 무엇인지 알고 그것을 평가할 줄 알며 향유할 줄 아는 인물에게만 이것을 넘겨줄 수 있단다」하고 숙부님은 말씀하셨습니다. 「부유한 귀족은, 특히 독일의 귀족은 무엇인가 모범적인 것을 세상에 내놓아야 한다는 필요성을 절감하고 또 통찰할 수 있는 인물에게만 이것을 물려주고 싶단 말이야」

이미 대부분의 손님들이 차츰차츰 흩어져 갔습니다. 우리도 작별할 준비를 하고 있었고 잔치의 막판까지 다 보았다고 생각하고 있었는데, 바로 그 순간에 우리는, 우리에게 품위 있는 즐거움을 마련해 주려는 숙부님의 호의를 통해 다시 한번 의외의 경험을 했습니다. 우리는 제 여동생의 결혼식 때에 그 어떤 악기의 반주도 없이 인간 육성의 합창이 들려왔을 때 느꼈던 그

황홀한 감동을 숙부님에게 숨기지 않고 털어놓았습니다. 우리는 우리에게 그 즐거움을 다시 한번 마련해 주셨으면 하고 숙부님에게 넌지시 비쳤습니다만, 숙부님은 그것을 귀담아 들으시는 것 같지 않아 보였습니다. 그랬던 까닭에, 어느 날 저녁에 숙부님께서 다음과 같이 말씀하셨을 때, 우리는 정말 깜짝 놀랐답니다. 「무도곡은 이제 한물 갔구나. 민첩한 동작의 젊은 친구들이 우리를 떠나가 버렸으니까 말이다. 신혼부부 자신들도 벌써 며칠 전보다 더 진지해 보이고. 우리가 아마도 다시는 서로 못 보게 되거나, 보게 되더라도 다른 상황에서 재회하기가 쉬운 이런 시대에, 이제 서로 헤어진다고 생각하니 기분이 숙연해지는구나. 이런 기분을 보다 고상하게 만드는 데에는 음악이 제일이지. 전번에 이미 여러분들이 앙코르를 원하는 것 같던데 그래」

숙부님은 그 동안 인원을 늘리고 남모르는 가운데에 더욱더 연습을 해온 합창단으로 하여금 4부합창과 8부합창을 부르도록 했는데, 그 합창들은 제가 단언하거니와 정말 우리에게 축복의 예감을 미리 맛보게 하는 것이었습니다. 그때까지 제가 들어온 것은 다만 선남선녀가 자기 자신에게 유쾌한 감정을 불러일으킨다고 해서 하느님을 찬송하는 것으로 믿고 숲속의 새들처럼 쉰 목소리로 가끔 부르곤 하는 그런 경건한 노래들뿐이었습니다. 그 밖에 들어온 것으로는 연주회들의 공허한 음악인데, 그런 연주회들에서는 기껏해야 재능을 경탄할 수 있을 뿐이고 일시적인 즐거움에 취할 수 있는 경우조차도 아주 드물었습니다. 그런데 이제 제가 듣는 것은 가장 훌륭한 인간 본성의 심오한 정신에서 우러나온 음악으로서, 그것은 숙련된 특정 기관(器官)들을 통해 화성적 통일체를 이루어서는 다시금 인간의 심오한

최선의 정신에게 속삭여 옴으로써 인간으로 하여금 이 순간에
는 정말 자기가 하느님을 닮았다는 사실을 생생하게 느끼도록
해주는 그런 음악이었습니다. 모두가 라틴어로 된 성가(聖歌)로
서, 그것들은 마치 금반지에 박힌 보석들과도 같이 윤리적인
속세의 모임으로부터 드높이 돋보였으며 이른바 교화적인 요구
를 전혀 하지 않으면서도 저를 지극히 정신적으로 고양시켜 주
고 행복하게 만들어주었습니다.

출발할 때 우리 모두는 아주 귀한 선물들을 받았습니다. 숙
부님은 저에게는 제가 소속하고 있는 수녀단을 상징하는 십자
가상을 주셨는데, 평소에 익히 보아오던 것보다 훨씬 더 정교
하고 아름답게 세공하고 에나멜을 입힌 것이었습니다. 그 십자
가상은 큼직한 다이아몬드에 매달려 있었고, 그 때문에 동시에
끈에 묶여 있는 것이기도 했습니다. 숙부님은 이 다이아몬드가
박물 표본실의 소장품들 중에서 가장 귀중한 보석이니 그리 알
고 있으라고 말씀하셨습니다.

제 여동생은 이제 남편과 함께 시댁의 장원(莊園)으로 갔고, 우
리도 모두 각자 자기 집으로 돌아왔는데, 우리는 외부 상황에
관한 한, 아주 평범한 생활로 복귀한 것처럼 생각되었습니다.
우리는 마치 요정들의 궁성에서 천박한 지구로 추락한 것 같았
으며, 다시금 종전의 방식대로 처신하고 삶을 꾸려나가야 했습
니다.

그 새로운 모임에서 겪은 기이한 체험들이 저에게 아름다운
인상을 남겼습니다. 숙부님은 당신이 가장 아끼시는 최선의 미
술품들을 가끔씩 저에게 보내주기도 하시고, 제가 충분히 오랜
시간 동안 감상하고 나면 그것들을 다른 것들과 바꿔주기도 하
시면서 저의 이런 인상을 북돋우어 주고 새롭게 해주시려고 애

쓰셨습니다만, 아무래도 그 인상이 그때처럼 그렇게 생생하게 오랫동안 남아 있을 수는 없었습니다.

원래 저는 저 자신에 몰두하고 제 심정과 정서의 문제를 정리하면서 비슷한 생각을 지닌 사람들과 이런 문제에 대해 얘기 나누는 것이 너무 몸에 배어 있었기 때문에, 주의를 기울여 한 미술품을 관찰하기가 쉽지 않았으며, 이런 관찰을 조금 하다가도 금방 저 자신에게로 되돌아오고 말았습니다. 저는 한 폭의 그림이나 한 점의 동판화를 마치 책을 보되 활자를 바라보듯이 그렇게 바라보기만 하는 버릇이 들어 있었습니다. 아름다운 인쇄가 아마도 사람의 마음을 끌겠지요. 그러나 인쇄 때문에 책을 손에 잡는 사람이 어디 있겠습니까? 저는 회화 작품 역시 이런 식으로 저에게 무엇인가를 말해 주기를 바랐으며, 이런 식으로 저에게 가르침을 주고 저를 감동시키며 향상시켜 주기를 바랐습니다. 그러니 숙부님께서 아무리 편지로 당신의 미술작품들에 주석을 붙여 설명을 해주셔도, 저는 여전히 옛날 그대로 머물러 있을 수밖에 없었습니다.

그러나 저 자신의 독특한 성격 때문이라기보다는 오히려 외부 사정, 즉 제 집안에 들이닥친 여러 변화 때문에 저는 이러한 미술품을 관찰하는 일로부터 멀어졌으며, 심지어는 저 자신으로부터도 한동안 멀어지지 않을 수 없었습니다. 즉, 저는 제 연약한 체력이 지탱해 낼 수 있는 것보다 더 많은 것을 참고 감당해 내어야 했던 것입니다.

미혼인 여동생이 지금까지 저의 오른팔 노릇을 해왔습니다. 그애는 건강하고 튼튼한 데다 마음이 이루 말할 수 없이 착해서 집안일을 혼자 도맡아 해왔습니다. 그래서 제가 늙으신 아버님을 안심하고 돌봐드릴 수 있었던 것입니다. 그런데 그애가 갑자기 카타르에 걸리더니 그것이 폐결핵이 되어 삼 주가 채 못 되어 그만 관 속에 드러눕는 신세가 되고 말았습니다. 그애의 죽음으로 저는 크나큰 타격을 입고, 지금도 저는 그때의 상처를 돌이켜보기가 두려울 지경입니다.

동생의 장례가 채 끝나기도 전에 저는 병석에 누웠습니다. 전에 앓았던 가슴 질환이 재발한 것 같았습니다. 저는 심한 기침이 났고, 목소리가 제대로 나지 않을 정도로 목이 아주 쉬었습니다.

결혼한 동생은 놀람과 슬픔 때문에 조산을 하고 말았습니다. 늙으신 아버님은 당신의 자식들을, 그리고 후손에 대한 희망을 한꺼번에 잃는 것이 아닌가 하고 비통해하셨습니다. 아버님께서 이렇게 이유가 충분한 눈물을 흘리시는 통에 저는 더욱더 애통한 심경이 되었습니다. 저는 하느님에게 간신히 견딜 만한 건강이라도 회복시켜 주십사고 간원했으며 아버님의 임종을 하고 날 때까지만 제 명을 연장시켜 주시기를 청했습니다. 저는 병이 나아서 제 체질치고는 건강해졌습니다. 그래서, 단지 근근히 해내는 것이긴 했지만 그래도 다시 제 의무를 다할 수 있게 되었습니다.

동생이 다시 임신을 했습니다. 그런 경우에 친정어머니에게 털어놓곤 하는 많은 걱정거리들이 저에게 전달되었습니다. 이를테면, 그애는 남편과의 관계가 아주 행복하지는 못했는데, 그것을 아버님에게는 말씀드리지 말아달라는 것이었습니다. 제가 판정관 노릇을 하지 않으면 안 되었는데, 마침 제 제부(弟夫)가 저를 신뢰하는 데다가 부부가 둘 다 정말 착한 사람들이었기 때문에 제가 이런 역할을 해낼 수 있었던 것 같습니다. 다만 두 사람이 서로 관대하게 대하지 않고 서로 자기가 옳다고 주장했던 것이며, 완전한 의견일치 속에서 같이 살고자 하는 욕심 때문에 오히려 도저히 합일이 이뤄질 수 없었던 것입니다. 그래서 이제 저 역시 세상사를 진지하게 수행하는 법을 배우게 되었고 지금까지는 단지 찬송가로 노래 부르기만 했던 일을 실행에 옮기는 일도 배우게 되었습니다.

동생이 아들을 낳았습니다. 아버님은 몸이 불편하신데도 기어이 동생한테로 가는 여행을 감행하셨습니다. 아기를 보시면서 아버님은 믿을 수 없을 정도로 밝고 즐거운 기분이셨습니다. 그리고 세례 때의 아버님은 평소의 아버님답지 않게 열광하신 것 같았는데, 제 인상을 솔직히 말씀드리자면, 정말이지 두 개의 천리안을 지닌 수호신과도 같았습니다. 즉, 한 눈으로는 당신이 곧 들어가기를 희망하는 저승을 기쁜 마음으로 바라보셨으며, 다른 눈으로는 당신의 자손인 그 아기한테서 생겨난 희망에 찬 현세적 새 삶을 바라보시는 것 같았습니다. 집으로 돌아오는 길에도 아버님은 끊임없이 아기에 관해서만 말씀하셨는데, 아기의 생김새와 건강에 대해서도 말씀하셨고, 또한 이 새로운 세계시민이 타고난 온갖 소질들이 아무쪼록 잘 형성되어 나갔으면 좋겠다는 소망도 말씀하셨습니다. 이에 대한 아버님의 생각은 우리가 집에 온 이후에도 계속되었습니다. 그러다가 며칠이 지나고 나서야 비로소 아버님에게 일종의 신열이 있다는 것을 알았습니다. 그것은 오한을 동반하지 않은 채 식후에 사람을 약간 나른하게 만드는 열기였습니다. 하지만 아버님은 자리에 눕지 않으시고 이튿날 아침에 출근을 하셔서 충실히 직무를 수행하셨습니다. 그러다가 마침내는 심상치 않은 징후들이 지속적으로 나타났기 때문에 일을 하실 수는 없으셨습니다.

아버님께서 마치 남의 일을 돌보시기라도 하시는 것처럼 모든 집안일과 당신 자신의 장례식 걱정을 일사불란하게 처리하실 때의 그 정신적 평온함과 명석함을 저는 결코 잊을 수 없을 것입니다.

평소의 아버님답지 않게 명랑해하시며, 그리고 이 명랑성이 생생한 환희로까지 고조된 채 아버님께서는 저에게 이렇게 말씀하셨습니다. 「내가 종전까지만 해도 간혹 느껴오던 죽음에 대한 공포가 어디로 가버렸지? 내가 죽는 것을 두려워해야 하나? 난 자비로우신 하느님의 가호를 받고 있어서, 무덤으로 가는 것이 조금도 두렵지 않다. 나는 영생을 얻었다」

이런 말씀을 하신 지 얼마 되지 않아 아버님께서는 돌아가셨습니다. 돌아가실 때의 정황을 회상해 보는 것은 고독한 저에게는 가장 유쾌한 소일거리들 중의 하나입니다. 그 순간 제가 보기에도 뚜렷하게, 보다 높은 어떤 힘이 작용하고 있었다는 사실은 누가 뭐라고 딴소리한다 해도 움직일 수 없는 저의 믿음입니다.

사랑하는 아버님께서 돌아가신 사실이 저의 지금까지의 생활방식을 바꾸어놓았습니다. 저는 아주 엄격한 순종과 극도의 제약으로부터 벗어나 최대의 자유상태로 들어섰습니다. 저는 이 자유를 마치 오랫동안 먹지 못했던 음식같이 마음껏 즐겼습니다. 종전에는 두 시간 동안 집 바깥에 있는 일도 극히 드물었는데, 이제 저는 거의 하루도 제 방 안에 들어앉아 살지 않았습니다. 지금까지는 제가 단지 드문드문 방문할 수밖에 없던 친구들도 이제 저와 지속적으로 사귀게 된 것을 기뻐했으며 저 또한 그들을 자주 만나게 된 것을 기뻐했습니다. 자주 식사에 초대받았고 마차 드라이브, 소규모의 유람여행 등이 잇따라 있곤 했는데, 저는 어디에나 빠지지 않고 참석했습니다. 그러나 그것도 한 순배 죽 돌고 나자 저는 자유의 아주 귀중한 행복이란 하고 싶은 것을 다 하고 형편이 허락하는 것을 다 하는 데에 있는 것이 아니고 정당하고 적당하다고 생각되는 것을 거리낌이나 숨김없이 정당한 방법으로 행하는 데에 있다는 것을 알게 되었습니다. 이제 저도 이런 경우에 수업료를 들이지 않고도 훌륭한 확신에 도달할 수 있을 만한 나이가 되었던 것입니다.

제가 단념할 수 없었던 일은 가능한 한 즉시 헤른후트 교구 신도들과의 접촉을 계속하고 그들과의 유대를 더 튼튼히 하는 것이었습니다. 그래서 저는 가장 가까운 곳에 있는 그들의 교회당들 중의 하나를 서둘러 찾아갔습니다. 그러나 거기서도 역시 저는 제가 눈앞에 그렸던 모습을 결코 찾아볼 수 없었습니다. 저는 정직하게 제 의견을 알아듣도록 비치지 않을 수 없었습니다. 이에 대해 그들은 자기들의 현재 체제는 정식으로 잘 조직된 교구에 비하면 아직 아무것도 아니라는 점을 저에게 설명하려고 했습니다만, 제가 확신하는 바는 참다운 정신이란 조직이 크고 작은 것과는 무관하게 조직 내부로부터 바깥으로 드러나 보이리라는 것이었습니다.

자리를 함께했던 주교들 중의 한 분은 친첸도르프 백작에게 직접 배운 제자였는데, 저를 많이 보살펴주었습니다. 그분은 영어를 완벽하게 했는데, 마침 제가 영어를 조금 알아들을 수 있었기 때문에 그분은 이것이야말로 우리가 같은 교파에 속한다는 일종의 힌트라고 했습니다. 그러나 저는 전혀 다른 생각이었습니다. 그와 함께 대화하는 것이 제게는 조금도 마음에 들수가 없었습니다. 그는 모라비아Moravia 태생으로서 원래는 도공(刀工)이었습니다. 그래서 그의 사고방식에도 수공인(手工人)다운 티가 엿보이는 것을 부정할 수 없었습니다. 저는 오히려 프랑스군의 소령이었다는 폰 엘von L…이라는 분을 더 잘 이해할 수 있었습니다. 그러나 그분이 자기 상관들을 섬기는 그 굴종적인 태도야말로 저로서는 도저히 흉내조차 낼 수 없는 것으로 느껴졌습니다. 더구나 그 소령의 부인과 상당히 지체가 높은 다른 귀부인들이 그 주교의 손에다 키스하는 것을 보면 저는 마치 저 자신이 따귀를 한 대 얻어맞는 듯한 기분이었습니다. 그사이에 홀란드로 여행을 함께하기로 약속이 되어 있었습니다. 그러나 제가 운이 좋았음에 틀림없겠습니다만, 이 여행은 실행에 옮겨지지 않았습니다.

제 동생이 딸을 낳았습니다. 그래서 이제 우리 여자들이 만족할 차례가 되었습니다. 우리는 이애가 장차 우리 자신과 비슷하게 양육되어야 한다고 생각했습니다. 이에 반하여 저의 제부는, 그 다음 해에 연이어 다시 한번 딸이 태어나자 매우 불만스러워했습니다. 그는 많은 토지들을 갖고 있었기 때문에 어느 날엔가 자기를 도와 그것들을 관리할 수 있는 아들들이 슬하에 있기를 원했던 것입니다.

저는 건강이 좋지 않았으므로 은인자중했으며, 생활을 조용히 하는 가운데 꽤 균형을 잡고 있었습니다. 저는 죽음을 두려워하지 않았으며, 오히려 죽기를 바라기도 했습니다. 그러나 저는 속으로는 하느님께서 저에게 시간을 주셔서 저 자신의 영혼을 탐구하고 당신에게 점점 더 가까이 다가갈 수 있도록 해주고 계신다는 것을 느꼈습니다. 잠 못 이루는 수많은 밤에 저는 특히 그 무엇인가를 느낄 수 있었지만, 정작 그것이 무엇인지 분명히 설명할 수는 없었습니다.

그것은 마치 제 영혼이 육체와는 따로 떨어져 사고하는 것 같았습니다. 제 영혼은 육체 자체를 마치 옷가지를 바라보듯이

자신과는 동떨어진 존재로서 바라보는 것이었습니다. 제 영혼
은 지나간 시간과 사건들을 놀랄 만큼 생생하게 눈앞에 그려낼
수 있었으며, 그것으로부터 앞으로 다가올 일도 미리 느낄 수
있었습니다. 그 모든 시간들은 흘러가 버렸고 앞으로 다가올 시
간도 역시 흘러가 버릴 것이며, 육체는 마치 옷가지처럼 갈기
갈기 찢어지겠지요. 그러나 저라는 이 잘 알려진 자아는 계속
존재하는 것입니다.

이런 위대하고 초연하며 위안을 주는 감정에는 될 수 있는
대로 집착하지 않는 것이 좋다고 가르쳐준 사람은 저와 점점 더
가까워진 한 고귀한 친구였는데, 바로 숙부님 댁에서 안 그 의
사로서, 그는 제 육체와 정신의 상태에 대해서 매우 잘 알고 있
었습니다. 그는 우리가 이런 감정들을 외부 세계와 아무런 관련
없이 우리 자신 속에서 자꾸만 자라나도록 키울 경우, 결국 이
런 감정들이 우리 자신의 내부를 상당히 공허하게 할 것이며 우
리 현존재의 근거를 뒤엎어 버리리라는 것을 제가 알아듣도록
잘 설명해 주었습니다. 「활동하는 것이야말로 인간이 제일 먼저
행해야 할 직분입니다」 하고 그는 말했습니다. 「그리고 쉬도록
되어 있는 그 모든 사이시간을 그는 외적 사물들에 대한 명확한
인식을 얻는 데에 사용해야 할 것입니다. 그 인식이 다시금 그
가 활동하는 것을 쉽게 해줄 테니까요」

그 의사는 자신의 육체를 외적인 대상으로 바라보곤 하는 제
습성을 알았으며, 제가 저 자신의 체질과 병, 그리고 의학적인
치료제에 관해서까지도 상당한 지식을 갖고 있고, 오래 계속된
저 자신의 신병을 통해, 그리고 다른 사람의 병을 오래 간병하
는 사이에 제가 정말이지 반은 의사가 된 사실을 알았습니다.
그래서 그분은 인간의 육체와 약초에 관한 지식으로부터 인간

과 비슷한 다른 창조물들에게로 저의 관심을 돌려, 마치 낙원을 구경시켜 주기라도 하듯이 저를 이리저리 안내해 주었습니다. 그런 끝에 그분은 저로 하여금 결국에는, 지금까지의 비유적 표현을 계속 써서 말씀드리자면, 서늘한 저녁바람을 쐬며 정원을 거닐고 계시는 창조주[25]를 멀리서부터 어렴풋이 예감할 수 있도록까지 해주었습니다.

제가 하느님을 확고하게 제 가슴속에 품게 된 지금, 자연 속에 계시는 하느님을 보는 것이 얼마나 기뻤는지! 그분의 손으로 이루어진 작품에 제가 얼마나 큰 흥미를 느끼고, 그분이 당신의 입김으로 제게 생명을 불어넣어 주시려 하심에 제가 얼마나 감사했는지 모른답니다!

동생이 또다시 임신을 해서 우리는 이번에는 아들이 태어나기를 희망했습니다. 제부가 아주 간절하게 아들을 기다렸거든요. 그런데, 그 아들이 태어나는 것을 제부는 유감스럽게도 보지 못하고 말았습니다. 그 강건하던 사람이 불운한 낙마(落馬)로 세상을 떠났고, 동생도 아름다운 사내아이 하나를 낳아놓고는 그만 남편의 뒤를 따라가고 말았습니다. 저는 비감에 젖지 않고는 그녀가 남겨놓은 어린 사남매를 바라볼 수가 없었습니다. 많은 건강한 사람들이 병자인 저보다 먼저 세상을 떠나간 것입니다. 장래가 촉망되는 이 피어나는 꽃봉오리들 중 몇몇이 떨어지는 꼴까지도 이 질긴 목숨이 살아서 보아야 하는 것은 아닐지요? 저는 지금까지 제법 세상을 보아온 터라, 아이들이란, 특히 상류계층의 아이는 자라나는 동안 수많은 위험을 겪어야 함을 잘 알고 있었습니다. 그런데, 저에게는 그런 위험성

---

25) 구약 「창세기」 제3장 제8절 참조.

은 제가 어릴 적보다 오늘날의 세계에서 더 커진 것처럼 생각되었습니다. 저는 몸이 약하다 보니 이 아이들을 위해 해줄 수 있는 것이 거의 없는, 아니 아무것도 없는 것 같았습니다. 그런 형편이고 보니, 숙부님께서——물론 당신의 평소 사고방식에서 나온 결심이긴 했습니다만——이 사랑스러운 아이들의 교육을 위해 전심전력을 기울이시겠다는 결심을 해주셨을 때, 저로서는 더 이상 바랄 것이 없었습니다. 그리고 확실히 그 아이들은 어느 모로 보나 그런 보살핌을 받을 만한 자격이 있었지요. 남매들이 모두 잘생겼고, 성격은 각기 매우 달랐는데도 모두 착하고 분별 있는 사람이 되리라고 기대되었거든요.

그 친절한 의사가 저의 주의를 환기시켜 준 이래로 저는 그 아이들과 친척들 사이의 닮은 점을 재미있게 관찰하곤 하였습니다. 제 아버님은 조상의 초상화들을 세심하게 간수해 오셨으며, 당신 자신과 자식들의 초상화까지도 제법 괜찮은 화가들을 시켜서 그리게 하셨습니다. 그럴 때에는 제 어머님과 외가 쪽 친척들도 소홀히 되는 일이 없도록 배려하셨던 것입니다. 그래서 우리는 온 가족의 인물들을 세세히 잘 알고 있었습니다. 그때까지는 자주 인물들끼리 서로 비교해 왔기 때문에, 이제 우리는 아이들한테서 외모로 보거나 성격상으로 볼 때 내림으로 닮은 점들이 없을까 하고 찾아보기로 했습니다. 동생의 장남은 자기 친할아버지를 쏙 빼놓은 것 같았습니다. 제 숙부님의 수집품들 중에 그분의 젊은 시절의 매우 잘 그려진 초상화 하나가 진열되어 있었거든요. 언제나 용감한 장교의 모습을 보여주던 그 할아버지와 마찬가지로 그애도 역시 그 무엇보다 총을 좋아해서, 저한테 찾아올 때마다 언제나 총을 갖고 놀곤 했습니다. 즉, 제 아버님께서 아주 훌륭한 총포 수집장을 유산으로 남겨

주셨는데, 그 꼬마는 제가 권총 한 쌍과 엽총 하나를 선물로 주고 나서야, 또 엽총의 독일식 장전방법을 알아내고 나서야 간신히 좀 느긋한 태도를 보이는 것이었습니다. 말이 났으니 말입니다만, 그애는 행동하는 것으로 보나 전체 성격으로 보나 거친 데는 전혀 없었고, 오히려 온순하고 이해력이 빠른 아이였습니다.

맏딸은 제 마음을 온통 사로잡았습니다. 그것은 아마도 그애가 저를 닮았고, 또 네 아이들 중에서 제일 많이 저를 따랐던 때문인 것 같습니다. 그러나 그 아이가 자라나는 것을 자세히 관찰하면 할수록 저는 점점 더 저 자신이 부끄러워질 지경이었다고 말씀드리는 것이 옳을 것 같습니다. 저는 그 아이를 바라볼 때마다 경탄을 금할 수 없었으며, 심지어는 거의 존경하고 싶어질 정도였습니다. 그보다 더 고귀한 모습, 더 다소곳한 심성은 흔히 찾아볼 수 없었고, 그 아이처럼 대상에 구애 없이 항상 똑같은 활동력을 보이기도 쉽지 않았습니다. 그 아이는 단 한순간도 무료하게 손을 놓고 있지 않았고, 그애가 손을 대면 무슨 일이라도 품위 있는 행동이 되는 것이었습니다. 그애는 때와 장소에 어울리는 일이라면 무슨 일을 먼저 처리하더라도 마찬가지라는 태도였으며, 또한 아무 할 일이 없어도 조금도 초조해하지 않고 마찬가지로 평온하게 있을 수 있었습니다. 저는 일을 해야겠다는 욕망에서 나오지 않은 이와 같은 활동을 제 인생에서 두번 다시 보지 못했습니다. 곤경에 처한 사람들과 도움을 필요로 하는 사람들에 대한 그애의 행동은 어렸을 적부터 이미 아무도 흉내낼 수 없는 것이었습니다. 솔직히 고백드릴 수 있습니다만, 저는 자선적인 일을 행할 만한 능력이라곤 조금도 타고나지 못했습니다. 하긴 저도 가난한 사람들에게 인색하지는 않았고, 제 형편에 넘치게 많은 액수를 적선한 적도 자주 있었습니다. 그러나 말하자면 그것은 다만 돈을 주고 저 자신의 곤경을 모면한 것에 불과했던 것입니다. 그리고, 누군가가 저의 세심한 보살핌을 받으려면 그는 천성적으로 저와 가깝지 않으면 안 되었던 것입니다. 바로 그 반대였다는 점에서 저는 제 이질녀(姨姪女)를 칭찬하고 싶습니다. 저는 그애가 가난한 사람에게 현금을 직접 주는 것은 한번도 본 적이 없습니다. 궁극적으로는 적선을 할 목적으로 제게서 얻어간 것을 그애는 언제나 우선 가장 절실하게 필요한 물건으로 바꾸곤 했습니다. 그애가 저에게 가장 사랑스럽게 보일 때는 제 옷장과 속옷 상자들을 뒤져 헌옷가지들을 챙겨 가곤 할 때였습니다. 그애는 제가 더 이상 입지 않거나 저에게 불필요한 옷가지들을 항상 찾을 수 있었지요. 이 낡은 옷들을 마름질해서 남루한 옷을 입은 그 어떤 아이에게 맞춰 입히는 것이 그애가 제일 행복해하는 일이었습니다.

그애의 여동생의 성향은 좀 다르게 나타났습니다. 이 아이는 제 엄마를 많이 닮아서 어릴 때부터 벌써 대단히 곱상하고 매력적인 여성으로 자라날 것이 예견되었는데, 과연 그런 기대가 어긋나지 않을 것 같습니다. 외모에 매우 신경을 쓰고 이른 나이에 벌써 눈에 띄게 화장을 하거나 화사하게 옷을 입을 줄 알거든요. 어머님이 물려주신 아름다운 진주목걸이를 그애가 우연히 제 집에서 찾아냈기에 제가 그애의 목에 걸어주지 않을 수 없었지요. 그때 아직 조그만 어린애였던 그애가 거울을 보면서 황홀해하던 모습은 지금도 눈에 선합니다.

이렇게 서로 다른 취향을 지닌 아이들을 관찰할 때마다 저는 제가 죽고 난 뒤에 제 소유물들이 그 아이들 손으로 넘어가서 그들을 통해 다시금 생기를 얻으리라고 생각하는 것이 즐거웠습니다. 저는 벌써 제 아버님의 엽총이 제 조카의 어깨 위에 다시 얹혀서 들판을 돌아다니고, 아버님의 사냥 주머니로부터는 다시 꿩들이 쏟아져 나오는 것을 보는 듯했습니다. 또한, 저는 꼬마 소녀들이 저의 옷장에서 나온 천으로 지은 옷을 입은 채부활절 견진례를 마치고 교회로부터 걸어 나오는 모습도 그려보았고, 제가 지니고 있는 고급 복지들이 시민계급의 한 정숙한 처녀가 시집가는 날 입는 의상으로 화사하게 변화된 장면도 눈앞에 그려보았습니다. 이런 상상도 허튼 생각만은 아닌 것이 나탈리에Natalie가 그런 어린아이들과 행실이 바른 가난한 처녀들에게 옷을 해 입히는 특별한 취미를 가지고 있었기 때문입니다. 하지만 이 자리에서 말씀드려야겠는데, 젊었을 적에 그렇게도 생생하게 저에게 나타났던 어떤 가시적인, 또는 불가시적인 존재에 대한 사랑이라고나 할까, 또는 그런 존재에 대해 의지하고 귀의하려는 욕구 따위는 나탈리에에게는 전혀 눈에 띄지 않았습니다.

또한, 둘째질녀가 바로 같은 날에 저의 진주목걸이와 보석으로 치장을 하고 궁중으로 들어가는 모습을 상상해 볼 때면, 저는 제 소유물도 제 육신과 마찬가지로 이제 그 본질을 되찾는 것에 불과하다는 담담한 심정에 젖곤 했습니다.

아이들은 무럭무럭 자라났으며, 저는 무엇보다도 모두 건강하고 아름다우며 건실한 아이들이어서 대만족이었습니다. 저는 숙부님께서 아이들을 저로부터 멀리 떼어놓으시는 것을 인내심을 갖고 참았습니다. 그 아이들이 근처에 있거나 심지어는 시내에 있을 때에도 그 아이들을 거의 볼 수가 없습니다.

출신에 대해서는 별로 알려진 바 없이 다만 프랑스 태생의 신부님으로만 여겨지는 한 비범한 분이 그 아이들 모두를 보살피고 교육하는 직분을 맡고 있는데, 아이들은 각기 다른 장소에서 양육되고 있고, 숙식하는 장소도 일정치 않고 이곳저곳을 옮겨다니게 하는 식이지요.

저는 처음에는 이런 식의 교육방법에서 아무런 계획성도 찾아볼 수 없었습니다. 그러나 나중에 의사가 제게 말해 준 바로는, 숙부님은 그 신부[26]의 설득으로 확신을 가지게 되셨다는 것이었습니다. 신부의 견해인즉, 우리가 사람을 교육해서 무엇인가 성과를 거두기를 원한다면 우선 그 사람의 취향과 소망이 어느 쪽으로 향하는지 그 방향을 알아야 하며, 그 다음에는 그에게 될 수 있는 대로 빨리 그 취향을 만족시키고 가능한 한 그 소망을 이룰 수 있는 환경을 마련해 주어야 한다는 것입니다. 또, 그렇게 해야만 그 피교육자는 만약 자기가 잘못을 범했다 하더라도 너무 늦지 않은 시점에서 자신의 과오를 알아차릴 수 있는 것이며, 만약 자신에게 적합한 것을 골랐을 경우에는 더욱더 열심히 그것에 매달려 더욱더 부지런히 인격을 도야해 나

---

26) 나중에(제7권 제9장에서) 독자는 이 신부가 이미 제1권 제17장과 제2권 제9장에 등장하여 빌헬름과 접촉한 사실을 알게 된다. 〈abbé〉는 원래 프랑스에서 수도원에 근무하는 신부를 의미했으나 18세기에는 성당에 근무하는 신부도 이렇게 불렸다. 당시 프랑스에는 신부가 너무 양산되었기 때문에, 교회 업무 이외에도 귀족의 가문에서 비서, 가정교사, 재산관리인 또는 사서(司書)로 일하는 신부들이 적지 않았으며, 일반적으로 계몽주의 시대의 박애주의적 교육이념을 지니고 이를 실천에 옮겨보려는 프랑스 신부들이 독일의 신교 지역에도 많이 들어와 활동하고 있었다. 이 작품에 등장하는 〈신부〉도 끝까지 성명이나 상세한 내력은 밝혀지지 않은 채 독일의 귀족계급을 위한 교육자 및 재산관리인의 역할을 하는 것으로 비쳐지고 있으나, 귀족계급에도 시민계급에도 속해 있지 않고 그냥 〈신부Abbé〉로서 기능하는 이 인물의 초월적인 입장은 뒤에 나오는 〈탑의 모임 Turmgesellschaft〉에서의 그의 역할에도 매우 어울리는 것으로 보인다.

갈 수 있다는 것입니다. 저는 이 특이한 시도가 성공하기를 바라고 있습니다. 그렇게 훌륭한 천품을 타고난 아이들이니만큼 아마도 성공할 수 있을 것 같기도 합니다.

그러나 제가 이런 교육자들에게 찬동할 수 없는 점은 그들이 어린이들로 하여금 자기 성찰을 하도록 유도하고 〈유일하고 항상 변함이 없으신 그 보이지 않는 분〉과 접촉하도록 인도해 줄 수 있는 모든 가능성을 아예 차단시키려고 한다는 사실입니다. 그렇습니다! 저는 이런 종교적 이유로 저를 아이들에게 위험한 존재로 간주하시는 숙부님 때문에 자주 화가 치밀곤 합니다. 관념상으로가 아닌 실제 생활에서는 정말이지 아무도 관대할 수가 없는가 봅니다! 누구한테나 그 사람의 독특한 방식과 본성을 허용하겠다고 큰 소리 치는 사람도 정작 자기와 생각을 달리하는 사람들은 언제나 활동으로부터 제외시키려 하거든요.

신앙의 진실성에 대한 제 확신이 점점 더 커지면 커질수록 저는 아이들을 저로부터 멀리 떼어놓으려는 그런 교육방식 때문에 더욱더 우울한 기분이 됩니다. 실제 생활에서는 그렇게도 효험이 있는 것으로 입증된 제 신앙이 어째서 신적인 근원을 가져서는 안 되고, 실제적 대상을 가져서도 안 되는 것일까요? 우리가 우리 자신의 현존재 자체를 확신하게 되는 것도 실제 생활을 통해서 비로소 가능한 것이라면, 우리를 도우셔서 모든 선한 일을 이루게 하시는 저 신의 존재를 확신할 수 있기 위해서는 어째서 똑같은 방법이 통하지 않는 것일까요?

제가 항상 진보하고 있고 결코 퇴보하지 않는다는 사실, 제 행동이 제가 완전무결성에 관해 평소에 지녀오던 그 표상에 점점 더 가까워지고 있다는 사실, 그리고, 여러 가지 일을 미처 행하지 못할 정도로 육체가 쇠약한데도 제가 옳다고 생각하는 일을 하는 것이 날로 손쉽게 느껴진다는 사실——이 모든 것이 신성이 아닌 인간 본성에서 유래하는 것이라고 설명될 수 있을까요? 인간 본성의 타락상을 너무나도 깊이 통찰해 온 저로서는 결코 그렇게 설명될 수 없다고 봅니다.

저는 계명이라곤 거의 기억하고 있지 않으며, 법의 형태를 띠고 저에게 나타나는 것은 더 이상 아무것도 없습니다. 저를 다스리고 언제나 올바르게 인도하는 것은 본능입니다. 저는 자유로이 제 의향을 따르고 있지만, 조금도 속박감이나 후회를 느끼지 않습니다. 다행히도 저는 제가 어느 분의 은총을 입어서 이와 같은 행복을 지니게 되었는지를 잘 인식하고 있으며, 제가 아주 겸허한 마음으로 이 같은 특전을 받아들여야 한다는 것을 잘 인식하고 있습니다. 정말이지 저는 〈어떤 보다 높은 힘〉이 우리를 지켜주지 않는다면 모든 인간의 가슴속에서 얼마나 무서운 괴물이 생겨나고 자라날 수 있는가를 너무나도 분명히 인식했기 때문에, 저 자신의 능력과 역량을 자랑하는 위험에는 결코 빠지지 않을 것입니다.

제7권

1

봄이 그 완전한 아름다움을 뽐내며 모습을 나타냈다. 온종일 쏟아질 듯 말 듯하던 철이른 뇌우가 폭풍우가 되어 산간에 내리쏟아졌고, 비는 들녘을 향해 옮아가 버렸다. 그리고 태양이 그 휘황찬란한 빛을 발하며 다시 나타났다. 이윽고 잿빛 대지 위에 장려한 무지개가 섰다. 빌헬름은 그 무지개를 향해 말을 몰고 가면서 우울한 심정으로 그것을 바라보았다. 〈아!〉하고 그는 스스로에게 말했다. 〈우리 인생에서 가장 아름다운 빛깔들은 대체 이렇게 어두운 대지 위에서만 나타나야 하는 걸까? 우리가 황홀경을 맛보기 위해서는 반드시 빗방울이 떨어져야만 하는 걸까? 청명한 날도 우리가 감동하지 않고 바라본다면 흐린 날과 다를 것이 없다. 우리 마음에 천성적으로 타고난 애정이 자신을 쏟아부을 대상조차 찾지 못한 채 설마 언제까지나 홀로 머물지는 않으리라는 남모르는 희망이 아니고 우리를 감동시킬 수 있는 것이 또 무엇이 있단 말인가? 모든 착한 행동에 관한 이야기

는 우리를 감동시키고, 모든 조화로운 대상을 보면 우리는 감
동하는데, 이때 우리는 우리 자신이 아주 타향에 있지는 않다
는 것을 느끼게 되고, 가장 착하고 가장 내심에 자리잡은 우리
의 본성이 끊임없이 지향하는 그 어떤 고향에 더 가까이 와 있
다고 생각하는 것이지.〉

  이런 생각을 하며 가는 사이에 한 도보 여행자가 그를 따라
잡았다. 그는 빌헬름과 어울려 동행이 되었고 보조를 빨리 하여
말 옆에 머물면서 이것저것 세상 돌아가는 대수롭잖은 얘기를
한 뒤에 말 탄 사람에게 이렇게 말했다.「제가 잘못 생각한 것
이 아니라면, 꼭 어디선가 이미 뵈온 분 같습니다」

  「저 역시 선생님을 기억합니다」빌헬름이 대답했다.「언젠가
즐거운 뱃놀이를 함께 하신 적이 있는 분 아니신지요?」「바로
그렇습니다!」하고 그 사람이 대답했다.

  빌헬름은 그를 보다 자세히 바라보고는 한동안 잠자코 있다
가 말했다.「그 동안 선생님 신상에 무슨 변화가 일어난 것인지
는 모르겠습니다만, 그 당시에는 제가 선생님을 루터파의 시골
목사님이라고 생각했습니다. 그런데 지금 뵈오니 오히려 가톨
릭 교회의 신부님같이 보이십니다?」

  「오늘은 최소한 잘못 생각하시지는 않는군요」하고 그 사람
은 모자를 벗고는 자기 머리 가운데의 삭발한 부분[1]을 보여주
면서 말했다.「그런데 함께 계시던 일행들은 다 어디로 갔습니
까? 그들과 오래 함께 계셨습니까?」

  「지나치게 오래 있었지요. 그들과 함께 지낸 시간을 돌이켜
보면 한없는 공허를 들여다보는 것 같거든요. 그 시절로부터 지

---

1) 머리의 중앙부를 삭발한 것. 이것으로 가톨릭 성직자임을 알 수 있다.

금 제게 남아 있는 것이라곤 아무것도 없습니다」

「그건 잘못 생각하시는 겁니다. 우리가 겪는 일들은 모두 흔적을 남기며 모두가 눈에 보이지 않게 우리의 교양에 도움이 되는 법이지요. 하지만 그런 경험들로부터 너무 손익을 따지는 것은 위험합니다. 그러다가는 너무 자만심에 빠져 해이해지든지, 또는 패배감에 젖어 소심해지기 쉽지요. 두 가지 경우가 결과적으로 볼 때에는 똑같이 해로울 따름입니다. 항상 변함없는 진리지만, 가장 안전한 길은 우리 앞에 가장 가까이 놓여 있는 일만을 행하는 것입니다. 지금 우리의 상황에서 말해 보자면」 하고 그는 미소를 머금고서 덧붙여 말했다. 「숙소를 향해 서둘러 가는 것이겠지요」

빌헬름은 로타리오Lothario의 장원까지 가는 길이 얼마나 되느냐고 물었다. 그 사람은 산을 넘으면 바로 있다고 대답했다. 「어쩌면 거기서 다시 만나뵐지도 모르겠습니다」 하고 그는 계속해서 말했다. 「저는 다만 이웃 마을에 용건이 좀 있습니다. 그럼 그 동안 잘 지내시기를 빕니다!」 이렇게 말하고 나서 그는 산을 더 빨리 가로질러 갈 수 있는 것으로 보이는 한 가파른 오솔길로 접어들었다.

「그렇다, 그 사람의 말이 옳다!」 하고 빌헬름은 계속 말을 몰면서 혼자 중얼거렸다. 「가장 가까이 놓여 있는 일만을 생각해야 한다. 지금 내게 가장 가까운 일은 아마도 심부름으로 전해야 할 그 슬픈 사연임에 틀림없을 것이다. 그런데, 그 잔인한 친구를 부끄럽게 만들 그 연설을 내가 아직도 기억이나 하고 있는지 어디 보자!」

이렇게 혼자말을 하고 나자 그는 그 명작품을 암송하기 시작했다. 그는 한마디도 빠뜨리지 않고 다 외울 수 있었다. 그의 기억이 점점 되돌아오면 올수록 그의 열정과 용기도 점점 더 커졌다. 아우렐리에의 고통과 죽음이 그의 영혼 앞에 생생한 모습으로 다시 떠올랐다.

「친구의 정령이여!」 하고 그는 외쳤다. 「내 주위를 휩싸고 돌려무나! 그리고 만약 가능하거든, 그대의 마음이 진정되어 이제 화해했다는 표징을 나에게 보여다오!」

이렇게 혼자말을 하고 생각에 잠기는 사이에 그는 벌써 산정에 당도해 있었다. 그래서 그는 그 산의 다른 쪽 경사지에 한 묘한 건물이 있는 것을 보고는 이내 그것이 로타리오의 저택일 것으로 생각했다. 몇몇 첨탑과 합각머리 지붕을 가진 들쑥날쑥한 해묵은 궁성 하나가 원래의 건물인 것 같았다. 그러나 그 건물에 붙여 지은 새로운 건물들은 더욱더 들쑥날쑥해서, 어떤 것은 본 건물에 바짝 가까이 붙어 있었고, 또 어떤 것은 제법 멀리 떨어진 곳에 지어져 있었으며, 본 건물과는 회랑(回廊)들이나 지붕을 덮은 통로들을 통해서 서로 연결되어 있었다. 모든 외적인 균형과 건축학적인 미관이 내부의 편의를 충족시키기 위해 희생된 것처럼 보였다. 성벽이나 성호(城濠)가 있었던 흔적은 없었으며, 인공적인 정원이나 큰 가로수 길이 있었던 자취 또한 보이지 않았다. 채전(菜田)과 과수원을 겸하고 있는 밭의 이랑들이 건물들 바로 옆까지 바짝 다가와 있었으며, 쓸모가 있을 듯한 자그만 밭뙈기들이 건물과 건물 사이의 작은 공간들에까지 일궈져 있었다. 밝고 산뜻한 작은 마을 하나가 약간 떨어진 곳에 자리잡고 있었고, 밭들과 들판은 나무랄 데 없이 잘 가꿔져 있었다.

빌헬름은 자기 자신의 생각에 깊이 몰두해서 그가 보는 사물에 대해서는 별로 마음 쓰지 않고 계속 말을 타고 갔으며, 말을 어느 여관에 맡겨놓고는 길게 생각할 것 없이 곧바로 성을 향해 걸음을 재촉했다.

한 늙은 하인이 그를 문간에서 맞이했다. 하인은 그에게 아주 친절하게 말했다. 주인께서는 편지 쓸 게 많으셔서 사업상 용무가 있는 손님들을 벌써 여러 명이나 거절하도록 하셨다는 것이었다. 빌헬름이 물러서지 않고 계속 청했더니 마침내 노인이 양보하여 그의 내방을 주인한테 알리겠다고 했다. 노인이 되돌아와서 빌헬름을 어느 고풍스러운 큰 홀로 안내를 했다. 거기서 노인은 그에게 부탁하기를, 주인님께서 어쩌면 한동안 못 나오실지 모르니 참고 기다려 달라고 했다. 빌헬름은 불안한 마음으로 홀 안을 왔다갔다하면서 여기저기 벽면에 걸려 있는 기사들과 귀부인들의 옛 초상화에 눈길을 주곤 하였다. 그는 자기 연설의 첫 대목을 다시 외워보았다. 그의 생각으로는 이런 갑옷, 이런 옷차림의 초상들이 지켜보는 가운데서 그 연설을 하는 것이 더욱 어울릴 것 같기도 했다. 무슨 소리가 날 적마다 그는 자기의 상대방을 위엄 있게 맞이하여 우선 편지를 건네준 다음 그에게 비난의 화살을 퍼부을 태세를 취하곤 했다.

벌써 여러 번이나 그렇게 속고 나자 그는 정말 화가 나고 기분이 언짢아지기 시작했다. 그제서야 마침내 체격이 좋은 한 남자가 장화를 신고 간소한 가운을 걸친 채 한 옆문을 통해 걸어 나왔다. 「저에게 무슨 좋은 소식을 가져오셨는지요?」 하고 그는 친절한 목소리로 빌헬름에게 말했다. 「기다리시게 한 것을 용서해 주십시오」

그는 이렇게 말하면서 손에 들고 있던 편지를 접고 있었다. 빌헬름은 당황해하지 않고 아우렐리에의 편지를 그에게 건네주면서 말했다. 「저는 한 여자분의 유언을 가지고 왔습니다. 감동없이는 읽으실 수 없을 것입니다」

로타리오는 편지를 받자 즉시 자기 방으로 되돌아갔다. 빌헬름이 열려 있는 문을 통해 보니, 거기서 로타리오가 우선 몇 통의 편지들을 봉하고 겉봉을 쓴 다음 아우렐리에의 편지를 뜯어서 읽는 모습이 훤히 다 들여다보였다. 로타리오는 그 편지를 벌써 몇 번이나 곰곰이 살펴 읽은 것 같았다. 빌헬름은 그 자연스러운 접견에는 자기가 준비한 격정적인 연설이 아주 어울리지는 않을 듯한 느낌이 들었지만 마음을 가다듬은 다음, 문턱으로 다가가 그의 연설을 막 시작하려는 참이었다. 바로 그때, 벽지와 같은 색을 발라놓았기 때문에 문인 줄 몰랐던 밀실의 문이 열리더니 조금 전의 그 신부가 들어오는 것이었다.

「세상에 참으로 묘한 전갈을 받았습니다」 하고 로타리오가 신부를 향해 외쳤다. 「용서하십시오만」 하고 그는 빌헬름을 향해 몸을 돌리면서 말을 계속했다. 「저는 지금 이 순간에는 손님하고 더 이상 이야기하고 싶은 기분이 아니군요. 오늘 밤 우리한테서 유숙해 주십시오! 신부님, 우리의 손님께서 아무런 불편이 없으시도록 좀 보살펴 드리시기 바랍니다」

이렇게 말하면서 그는 빌헬름을 향해 고개를 숙여 보였고, 그 신부는 우리의 친구의 손을 잡는 것이었다. 빌헬름은 썩 내키지 않은 채로 신부를 뒤따라갔다.

둘은 서로 아무 말이 없는 가운데 기묘한 복도들을 따라 걸어갔으며, 이윽고 아주 아담한 어느 방 안으로 들어섰다. 신부는 그를 그 안으로 들게 하고는 더 이상 아무런 변명도 없이 그를 혼자 두고 나가버렸다. 조금 지나자 쾌활한 소년 하나가 나타나 빌헬름의 심부름을 하기로 되어 있다고 자기 소개를 하고는 저녁 식사를 날라왔다. 식사 시중을 드는 중에 그 소년은 이 집안에서의 생활 수칙에 대해서, 즉 아침 식사 하는 법, 음식을 먹는 법과 일하는 법, 여가를 즐기는 방식 등에 대해서 많은 이야기를 했으며, 특히 로타리오의 훌륭한 신망에 대해서 아주 많은 말을 했다.

그 소년이 비록 마음에 들고 유쾌하긴 했지만, 빌헬름은 될 수 있는 대로 빨리 그를 물리치고자 했다. 빌헬름은 혼자 있고 싶었다. 왜냐하면 그는 현재 자기 상황을 지극히 답답하고 불안하게 느끼고 있었기 때문이었다. 그는 자기의 계획을 그렇게도 엉성하게 실행에 옮기고 위임받은 임무를 다만 절반밖에 해내지 못했기 때문에 자책감에 빠져 있었다. 그는 한편으로는 내일 아침에는 소홀히 한 일을 꼭 해치우리라 마음먹으면서도, 다른 한편으로는 막상 로타리오 앞에 서게 되면 그는 전혀 다른 감정을 느끼리라는 것도 알아차렸다. 그가 지금 유숙하고 있는 그 집 역시 그에게는 아주 묘하게 생각되었다. 그는 자기가 지금 어떤 처지에 빠져든 것인지 종잡을 수가 없었다. 그는 외출복을 벗고 싶었기 때문에 그의 옷보따리를 풀었다. 잠옷을 꺼내다가 보니 미뇽이 찔러넣어 주었던 그 유령의 베일이 함께 딸려 나왔다. 그것을 바라보자니 그는 더욱 슬퍼졌다. 「도망쳐라! 젊은 이, 도망쳐라!」하고 그는 외쳤다. 「이 신비스러운 말은 무슨 뜻일까? 무엇으로부터 도망치란 말인가? 어디로 도망치란 말인가? 그 유령이 나에게 〈너 자신으로 돌아가라!〉고 외쳤더라면 오히려 더 어울렸을지도 모르지!」그는 액자 속에 끼워져 벽에 걸린 영국 동판화들을 관찰했다. 그는 그 동판화들의 대부분을 무심히 지나쳐 보다가, 마침내 그중 하나가 불행하게도 좌초중인 배를 나타내고 있는 것을 발견하였다. 한 아버지가 아름다운 딸들을 데리고 밀쳐 들어오는 파도 앞에서 죽음을 기다리고 있었다. 그중 한 여자는 저 아마존의 여인과 닮은 것같이 보였다.
우리의 친구는 그것을 보고 이루 말할 수 없는 연민의 정을 느
꼈고, 그의 답답한 가슴을 누구에겐가 털어놓지 않고는 견딜
수 없을 것만 같았으며, 눈에서는 눈물이 주르륵 쏟아졌다. 그
는 이런 비감한 기분에서 다시 헤어나지 못하다가 마침내 밀려
드는 잠에 곯아떨어지고 말았다.

아침 무렵에 그는 꿈을 꾸었는데, 기묘한 꿈의 영상들이 나
타났다. 그는 소년 시절에 가끔 찾아가곤 하던 한 정원에 자신
이 있는 것을 발견했다. 눈에 익은 가로수 길과 산울타리와 화
단들을 다시 보면서 즐거운 기분에 젖어 있었다. 그는 마리아네
와 마주치고 지난날의 불행한 일 따위는 전혀 기억하지 못하는
가운데 그녀에게 다정히 말을 걸었다. 그러자 곧 그의 아버지가
집안에서 입으시는 옷차림으로 그들한테로 걸어오셔서는 평소
에는 드문 다정한 표정을 지으시며 아들에게 정원채로부터 의
자 둘을 가져오라고 말씀하시는 것이었다. 그러고는 마리아네
의 손을 잡으시고 그녀를 나무 그늘 있는 데로 데리고 가셨다.

빌헬름은 서둘러 정원채의 홀로 달려가 보았으나 그곳은 텅
비어 있었고 다만 맞은편 창가에 아우렐리에가 서 있는 것을 볼
수 있을 따름이었다. 그는 다가가 그녀에게 말을 걸었지만, 그
녀는 꼼짝도 하지 않았다. 그리고 그녀의 옆에 가 섰는데도 그
는 그녀의 얼굴을 볼 수 없었다. 그는 창 밖을 내다보았다. 어
느 낯선 정원이 눈에 들어왔다. 거기에는 많은 사람들이 모여
있었다. 그들 중 몇몇 얼굴은 그가 당장 알아볼 수 있었다. 멜
리나 부인이 한 나무 밑에 앉아서 장미 한 송이를 손에 들고 만
지작거리고 있었으며, 라에르테스가 그녀의 옆에 서서는 한 손
으로부터 다른 손에다 금화를 떨어뜨리며 헤아리고 있었다. 미

농과 펠릭스가 풀밭에 누워 있었다. 미뇽은 사지를 뻗은 채 반
듯하게 누워 있었고, 펠릭스는 풀밭에 코를 처박고 엎드린 채
였다. 필리네가 나타나더니 아이들 머리 위에서 손뼉을 쳤는
데, 미뇽은 꼼짝 않고 누워 있었고 펠릭스는 벌떡 일어나더니
필리네를 피해 달아났다. 펠릭스는 처음에는 필리네가 자기를
뒤쫓아가자 달아나면서 깔깔 웃어댔지만, 하프 타는 노인이 느
린 걸음걸이로 성큼성큼 자기 뒤를 따라오는 것을 보고는 겁이
나서 비명을 질렀다. 그 아이는 한 연못을 향하여 곧장 달려가
고 있었다. 빌헬름은 서둘러 그 아이 뒤를 따라 달려갔지만, 이
미 너무 늦어, 아이는 벌써 물 속에 빠지고 말았다. 그런데 빌
헬름은 연못 저 건너편에 그 아름다운 아마존 여인을 보았다.
그녀는 오른손을 아이를 향해 뻗치고는 물가를 따라 걸어가고
있었는데, 아이는 그녀의 손가락이 가리키는 방향으로 똑바로
물을 헤치며 그녀가 걸어가는 쪽으로 따라갔다. 마침내 그녀는
아이에게 손을 내밀어 연못으로부터 아이를 끌어내었다. 그 동
안에 빌헬름은 꽤 가까이까지 와 있었는데, 아이의 몸 여기저
기에 불이 붙어 있었으며 아이의 몸에서는 불타는 물방울이 뚝
뚝 떨어지고 있었다. 빌헬름의 우려는 더욱더 커졌다. 하지만
아마존 여인이 민첩한 동작으로 자기 머리에서 흰 베일 하나를
떼내어서는 그것을 아이에게 덮어씌우는 것이었다. 불은 즉각
꺼져버렸다. 이윽고 그녀가 그 베일을 들어올리자 그 속에서 두
명의 사내아이가 튀어나왔다. 그 두 아이가 신이 나서 함께 이
리저리 뛰노는 동안 빌헬름은 그 아마존 여인과 손을 잡은 채
정원을 가로질러 걸어가고 있었다. 약간 떨어진 곳에서 그의 부
친과 마리아네가, 그 옆으로 키 큰 나무들이 주욱 늘어서 있어
서 전체 정원을 에워싸고 있는 듯한 한 가로수길을 산책하는 것

이 보였다. 빌헬름은 그들 쪽으로 발걸음을 돌리고는 그의 아름
다운 동반자와 함께 정원을 가로질러 가고 있었다. 그때 갑자기
금발의 프리드리히가 그들이 가는 길 앞에 나타나서는 큰 소리
로 웃어젖히며 온갖 놀리는 말을 늘어놓으면서 그들이 가는 길
을 지체시켰다. 그들은 그런 일에 개의치 않고 가던 길을 계속
가려고 했다. 그 순간 프리드리히는 급히 그곳을 떠나 조금 떨
어진 곳에서 산책하고 있는 빌헬름의 부친과 마리아네한테로
달려갔다. 부친과 마리아네는 그를 피해 도망치는 것같이 보였
다. 프리드리히는 더욱더 빨리 그들을 뒤쫓아갔다. 빌헬름은 부
친과 마리아네가 가로수길을 뚫고 거의 날아가듯 둥둥 떠나고
있는 것을 보았다. 그의 본성과 애정이 시키는 대로 한다면 그
는 그들한테로 달려가 그들을 도와주고 싶은 마음이 간절하였
다. 하지만 아마존 여인의 손이 그를 붙잡고 놓아주지 않았다.
그로서는 이렇게 붙잡혀 있는 것이 아주 기분좋았다. 이런 뒤섞
인 느낌 속에서 그는 깨어났다. 그의 방은 이미 아침 해로 훤히
밝아 있었다.

2

소년이 빌헬름에게 아침 식사를 하러 오시라기에 건너갔더
니, 홀에는 이미 그 신부가 대기해 있었으며, 로타리오는 벌써
말을 타고 나갔다고 했다. 신부는 그다지 말이 많지 않았고 오
히려 깊이 생각하는 성격인 것 같았다. 그는 아우렐리에의 죽음
에 대해서 물어보았고 빌헬름의 이야기에 관심을 보이며 귀를
기울였다. 「아, 한 교양인이 이루어지기까지 자연과 예술이 얼

마나 끝없는 협업을 해야 하는지!」하고 빌헬름이 외쳤다. 「이
것을 생생하게 인식할 수 있는 사람은, 그리고 그 자신이 자기
동료 시민들의 교양을 위해 될 수 있는 대로 많은 힘을 보태고
있는 사람은 인간이 종종 그처럼 무모하게 자신을 망치고 자기
탓이건 남의 탓이건 그렇게 자주 파멸에 봉착함을 알고 누구나
절망하지 않을 수 없지요. 이런 점을 생각하면 저에게도 삶 자
체가 그저 우연한 선물인 것같이 여겨지는군요. 그래서 저는 이
선물을 그 합당한 가치 이상으로 높이 평가하지 않는 사람을 칭
찬하고 싶습니다」

그가 이 말을 채 마치기도 전에 문이 확 열리고 한 젊은 여
자가 달려 들어와서는 그녀의 갈길을 가로막고 서는 늙은 하인
을 뒤로 밀어젖혔다. 그녀는 서둘러 곧장 신부한테로 가서 그
의 한쪽 팔을 잡았는데, 울고 흐느끼느라고 다음과 같은 몇 마
디를 겨우 입밖에 내는 것이었다. 「그이가 어디 있어요? 대체
그이를 어디다 뒀어요? 이건 무서운 배신이에요! 제발 바른 대
로 말씀들을 해주세요! 무슨 일이 일어나고 있는지 저도 다 알
고 있어요! 그이를 뒤따라가겠어요! 그이가 어디 있는지 알고
싶어요」

「진정해요, 아가씨!」하고 신부가 짐짓 태연한 어조로 말했
다. 「아가씨 방으로 올라가십시오. 모든 것을 다 말씀드리리다.
다만, 제가 말씀드릴 때, 들으실 수 있는 태세가 되어 있으셔
야 합니다」그는 그녀를 데리고 나가려고 그녀에게 손을 내밀었
다. 「저는 제 방으로 올라가지 않을 거예요」하고 그녀가 부르
짖었다. 「당신네들이 저를 벌써 그토록 오랫동안 그 사이에 가
두어놓고 있는 그 벽들이 지긋지긋해요! 그래도 전 모든 것을
다 알고 있어요. 그 대령이 그이한테 결투를 신청해서, 그이가

그 상대방을 만나러 말을 타고 나간 거죠? 그러니까 아마 바로 지금 이 순간에…… 몇 번인가 총소리가 나는 것 같았어요. 마차를 준비시키세요! 그리고 저와 함께 가세요. 그러지 않으면 저는 온 집안이, 아니 온 마을이 떠나가도록 비명을 질러대겠어요」

그녀는 아주 격하게 울면서 창문 쪽으로 달려갔다. 신부는 그녀를 붙잡고 말리면서 그녀를 진정시키려고 했으나 아무 소용도 없었다.

마차 한 대가 들어오는 소리가 났다. 그녀는 창문을 홱 열어 젖혔다.「그이가 죽었구나!」하고 그녀가 소리를 질렀다.「저기 사람들이 그이를 실어왔어요」「마차에서 내리시고 있군요!」하고 신부가 말했다.「보시다시피 살아계십니다」「부상을 입었어요」하고 그녀가 격렬하게 대답했다.「그렇지 않다면 말을 타고 올 텐데! 사람들이 그이를 부축하고 있어요! 중상을 입었어요!」그녀는 문 밖으로 달려 나가더니 계단을 뛰어 내려갔다. 신부가 서둘러 그녀의 뒤를 따르고 빌헬름도 그들을 뒤따라 갔다. 빌헬름은 그 아름다운 여인이 계단을 올라오던 자신의 연인과 마주치는 장면을 바라보았다.

로타리오는 자기 동행자한테 몸을 기대고 있었는데, 빌헬름은 그 동행자가 전에 자기를 후원해 주던 야르노임을 즉각 알아보았다. 로타리오는 그 절망에 빠진 여인에게 아주 다정하고 친절하게 말을 건넸다. 그러고는 그녀의 어깨에다 자신의 몸을 의지한 채 천천히 계단을 올라왔다. 그는 지나가면서 빌헬름한테도 인사했지만, 금방 자기 방 안으로 인도되었다.

얼마 있지 않아 야르노가 다시 그 방에서 나와서 빌헬름한테로 다가왔다.「보아하니 당신은 어딜 가나 배우들과 만나고 연극에 관여할 운명을 타고난 것 같군요」하고 그가 말했다. 「우리는 지금 막 한 편의 드라마 속에 들어와 있는 중입니다, 별로 재미있는 드라마는 아닙니다만……」

「이런 묘한 순간에 선생님을 다시 뵙게 되어 기쁩니다」하고 빌헬름이 대답했다. 「저는 의아스럽게 생각했고 깜짝 놀랐습니다. 하지만 선생님께서 함께 계시기 때문에 저는 금방 평정을 되찾고 정신을 차리게 되는군요. 그런데, 어떻습니까, 위독한 상태인가요? 남작님께서 중상이십니까?」「그렇지는 않은 것 같습니다」하고 야르노가 응답했다.

잠시 후에 젊은 외과 의사가 방에서 나왔다. 「어떻습니까?」하고 야르노가 그를 향해 외쳤다. 「매우 위독합니다」하고 의사가 대답하면서 몇몇 기구들을 자기의 가죽 가방에다 챙겨넣었다.

빌헬름은 가방으로부터 아래쪽으로 드리워져 있는 끈을 바라보았는데, 그 끈이 어디선가 본 적이 있는 것 같았다. 서로 대조를 이루는 선명한 색상들, 묘한 무늬, 기묘한 형상들을 이루고 있는 금은 장식 때문에 그 끈은 이 세상의 모든 다른 끈들과는 확연히 구별되는 것이었다. 빌헬름은 그것이야말로 저 숲속에서 그의 상처를 치료해 주었던 그 노의사의 의료기구 가방이 틀림없다는 확신이 들었다. 그러자 오랜 시간이 지난 지금 그리운 아마존 여인의 흔적을 다시 찾을 수 있을지도 모른다는 희망이 마치 불꽃같이 그의 온몸에 확 번지는 것이었다.

「이 가방 어디서 구하셨습니까?」하고 그가 외쳤다. 「선생님에 앞서 이 가방을 지니고 계셨던 분이 누구시죠? 제발 부탁이니 좀 말씀해 주십시오」「어느 경매에서 샀지요」하고 의사가 대답했다. 「그 전에 누구의 것이었든 내게 무슨 상관이겠어요?」

이렇게 말하고 나서 그는 훌쩍 가버렸다. 그러자 야르노가 「저 젊은 친구의 입에서 한마디라도 바른 말이 나왔으면 좋겠는데!」 하고 말했다. 「그럼 저 사람이 그 가방을 샀다는 말도 사실이 아니란 말씀입니까?」 하고 빌헬름이 물었다. 「로타리오가 위독하다는 말이 사실이 아닌 것과 꼭 마찬가지로 근거 없는 소리일 겁니다」 하고 야르노가 대답했다.

빌헬름은 착잡한 생각에 잠겨 거기 그렇게 서 있었다. 그때 야르노가 그 후 어떻게 지냈느냐고 물었다. 빌헬름은 자기 이야기를 대충 말했다. 그러고는 마지막으로 아우렐리에의 죽음과 자기가 위임받은 심부름에 대해 말하자, 야르노가 외쳤다. 「거참 묘하군요, 아주 묘한 일입니다!」

신부가 방에서 나와 야르노에게 자기 대신 안으로 들어가라는 눈짓을 해보였다. 그러고는 빌헬름에게 이렇게 말했다. 「남작님께서는 당신이 여기에 머물면서 며칠 동안 적적한 우리의 손님이 되어주시고 이런 어려운 상황에 처한 자신을 위로하는 데에 일조해 주시면 감사하겠다는 부탁 말씀을 하십니다. 당신의 일행에게 무엇인가 꼭 전할 말씀이 있으시면, 당신의 편지를 즉시 전달해 드리도록 하겠습니다. 그리고 여기서 목격하신 이상한 사건을 이해하실 수 있도록 그 전말을 이야기해 드려야겠네요. 실은 무슨 비밀도 아니니까요. 남작님은 어느 부인과 대수롭잖은 연애 사건이 있었는데, 그녀가 자기의 연적으로부터 남작님을 빼앗은 승리감을 너무 지나치게 만끽하려고 했기 때문에 그 사건은 실제 사정보다 엄청나게 크게 세인의 이목을 끌게 되었습니다. 유감스럽게도 남작님은 얼마 후에는 그녀한테서 그만한 즐거움을 얻을 수 없어서 그녀를 피했습니다. 하지만 그녀는 성미가 격렬해서 자신의 운명을 분별 있게 감수하는 것이 불가능했던 것입니다. 어느 무도회 자리에서 사람들이 지켜보는 가운데 언쟁이 벌어졌는데, 그녀는 치명적인 모욕을 당했다고 생각하고 누구든 나서서 상대를 응징해 달라고 공표했습니다. 하지만 그녀의 소원을 들어주려고 나서는 기사는 아무도 없었습니다. 그런데 그녀가 이미 오래전에 그 곁을 떠나 사실상 헤어져 살아온 그녀의 남편이 이 소문을 듣고 그녀의 뜻을 받아들여 남작님에게 결투를 신청하고 오늘 남작님에게 부상을 입힌 것입니다. 그렇지만, 제가 듣기론 그 대령은 이 결투에서 더 심한 부상을 입었다는군요」

그 순간부터 우리의 친구는 그 집에서 마치 한 가족처럼 대접받게 되었다.

3

환자에게는 지금까지 몇 번인가 책을 읽어줬다고 하기에 빌헬름은 그 어렵잖은 봉사를 기쁜 마음으로 맡아서 했다. 뤼디에 Lydie는 잠시도 환자의 침대 곁을 떠나지 않았으며, 부상당한 사람을 위한 그녀의 세심한 배려는 그녀의 다른 모든 주의력을 집어삼켜 버린 것 같았다. 하지만 오늘은 로타리오 역시 주의력이 산만해 보였다. 그래서 그는 책은 이제 그만 읽자고 부탁하는 것이었다.

「오늘 나는 인간이 얼마나 어리석게 자기 시간을 허송하고 있는가를 새삼 실감하게 됩니다」 하고 그가 말했다. 「나는 정말 많은 계획을 하고 참으로 많은 것을 신중히 검토해 왔지요. 사람들은 최선의 결심을 했을 때에는 주저하지 않건만! 나는 개혁을 위한 갖가지 제안들을 책에서 읽었는데, 이제 그 개혁을 내 영지에서 시도해 보고 싶어요. 총알이 보다 위험한 경로를 지나가지 않은 것을 내가 기뻐하는 이유도 특히 이 개혁 때문이라 할 수 있지요」

뤼디에는 사랑스러운 눈빛으로, 아니 두 눈에 눈물을 글썽이면서 그를 바라보고 있었다. 그것은 마치 자기와 그의 친구들 역시 그가 생명을 건진 데에 대한 기쁨을 함께 나눌 권리가 있지 않겠느냐고 묻고 싶은 것 같았다. 반대로 야르노는 다음과 같이 대꾸했다. 「남작님께서 계획하고 계시는 그런 개혁들은 그것을 실행할 용단을 내리기 전에 우선 여러 면에서 충분한 숙고를 거쳐야 할 겁니다」

「오래 숙고한다는 것은 대개 현재 논의되는 요점을 올바르게 파악하지 못한 증거이지요」 하고 로타리오가 응답했다. 「그리고 행동을 너무 서두르는 것 역시 요점을 전혀 모르고 있다는 증거가 되지요. 하기야 나는 내 영지를 경영함에 있어서 많은 지역이 그곳에 사는 농부들의 노역(勞役)을 빌리지 않고서는 경작 자체가 곤란하다는 사실을 익히 알고 있고, 영주로서의 권리들 중에서 그 어떤 것들은 정확하고 엄격하게 유지하지 않으면 안 된다는 사실도 훤히 살피고 있어요. 그러나 이와 동시에 내가 또 통찰하고 있는 사실은 다른 권한들이 내겐 유리한 것이긴 하지만 필요 불가결한 권한들은 아니기 때문에 그것들을 농부들에게 양보해 줘도 되겠다는 것이지요. 양보하고 산다고 해서 반드시 손해를 보는 것은 아닙니다. 나는 내 아버님보다 토지를 훨씬 더 잘 이용하는 편이지 않습니까? 수입도 내가 훨씬 더 많이 올리게 될 거구요. 그런데 이 불어나는 이익을 나 혼자서만 향유해야 할까요? 지식의 증대와 시대의 진보가 우리에게 이익을 가져다 주는데, 내가 그 이익을 나와 함께 일하고 나를 위해 일하는 사람과 나누어 쓰지 말아야 한단 말입니까?」

「유감스럽게도 인간의 속성이 그런 걸 어떡합니까!」 하고 야르노가 외쳤다. 「저 자신한테서 그런 속성이 발견되더라도, 저는 자신을 비난할 수는 없을 것 같군요. 사람은 누구나 모든 것을 자기한테로 긁어모으려고 합니다. 그래야만 자기 마음대로 그것을 쓸 수 있거든요. 사람들이 자기 스스로 지출하지 않은 돈을 훌륭하게 썼다고 생각하는 경우란 드물지요」

「그건 정말 그래요!」 하고 로타리오가 응답했다. 「만약 우리가 이자를 방만하게 쓰지만 않는다면, 반드시 많은 자본이 없어도 될 것입니다」

「제가 한 가지만 상기시켜 드리고 싶은 것이 있는데」 하고 야르노가 말했다. 「그것은 남작님 자신이 아직 부채가 있으시고 그것을 갚으시느라고 곤란을 겪고 계시다는 사실입니다. 또한 바로 이 때문에 저는 남작님께 지금 바로 개혁을 단행하시라고 말씀드릴 수 없는 것입니다. 그런 개혁을 하셨다가는 적어도 지금 이 순간에는 손해를 보실 테니까요. 저는 남작님께서 부채를 완전히 정리할 때까지 계획을 연기하시기를 권해 드리고 싶습니다」

「그리고 그 동안에는 한 방의 총알이나 기왓장 하나가 내 인생과 내 활동의 온갖 결과들을 영원히 허사로 만들어 버려도 좋으니 그냥 내버려두라, 그 말씀이겠지요!」 하고 로타리오가 말을 계속했다. 「하지만 그런 태도야말로 교양인들의 가장 큰 결점입니다. 그들은 관념에다 총력을 기울이려 하고 대상 자체에는 전혀 또는 거의 신경을 쓰지 않으려 한단 말입니다. 내가 왜 빚을 졌습니까? 내가 왜 외종조부님과 다투었으며 내 동생들을 그렇게 오랫동안 내팽개쳐 두었습니까? 다 관념 때문이었지요. 나는 미국에서 활약할 수 있으리라고 생각했어요. 나는 해외에서 유용하고도 필요불가결한 존재가 될 수 있으리라 믿었지요. 어떤 행동 하나가 수천 가지 위험에 둘러싸여 있지 않으면, 나에게는 그 행동이 무의미하고 무가치한 것으로 생각되었지요. 그러나 지금의 나는 모든 사물을 다르게 봅니다. 지금의 나에게는 가장 가까운 곳에 있는 것이 얼마나 가치 있고 소중한지 모릅니다!」

「해외에서 저에게 보내주신 편지 내용이 기억나는군요」하고 야르노가 대답했다. 「저에게 이렇게 쓰셨던 것으로 기억됩니다. 〈나는 돌아가겠습니다. 그리고 내 집에서, 내 농장에서, 내 가족들의 한가운데에서 말하겠습니다── '미국이 따로 없다, 바로 여기다!' 라고.〉」

「그랬지요, 사실입니다! 아직도 여전히 같은 말을 하고 싶습니다. 하지만 동시에 나는 여기서는 거기 있을 때만큼 그렇게 활동적이지 못한 자신에 대해 가책을 느끼게 되는군요. 판에 박은 듯이 꼭 같이 계속되는 현재를 위해서는 단지 분별력만 있으면 되지요. 그리고 사실 우리는 분별력을 갖기도 하지만, 그 결과 우리는 하찮은 나날이 우리에게 요구해 오는 비상한 일을 더 이상 보지 못하고, 설령 그런 것을 인식한다 하더라도, 그런 일을 회피할 수 있는 수많은 변명들을 발견하게 되죠. 분별 있는 인간은 그 자신으로서는 똑똑하지만, 전체를 위해서는 무의미합니다」

「분별력을 폄하해서는 안 됩니다」하고 야르노가 말했다. 「우리는 실제로 행해지는 비상한 일이 대개는 어리석은 짓이라는 사실을 인정해야 합니다」

「그건 그렇지요. 그것은 바로 비상한 일을 행하는 사람들이 상규를 벗어나서 행동하기 때문입니다. 나의 매제(妹弟)도 자기가 처분할 수 있는 모든 재산을 그런 식으로 형제 교단에 회사하고, 그것을 통해 영혼의 구원을 얻을 수 있다고 믿고 있는데, 그가 자기 수입 중의 적은 일부만 희생으로 바쳤더라면, 많은 사람들을 행복하게 하고 자기 자신과 그들을 위해 이 지상에서 천국을 이룩할 수 있었을 것입니다. 우리가 희생으로 바친 돈이 활동적으로 쓰이는 경우는 드물지요. 우리는 회사하면서 금방 그것을 단념해 버리니까요. 재산에 대해 체념할 때 우리는 단호한 결단을 내려서 체념하는 것이 아니라 절망해서 체념해 버리는 것입니다. 고백입니다만, 요 며칠 동안 백작님이 늘 내 눈앞에 어른거렸습니다. 그분이 불안한 망상에 쫓겨 행한 바를 나는 확신을 가지고 행하겠다고 굳게 결심했습니다. 나는 몸이 회복될 때까지 기다리지 않겠습니다. 여기에 서류들이 있어요. 그것들은 단지 정리만 하면 됩니다. 영지의 법관하고도 의논해 보시지요. 우리의 손님께서도 도와주실 것입니다. 무슨 일을 해야 할지는 당신은 나와 꼭 마찬가지로 잘 알고 계십니다. 여기 이 침대 위에서 회복을 하든 죽든 간에 나는 이 뜻을 굽히지 않겠습니다. 그리고 외치겠습니다——〈헤른후트 교단이 따로 없다, 바로 여기다!〉라고」

뤼디에는 그녀의 애인의 입에서 죽는다는 말이 나오는 것을 듣자 갑자기 그의 침대 앞에 무릎을 꿇고 쓰러졌다. 그러고는 그의 두 팔에 매달리면서 슬피 울었다. 그 외과의가 들어왔으며, 야르노는 빌헬름에게 그 서류들을 주었다. 그러고는 뤼디에를 억지로 방에서 나가도록 했다.

「원, 이럴 수가!」 하고 빌헬름은 야르노와 단둘이서 홀에 있

게 되었을 때 소리쳤다. 「백작이 어떻게 됐다는 겁니까? 형제
교단에 들어간다는 백작이 어느 백작입니까?」

「당신이 잘 아는 그 백작님이십니다」 하고 야르노가 대답했
다. 「당신이야말로 그분을 경건성의 품안으로 쫓아보내는 유령
이며, 그의 얌전한 부인으로 하여금 어쩔 수 없이 그녀의 남편
을 따라가게끔 만든 악동 아닌가요?」

「그런데 그 부인이 로타리오 씨의 여동생이란 말씀이군요?」
하고 빌헬름이 외쳤다.

「바로 그렇소」

「그럼 로타리오 씨도 그 일을 알고 있나요?」

「모든 것을 다 알고 있습니다」

「아, 그럼 절 도망치게 해주십시오!」 하고 빌헬름이 소리쳤
다. 「제가 무슨 낯으로 그의 앞에 설 수 있겠습니까? 그가 무슨
말을 할까요?」

「아무도 다른 사람에게 돌을 던져서는 안 된다[2]고 말하겠지
요. 그리고 아무도 타인을 부끄럽게 하기 위해 긴 연설을 준비
해서는 안 된다, 그런 연설은 오히려 거울을 보면서 해보는 것
이 좋겠다고 할 겁니다」

「그 연설에 관해서도 알고 계시군요?」

「그 외에도 많은 것을 알고 있지요」 하고 야르노가 미소를
흘리면서 응답했다. 「하지만 이번에는 전번처럼 그렇게 쉽게 당
신을 놓치지는 않을 거요」 하고 그는 말을 계속했다. 「내가 계
획하고 있던 그 신병 모집에 대해서는 더 이상 두려워하지 않으
셔도 됩니다. 난 이제 더 이상 군인이 아닙니다. 군인이었을 적

---

2) 「요한 복음」 제8장 제7절 참조.

에도 나는 당신에게 그런 의구심을 불러일으키지 않았더라면 좋았겠지요. 당신과 헤어진 이래 많은 변화가 있었습니다. 나의 유일한 친구이자 후원자이셨던 그 군주께서 돌아가시고 난 뒤에 나는 세상으로부터, 그리고 온갖 세상사로부터 모든 인연을 끊어버렸습니다. 저는 합리적인 일을 적극 촉진했고 어떤 것이 몰취미하다고 생각되면 침묵하고 있지 않았지요. 그래서 세상 사람들은 항상 제가 생각이 불온하고 입이 거칠다고들 말이 많았지요. 어리석은 대중이 가장 두려워하는 것은 분별력이에요. 하지만 만약 그들이 정말 두려운 것이 무엇인지를 안다면, 그들은 어리석음을 두려워해야 할 것입니다. 하긴 분별력은 불편하지요. 그래서 사람들은 그것을 제거해 버리고 싶어합니다. 어리석음은 단지 파멸의 근원이 될 따름이니까 사람들은 파멸할 때까지 기다릴 수 있는 것입니다. 하지만, 세상이 망하더라도 난 살아야 하겠습니다. 그리고 내 계획에 대해서는 차차 말씀드리기로 하지요. 괜찮으시다면 당신도 그 계획에 동참하시지요. 그러나 그 동안 어떻게 지내셨는지부터 나에게 말씀해 주시겠습니까? 당신도 역시 변했다는 사실은 나도 보아서 알 수 있고, 또 당신한테서 그런 걸 느낄 수 있군요.. 집시들과 어울려 다니면서 무엇인가 아름답고 선한 것을 만들어 내고자 하던 당신의 그 옛 망상은 어떻게 됐지요?」

「충분히 혼이 났지요!」 하고 빌헬름이 외쳤다. 「제가 어디서 와서 어디로 가는지 저의 기억을 일깨우지 말아주십시오. 연극에 대해서 많이들 얘기하지만, 자기가 직접 무대 위에 서보지 않은 사람은 그것에 대해 상상조차 할 수 없지요. 연극하는 사람들이 얼마나 자기 자신을 모르고, 그들이 어떻게 반성도 없이 그들의 천직을 영위하며, 그들의 요구조건들이 얼마나 터무니없이 큰지에 대해서는 예감조차 할 수 없을 것입니다. 각자가 모두 제일인자 행세를 하고 싶어할 뿐만 아니라 유일한 존재인 양 행동하려 듭니다. 각자가 모두 다른 모든 사람들을 배척하고 싶어하고, 자기가 타인들과 함께 어울려서는 아무 일도 이루어 낼 수 없다는 사실을 모르고 있습니다. 모두들 자기가 굉장히 독창적인 인물이라고 생각하지만, 낡은 관습을 벗어나는 것을 소화해 낼 능력이 없습니다. 게다가 항상 무엇인가 새로운 것을 찾아 불안하게 서성대지요. 그들이 서로 다투는 것을 보면 격렬하기가 이를 데 없어요! 다만 아주 보잘것없는 자부심, 극히 편협한 이기심이 그들을 간신히 서로 묶어놓고 있을 따름입니다. 상호간의 예의라고는 말하기조차 부끄러울 지경이고, 음험한 악의와 비방하는 욕설을 통해 영원한 불신이 조장됩니다. 방종하게 생활하지 않는 사람이 보기에는 어리석게 생활하고 있단 말입니다. 저마다 다 무조건 존경받으려 하고, 지극히 사소한 비판에 대해서도 민감한 반응을 보이지요. 자기는 이미 그런 것쯤은 모두 훤히 알았다는 것입니다! 그렇다면 도대체 왜 항상 그 반대로 해왔을까요? 그들은 항상 명예에 굶주린 상태이며 항상 남을 신뢰하지 못합니다. 그래서 그들은 마치 이성과 훌륭한 취미를 가장 두려워하는 사람들처럼 보이고, 자기들이 개인적으로 멋대로 부여한 절대권위를 유지하는 데에만 혈안이 되어 있는 사람들처럼 보이는 것입니다」

빌헬름은 숨을 몰아쉬고 나서 자기의 사설을 계속해 나가려고 했지만, 바로 그때 야르노가 굉장한 폭소를 터뜨리는 바람에 중단되고 말았다. 「불쌍한 배우들이라니!」하고 야르노는 부르짖었다. 그러고는 한 안락의자에 털썩 주저앉더니 계속 껄껄 웃어젖혔다. 「대체 당신이 알고 한 소린지는 모르겠습니다만, 당

신은 지금 연극계를 얘기한 것이 아니라 이 세상 전체를 묘사한
것입니다」 하고 야르노는 웃음의 발작을 어느 정도 진정한 다음
말을 계속했다. 「나는 당신의 그 신랄한 스케치에 맞는 인물들
과 사건들을 모든 계층에서 얼마든지 끌어댈 수 있단 말입니다.
용서하시오만, 그런 근사한 인재들이 연극계에만 몰려 있다고
믿고 계신 걸 보니 다시 웃지 않을 수 없군요」

빌헬름은 자제하면서 꾹 참았다. 사실 야르노의 그 거침없고
때아닌 폭소에 그는 기분이 적지않이 상했던 것이다. 「그런 점
들이 인간 일반이 지니고 있는 보편적인 결점들이라고 주장하
시다니!」 하고 빌헬름이 말했다. 「당신은 인간에 대한 혐오감을
감추지 못하시는군요」

「그런 현상들을 연극계의 굉장한 특징으로 치부하신다면, 그
건 당신이 세상을 잘 모르신다는 증거입니다. 정말이지 나는 배
우한테는 자기 기만에서, 그리고 인기를 얻기 위한 욕심에서
생겨나는 결점들이라면 무엇이든 다 용서해 주고 싶습니다. 왜
냐하면, 만약 배우가 자기 자신과 타인들에게 그럴듯한 존재로
빛나 보이지 않는다면, 그는 아무것도 아니기 때문입니다. 그
의 직분은 찬연해 보이는 것이며, 그는 순간적인 박수갈채를
높이 평가하지 않으면 안 됩니다. 그에게는 다른 보상은 없거든
요. 그는 찬연하게 빛나 보이려고 노력하지 않으면 안 됩니다.
그 때문에 그는 거기 무대 위에 서 있는 것이니까요」

「실례입니다만, 저로서도 최소한 미소 정도는 머금지 않을
수 없네요」 하고 빌헬름이 응수했다. 「당신이 그렇게 공정하고
그렇게 관대하실 수 있다고는 미처 생각하지 못했습니다」

「관대하다니요, 천만의 말씀입니다! 이건 깊이 생각한 끝에
정말 진지하게 하는 말입니다. 나는 배우에게 모든 인간적 결점

을 용서한다는 것이지 인간에게 배우의 결점을 용서하는 것은 아닙니다. 이에 대한 나의 탄식의 노래는 아예 시작하지 않는 게 좋겠습니다. 그것을 풀어놓았다가는 당신의 비판보다 더 혹독하게 들릴 테니까요」

　의사가 방에서 나왔다. 환자의 용태가 좀 어떠냐는 질문을 받자 그는 아주 사근사근하고 친절하게, 「정말 아주 좋습니다. 곧 완쾌되시리라 기대됩니다」 하고 대답했다. 그러고는 즉각 서둘러 홀을 나가면서, 다시 한번 간절하게 가방의 출처를 묻기 위해 반쯤 입을 연 빌헬름의 질문을 기다려 주지 않았다. 아마존 여인에 대해서 무엇인가 듣고 싶은 욕망 때문에 빌헬름은 야르노에게 자기의 속마음을 털어놓았다. 그는 야르노에게 사정을 털어놓고 그의 도움을 청했다. 「그토록 많은 것을 알고 계시지 않습니까?」 하고 빌헬름은 말했다. 「그런데 그걸 모르실 리가 없을 텐데요?」

　야르노는 잠깐 생각에 잠기더니 이윽고 그의 젊은 친구에게 이렇게 말했다. 「가만히 계십시오. 그리고 사람들이 더 이상 아무것도 눈치채지 않도록 하십시오. 그러면 우리는 곧 그 미인이 있는 곳을 알게 될 것입니다. 지금 나는 다만 로타리오 씨의 용태 때문에 불안하군요. 병세가 위독합니다. 그 의사가 친절하게 굴고 좋은 말로 위로하는 걸 보면 알 수 있지요. 벌써부터 나는 뤼디에를 환자와 떨어져 있게 하고 싶었습니다. 그녀는 여기에 아무 도움도 되지 않거든요. 그렇지만 나는 그 일을 어떻게 시작해야 할지 모르겠군요. 오늘 저녁에 우리의 노의사 양반이 오셨으면 하고 기대하고 있는데, 그때 가서 계속 의논해 보기로 합시다」

4

의사가 왔다. 그 사람은 우리가 이미 알고 있는 그 키가 작고 사람좋은 노의사였는데, 우리가 그 흥미로운 수기를 알게 된 것도 바로 이 의사가 전해 준 덕분이었던 것이다. 그는 무엇보다도 먼저 다친 사람부터 진찰했는데, 부상자의 용태를 아주 심상찮게 생각하는 것 같았다. 나중에 그는 야르노와 장시간 상의를 했다. 하지만 그들은 저녁 식탁에서는 아무 눈치도 드러내 보이지 않았다.

빌헬름은 의사에게 아주 공손하게 인사를 하고 자기가 보낸 하프 타는 노인의 안부를 물어보았다. 「우리에게는 아직 그 불쌍한 사람을 고칠 수 있는 가망이 있습니다」 하고 의사가 대답했다. 「그 사람은 당신의 그 편협하고도 기묘한 생활에 덧붙여진 슬픈 덤 같은 존재였지요」 하고 야르노가 말했다. 「그가 그 다음에는 어떻게 됐지요? 그 얘기 좀 들읍시다」

우선 야르노가 알고 싶어하는 것에 대해 얘기가 있었다. 그 다음에 의사가 말을 계속했다. 「나는 여태까지 사람이 그렇게 묘한 정서상태에 빠져 있는 경우는 한번도 본 적이 없습니다. 이미 여러 해 전부터 그는 자기 외부의 사물에는 전혀 아무런 관심도 보이지 않았습니다. 아니, 심지어는 무엇을 인지하는 일도 없었습니다. 오직 자기 자신의 내면만을 향한 채 그는 공허하고 텅 빈 자아만을 관찰할 따름이었는데, 그에게는 이 자아가 바닥 모를 깊은 구렁텅이처럼 생각되는 것이었습니다. 그가 이 슬픈 상태에 대해 말할 때에는 참으로 감동적이었지요. 〈앞을 보나 뒤를 보나 무한한 밤 이외에는 아무것도 보이지 않습니다〉 하고 그는 부르짖었습니다. 〈그 캄캄한 밤 속에서 저는 무섭고 섬뜩한 고독에 떨고 있습니다. 저에게는 저의 죄의식 이 외에는 아무런 감정도 남아 있지 않습니다. 이 죄의식이란 것도 마치 모호한 형체를 하고 멀찌감치 서 있는 유령과도 같이 뒷모 습만 보여주고 있지요. 하지만 여기에는 높낮이도 없고 앞뒤도 없어요. 조금의 변화도 없이 언제나 똑같은 이런 마음의 상태를 표현할 수 있는 말은 없습니다. 저는 이렇게 냉혹한 상태를 견 디다 못해 가끔 격렬하게 소리치지요. 〈영원히! 영원히!〉라고. 수수께끼 같은 이 기이한 말도 암흑 같은 제 마음의 상태에 비 하면 환하고 분명하지요. 이 밤 속의 저에게는 그 어떤 천상의 빛도 한 줄기 나타나 주지 않습니다. 그래서 저는 저 자신을 위 해, 저 자신 때문에 갖은 눈물을 다 흘린답니다. 저에게 가장 잔인한 것은 우정과 사랑입니다. 왜냐하면 이 두 가지만이 저를 둘러싸고 있는 현상들이 실제 현실이었으면 하는 소망을 저에 게서 불러일으키기 때문입니다. 그러나 이 두 가지 유령들도 역 시, 저를 불안하게 만들고 결국에는 이런 끔찍한 삶에 대한 소 중한 의식마저도 저로부터 빼앗아 가기 위해, 그 구렁텅이로부 터 올라온 것에 지나지 않는 것입니다.〉

그 노인이 어쩌다 비밀을 말하고 싶은 시간이 되어 이런 식 으로 자신의 무거운 속마음을 털어놓을 때, 여러분들도 그의 말을 들어보시면 얼마나 좋을까 싶네요」 하고 의사는 말을 계속 했다. 「저는 몇 번인가 그의 말을 들었는데, 굉장히 감동적이었 습니다. 그가 내심의 어떤 충동에 떠밀리어, 〈세월이 많이 흘렀 다〉는 사실을 마지못해 잠깐 인정하지 않을 수 없을 때가 있는 데, 이럴 때면 그는 마치 소스라쳐 놀라는 것같이 보입니다. 그 렇지만 잠시 후에는 다시금 제정신을 차리고 사물이 변했다는 것은 온갖 현상들 중의 한 현상에 불과한 것이라고 대수롭지 않게 말하곤 하지요. 어느 날 저녁 그는 자기의 백발에 대해 노래를 한 곡 불렀어요. 우리는 모두 그를 빙 둘러싸고 앉은 채 하염없이 눈물을 흘렸습니다」

「아, 그 노래 가사를 좀 말씀해 주십시오!」 하고 빌헬름이 외쳤다.

「그런데 도대체 그 사람이 자기의 죄라고 말하는 것에 대해서는 아무것도 알아내지들 못했습니까?」 하고 야르노가 물었다. 「그렇게 묘한 복장을 하고 다니는 이유와 화재 때의 그의 행동, 어린애에 대한 그의 광기에 가까운 분노에 대해서도 아직 해명을 못 하고 있나요?」

「우리는 단지 추측을 통해서만 그의 운명을 어렴풋하게 짐작할 수 있을 따름입니다. 그에게 직접 물어볼 수도 없는 것이 그런 것은 우리의 원칙에 위배됩니다. 그가 가톨릭적인 가정교육을 받은 것을 알 수 있기 때문에 우리는 고해성사를 통해 그의 마음을 진정시킬 수 있으리라고 생각했습니다. 그러나 우리가 그를 신부님에게 가까이 데려가려고 하면, 그는 그때마다 늘 묘한 방법으로 도망쳐 버리는 것이었습니다. 하지만 그에 관해서 무엇인가 아시고들 싶은 소망을 그냥 아주 못 들은 척할 수가 없으니 나는 적어도 우리 쪽에서 하고 있는 추측들이라도 말씀드리지요. 그는 성직자 신분으로 청년 시절을 보낸 것 같습니다. 그 때문에 그는 긴 옷과 턱수염을 버리려 하지 않는 것 같습니다. 그는 자기 인생의 대부분을 사랑의 기쁨을 모르는 채 보낸 듯합니다. 그런데 아주 늦게서야 비로소 매우 가까운 여자 친척과 잘못된 길에 빠져들었고, 그녀가 불행한 아이 하나를 이 세상에 남기고 죽자, 그는 그만 완전히 실성해 버린 것이 아닌가 싶습니다.

그의 가장 큰 망상은 자기가 가는 곳마다 불행이 따라다니며, 한 죄없는 사내아이 때문에 자기가 곧 죽게 되리라는 것이었습니다. 처음에 그는 여자애라는 것을 모르고 미뇽을 두려워했습니다. 이제 그는 펠릭스한테 두려움을 느끼고 있습니다. 그리고 그는 자기의 온갖 비참함에도 불구하고 삶을 무한히 사랑하기 때문에 그 아이를 혐오하게 된 것 같습니다」

「대체 그가 나을 가망이 있을까요?」하고 빌헬름이 물었다.

「천천히 나아지고 있습니다」하고 의사가 대답했다. 「악화되지는 않을 겁니다. 자신에게 부과된 일도 계속 잘 해나가고 있습니다. 우리가 그에게 신문 읽는 습관을 붙여주었는데, 이제 그는 항상 신문을 매우 기다리고 있습니다」

「그의 노래들을 알고 싶군요」하고 야르노가 말했다.

「노래들이라면 여러 가지를 보여드릴 수 있습니다」하고 의사가 말했다. 「목사님의 장남이 자기 아버지의 설교를 받아쓰는 습관이 되어 있어서 하프 타는 노인이 눈치채지 못하는 가운데에 몇몇 연들을 기록해 두었다가 차츰차츰 여러 노래들을 짜맞춰 놓았거든요」

이튿날 아침 야르노가 빌헬름을 찾아와 말했다. 「우리가 당신한테 부탁이 하나 있는데, 꼭 들어주십시오. 뤼디에를 한동안 떼어놓아야 되겠어요. 그녀의 격렬한, 아니 차라리 성가시다고 해야 할 사랑과 열정이 남작의 회복에 방해가 되고 있습니다. 남작이 워낙 좋은 체질이라 상처가 위독한 정도는 아니지만, 그래도 휴식과 안정이 필요합니다. 그런데 당신도 보셨지만, 뤼디에는 폭풍과도 같은 배려, 제어할 수 없는 불안, 끊이지 않는 눈물로써 그를 괴롭히고 있습니다」하고 그는 잠시 짬을 두었다가 미소를 띠면서 덧붙여 말했다. 「요컨대, 노의사는 그녀가 당분간 이 집을 떠나 있게 하라고 분명히 요구하고 있습니다. 우리는 그녀가 그녀의 아주 친한 여자 친구 하나가 이 근처에 와 있다고 믿도록 해놓았습니다. 그 여자 친구가 그녀를 보고 싶어하면서 이제나저제나 하고 찾아주기를 고대하고 있다고 말입니다. 그래서 우리는 뤼디에가 여기서부터 불과 두 시간밖에 안 걸리는 거리에 살고 있는 영지 법관한테로 마차를 타고 가보는 것이 좋겠다고 권해 놓았습니다. 법관한테는 이미 이야기를 해두었습니다. 그는 아주 유감스럽게도 그 테레제 Therese 양이란 사람은 방금 떠나버렸다고 말하면서, 아직도 뒤쫓아가면 따라잡을 수 있을 듯이 말하기로 되어 있구요. 그러면 뤼디에는 서둘러 테레제 양을 뒤쫓아 갈 겁니다. 그래서 일이 뜻대로 잘된다면, 그녀는 한 마을에서 다른 마을로 자꾸만 멀리 끌려가게 되어 있지요. 마지막에 그녀가 다시 마차를 돌리라고 주장하더라도 그녀의 말에 반대해서는 안 돼요. 그 대신 밤의 어둠을 이용해야 합니다. 마부는 똑똑한 친구니까 그 녀석에게 단단히 일러놓겠습니다. 당신이 뤼디에와 함께 마차를 타고 그녀의 말상대가 되어주면서 이 모험을 지휘해 주셨으면 하는 것입니다」

「이상하고 꺼림칙한 임무를 맡기시는군요」 하고 빌헬름이 대답했다. 「곧은 사랑의 대가로 상처와 모욕을 받은 사람과 같이 앉아 있다는 것은 참으로 불안한 노릇입니다! 그런데 저 자신이 그런 일에 도구가 되라는 말씀입니까? 누군가를 이런 식으로 속이는 것은 난생 처음입니다. 저는 우리가 선하고 유용한 일을 위해서일지라도 한번 속이기 시작하면 자연히 그 정도가 너무 지나쳐질 가능성이 있다고 늘 믿어왔거든요」

「어린아이들을 교육시키려면 이런 식이 아니고 달리 어떻게 가르칠 수 있겠어요?」 하고 야르노가 대꾸했다.

「아이들한테는 아직 그래도 괜찮을 수 있겠지요」 하고 빌헬름이 말했다. 「우리가 그들을 아주 따뜻하게 사랑하고 전체 사정을 환히 굽어보고 있으니까요. 그러나 우리 어른들끼리는 항상 상대방을 보호해 줄 태세가 되어 있지는 않기 때문에 그렇게 속이는 방식이 가끔 위험해질 수 있는 것입니다. 하지만 그렇다고 해서 부탁하신 일을 제가 거절하는 것이라곤 생각하지 마십시오」 하고 그는 잠시 생각한 뒤에 말을 이었다. 「당신의 분별력이 저한테 불러일으킨 존경심과, 제가 당신의 훌륭한 친구분에게 느끼는 호의, 그리고 어떤 방법을 통해서든 그분의 상처가 나을 수 있도록 돕고 싶은 간절한 소망을 고려할 때, 저는 저 자신의 입장을 기꺼이 잊어버리고 싶습니다. 친구를 위해 목숨을 거는 것만으로는 충분치 못합니다. 부득이할 경우에는 자기의 확신조차도 친구를 위해 부정할 수 있지 않으면 안 되지요. 우리는 그를 위해서라면 우리가 가장 좋아하는 일, 우리가 가장 바라고 있는 소원까지도 희생해야 할 의무가 있는 것입니다. 뤼디에의 눈물, 그녀의 절망 때문에 제가 겪을 고통이 벌써 뻔히 예상되지만 저는 그 일을 맡겠습니다」

「그 대신 적지않은 보상이 또한 당신을 기다리고 있습니다」 하고 야르노가 대꾸했다. 「당신은 그 유례를 찾아보기 힘든 한 여성 테레제 양을 알게 될 테니까요. 그녀는 수많은 남자들을 부끄럽게 하지요. 다른 여자들이 모호한 복장을 하고 돌아다니는 근사한 양성체(兩性體)에 불과하다면, 나는 그녀야말로 진짜 아마존이라고 부르고 싶습니다」

빌헬름은 심히 당황했다. 그는 이 테레제란 여자한테서 그가 찾고 있는 아마존을 다시 만나게 되기를 기대했다. 더욱이 그가 좀더 알아보려고 하자 야르노가 문득 말을 중단하고 나가버렸기 때문에 그는 더욱더 그런 기대를 갖게 되었다.

멀지 않아 그 존경해 마지않고 사랑하는 사람을 다시 보게 되리라는 새로운 희망은 그의 마음속에 아주 묘한 갖가지 감회를 불러일으켰다. 이제 그는 자기에게 주어진 그 임무야말로 명백한 신의(神意)에 의한 소명(召命)으로 간주하였다. 그래서 자기가 그 불쌍한 처녀를 그녀의 가장 정직하고 가장 격렬한 사랑의 대상으로부터 멀리 떼어놓으려 하고 있다는 의식도 그에게는 마치 한 마리 새의 그림자가 밝은 지표(地表) 위를 미끄러져 날아가듯이 그렇게 일과적인 것으로만 생각되었다.

마차가 문 앞에 서 있었고, 뤼디에는 마차에 오르기 전에 한순간 망설였다. 「남작님에게 다시 한번 내 인사를 전해 주세요」 하고 그녀는 늙은 하인에게 말했다. 「저녁이 되기 전에 되돌아올게요」 마차가 출발하자 그녀는 다시 한번 몸을 돌려 뒤돌아보았는데, 이때 그녀의 눈에는 눈물이 고여 있었다. 이윽고 그녀는 빌헬름 쪽을 향해 앉아서 정신을 가다듬고는 말했다. 「테레제 양을 만나보시면 매우 흥미 있는 인물이라고 생각하시게 될 거예요. 그런데 참 이상하네, 테레제가 어떻게 이 지방까지 오게 되었을까? 이상하다고 말하지 않을 수 없는 것이, 당신도 아마 아시는지는 몰라도, 테레제하고 남작은 서로 열렬히 사랑하는 사이였거든요. 멀리 떨어져 있었는데도 로타리오는 자주 그녀한테 찾아가곤 했지요. 저도 그 당시에는 그들의 주변에 살고 있었는데, 그 둘은 마치 서로 상대방을 위해서만 살아갈 것처럼 보였지요. 그런데 갑자기 둘 사이가 깨졌어요, 아무도 그 이유를 모르는 가운데 말이에요. 로타리오는 그 당시 이미 저를 알고 있었습니다. 제가 테레제를 진심으로 부러워하고 있었고 그에 대한 저의 애정을 거의 숨기지 않았다는 사실을 부정하지 않겠습니다. 또한 그가 갑자기 테레제 대신에 저를 택하는 것 같았을 때에도 제가 그를 물리치지 않았다는 사실도 저는 부정하지 않겠습니다. 하지만 이 사랑 때문에 저는 이미 얼마나 많은 눈물을 흘리고 얼마나 쓰라린 고통을 겪었는지 모른답니다! 우리는 처음에는 다만 간혹 가다가 제3의 장소에서 남의 눈을 피해 만났습니다. 그러나 저는 그런 생활을 오래 견뎌낼 수가 없었죠. 그와 함께 있을 때에만 저는 행복할 수가, 완전히 행복할 수가 있었습니다. 그와 멀리 떨어져 있으면 저는 눈물이 마르지 않았고 맥박조차 고르지 못했습니다. 한번은 그가 여러 날이나 오지 않는 것이었어요. 그래서 저는 절망에 빠졌고 길을 떠나 여기까지 불시에 그를 찾아왔습니다. 그는 저를 다정하게 맞이해 주었죠. 그 불행한 결투만 끼여들지 않았더라도 저는 천국 같은 생활을 누렸을 거예요. 그리고 그가 위독하게 된 이래, 그가 앓게 된 이래로 제가 겪어낸 고통에 대해서는 말씀드리지 않겠어요. 바로 이 순간에도 저는 단 하루만이라도 그의 곁을 떠날 수 있었던 저 자신에 대해 무거운 자책감을 느끼고 있답니다」

빌헬름이 막 테레제에 대해 자세히 물어보려는 참인데, 그들이 탄 마차가 영지 법관의 집 현관에 들어섰다. 법관이 마차 곁으로 다가와서 정말 유감스럽게도 테레제 양은 이미 출발했다는 말을 했다. 그는 여행객들에게 아침 식사나 하고 가시라고 권하긴 했지만, 그와 동시에, 그 마차는 바로 다음 마을쯤에서 따라잡을 수 있을 것이라고도 말했다. 일행은 그 마차를 뒤쫓아가기로 결단을 내렸고, 마부도 꾸물대지 않았다. 일행이 벌써 마을을 여러 개 뒤로 했건만 아무도 만나지 못했다. 그러자 뤼

디에는 돌아가자고 우겼다. 그러나 마부는 그 말을 못 들은 척
하고 계속 달리기만 했다. 마침내 그녀가 굉장히 격렬하게 돌아
갈 것을 요구하고 나오자 빌헬름은 마부를 소리쳐 부르고는 그
에게 미리 약속해 둔 눈짓을 해보였다. 「꼭 같은 길로 되돌아갈
필요는 없습죠」 하고 마부가 대답했다. 「소인이 훨씬 더 편안하
기도 한 지름길을 하나 알고 있는뎁쇼」 이제 마부는 옆으로 마
차를 몰아 어느 숲을 통과하고 긴 목초지들을 가로질러 달렸다.
눈에 익은 풍경이 나타나지 않자 마침내 마부가 재수 없게도 길
을 잘못 들었다고 고백하면서, 저쪽에 마을이 하나 보이니 곧
바른 길을 다시 찾아보겠다고 말했다. 밤이 다가왔다. 마부는
자기 역할을 능숙하게 잘 해냈다. 그는 도처에서 길을 물었으나
그 대답이 끝나기를 채 기다리지도 않고 계속 말을 달렸다. 이
렇게 일행은 밤새도록 마차를 타고 달렸으며, 뤼디에는 잠시도
눈을 붙이지 못했다. 그녀는 달빛 아래에서는 어디서나 비슷한
풍경들을 보았는데, 그것들은 눈에 익을 만하면 항상 다시금
사라져 버리곤 하였다. 아침이 되자 바깥 풍경들이 눈에 익은
것같이 생각되었지만, 그만큼 더 의외의 풍경이기도 했다. 마
차가 아담하게 지은 어느 조그만 시골집 앞에 멈춰섰다. 한 여
자가 현관문에서 나와 마차문을 열었다. 뤼디에는 눈이 휘둥그
레져서 그녀를 바라보았고, 자신의 주위를 둘러보고는 다시금
그녀를 바라보았다. 그러고는 정신을 잃고 빌헬름의 품안에 쓰
러졌다.

5

빌헬름은 자그마한 다락방으로 안내되었다. 그것은 새 집이었고 될 수 있는 한 자그맣게 지은 집이었는데, 지극히 깨끗하고 정돈이 잘 되어 있었다. 그와 뤼디에를 마차에서 영접했던 테레제는 그가 찾던 아마존은 아니었다. 그것은 아마존과는 하늘과 땅 차이만큼이나 다른 여성이었다. 그녀는 키가 크지 않으면서도 체격이 좋은 편이어서 동작이 매우 민첩했다. 그리고 그녀의 밝고 파랗고 커다란 눈은 그 앞에서 일어나는 일은 무엇이든지 놓치지 않고 다 포착할 수 있을 것 같았다.

그녀는 빌헬름의 방으로 들어오면서 무엇인가 필요하신 게 없느냐고 물었다. 「아직 칠 냄새가 채 가시지 않은 방으로 드시게 한 것을 용서하세요」 하고 그녀가 말했다. 「저의 이 작은 집이 방금 완성되었거든요. 이 자그마한 방은 손님 방으로 만든 것인데 여기에 첫 손님으로 드시는 것입니다. 보다 유쾌한 일로 여기에 오시게 되었더라면 얼마나 좋겠어요! 가엾은 뤼디에는 우리가 즐거운 나날을 보내도록 가만히 놔두지는 않을 거예요. 전체적으로 불편한 생활을 감내하셔야 할 것 같습니다. 여자 요리사가 아주 좋지 않은 때에 그만 나가버린 직후인 데다 하인 하나도 손을 다쳤습니다. 부득이해서 제가 모든 일을 손수 다 합니다. 그리고 결국 각오만 되어 있으면, 못 해낼 것도 없지요. 하인들만큼 사람을 괴롭히는 것도 없지요. 그들은 그 누구의 시중도 들어주려고 하지 않거든요. 심지어는 자기들 일까지도 하려 들지 않지요」

그녀는 그 밖에도 여러 가지 대상에 대해서 많은 얘기를 했다. 도대체가 그녀는 말하는 것을 좋아하는 것 같아 보였다. 빌헬름은 뤼디에에 관해 물으면서, 자기가 그 착한 아가씨를 만나보고 그녀에게 사과하고 싶다고 말했다.

「그렇게 하셔도 지금은 효과가 없을 거예요」 하고 테레제가 대답했다. 「시간은 약도 되지만, 사과도 대신 해줍니다. 이 두 경우에는, 즉 위로가 필요하거나 사과가 필요한 경우에는, 말이 별로 힘을 못 쓰지요. 뤼디에는 선생님을 두번 다시 보지 않겠다고 합니다. 〈그 사람 내 눈앞에 얼씬도 못 하게 해줘요!〉하고 그녀는 제가 나올 때 외치더군요. 〈난 모든 인간에게 절망을 느낍니다. 그렇게 정직한 얼굴에 그토록 솔직한 행동을 보여주면서도 그런 음험한 술책을 부리다니!〉라고요. 로타리오 씨는 그녀에게 완전히 용서를 받은 것 같아요. 또한 그는 그 착한 아가씨에게 보낸 한 편지에서 〈친구들이 권했습니다, 친구들이 억지로 시켜서 어쩔 수 없었습니다!〉하고 변명했어요. 뤼디에는 선생님도 그 친구들 중에 포함시키고 있고 선생님을 다른 사람들과 같이 싸잡아서 욕하고 있습니다」

「그녀는 저를 욕함으로써 실은 저에게는 너무 과분한 명예를 선사하는 것입니다」 하고 빌헬름이 대답했다. 「아직 저는 그 훌륭한 분의 친구 행세를 할 자격이 없고, 이번 일에는 다만 아무것도 모르는 도구 역할을 한 것에 불과합니다. 제가 한 짓을 자랑할 생각은 없습니다. 그 짓을 할 수 있었다는 것만으로 만족합니다. 그 전에 사귀었던 그 누구보다도 제가 가장 높이 평가하는 그분의 건강, 그분의 생명이 문제되는 일이었으니까요. 아, 아가씨, 그분은 얼마나 훌륭한 분입니까! 또 그분 주위에 계신 분들도 얼마나 훌륭하십니까? 제가 감히 말씀드리지만, 이 모임에서 저는 처음으로 대화라는 것을 해볼 수 있었습니다. 처음으로 제 말의 가장 고유한 의미가 다른 분의 입을 통해 더욱

의미심장하게, 더욱 충실하게, 더욱더 큰 부피로 저를 향해 다시금 다가오는 것이었습니다. 제가 예감하고 있었던 것이 저에게 분명히 인식되었고, 제가 생각해 오던 것을 저는 이제 훤하게 눈앞에 그려볼 수 있게 되었지요. 이러한 즐거움이 유감스럽게도 중단되곤 했는데, 처음에는 저 자신의 갖가지 걱정과 근심 때문이었고 나중에는 이런 달갑잖은 임무 때문이었습니다. 그래도 저는 이 임무를 순순히 떠맡았죠. 왜냐하면 저는 저 자신의 감정을 희생하는 한이 있더라도 이 훌륭한 분들의 모임에 끼여들 입회 턱을 치르는 것이 저의 도리라고 생각했기 때문입니다」

테레제는 그녀의 손님이 이렇게 말하는 동안 내내 아주 정다운 눈빛으로 그를 바라보고 있었다. 「아, 자기 자신이 확신하고 있는 것을 다른 사람의 입으로부터 듣는다는 것은 참 기분 좋은 일이군요!」 하고 그녀가 감격하며 말했다. 「우리는 다른 사람이 우리의 말에 완전히 동의해 줄 때에야 비로소 정말 우리 자신이 될 수 있죠. 로타리오 씨에 대해서는 저도 선생님과 꼭 같은 생각이에요. 누구나 다 그를 옳게 보는 것은 아닙니다. 하지만 그 대신 그를 자세히 아는 사람들은 모두 그에게 열광하고 말죠. 그를 생각할 적마다 제 가슴속에 고통스러운 감정이 젖어들지만, 그렇다고 해서 그 고통이 매일같이 그를 생각하는 제 마음을 막을 수는 없답니다」 이렇게 말하면서 그녀는 가슴이 부풀어오르도록 한숨을 쉬었다. 그녀의 오른쪽 눈에서는 한 방울의 아름다운 눈물이 반짝였다. 「제가 아주 심약하고 아주 쉽게 감동하는 여자라고 생각하진 마세요」 하고 그녀는 말을 계속했다. 「우는 건 다만 한쪽 눈뿐이랍니다. 아래쪽 눈꺼풀에 조그만 사마귀가 있었죠. 그걸 탈없이 잘 떼어내긴 했는데, 그때부터 눈이 항상 약해서 걸핏하면 눈물이 나온답니다. 여기에 그 사마귀가 있었죠. 선생님한테는 아마 그 흔적이 더 이상 안 보일 거예요」

그는 아무 흔적도 볼 수 없었다. 그러나 그는 그녀의 눈을 들여다보았는데, 그것은 수정같이 맑은 눈이어서 그는 마치 그녀 영혼의 밑바닥까지 들여다보는 것 같았다.

「자, 이제 우리는 우리를 서로 맺고 있는 암호를 말한 셈입니다」 하고 그녀가 말했다. 「우리 될 수 있는 대로 빨리 서로를 완전히 이해하도록 해요. 한 사람의 지나온 이야기는 바로 그의 성품이죠. 제가 지나온 이야기를 말씀드릴 테니 선생님도 저를 믿고 지난 얘기를 모두 해주세요. 그래서 우리 서로 멀리 떨어져 있더라도 마음으로 결속해서 살아가기로 해요. 이 세상이란 그 안에 있는 산천과 도시만으로는 너무나 공허한 것이에요. 그러나 여기저기에 우리와 마음이 맞고 말을 하지 않아도 서로 이심전심으로 계속 살아가는 그런 누군가가 있다고 생각할 수 있을 때에야 비로소 이 지구는 우리에게 사람이 살고 있는 정원으로 느껴지는 것이죠」

그녀는 서둘러 방을 나가면서, 산책을 하기 위해 곧 그를 데리러 오겠다고 약속했다. 그녀와 함께 있다 보니 그는 기분이 매우 유쾌해졌다. 그는 로타리오와 그녀의 관계에 대해 듣고 싶었다. 부르기에 나가보니 그녀가 자기 방에서 그를 향해 마주 나오고 있었다.

그들이 거의 가파르다고 할 수 있는 그 비좁은 계단을 한 사람씩 따로 내려가야 했을 때, 그녀가 말했다. 「당신의 그 도량이 넓은 친구가 도와주겠다는 제안을 했지요. 만약 제가 그 제안을 받아들였더라면, 이 모든 시설이 널찍하고 큼직큼직해져

있겠지요. 하지만 그의 인품에 못지않은 사람으로 머물기 위해
서 저는 그가 저한테서 가치 있다고 생각하는 성격을 계속 유지
해야 했어요. 관리인이 어디 갔을까?」하고 그녀는, 계단을 완
전히 다 내려왔을 때, 혼자말로 묻는 것이었다. 「제가 관리인을
둘 만큼 부자라고 생각하시면 안 됩니다」하고 그녀는 말을 계
속했다. 「저의 조그만 자유지(自由地)³⁾에 속하는 얼마 안 되는
밭뙈기은 저 혼자서도 경작할 수 있지요. 좋은 토지를 사서 새로
이사 온 이웃사람이 있는데, 그 사람의 관리인을 말하는 겁니
다. 제가 그 토지를 구석구석 잘 알고 있는 데다 그 사람좋은
노인이 발에 관절염이 생겨 병석에 누워 있거든요. 게다가 그의
수하들이 이 지역에는 생소합니다. 그래서 그들이 적응할 때까
지 제가 좀 도와주고 있답니다」

　그들은 밭과 목초지, 몇몇 과수원을 가로지르면서 산보를 했
다. 테레제는 모든 일을 관리인에게 알리고 지시를 해주었는
데, 아주 사소한 일일지라도 그에게 세세히 설명하는 것이었
다. 그래서 빌헬름이 그녀의 지식과 정확성, 그리고 어떤 경우
에도 그 대응 수단을 일러줄 수 있는 그녀의 기민성에 대해 경
탄하게 된 것은 매우 자연스러운 일이었다. 그녀는 한 곳에서
말을 너무 길게 끌지 않고 언제나 서둘러 중요한 대상으로 옮겨
가곤 하였다. 그래서 그 일은 금방 끝났다. 「주인어른께 인사
전해 주세요!」하고 그녀는 관리인을 보내면서 말했다. 「될 수
있는 대로 빨리 찾아뵐 생각이며 완쾌되시길 빈다고 말씀드리

---

3) 자유지 Freigut는 신하로서 군주를 섬길 의무와 공납(貢納)의 의무가 없
　이 보유할 수 있는 토지. 기사령(騎士領)과 비슷하지만 소유자에게 그 지
　역의 통치권이 없는 점이 다르다. 농민해방으로 자영(自營) 토지가 생기
　기 이전에 과도기적으로 존재했던 토지소유의 한 형태이다.

세요. 이제 저는 곧」하고 그녀는 그 관리인이 떠나자 생글생글
웃으며 말했다.「부자와 재산가가 될 수도 있을 것 같아요. 그
사람좋은 이웃 남자분이 저에게 청혼할 생각이 없지 않거든요」
「관절염을 앓고 있다는 그 노인 말입니까?」하고 빌헬름이
놀라며 물었다.「당신 같은 나이에 어떻게 그토록 절망적인 결
단을 내리실 수 있을지 이해가 가지 않네요」──「저도 전혀 그
럴 마음이 내키지 않아요!」하고 테레제가 대답했다.「자신이
소유하고 있는 것을 관리할 줄 아는 사람은 누구나 유복합니다.
그러나 그렇게 할 줄 모르는 사람이 많은 재산을 갖고 있다면, 그
것은 부담스러울 따름이죠」

빌헬름은 경제에 관한 그녀의 해박한 지식에 경탄을 표시하
였다.「확고한 애정이 있는 데다 일찍 기회가 주어지고 외부의
격려가 있으면, 그리고 유용한 일에 계속 종사하게 되면, 이
세상에서 할 수 있는 일이란 꽤 많아요」하고 테레제가 대답
했다.「그리고 제가 무슨 자극을 받아 이렇게 됐는지 들으시
면, 이상하게 보이는 제 재능도 아마 더 이상 놀랍잖게 생각되
실 거예요」

그들이 다시 집에 다다르자 그녀는 다른 용무 때문인지 빌헬
름을 자신의 조그만 정원에 남겨두고 어디론가 가버렸다. 그 정
원 안에서는 거의 몸을 돌릴 수도 없을 지경이었다. 그만큼 길
들이 좁았으며, 게다가 가지가지 식물들이 아주 빼곡하게 심어
져 있었다. 마당을 지나 되돌아오면서 그는 빙그레 웃지 않을
수 없었다. 왜냐하면 거기에는 장작을 아주 정확하게 가로로 톱
질하고 세로로 패서 서로 엇갈리게 쌓아놓았는데, 마치 그것이
건물의 일부로서 언제까지나 그렇게 놓여 있을 것처럼 보였기
때문이었다. 온갖 단지들도 깨끗이 씻겨진 채 제자리에 놓여 있

었으며, 그 조그만 집은 흰색과 붉은색으로 칠이 되어 있어서 바라보기에 즐거웠다. 비록 균형을 갖춘 아름다움은 모른다 해도 편리성과 내구성과 해학성을 고려해서 일하는 수공업들이 성취해 낼 수 있는 모든 것이 여기에 하나로 결집되어 있는 것만 같았다. 식사가 그의 방으로 날라져 왔다. 그래서 그에게는 찬찬히 생각해 볼 시간이 충분히 있었다. 그에게 특히 묘하게 생각된 것은 자기가 여기서도 또다시,[4] 로타리오와 가까운 관계였던 한 흥미로운 여성을 알게 되었다는 사실이었다. 「그토록 탁월한 남자이다 보니 역시 탁월한 여성들의 영혼을 끌어당기게 되는 것도 당연하겠군!」 하고 그는 혼자말했다. 「남자답고 품위 있는 사람의 영향이란 참 멀리까지도 미치는구나! 하지만 그 바람에 다른 사람들이 너무 피해를 보지 않았으면 좋으련만! 그렇지, 아예 네가 두려워하고 있는 점을 솔직히 말해 보지 그래! 언젠가 네가 너의 그 아마존을, 그 여자 중의 여자를, 다시 만나게 될 때에도, 네 온갖 소망과 꿈에도 불구하고 너는 결국 창피하게도, 그리고 굴욕적이게도, 그녀가 결국 그의 신부임을 알게 될까 봐 두려운 것 아니냐?」

6

빌헬름이 지루하다는 느낌이 아주 없지 않은 가운데 불안한 마음으로 오후를 보내고 나자 저녁 무렵에 그의 방문이 열리더니 사냥꾼 차림의 한 예쁘장한 청년이 인사를 하면서 들어왔다.

---

4) 테레제가 로타리오의 옛 연인이었던 점에서는 아우렐리에의 경우와 비슷하기 때문이다.

「자, 산책하러 가실까요?」하고 그 청년이 말했다. 그 순간 빌헬름은 그 아름다운 두 눈을 보고 그 사람이 테레제라는 것을 알았다.

「이렇게 변장한 것을 용서하세요」하고 그녀가 말을 시작했다. 「유감스럽게도 지금은 단지 가장(假裝)을 한 것에 불과하니까 용서를 구하고 싶네요. 하지만 제가 이 조끼를 즐겨 입던 시절에 관해서 말씀드리자니 저 자신도 갖은 방법으로 그때 일을 생생하게 회상해 보고 싶어서 이러는 거예요. 자, 같이 가시죠! 우리가 사냥과 산책을 하고 나서 그토록 자주 쉬곤 하던 그 장소에 가면, 그 장소 또한 생생한 회상을 하는 데에 도움이 되겠죠」

그들은 같이 걸어갔다. 도중에 테레제가 그녀의 동반자에게 말했다. 「저 혼자만 얘기하게 하시다니 불공평해요. 당신은 이미 저에 대해서 충분히 알고 계시는데, 저는 아직 당신에 대해서는 아무것도 모르고 있습니다. 그 동안에 뭔가 자신에 대해서 얘기해 주세요. 그래야 저도 저의 지난 얘기와 처지를 말씀드릴 용기가 나지요」 「유감스럽게도 저는 오류와 방황을 거듭한 것 이외에는 아무것도 얘기할 만한 게 없습니다」하고 빌헬름이 대답했다. 「더군다나 제가 지난날 빠져든, 그리고 지금도 아직 헤어나지 못하고 있는 혼란한 생활상을 누구보다도 당신에게 감추고 싶은 심경입니다. 당신의 눈빛, 당신을 둘러싸고 있는 모든 것, 당신의 전체 인품과 행동거지를 보면 저는 당신이 지나간 삶을 즐겁게 회상하실 수 있고 아름답고 깨끗한 길을 차근차근 착실하게 걸어오셔서 시간을 낭비하지 않으셨으며 자신을 책망할 일이라곤 아무것도 없음을 알 수 있습니다」

테레제는 생긋 웃으면서 대답했다. 「제 얘기를 다 듣고 나서

도 그렇게 생각하실지 어디 두고 보기로 해요」 그들은 계속 걸
었다. 몇 가지 일반적인 대화를 하던 중에 테레제가 그에게 물
었다. 「아직 혼자신가요?」「그렇다고 생각하고 있습니다만」 하
고 그가 대답했다. 「저는 그렇지 않기를 원하고 있습니다」[5]
「아, 그러세요!」 하고 그녀가 말했다. 「뭔가 복잡한 사연이 있
음을 암시하는 대답이시군요. 당신도 무엇인가 얘기하실 게 있
다는 증거예요」

　이런 말을 주고받는 가운데 그들은 언덕 하나를 올라갔다.
그러고는 주위에 넓은 그늘을 드리우고 있는 큰 떡갈나무 밑에
자리잡고 앉았다. 「여기 이 독일적인 나무[6] 밑에서 제가 당신에
게 한 독일 아가씨의 이야기를 해드릴 테니 참고 들어주세요」
하고 테레제가 말했다.

　「제 아버지는 이 지방의 부유한 귀족이셨는데, 쾌활하고 명
석하신 데다 활동적이고 성실하신 분이셨지요. 아버지로서는
자상하시고 친구로서는 신실하셨으며, 이재(理財)에도 탁월하신
분이셨어요. 제가 알고 있는 아버지의 유일한 결점은 당신을 평
가할 줄 모르는 한 여인에게 너무 관대하셨다는 것입니다. 그

---

5) 빌헬름이 이와 같이 복잡한 대답을 하고 있는 것은 아마도 그가 아직까
　지도 마리아네와의 관계를 염두에 두고 있기 때문인 것으로 보인다.

6) 여기서 테레제가 〈독일적인 나무deutscher Baum〉 밑에서 〈독일 아가씨
　deutsches Mädchen〉의 이야기를 하겠다는 것은 매우 시적인 표현으로서
　당시에 유행하던 클롭슈톡 Klopstock의 추종자들의 말을 본뜬 것으로 생
　각된다. 클롭슈톡은 그의 여러 송가 Ode에서 떡갈나무 Eiche를 〈독일적인
　나무〉라고 지칭한 바 있으며, 또한 그의 송가 「나는야 독일 아가씨 Ich
　bin ein deutsches Mädchen」(1771)는 당시 매우 널리 알려져 있었다. 또
　한 여기서 〈독일의〉 아가씨가 강조되고 있는 것은 그녀의 어머니가 남부
　프랑스 지방을 여행했고 그곳에 살면서 방탕한 생활을 하고 있는 사정과
　도 무관하지 않은 것으로 생각된다.

여인이 바로 제 어머니였다는 말씀을 드리지 않을 수 없는 것이
슬픕니다! 어머니는 성격이 아버지와는 아주 정반대였습니다.
성미가 급하고 변덕이 심한 데다 집안일에도 뜻이 없고 단 하나
의 혈육인 저에게도 정이라곤 없던 분이셨죠. 낭비벽이 있었지
만 미인이었고 재치가 있는 데다 갖가지 재능이 많았죠. 또한, 주
위에 일단의 사람들을 끌어모으곤 했는데, 그 사람들은 어머니
한테 홀딱 반하는 것이었죠. 하기야 어머니 주위에 모인 사람들
은 그 수가 결코 많지 않았고 모임이 오래 지속되지도 않았습니
다. 그 모임의 구성원들은 대개 남자들이었어요. 제 어머니 옆
에서 편안한 기분을 느낄 수 있는 여자가 없었고, 어머니 또한
그 어떤 여자한테도 칭찬이 돌아가는 것을 참아낼 수 없었거든
요. 저는 생김새나 생각하는 것이 아버지와 같았죠. 어린 오리
새끼가 금방 물을 찾듯이, 아주 어릴 때부터 제가 좋아라 하고
찾아다닌 세계는 부엌과 광, 헛간과 다락방이었답니다. 놀고
있는 중에도 집안을 정돈하고 청결하게 하려는 것이 저의 유일
한 본능, 유일한 관심사인 것같이 생각되었죠. 아버지는 이것
을 기쁘게 생각하시고 철없는 노력을 하고 있는 저에게 단계적
으로 목적에 가장 합당한 일거리들을 주시곤 하셨습니다. 이와
는 반대로 어머니는 저를 사랑하지 않으셨고 그 점을 한순간도
숨기지 않으셨습니다.

  저는 자라났습니다. 나이가 들수록 저의 활동도 많아지고 저
에 대한 아버지의 사랑도 커졌습니다. 우리 부녀가 단둘이 있거
나 들로 산책을 나갈 때, 또는 아버지가 계산을 점검하시는 일
을 도와드릴 때면, 저는 아버지가 아주 행복해하시는 것을 실
감할 수 있었습니다. 아버지의 눈을 보면 저는 마치 저 자신의
마음속을 들여다보는 것 같았죠. 제가 아버지를 쏙 빼놓은 듯이

닮은 것은 바로 눈이었거든요. 그런데 어머니가 함께 있는 자리에선 아버지는 그런 마음, 그런 표정을 그만 잃어버리시는 것이었습니다. 어머니가 괜한 트집을 잡아 저를 심히 나무라실 때에도 아버지가 저를 변명해 주시는 태도는 매우 조심스러웠습니다. 저의 편을 들어주실 때에도 저를 보호해 주시는 것처럼 하시지 않고 다만 저의 좋은 성격만을 두둔하시는 것처럼 하셨죠. 이런 식으로 아버지는 어머니의 여러 가지 취미생활에도 지장이라곤 일체 주지 않으셨습니다. 어머니는 굉장한 정열을 바쳐 연극에 전념하기 시작했습니다. 극장이 건립되었는데, 남자 배우들은 부족한 법이 없었죠. 온갖 연령과 별의별 생김새를 한 남자들이 늘 어머니와 함께 무대 위에 서곤 했거든요. 그러나 여배우들은 부족한 적이 자주 있었습니다. 저와 함께 양육되어 오던 예쁘장한 처녀 뤼디에는 막 피어나는 나이여서 곧 매력적인 여자가 될 것으로 기대되었기 때문에 조연을 맡아야 했고, 늙은 하녀 하나가 어머니 역이나 아주머니 역을 맡아 해야 했죠. 하지만 제일 중요한 연인 역, 여주인공 역, 양치는 처녀 역 따위는 모두 어머니 자신만 도맡아 하셨어요. 모두들 제가 속속들이 잘 아는 사람들이 변장을 하고 무대 위에 서서 실제 자기들과는 전혀 다른 사람 취급을 받고 싶어 기를 쓰는 꼴들이 저에게는 얼마나 우스꽝스럽게 생각되었는지 도저히 말로는 설명드릴 수 없군요. 설령 그들이 군주나 백작이나 농부로 분장했다 하더라도, 그들은 저의 눈에는 언제나 제 어머니, 뤼디에, 남작, 서기로 보일 따름이었죠. 또한, 그들이 대개는 그 정반대라는 것을 제가 빤히 알고 있는데도, 무엇 때문에 자기네들은 행복하거나 슬프다, 누구를 사랑하고 있거나 누구에게 무관심하다, 인색하거나 씀씀이가 후하다고 말하면서 제가 그것을 믿도록 해보려고 그 야단들인지 저는 도무지 이해가 가지 않았습니다. 그 때문에 저는 관객 속에는 거의 끼지 않았죠. 하지만 아무것도 하지 않고 있을 수도 없고 해서 항상 그들이 사용하는 등을 닦아주거나 저녁 식사를 준비하기도 하고, 이튿날 아침 그들이 아직 늦잠을 자고 있을 때에 이미, 그들이 그 전날 밤에 대개는 아무렇게나 벗어 던져둔 의상을 정리 정돈해 놓기도 했죠.

어머니는 저의 이런 활동을 아주 마음에 들어하셨습니다. 그러나 저는 어머니의 사랑을 얻을 수는 없었죠. 어머니는 저를 멸시하셨어요. 지금도 제 기억에 생생합니다만, 어머니는 냉정한 어조로 여러 번이나 이런 말씀을 되풀이하셨답니다. 〈애 엄마가 애 아비처럼 그렇게 확신이 가지 않으니, 사람들도 아마 이 딸아이를 내 딸이라고 보기는 어려울 겁니다.〉 저는 어머니의 이런 행동이 저를 차츰차츰, 그리고 나중에는 완전히 어머니로부터 멀어지게 했다는 사실을 인정하지 않을 수 없었으며, 어머니의 행동을 낯선 사람의 행동처럼 객관적으로 관찰하게 되었습니다. 그런데, 저는 매처럼 날카로운 눈으로 하인들을 감시하는 습관이 있었기 때문에(곁들여 말씀드리자면, 모든 집안 살림의 근본은 원래 하인들을 감시하는 데에 있는 것이니까요), 어머니와 어머니의 친구분들의 관계 역시 제 눈에 띄게 된 것은 자연스러운 결과였죠. 어머니가 모든 남자들을 꼭 같은 눈으로 바라보지는 않는다는 사실이 눈에 띄더군요. 저는 더욱더 날카롭게 주의를 기울였습니다. 그랬더니, 저는 뤼디에가 어머니의 심복이라는 것을 금방 눈치채게 되었고, 그렇게 되면서 그녀는 자신이 어렸을 적부터 그토록 자주 연기를 해오던 바로 그 열정을 더욱더 잘 익히게 되었음을 알아차렸죠. 저는 그녀들의 모임을 모두 알고 있었지만, 입을 다물고 있었고, 아버지를 슬프게 해드릴까 봐 걱정이 되어 아무 말씀도 드리지 못했죠. 그렇지만 마침내 저는 말씀드리지 않을 수 없게 되었습니다. 어머니와 뤼디에는 하인들을 매수하지 않고서는 꾸미지 못할 일이 많았습니다. 하인들이 저에게 반항하고 아버지의 지시를 소홀히 하는가 하면 제 명령에 따르지 않기 시작했습니다. 그 결과 생겨나는 혼란상이 저에게는 참을 수 없었기에 저는 모든 것을 아버지에게 말씀드리고 불만을 털어놓았습니다.

아버지는 저의 말을 차분한 태도로 들으시더군요. 〈애야!〉하고 아버지가 마침내 싱긋 미소를 지으면서 말씀하셨죠. 〈다 알고 있다. 흥분하지 말고 인내심을 갖고 참도록 해라. 왜냐하면 내가 참는 것도 다 너를 생각해서 그러는 것이란다.〉

저는 가만히 있지 못했고, 인내심을 갖지도 않았습니다. 저는 속으로 아버지를 책망했습니다. 저는 아버지가 그 어떤 이유 때문이라 하더라도 그런 일까지도 참고 허용할 필요가 있다고는 도저히 생각할 수 없었거든요. 저는 질서를 주장했습니다. 그리고 일을 극단으로 몰고 갈 결심을 했죠.

어머니는 자기 소유의 돈도 많았지만, 쓸 수 있는 것보다 더 많은 돈을 낭비했습니다. 제가 알아차리게 된 바로는 이 낭비벽 때문에 부모님들 사이에 자주 말다툼이 벌어졌습니다. 뾰족한 해결책이 없는 가운데 그런 상태가 오래 계속되었는데, 마침내 어머니 자신이 바람이 나는 통에 일종의 변화가 생기게 되었죠.

어머니의 첫번째 정부가 아주 대놓고 배신을 했습니다. 그래서 어머니에게는 집, 그 지방, 여러 인간관계들이 다 지긋지긋해졌죠. 어머니는 어느 다른 영지로 이사를 가자고 졸랐어요. 그런데 막상 거기에 가보니 어머니에겐 너무 외로운 곳이었죠.

어머닌 도회로 나가자고 졸랐어요. 그런데 거기서는 아무도 어머니를 알아주지 않았죠. 저는 어머니와 아버지 사이에 무슨 일들이 있었는지 구체적으론 모릅니다. 요컨대 아버지는 마침내 제가 모르는 어떤 조건을 붙여서, 프랑스 남부로 여행을 떠나겠다는 어머니의 뜻에 동의하기로 결심하셨죠.

우리는 이제 자유로워졌고 마치 천국에서처럼 생활했습니다. 그래요, 저는 아버지가 어머니를 떠나보내느라고 상당한 액수의 돈을 지출한 것은 사실이지만 그렇다고 손해를 보신 건 아니라고 생각해요. 불필요한 하인들은 모두 해고되었고, 행운의 여신이 질서와 정돈을 중시하는 우리의 생활을 돌봐주시는 것 같았죠. 이렇게 우리는 몇 해 동안은 매우 행복하게 지냈고 모든 것이 우리 뜻대로 이루어졌죠. 그러나 유감스럽게도 이 즐거운 상태는 오래 지속되지 못했어요. 아주 뜻밖에도 아버지가 중풍으로 쓰러지셔서 오른쪽 반신을 못 쓰시고 전혀 말씀을 못 하시게 되었습니다. 아버지가 원하시는 것 일체를 눈치로 헤아릴 수밖에 없었어요. 의중에 갖고 계시는 것을 말로 전혀 표현하실 수 없으니까요. 그 때문에 저는 아버지가 이따금 분명히 저와 단둘이만 있고 싶어하시는 순간에는 아주 난처했어요. 아버지는 모두들 나가라고 격렬한 몸짓을 하시곤 했지만, 막상 우리 둘이만 서로 마주보고 있게 될 때에는 말씀을 제대로 하실 수 없으셨거든요. 초조해하시는 품이 극에 달하게 되고 그런 아버지의 상태를 보는 저는 가슴이 미어지는 것 같았어요. 특히 저에 관계되는 무슨 일을 알려주시려 한다는 것까지는 분명히 알 것 같았죠. 그것을 알아내기 위해 제가 무슨 생각을 안 해보았겠어요! 그 전 같으면 아버지의 눈만 보면 모든 것을 알 수 있었지만, 이제는 그것이 아무 소용이 없었어요. 아버지의 눈도 이제는 더 이상 아무 표현을 하고 있지 않았죠. 다만 제가 분명히 알 수 있었던 것은 아버지가 당신 자신을 위해 원하시거나 요구하시는 것은 없고 다만 저에게 무슨 비밀을 털어놓으시려고 그렇게 애를 쓰신다는 것이었지요. 그러나 안타깝게도 저는 그 비밀을 들을 수가 없었던 거예요. 아버지의 그런 딱한 노력이 되풀이되었으나 얼마 가지 않아 곧 아버지는 완전히 활동을 그치시고 전혀 움직이지도 못하게 되셨어요. 그러다가 얼마 후에 아버지는 돌아가셨습니다.

어떻게 그런 생각을 하게 되었는진 몰라도 저는 아버지가 그 어딘가에 보물을 숨겨두시고는 당신이 돌아가신 뒤에 어머니에게보다는 저에게 그것을 물려주시려 한다는 고정관념을 갖게 되었죠. 생존하고 계실 때에도 이미 저는 그 보물을 찾아보았어요. 하지만 저는 아무것도 발견하지 못했어요. 돌아가신 뒤에는 모든 물건에 봉인이 찍히게 되었습니다. 저는 어머니에게 편지를 써서, 관리인으로서 집에 계속 머물겠다는 제안을 했습니다. 어머니는 그 제안을 거절했어요. 그래서 저는 집과 농장을 비우고 떠나야 했죠. 부모님의 상호 합의 유언장이 나왔는데, 그에 의하면 어머니가 모든 재산을 다 소유 및 이용하게 되어 있고 저는, 적어도 어머니가 살아 계실 동안에는, 어머니에게 의존하게 되어 있었습니다. 이제야 비로소 저는 아버지의 그 몸짓을 제대로 이해할 수 있다고 생각했죠. 돌아가시고 나서도 저에 대해 불공평한 대우밖에 못 해주실 만큼 그토록 약하셨던 아버지가 딱했습니다. 제 친구들 중 몇 사람은 아버지가 저에게서 상속권을 박탈한 것보다도 별로 나을 게 없는 조치를 하신 것이라고까지 주장하면서 저를 보고 유서에 대해 이의 신청을 제기하라고 권했거든요. 그러나 저는 그런 법적 대응까지 할 결심을 할 수가 없었어요. 그런 짓을 하기에는 아버지에 대한 저의 존경심과 추억이 너무 소중했기 때문이지요. 저는 운명을 믿고 따랐고 저 자신을 신뢰하며 살아가기로 했던 것입니다.

넓은 토지를 소유하고 있는 한 귀부인이 이웃에 살고 있었는데, 저는 이 부인과 항상 친하게 지내왔습니다. 그 부인이 저를 기꺼이 받아들여 주었어요. 그래서 저는 얼마 안 가서 곧 그 부인의 집안일을 돌봐주게 되었죠. 부인은 매우 규칙적인 생활을 하고 매사에 질서를 중히 여기는 분이었죠. 그래서 저는 관리인이나 하인들과 다투면서까지 부인을 성실하게 도와드렸어요. 저는 인색하거나 심술궂은 성격은 아니지만, 도대체 우리 여자들이란 남자보다는 훨씬 더 진지하게, 아무것도 낭비되어서는 안 된다는 주장을 하죠. 우리 여자들은 조금이라도 부당한 지출은 못 견뎌 하니까 말이에요. 우리가 원하는 것은 모두가 다 자신에게 합당한 만큼만 향유하는 것이죠.

이제 저는 다시 제게 맞는 환경을 얻은 것 같았습니다. 그래서 조용히 아버지가 돌아가신 데 대해서 슬퍼하기도 했죠. 저의 보호자이신 그 부인도 저를 만족스럽게 생각해 주셨죠. 그런데 단지 한 가지 사소한 사정 때문에 제 마음의 평정이 흔들리게 되었습니다. 뤼디에가 돌아온 거예요. 어머니는 그 가엾은 아이가 완전히 타락해 버리자 가혹하게도 그애를 내쫓아 버린 것이죠. 제 어머니한테서 그애는 색을 밝히는 것을 자기가 타고난 천품이라고 생각하는 것을 배웠어요. 그래서 무슨 일에도 자제하지 않는 습성이 아주 몸에 배어버렸어요. 그애가 갑자기 다시 나타나자 저의 은인은 그애도 받아주셨습니다. 그애는 제가 하는 일을 도우려 했지만 아무 일에도 낙을 붙이고 제대로 해나갈 수 없었죠.

그 무렵이었어요. 앞으로 그 귀부인의 재산을 상속받게 될 친척들이 그 댁에 자주 찾아와서 사냥을 하면서 즐기곤 했습니다. 로타리오 씨도 가끔 그들 중에 끼어 있었어요. 얼마 안 가서 곧 저는 그분이 모든 다른 사람들보다 돋보이는 것을 알아차렸어요. 하지만 이것은 저와는 아직 아무런 관계도 없을 때의 인상입니다. 그는 모든 사람들에게 다 친절했죠. 그런데 곧 뤼디에가 그의 관심을 끌고 있는 것 같았어요. 저는 항상 할 일이 많아서 모임에 끼는 일은 거의 없었어요. 그분이 앞에 있을 때에는 저는 여느 때보다 더 말이 없었어요. 제가 진작부터, 활기 있는 대화는 인생의 양념이라고 생각해 왔다는 점을 부인하지는 않겠지만, 어쩐지 말을 잘할 수 없었답니다. 아버지하고는 일상생활에서 생긴 모든 일에 대해서 많은 대화를 즐겁게 나누곤 했죠. 말로 표현해 보지 않은 일은 제대로 생각할 수도 없는 법이죠. 그런데 저는 자기가 여기저기를 여행하고 군인으로서 원정을 했던 일에 관한 로타리오 씨의 이야기보다 더 재미있는 이야기는 아직 한번도 들어본 적이 없어요. 마치 저 자신이 농감(農監)을 해온 이 지역이 제 눈앞에 훤하고 탁 트이게 펼쳐져 보이듯이, 그의 눈에는 이 세계가 그렇게 보이는 것 같았죠. 그가 말하는 것은 모험가의 기이한 운명이나 편협한 여행자의 거짓말 섞인 과장된 이야기 따위가 아니었어요. 그런 여행자들은 항상 어느 나라의 참모습을 전달하겠다고 해놓고선 그만 자신의 얘기를 전면에 내세우는 어리석음을 범하는 법이지요. 로타리오 씨는 이야기를 하는 것이 아니라 우리를 직접 그 고장으로 데리고 가는 것 같았죠. 그래서 저는 아주 순수한 만족감을 느낄 수 있었는데, 그건 흔치 않은 경험이었어요.

그런데 제가 정말 이루 형언할 수 없는 만족감을 느낀 것은 어느 날 저녁 그이가 여성에 대해 의견을 말하는 것을 들을 때였습니다. 그 대화는 아주 자연스럽게 이루어졌어요. 이웃에 사는 몇몇 귀부인들이 찾아와서 여성의 교육에 관해 일상적인 대화를 나누고 있었죠. 그들의 의견인즉, 우리 여성들이 불공평한 대우를 받고 있다, 남자들은 모든 고급 문화를 독점하려 들고, 우리 여성들에게는 학문의 길로 통하는 모든 문을 봉쇄하려 하며, 우리 여성들에게는 노리개 인형이나 가정부 역할로서 만족할 것을 요구한다는 것이었죠. 로타리오 씨는 이 모든 의견에 아무 말도 않고 있었어요. 그렇지만 이윽고 몇몇 손님들이 가고 좌중이 몇 명 안 되게 줄어들자 자기도 이 문제에 대해 솔직히 의견을 말하는 것이었습니다. 〈남자들을 그렇게 나쁘게 생각하다니 그것 참 이상하군요!〉 하고 그가 의아하다는 듯이 말을 시작했어요. 〈남자들은 여성이 차지할 수 있는 최고의 지위에 여성을 모시려 하고 있는 것입니다. 즉, 가정을 다스리는 것보다 더 높은 지위가 어디 있겠습니까? 남편은 집안 바깥의 여러 사정으로 괴로워하고 재산을 만들고 또 그것을 지켜나가야 합니다. 그리고 나라를 다스리는 일에까지 관여하게 될 경우에는 부딪히는 곳마다 상황에 예속되게 마련이지요. 좀 심하게 말하자면, 자기는 지배한다고 믿고 있지만 실은 아무것도 지배하지 못하고 있고, 합리적으로 처리하고 싶은 경우에도 언제나 정치적 타협으로밖에 해결할 수 없으며, 터놓고 하고 싶어도 숨기지 않으면 안 되고 정직하기를 원하면서도 거짓말을 하지 않을 수 없습니다. 그리고 그는 결코 도달할 수 없는 최선의 목표를 위해 매 순간 자기 자신과의 조화를 포기하지 않으면 안 됩니다. 그런 반면에 이성적인 주부는 집안을 실제로 다스리고 있으며, 전체 가족에게 온갖 활동을 가능하게 만들고 만족감을 선사하고 있는 것입니다. 올바르고 선하다고 생각되는 일을 실천하는 것, 그리고 우리의 목적에 도달하기 위한 수단을 실제로 지배하는 것 이외에 또 무엇이 우리 인간의 최고 행복일 수 있겠습니까? 가정 안에 있지 않다면 우리의 가장 가까운 목표들이 대체 어디에 있을까요? 아니, 또 어디에 있을 수 있을까요? 우리가 아침에 일어나고 저녁에 자리에 누워 자는 그곳, 부엌과 지하실, 그리고 우리와 우리의 가족들을 위한 모든 종류의 비축품들이 항상 준비돼 있어야 할 그곳이 아닌 다른 어느 장소에서 우리는 매일같이 거듭 필요한 생필품들을 기대하고 요구한단 말입니까? 이렇게 매일같이 질서정연하게 반복되는 일을 일사불란하고도 활발한 순서대로 수행해 내기 위해서는 얼마나 규칙적인 활동이 요구됩니까! 말하자면 이 활동은 천체의 그것과도 같다고 할 것입니다. 그 천체는 규칙적으로 되돌아와서 밤과 낮을 지휘하여 집안 살림에 필요한 연장들을 만들고 작물을 심고 수확하며 양식을 간수했다가는 나누어 주면서 항상 안식과 사랑과 실용성을 선사하며 궤도를 돌고 있는 것이죠. 이런 일을 할 수 있는 남자란 정말 극소수에 불과합니다! 한 여성이 일단 이와 같은 집안의 지배권을 쥐었을 때, 그것을 통해서야 비로소 그녀는 자기가 사랑하는 남편을 주인으로 만드는 것입니다. 여성의 주의력은 모든 지식을 습득해 나가고, 여성의 활동력은 그 모든 지식을 활용할 줄 알 것입니다. 그래서 그녀는 그 누구한테도 의존할 필요가 없게 되며, 그녀의 남편에게는 진정한 독립성, 즉 가정적이고 내적인 독립성을 마련해 주는 것입니다. 남편은 자기가 소유하고 있는 것이 안전하게 잘 지켜지고, 자기가 벌어들이는 것이 잘 활용되고 있음을 보게 됩니다. 그래서 그는 자기의 마음을 큰 대상에다 쏟을 수 있게 될 것이고, 만약 행운이 따라와 준다면, 그의 아내가 집안에서 누리고 있는 지위를 나라 안에서 누릴 수 있게 될 것입니다.〉[7]

그러고 나서 그는 자기가 원하는 여성상을 설명하는 것이었습니다. 저는 얼굴이 붉어지는 것을 느꼈어요. 그가 묘사하는 여자는 그 살고 생활하는 방식이 영락없는 저 자신이었거든요. 저는 남모르는 가운데에 승리감을 느꼈습니다. 모든 정황으로 미루어 볼 때 그이가 저 개인을 지칭해서 그런 말을 한 것이 아니고, 또 저라는 여자를 아직 잘 알지도 못한다는 것을 알 수 있었기 때문에 저의 승리감은 더욱더 컸습니다. 제가 그렇게도 존경하는 한 남자의 입에서 저라는 개인이 아니라 제가 타고난 가장 본질적인 성격을 찬양하는 말을 들었다는 것이야말로 제 일생에서 가장 유쾌한 추억이 아닐 수 없죠. 이로 인해 저는 큰 보상감을 느꼈답니다! 그리고 이것이 저에게는 얼마나 큰 격려가 되었는지 모릅니다!

손님들이 다 떠난 뒤에 저를 데리고 계신 그 귀부인이 미소를 머금은 채 저에게 말했죠. 〈남자들이란 실행에 옮기지 않을 일을 가지고 자주 생각해 보기도 하고 입밖에 내어 말을 하기도 하니, 참 유감스러운 노릇이지. 그렇지만 않다면, 우리 테레제한테 정말 훌륭한 신랑감이 발견된 건데 말이야!〉 저는 부인의 이 말을 농담으로 돌려버리고는 덧붙여 말했습니다. 〈남자들이란 오성(悟性)의 판단으로는 주부형 여자를 찾지만 그들의 감정과 상상력은 다른 특성을 지닌 여성을 동경하고 있죠. 우리 같은 주부형 여자들이란 사랑스럽고 매력적인 아가씨들과는 워낙

---

7) 여성에 대한 로타리오의 이와 같은 의견은 낭만주의자들, 특히 슐레겔 Friedrich Schlegel과 슐라이어마허 Friedrich Schleiermacher의 비판을 받기도 했다.

경쟁 상대가 될 수조차 없겠지요.〉저의 이 말은 뤼디에보고 들으라고 한 소리였어요. 그애는 자기가 로타리오 씨한테 크게 반했다는 사실을 감추려 하지도 않았거든요. 그리고 로타리오 씨도 새로이 방문할 때마다 점점 더 그애한테 관심을 보이는 것 같았어요. 그애는 가난했고 신분도 낮아서 그이와 결혼한다는 것은 생각할 수도 없는 일이었습니다. 그렇지만 그애는 남자를 자극하고 또 남자에 의해 자극받는 황홀감을 뿌리칠 수가 없었어요. 저는 그때까지 아직 한번도 사랑해 본 적이 없었고 그때도 역시 사랑했던 것은 아니었어요. 하지만, 제 성격이 제가 그토록 존경하는 한 남자에 의해서 어떤 대우를 받고 어떻게 평가를 받는가를 알게 된 것이 저에게는 무한히 기분 좋은 일인데도, 제가 그것만으로는 완전히 만족할 수 없었다는 사실을 부인하지 않겠습니다. 이제 저는 그이가 저를 알게 되기를 원했으며 그이가 개인적으로 저에게 관심을 가져주기를 원하기까지 했죠. 그 다음에 어떤 결과가 찾아올 것인지 미처 확실한 생각을 해보지도 않은 채 저에게 이런 소망이 생겨난 것입니다.

제가 제 은인을 위해 해낸 가장 큰 공적은 그 부인 소유의 아름다운 산림들을 정비해 드리고자 노력했다는 사실입니다. 시간이 흐르고 정세가 변할수록 값이 점점 올라가게 되어 있는 그 귀중한 산림 재산은 유감스럽게도 아직도 구태의연한 관행에 따라 관리되고 있었어요. 계획이나 질서라고는 전혀 없었고, 도벌과 횡령이 끊이지 않고 있었죠. 많은 산들이 황폐해져 있었고, 나무들이 키가 고르게 자라고 있는 곳이라곤 벌채한 지가 가장 오래된 구역뿐이었어요. 저는 한 유능한 산지기를 대동하고 모든 산을 직접 답사해 보았습니다. 그리고 삼림들을 측량하도록 지시하고 벌채할 것은 벌채하게 했으며 씨를 뿌리거나 묘목을 심으라고 지시했어요. 그랬더니 단시일 안에 모든 일이 진행되었습니다. 저는 말을 타고 다니기에 편하고 어느 곳에서나 걷는 데에 지장을 받지 않도록 하기 위해서 남자 옷을 짓도록 해서 여기저기에 나타나곤 했죠. 그래서 도처에서 모두들 제가 나타날까 봐 두려워하곤 했죠.

저는 젊은 친구분들의 모임에서 로타리오 씨와 더불어 다시 사냥을 계획하고 있다는 말을 들었습니다. 그러자 제 머릿속에는 생전 처음으로 남의 눈앞에 저 자신을 〈나타내어야〉 되겠다는 생각, 아니 저 자신에게 너무 불공평하게 말하면 안 되니까 말씀이지만, 그 뛰어난 남자의 눈에 있는 그대로의 제 참모습으로 비치고 싶은 생각이 들었습니다. 저는 남자 옷을 입고 어깨 위에 총을 맨 채 우리 장원의 사냥꾼과 함께 나갔어요. 그러고는 산의 경계에서 그 일행이 오기를 기다렸죠. 그 일행이 왔습니다. 로타리오 씨는 저를 금방 알아보지는 못했어요. 제 은인의 조카들 중의 하나가 저를 유능한 산림관으로 소개했습니다. 그러고는 제가 나이가 젊은 데에 대해 농담을 하기도 하고 저를 칭찬하느라고 장난을 너무 오래 끄는 바람에, 마침내 로타리오 씨가 저를 알아보게 되었죠. 그 조카는 우리가 이미 짜두기라도 한 것처럼 저의 의도를 측면 지원해 주었어요. 그는 제가 자기 아주머니의 재산을 위해서, 그러니까 자기를 위해서도 해낸 일들을 자세히 얘기했으며, 거기에 대해서 감사하고 있다고 했죠.

로타리오는 주의 깊게 경청하고 있더니 이윽고 저에게 말을 걸고 장원과 그 지역의 모든 사정을 일일이 물어보는 것이었어요. 그래서 저는 제 지식을 그이 앞에 펼쳐보일 수 있게 된 것이 기뻤습니다. 저는 우수한 성적으로 시험에 합격한 셈이었죠.

그래서 저는 시험삼아 특정한 사안을 위한 몇 가지 개선책을 그에게 제시해 봤죠. 그랬더니 그가 그 개선책들이 적절하다고 동의하면서, 저에게 비슷한 예를 얘기해 주고 저의 논거들에 관련성을 부여해 줌으로써 제 논거들을 더욱더 확실하게 해주는 것이었어요. 저의 만족감은 시시각각으로 커졌습니다. 그러나 다행스럽게도 저는 다만 그이한테서 인정받고 싶었을 뿐이었고 저를 사랑해 주기를 바란 것은 아니었습니다. 이런 말씀을 드리는 이유인즉——나중에 우리는 집으로 돌아오게 되었는데, 그때 그이가 뤼디에한테 보이는 관심에서는 내밀한 애정이 엿보이는 것 같았고 그 정도가 평소 때보다 더 짙은 것을 눈치챘기 때문입니다. 저는 저의 최후 목적을 달성했던 것이에요. 그런데도 저는 마음의 평정을 찾을 수가 없었어요. 그이가 그날부터 저에게 진정한 존중과 깊은 신뢰를 보였고 사람들이 모여 있는 곳에서 일상적으로 말을 걸어왔기 때문이죠. 그이는 저의 의견을 묻곤 했는데, 특히 가사에 관해서는 마치 제가 모든 것을 다 아는 것처럼 저를 신뢰하고 있는 듯이 보였습니다. 그이가 관심을 가져주는 바람에 저는 크게 격려를 받았습니다. 심지어는 일반적인 국가경제나 재정이 화제에 오를 때에도 그이가 저를 대화에 끌어들이는 것이었어요. 그래서 저는 그이가 없을 때에는 그 지방에 대해, 아니 전국에 대해 더 많은 지식을 획득하고자 애썼습니다. 그건 저에겐 어려운 일이 아니었죠. 즉, 거기에는 제가 이미 미시적으로 아주 속속들이 잘 알고 있는 것들이 단지 거시적으로 되풀이되고 있을 따름이었거든요.

그때부터 그이는 더 자주 우리 집으로 왔습니다. 모든 사안에 대해 대화가 이루어졌지만, 우리의 대화는 어느 정도까지는 결국 늘 경제 쪽으로 기울어졌다고 말씀드릴 수 있겠습니다. 그것은 물론 본원적 의미에서의 경제에 관한 대화라고는 할 수 없었죠. 우리 인간은 자신의 정력과 시간과 돈의 철저한 응용을 통해, 그리고 대수롭잖게 보이는 수단들을 통해 얼마나 엄청난 효과를 거둘 수 있는지에 관해서 많은 대화가 오갔던 것입니다.

저는 그에게 끌리고 있는 제 마음을 억지로 막지는 않았습니다. 유감스럽게도 얼마 안 가서 곧 저는 저의 사랑이 얼마나 깊고 간절하고 순수하며 정직한 것인가를 깨닫게 되었습니다. 하지만 그와 동시에 저는 그의 잦은 방문이 뤼디에 때문이지 저 때문이 아니라는 것을 점점 더 분명히 알아챌 수 있다고 믿었죠. 적어도 뤼디에는 그 사실을 철석같이 믿고 있었어요. 그래서 그애는 저에게 자기의 모든 비밀을 털어놓았는데, 그 고백을 통해 저는 아직은 제게도 약간의 위안이 없지 않다는 사실을 발견할 수 있었습니다. 그애가 그토록 자기가 유리하다고 해석하고 있는 게 제가 보기엔 전혀 대수롭잖은 것이었거든요. 진지하고도 지속적인 애정관계를 유지하려는 기미라곤 전혀 찾아볼 수 없었죠. 그럴수록 제 눈에는 어떤 대가를 치르더라도 그의 여자가 되고 말겠다는 그 열정적인 아가씨의 성벽만이 더욱더 분명히 보일 따름이었죠.

일이 그렇게 되어 있는 판국에 그 댁의 부인이 뜻밖의 청혼 소식으로 저를 깜짝 놀라게 했습니다. 〈로타리오가 아가씨에게 청혼을 해왔군〉 하고 부인이 말했습니다. 〈자기 일생 동안 항상 아가씨가 곁에 있어주기를 원한다는 거야.〉 부인은 제 특성에 대해서 상세한 설명을 하면서 제가 기꺼이 듣고 싶은 말을 해주는 것이었어요. 즉, 로타리오 씨는 자기가 그토록 오랫동안 원했던 사람이 바로 저라고 확신하고 있다는 것이었습니다.

물론 이제 저는 최고의 행복을 손에 거머쥔 셈이었죠. 제가 그토록 존경하는 분의 청혼을 받았으니까요. 그이한테서는, 그리고 그이와 더불어 살게 되면, 연습을 통해 습득한 저의 재능과 타고난 취미가 완전히 피어나 자유롭게 뻗어나고 유용한 작용을 하게 되리라는 전망이 떠오르는 것이었죠. 저의 현존재 전체의 총량이 무한대로 커진 것 같이 생각되었죠. 저는 그 청혼을 승낙했습니다. 그이가 직접 와서 저와 단둘이 대화를 나누었습니다. 그이가 구혼을 하면서 제 손을 잡고 제 눈을 들여다보았어요. 그러고는 저를 껴안아 주면서 입맞춤을 해주었습니다. 그것이 처음이자 마지막 입맞춤이었죠. 그이는 제게 자신의 처지를 털어놓았습니다. 미국 원정 때문에 희생이 커서 자기 영지에 많은 빚을 지게 했고, 그 때문에 그의 외종조부님과도 다소 사이가 벌어지게 된 얘기며, 그 점잖으신 어른은 자기를 위해 걱정을 해주신다고 생각하시지만 물론 당신 특유의 방식대로 걱정을 해주시기 때문에 귀찮다는 얘기며, 분별 있는 남자한테는 주부형 아가씨라야 도움이 되는데도 그 어른이 자기에게 돈 많은 여자를 구해 주려고 하기 때문에 자기는 여동생을 통해 노인을 설득할 수 있기를 희망하고 있다는 사연까지도 털어놓았습니다. 그는 저에게 자기의 재산 현황, 앞으로의 계획과 장래 전망을 설명하고 저의 협조를 부탁하는 것이었어요. 다만 자기 외종조부님의 허락이 내릴 때까지는 이 사실을 비밀로 해야 한다는 것이었습니다.

그이가 떠나자마자 뤼디에가 묻기를, 그이가 혹시 자기에 관해 이야기했냐는 거예요. 저는 아니라고 말하고는 경제적인 얘기로 그녀를 지루하게 만들었죠. 그애는 불안해하고 우울해했어요. 그리고 다시 왔을 때의 그이의 태도 역시 그애의 그런 상태를 고쳐놓을 수는 없었습니다.

어머, 벌써 해가 지려 하네요! 당신을 위해 참 다행이네요!
그렇지만 않으면, 저 자신한테 혼자말로도 즐겨 얘기하곤 하는
이 이야기인 만큼, 온갖 세세한 데에 이르기까지 일일이 다 들
어주셔야 했을 텐데 말이에요. 이야기를 빨리 끝낼게요! 길게
끌어봤자 좋을 게 없는 시점에 가까이 이르렀거든요.

로타리오 씨는 저를 자기의 훌륭한 여동생에게 소개해 주었
습니다. 그리고 그 여동생이 적절한 방법으로 주선을 해주어서
제가 그 외종조부님을 뵈올 수 있게 되었어요. 저는 노인의 마
음에 들었고, 그 어른이 우리의 소망을 들어주셨습니다. 저는
기쁜 소식을 갖고 제 은인한테로 되돌아왔습니다. 그 댁에서는
이제 그 일은 더 이상 비밀이 아니었어요. 뤼디에도 그 일을 들
었죠. 그애는 뭔가 있을 수 없는 소식을 듣는다고 생각했어요.
마침내 그것이 더 이상 의심할 수 없는 사실로 밝혀지자 그애는
갑자기 어디론가 사라져 버렸어요. 아무도 그애가 어디로 갔는
지 알 수 없었습니다.

우리가 결혼할 날이 다가오고 있었습니다. 저는 그이에게 벌
써 여러 번이나 초상화를 달라는 청을 해놓고 있었는데, 마침
그이가 말을 타고 떠나려는 참에 다시 한번 그 약속을 상기시켰
어요. 〈당신도 잊었잖소!〉하고 그이가 말했어요. 〈그 초상화가
꼭 맞게 들어갈 상자를 주겠다고 해놓구선!〉 그 사정을 말씀드
리자면, 저에게는 어느 여자 친구한테서 받은 선물이 하나 있
었는데, 저는 그것을 매우 소중하게 간직해 오고 있었습니다.
상자의 바깥쪽 유리 밑에는 그녀의 머리카락들을 오그려서 이
름이 새겨져 있었고, 상자 안쪽 바닥은 상아로 되어 있었는
데, 그 위에 바로 그 여자 친구의 초상을 그려넣기로 되어 있었
죠. 그런데 바로 그때 애통하게도 그 친구가 그만 죽어버렸던

것입니다. 제가 그녀를 잃고 아직 매우 비통해하던 바로 그 순간에 로타리오 씨의 애정이 저를 행복하게 해주었던 것입니다. 그래서 저는 그 여자 친구가 자기 선물에다 남겨놓은 그 빈 자리를 로타리오 씨의 초상화로 채우고 싶어했던 것이죠.

저는 급히 제 방으로 달려가 보석함을 가져와서는 그것을 그이가 보는 앞에서 열었습니다. 그이는 그 안을 들여다보자마자 어느 여인상이 그려져 있는 메달 하나를 보고는 그것을 손에 집어들고 유심히 관찰하더니, 이윽고 성급하게 묻는 것이었어요. 〈이 초상화는 누굴 그린 것이지요?〉〈제 어머니예요〉 하고 제가 대답했어요. 〈이건 틀림없이 내가 수년 전 스위스에서 만났던 생 알방Saint Alban 부인의 초상일 텐데요!〉〈같은 사람이에요〉 하고 저는 미소를 띠면서 대답했어요. 〈그렇다면 당신은 자신도 알지 못하는 사이에 장모님을 미리 알게 되신 거예요. 생 알방이란 제 어머니가 여행을 할 때 쓰는 낭만적인 이름이랍니다. 지금도 아직 그 이름으로 프랑스에 머물고 계시죠.〉

〈아, 나야말로 이 세상에서 가장 불행한 인간이구나!〉 하고 부르짖으면서 그이는 그 메달을 보석함에다 도로 집어던지고는 손으로 두 눈을 가리면서 즉시 방을 나가는 것이었어요. 그이는 말에 훌쩍 올라탔어요. 저는 발코니 위로 뛰어나가면서 소리쳐 그이를 불렀어요. 그이는 몸을 돌리더니 제게 손을 흔들어 보이고는 급히 떠나가 버렸습니다. 그런 뒤로 저는 두 번 다시 그이를 보지 못했답니다」

해가 지고 있었다. 테레제는 시선을 돌리지도 않고 그 불타는 저녁해를 응시했다. 그녀의 아름다운 두 눈에는 눈물이 그렁 그렁 고여 있었다.

테레제는 침묵했다. 이윽고 그녀는 새 친구의 두 손 위에 그녀의 한 손을 올려놓았다. 그는 진심으로 공감을 표하며 그 손에다 입을 맞추었다. 그녀는 눈물을 닦고 일어섰다. 「자, 이제 돌아가요」하고 그녀가 말했다. 「식구들을 돌봐야 하니까요」

　돌아오는 길에서의 대화는 활발하지가 못했다. 그들이 정원 문으로 들어서자 뤼디에가 벤치에 앉아 있는 것이 보였다. 그녀가 일어나더니 그들을 피해 집 안으로 들어가고 있었다. 그녀는 손에 종이 한 장을 들고 있었고, 꼬마 소녀 두 명이 그녀 곁에 있었다. 「제가 보니, 저애가 아직도 로타리오 씨의 편지를 유일한 위안거리로 들고 다니는군요」하고 테레제가 말했다. 「그이는 자기가 건강을 회복하는 즉시 다시금 그녀를 자기 곁에 두겠다고 편지로 약속했어요. 그러니 그때까지 제 곁에서 조용히 머물고 있으라고 부탁했지요. 그녀는 그 말에 매달리고 있고, 그 편지 내용으로 자신을 위로하고 있지요. 그러나 그녀는 그이의 친구분들한테는 몹시 화를 내고 있답니다」

　그 사이에 그 두 꼬마 소녀들이 다가와 있다가 테레제한테 인사를 하고는 그녀가 없는 동안에 집안에서 일어난 모든 일에 대해 보고를 했다. 「지금 여기서 보고 계시는 것도 제가 하는 일의 일부랍니다」하고 테레제가 말했다. 「저는 로타리오 씨의 훌륭한 여동생과 일종의 동맹을 맺었습니다. 우리는 일정 수의 아이들을 공동체적으로 교육하고 있어요. 저는 활발하고 유능한 살림꾼 아가씨들을 양성하고, 그 여동생 되는 분은 보다 조용하고 섬세한 재능을 보이는 아이들을 맡고 있죠. 남자들을 행복하게 하고 집안 살림을 잘해 나갈 인적 자원들을 모든 방법을 동원해서 미리 양성해 둘 필요가 있으니까요. 당신이 저의 그 고귀한 동업자를 아시게 된다면 당신도 새로운 삶을 시작하게 될 것입니다. 그녀의 아름다움과 인자한 마음씨로 그녀는 온 세

상 사람들의 숭앙을 받을 만하답니다」 빌헬름은 자기가 유감스
럽게도 그 아름다운 백작부인을 이미 알고 있다는 사실, 그리
고 그녀에 대한 그의 일시적 관계 때문에 그가 영원한 고통의
짐을 지게 되었다는 사실을 차마 입밖에 내지 못했다. 그에게는
테레제가 그 화제를 계속하지 않고 일 때문에 집 안으로 들어가
야 한 것이 매우 다행스러웠다. 그는 이제 혼자 있게 되었다.
그래서 방금 들은 그 소식으로는, 그 젊고 아름다운 백작부인
이 벌써 다시 자선사업까지 해서 자신의 불행을 보상하지 않을
수 없게 되었나 싶어서, 지극한 슬픔에 젖었다. 그는 백작부인
으로서는 답답한 기분을 풀어야 할 필요가 있었을 것이고, 인
생의 즐거움을 직접 향락하는 대신에 다른 사람들을 행복하게
해주겠다는 소망으로 대체할 필요가 있었으리라는 것을 충분히
실감할 수 있었다. 그는, 테레제가 그런 예기치 않은 슬픈 변화
에도 불구하고 자신의 내부는 아무것도 변화시킬 필요가 없었
다니, 그녀야말로 행복한 사람이 아닐 수 없다고 찬양했다. 「운
명과 합일점에 도달하기 위해서 그때까지 살아온 자기의 일체
의 삶을 내버리지 않아도 되는 사람!」 하고 그는 감동해서 혼자
부르짖었다. 「그 사람이야말로 그 누구보다도 행복한 사람이 아
닌가!」

　테레제가 그의 방으로 올라와 방해가 돼서 미안하다고 사과
를 했다. 「여기 이 벽에 붙은 서가에 저의 모든 장서가 다 있는
셈입니다」 하고 그녀가 말했다. 「소중히 간직하고 있다기보다는
차라리 내버리지 않고 있다고 해야 할 책들이지요. 뤼디에가 종
교적인 책을 달라고 그러는군요. 아마 그중에 두어 권쯤 있을
겁니다. 일년 내내 세속적으로 살아오던 사람들이 고난이 들이
닥치면 종교적으로 되어야겠다고 생각하는 법이죠. 그들은 모

든 선과 윤리를 마치 몸이 불편할 때 마지못해 복용하는 약처럼 생각해요. 그리고 성직자나 윤리 선생을 한시바삐 집 바깥으로 내쫓아 버릴 수 있는 의사쯤으로 여기죠. 그러나 기꺼이 고백합니다만, 저는 윤리를 절식(節食)과 비슷한 개념으로 파악합니다. 절식이란 제가 그것을 생활규칙으로 만듦으로써, 그리고 일년 내내 염두에 두고 잊지 않음으로써 다만 그 자체로 그치게 할 수 있는 것이죠」

그들은 책들을 뒤져서 소위 종교서적이라고 하는 것을 몇 권 찾아내었다. 「이런 책들에서 도피와 위안을 찾는 법을 뤼디에는 제 어머니한테서 배웠어요」 하고 테레제가 말했다. 「애인의 마음이 아직 변치 않은 동안에는 연극과 소설이 어머니의 생활이었죠. 그러나 애인이 떠나고 나면 즉시 이런 책들이 다시금 인기를 끌게 되죠. 제가 도무지 이해할 수 없는 것은」 하고 그녀가 계속 말했다. 「하느님께서 책과 이야기들을 통해 우리에게 말씀하신다는 사실을 사람들이 어떻게 믿을 수 있었느냐 하는 점이에요. 세계와 자기의 관계가 무엇인지 직접 세계의 계시를 받지 못한 사람, 그리고 자기와 다른 사람들에게 빚지고 있는 것이 무엇인지 자기 가슴으로부터 직접 들어보지 못한 사람은 원래 우리의 오류들에다 이름을 부여하는 데에만 장기를 발휘하는 책들로부터 하느님의 말씀을 들어내기란 아마 쉽지 않을 것입니다」

그녀는 빌헬름을 혼자 두고 나갔다. 그래서 그는 그 조그만 장서를 뒤적여 보는 데에 그날 저녁 시간을 보냈다. 아닌게아니라 그 장서는 다만 우연스럽게 모아진 책들로 이루어져 있었다.

빌헬름이 그녀 곁에서 머무르게 된 그 며칠 안 되는 기간 동안에 테레제는 언제나 꼭 같은 태도를 보여주었다. 그녀는 자기가 겪은 그 사건의 결과를——비록 여러 번 중단해 가면서 얘기하긴 했지만——그에게 매우 자세하게 이야기해 주었다. 그녀는 날짜와 시간, 장소와 사람 이름 등 모든 것을 생생하게 기억하고 있었다. 하지만 여기서는 독자가 꼭 알아야 할 것만을 간단히 간추려 보기로 하겠다.

로타리오가 그렇게 급히 떠나가 버린 이유는 유감스럽게도 아주 쉽게 설명될 수 있었다. 그는 테레제의 어머니가 여행하고 있던 중에 그녀를 만났다. 그는 그녀의 매력에 이끌렸는데, 그녀도 그의 구애에 인색하게 굴지 않았다. 그런데 그 불행한 일시적 애정 행각 때문에 이제 그는 자연 자체가 그를 위해 만들어 놓은 것 같은 한 여성과의 결합으로부터 멀어지지 않을 수 없게 된 것이었다. 테레제는 그녀의 일과 의무의 테두리 안에서 예나 다름없이 순수하게 살고 있었다. 뤼디에가 이웃 마을에 몰래 살고 있다는 소식이 들려왔다. 그녀는 그 결혼이——원인은 알 수 없었지만——이루어지지 않은 것을 알고 반가워했으며 로타리오에게 접근을 시도했다. 그리하여 로타리오는 애정 때문이라기보다는 절망감에서, 숙고한 결과라기보다는 깜짝 놀란 나머지, 의도적 계획에서라기보다는 지루했기 때문에 그녀의 소망에 응해 준 것같이 보였다.

테레제는 그런 일에 대범한 태도를 취했으며 로타리오에 대해 더 이상 아무런 요구도 하지 않았다. 설령 그가 그녀의 남편이었다 하더라도 아마 그녀는, 가정적 질서만 교란당하지 않았을 때에는, 그런 관계쯤은 참고 견딜 용기까지도 충분히 가졌을 사람이었다. 적어도 그녀가, 집안일을 제대로 꾸려나가는 여자라면 남편의 사소한 착각쯤은 너그럽게 봐줄 수 있어야 하고 남편이 자기한테 돌아오고야 만다는 확신을 항상 지닐 수 있어야 할 것이라는 의견을 자주 피력했던 것은 사실이었다.

테레제의 어머니는 얼마 가지 않아 곧 재산상태를 엉망진창으로 만들었다. 그 대가를 그녀의 딸이 치러야 했는데, 즉 딸은 어머니의 유산을 거의 아무것도 물려받지 못했던 것이다. 테레제의 보호자인 그 귀부인이 세상을 떠나고 그녀에게 조그만 자유지와 꽤 많은 액수의 생계비를 유산으로 물려주었다. 테레제는 즉각 이 좁은 영역 속에 자신을 적응시킬 줄 알았다. 로타리오가 그녀에게 보다 나은 소유지를 제공하겠다고 제의했는데, 그의 대리인으로서 야르노가 찾아왔다. 하지만 그녀는 그 제의를 거절했다. 「저는 제가 그이와 함께 큰 땅을 공유할 자격이 있었다는 것을 작은 땅에서 보여드리고 싶습니다」 하고 그녀는 말했다. 「그렇지만 저는, 만약 저 자신 때문에, 또는 다른 사람들 탓으로 제가 우연하게도 곤궁에 처할 경우에는, 주저없이 맨먼저 존경하는 그 친구분한테로 피난해 갈 수 있는 가능성만은 남겨두고 싶습니다」

이용되지 않은 채 숨겨져 있을 수만은 도저히 없는 것이 유용한 활동이다. 그녀가 자신의 조그만 자유지에서 새 살림을 채 시작하기도 전에 이미 이웃 사람들이 그녀와 가까이 사귀기를 원하고 그녀가 자문에 응해 주기를 희망해 왔다. 특히 바로 옆에 접경해 있는 토지의 새 소유자는 자기와 결혼해서 재산의 대부분을 상속하느냐 않느냐 하는 것은 오직 그녀의 마음에 달려 있다는 것을 거의 노골적으로 비치고 있었다. 그녀는 이런 사정을 이미 빌헬름한테도 언급한 바 있었으며, 어울리는 결혼과 어울리지 않는 결혼[8]에 대해 그와 가끔 농담하곤 했다.

---

8) 〈어울리지 않는 결혼 Mißheiraten〉이란 여기서는 18세기에 흔히 쓰이던 외래어 〈Mesalliance〉의 차용 역어로서, 원래는 신분이 다른 배우자들끼

「사람들은 자기들 생각에 어울리지 않는 결혼이 이루어지면 제일 신이 나서 입방아를 찧어대죠」 하고 그녀가 말했다. 「하지만 어울리지 않는 결혼이 어울리는 결혼보다 훨씬 더 흔합니다. 유감스러운 일이지만, 대부분의 결혼은 얼마 지나지 않아 곧 아주 어울리지 않는 것같이 보이거든요. 신분이 다른 사람들끼리 결혼을 통해 서로 만났을 때, 한쪽이 다른 쪽의 타고나서 습성이 된, 말하자면 아주 필요 불가결해져 버린 생활방식을 같이 따라갈 수 없을 경우에 한해서만, 그것을 어울리지 않는 결혼이라고 부를 수 있을 것입니다. 계급이 다르면 생활방식도 달라서 서로 따라갈 수도 없고 바꿀 수도 없죠. 이런 종류의 결합은 차라리 이루어지지 않는 편이 좋은 이유가 바로 여기에 있는 것이죠. 그러나 예외도, 아주 다행스러운 예외도 있을 수 있겠지요. 이를테면 젊은 아가씨가 나이 많은 남자와 결혼하면 항상 실패합니다. 하지만 저는 그런 결혼이 정말 아주 좋은 결실을 맺는 것도 보았어요. 저에게는 단 〈한 가지〉 어울리지 않는 결혼이 있을 수 있는데, 그건 제가 엄숙한 연회를 벌이고 대표자로서 행동을 해야 할 경우입니다. 그런 결혼을 하느니 차라리 이웃 마을의 건실한 소작인 아들과 결혼하고 말겠어요」

빌헬름은 이제 돌아가야겠다고 생각했다. 그래서 뤼디에게 작별인사를 하고 싶으니 중간에 좀 서달라고 테레제에게 부탁했다. 격정적인 그 아가씨도 결국 설득에 응해 주었다. 그래서

리의 결혼을 의미한다. 여기서는 슬쩍 언급되고 있지만, 이것은 『빌헬름 마이스터의 수업시대』의 핵심적인 문제이다. 실러도 1796년 7월 5일자 괴테에게 보내는 편지에서 이 작품이 세 건의 〈어울리지 않는 결혼〉으로 끝나고 있어서 독자들에게 이상한 느낌을 줄 우려가 있다는 점을 지적한 바 있다. 이 대목은 실러의 이 지적에 대한 괴테의 보다 열린 입장 표명으로 이해될 수도 있을 듯하다.

그가 그녀에게 몇 마디 친절한 말을 건넸더니, 그녀가 이렇게 대답했다. 「처음의 고통은 이겨냈어요. 로타리오 씨는 저에게는 영원히 소중한 분이에요. 그렇지만 저는 그분의 친구들을 잘 알고 있죠. 그분이 그런 사람들에 둘러싸여 있는 것이 유감이에요. 신부님은 이상한 생각을 하고 있기 때문에 사람들을 곤경에 그냥 내버려두거나 심지어는 그들을 곤경에 빠뜨리고도 남을 분이고, 의사는 모든 사람들을 화해시키고 싶어하고, 야르노는 인정이 없으며, 당신은 적어도 개성이라곤 없는 분이구요. 자, 어서 떠나가세요! 그리고 그 세 사람의 도구로 이용당하세요. 그 사람들은 당신한테 아직도 여러 가지 일을 좀 해달라고 부탁할 거예요. 제가 아주 잘 알고 있는 사실이지만, 그들에게는 이미 오래전부터 제가 있는 것이 거추장스러웠습니다. 제가 그들의 비밀을 알아내지는 못했어요. 하지만 저는 그들이 어떤 비밀을 숨기고 있다는 사실만은 관찰할 수 있었죠. 그 잠겨 있는 방들은 다 무얼 하는 방들일까요? 또한 그 묘한 복도들은 왜 있는 것일까요? 왜 아무도 그 커다란 탑 있는 데까지는 가면 안 된다는 것이죠? 왜 그들은 저를 될 수 있는 대로 저의 방으로 쫓아내 버리려고 했죠? 솔직히 말씀드리면, 처음에 제가 이런 발견을 하게 된 것은 질투심 때문이었어요. 어딘가에 복많은 년이라도 하나 숨겨뒀나 하고 걱정이 되었거든요. 지금 저는 그런 걱정은 더 이상 안 해요. 저는 로타리오 씨가 저를 사랑하고 성실한 태도로 저를 대한다는 것을 확신하고 있으니까요. 그렇지만 그분이 간사하고도 그릇된 친구들에게 기만당하고 있다는 사실도 똑같이 확신하고 있어요. 만약에 당신이 그분을 위해 좋은 일을 하고 싶으시거든, 그리고 저에게 저지른 죄를 용서받고 싶으시거든, 그분을 그런 사람들의 손아귀에서 해방시켜 주세요. 하지만 그런 희망을 갖는 제가 미쳤지! 그분에게 이 편지를 건네주세요. 그리고 그 편지에 적혀 있습니다만, 제가 그를 영원히 사랑한다는 것과 제가 그분의 약속을 믿고 있다는 것을 거듭 말씀드려 주세요. 아!」하고 그녀는 일어나서 테레제의 목에 매달려 울부짖었다. 「그분은 제 적들에게 둘러싸여 있어요. 그들은 제가 그분을 위해 아무것도 희생한 것이 없다고 그분을 설득시키려 할 거예요. 아아, 더 없이 훌륭하신 그분은 감사해야 할 필요도 없이 모든 희생을 받을 자격이 있다는 것을 말씀드리고 싶어요」

테레제와의 이별은 보다 밝고 명랑한 것이었다. 그녀는 그를 곧 다시 보기를 원했다. 「저를 완전히 알게 되셨군요!」하고 그녀는 말했다. 「항상 저만 말하게 하셨죠. 다음번에는 제가 솔직히 다 털어놓은 데에 대한 응답을 해주셔야 해요」

귀로에 그는 충분한 시간 여유가 있어서, 새로 사귄 이 밝은 여성에 대한 생생한 기억을 더듬으며 이모저모 생각해 보았다. 그녀는 그에게 얼마나 큰 신뢰감을 불러일으켜 놓았는가! 그는 미뇽과 펠릭스를 생각했다. 그 아이들을 이런 여성에게 맡기면 행복하게 자랄 수 있을 것 같았다. 그러고 나서 그는 자신에 대해서도 생각했다. 그리고 그토록 환한 여성의 곁에서 사는 것은 틀림없이 크나큰 기쁨일 것이라고 느꼈다. 그가 로타리오의 성에 가까이 왔을 때 그 많은 복도와 옆건물들을 거느린 그 탑이 평소 때보다 더 그의 눈길을 끌었다. 그래서 그는 기회가 닿는 대로 곧 야르노나 신부에게 그 탑에 대해 좀 물어볼 작정을 했다.

7

빌헬름이 성에 와서 보니 고귀한 로타리오는 완전히 회복되어 가는 중이었다. 의사와 신부는 출타중이었고 야르노만 혼자 남아 있었다. 완쾌되어 가는 사람은 얼마 되지 않아 벌써 다시, 혼자서나 친구들과 같이 말을 타고 나다닐 수도 있게 되었다. 그가 하는 말은 진지하고도 호감을 주었으며, 그의 이야기를 들으면 배우는 바가 많았고 기분이 상쾌해지곤 하였다. 그에게서는 어떤 섬세한 민감성의 흔적 같은 것이 자주 엿보이곤 했는데, 그 자신은 이것을 감추려고 했으며, 본의 아니게 그런 기미가 나타날 때에는 거의 자책하는 눈치였다.

어느 날 저녁 그가 식탁에 조용히 앉아 있을 때에도, 겉으로는 아주 명랑하게 보였음에도 불구하고 그런 기미가 엿보였다.

「오늘 틀림없이 무슨 로맨스라도 있으셨던 모양입니다」하고 야르노가 마침내 입을 열었다. 「유쾌한 로맨스 같군요!」

「당신은 주위에 있는 사람들의 마음을 아주 꿰차고 있단 말이야!」하고 로타리오가 대답했다. 「맞아요. 오늘 내게 아주 기분 좋은 일이 생겼어요. 다른 때 같으면 아마도 내가 이런 일에 이렇게 혹하지 않았겠지만, 이번에는 내 감수성이 매우 민감하게 끌렸어요. 저녁 무렵에 나는 강 건너편으로 말을 달려 여러 마을을 지나갔습니다. 지난날 매우 자주 다니던 길이었죠. 상처의 고통 때문에 몸이 생각보다는 훨씬 더 허약해져 있었어요. 나는 마음이 유약해진 것을 느꼈고 기력이 되살아남에 따라 다시 태어난 듯한 기분이었죠. 사방에 보이는 모든 것이 제가 지난날에 보았던 바로 그 색조로 보이는 것이었어요. 모든 것이 그토록 사랑스럽고 우아하며 매력적으로 보이더군요. 제 눈에 사물이 이렇게 보이지 않게 된 지도 이미 오래전이었거든요. 그런데 이제 또다시 사물이 그렇게 보이는 것은 몸이 허약해진 탓이라는 것은 잘 알면서도, 나는 그런 사물들의 모습을 아주 즐기면서 천천히 말을 몰았지요. 그러는 사이에 내가 깨닫게 된 것은, 병이란 우리 인간들에게 감미로운 느낌을 지닐 수 있는 분위기를 만들어주기 때문에 우리가 병을 나쁘게만 생각할 수도 없다는 사실입니다. 예전에 내가 무엇 때문에 이 길을 그렇게 자주 다니게 되었는지 아마 당신은 아시죠?」

「제 기억이 틀리지 않는다면」 하고 야르노가 대답했다. 「어느 소작인의 딸하고 생겨난 조그만 연애사건이었던 것 같습니다」

「아마 큰 사건이라고도 말할 수 있겠죠」 하고 로타리오가 대답했다. 「우리 두 사람이 서로 매우 좋아했고, 그 사랑이 아주 진지했으며 그 기간도 꽤 길었으니까요. 오늘 모든 일이 우연하게도 잘 맞아떨어져서 우리가 처음에 서로 사랑하던 그 시절을 기억에 생생히 떠올릴 수 있게 되었어요. 아이들이 나무를 뒤흔들어 딱정벌레들을 땅에 떨어뜨려 잡고 있는 것도 그 시절과 같았고, 물푸레나무들의 잎사귀도 내가 그녀를 처음 본 그날보다 더 자라나지 않았더군요. 벌써 마르가레테 Margarete를 못 만난 지도 오래되었어요. 먼 곳으로 시집을 갔으니까요. 다만 우연히 듣기로는 그녀가 친정아버지를 뵙기 위해 몇 주일 전에 아이들과 함께 와 있다는 것이었어요」

「그러시다면 오늘 말을 타고 나가신 것은 순전한 우연은 아니었군요?」

「그녀를 만났으면 하고 원했던 건 사실입니다」 하고 로타리오가 말했다. 「그녀의 집에서 멀지 않은 곳에 이르자 나는 그녀의 아버지가 문 앞에 나와 앉아 있는 것을 보았어요. 그의 옆에는 한 살 남짓한 아이 하나가 서 있었죠. 내가 가까이 다가가자 이층에서 한 여자가 재빨리 창문으로 내다보는 것이었어요. 그리고 내가 문 근처에 다다랐을 때 나는 누군가가 계단을 뛰어 내려오는 소리를 들었어요. 나는 그게 그녀임에 틀림없다고 생각했죠. 솔직히 고백하자면, 나는 그녀가 나를 알아보고 나를 맞이하려고 서둘러 오고 있는 것이라고 생각하고 혼자 흐뭇해했죠. 그렇지만 그녀가 문 밖으로 뛰어나와서는, 그 사이에 더 가까이 다가간 말에 아이가 다칠까 봐 아이를 덥석 안고는 집 안으로 데리고 들어가 버리는 것이었어요. 그러자 정말 부끄러운 생각이 들더군요. 속이 상했죠. 다만, 그녀가 아이를 안고 급히 안으로 들어갈 때 그녀의 목덜미와 쫑긋한 귀가 눈에 띄게 붉어진 듯했던 것만이 상처받은 내 허영심에 그래도 약간의 위안이 되었어요.

나는 말을 멈춰세운 다음 그녀의 아버지와 대화를 나눴어요. 그러면서 혹시 그녀가 어딘가에 모습을 내비칠까 하고 창문들 쪽을 곁눈질해 보았죠. 하지만 나는 그녀의 흔적을 찾아볼 수 없었어요. 그렇다고 물어볼 생각까지는 없었어요. 그래서 나는 그대로 말을 타고 그곳을 지나가고 말았어요. 나의 언짢은 마음도 놀라움 때문에 어느 정도 누그러졌습니다. 얼굴도 채 보지 못했는데도 내 눈에는 그녀가 거의 변한 데가 없어 보였거든요. 십 년이란 정말 긴 세월이죠! 그런데도 그녀는 더 젊어 보이더란 말입니다. 꼭 같이 날씬한 몸매에 발걸음도 그때처럼 가뿐하고 목은 어쩌면 전보다 훨씬 더 우아해 보였으며 그녀의 두 뺨도 예전과 다름없이 금방 사랑스런 홍조를 띨 수 있었어요. 그런데도 여섯 아이의 어머니라니! 아니, 그 사이에 아이가 또 늘

있는지도 모르죠! 그런 그녀의 모습은 나를 둘러싸고 있는 다른
경이로운 세계와도 아주 잘 맞아떨어졌기 때문에, 나는 더욱더
젊어진 기분으로 말을 달렸고 다음번 숲에 이르러서야 비로소
오던 길로 되돌아오게 되었는데, 벌써 해가 지고 있었어요. 이
슬이 내려 의사가 주의를 주던 말이 머리에 떠올랐음에도 불구
하고, 그리고 아마도 곧장 집으로 돌아가는 것이 더 좋았겠지
만, 그래도 나는 귀로를 다시 그 소작농장 쪽으로 잡았죠. 어떤
여자 하나가 듬성듬성한 생나무 울타리로 둘러싸인 뜰에서 이
리저리 거닐고 있는 것이 눈에 띄었어요. 나는 좁은 인도 위로
말을 몰아 그 울타리 가까이 다가갔죠. 그러고는 그리던 그 여
인으로부터 멀지 않은 지점에 와 있는 나 자신을 발견하게 되었
어요.

저녁 해 때문에 눈이 부시긴 했지만 나는 그녀가 울타리 뒤
에서 무슨 일인가에 열중해 있는 것을 볼 수 있었어요. 그 생나
무 울타리는 그녀의 모습을 반쯤밖에 가려주지 못하고 있었거
든요. 나는 옛 연인의 모습이 틀림없다고 믿었죠. 그녀한테로
가까이 다가가 말을 멈춰세웠을 때에는 적지않이 가슴이 두근
거렸어요. 찔레의 높은 가지 몇 개가 고요한 바람결에 살랑살랑
흔들리고 있어서 그녀의 모습이 분명하게 보이지는 않았어요.
나는 그녀에게 말을 걸고 어떻게 지내느냐고 물었죠. 그녀는 낮
은 목소리로 〈아주 잘 지내고 있습니다〉 하고 대답했어요. 그러
는 동안에 나는 한 아이가 울타리 뒤에서 열심히 꽃을 뜯는 것
을 보았어요. 그래서 그 기회를 잡아, 그녀의 다른 아이들은 다
어디 있느냐고 물어보았죠. 〈제 아이가 아니에요. 그렇다면 너
무 빠르죠!〉 하고 그녀가 대답하는 것이었어요. 그 순간 우연하
게도 찔레 가지들을 통해 그녀의 얼굴을 자세히 볼 수 있었는

데, 나는 그 모습을 보고 무슨 말을 해야 좋을지 모르게 되었어요. 그 여자는 내 애인이었지만, 또한 아니었어요. 내가 십 년 전에 알았던 그 여자보다 거의 더 젊고 더 아름다운 여자였어요. 〈아가씨가 이 댁의 따님 아니신가?〉 하고 나는 어리둥절해서 물었죠. 〈아뇨!〉 하고 그녀가 말했어요. 〈전 그분의 질녀예요.〉

〈두 분이 참 많이 닮았네요!〉 하고 내가 대답했어요.

〈십 년 전의 그 모습을 아시는 분은 누구나 그런 말씀을 하세요.〉

나는 그녀에게 계속해서 이것저것을 물어보았죠. 내가 착각했다는 것은 이미 알았는데도 그것이 나에게는 유쾌했어요. 지난날의 즐거웠던 그 모습이 내 앞에 생생하게 서 있는 걸 보고는 그냥 떠나올 수가 없었어요. 그 동안에 어린애가 그녀의 곁을 벗어나 꽃을 찾아 연못 쪽으로 가고 있었어요. 그녀는 작별을 하고는 서둘러 아이를 뒤쫓아 갔구요.

그녀와 대화를 나누는 사이에 나는 나의 옛 여인이 아직도 실제로 친정아버지 집에 머물고 있다는 사실을 알게 되었죠. 말을 몰아 돌아오면서 나는 아까 말이 다가온다고 아이를 안고 올라간 사람이 그 사람일까, 아니면 그녀의 질녀일까 하는 추측을 골똘히 했죠. 나는 마음속으로 오늘 있었던 이야기 전체를 여러 번이나 되풀이해서 곱씹어 보았죠. 무슨 일이 있었다 하더라도 이 이야기보다 더 나를 유쾌하게 해주었을 것 같진 않더란 말이에요. 그렇지만 내가 아직도 아프다는 것은 충분히 느끼고 있어요. 의사한테 청해서 이런 분위기의 여운에서 우리를 구제해 달라고 해봅시다」

우아한 연애담을 털어놓고 고백하는 것은 마치 유령 이야기를 하는 것과 비슷해지곤 한다. 즉, 처음 한 가지 이야기만 나

오면 나머지 다른 이야기들은 저절로 술술 흘러나오게 마련인
것이다.

이 세 사람들도 지난 시절을 회상하면 이런 종류의 화제들은
얼마든지 갖고 있었다. 로타리오가 이야기할 것이 제일 많았다.
야르노의 이야기들은 모두가 독특한 성격을 지니고 있었다. 그
리고 빌헬름이 고백해야 할 것은 우리가 이미 알고 있다. 그러
는 사이에도 그는 혹시 누가 그에게 백작부인과의 이야기를 상
기시킬까 봐 가슴이 조마조마했다. 그러나 그 얘기에 대해선 아
무도 먼빛으로조차도 언급하지 않았다.

「사실 우리가 사랑 같은 것에 대해서는 한동안 무관심한 채
지내다가 새로운 상대를 만나 우리의 가슴이 다시금 사랑을 위
해 열릴 때보다 더 유쾌한 기분은 없죠」 하고 로타리오가 말했
다. 「그렇지만 운명이 나를 테레제와 결합시켜 주었더라면, 나
는 이런 행복은 평생 체념하고 살 수 있었을 겁니다. 우리는 항
상 청년으로 머물러 있는 것이 아니고, 언제까지나 아이일 수
는 없으니까요. 세상을 알고 자기가 세상에서 해야 할 일을 알
며 자기가 세상에 무엇을 기대할 수 있는가를 아는 남자에게 아
내를 발견하는 것보다 더 바람직한 일이 또 어디 있겠어요? 아
내는 무슨 일에나 그에게 협력해 주고 그를 위해 모든 것을 준
비해 줄 줄 알겠지요. 그리고 그녀의 활동은 그의 활동이 미처
처리하지 못하고 남겨두지 않을 수 없었던 것을 넘겨받아서 완
수해 주는 것이며, 그가 곧은 길을 달리며 계속 앞으로만 일을
밀어붙이고 있을 때 그녀는 일이 사방으로 골고루 번져나가게
할 수 있는 것이죠. 내가 테레제와 더불어 꿈꾸던 천국이라니!
그것은 몽상적인 행복의 천국이 아니라 이 지상에서 이룰 수 있
는 확실한 삶의 낙원이었죠. 행복한 가운데에서의 질서, 불행

속에서의 용기, 아주 사소한 것에 대한 세심한 배려, 그리고 가장 위대한 것을 꽉 붙잡을 수 있으나 경우에 따라서는 그것을 다시금 놓아 보내버릴 수도 있는 영혼의 소유자! 아, 우리는 역사상 모든 남자들보다 더 훌륭하게 보이는 여성들을 보고 그들의 소질이 피어난 과정에 대해서 경탄해 마지않곤 하는데, 나는 그런 소질이 테레제한테 있는 것을 보았죠. 즉, 그녀는 상황에 대한 명확한 분별력을 지니고 있고 모든 경우에 대처할 수 있는 기민성을 지니고 있을 뿐만 아니라, 낱낱의 부분들에 관한 확실한 인식을 지니고 있어서 그녀 자신은 한번도 생각하는 것 같지도 않으면서 전체가 항상 훌륭한 상태에 있거든요」 하고 그는 미소를 머금고 빌헬름을 향해 몸을 돌리면서 말을 계속했다. 「아마도 당신은 내가 테레제에게 반해서 아우렐리에를 떠나가게 된 것을 용서하실 수 있을 겁니다. 나는 아우렐리에한테서는 단 한 시간도 행복을 기대할 수 없었는데, 테레제와 함께라면 맑고 밝은 인생을 기대할 수 있었거든요」

「제가 마음속에 당신에 대한 커다란 분노를 품고 이리로 온 사실을 부정하지는 않겠습니다」 하고 빌헬름이 대답했다. 「아우렐리에에 대한 당신의 행동을 몹시 엄중하게 질책할 계획이었던 것도 사실입니다」

「질책을 받아도 싸죠」 하고 로타리오가 말했다. 「나는 그녀에 대한 내 우정을 사랑의 감정과 혼동하지 말았어야 했어요. 난 그녀가 받아 마땅한 존경의 자리에다 그녀가 불러일으킬 수도 없었고 받을 수도 없었던 애정을 억지로 대입(代入)하지 말았어야 했던 것이죠. 아, 그녀는 사랑할 때에도 사랑스럽지 않았어요. 그리고 이 점이야말로 한 여자에게 있을 수 있는 최대의 불운이죠」

「그건 그쯤 해두십시다」하고 빌헬름이 말했다. 「비난받을 만한 행동을 항상 피할 수 있는 것도 아니고, 우리의 생각이나 행동이 이상하게도 그 자연스럽고도 올바른 궤도를 벗어나 아주 엉뚱한 방향으로 가곤 하는 것을 항상 피할 수 있는 것도 아니니까요. 그러나 우리가 결코 못 본 척해서는 안 될 특정한 의무들이 있는 것 같습니다. 친구의 영혼이여, 고이 잠드소서! 우리 자신을 비난하거나 고인을 탓하지 말고 고인의 무덤 위에 꽃을 뿌려 삼가 조의를 표하도록 하십시다. 그러나 그 불행한 어머니가 잠들어 있는 무덤에다 맹세코 당신에게 물어보고 싶습니다만, 당신은 왜 그 아이를 받아들이지 않는 것입니까? 누가 봐도 기뻐할 아들인데, 그런 아들을 당신은 완전히 잊어버리신 것 같군요. 순수하고 섬세한 감정의 소유자이신 당신이 어떻게 아버지로서의 정을 그렇게 완전히 부정할 수 있습니까? 당신은 제가 도착해서 지금까지 지내오는 동안 그 귀염둥이에 관해서는 한마디도 물어보지 않으셨어요. 그 아이의 우아한 매력에 대해서는 이야기해 드릴 게 참 많거든요」

「누구를 두고 하는 얘깁니까?」하고 로타리오가 물었다. 「무슨 말씀인지 모르겠군요」

「누구긴 누구겠습니까? 바로 당신의 아들, 아우렐리에의 아들이죠. 그 아름다운 아이는, 따뜻한 아버지가 아들로 받아들여 주는 것 이외에는, 행복할 수 있는 조건을 빠짐없이 다 갖추고 있어요」

「여보세요, 친구분! 뭔가 큰 착각을 하고 계십니다!」하고 로타리오가 외쳤다. 「아우렐리에는 아들이 없었어요. 더구나 내 아들이라니 나로서는 모르는 일입니다. 만약 그렇다면 난 기쁜 마음으로 그 아이를 받아들이지요. 그러나 지금 이 경우에도 난 아우렐리에가 남긴 선물로 여기고 그 꼬마를 기꺼이 만나보고 싶고 아이의 교육도 맡고 싶습니다. 도대체 그 사내애가 자기 자식이라는, 그리고 내 자식이라는 사실을 그녀가 어떤 식으로 든 알아채도록 해준 적이 있었나요?」

「그녀에게 명확한 말을 들은 기억이 있어서가 아니고, 일단 그렇다고 생각한 것이었습니다. 저는 지금까지 한순간도 그것을 의심해 본 적이 없습니다」

「거기에 대해서라면 내가 약간 설명해 드릴 수 있어요」하고 야르노가 끼여들었다. 「당신도 틀림없이 자주 보셨을 한 노파가 그 아이를 아우렐리에한테 데리고 왔어요. 아우렐리에는 좋아라 하면서 그 아이를 받아들였고 그 아이와 함께 있음으로써 자기의 고통을 좀 누그러뜨리기를 희망했던 것입니다. 아닌게아니라 그애가 그녀에게 가끔 즐거운 순간을 선사하기도 했죠」

이 설명을 듣자 빌헬름은 매우 불안한 생각이 들었다. 그는 아름다운 펠릭스와 나란히 있는 착한 미뇽을 생생하게 머리에 떠올렸다. 그는 그 두 아이들을 현재 그들이 처해 있는 상황에서 빼내오고 싶은 자신의 소원을 털어놓았다.

「그 일이라면 곧 처리해 버립시다」하고 로타리오가 응답했다. 「그 묘한 여자애는 테레제에게 맡깁시다. 테레제의 손길이라면 그애한테는 최선의 보모이지요. 내 생각인데, 그 사내애는 당신이 맡으시면 어떨까 싶습니다. 여자들이 아이들을 미처다 가르치지 못하고 우리 남자들 몫으로 남겨두는 것이 있게 마련인데, 아이들은 우리가 그들과 놀아주기만 하면 그런 것까지도 저절로 배우고 익히게 되거든요」

「요컨대 내 생각으로는」하고 야르노가 말했다. 「당신은 연극은 체념하는 게 좋을 것 같아요. 그쪽에는 아무래도 재능이 없는 것 같으니까 말입니다」

빌헬름은 당황했다. 그는 마음을 가다듬고 자제하지 않으면 안 되었다. 왜냐하면 야르노의 가혹한 말이 그의 자존심을 적지 않게 건드렸기 때문이었다. 「제가 그 점에 관해 확신할 수 있도록 해주신다면 제게 큰 친절을 베풀어주시는 것입니다」하고 그는 억지로 미소를 지으면서 대답했다. 「하기야 그건 달콤한 꿈에서 사람을 흔들어 깨우는 일이니까 달갑잖은 친절인 것도 사실이죠」

「그 문제에 대해서 더 많은 얘기를 하진 않겠습니다」하고 야르노가 대꾸했다. 「다만 나는 우선 아이들을 데리고 오실 것을 권하고 싶군요. 나머지 다른 일은 저절로 드러날 테니까 말입니다」

「그렇게 할 생각입니다」하고 빌헬름이 대답했다. 「저는 그 사내애의 운명에 관해 뭔가 더 상세한 것을 알 수 없을까 하고 불안한 동시에 궁금해지기도 하네요. 그토록 많은 특이성을 지닌 채 저를 따르는 그 소녀도 다시 보고 싶고요」

그가 곧 출발해야 한다는 쪽으로 의견이 모였다.

이튿날 그는 여행 준비를 마쳤고 말에 안장도 얹혀서 이제 로타리오에게 작별하는 일만 남아 있었다. 식사 시간이 되어 사람들은 여느 때처럼 집주인을 기다리지 않고 식탁에 앉았다. 로타리오는 늦게야 와서 그들 곁에 앉았다.

「내기를 걸어도 좋습니다만」하고 야르노가 말했다. 「남작님께서는 오늘 또다시 자신의 마음속에 있는 연정을 시험해 보셨죠? 옛 애인을 다시 보고 싶은 욕망을 이겨내지 못하셨나 보군요」

「알아맞혔어요!」하고 로타리오가 대답했다.

「들려주십시오! 경과가 어떻게 되었습니까? 지극히 궁금하군요」 하고 야르노가 말했다.

「나는 그 사건이 의외로 큰 비중을 지닌 채 내 마음에 걸려 있었다는 사실을 부인하지 않겠어요」 하고 로타리오가 대답했다. 「그 때문에 나는 다시 한번 그리로 말을 달려 가서 그 여인을 실제로 보아야겠다는 결심을 했죠. 그녀의 젊어진 모습이 나로 하여금 아주 유쾌한 환영(幻影)을 보도록 만들어 놓았거든요. 나는 그 집에서 상당히 먼 곳에서부터 말에서 내려서는 종자에게 말을 옆으로 몰고 가라고 일렀죠. 대문 앞에서 놀고 있는 아이들에게 방해가 되지 않도록 말이에요. 나는 집안으로 들어갔는데, 뜻밖에도 그녀가 나를 향해 마주 걸어나오는 것이었어요. 바로 다름 아닌 그녀 자신이었어요. 많이 변했지만 나는 그녀를 다시 알아보았어요. 그녀는 더 튼튼해졌고 키도 더 커진 것 같았습니다. 우아하던 그녀의 모습이 침착해진 인품을 뚫고 얼핏얼핏 엿보였고, 쾌활하던 성격은 조용히 생각에 잠기는 태도로 변해 있더군요. 전에는 그토록 경쾌하고 자유롭게 움직이던 고개도 약간 수그러졌고 그녀의 이마 위로는 보일 듯 말 듯 한 주름살이 지나가고 있었죠.

그녀는 나를 보자 두 눈을 아래로 떨구었죠. 하지만 내심의 동요를 뜻하는 홍조는 찾아볼 수 없었어요. 나는 그녀에게 손을 내밀었고 그녀도 내게 손을 건네주었어요. 내가 남편에 관해 물었더니 부재중이라는 대답이었고, 아이들에 관해 묻자 그녀는 문께로 가서 그들을 소리쳐 불렀는데, 모두들 달려와서 그녀의 주위에 모이더군요. 팔에 아이를 안고 있는 어머니를 보는 것보다 더 매력적인 광경은 없고, 많은 아이들 가운데에 끼여 있는 어머니보다 더 존경스러운 모습은 없지요. 무슨 말이든지 하긴 해야겠기에 나는 꼬마들의 이름을 물어보았어요. 그녀는 집안으로 들어가서 자기 아버지를 만나 달라고 청했습니다. 나는 그 청을 받아들였어요. 그녀는 나를 거실로 안내했는데, 거의 모든 물건들이 아직도 옛날 그 자리에 그대로 있더군요. 그런데, 참 묘한 일이었어요! 그녀를 쏙 빼닮은 그 아름다운 질녀가 그 옛날 내 애인이 자주 앉아 있곤 하던 바로 그 모습으로 물레 뒤의 그 작은 의자에 걸터앉아 있지 않겠어요! 엄마를 빼놓은 듯이 닮은 작은딸애가 우리 뒤를 졸졸 따라 들어왔는데, 그 결과 나는 과거와 미래 사이에 있는 묘하기 이를 데 없는 현재 속에 서 있게 되었지요. 그것은 마치 조그만 구역 내에서 꽃들과 열매들이 서로 층을 이루며 나란히 생장해 가고 있는 어느 오렌지 동산에 있는 기분이었죠. 질녀는 마실 것을 가져오겠다며 바깥으로 나가고, 나는 전에 그토록 사랑하던 그 사람에게 손을 내밀며 말했어요. 〈다시 만나게 되어 정말 반갑습니다.〉〈저에게 그런 말씀을 해주시는 호의에 감사드립니다〉하고 그녀가 대답했어요. 〈저 역시 이루 말할 수 없이 기쁘다는 말씀을 드리고 싶어요. 평생에 단 한번만이라도 다시 뵐 수 있기를 얼마나 자주 소망해 왔는지 모른답니다! 저는 이것이 내 마지막이다 싶은 순간마다 그런 소망을 품곤 했죠.〉그녀는 마음의 동요를 보이지 않으며 침착한 목소리로 아주 자연스럽게 말했는데, 그것이야말로 예전에 나를 그토록 반하게 만들었던 바로 그 자연스러움이었죠. 질녀가 다시 돌아왔고 그녀의 아버지도 들어왔어요. 그러니 이제 내가 어떤 심경으로 거기에 더 앉아 있었으며 어떤 심경으로 작별을 고했는지는 당신들의 상상에 맡기겠어요」

8

빌헬름은 도시를 향해 돌아오는 길에 자기가 알고 있거나 소문으로 들은 고귀한 여성들을 생각했다. 별로 즐거워할 만한 것도 없는 그들의 기이한 운명들이 그의 눈앞에 아프게 떠올랐다. 「아, 가엾은 마리아네!」하고 그는 탄식했다. 「당신에 대해 또 무슨 소식을 들어야 할까? 그리고 그대 찬연하게 아름다운 아마존이여, 나에게 그토록 큰 은혜를 베풀어준 고귀한 수호신이여, 가는 곳마다 만나기를 바라건만 안타깝게도 아무데서도 그대를 찾을 수 없구나! 내 언젠가 그대를 다시 만날 때에는 모르긴 몰라도 내가 또 무슨 슬픈 상황에 처해 있어야 하려나?」

그 도시에 도착해 보니 그가 아는 사람들은 아무도 집에 없었다. 그는 서둘러 극장으로 달려갔다. 거기서 모두들 연습을 하고 있으리라고 생각했던 것이다. 사방은 쥐죽은듯이 고요했고, 극장은 텅 비어 있었다. 하지만 그는 덧문 하나가 열려 있는 것을 보았다. 무대 위로 가보니 아우렐리에의 늙은 하녀가 새 무대장치에 쓸 아마포를 꿰매는 일을 하고 있는 것이 보였다. 그녀가 간신히 바느질을 할 수 있을 정도의 빛줄기만 떨어지고 있었다. 그녀의 옆에는 펠릭스와 미뇽이 바닥 위에 앉아 있었다. 두 아이는 책 한 권을 들고 있었다. 미뇽이 큰 소리로 읽으면 펠릭스는 마치 자기도 글자를 알아서 글을 함께 읽을 줄 아는 듯이 미뇽이 하는 말을 일일이 따라 읽는 것이었다.

아이들이 뛰어 일어나서 들어서는 사람을 반겼고, 그는 아주 정답게 껴안아 주면서 아이들을 그 노파 쪽으로 데리고 갔다. 「이 아이를 아우렐리에한테 데려다 준 사람이 할머니였던가요?」하고 그는 진지한 태도로 물었다. 노파는 일감에서 눈을 떼고 그에게로 얼굴을 돌렸다. 그는 빛줄기에 흰히 노출된 그녀의 모습을 보고 깜짝 놀라서 주춤주춤 뒤로 물러섰다. 그것은 다름 아닌 바르바라 노파였던 것이다.

「마리아네는 어디 있나요?」하고 그가 소리쳤다. 「여기서 멀리 떨어진 곳에 계세요」하고 노파가 대답했다.

「그렇다면 펠릭스는?……」

「너무 정을 주고 사랑했던 그 불행한 아가씨의 아들이죠. 선생님이 우리를 어떤 파멸의 구렁텅이로 몰아넣으셨는지는 아마 영원히 실감하지 못하실 겁니다. 여기 당신에게 넘겨드리는 이 귀한 아이가 우리를 큰 불행에 빠뜨렸지만, 또한 선생님에게는 그만큼 큰 행복을 선사해 주기를 바랍니다」

그녀는 일어서서 나가려고 했다. 빌헬름이 그녀를 붙잡았다. 「선생님을 피해 달아나려는 것이 아니에요」하고 그녀가 말했다. 「증거물을 가져오려는 거예요. 그것이 선생님을 기쁘게도 하고, 또 괴롭히기도 할 겁니다」노파가 나가자 빌헬름은 불안한 기쁨을 느끼며 그 아이를 바라보았다. 아직도 그는 그 아이를 자기 자식이라고 덥석 안지는 못하고 있었다. 「이애는 선생님의 아들이에요」하고 미뇽이 격려해 주면서 말했다. 「선생님의 아들이라니까요」하고 말하면서 그녀는 아이를 빌헬름의 두 무릎에 바싹 갖다붙여 주는 것이었다.

노파가 돌아와서 그에게 편지 한 통을 건네주었다. 「여기에 마리아네의 마지막 말이 적혀 있습니다」하고 그녀가 말했다.

「죽었단 말이군!」하고 그가 소리쳤다.

「죽었어요!」하고 노파가 말했다. 「이제 와서 선생님에게 온갖 원망을 해본댔자 다 부질없는 일이죠!」

빌헬름은 놀라고 심란한 기분으로 편지를 뜯었다. 그러나 처음의 몇 마디 말을 미처 읽기도 전에 극심한 괴로움이 그를 덮쳐왔다. 그는 편지를 떨어뜨렸다. 그러고는 벤치 위에 쓰러져 한동안 꼼짝 않고 누워 있었다. 미뇽이 그를 돌보려고 애썼다. 그 사이에 펠릭스가 편지를 주워들고 그의 놀이친구인 미뇽에게 자꾸 읽어보자고 졸라대자 마침내 미뇽이 하는 수 없이 펠릭스의 곁에 꿇어앉아서 읽어주었다. 펠릭스가 그 읽는 소리를 따라했다. 그래서 빌헬름은 그것을 두 번씩 들어야 했다. 〈이 글월이 어느 땐가 당신 손에 닿게 되거든, 당신의 불행한 애인을 위해 슬퍼해 주세요. 당신의 사랑이 그녀에게 죽음을 선사했으니까요. 생후 며칠밖에 안 되는데 두고 가야 하는 이 아이는 당신의 아들이에요. 모든 정황이 겉으로 아무리 저에게 불리한 것처럼 보이더라도, 저는 당신에게 충실한 여자로 죽어갑니다. 당신을 잃으면서 저는 저를 인생에 묶어놓고 있는 모든 것을 잃어버렸어요. 모두들 이 아이가 건강하다 하고 앞으로 잘 자라나겠다고 하니 저는 만족한 마음으로 죽어갑니다. 자세한 것은 바르바라 할멈한테 들으시고, 할멈을 용서하세요. 부디 잘사세요. 그리고 저를 잊지 말아주세요.〉

얼마나 가슴 아픈 편지인가! 아이들이 가끔 막혀서 더듬거리고 또 되풀이를 하는 통에 그 내용이 그에게는 다행히도 우선은 느낌으로만 와 닿는, 반쯤은 수수께끼처럼 들리는 편지였다.

「이제는 다 아셨겠지요!」하고 노파는 그가 미처 정신을 차리기도 전에 외쳤다. 「그처럼 착한 아가씨를 잃고도 선생님에게 아직도 이토록 훌륭한 아이가 남아 있다니, 하늘에 감사드리세요. 그 착한 아가씨는 선생님에게 끝까지 정조를 지켰어요. 그래서 이루 말할 수 없이 불행해졌죠. 선생님을 위해 무엇이든 다 희생한 것이었습니다. 그 얘기를 다 듣고 나시면, 아마도 선생님은 이 세상에서 가장 뼈아픈 고통을 느끼시게 될 거예요」

「고통과 기쁨의 잔을 제발 한꺼번에 죽 들이키게 해주시오!」 하고 빌헬름이 소리쳤다. 「그녀가 착한 아가씨였고 나의 사랑과 존경을 받아 마땅한 여인이었다고 확실히 믿을 수 있도록 해주시오. 우선 그 사실을 나에게 납득시켜 주시오. 그런 다음에 이 세상 그 누구와도 바꿀 수 없는 여인을 잃은 고통을 맛보게 해주시오!」

「지금은 안 돼요」 하고 노파가 말했다. 「할 일도 있을 뿐만 아니라 우리가 함께 있는 것이 남의 눈에 띄는 것을 원치 않아요. 펠릭스가 선생님의 아들이라는 사실을 비밀로 하세요. 그렇게 하시지 않으면 지금까지 제가 사실을 감추고 있었다고 단원들의 비난이 자자할 테니까요. 미뇽은 입을 다물어 줄 거예요. 착하고 입이 무거운 아이니까요」

「저는 오래전에 사실을 알고 있었지만 아무 말 하지 않고 있었어요」 하고 미뇽이 대답했다. 「어떻게 그럴 수가?」 하고 노파가 외쳤다. 「어디서 들었니?」 하고 빌헬름이 끼여들었다.

「신령님이 저에게 그것을 말했어요」

「무슨 말이냐? 어디서?」

「그 아치형의 문 아래에서, 하프 타는 할아버지가 칼을 빼어들었을 때였어요. 어디선가 저한테 〈그애의 아빠를 불러라!〉하고 외치는 소리가 들려왔어요. 그때 제 머릿속에 얼른 선생님을 불러오라는 말이구나 하는 생각이 떠올랐어요」

「대체 누가 그렇게 외쳤단 말이냐?」

「모르겠어요. 마음속에서, 머릿속에서 그런 외침 소리가 들렸어요. 전 너무 겁이 나서 몸을 떨면서 기도를 드리고 있는데, 그때 그런 외침 소리가 들렸고 저는 그 소리를 알아들었어요」

빌헬름은 그녀를 자기 가슴에다 꼭 껴안아 주었다. 그러고는 그녀에게 펠릭스를 맡기고는 그곳을 떠났다. 그때서야 비로소 그는 전번에 헤어질 때보다 그녀의 얼굴이 훨씬 더 창백하고 몸도 더 여윈 것을 알아차렸다. 그는 아는 사람들 중에서는 멜리나 부인을 맨 먼저 만났다. 그녀는 아주 친절하게 그를 맞이해 주었다. 「아!」 하고 그녀가 탄식하면서 말했다. 「이곳의 모든 사정이 선생님께서 원하시는 방향으로 변했다면 좋으련만!」

「과연 그럴지는 의심이 가는데요」 하고 빌헬름이 말했다. 「또 그럴 것을 기대하지도 않습니다. 아주 털어놓고 고백을 하시지요, 제가 없어도 괜찮도록 온갖 준비를 다했다고 말입니다」

「선생님 스스로 떠나신 이유는 또 뭐예요?」 하고 그녀가 물었다.

「사람은 자신이 이 세상에서 없어도 괜찮은 존재라는 것을 일찍 알수록 좋은 것입니다. 우리는 자신이 얼마나 중요한 인물이라고 생각합니까! 우리는 자신이 활동하는 단체에서 활기를 불어넣어 주는 것은 오직 자기뿐이라고 생각합니다. 그래서 우리는 만약 자기가 없으면 생명이나 자양분, 그리고 호흡도 그만 중단될 것이라는 터무니없는 생각을 하게 되죠. 그러나 우리 자신이 없음으로써 생기는 공백은 거의 눈에 띄지도 않게 되고 금세 다시 메워지죠. 심지어는 그 빈 자리에, 더 나은 사람은 아니더라도, 적어도 더 편한 인물이 들어서는 경우도 자주 있죠」

「같이 살던 친구들의 애통해하는 마음은 전혀 고려에 넣지 않아도 되나요?」

「친구들도 금방 적응을 해서, 〈네가 지금 있는 곳, 머물고 있는 곳에서 네 능력껏 활동을 해라. 일하면서 사람들과 잘 지내라. 그리고 네 현재를 명랑하게 살아가라!〉 하고 자신에게 말하는 것이 행동을 잘해 나가는 방법이죠」

 좀더 자세히 물어보고 나서 빌헬름은 그가 추측해 오던 대로 된 것을 알게 되었다. 즉, 오페라단이 조직되어 관객들의 모든 관심을 독차지하고 있다는 것이었다. 그가 맡아 하던 배역들은 그 사이에 라에르테스와, 호레이쇼 역을 하던 그 배우가 나누어 맡고 있었는데, 그 두 사람은 관객들한테 그가 지금까지 받을 수 있었던 것보다 훨씬 더 열렬한 박수갈채를 받아내고 있는 모양이었다.

 마침 라에르테스가 들어왔다. 그러자 멜리나 부인이 큰 소리로 말했다. 「여기 이 복도 많은 사람을 보세요. 이분은 곧 현금 알부자 또는 그 비슷한 인물이 될 거예요」빌헬름은 그를 포옹했는데, 그의 상의가 섬세한 고급 복지로 만든 것임을 촉감으로 느낄 수 있었다. 그의 다른 옷들도 간편한 차림이긴 했지만, 모두가 최고급 재료로 된 것이었다.

 「수수께끼 같은데 무슨 소립니까? 좀 설명을 해주십시오!」 하고 빌헬름이 궁금해하며 물었다.

 「뭐 급할 것 없으니 천천히 들으시지!」하고 라에르테스가 대답했다. 「내가 마음을 잡지 못하고 이리저리 떠돈 것이 이제야 보상을 받는 모양이오. 어느 큰 상점의 주인이 나의 떠돌이 기질과 지식, 그리고 사람을 많이 알고 있는 점을 이용하고 그 이익의 일부를 내게 나누어 줍니다. 이러다가 여자에 대한 신뢰감도 다시 찾게 된다면, 나로서는 어떤 대가를 치르더라도 아깝지 않아요. 사실은 그 집에 예쁜 조카딸이 하나 있거든요. 내가 원하기만 하면 금방 팔자를 고칠 수도 있을 것 같단 말입니다」

 「선생님은 아마 아직 모르시는 것 같은데, 그 동안에 우리

단원들 중에서도 결혼식이 있었답니다」하고 멜리나 부인이 말했다. 「제를로가 정말 그 아름다운 엘미레와 공식적으로 결혼식을 올렸어요. 그들이 남의 눈을 피해 가면서 지내는 것을 아버지가 허락하지 않으려 했거든요」

이렇게 그들은 빌헬름이 없을 때에 일어난 여러 가지 일에 관해서 담소했다. 그러는 중에 빌헬름은 단원들의 생각과 심정으로 보건대 자기가 실은 이미 오래전에 해직된 것이나 다름없는 상태라는 것을 잘 알 수 있었다.

그는 밤이 깊어지면 찾아오겠다고 묘한 방문을 예고한 바 있는 그 노파를 초조한 마음으로 기다리고 있었다. 그녀는 모두가 잠이 들면 찾아오겠다면서, 마치 앳된 처녀가 애인한테로 살짝이 찾아가겠다고 할 때와도 같은 그런 마음의 준비를 요구했던 것이다. 그 동안에 그는 마리아네의 편지를 아마 백 번도 더 읽었을 것이다. 그녀의 사랑스러운 손이 쓴 〈충실〉이란 단어를 읽을 때에는 이루 말할 수 없는 기쁨을 느꼈지만, 그녀가 자기의 죽음을 예고하는 대목을 읽을 때에는 경악을 금치 못하였다. 그녀는 죽음이 다가오고 있는 것을 두려워하지도 않은 것 같았다.

자정이 지났을 때, 반쯤 열린 문에서 무엇인가 바스락거리는 소리가 나더니 노파가 조그만 바구니 하나를 들고 들어섰다. 「이제 우리가 겪은 고통의 이야기를 해드리지요」하고 그녀가 말했다. 「선생님은 냉정한 마음으로 여기 앉아서 다만 자신의 호기심을 만족시키기 위해 제가 오기를 이렇게 애타게 기다리고 계심을 저는 다 짐작하고 있어요. 우리 여자들은 가슴이 미어질 지경인데도 선생님은 그 당시와 마찬가지로 지금도 그 차가운 이기심의 껍질을 뒤집어쓰고 앉아 계시겠지요. 그러나 여기를 보세요. 그 행복하던 날 밤에도 저는 이렇게 샴페인 병을 꺼내놓았습니다. 잔도 이렇게 세 개를 탁자 위에 올려놓구요.
그 다음에 선생님은 순진한 어린 시절 얘기로 우리를 속여 잠재
우기 시작했지요. 하지만 오늘은 제가 슬픈 진실을 얘기해서 선
생님의 정신이 깨어나게 하고 선생님이 잠 못 이루도록 해야겠
어요」

빌헬름이 무슨 말을 해야 좋을지 몰라 머뭇거리는데, 노파는
실제로 병마개가 튀어 달아나도록 하고 그 세 개의 산에다 샴페
인을 가득가득 부었다.

「드세요!」 하고 노파는 거품이 이는 자기의 술잔을 단숨에
들이켠 다음 외쳤다. 「드세요, 술의 정기(精氣)[9]가 날아가기 전
에! 이 제3의 잔은 불행한 마리아네를 위해 마시지 말고 거품으
로 날아가도록 합시다. 그 당시 선생님의 건배에 화답하던 마리
아네의 입술이 얼마나 붉던가요! 아, 이제는 그 입술도 영원히
창백해지고 굳어져 버렸지요!」

「이 무당 같은 할멈, 복수심에 불타는 할망구 같으니라구!」
하고 빌헬름은 벌떡 일어나 주먹으로 탁자를 치며 고함을 질렀
다. 「무슨 악귀에 홀려 이런 짓을 하는 거요? 마리아네의 죽음
과 고통에 대해 얘기만 들어도 가슴이 미어질 지경인데 이런 지
옥 같은 술수까지 써서 나를 더욱더 심하게 고문할 생각을 하다
니! 도대체 날 무엇으로 아는 거요? 만족을 모르고 퍼마셔 대는
당신의 술버릇이 제삿상 앞에서도 폭음을 할 정도로까지 되었

---

9) 편의상 〈술의 정기〉라고 번역했으나 원어는 〈Geist〉로서 〈주정(酒精)〉과
〈귀신〉이란 이중의 의미가 있다. 이 대목은 물론 〈김이 빠지기 전에 샴
페인을 마시라〉는 의미지만, 마리아네의 술잔에서 날아가는 술의 〈정령
(精靈)〉이 공중에서 마리아네의 〈혼령(魂靈)〉과 교감하는 것을 염두에 둔
〈제의적(祭儀的)〉 부수 어감도 아울러 지니고 있다고 보아서, 〈김이 새기
전에!〉라고 평이하게 옮기지 못했다.

다면, 어디 실컷 마시고 떠들어 봐요! 진작부터 난 당신이 싫었어! 그러니, 마리아네 곁에 항상 함께 있던 당신을 바라보기만 해도, 난 아직도 마리아네가 결백했다는 생각을 할 수가 없어」

「진정하세요, 선생님!」 하고 노파가 대답했다. 「설마 저를 화나게 하시려는 건 아니시겠지요? 선생님은 우리한테 아직도 많은 빚을 지고 계세요. 그런데 채무자한테 오히려 욕을 보고 가만히 있을 사람이 어디 있겠어요? 하지만, 선생님 말씀이 옳아요, 제가 그냥 아주 간단히 이야기만 하더라도 선생님에게는 그것이 이미 큰 벌일 거예요. 그럼 선생님의 변치 않는 여자로 머물기 위한 마리아네의 투쟁과 승리의 이야기를 들어보세요」

「나의 여자라고?」 하고 빌헬름이 소리를 질렀다. 「무슨 터무니없는 이야기를 꾸며대려는 거요?」

「제 말을 끊지 마세요」 하고 그녀가 중간에 끼여들었다. 「제 말을 들으세요. 그러고 나서 믿든지 말든지 마음대로 하세요. 지금은 어차피 마찬가지니까요. 우리 집에 마지막으로 오셨던 날 저녁에 혹시 종이 쪽지 한 장을 발견하시고 그것을 가져가시지 않았나요?」

「집에 가져가서야 비로소 그 종이 쪽지를 발견했어요. 열정적으로 사랑한 나머지 스카프를 집어서 주머니에 찔러넣었는데, 그 속에 끼여 있더군요」

「그 종이에 뭐라고 적혀 있던가요?」

「화가 잔뜩 난 정부가 다음날 밤에는 어젯밤보다 더 나은 영접을 받고 싶다는 희망을 표시하는 사연이더군요. 그리고 그의 소원대로 되었다는 것을 내 눈으로 똑똑히 보았지요. 날이 새기 전에 일찍이 그 작자가 당신네들의 집에서 빠져나가더란 말이오」

「선생님이 그 사람을 보았을 수도 있겠네요. 그러나 집안에서 무슨 일이 일어났는지, 마리아네가 얼마나 슬프게 그날 밤을 보냈는지, 그리고 제가 얼마나 화를 내며 그날 밤을 지새웠는지는 이제야 비로소 들으시게 될 거예요. 아주 솔직하게 말하지요. 노어베르크라는 사람에게 몸을 허락하도록 마리아네를 설득한 것이 바로 저라는 사실을 부정하지도 미화하지도 않겠어요. 그녀는 제 말을 들었어요. 아니, 싫으면서도 제 말에 복종해 줬다고 말할 수 있겠지요. 그는 부자였고 홀딱 반한 것 같았기에 저는 그 사람의 마음이 변치 않을 것이라고 희망했던 거예요. 그런데 얼마 가지 않아서 그 사람이 여행을 떠나야 했어요. 그 사이에 마리아네는 선생님을 알게 된 거예요. 그래서 제가 얼마나 참아야 했는지, 얼마나 말리려 했고 또 얼마나 원망을 들어야 했는지 이루 다 말할 수 없어요. 〈아!〉 하고 마리아네는 이따금 탄식했지요. 〈할멈이 내 청춘, 내 순결에다 단 네 주일만 더 여유를 주었더라도, 난 내 사랑에 어울리는 상대를 찾을 수 있었을 텐데! 그리고 난 그이한테 어울리는 상대일 수 있었을 텐데! 진정 사랑하는 마음이 침착한 의식 아래, 지금은 본의 아니게 팔아버리고 만 것을 그이에게 바칠 수 있었을 것을! 어쩌랴, 지금은 팔아버려 바칠 것이 없구나!〉 아가씨는 자기 마음이 끌리는 쪽에다 자신을 완전히 내맡겼어요. 그 결과 선생님이 행복하셨는지 어땠는지는 제가 물어볼 수 없지만요. 저는 아가씨의 분별력에 대해서는 무제한의 지배력을 지니고 있었지요. 왜냐하면 저는 아가씨의 자질구레한 성벽들을 만족시켜 줄 수 있는 모든 수단을 알고 있었기 때문이죠. 하지만 저는 아가씨의 마음에 대해서는 아무런 힘도 없었어요. 왜냐하면 아가씨는 자기 마음에 들지 않으면 제가 아가씨를 위해 해주는 일, 제가 아가씨에게 권하는 일이라도 결코 받아들이는 법이 없었기 때문이죠. 다만 이겨낼 수 없는 가난에는 고집을 꺾곤 했지요. 그런데 아가씨에게는 진작부터 가난이 매우 괴로운 상대였어요. 유년시절에는 무엇 하나 부족한 것 없이 자라났습니다. 그러다가 아가씨의 집안이 복잡한 사정에 휘말려 재산을 잃게 되었고, 가엾은 아가씨는 여러 가지로 곤궁한 생활에 습관이 돼 있었죠. 하지만 그녀의 어린 마음에는 이미 무엇인가 훌륭한 원칙들이 각인돼 있었어요. 이 원칙들은 아가씨에게 별로 도움을 주지도 못하면서 아가씨를 늘 불안하게 만들기만 했답니다. 아가씨는 세상사에는 전혀 약삭빠른 데가 없었고 그야말로 순진한 분이었어요. 이를테면 아가씨는 현금을 지불하지 않고도 외상으로 물건을 살 수 있다는 것도 이해를 하지 못했으니까요. 그래서 아가씨가 무엇보다도 가장 불안해한 것은 빚을 지는 일이었어요. 받는 것보다는 언제나 기꺼이 주고 싶어하는 편이었죠. 아가씨가 어쩔 수 없이 자기 몸을 내맡기는 일은 오로지 이런 사정 때문에 있을 수 있었죠. 수많은 자질구레한 빚들을 청산하기 위해서였죠」

「그런데, 당신은」 하고 빌헬름이 발끈하여 소리를 질렀다. 「아가씨를 구해 낼 수 없었나?」

「아, 그야 구해 낼 수도 있었죠」 하고 노파가 대답했다. 「배고픔과 가난, 슬픔과 고생을 각오했더라면 말이에요. 하지만 저는 원래 그렇게 살 마음가짐이 돼 있지 않았어요」

「이 흉악하고 비열한 뚜쟁이 할망구야! 그래서 당신은 그 불행한 여자를 제물로 삼았단 말이지? 그래서 당신의 그 목구멍과 그 물릴 줄 모르는 거지배를 위해 그녀를 팔아먹은 거로군?」

「절도를 지키시고 욕설 따위는 그만두시는 게 좋을 텐데요」

하고 노파가 대답했다. 「정 그렇게 욕을 하고 싶으시거든 선생
님과 비슷한 양반들이 살고 있는 고귀한 대갓집으로나 가시지
요. 거기 가시면 아무리 흉악한 남자라도 돈만 많으면 귀엽고
천사 같은 딸을 주려고 그야말로 혈안이 되어 있는 어머니들을
얼마든지 보실 수 있을 테니까요. 불쌍한 아가씨가 자신의 운명
앞에 몸을 벌벌 떨며 두려워하고 있는데, 어디를 봐도 위안을
찾을 수 없다고 칩시다. 그러다가 마침내 인생 경험이 많은 여
자 친구 하나가 있어서, 결혼을 하기만 하면 마음과 인격을 자
기 뜻대로 관리해 나갈 수 있는 권리를 얻게 된다는 것을 알려
주는 것이지요」

「닥쳐요!」하고 빌헬름이 소리를 질렀다. 「한 죄악이 다른 죄
악을 통해 용서될 수 있다고 믿는 거요? 토는 더 이상 달지 말
고 이야기만 해요!」

「그렇다면 저를 나무라지 마시고 이야기를 들으세요! 마리아
네는 저의 뜻을 어기고 선생님의 여자가 되었어요. 저는 최소한
이 사건에 관해서라면 아무런 잘못도 없어요. 노어베르크 씨가
돌아왔어요. 그는 서둘러 마리아네를 보러 왔지만, 그녀는 그
를 쌀쌀하고도 퉁명스럽게 맞이했고 그에게 키스조차도 허락하
지 않았지요. 저는 온갖 재주를 다 부려가며 마리아네의 그런
행동을 변명했어요. 어떤 고해 신부가 마리아네에게 양심의 가
책을 느끼도록 잔뜩 자극해 놓았다고 귀띔을 해주면서, 양심이
말을 하고 있는 동안만은 그것을 존중해 주어야 한다고 했지요.
저는 그를 달래어 돌려보내면서 최선을 다해 보겠다고 약속했
어요. 그는 부자였고 성격이 거칠었지만 근본이 선량한 데가 있
었으며 마리아네를 지극히 사랑했어요. 그래서 그는 저에게 참
고 기다리겠다고 약속했어요. 저도 그를 너무 시험해 보는 꼴이

되어서는 안 되겠다 싶어서 더욱더 열심히 애썼지요. 저는 마리 아네와 심한 갈등에 빠졌어요. 저는 마리아네를 설득했어요. 사 실을 말씀드리자면, 결국은 나가버리겠다고 위협까지 해서, 노 어베르크 씨에게 편지를 쓰도록 하고 그를 그날 밤에 집으로 초 대하도록 강요했지요. 바로 그때 〈선생님이〉 오셨다가 우연하게 도 스카프 안에 든 그의 답장을 집어가신 거예요. 선생님이 뜻 밖에 나타나시는 바람에 제 계획이 엉망이 되어버렸어요. 선생 님이 나가시자마자 번민이 새로이 불붙기 시작했지요. 아가씨 는 선생님을 절대로 배신할 수 없노라고 맹세하고 나섰는데, 그 태도가 너무나도 열렬하고 제정신이 아닌 사람 같았기 때문에 저는 마리아네에게 진심으로 동정을 느끼지 않을 수 없었지요. 그래서 마침내는 그날 밤에도 역시 노어베르크 씨를 안심시키 고 갖가지 핑계를 대어 집으로 돌려보내 주겠다고 약속을 하고 말았어요. 저는 그만 자라고 달렸지만 마리아네는 저의 말을 믿 지 않는 눈치였어요. 옷도 벗지 않은 채 그냥 앉아 있더니, 평 소 성격 그대로 흥분하고 울다 지쳐서 마침내는 옷을 입은 채 잠이 들었어요.

노어베르크 씨가 왔어요. 저는 그가 아가씨에게 접근하지 못 하도록 막으려고 애쓰면서, 아가씨의 양심의 가책과 후회를 아 주 암울하게 설명했지요. 그는 아가씨를 잠깐 만나보기만을 원 했어요. 그래서 저는 아가씨에게 마음의 준비를 시키기 위해 방 으로 들어갔지요. 그런데 그가 저의 뒤를 따라 들어왔어요. 그 래서 우리 둘이가 동시에 아가씨의 침상 앞으로 다가서게 되었 어요. 아가씨가 깨어나서 화를 내며 벌떡 일어나더니 우리의 팔 을 뿌리치고 도망치는 것이었어요. 아가씨는 맹세를 하고 간청 과 애원을 했으며, 으름장을 놓기도 하고 절대로 양보하지 않겠다고 확언을 하기도 했지요. 그러면서 아가씨는 자신의 진정한 사랑에 관해서도 몇 마디 흘릴 정도로 아무런 조심도 하지 않았는데, 가엾은 노어베르크 씨는 이 말을 종교적인 의미로 해석할 수밖에 없었지요. 마침내 그가 아가씨 방을 나가주었어요. 그러자 아가씨는 안에서 문을 걸어잠그고 틀어박혀 꼼짝하지 않는 것이었어요. 저는 그를 꽤 오랜 시간 동안 제 방에 붙들어 놓고 그에게 아가씨의 상태를 이야기해 주었어요. 아가씨가 지금 임신중이니까 가엾은 처녀의 마음을 건드리지 말아야 한다고 말했지요. 그는 자기가 아이의 아버지라는 데에 대해서 크게 자랑스러운 기분이었고 아들이 태어나기를 고대한다면서 아가씨가 그에게 요구하는 것이면 무엇이든 응하겠다고 했어요. 그리고 자기 애인을 불안하게 하고 그런 식으로 감정을 자극하여 건강을 악화시키느니 차라리 잠깐 여행이나 다녀오겠다고 약속했어요. 그런 생각을 하면서 그는 그날 새벽녘에 저의 방에서 살짝 빠져나간 것이었어요. 그런데, 선생님, 그때 망을 보고 계셨다지요? 선생님의 눈에는 그다지도 복이 많고 행복하게 보이던 그 사람——그 모습이 선생님을 그토록 절망에 빠뜨렸던 그 연적——의 가슴속을 들여다볼 수는 없으셨나요? 만약 그 가슴속을 들여다볼 수만 있었더라면, 선생님은 아무것도 더 필요한 것 없이 바로 행복을 찾으실 수 있었을 텐데 말이에요」

「지금 하는 말이 진실인가?」하고 빌헬름이 물었다.

「진실이고 말고요」하고 노파가 말했다. 「제가 선생님을 절망에 빠뜨리자면 그 정도 진실로는 아직 멀었어요.

예, 그래요. 제가 그날 아침에 우리 집에서 일어난 장면을 선생님에게 정말 생생하게 묘사해 드릴 수만 있다면, 선생님은 틀림없이 절망에 빠지고 말 것이에요. 아가씨가 얼마나 밝고 맑

은 기분으로 잠에서 깨어났는지 모릅니다! 그리고 얼마나 친절
하게 저를 안으로 불러들이고 저에게 얼마나 뜨겁게 고맙다고
말했는지, 그리고는 저를 얼마나 정답게 자기 품에 껴안았는지
모릅니다! 〈이제 난 다시금 나 자신의 것, 내가 사랑하는 오직
그 한 사람의 것이 되었어요〉 하고 아가씨는 생긋 웃으며 거울
앞으로 다가서면서 말했어요. 〈그러니 이제 난 다시금 나 자신
을 보고, 내 모습을 보고 기뻐할 수 있게 됐어요! 극복해 냈다
는 것은 얼마나 달콤한 기분인지! 그이의 마음에 따른다는 것이
이토록 황홀한 느낌일 줄이야! 할멈이 내 뜻을 따라줘서 정말
고마워요. 그 꾀와 분별력을 이용해서 나한테도 한번 유리한 꼴
을 보여주었으니 말이야! 날 도와줘! 그리고 이 나를 완전히 행
복하게 할 방도를 생각해 줘요!〉

　저는 아가씨의 뜻을 따랐고 아가씨의 마음을 자극하지 않으
려고 했으며, 아가씨의 희망에 맞장구를 쳐주었어요. 그래서
아가씨도 갖은 애교를 다해 저를 어루만져 주었지요. 아가씨가
한순간이라도 창문 곁을 떠날 때에는 제가 대신 지키고 있어야
했어요. 왜냐하면 〈선생님〉이 이제 틀림없이 지나가게 될 텐
데, 최소한 그 모습이라도 보고 싶다는 것이었거든요. 그렇게
불안한 가운데에 온 하루가 지나갔어요. 우리는 보통 오시곤 하
던 밤 시간에는 선생님이 틀림없이 오실 것으로 믿었어요. 저는
벌써 계단까지 나가서 오시나 하고 망을 보고 있었는데, 기다
리는 시간이 지루해서 다시 아가씨한테로 들어가 보았지요. 놀
랍게도 아가씨는 그 장교복 차림을 하고 있었는데, 믿을 수 없
을 정도로 명랑하고 매력적인 모습이었어요. 〈오늘은 내가 남장
을 하고 나타날 자격이 있지 않아요?〉 하고 아가씨가 말했어요.
〈내가 용감하게 행동하지 않았느냐 말이에요. 오늘은 그이에게

처음 만날 때처럼 보이고 싶어요. 내 오늘은 그이를 아주 정답
게, 그때보다 더 자유로이 내 가슴에 끌어안을 거예요. 지금의
나는 아직 깨끗한 결단을 내리지 못해서 마음이 자유롭지 못하
던 그때보다는 훨씬 더 그이의 여자라 할 수 있지 않겠어! 그러
나 아직 완전히 극복되었다고 볼 수는 없어!〉 하고 아가씨는 잠
시 생각에 잠기더니 덧붙여 말하는 것이었어요. 〈그이에게 합당
한 사람이 될 수 있기 위해, 그리고 그이가 내 사람이라는 확신
을 가질 수 있기 위해서 난 이제야 비로소 가장 어려운 일을 감
행해야 해. 그이한테 모든 것을 고백하고 내 모든 상황을 털어
놓아야겠어. 그리고 나를 받아들여 주든지 또는 나를 버리든지
는 그이의 결정에 맡겨야겠어. 난 그이를 위해, 그리고 나 자신
을 위해 그 고백의 장면을 준비한 거예요. 그의 감정이 나를 버
리는 쪽으로 기울어질 수도 있겠지. 그렇게 될 경우, 난 다시금
완전히 나 자신의 것으로 되돌아가서 벌을 받는 가운데 위안을
발견하면서 운명이 내게 과하는 모든 고초를 달게 받을 거예요.〉

　이보세요, 선생님, 이런 마음가짐으로, 이런 기대 속에서 그
사랑스러운 아가씨는 선생님을 기다렸어요. 그런데, 선생님은
오시지 않았지요. 아! 그 기다림과 바람의 상황을 어떻게 이루
말로 설명할 수가 있겠어요? 아가씨! 지금도 아가씨의 그 모습
이 눈에 선합니다! 그토록 잔인한 사람인 줄은 아직 모르고서
그다지도 큰 애정, 그다지도 뜨거운 열정을 갖고서 그 남자에
관해 말하던 그 모습 눈에 선합니다!」

　「착한 바르바라 할멈!」 하고 빌헬름은 벌떡 일어나 노파의
손을 잡으면서 외쳤다. 「이제 연극은 그쯤 했으면 됐어요! 마음
의 준비를 시키려는 긴 사설은 그만하면 됐어요! 냉담하고 침착
하고 만족스러워 하는 당신의 말투가 속마음을 훤히 다 내비쳤

어요. 자, 마리아네를 내게 돌려주시오! 살아 있지요? 근처에
있는 것 같은데? 이렇게 밤늦은 외로운 시간을 일부러 택해서
찾아온 것부터가 다 이유가 있겠지! 그런 황홀한 이야기를 해서
나에게 마음의 준비를 시켜주는 것도 괜히 그러는 것이었겠나!
어디다 뒀어요? 아가씨를 어디에 감추고 있는 건가? 할멈의 말
을 모두 믿을게. 아가씨만 보여준다면, 아가씨를 내 품에 돌려
만 준다면 당신의 말을 모두 믿겠다고 약속할게. 그녀의 그림자
라면 나도 이미 얼핏 본 적은 있다니까! 그녀를 다시 내 품에
안도록 해줘요! 나는 그녀의 앞에 무릎을 꿇고 용서를 빌겠어!
나는 그녀가 자기 자신과, 그리고 할멈과 싸워 이긴 데에 대해
축하를 해주고 내 아들 펠릭스를 그녀한테로 데리고 가고 싶어
요. 자, 어디다 숨겨두었어? 그녀와 나를 더 이상 불확실한 상
태에 놓아두지 말아요. 당신의 최종 목표는 달성했어요. 그녀를
어디에 숨겨뒀어요? 자, 갑시다! 내 이 촛불로 그녀를 비추어 보
도록 해줘요! 다시금 그녀의 아리따운 얼굴을 보도록 해줘요!」

　그는 노파를 붙들고 의자에서 일어나게 했다. 노파는 그를
응시하고 있었다. 노파의 두 눈에서 눈물이 쏟아져 내렸으며, 그
녀는 이루 말할 수 없이 큰 고통에 휩싸였다. 「아직도 한순간이
나마 희망을 갖고 계시다니!」 하고 노파가 큰 소리로 외쳤다.
「엄청나게 불행한 착각 때문입니다! 그래요, 내가 아가씨를 숨
겼어요, 하지만 땅 속에 숨긴 거예요. 햇빛도, 친밀한 촛불도
아가씨의 그 아리따운 얼굴은 결코 두 번 다시 비춰주지 못합니
다. 착한 펠릭스나 아가씨의 무덤으로 데리고 가서 〈애비가
유례를 찾아볼 수 없을 정도로 가혹하게 버렸던 네 엄마가 여기
누워 있단다〉라고 말해 주시지요. 그 사랑스럽던 심장은 이제
더 이상 당신을 보고 싶은 마음에 안달이 나서 뛰고 있지 않아

요. 아가씨가 혹시 옆방에서 내 이 이야기, 내 이 동화가 끝나기를 기다리고 있는 게 아니에요. 캄캄한 방이 아가씨를 가둬놓고 있어요. 어느 신랑도 그 안으로 들어갈 수가 없고, 마찬가지로 아가씨 또한 그리운 사람이 왔다 해도 만나기 위해 그 바깥으로 나올 수가 없다구요」

노파는 어느 의자 곁의 마룻바닥에 털썩 주저앉으면서 통곡을 했다. 그때야 비로소 빌헬름은 마리아네가 죽었다는 사실을 처음으로 완전히 믿게 되었다. 이제서야 그는 슬픔에 빠져들었다. 노파가 몸을 일으켰다. 「제가 선생님에게 더 이상 드릴 말씀은 없어요」 하고 노파가 말하면서 조그만 짐꾸러미 하나를 탁자 위에 내던졌다. 「여기 이 편지들을 읽어보시면 선생님이 얼마나 잔인한 분이었던가를 아시고 크게 부끄러워하시게 될 거예요. 이 편지들을 어디 눈물 한 방울 흘리지 않고 읽어보시지요, 그럴 수만 있다면 말이에요!」 노파는 소리없이 사라져 버렸다. 빌헬름은 그날 밤에는 차마 그 편지 가방을 열어볼 용기가 나지 않았다. 그 서류 가방도 자기가 마리아네에게 선물한 것이었다. 그는 마리아네가 자기한테서 받은 편지 한 통 한 통을 모두 그 속에 소중하게 간직해 왔음을 알게 되었다. 이튿날 아침 그는 마음을 굳게 먹고 그 편지들을 읽기로 했다. 그가 꾸러미의 끈을 풀자 자기가 연필로 쓴 작은 종이 쪽지들이 쏟아져 나왔으며, 그것들 하나하나를 보니 그들이 기쁘게 만난 첫날부터 잔인한 이별의 마지막 날까지의 모든 상황이 일일이 그의 기억에 다시 떠올랐다. 하지만 특히, 마리아네가 그에게 부쳤지만, 내용으로 미루어 보건대 베르너에 의해 반송되어 되돌아온 것으로 보이는 편지들의 작은 묶음을 읽을 때에는, 가슴이 미어지는 듯한 고통을 느끼지 않을 수 없었다.

저의 편지들 중 단 한 통도 아직 당신이 계신 곳까지 다다르지 못했습니다. 저의 부탁과 애원이 당신한테까지 미치지 못했습니다. 당신 자신이 이런 혹독한 명령을 내리셨나요? 저는 이제 다시는 당신을 보아서는 안 되나요? 다시 한번 시도해 봅니다, 당신에게 부탁합니다——와주세요, 제발 와주세요! 한번만 더 당신을 제 가슴에 안아볼 수 있다면, 당신을 붙잡으려고 하지 않겠습니다.

평소 제가 당신 곁에 앉아 당신의 두 손을 잡고 당신의 두 눈을 들여다보면서 사랑과 신뢰가 가득 찬 마음으로 〈사랑하고 사랑하는 착한 당신!〉이라고 당신을 부르면, 당신은 그 말을 아주 즐겨 들으셨고, 그래서 저는 그 말을 그토록 여러 번 되풀이해야 했지요. 이제 저는 그것을 다시 한번 되풀이합니다——〈사랑하고 사랑하는 착한 당신!〉 전같이 착한 분이 되어주세요, 저에게로 와주세요, 그리하여 제가 이렇게 비참한 가운데 파멸해 가지 않도록 도와주세요!

당신은 저를 죄인으로 여기고 계시지요? 그래요, 저는 죄인이에요. 그러나 당신이 생각하시는 그런 죄인은 아니랍니다. 와주세요. 그리고 당신이 저를 완전히 아셨다는 유일한 위안을 저에게 선사해 주세요. 그 다음에 제가 어떻게 되든 그것은 아무래도 좋아요.

저 때문만이 아니라 당신 자신을 위해서도 간청합니다, 제발 와주세요. 저를 회피하시면서 당신이 겪고 계시는 그 참을 수 없는 고통까지도 함께 느낍니다. 우리의 이별이 잔인한 결말이 되지 않도록 와주세요! 당신이 저를 끝없는 참경

속에다 내버리고 계시는 바로 이 순간이야말로 아마 제가 처음으로 당신의 여자가 될 자격을 갖춘 순간인 것 같습니다.

모든 성스러운 것에다 맹세코, 인간의 마음을 감동시킬 수 있는 모든 것에다 맹세코 저는 당신을 부르고 있습니다! 한 영혼, 한 생명이 문제입니다. 아니, 두 생명이 문제입니다. 그중 한 생명은 당신에게는 영원히 소중한 것이랍니다. 의심하고 계시는 당신은 그것조차도 믿지 않으실 거예요. 하지만 저는 죽음의 순간에도 말하겠어요――제 가슴 밑에 품고 있는 것은 당신의 아이라고. 당신을 사랑한 이래로는 그 어떤 남자도 제 손도 잡아본 적이 없습니다. 아, 당신의 사랑이, 당신의 성실성이 제 청춘의 길동무였더라면 얼마나 좋았을까요!

제 말을 들으려 하지 않으시는군요? 그럼 저도 이젠 마침내 입을 다물 수밖에 없겠네요. 그러나 이 편지들은 없어지지 않도록 하겠어요. 수의(壽衣)가 제 입술을 덮고 당신의 후회 소리도 더 이상 제 귀에 들리지 않을 때에도, 어쩌면 이 편지들이 여전히 당신에게 말해 줄 수 있을지도 모르겠군요. 제 슬픈 인생을 통틀어 숨을 거두는 마지막 순간까지 저의 유일한 위안은, 제가 비록 순결하다고는 할 수 없었다 하더라도, 당신에게는 결백했다는 사실일 것입니다.

빌헬름은 더 이상 읽어 내려갈 수가 없었다. 그는 고통스러운 감정에다 자신을 완전히 내맡기고 있었다. 하지만 그때 라에르테스가 들어왔는데, 빌헬름은 그에게 자신의 감정을 숨기느라고 더욱더 괴로운 상황에 몰렸다. 라에르테스는 금화들이 든 지갑을 꺼내더니 금화를 헤아리고 계산을 했다. 그러고는 빌헬름에게 확언하기를, 이 세상에서 제일 근사한 것은 사람이 자기가 부자가 되어가는 중이라는 것을 확인할 때이며, 또 부자가 되고 나면, 아무런 방해나 제지를 받지 않게 되어 좋다는 것이었다. 빌헬름은 자기의 꿈[10]을 회상하고는 빙그레 웃었지만, 동시에 그는 그날 밤의 꿈에서 마리아네가 그를 떠나 그의 돌아가신 아버지를 따라갔고 마침내는 두 사람이 마치 유령같이 공중에 둥둥 떠서 정원 주위를 돌던 모습을 머리에 떠올리면서 온몸이 오싹해지는 것을 느꼈다.

라에르테스는 빌헬름을 생각에 잠겨 있는 상태에서 끌어내어 카페로 데리고 갔다. 거기서는 금방 여러 사람들이 빌헬름의 주위에 모여들었는데, 평소에 무대 위에서 그를 즐겨 보아오던 사람들이었다. 그들은 그를 만나게 된 것을 기뻐했으나, 그가 무대를 떠나겠다는 말을 듣자 섭섭해했다. 그들은 그의 사람됨과 그의 연기에 관해, 그리고 그의 우수한 재능과 그들의 기대에 관해서 아주 확고하고도 합리적으로 얘기했기 때문에, 마침내 빌헬름도 감동해서 외쳤다. 「아, 불과 몇 달 전에만 이런 관심을 표시해 주셨더라도 저에겐 정말 무한한 가치가 있었을 것입니다! 얼마나 도움이 되고 얼마나 고무적이었을까요! 그랬더라면 저도 이렇게 완전히 무대를 떠날 생각은 결코 하지 않았을 것이고, 관객에 대해 절망하는 일까지는 결코 없었을 것입니다」

「아니, 절대 그렇게 절망해서는 안 됩니다」 하고 어느 나이 지긋한 남자가 앞으로 나서면서 말했다. 「관객은 위대합니다.

---

10) 빌헬름이 로타리오의 성에 도착한 날 밤에 꾸었던 꿈 장면을 말한다(제1장 참조).

진정한 분별력과 참된 감정이란 것이 우리가 생각하는 것처럼 그렇게 드문 것만은 아닙니다. 그렇기 때문에 예술가는 자기가 창조해 내는 것에 대한 무조건적 찬사를 요구해서는 절대로 안 되는 것이지요. 바로 그 무조건적 찬사야말로 가장 가치 없는 것이기 때문입니다. 그런데도 예술가란 양반들은 조건이 붙은 찬사를 좋아하지 않는 법이지요. 제가 아는 바로는 무릇 인생에서든 예술에서든 간에 우리가 무엇인가를 행하고 창조해 내려면 자기 내심의 소리에 귀를 기울여야 될 것입니다. 그러나 그것이 일단 행해지고 완성된 다음에는 될 수 있는 대로 많은 사람들의 말을 주의 깊게 들어도 좋겠지요. 조금만 연습하면, 이 많은 목소리들에서 금방 전체적 평가를 합성해 낼 수 있을 것입니다. 우리가 이런 수고를 하지 않아도 되도록 우리에게 말해 줄 수 있는 사람들은 대개는 입을 꾹 다물고 있는 법이거든요」

「바로 그렇게 입을 다물고 있어서는 안 된단 말씀입니다!」하고 빌헬름이 말했다. 「자기는 훌륭한 작품들을 보고도 입을 꾹 다물어 놓고는 남들이 자기 작품을 묵살해 버린다고 불평을 늘어놓고 유감스럽게 말하는 것을 저는 너무나도 자주 들어왔습니다」

「그렇다면 우리 오늘은 입을 열도록 하십시다」하고 한 청년이 신나게 말했다. 「우리와 함께 식사를 해주셔야 되겠습니다. 우리가 선생님과 가끔 그 선량한 아우렐리에한테 못다 한 온갖 이야기를 한꺼번에 모두 털어놓고 싶으니까요」

빌헬름은 그 초대를 거절하고 아이들 문제를 의논하고자 멜리나 부인한테로 갔다. 그는 그녀한테서 아이들을 되돌려받을 생각이었다.

노파가 지키자던 그 비밀은 우선 그한테서 잘 지켜지질 못했

다. 귀여운 펠릭스를 다시 보자 그는 그만 속을 드러내고 말았
다.「아, 내 아들아! 내 사랑하는 아들아!」하고 외치면서 그는
그 아이를 들어 올리고는 자기 가슴에 꽉 껴안아 주었다.「아버
지! 무슨 선물을 갖고 왔지요?」하고 아이가 외쳤다. 미뇽이 마
치 그들에게 비밀을 노출시키지 말라고 경고라도 하고 싶은 것
처럼 그들 둘을 바라보고 있었다.

「웬일이세요, 못 보던 장면을 다 연출하시고?」하고 멜리나
부인이 말했다. 아이들을 바깥으로 내보냈다. 빌헬름은 노파가
말하던 그 비밀 엄수 제안을 꼭 지킬 의무는 없다고 생각하고
그녀에게 모든 사정을 다 털어놓았다. 멜리나 부인은 미소를 지
으며 그를 바라보았다.「참, 남자분들은 귀가 얇기도 하지요!」
하고 그녀가 감탄하며 말했다.「그들이 가는 길 앞에 무엇인가
떨어져 있기만 해도 그걸 그들의 짐으로 덮어씌우기란 여반장
이지요. 그 대신 다른 때에는 또, 자기들의 좌우를 둘러보는 법
도 없고, 옛날에 자기들 멋대로 정열의 각인을 찍어둔 사람 아
외에는 어느 누구도 높이 평가할 줄 모르거든요」그녀는 한숨이
새어나오는 것을 어쩔 수 없었다. 만약 빌헬름이 완전히 맹목이
아니었더라면, 그는 그녀의 태도에서 결코 완전히 억눌러 버릴
수 없는 일말의 애정을 알아보았을 것이다.

이제 그는 아이들에 관해서 그녀와 의논을 했는데, 펠릭스는
자기가 데리고 있고 미뇽은 시골로 보낼 생각이라는 말을 했다.
멜리나 부인은 그 둘과 동시에 헤어지는 것이 섭섭하긴 했지만
그것이 좋은 제안, 아니 그럴 수밖에 없는 제안이라고 여겼다.
펠릭스는 그녀와 함께 있으면서 거칠어지고 있었고, 미뇽은 자
유로운 공기와 다른 환경을 필요로 하는 것같이 보였다. 그 착
한 아이는 시름시름 앓고 있었는데 좀체 완쾌되지 않았다.

「제가 경솔하게도 그 아이가 정말 선생님의 아들인지 약간 의심스럽게 말씀드린 점, 언짢게 생각 마세요」하고 멜리나 부인이 말을 이었다. 「하기야 그 노파의 말은 믿을 게 못 되긴 해요. 하지만 자기의 이익을 위해 거짓말을 꾸며낼 수 있는 사람은 진실이 자기에게 이익이 되는 것같이 보일 때에는 진실을 말할 가능성도 있는 것이죠. 노파는 아우렐리에에게는 펠릭스가 로타리오의 아들이라고 속였지요. 그런데 우리 여자들이란 특이해서, 비록 아이 엄마를 모르거나 그 엄마를 원수처럼 미워하더라도, 연인의 아이들만은 정말 진정으로 귀여워하는 법이죠」마침 펠릭스가 뛰어 들어왔다. 멜리나 부인은 평소 그녀한테서는 보기 드문 다정한 태도로 그 아이를 꼭 껴안았다.

빌헬름은 서둘러 집으로 와서 노파를 좀 보자고 사람을 보냈다. 그녀는 오겠다는 뜻은 전했으나, 새벽녘이 되기 전에는 올 수 없다는 것이었다. 그는 그녀를 언짢게 맞았다. 그러고는 그녀에게 말했다. 「세상에서 제일 해로운 것은 허무맹랑한 거짓말을 꾸며낼 음모를 하는 짓이오. 벌써 당신은 고약한 짓을 많이 저질러 놓았어요. 당신의 말 한마디에 따라 내 인생의 행복이 좌우될 수 있는 지금 이 순간에도 나는 이렇게 의심하는 가운데에서는 감히 그 아이를 내 품안에 안을 엄두를 내지 못하고 있어요. 그 아이가 내 아들이라는 것이 명확하다면 나는 지극히 행복할 텐데 말이야. 비열한 할망구 같으니라구! 나는 증오와 경멸을 느끼지 않고는 당신을 바라볼 수가 없어」

「솔직하게 말하자면, 선생님의 행동이 내게는 정말 참을 수 없어요」하고 노파가 대답했다. 「설사 그애가 선생님의 아들이 아니라 칩시다. 세상에 둘도 없이 귀엽고 사랑스러운 아이라서 항상 곁에 두고 볼 수 있다면 천금을 주고도 사고 싶은 아이이지요. 그 아이를 선생님이 받아들일 만한 가치가 그애에게 없나요? 내가 지금까지 그애를 돌보고 수고해 온 대가로 앞으로의 내 생활을 위한 약간의 생계비를 받을 자격이 있지 않을까요? 아, 아무것도 부족한 게 없는 당신네들 높은 분들은 진리니 정직성이니 하고 쉽게들 말하지요! 그러나 나와 같은 불쌍한 인간은 최소한의 필수품조차 구할 수 없고 곤란한 지경을 당해도 의논할 친구도 구원의 손길도 찾아볼 수 없이 이기적인 인간들 틈을 뚫고 근근히 목숨을 유지하면서 남모르는 가운데에 굶주리고 있어야 하지요. 당신네들이 듣기를 원하고 들을 마음의 준비가 되어 있다면, 그런 이야기는 정말 많이 있어요. 마리아네의 편지를 읽으셨나요? 그 편지들이 바로 그런 불행한 시기에 씌어진 것이에요. 나는 선생님에게 접근해서 그 편지들을 전달하려고 시도했지만 번번이 헛수고에 그쳤어요. 그 무정한 매부란 사람이 선생님을 감싸고 돌았기 때문에 온갖 꾀와 지혜를 동원해도 소용이 없었어요. 그리고 마지막에는 그 사람이 나와 마리아네를 감옥에 처넣겠다고 협박을 하는 바람에 나는 모든 희망을 포기하지 않을 수 없었지요. 모두가 제가 들려드린 얘기와 딱 들어맞지 않나요? 노어베르크의 편지를 보시고도 아직 그 모든 사연에 의심이 풀리지 않았단 말씀이에요?」

「무슨 편지를 말하는 거요?」 하고 빌헬름이 물었다.

「그 서류 가방에서 그걸 못 보셨나요?」 하고 노파가 물었다.

「아직 다 읽지는 못했어요」

「그 서류 가방을 이리 줘보세요! 그 자료가 모든 것을 해결해 줄 열쇠가 됩니다. 노어베르크 씨의 그 불행한 쪽지가 그런 슬픈 혼란을 일으켰지만, 그가 쓴 또다른 편지 한 통은 매듭을 풀어주기도 할 거예요. 아직도 뭔가 풀 것이 남아 있다면 말이에요」 그녀는 서류 가방에서 쪽지 하나를 꺼내었는데, 빌헬름은 노어베르크의 그 기분 나쁜 필적을 금방 확인할 수 있었다. 그는 정신을 가다듬고는 읽어 내려갔다.

〈부디 말 좀 해봐요, 아가씨! 당신이 나한테 이럴 수가 있소? 설령 여신이라 하더라도 이 나를 실연에 우는 남자로 만들어 버릴 수 있다고는 도저히 생각할 수 없던 나요. 그런데 당신은 두 팔을 벌리고 나를 향해 달려오기는커녕 뒤로 물러나고 있소. 당신이 자신을 속이고 있는 그 꼴은 정말이지 혐오스럽다 하지 않을 수 없었소. 내가 곁방에 있는 한 고리짝 위에 앉아 바르바라 노파와 함께 밤을 지새워야 하다니, 이래도 되는 거요? 내 사랑하는 아가씨가 불과 문 두 개를 사이에 둔 곳에 있는데 말이오. 정말이지 이건 너무 지나친 푸대접이오! 나는 당신에게 생각할 시간을 약간 주고 당신을 조급하게 재촉하지 않겠다고 약속은 했지만, 반의 반 시간이라도 또 헛되이 보냈구나 싶을 때마다 미칠 것만 같소. 내 당신에게 성의와 능력이 자라는 만큼 선물도 했지 않소? 아직도 나의 사랑을 의심한단 말이오? 무엇을 원하는 거요? 알아듣게 말 좀 해봐요! 당신에게 아무것도 부족한 것이 없도록 해주겠소. 당신의 머리에 그런 쓸데없는 생각을 불어넣어 준 그 신부란 작자가 벙어리가 되든지 눈이 멀어버렸으면 좋겠소. 왜 하필이면 그런 작자한테 가게 되었소! 젊은 사람들을 다소 너그럽게 봐줄 수 있는 성직자들도 얼마든지 있는데 말이오. 간단히 말하건대, 이제 좀 다른 태도를 보여주시오. 이삼 일 안으로 대답을 받아야겠소. 나는 곧 다시 떠나야 하기 때문이오. 그리고 만약 당신이 다시 친절하고 고분고분하게 나를 대해 주지 않으면, 당신은 나를 두 번 다시 보지 못하게 될 거요……. 〉

편지는 이런 식으로 아직도 더 계속되면서 언제나 꼭 같은 문제점을 둘러싸고 맴돌고 있어서 빌헬름은 고통과 만족감을 동시에 느꼈다. 그 편지는 그가 바르바라한테서 들었던 이야기가 진실임을 입증하고 있었다. 또 하나의 편지를 통해 마리아네가 그 뒤에도 역시 양보하지 않았다는 사실이 분명히 증명되었다. 그리하여 빌헬름은 이 두 통의 편지와 또다른 여러 서류들에서 그 불행한 아가씨가 죽는 순간까지의 이야기를 전부 미루어 짐작할 수 있었는데, 가슴이 미어지는 듯한 고통을 느끼지 않을 수 없었다.

노파는 사납게 날뛰는 노어베르크를 조금씩조금씩 달래가면서 그에게 마리아네의 죽음을 알리고 마치 펠릭스가 그의 아들인 것처럼 믿도록 만들었다. 그래서 그는 노파에게 몇 번인가 돈을 보내주었다. 노파는 적당히 수다를 떨어[11] 아이의 양육에 관한 걱정은 아우렐리에에게 떠맡겨 놓았던 터였으므로 그 돈은 자기 몫으로 챙겼다. 그러나 이렇게 비밀 수입을 챙기는 일이 유감스럽게도 그다지 오래 지속될 수는 없었다. 노어베르크가 방탕한 생활을 해서 재산의 대부분을 탕진해 버린 데다가 다만 짐작뿐이었던 그의 첫아들에 대한 애정이 잦은 여자관계로 인해 그만 식어버렸기 때문이었다.

모든 것이 아주 사실인 것처럼 생각되었고 전후 맥락이 모두 꼭 들어맞았지만, 빌헬름은 아직도 아들을 얻은 기쁨에 완전히 젖어들 수 없었다. 그는 그 자신이 마치 한 악령이 내밀고 있는 선물 앞에서 두려워하면서 떨고 있는 기분이었다.

---

11) 노파가 로타리오에게 약한 아우렐리에를 속여 펠릭스가 마치 로타리오의 아들인 것처럼 말한 것을 가리킨다(위에서 멜리나 부인이 빌헬름에게 한 말을 참조할 것).

「다만 세월만이 선생님의 그 의심을 고쳐드릴 수 있을 거예요」 하고 노파가 그의 기분을 간파하고 나서 말했다. 「그애를 일단 남의 아이라고 생각하고 바라보세요. 그리고 그만큼 더 자세한 주의를 기울여 아이의 소질, 천성, 능력을 눈여겨보시란 말이에요. 그런데도 만약 차츰차츰 선생님 자신의 모습을 재발견하시지 못한다면, 정녕코 선생님의 눈이 멀었다고 할 수밖에 없어요. 민약 제가 남자라면 아무도 엉뚱한 아이를 제 자식이라고 속일 수 없을 것이라고 장담할 수 있거든요. 하지만 남자들이란 이런 경우에는 그다지 눈썰미가 없으니 그건 여자들에게는 다행스러운 노릇이지요」

그런 모든 얘기가 오고 간 뒤에 빌헬름은 노파와 타협을 보았다. 그는 펠릭스를 맡아 기르기로 하고 그녀는 미뇽을 테레제한테로 데려다 주기로 했다. 그런 다음에 노파는 그가 주기로 약속한 소액의 생활보조금으로 어느 곳이든 그녀가 원하는 곳에서 살기로 했다.

그는 미뇽을 불러오도록 해서 사정이 이렇게 변했으니 적응할 준비를 하도록 일렀다. 「마이스터 씨!」 하고 미뇽이 말했다. 「저를 계속 데리고 있어 주세요. 그것이 저의 건강에 좋을 거예요, 괴롭기도 하겠지만 말이에요」

그는 그녀에게 이제 다 자랐기 때문에 계속 교양을 쌓기 위해서는 무슨 조처가 있어야 한다는 것을 타일러 설명하였다. 「제 교양은 이 정도로 충분한걸요」 하고 그녀가 대답했다. 「사랑하고 슬퍼할 만큼은 알게 됐거든요」

그는 그녀의 건강에다 관심을 돌리면서 그녀가 앞으로 계속해서 조심해야 하고 훌륭한 의사의 지시를 받아야 한다고 말했다. 「왜 제 걱정을 하시지요?」 하고 그녀가 말했다. 「걱정할 일이 태산 같잖아요?」

그는 자기가 지금 그녀를 데리고 갈 수는 없지만 일단 자기 친구들한테로 가 있으면 자기도 자주 그녀를 만나보러 갈 수 있다는 것을 믿게 하려고 갖은 애를 써서 타일러 보았다. 그러나 그녀는 그 모든 말을 전혀 귀담아들으려 하지도 않았다. 「저를 곁에 두고 싶지 않으신 것이죠?」 하고 그녀가 말했다. 「그렇다면 저를 하프 타는 할아버지한테로 보내주세요, 아마 그게 더 나을 거예요」

그는 노인이 좋은 사람들의 보살핌과 치료를 받고 있다는 사실을 그녀에게 알아듣게 설명해 보려고 했다. 「저는 늘 할아버지가 보고 싶어요」 하고 그 아이가 말했다.

「할아버지가 우리와 함께 살 때에는 네가 그 할아버지를 그렇게 좋아하는 걸 눈치채지 못했는데?」 하고 빌헬름이 말했다.

「깨어 있을 때에는 할아버지가 무서웠어요. 눈을 바로 쳐다볼 수가 없었거든요. 하지만 주무실 때에는 할아버지 곁에 앉아 있는 것을 좋아했죠. 파리를 쫓아드리면서 주무시는 할아버지를 바라보고 있으면 아무리 오래 있어도 싫증이 나지 않았어요. 아, 할아버지는 제가 무서운 순간에 처할 때마다 저를 도와주셨어요. 제가 얼마나 할아버지의 은혜를 입고 있는지 아무도 몰라요. 길만 알았더라도 벌써 할아버지한테로 달려갔을 거예요」

빌헬름은 그녀에게 모든 정황을 자세하게 설명해 주고는, 아주 이성적인 아이니까 이번에도 자기가 하라는 대로 따라줄 것으로 믿는다고 말했다. 「이성은 잔인하네요」 하고 그녀가 응답했다. 「마음이 더 나아요. 어디든 원하시는 곳으로 갈게요. 하지만 펠릭스만은 저와 같이 있게 해주세요」

수많은 말이 오고 갔으나 그녀의 뜻은 요지부동이었다. 그래서 마침내 빌헬름은 두 아이를 노파에게 맡기고 둘을 함께 테레제한테 데려다 주게 하는 결단을 내리지 않을 수 없었다. 귀여운 펠릭스를 자신의 아들로서 선뜻 받아들이기가 아직까지도 두려웠던 그로서는 이것이 오히려 편한 결정이기도 했다. 그는 한 팔로 펠릭스를 안아들고 이리저리 돌아다니곤 했다. 아이는 자기를 거울 앞에다 쳐들어 주는 것을 좋아했다. 그리고 빌헬름도 역시 자기도 모르는 중에 아이를 거울 앞으로 안고 가서 그 앞에서 자신과 그 아이 사이에 닮은 점들이 있는가 하고 살펴보려고 했다. 그러다가 한순간이라도 그것이 정말 그럴듯하게 생각되면 그는 그 아이를 자기 가슴에 꼭 껴안았다. 그러나 문득 그는 자신이 착각에 빠질 수도 있다는 생각에 소스라쳐 놀라 아이를 내려놓고는 아이가 어디론가 달려나가도록 내버려두곤 하였다. 「아!」하고 그는 외쳤다. 「내가 이 귀중한 재산을 내 것으로 받아들일 수 있다면, 그러고 나서 내가 이 아이를 빼앗긴다면, 나야말로 이 세상에서 가장 불행한 인간일 것이다!」

아이들은 이미 출발했다. 그래서 이제 빌헬름이 극단과 정식 작별을 고하려고 하자 그는 자기가 이미 퇴직한 것이나 다름없고 다만 떠나기만 하면 된다는 것을 느꼈다. 마리아네는 더 이상 이 세상에 없는 사람이었고 그의 두 꼬마 수호신들도 떠나고 없었다. 그래서 그의 생각은 그들을 뒤따라 달려가고 있었다. 아름다운 펠릭스의 모습이 마치 사람의 마음을 사로잡는 어렴풋한 형체같이 그의 눈앞에 어른거렸다. 그는 그 아이가 테레제의 손을 잡고 들판과 숲을 가로질러 달려가는 모습을 보았으며, 자유로운 대기 속에서 자유스럽고도 명랑한 테레제의 곁에서 심신이 함께 성장해 가는 모습을 보았다. 그 아이를 테레제에게 맡긴다는 생각을 한 이래로 그녀는 그에게 훨씬 더 소중한 사람으로 여겨졌다. 극장에서 연극을 보고 있으면서도 그는 그녀를 생각하고 미소짓곤 하였다. 말하자면 그는 사고방식조차도 거의 그녀와 같아진 셈이어서 연극 공연을 보는데도 더 이상 아무런 환상도 불러일으킬 수가 없었다.

제를로와 멜리나는 그가 그 전의 자리에 대해 더 이상 아무런 요구도 하지 않는 것을 눈치채자마자 그를 지극히 정중하게 대했다. 관객들 중 일부는 그가 다시 한번 무대 위에 등장하는 것을 보고 싶어하기도 했다. 그러나 빌헬름 쪽에서 그런 일은 불가능했다. 그리고 극단 내에서도, 멜리나 부인 이외에는 아무도 그것을 원치 않았다.

이제 그는 이 부인과도 정말 작별하게 되었는데, 그는 감동해서 말했다. 「우리 인간은 장래의 어떤 일을 두고 주제넘게 함부로 약속하지 말아야 합니다! 지극히 하찮은 약속도 지킬 능력이 없거든요. 하물며 무슨 중요한 계획일 경우에는 그 약속은 결코 지킬 수 없는 것이지요. 우리가 강도를 만나 심신에 상처를 입고 부상을 당한 채 초라한 주막에 빼곡히 들어가 앉았던 저 불행한 밤에 제가 여러분들 모두에게 약속했던 것을 생각하면, 지금도 저는 쥐구멍에라도 들어가 숨고 싶을 정도로 창피할 따름입니다. 그 당시에는 불행이 저의 용기를 북돋워 주었던 것이고, 저는 저의 선의로부터 훌륭한 해결책이 나올 것으로 믿었던 것이죠. 그런데 이제 그 모든 공허로부터는 역시 아무것도 이루어진 것이 없군요! 저는 당신들에게 빚을 진 채 떠나갑니다. 여러분들이 제 약속의 가치에 더 이상 주의를 기울이지 않으시고 아무도 저에게 그 약속을 지키라고 경고하지 않으신 것은 저의 행운이라 하겠습니다」

「선생님 자신을 너무 과소평가하지 마세요!」 하고 멜리나 부인이 말을 받았다. 「선생님이 우리를 위해 행하신 바를 아무도 알아채지 못한다 해도 저만은 그것을 똑똑히 기억할 거예요. 우리 곁에 선생님이 계시지 않았더라면 우리는 지금 완전히 다른 처지에 있을 테니까요. 모든 일이 우리의 계획대로, 우리의 소원대로 되고 있는 것 아닙니까! 다만, 그 계획과 소원들이 실행에 옮겨지고 완수되고 나면 그 결과는 원래의 계획과 소원과는 아주 딴판으로 되어 더 이상 비슷한 점도 찾아볼 수 없게 될 뿐이죠. 그래서 우리는 아무것도 행한 것이 없다, 아무것도 이룬 것이 없다고 믿게 되는 것뿐이죠」

「그렇게 우정 어린 해석을 해주셔도 제 양심을 잠재우시지는 못할 겁니다」 하고 빌헬름이 응답했다. 「저는 저 자신을 항상 여러분의 채무자로 여길 것입니다」

「어쩌면 채무자이실 가능성이 있을지도 모르겠군요」 하고 멜리나 부인이 말을 받았다. 「하지만, 선생님이 생각하시는 그런 의미에서만은 아니에요. 우리는 우리 자신의 입으로 말한 약속을 완수하지 못하는 것을 치욕으로 생각합니다. 아, 그렇지만 선생님! 훌륭한 사람은 그의 존재 자체만으로도 항상 너무 많은 것을 약속하게 되는 법이랍니다! 그가 불러일으키는 신뢰감, 그가 쏟아붓는 애정, 그가 자극하는 희망은 무한한 것입니다. 그는 자기도 알지 못하는 중에 채무자가 되며 영원히 채무자로 남게 되는 것입니다. 안녕히 가세요! 선생님의 지도 아래 우리의 외적인 여건은 정말 행복한 수준에까지 이르렀지만, 저의 내심에는 선생님이 떠나가심으로 인해서 다시 쉽사리 채워질 수 없는 공백이 생겨납니다」

빌헬름은 떠나기에 앞서 아직 그 도시에서, 베르너에게 보내는 장문의 편지 한 통을 썼다. 그들은 몇 통의 편지를 주고받아

온 터였지만, 서로 뜻을 맞출 수 없었기 때문에 마침내는 서로
편지 쓰는 일을 그만두고 만 것이었다. 이제 빌헬름 쪽에서 다
시금 접근을 시도했는데, 그럴 수 있었던 것은 베르너가 그토
록 원하던 바를 빌헬름은 이제 막 행하려는 참이었기 때문이었
다. 그래서 그는 다음과 같이 쓸 수 있었다. 〈나는 이제 무대를
떠나 어떤 사람들과 손잡고 일하려 하고 있네. 그들과 사귀어
가는 동안 나는 모든 의미에서 순수하고 확실한 활동 쪽으로 인
도될 것으로 확신하네.〉 그는 자기의 재산에 관해서도 물었는
데, 이제 와서 생각하니 자기가 그토록 오랫동안 거기에 관해
서는 전혀 걱정 한 번 안 했다는 사실이 이상하게 여겨지기도
했다. 내면적인 교양에 큰 관심을 두는 사람들은 외적인 여건을
아주 소홀히 하게 되는 것이 모든 인간들에 공통적으로 관찰되
는 양태라는 것을 그는 아직 모르고 있었다. 빌헬름은 바로 이
런 경우에 처해 있었다. 이제야 처음으로 그는 지속적으로 활동
을 하기 위해서는 외적인 보조수단이 필요하다는 것을 깨닫는
것 같았다. 그는 먼젓번 출발 때와는 전혀 다른 심경으로 여행
을 떠났다. 그의 눈앞에 나타나는 전망들이 매력적으로 보였다.
그래서 그는 여행중에 무엇인가 즐거운 일이 생길 것 같은 기대
감에 부풀어 있었다.

9

　그가 로타리오의 장원에 되돌아가 보니 큰 변화가 일어나 있
었다. 야르노가 그를 맞이하면서 외종조부가 돌아가셔서 로타
리오가 유산을 물려받기 위해 그리로 갔다는 소식을 알려주었

다. 「마침 잘 왔어요」 하고 그가 말했다. 「나와 신부님을 좀 도와줘야겠어요. 로타리오 남작이 우리한테 우리 이웃에 있는 중요한 토지들을 사들이는 일을 부탁했습니다. 이미 오래전부터 준비돼 온 일인데, 이제 우리는 때마침 현금과 융자를 얻게 된 것이죠. 이 계획 중에서 유일하게 마음에 걸리는 점은 외지의 어떤 큰 상사(商社) 하나가 역시 동일한 토지를 두고 이미 눈독을 들여온 사실이었어요. 그런데 이제 우리는 일을 복잡하게 벌일 것 없이 아예 그쪽과 공동으로 일을 추진하기로 결심한 것입니다. 그렇게 하지 않으면 괜히 가격만 올려놓을 테니까 말이죠. 우리와 공동 구입을 추진하는 사람도 꽤 똑똑한 분 같아요. 그래서 지금 우리는 계산과 평가를 하고 있는 중이죠. 두 당사자가 다같이 유용한 재산을 소유하려면 그 토지를 어떻게 분배하는 것이 좋을지도 경제적으로 연구돼야 할 문제거든요」 빌헬름도 제반 서류들을 보게 되었고, 그들은 함께 들판과 초원, 부속 건물들을 살펴보았다. 야르노와 신부가 일에 통달해 있는 것같이 보였음에도 불구하고, 빌헬름은 테레제 양도 그들과 함께 있었으면 좋겠다는 소망을 품곤 하였다.

그들은 그 일로 몇며칠을 보냈다. 빌헬름은 자기의 연애담과 의심스러운 친자 인지(認知) 문제에 대해 그들에게 이야기할 기회를 잡을 수가 없었다. 그에게는 그다지도 중대한 문제인데도 그들은 무관심하고 대수롭잖은 것으로 취급하는 것 같았기 때문이었다.

그는 그들이 식사 때나 산책중에 이따금 비밀스러운 대화를 나누고 있다가 갑자기 중지하면서 화제를 슬쩍 다른 방향으로 돌려버리는 것을 알아챘다. 그는 그들이 이렇게 행동함으로써 적어도 자신들에게는 그가 알 수 없는 일을 처리할 게 많다는 사실을 슬쩍 암시하고 있음을 눈치챘다. 그는 뤼디에가 했던 말을 머리에 떠올렸으며, 그 성의 다른 반쪽이 그에게는 항상 접근할 수 없는 영역이었기 때문에 더욱더 그녀의 말을 믿지 않을 수 없었다. 특정한 회랑들로 들어가는 입구, 특히 그가 바깥에서부터는 아주 잘 알고 있는 그 유서 깊은 탑[12]으로 통하는 길은 그가 지금까지 여러 번 찾아보았지만 번번이 헛수고로 끝나고 말았던 것이다.

어느 날 저녁 야르노가 그에게 말했다. 「만약 우리가 당신에게 우리의 비밀을 더 깊은 데까지 알려드리지 않는다면 부당한 처사가 될 정도로 우리는 이제 당신을 확실히 믿을 만한 우리 가족의 일원으로 간주하고 있습니다. 처음으로 세상에 나가는 인간이 자기 자신을 굉장한 존재로 생각하고 많은 재능을 습득하려고 하며 무엇이든지 다 가능한 것으로 만들려고 애쓰는 것은 좋은 일이지요. 그러나 그의 교양이 어느 정도의 수준에 이르게 되면, 보다 큰 집단에 들어가 자기 자신을 잃어버리는 것을 배우고 다른 사람들을 위해 사는 것을 익히며 의무에 따라 활동하는 가운데에서 자기 자신을 망각할 줄 아는 것이 유리합니다. 그때에야 비로소 그는 자신을 알게 되지요. 왜냐하면 우리를 다른 사람들과 대비시켜 주는 것은 원래 행동이니까요. 당신은 당신 가까운 곳에 어떤 작은 세계[13]가 존재하고 있는지, 그리고 당신이 이 조그만 세계 안에서 얼마나 잘 알려진 존재인지 곧 알게 될 것입니다. 내일 아침 해뜨기 전에 정장을 한 채 준비하고 기다리십시오!」

---

12) 뒤에 나오는 〈탑의 모임 Turmgesellschaft〉이란 이름도 바로 이 〈탑 Turm〉 때문임은 말할 것도 없다.

13) 〈한 작은 세계 eine kleine Welt〉는 여기서 〈탑의 모임〉을 암시하고 있다.

  야르노는 정한 시간에 왔다. 그러고는 그를 데리고 성 안의 낯익은 방들과 처음 보는 방들을 지나갔고 나중에는 몇몇 회랑들을 지나가기도 했다. 그러다가 마침내 그들은 육중한 쇠붙이 장식이 박혀 있는 어느 고풍스러운 큰 문 앞까지 다다랐다. 야르노가 노크를 하니 사람 하나가 간신히 들어갈 만큼 조금 문이 열렸다. 야르노는 빌헬름을 그 안으로 밀어넣은 다음, 자기는 뒤따라 들어오지 않았다. 빌헬름은 어둡고 비좁은 공간 속에 들어섰는데, 그의 주위는 칠흑같이 캄캄하였다. 그래서 그는 한 걸음 앞으로 걸어가려고 하다가 금방 무엇인가에 부딪쳤다. 어디선가 들은 적이 있는 듯한 목소리가 그를 향해 들려왔다. 「들어와요!」 그때에야 비로소 그는 자기가 들어와 있는 그 공간의 벽이란 것이 단지 융단을 걸어놓은 것에 불과함을 알아차렸다. 그 융단들을 통해서 희미한 빛이 새어 들어오고 있었다. 「들어와요!」 하고 다시 한번 그 목소리가 들려왔다. 그는 융단을 걷어 올리고 그 안으로 들어갔다.

  이제 그가 들어선 홀은 전에는 예배당으로 쓰였던 것 같았다. 제단(祭壇)[14] 대신에 몇 계단 높은 곳에 큰 탁자 하나가 놓

---

14) 빌헬름이 그의 〈수업증서〉를 받는 장소가 전에 예배당으로 쓰이던 곳이고 제단이 있어야 할 곳이라는 사실은 중요한 의미를 지니고 있는데, 그것은 이 장소가 비록 더 이상 기독교적인 성소(聖所)는 아니라 할지라도 〈탑의 모임〉에서는 그것에 버금가는 중요한 의식(儀式)을 행하는 곳임을 상징하고 있기 때문이다. 괴테는 〈탑의 모임〉의 이 수업증서 수여식을 묘사하면서 〈프리메이슨 단원들 Freimaurer〉의 입단식을 본뜬 것으로 알려져 있다.

  1717년 런던에서 처음으로 결성된 프리메이슨단은 급속히 유럽 전역에 퍼졌으며 18세기의 가장 중요한 지성인들의 비밀결사 조직으로 발전해 갔다. 독일에서 처음 조직된 것은 1737년이었는데, 이신론 Deismus에 기초한 인문주의 운동으로 발전하여, 계몽주의적 이상의 전파와 시민계급의 정치적 해방을 목표로 했으며, 괴테, 헤르더, 레싱, 빌란트 등 수많

여 있었는데, 그 위에는 초록색 책상보가 덮여 있었다. 그 위쪽
에는 어떤 그림이라도 가리고 있는 것인지 장막이 쳐져 있었다.
그 양옆으로는 세공이 아름다운 장(欌)들이 주욱 놓여 있었는
데, 도서관 같은 데서 흔히 볼 수 있는 것처럼 가는 철망을 쳐
서 사람들의 접근을 막고 있었다. 다만 그 위에는 책들 대신에
수많은 두루마리들이 놓여 있는 점이 달랐다. 그 홀에는 아무도
없었다. 막 떠오르는 아침 햇빛이 채색된 유리창들을 통해 똑바
로 빌헬름을 향해 떨어지면서 그를 다정하게 맞아주고 있었다.

「앉아요!」 하고 한 목소리가 울렸는데, 아마도 제단으로부터
울려나오는 듯했다. 빌헬름은 자기가 들어온 입구의 융단 칸막
이에 등받이가 닿도록 놓여 있는 한 의자 위에 앉았다. 방안을
통틀어 앉을 데라곤 그 의자밖에 없었다. 그래서 그는 아침 햇
살에 눈이 부셨지만 마지못해 그 의자에 앉아 있지 않을 수 없
었다. 의자는 고정되어 있어서 옮길 수가 없었다. 그래서 그는
손으로 두 눈을 가려야 했다.

그러고 있는 사이에 제단 위쪽에 닫힌 채 있던 장막이 작은
소리를 내며 열리더니 일종의 테두리 안에 하나의 텅 비고 캄캄

은 지성인들이 그 단원이 되었다. 괴테는 1780년에 바이마르의 아말리아
Anna Amalia 부인의 지회에 입단하였고 1782년에는 〈마이스터〉의 위계
에 올랐다. 1783년부터 1808년까지 괴테는 능동적인 단원이 아니었으며
프리메이슨단에 대해 비판적 태도를 취하기도 했다. 1808년에 바이마르
지회가 다시 활성화하자 그의 부정적 태도도 달라졌다.
　〈탑의 모임〉은 〈프리메이슨단〉과 유사한 점이 없지 않으나, 그 인원이
소수이고 그 규모가 작은 점, 그리고 그 관심 영역이 교육과 사회개혁에
집중되어 있는 점 등이 다르다. 특히 종교적 정치적 〈비밀〉결사의 성격
이 줄어들면서, 공개적 사회개혁의 성격이 부각됨으로써 프랑스 혁명의
부정적 결과에 대한 대안 제시로서의 성격을 띠고 있는 점에 주목할 필
요가 있다.

한 공간이 드러났다. 거기에 평복 차림의 한 남자가 등장해서는 그를 맞는 인사를 하면서 이렇게 말했다. 「나를 못 알아보겠어요? 알고 싶은 것이 많겠지만, 그중에서도 특히 조부님이 수집하셨던 그 미술품들이 현재 어디에 있는지 궁금하지 않아요? 당신이 그토록 좋아했던 그 그림을 더 이상 기억하지 못하나요? 병든 왕자가 지금은 어디서 애간장을 태우고 있을까요?」 빌헬름은 그 의미심장한 날 밤에 여관에서 대화를 나누었던 그 낯선 남자를 쉽게 알아볼 수 있었다. 「아마도 이제서야 우리는 운명과 인간 성격에 대해서 의견의 일치를 볼 수 있을지도 모르겠군요」 하고 그 남자가 말을 이었다.

빌헬름이 막 대답하려 했을 때 막이 홱 닫혀버렸다. 「거참 이상하군!」 하고 그는 혼자 중얼거렸다. 「우연한 사건들이 연관성을 지니고 있단 말인가? 우리가 운명이라고 부르는 것이 단지 우연에 지나지 않는단 말인가? 내 조부님의 수집품들이 어디에 있는 것일까? 그리고 이 엄숙한 순간에 무엇 때문에 내게 그걸 상기시키는 것일까?」

그는 계속 생각할 시간이 없었다. 왜냐하면 막이 또다시 열렸기 때문이었다. 그리고 그의 눈앞에 한 남자가 서 있었는데, 빌헬름은 그 남자가 언젠가 그 명랑한 친구들과 같이 뱃놀이를 함께했던 그 시골목사라는 것을 금방 알아보았다. 그 남자는 로타리오 댁의 신부와 동일한 인물은 아닌 것 같았지만 매우 닮아 보였다. 그 남자는 명랑한 얼굴이었지만 근엄한 표정을 하고서 이렇게 말하기 시작했다. 「교육자의 의무는 오류를 범하지 않도록 막는 것이 아니라, 오류에 빠진 사람을 인도하는 것, 즉 그로 하여금 자신의 오류의 잔을 완전히 마셔보도록 해주는 것입니다. 그것이 남을 가르치는 사람의 지혜입니다. 오류의 잔에서

맛만 조금 보는 사람은 그것을 아끼며 오랫동안 마시게 되고 그
것을 희귀한 행운이라고 기뻐하게 되지요. 그러나 그 잔을 완전
히 다 비운 사람은 미쳐버리지 않는 한 그것의 정체를 알게 되
는 법이지요」다시금 막이 닫혔다. 그래서 빌헬름은 좀 숙고해
볼 틈이 있었다. 「저 사람이 말하는 오류란 무슨 오류를 말하는
것인가?」하고 그는 혼자 중얼거렸다. 「그것은 바로 일생 동안
나를 따라다니는 오류, 즉 교양이 없는 곳에서 교양을 찾은 오
류에 다름 아닐 것이며, 전혀 소질이 없는데도 재능을 획득할
수 있으리라고 자부한 오류에 다름 아닐 것이다!」

막이 보다 빠른 속도로 홱 열리고 한 장교가 등장했는데, 그
는 지나쳐 가면서 다만 「신뢰할 수 있는 사람들을 사귀도록 하
시오!」라고만 말했다. 막이 닫혀버렸다. 그런데 빌헬름은 별로
오래 생각할 필요도 없이 그 장교가 바로 백작댁의 공원에서 그
를 포옹한 사람이라는 것을 알아볼 수 있었다. 그 장교 때문에
그는 야르노를 징모관이 아닌가 하고 생각했던 것이다. 어떻게
그 장교가 여기까지 오게 되었는지, 그가 누구인지는 빌헬름에
게는 완전한 수수께끼였다. 〈이토록 많은 사람들이 너에게 관심
을 지니고 있었고 너의 인생 행로를 알고 있었으며 그 행로 위
에서 해야 할 일까지 잘 알고 있었는데, 왜 그들은 너를 더 엄
격하게 이끌어주지 않았을까? 왜 더 진지하게 지도를 해주지 않
았을까? 왜 그들은 네가 하고 있는 장난을 못 하도록 막기는커
녕 오히려 그것을 장려했을까?〉

「우리한테 따지고 들지 마시오!」하고 한 목소리가 말했다.
「당신은 구원되었소. 그리고 목표를 향해 바로 가고 있는 중이
오. 당신은 당신이 행해 온 어리석은 짓들 중 아무것도 후회하
지 않을 것이며 그중 아무것도 되풀이하고 싶어하지 않을 것이

오. 한 인간에게 이 이상 행복한 운명이 점지되기는 어려울 것
이오」막이 좌우로 열렸는데, 그 공간에 완전무장을 한 덴마크
의 노왕이 서 있었다. 「나는 네 아버지의 망령이로다」하고 그
형상이 말했다. 「너를 위한 내 소망이 자신이 바라던 것 이상으
로 이루어졌기에 마음놓고 떠나가노라. 험준한 지역은 우회로
를 통해야만 올라갈 수 있고, 평지 위에서라면 한 지점에서 다
른 지점으로 가는 길은 곧으니라. 잘 있거라, 그리고 내가 너를
위해 준비해 둔 것을 즐길 때에는 나를 잊지 말아다오!」

  빌헬름은 지극히 당황했는데, 마치 자기 아버지의 음성을 듣
고 있는 것 같았기 때문이었다. 하지만, 그럼에도 그것은 자기
아버지의 음성은 아니었다. 현재 들리는 음성과 기억에 남아 있
는 음성이 뒤섞여 들리는 통에 그는 이루 말할 수 없는 혼란감
에 빠져 있었다.

  그가 오래 생각할 틈도 없이 신부가 나타나더니 그 초록색
탁자 뒤에 가서 섰다. 「이리 다가오시오!」하고 신부가 얼떨떨
해하고 있는 그의 친구에게 외쳤다. 빌헬름은 다가가서 계단을
올라갔다. 책상보 위에는 자그만 두루마리 하나가 놓여 있었다.
「여기에 당신의 수업증서가 있습니다」하고 신부가 말했다. 「여
기에 적혀 있는 것을 명심하시오. 중요한 내용이오」빌헬름은
그것을 받았다. 그러고는 두루마리를 펴면서 읽어나갔다.

수업증서[15]

  예술은 길고 인생은 짧으며, 판단은 어렵고 기회는 쉽게

---

15) 〈수업증서 Lehrbrief〉의 원래의 의미는 물론 견습생 Lehrling이 수업시대
   를 마치고 기능공 Geselle이 될 때에 받는 일종의 졸업장일 터인데, 여기
   서는 교양을 지향하는 한 인간이 수업시대를 마감하면서 명심해야 할 보

달아난다.[16] 행동하기는 쉽고 생각하기는 어렵다. 생각에 따라 행동하는 것은 불편하다. 모든 시작은 밝고 즐거우며 문턱은 기대의 장소이다. 소년은 경탄하고 인상이 그의 갈길을 정하여 그는 놀면서 배우지만 뜻밖에도 진지성이 찾아오는 통에 깜짝 놀라게 된다. 모방은 우리가 타고난 재능이지만, 무엇을 모방해야 할 것인지를 알아차리기는 쉽지 않다. 훌륭한 것은 발견되기도 드물지만, 높이 평가되기란 더욱 드물다. 우리를 끌어당기는 것은 높은 곳이지 계단들이 아니다. 그래서 우리는 산꼭대기를 바라보면서 평지를 걷기를 좋아하는 것이다. 배울 수 있는 것은 다만 예술의 일부분이지만, 예술가가 필요한 것은 그 전부이다. 그것을 반밖에 모르는 사람은 항상 헤매고 있으면서도 말이 많다. 그것을 완전히 소유하고 있는 사람은 다만 행동을 좋아할 따름이고 말이 드물거나 말을 하더라도 나중에 한다. 전자에게는 비밀과 생명력이 없으며 그의 가르침은 구워놓은 빵과 같아서 입에 달지만 〈단 하루만〉 배부르게 해준다. 그러나 밀가루로 씨를 뿌릴 수는 없고 씨앗에 쓸 밀은 빻아서는 안 된다. 말은 좋은 것이지만 최선의 것은 아니다. 최선의 것은 말을 통해 명확히 드러나지 않는다. 최고의 것은 우리의 행동의 근원인 정신이다. 행동은 오직 정신에 의해서만 이해되고 다시 표현될 수 있다. 올바르게 행동할 때 자신이 무슨 행동을 하는지 아는 사람은 아무도 없다. 그러나 옳지 않은 행동은 우리가 항상

편적 진리가 그 내용으로 되어 있어, 〈빌헬름 마이스터의 수업시대〉라는 소설 제목과도 상응하고 있다.

16) 수업증서의 이 첫 구절은 히포크라테스 Hippokrates의 『잠언 Aphorismen』의 첫부분에서 따온 것이다(Vita brevis, ars longa, occasio praeceps, experientia fallax, iudicium difficile).

의식하고 있다. 다만 상징만 갖고 활동하는 사람은 현학자나, 위선자가 아니면 돌팔이 선생이다. 그런 인간들은 수가 많아서 무리 이루는 것을 좋아한다. 그들의 잔소리는 제자들의 기를 꺾고 그들의 고루한 범용성(凡庸性)은 가장 훌륭한 제자들까지도 불안하게 만든다. 진정한 예술가의 가르침이란 의미의 문을 열어주는 것이다. 말이 없는 곳에서는 행동이 말을 하기 때문이다. 진정한 제자는 이미 아는 것에서 미지의 것을 이끌어내는 것을 배움으로써 스승에게 근접해 간다.

「이제 그만!」하고 신부가 중단시키면서 말했다. 「나머지는 적당한 때에 다시 읽기로 하지요. 자, 이제 저 장(欌)들을 한번 둘러보시오!」

빌헬름은 그리로 다가가서 두루마리들의 겉봉을 읽었다. 그는 거기에 「로타리오의 수업시대」「야르노의 수업시대」그리고 자기 자신의 수업시대,[17] 그리고 그가 알지 못하는 많은 다른 사람들의 수업시대들이 진열되어 있는 것을 보고 깜짝 놀랐다.

「이 두루마리들을 좀 들여다봐도 될까요?」

「이제부터는 이 방 안에 있는 그 어느 것도 당신에게 폐쇄되어 있지 않아요」

「한 가지 여쭤봐도 되겠습니까?」

「주저없이 물어보시오. 당신의 마음에 우선 제일 궁금한 것, 또는 마음에 걸리는 일을 물어본다면, 분명한 대답을 들을

---

17) 여기서 괴테는 「빌헬름 마이스터의 수업시대」라는 두루마리의 존재를 슬쩍 언급함으로써 궁극적으로는 독자로 하여금 지금 읽고 있는 이 소설 「빌헬름 마이스터의 수업시대」와 대비해서 생각해 보도록 유도하고 있다.

수 있을 것이오」

「그럼 좋습니다! 이토록 많은 비밀을 꿰뚫어보시는 놀랍고도 현명하신 여러분들은 펠릭스가 정말 제 아들인지 말씀해 주실 수 있습니까?」

「거참 좋은 질문이군요!」 하고 신부는 기뻐서 손뼉을 치면서 외쳤다. 「펠릭스는 당신의 아들이오! 우리 사이에 감춰져 있는 가장 신성한 그 무엇에 걸고 맹세하거니와 펠릭스는 당신의 아들이오! 그리고 세상을 떠난 엄마도 그 지조로 볼 때에는 당신에게 어울릴 만한 여자였어요. 우리 손에서 그 귀여운 아이를 받도록 하시오. 뒤로 돌아서시오, 그리고 행복을 꽉 붙잡도록 하시오!」

빌헬름은 등뒤에서 무슨 소리를 듣고 뒤로 돌아섰다. 그러고는 입구에 드리워진 융단들 사이로 장난스럽게 쏙 내밀고 있는 한 아이의 얼굴을 보았는데, 그것은 펠릭스였다. 아이는 들켰다고 생각되자 금방 장난을 치며 숨어버렸다. 「이리 나오너라!」 하고 신부가 아이를 불렀다. 아이가 달려나오자 그의 아버지가 달려들어 아이를 두 팔로 안아서 가슴에 꼭 끌어당겼다. 「그래, 느낌으로 알겠구나!」 하고 그가 감동에 떨면서 말했다. 「넌 내 아들이다! 내 친구분들 덕분에 이런 하늘의 선물을 얻었구나! 얘야, 어디서 오는 거냐? 바로 이 결정적 순간에?」

「묻지 말아요!」 하고 신부가 말했다. 「축하하오, 젊은 양반! 당신의 수업시대는 끝났소. 자연이 당신을 해방한 것이오」

제8권

1

펠릭스가 정원으로 뛰어나갔다. 빌헬름은 기쁨에 취하여 아이를 뒤따라갔다. 그지없이 화창한 아침이 만물의 새로운 매력을 드러내 주고 있었다. 빌헬름은 이루 말할 수 없이 밝고 즐거운 그 순간을 만끽하였다. 펠릭스는 노천의 광대한 세계에서 뛰놀자니 모든 것이 신기하기만 했다. 그래서 그 꼬마는 여러 가지 생물들에 대해서 지칠 줄 모르고 자꾸만 질문을 해대었지만, 그의 아버지 역시 아들보다 훨씬 더 많이 알고 있는 것은 아니었다. 마침내 그들 부자는 정원사를 만나 이야기를 나누게 되었는데, 그 정원사가 여러 가지 식물들의 이름과 용도를 말해 주어야 했다. 이제 빌헬름은 새로운 눈으로 자연을 바라보게 되었다. 아이의 호기심과 지식욕을 계기로 그는 이제야 비로소 자기가 자신 이외의 사물에 대해서 얼마나 관심이 적었으며 자기의 지식이 얼마나 보잘것없는가를 절실히 느끼게 되었다. 그의 인생에서 가장 즐거운 날이었던 바로 그날, 그 자신의 교양도 이제 비로소 시작되는 것만 같았다. 말하자면 그는 가르쳐 달라는 요청을 받음으로써 비로소 배워야 할 필요성을 느끼게 된 것이었다.

야르노와 신부는 그날 중에는 다시 보이지 않더니 저녁이 되어서야 돌아왔는데, 손님 하나를 데리고 왔다. 빌헬름은 깜짝 놀라 그 손님에게로 다가갔다. 그는 자기 눈을 의심할 지경이었는데, 그것은 베르너였다. 베르너 역시 마찬가지로 그를 알아보고도 자기의 눈을 의심하며 한순간 머뭇거렸다. 두 사람은 매우 다정하게 서로를 포옹했다. 두 사람은 각자 상대방이 많이 달라졌다는 사실을 말하지 않을 수 없었다. 베르너는 그의 친구가 키가 더 커지고 몸이 더 튼튼해졌으며 자세도 더 꼿꼿해졌고 전보다 교양이 더 있어 보이고 거동을 보아도 보다 더 호감을 준다고 주장했다. 「예전에 이 친구한테서 볼 수 있던 순박한 인정미 같은 것이 좀 아쉽긴 하군요」 하고 베르너가 덧붙여 말했다. 「이렇게 깜짝 놀란 첫 순간만 지나고 나면 그런 성격도 금방 다시 나타날 걸세」 하고 빌헬름이 말했다.

베르너 쪽에서도 빌헬름에게 꼭 마찬가지로 좋은 인상을 주었다고 말할 수는 없었다. 그 선량한 남자는 진보했다기보다는 오히려 퇴보한 것같이 보였다. 그는 전보다 몸이 훨씬 더 여위었고, 뾰족한 얼굴은 더욱 날카로워 보였으며 코는 더 길어진 것 같았다. 이마와 정수리에는 머리카락이 많이 빠져버렸고 음성은 높고 날카로워져 새된 소리가 났다. 움푹 팬 가슴, 앞으로 튀어나온 양 어깨, 혈색이 없는 두 뺨은 그가 열심히 일하는 우울증 환자라는 사실을 의심할 나위 없이 잘 드러내 주고 있었다.

빌헬름은 매우 겸허하게 행동하면서 친구가 그토록 크게 달라진 것을 입밖에 내지 않도록 매우 자제하였다. 이와는 반대로 베르너는 자신의 우정 어린 기쁨을 거리낌없이 털어놓는 것이었다. 「그랬구나!」 하고 그는 감격해서 말했다. 「설령 자네가 시간을 낭비하고, 내가 짐작하는 대로 아무것도 얻은 것이 없다 하더라도, 그 동안에 자네는 자신의 행운을 개척해 나갈 능력과 필연성을 지닌 근사한 인물로 성장한 것이로군그래! 다만 이제부터 다시는 그렇게 빈둥거리며 시간을 낭비하지 말게![1] 그런 훤칠한 풍채를 지닌 자네이니만큼 제발 유산을 많이 받게 되어 있는 아름다운 여자를 하나 후리도록 하게나!」 「자네 그 성격은 역시 할 수 없군!」 하고 빌헬름이 빙그레 웃으면서 응답했다. 「자넨 오랜만에 친구를 다시 만나자마자 금방 그를 무슨 상품 취급을 하고, 자네의 그 유명한 투자의 대상으로 생각해서 이문이나 얻을 궁리를 하니 말이야!」

　야르노와 신부는 그런 말을 듣고도 전혀 놀라워하는 기색이 없었으며 두 친구로 하여금 과거와 현재의 일에 대해 마음대로 얘기를 늘어놓도록 내버려두고 있었다. 베르너는 자기 친구의 둘레를 한 바퀴 빙 돌기도 하고 그를 이리저리 돌려 세워보기도 해서 그를 아주 어리둥절하게 만들었다. 「아, 정말이야!」 하고 그가 감격해서 말했다. 「이런 놀라운 일은 정말 처음 겪는걸! 그런 데다가 내가 잘못 보고 있는 게 아닌 것도 분명해. 자네의 두 눈은 더 깊숙해졌고 이마도 더 넓으졌으며 코는 더 섬세하게, 입은 더 매력적으로 되었어. 이 친구 서 있는 모습 좀 보

---

1) 동화 등에서 게으르게 빈둥거리는 생활을 하는 사람이 꼼꼼하게 일하는 속물보다 훨씬 더 큰 인물이 되는 것을 많이 볼 수 있다. 빈둥거리며 지낸 예술가 기질의 빌헬름이 시민 기질의 부지런한 베르너보다 더 큰 교양을 얻게 된 역설이 작가의 반어적 정신을 통해 잘 표현되어 있는 대목이라 하겠다.

지! 모든 것이 다 서로 잘 어울리고 전체적으로 균형이 잡혀 있
잖아! 정말이지 게으름 피운 것이 이렇게 잘된 결과를 낳은 것
이군그래! 그런데 이 불쌍한 나란 인간은」하고 그는 거울에 비
친 자기 모습을 보면서 말했다. 「그 동안 돈이라도 꽤 많이 벌
어놓지 못했더라면 정말이지 스스로 보기에도 초라하기 짝이
없을 뻔했어!」

베르너는 빌헬름의 마지막 편지를 아직 받지 못한 상대였다.
로타리오가 토지를 공동으로 구입할 의도를 가지고 있다던 그
외지의 상회가 바로 베르너네였다. 그 용건 때문에 베르너는 이
곳까지 온 것이었는데, 도중에 빌헬름을 만나게 되리라곤 생각
도 못했다. 영지의 법관이 와서 서류들을 제시하였다. 베르너가
보기에 제시된 조건들이 적절하다고 판단되었다. 「제가 보기에
여러분들께서 이 젊은 친구를 좋게 봐주시는 것 같군요」하고
베르너가 말했다. 「그러시다면, 여러분들 쪽에서 자진해서 우
리 몫이 줄지 않도록 애써 주시기 바랍니다. 이 토지를 구입해
서 자기 재산의 일부를 여기에 투자하느냐 않느냐 하는 것은 전
적으로 이 친구에게 달려 있습니다」야르노와 신부는 구태여 그
런 것을 상기해 주지 않더라도 다 잘될 것이라고 다짐했다. 그
일에 관한 상담이 대충 끝나자마자 베르너는 롱브르[2]나 한판
치고 싶다고 했고, 이 제의에 신부와 야르노도 당장 좋다고 말
하고 함께 자리에 앉았다. 베르너는 카드 놀이가 아주 습관이
되어 저녁마다 한 판 치지 않고는 못 배길 정도였다.

저녁 식사 후 두 친구만 남자 서로 얘기하고 싶었던 모든 것
을 묻고 설명하느라고 매우 열띤 대화가 벌어졌다. 빌헬름은 이

---

2) 롱브르l'hombre는 8, 9, 10이 없는 프랑스식 카드를 사용하여 스카트
   Skat와 비슷하게 진행하는 카드 놀이의 일종.

처럼 훌륭한 사람들 중의 일원으로 받아들여지게 된 자신의 행운과 현재의 처지를 찬양했다. 이에 대해 베르너는 고개를 설레설레 흔들면서 이렇게 말했다. 「사람들은 자기 눈으로 직접 보는 것 이외에는 아무것도 믿어서는 안 된다고들 말하지! 남의 일에 참견하기를 좋아하는 친구들이——그것도 하나가 아니라 여럿이서——내게 장담하기를, 자네가 어떤 방탕한 젊은 귀족과 함께 살면서 그에게 여배우들을 소개해 주고 돈을 탕진하도록 부추기고 있으며 그가 자기의 온 친척들과 갈등을 일으키고 있는 것도 모두 자네 탓이라는 거야」「우리가 그토록 잘못 알려지다니!」 하고 빌헬름이 응답했다. 「내가 연극계에서 뼈가 굵으면서 갖은 고약한 험담을 다 삭여내었으니 망정이지 그렇지 않았더라면, 나를 위해서도 그렇고 이 훌륭한 분들을 위해서도 화를 내고 말았을 거야. 우리의 행동이 그 사람들에게는 단지 산발적인 단편(斷片)으로밖에 나타나지 않아. 그리고 선과 악은 보이지 않는 가운데에 일어나고 대개는 아주 대수롭잖은 현상이 노출될 따름이기 때문에 사람들은 사물의 극히 일부분밖에 볼 수 없거든. 그런데 어떻게 그들이 우리의 행동에 대해 평가를 내릴 수 있단 말인가? 그들의 눈앞에 남녀배우들을 높은 무대 위에 올려놓고 사방에서 불을 환히 밝혀준다고 치세. 그래서 한두 시간 안에 전체 작품의 공연이 끝났네. 하지만 그 작품을 어떻게 해석해야 될지 아는 사람이란 원래 드문 법이지」

이제 화제는 가족의 안부, 어릴 적 친구들과 고향 도시에 관한 얘기들로 넘어갔다. 베르너는 그 동안에 변한 것과 아직 그대로 남아 있거나 일어나고 있는 모든 것들을 매우 조급한 투로 이야기했다. 「집안의 여자들은 다들 만족해하고 행복하다네」 하고 그가 말했다. 「돈이 부족하지는 않거든. 시간의 반은 화장을 하는 데에 보내고 다른 반은 화장한 자신의 모습을 남에게 보이는 데에 보내고 있지. 그들은 집안 살림을 그럭저럭 잘 꾸려나가고 있어. 내 아들녀석들도 영리한 소년으로 자라날 전망이고 말이야. 나는 벌써부터 그애들이 책상 앞에 앉아서 사무를 보거나 계산을 하고 이리저리 뛰어다니며 장사를 하고 싸게 산 물건을 비싸게 팔아치우는 장면들을 마음속에 그려보곤 하지. 가능한 한 빨리 아이들 각자가 자기 자신의 영업을 할 수 있도록 해줄 생각이야. 그리고 우리 재산에 관해서 말하자면, 앞으로 자네 거기서 많은 즐거움을 맛볼 수 있을 거야. 토지 문제가 처리되면 자네도 곧 함께 집으로 와줘야겠어. 보아하니 자네도 이젠 꽤 합리적으로 사업에 손을 댈 수 있을 것 같아서 하는 말이네. 자네의 새로운 친구들은 자네를 올바른 길로 인도해 주었으니 찬양받아 마땅해. 난 역시 바보 같은 놈이야. 내가 자네를 얼마나 좋아하는지 이제야 비로소 느끼겠다니까. 자네가 이렇게 풍채가 훤칠하게 보이니까 자네를 아무리 보아도 싫증이 나지 않아서 그러네. 언젠가 자네 누이동생한테 보내줬던 초상화하고는 정말 딴사람 같군 그래. 그 초상화를 두고 집에서는 큰 말다툼이 벌어졌다네. 어머님과 딸은 아무것도 걸치지 않은 목, 반쯤 드러낸 가슴, 커다란 옷깃, 늘어뜨린 머리카락, 둥근 모자, 짧은 조끼, 헐렁거리는 긴 바지 차림의 청년 신사의 모습을 보고 정말 멋있다고 야단이었지만, 나는 그런 차림새야말로 어릿광대의 옷차림과 별로 다를 게 없는 것이라고 주장했지. 그런데 이제 자네를 직접 보자니 정말 사람답게 보이는데 그래. 다만 머리를 땋지 않은 것3)이 흠인데, 부디 좀 땋았으면 좋겠

---

3) 18세기 중엽에는 남자들도 일반적으로 머리를 땋았으나, 질풍노도의 시인들은 시대저항적 진보적인 이유에서, 그리고 유태인들은 종교적인 이

어. 그런 꼴을 하고 귀향을 하다가는 도중에서 유태인으로 오인받아서 검문을 당하고 관세와 도로 안전통과세[4]를 내라는 말을 들을 걸세」

그 사이에 펠릭스가 방으로 들어왔다가 아무도 자기에게 관심을 보이지 않자 소파에 누워 잠들어 있었다. 「이애는 누구지?」 하고 베르너가 물었다. 그 순간 빌헬름은 진실을 말할 용기가 나지 않았으며, 남의 말을 전혀 믿지 않는 천성을 타고난 사람한테 언제 해도 아리송하기만 한 이야기를 털어놓을 기분이 나지 않았다.

이제 일동은 토지를 둘러보고 상담을 완결짓기 위해 모두 현지로 나갔다. 빌헬름은 펠릭스를 항상 곁에 데리고 다녔으며 이제 곧 소유하게 될 그 토지도 다 그 아이를 위한 것이라고 생각하니 뛸 듯이 기뻤다. 곧 익을 버찌와 딸기를 보고 당장 먹고 싶어하는 아이를 보면서 그는 자기의 어린 시절을 머리에 떠올렸으며 가족들을 위해 음식을 준비하고 마련해 주고 항상 떨어지지 않도록 예비해야 하는 아버지의 의무를 새삼 상기하게 되었다. 그가 얼마나 큰 관심을 지니고 묘목밭과 부속 건물들을 관찰했던가! 묵혀둔 밭을 다시 일구고 퇴락한 건물을 개수할 궁리를 얼마나 열심히 했던가! 그는 이 세계를 더 이상 한 마리 철새처럼 바라보고 있지 않았으며, 한 건물을 보더라도 더 이상, 임시로 나뭇가지들을 얼기설기 엮어놓아서 미처 사람이 떠

유에서 머리를 땋지 않았다.
4) 그 당시에도 이미 독일의 유태인들은 상당한 박해를 받고 있었다. 예컨대, 괴테의 고향 도시 프랑크푸르트에서는 유태인에게 특정 지역에만 거주하도록 제한하기도 했다. 또한, 삼백여 개의 군소 국가들로 이루어져 있던 당시 독일에서 유태인이 한 나라에서 다른 나라로 들어가기 위해서는 일일이 관세와 도로 안전통과세 따위의 세금을 물어야 했다.

나기도 전에 벌써 푸른 잎이 시들어 버리는 그런 정자로 바라보
지 않았다. 그가 설계하려고 생각하는 모든 것은 아들을 위주로
계획되어야 하고 건설하는 모든 것은 몇 세대는 존속되어야 한
다고 여겼다. 이런 의미에서 그의 수업시대는 끝난 것이었으
며, 아버지로서의 감정을 느낌과 동시에 그는 또한 한 시민으
로서의 모든 덕성들까지도 갖추게 된 것이었다. 그는 이것을 생
생히 느꼈으며 그의 기쁨은 비할 데 없이 컸다. 「아, 자연은 자
애롭게도 우리를 마땅히 그렇게 되어야만 할 모든 존재양식으
로 만들어 주는데, 도덕은 불필요하게도 엄격하구나!」하고 그
는 혼자서 외쳤다. 「처음에는 우리를 방황케 하고 오도해 놓은
다음, 나중에는 자연 자체보다도 더 까다로운 요구를 해오는
시민사회의 요청들은 이상도 하구나! 진정한 교양의 가장 효과
적인 수단을 파괴해 버리는 온갖 교육이 다 무슨 소용이며, 우
리에게 최후의 목적지만을 제시하면서 그리로 가는 과정 속에
서 우리를 행복하게 만들어 주지 못하는 온갖 교육이 다 무슨
소용이란 말인가!」

　지금까지 인생에서 많은 것을 배워온 그였지만, 그에게는 인
간의 본성이란 아이를 관찰함으로써 비로소 분명히 인식될 수
있는 것같이 생각되었다. 지금까지 그에게는 연극무대가 이 세
상과 마찬가지로 한 무리의 던져놓은 주사위들같이 생각되었
다. 그 주사위들 하나하나의 표면에는 때로는 많고 때로는 적은
숫자들이 적혀 있지만, 그 숫자들을 모두 합한 총계는 항상 동
일한 그런 주사위들 말이다. 그러나 아이를 관찰하고부터 그에
게는 아이가 마치 하나의 주사위와 같이 여겨진다고 말할 수 있
었다. 그 여러 면 위에 인간본성의 가치와 무가치가 아주 분명
하게 새겨져 있는 그런 주사위 말이다.

사물을 구별하고자 하는 아이의 욕구는 나날이 커져갔다. 모든 사물이 이름을 가지고 있는 것을 한번 알고부터는 무슨 물건이든 그 이름을 알고 싶어했다. 아이는 아버지가 틀림없이 모든 것을 다 알고 있으리라고 믿고서 질문을 통해 자주 아버지를 괴롭혔으며, 그에게 평소에는 거의 관심을 기울이지 않았던 대상들에 대해 탐구하는 계기를 부여하였다. 만물의 근원과 종말을 알고자 하는 타고난 본능도 그 아이한테서는 일찍이 나타났다. 아이가 바람은 어디서 불어오고 불꽃은 어디로 가는 것이냐고 물으면 아버지는 그때서야 비로소 자신의 한계성을 절감했다. 그는 인간이 자신의 사고를 어느 범위까지 확대해 나갈 수 있으며 바라건대 언젠가 자신과 타인에게 떳떳하게 책임질 수 있는 행위가 과연 무엇인지 알고 싶었다. 어느 생물이 부당하게 학대당하는 것을 보고 아이가 격분하자 아버지는 이것을 심성이 훌륭한 증거라고 생각하고 지극히 기뻐하였다. 아이는 몇 마리 비둘기의 머리를 쳤다고 해서 부엌에서 일하는 아가씨에게 화를 내며 대들기도 했다. 하기야 이런 아름다운 생각도 그 아이가 무자비하게 개구리들을 때려죽이고 나비들을 찢어죽이는 것을 보면 금방 다시 혼란스러워지곤 했다. 이런 특성을 볼 때마다 그는 아주 많은 사람들이 아무런 열정도 없을 때, 그리고 다른 사람들의 행동을 관찰할 때, 지극히 공정하게 보이던 사실을 연상하곤 하였다.

아이가 그의 삶에 그토록 아름답고 진실한 영향을 끼치고 있다는 그런 유쾌한 느낌도 한순간에 허물어졌는데, 그것은 빌헬름이 얼마 가지 않아 곧 자기가 아이를 교육하는 것보다 정말로 아이가 자기를 더 많이 가르쳐 주고 있음을 알아차린 때문이었다. 아이를 나무랄 것은 아무것도 없었다. 그는 그 아이가 스스로 택하지 않은 방향으로 그 아이를 인도할 수 없었다. 뿐만 아니라 아우렐리에가 그토록 고쳐주고자 애썼던 나쁜 버릇들조차도 그녀가 죽은 뒤로 모두 되살아나는 것 같았다. 출입을 한 뒤에는 아직도 문을 꼭 닫을 줄 몰랐고, 아직도 음식을 다 먹지 않고 접시에 남겼으며, 음식을 덜어 먹을 줄 모르고 바로 퍼먹거나 가득 채워놓은 잔은 손도 대지 않고 병째 들이마시는 것을 관대하게 보아주는 것을 가장 편안해했다. 이런 아이이고 보니, 책을 한 권 들고 구석에 앉아서, 아직도 글자를 구별할 줄도 모르고 배우고 싶어하지도 않는 주제에, 「나는 유식한 것을 배워야 해!」 하고 아주 진지하게 말할 때에는 정말 말할 수 없이 사랑스럽기도 했다.

　이제 빌헬름은 지금까지 이 아이를 위해 한 일이 거의 없다는 것과 그가 해줄 수 있는 것이 거의 없다는 것을 생각하면서 불안해졌는데, 이 불안감은 그의 온갖 행복감을 상쇄하고도 남을 지경이었다. 〈도대체 우리 남자들이란 자기 외부에 있는 한 생명체를 위해서는 걱정조차 할 수 없을 정도로 그렇게 이기적으로 태어난 것일까?〉 하고 그는 자문해 보았다. 〈내가 지금 이 아이와 걷고 있는 길이 혹시 나 자신이 미뇽과 함께 걸어온 바로 그 길은 아닐까? 나는 그 사랑스러운 아이를 내 품에 끌어당긴 것이고 그 아이가 곁에 있는 것에 기쁨을 느꼈다. 그렇지만 나는 아주 잔인하게도 그 아이를 돌보는 일을 소홀히 해왔지. 그 아이가 그토록 갈구하던 교육을 위해 내가 해준 게 뭐지? 아무것도 없어! 나는 그 아이를 저 자신에게 내맡겨 두었으며, 교양 없는 사회에서 그 아이가 방치될 수밖에 없는 온갖 우연에다 그 아이를 내버려두었던 거야. 그리고 너한테 이토록 귀중한 존재가 되기 전에는 너는 이 아이도 아주 이상하게만 생각했지 이 아이를 위해 무엇인가 조금이라도 베풀어 줄 생각을 한번이라도 해본 적이 있었던가? 이제 너는 더 이상 너 자신의 시간과 다른 사람들의 시간을 낭비해서는 안 된다. 바짝 정신을 차려야겠다. 그리고 너 자신을 위해서, 또 착한 애들을 위해서도 무엇을 해야 할지 생각해 봐야겠으며 너에게 이렇게 운명적으로 기대어 온 아이들이 어떤 천성과 어떤 소질을 지니고 있는지도 생각해 봐야겠다.〉

사실 이 독백은 이미 그가 생각하고 염려하고 모색하고 선택해 왔음을 자신에게 고백하는 일종의 서막에 불과하였다. 그는 자기 자신에게 이 사실을 고백하는 일을 더 이상 미룰 수가 없었던 것이다. 마리아네를 잃은 고통이 간헐적으로 자주 찾아와 헛된 고통에 시달리고 난 그는 아이를 위해 어머니를 구해야겠다는 것을 아주 분명히 느꼈고 그런 어머니로서 가장 확실한 사람은 테레제라는 것을 명백하게 깨달았다. 그는 그 탁월한 여성을 완전히 알고 있었다. 신뢰를 바탕으로 그 자신과 그의 가족을 의탁할 수 있기에는 오직 테레제와 같은 아내, 그녀와 같은 조력자라야 할 것같이 생각되었다. 로타리오에 대한 그녀의 고결한 애정은 별로 염려가 되지 않았다. 그들 둘은 기이한 운명 때문에 영원히 결합될 수 없는 처지였고, 테레제는 자신을 자유로운 몸으로 간주하고 있었으며, 결혼하는 것에 관해서는 평소에 무관심한 듯이 말했지만 늘 자명한 일로 얘기해 왔었다.

오랫동안 혼자 궁리한 끝에 그는 자기가 알고 있는 한도 내에서 자신에 관한 모든 것을 그녀에게 말하기로 작정했다. 그가 그녀를 안 것과 마찬가지로 그녀도 그를 알아야 한다고 생각했다. 그래서 그는 이제 자신의 이야기를 어떻게 해야 할까 하고 생각해 보기 시작했다. 그러나 그것은 너무 사건들이 빈약한 공허한 이야기같이 생각되었고 전체적으로 볼 때 무슨 고백을 하더라도 그에게 유리할 게 없는 것들뿐이어서 그런 계획을 그만둘 생각을 한 것도 한두 번이 아니었다. 마침내 그는 자기의 수업시대의 두루마리를 탑에서 꺼내어 주도록 야르노에게 요청하기로 결심했다. 야르노는「마침 적당한 때가 되었네요」하고 말했다. 그래서 빌헬름은 그 두루마리를 받아 들었다.

아무리 고결한 사람일지라도 자신의 정체를 알게 되는 시점이 온 것을 의식하게 되면 일종의 불안감을 느낀다. 모든 변화는 위기인 것이다. 그리고 위기라는 것은 병이 아닐까? 병을 앓고 난 뒤에 거울 앞으로 선뜻 나아가고 싶은 사람이 어디 있을까! 회복되고 있는 것을 느끼기는 하지만, 아직도 보이는 것은 다만 지나간 고통의 상흔뿐인 것이다. 그러나 빌헬름은 마음의 준비가 충분히 되어 있는 편이었는데, 그것은 주변 상황이 이미 그에게 명백한 암시를 해주었는 데다가 그의 친구들도 그에게 가차없는 설명을 해주었기 때문이었다. 그래서 그는, 비록 그 양피지 두루마리를 다소 조급하게 펼치기는 했지만, 그것을 읽어 내려갈수록 점점 더 마음이 안정되어 갔다. 그는 자기가 지금까지 살아온 이야기가 관대하면서도 날카로운 필치로 상세하게 묘사되어 있는 것을 발견하였다. 사건들이 개별적이었고 감정의 폭이 제한되어 있긴 했지만, 그 때문에 그의 눈이 현혹되지는 않았으며, 애정에 찬 일반적 고찰은 그에게 수치감을 주지 않으면서도 나아갈 방향을 지시해 주고 있었다. 그리하여 그는 난생 처음으로 자신의 외부에서부터 반영된 자신의 모습을 보았는데, 그것은 거울에서 보는 그런 제2의 자아가 아니라 초상화에서 볼 수 있는 그런 다른 자아였다. 즉, 이 다른 자아의 모든 특징 하나하나가 모두 다 자신의 모습이라고 생각되는 것은 아니지만, 여기서 우리가 기쁨을 느끼게 되는 이유는 사유하는 한 정신이 우리를 그렇게 파악하려고 했고 한 위대한 재능이 우리를 그렇게 묘사하려고 했으며 과거의 우리의 모습들 중 어느 한 모습이 아직도 그렇게 존재하고 있고 그것이 우리 자신보다도 더 오래 이 세상에 남게 된다는 사실 때문인 것이다.

이 원고를 읽음으로써 모든 상황들이 기억에 되살아났기 때문에 이제 빌헬름은 테레제를 위해 자기 삶의 이야기를 글로 쓰는 데에 몰두했다. 그런데 그녀의 훌륭한 미덕에 비하면 자기는 그 어떤 합목적적인 활동을 입증할 만한 것이라곤 아무것도 제시할 수 없어서 거의 창피함까지 느꼈다. 글을 아주 자세하게 썼던 만큼 그녀에게 보내는 편지에서는 자신의 입장을 간명하게 간추렸다. 그는 그녀에게 우정을, 될 수만 있다면 사랑을 베풀어 달라고 부탁했고, 그녀에게 청혼했으며, 곧 결단을 내려 줄 것을 요청하였다.

그 중대사를 결행하면서 우선 그의 친구들——야르노와 신부——과 상의해야 할지 마음속에서 약간의 갈등을 겪기도 했지만, 그는 말하지 않는 쪽으로 결단을 내렸다. 아무리 현명하고 훌륭한 사람이 있다 하더라도 그 사람의 판단에 그 일을 종속시킬 수 없을 정도로 그의 결심은 너무나 확고했으며 그 일은 그에게 너무나 중대했기 때문이었다. 그러하였다. 심지어 그는 자기가 직접 다음번 우편마차 편에 그 편지를 부칠 정도의 조심성을 발휘하였다. 그 두루마리를 읽고 분명히 안 바이지만, 아무도 모르는 가운데에 자유의사로 행동한다고 믿었던 자기 인생의 그토록 수많은 상황 속에서도 자기가 관찰되어 왔다는, 아니 심지어는 인도되어 왔다는 생각이 아마도 그에게 일종의 불쾌감을 불러일으켰는지도 몰랐다. 그래서 이제 그는 적어도 테레제의 심장에만은 자기 심장의 순수한 고동 소리를 직접 전달하고 그녀의 결심과 결단 여하에 따라 자기 운명이 결정되도록 맡기고 싶었던 것이다. 그 때문에 그는 적어도 그 중대한 사안에서만은 자신의 수호자 및 감독자들을 따돌리는 것이 조금도 마음에 걸리지 않았다.

2

편지를 보내고 나자마자 로타리오가 돌아왔다. 준비해 왔던 중요한 거래가 맺어지고 곧 완결되리라는 생각에 모두들 기뻐했다. 그래서 빌헬름도 그토록 많은 실마리들 중에서 앞으로 어느 것들이 새로 맺어지고 또 어느 것들이 풀어져야 할지, 그리고 이제 자신의 처지는 앞으로 어떻게 결정되어 나갈지 크나큰 기대를 갖고 기다리고 있었다. 로타리오는 그들 모두에게 아주 친절하게 인사했는데, 건강이 완전히 회복되어 있었고 기분이 명랑했으며, 자기가 해야 할 일을 잘 알고 있고 자기가 하고 싶은 모든 일을 거침없이 해나갈 수 있는 사나이의 풍모를 보여주고 있었다.

빌헬름은 그의 진심 어린 인사에 답례조차 할 수 없을 지경이었다. 〈이 사람이 바로 테레제의 친구요 애인이며 신랑으로서, 너는 바로 이 사람의 자리에 비집고 들려는 것이다〉 하고 그는 혼자 속으로 생각하지 않을 수 없었다. 〈도대체 너는 앞으로 언젠가 그런 인상을 완전히 지워버리거나 기억에서 추방할 수 있으리라고 생각하는 거냐?〉──만약 그 편지가 아직 발송되지 않았던들, 아마도 그는 감히 그것을 보낼 용기를 내지 못했을 것이다. 다행히도 주사위는 이미 던져진 뒤였으며, 어쩌면 테레제는 이미 결단을 내렸는데, 다만 지리적 거리 때문에 행복한 결말이 아직도 장막에 가려 있는지도 모를 일이었다. 승패는 곧 드러날 것이었다. 이런 온갖 성찰을 함으로써 그는 자신의 불안한 마음을 달래려고 했다. 하지만 그의 심장은 거의 열병 환자의 그것처럼 홀떡홀떡 뛰고 있었다. 그래서 그는 어느 정도까지는 자기 전 재산의 운명이 걸려 있다고 할 수 있는 그 중요한 용건에는 거의 관심을 쏟을 수가 없었다. 아, 열정에 휘말려 있는 순간의 인간에게는 그를 둘러싸고 있는 모든 것, 그에게 속하는 모든 재산이 얼마나 하찮은 것으로 보이는가!

빌헬름에게는 다행스럽게도 로타리오는 그 일을 대강대강 취급했고 베르너도 경쾌하게 일을 처리했다. 특히 베르너는 영업욕이 강한 사람인지라 자기가, 아니 실은 자기 친구가 그런 훌륭한 재산을 갖게 된 것을 크게 기뻐하였다. 로타리오 쪽에서는 자기 나름대로 전혀 다른 생각을 하고 있는 것 같았다. 「나는 재산 자체에 대해서보다도 그 재산이 정당성을 지닐 때에 기뻐할 수 있습니다」

「아니, 무슨 그런 말씀을!」 하고 베르너가 외쳤다. 「도대체 우리의 이 재산이 충분히 정당하지 않단 말씀입니까?」

「완전히 정당한 것은 아니지요!」 하고 로타리오가 응답했다.

「그 토지에 대한 대가로 우리의 현금을 지불하는데도요?」

「바로 그렇습니다!」 하고 로타리오가 말했다. 「아마도 당신은 내가 말하는 것을 쓸데없는 소심증이라고 여기실 겁니다. 내 생각에는 국가에 응분의 몫을 세금으로 바치지 않는 모든 재산은 완전히 정당하다고 할 수 없고 완전히 순수하다고 할 수 없는 것 같아요」

「무어라고요?」 하고 베르너가 말했다. 「그러니까 남작님은 우리가 자유로이 매입한 이 토지에 대해서도 세금을 부과할 수 있으면 좋겠단 말씀입니까?」

「그렇습니다」 하고 로타리오가 대답했다. 「어느 정도까지는 세금을 내야지요. 왜냐하면, 다른 모든 토지들과 마찬가지로 세금을 내는 이와 같은 평등성[5]을 통해서만 이 토지의 안전성도 생겨날 수 있기 때문입니다. 모든 개념들이 동요하고 있는 근래에 농민들이 귀족의 토지를 인정해 줄 근거가 자신들의 토지보다 박약하다고 생각하는 가장 큰 이유가 무엇입니까? 귀족의 토지는 과세 부담이 없고 자기들의 토지에만 과세되고 있다는 것이 유일한 이유인 것입니다」

「그렇다면 우리가 투자하는 자본의 이자[6]는 어떻게 되는 겁니까?」 하고 베르너가 응수했다.

「만약에 국가가 규칙적으로 적절한 액수의 조세를 거둬들이는 대신에 우리 귀족들한테 봉토(封土)[7]라는 속임수를 면제해 주고 우리의 토지를 임의로 경영할 수 있도록 허락해 준다면 조금도 더 나쁠 게 없지요」 하고 로타리오가 말했다. 「그렇게만 허락해 준다면, 우리도 토지를 이렇게 대규모로 묶인 채 갖고

---

5) 이 〈평등성 Gleichheit〉을 통해 로타리오는 당시 독일의 개혁귀족 Reformadel의 입장을 대변하고 있다.

6) 여기서 베르너가 자본주의적 시민계급의 대표자로 나타나고 있다는 것은 명백하다.

7) 봉토 Lehen는 황제나 군주가 신하에게 충성과 봉공을 조건으로 하사하는 토지로서 중세 봉건제도의 기본 요소였으나, 프랑스 혁명 이후 그 이념은 사실상 퇴색되었다. 그러나 프랑스 혁명(1789)과 신성로마제국의 멸망(1806) 사이에 나온 작품인 이 소설의 현재 시점에서는, 독일은 아직도 형식적으로는 봉건제도의 틀 안에 있었기 때문에 봉토의 분할 상속이나 자유로운 처분 따위에 큰 제약을 받고 있었다.

있지 않아도 되고 우리 자식들에게도 균등하게 분배하여 활발
하고도 자유로운 경제활동을 하도록 지도할 수 있을 것입니다.
지금이야 자식들에게 제한되고 제약이 많은 특권밖에 물려줄
수 없고, 또 그 알량한 특권이라도 누리려면 우리 귀족들은 항
상 우리 조상들의 망령들을 불러오지 않으면 안 되는 형편 아닙
니까! 만약 이 세상의 남자와 여자들이 자유로운 눈으로 주위를
살펴볼 수 있고 다른 고려를 할 것 없이[8] 좋은 처녀와 훌륭한
총각을 마음대로 골라 자기의 배필로 삼을 수 있다면, 그들은
얼마나 더 행복하겠습니까! 그렇게만 된다면 국가도 더 많은, 아
마도 더 나은 국민들을 갖게 될 것이고 인재와 일손이 없어 이
렇게 자주 쩔쩔매는 일은 없을 것입니다」

「솔직히 말씀드려서 저는 여태까지 국가에 대해서는 한번도
생각한 적이 없습니다」 하고 베르너가 말했다. 「세금, 관세, 도
로 안전통과세 따위를 내어오기는 했지만, 다만 관행이 그랬기
때문에 낸 것뿐이지요」

「그래도 저는 훌륭한 애국자가 되시기를 기대합니다」 하고
로타리오가 말했다. 「왜냐하면, 식탁에서 우선 아이들을 먹이
는 사람만이 훌륭한 아버지일 수 있는 것과 마찬가지로, 국가
에 바칠 것을 다른 모든 지출보다 앞서 젖혀두는 사람만이 훌륭
한 국민이니까요」

이러한 일반적인 고찰 때문에 그들의 특별한 용무들이 지체

---

8) 배우자가 될 사람의 재산 정도나 지참금이나 상속 가능성 따위를 고려
하는 경우는 충분히 상상할 수 있지만, 그 당시에는 다른 속박 요인들도
있었다. 예컨대, 한 농부가 딸을 출가시키자면 영주의 허락을 받도록 되
어 있었는데, 자기 영지 내의 노동력이 감소하는 것을 꺼리는 영주가 허
가를 내주지 않는 경우도 많았다. 심지어는 다른 영지에서 처녀 하나가
시집올 때까지 기다려야 하는 교환조건부 출가 허가까지 있었다.

되지는 않았으며 오히려 더 빨라졌다. 일이 얼추 끝나갈 무렵에 로타리오가 빌헬름에게 말했다. 「이제 나는 여기보다 당신이 더 필요한 곳으로 당신을 보내야겠습니다. 내 누이동생이 가능한 한 빨리 자기한테로 와주시기를 요청하고 있습니다. 불쌍한 미뇽이 자꾸만 쇠약해 가는 모양입니다. 당신이 곁에 계셔주면 어쩌면 그애의 건강이 악화되는 것을 좀 막아줄지도 모른다는 생각을 하고들 있는 것이지요. 내가 떠난 뒤에 다시 이 쪽지를 보내왔는데, 누이동생이 이 일을 얼마나 중시하고 있는지 어디 직접 읽어보시지요」 로타리오는 그에게 조그만 종이 한 장을 건네주었다. 로타리오의 말을 들으면서 이미 굉장히 당황하고 있던 빌헬름은 연필로 휘갈겨쓴 그 민첩한 필체를 보고 금방 그것이 백작부인의 글씨임을 알아보았으나 막상 무어라고 대답해야 할지 몰랐다.

「펠릭스를 데리고 가십시오」 하고 로타리오가 말했다. 「애들끼리 서로 어울려 잘 놀 테니까 말이에요. 늦지 않게 내일 아침 일찍 떠나도록 하시지요. 내 하인들이 타고 온 내 누이동생의 마차가 아직 여기에 있습니다. 마차를 끌 말들은 중간까지 보내드리지요. 그 다음엔 역마를 이용하십시오. 그럼 안녕히 가시고 내 안부도 전해 주십시오. 안부를 전하면서 내 누이동생에게 내가 곧 다시 찾아갈 것이라고 전해 주십시오. 요컨대, 손님 몇 명을 치를 준비를 좀 해야겠다는 말을 전해 주십시오. 우리 외종조부님의 친구분인 키프리아니 Cipriani 후작께서 이리로 오시는 중입니다. 그는 외종조부님을 살아 생전에 만날 거라고 기대했지요. 그분들은 함께 옛 시절의 추억에 잠겨 흥겨운 시간을 보내려 했던 것입니다. 후작님은 내 종조부님보다 훨씬 더 젊으신 분으로서 그분의 교양은 대부분이 종조부님에게 배운 것이지요. 후작님이 느끼시게 될 빈 자리를 어느 정도라도 채워드리기 위해 최선을 다해야겠는데, 이런 경우에는 큰 연회를 개최하는 것이 제일 좋은 방법이거든요」

이렇게 말하고 나서 로타리오는 신부와 함께 자기 방으로 들어가 버렸다. 야르노는 그 전에 이미 말을 몰고 나갔다. 그래서 빌헬름은 서둘러 자기 방으로 올라왔다. 그러나 그에게는 속마음을 털어놓고 의논할 사람이 아무도 없었으며 그가 그토록 두려워하는 그 한 걸음을 떼어놓지 않아도 되도록 도와줄 사람이 아무도 없었다. 그 꼬마 심부름꾼이 와서, 날이 새자 바로 출발하려면 오늘 밤 안으로 짐보퉁이를 마차 위에 싣고 끈으로 묶어야 하기 때문에 짐을 꾸려 달라는 청을 하고 나갔다. 빌헬름은 어떻게 행동해야 할지 알 수 없었다. 그러다가 마침내 그는 혼자 이렇게 외쳤다. 「우선 이 집에서 나가놓고 볼 일이다! 그리고 도중에서 어떻게 해야 할지 생각해 보는 거야! 어쨌든 길을 반쯤 갈 때까지는 마차 안에 누워 있다가 감히 말로 못할 사연을 편지로 써서 되돌아가는 인편에 보내는 거야. 그 다음에야 어떻게 되든 될 대로 되라지!」 이렇게 결심은 했지만 그는 잠 못 이루는 밤을 보내야 했다. 다만 깊이 잠든 펠릭스를 바라볼 때에만 그는 약간의 위안을 느낄 수 있을 따름이었다. 「아!」 하고 그는 외쳤다. 「누가 알 것인가, 또 무슨 시련들이 나를 기다리고 있는지? 지난날 저지른 실수들 때문에 앞으로도 얼마나 괴로워해야 할지 누가 안단 말인가? 장래를 위해 훌륭하고 분별 있는 계획을 한다 해도 또 얼마나 많은 실패를 겪어야 할지! 그러나, 그대 자비롭고도 비정한 운명이여, 일단 내 품에 들어온 이 보물만은 제발 간직할 수 있게 해다오! 나의 가장 소중한 이 분신이 나보다 먼저 파괴되거나 이 귀여운 가슴이 내 가슴으로부터 탈취되는 일이 만에 하나라도 생긴다면, 오성과 이성도 함께 사라지고 온갖 세심성과 조심성도 함께 사라져라! 그리고 자기 보존의 본능이여, 그대도 사라져 버려라! 그렇다면 우리 인간을 동물과 구별시키는 특성들도 모두 없어져야 할 것이다! 슬픈 나날을 자유의지로 종결시킬 수도 없다면, 의식을 영원히 파괴하는 죽음이 긴 밤을 몰고 오기 전에 차라리 광증이라도 일찍 찾아와 이 의식을 없애주기를!」

그는 두 팔로 아이를 안고 입을 맞추고 품안에 꼭 껴안았으며 아이에게 눈물을 퍼부었다. 아이가 잠에서 깨어났다. 아이의 맑은 눈과 정다운 시선이 아버지를 가슴속 깊이까지 감동시켰다. 〈내가 그 아름답고 불행한 백작부인에게 너를 인사시켜야 할 모양인데, 그때 어떤 꼴을 당할지 모르겠구나!〉하고 그는 마음속으로 외쳤다. 〈백작부인이 네 아빠가 그토록 깊은 상처를 준 그 가슴에다 너를 꼭 껴안아 줄 텐데! 네 몸과의 접촉으로 그녀의 진정한 고통, 또는 상상 속의 고통이 새삼 터지게 되어 그녀가 금세 비명을 지르며 너를 다시 밀쳐버릴까 봐 걱정하지 않아도 될지!〉

마부는 그에게 더 생각하거나 선택할 시간을 주지 않고 날이 새기도 전에 마차에 타도록 했다. 그래서 그는 펠릭스를 모포로 따뜻이 감싸주었다. 아침 공기가 찼지만, 하늘은 청명하였다. 펠릭스는 생전 처음으로 해가 떠오르는 것을 보았다. 펠릭스가 불꽃 같은 첫 빛줄기와 점점 더 커지는 햇살의 위력에 대해 놀라움과 기쁨을 표시하고 기이한 소감을 말하여 아버지의 마음을 흐뭇하게 했다. 아버지는 순간적으로 아들의 마음을 읽을 수 있을 것 같았다. 지금 그 아이는 아침 해가 마치 맑고 조용한 호수 위로 떠올라 자기 가슴 앞에서 이글거리고 있는 것같이 느끼는 듯했다.

마부는 어느 소도시에서 마차를 떼어놓고는 말들을 몰고 되돌아갔다. 빌헬름은 즉시 방 하나를 얻어 들었다. 그러고는 이제 여기서 그만 여행을 중단할 것인지 계속해야 할 것인지 자문했다. 그런 어정쩡한 상태에서 그는 지금까지 감히 읽어볼 생각을 못하고 있던 그 종이쪽지를 다시 꺼내어 보았다. 그 내용은 다음과 같았다. 〈오빠의 그 젊은 친구분을 제발 빨리 제게 보내주세요! 미농의 건강상태가 지난 이틀 동안에 오히려 악화됐어요. 슬픈 계기이긴 하지만, 그분과 사귀게 되는 것은 분명 기쁜 일이겠죠.〉

빌헬름은 처음에는 마지막 구절을 눈여겨 읽지 않았다. 그러다가 그 내용에 깜짝 놀라 즉각 가지 말아야겠다는 생각을 하게 되었다. 「이게 어찌된 일인가?」 하고 그는 외쳤다. 「우리의 관계를 잘 알고 있는 로타리오가 내가 누군지를 그녀에게 말하지 않았단 말인가? 그녀는 차라리 다시 보고 싶지 않은 아는 사람 하나를 차분한 심경으로 기다리고 있는 것이 아니라 어떤 낯선 사람을 기다리고 있는 것이다! 그런데 내가 들어선다? 깜짝 놀라 뒤로 주춤 물러나면서 얼굴이 새빨개지는 그녀의 모습이 눈에 보이는 듯한데? 아니, 안 되겠어! 그런 장면을 뻔히 예상하면서도 기어이 그 장면을 연출하러 가는 것은 나로서는 할 수 없는 일이야!」 바로 그때 말들이 끌려나와서 마차에 매어지고 있었다. 빌헬름은 자기 짐을 마차에서 내리라고 해서 이곳에 그냥 머물 작정을 했다. 그는 극도로 흥분해 있었다. 출발 준비가 다 되었다는 전달을 하기 위해 한 소녀가 계단을 올라오는 소리를 듣자 그는 자기가 갑자기 여기에 머물게 된 부득이한 이유 한 가지를 얼른 생각해 내려고 했다. 그러면서 그의 시선은 아무 생각 없이 자기 손에 들려 있는 그 종이쪽지 위에 머물고 있었다. 「원, 이럴 수가!」 하고 그는 부르짖었다. 「이게 뭐야? 이건 백작부인의 필적이 아니라 아마존의 필적이잖아!」

소녀가 들어와서 그에게 내려오시라고 청하고는 펠릭스를 데리고 먼저 내려갔다. 「이럴 수가 있을까?」 하고 그는 외쳤다. 「이게 사실일까? 난 어째야 하지? 여기에 머물면서 기다리고 사실을 확인해 봐야 할까? 아니면, 서두를 것인가? 서둘러 달려가 일이 들이닥치는 대로 덥석 끌어안을 것인가? 너는 지금 그녀한 테로 가는 도중에 있다! 그런데 망설이다니, 있을 수 있는 일인가? 오늘 저녁에 그녀를 보게 되어 있다! 그런데 자진해서 너 자신을 감금해 버리려 하다니, 말이 되는가? 이건 그녀의 필적이다, 그렇다, 그녀인 것이다! 이 필적이 너를 부르고 있고, 그녀의 마차가 너를 그녀에게로 데려가기 위해 말이 매어진 채 기다리고 있는 것이다. 이제야 수수께끼가 풀리는구나! 로타리오 는 누이동생이 둘이다! 로타리오는 한 누이동생에 대한 나의 관계는 알고 있지만, 내가 다른 누이동생에게 얼마나 큰 은혜를 입고 있는지는 아직 모르고 있는 모양이군. 그녀도 또한, 자기가 생명까지는 아니라 하더라도 건강을 되찾아준 그 부상당한 유랑인이 그녀의 오빠 집에서 그토록 과분하게 후한 대접을 받아오고 있었다는 사실은 모르는 모양이군」

이미 아래에 내려와 마차 속에서 그네를 타듯 몸을 흔들며 좋아라 하고 있던 펠릭스가 외쳤다. 「아빠, 어서 오세요! 아이참, 어서 와서 저 아름다운 구름들 좀 보세요! 저 아름다운 색깔들 좀 보시라구요!」 「그래, 간다!」 하고 빌헬름은 계단을 뛰어 내려가면서 외쳤다. 「애야, 착한 아가야, 네가 그렇게 찬탄해 마지않는 하늘의 온갖 현상들도 이제 내가 곧 보게 될 광경에 비하면 아무것도 아니란다!」

　마차에 앉자 그는 이제 모든 상황들을 다시 기억 속으로 불러내어 보았다. 〈그래서 이 나탈리에가 테레제의 친구이기도 하구나! 이 얼마나 신나는 발견이며 희망이며 전망인가! 한 누이동생에 관한 얘기를 듣는 것을 두려워하다 보니 딴 누이동생이 있을 수 있다는 가능성은 전혀 상상하지 못했다는 것도 정말 묘하군!〉 펠릭스를 바라보는 그의 눈빛은 기쁨에 넘쳐 있었다. 그는 자기 자신은 물론이고 그의 아들도 역시 최선의 환대를 받을 것으로 기대했다.

　저녁이 되었다. 해는 이미 떨어지고 없었다. 길의 상태가 그다지 좋은 편이 못 되었고, 역마의 마부는 마차를 천천히 몰았으며, 펠릭스는 잠들어 있었다. 그때 우리의 친구의 가슴속에서는 새로운 걱정과 의심이 솟아올랐다. 「아마존의 필적 비슷하다는 것도 불확실한 것일 뿐이야!」 하고 그는 혼자말을 했다. 「그런 불확실한 걸 갑자기 확신하고는 황당무계한 동화를 생각해 내다니! 너도 참! 무슨 망상, 무슨 기이한 착상에 홀려든 것이냐!」 그는 그 종이쪽지를 다시 꺼내었다. 그리고 저물어 가는 희미한 여광(餘光) 속에서 보자니 그에게는 그것이 다시금 백작부인의 필적인 것같이 여겨지기도 했다. 그의 두 눈은 그의 심장이 한꺼번에 총체적으로 그에게 말해 주었던 바를 개별적으로는 좀체 재확인해 주려 하지 않았다. 「그렇다면 이 말들은 한 끔찍스러운 장면을 연출하기 위해 지금 너를 끌고 가는 것이다! 누가 안단 말인가, 불과 몇 시간 뒤에 이 말들이 너를 데리고 되돌아와야 하지나 않을지? 백작부인과 단둘이 만나게 되기만 해도 좋으련만! 그러나 아마도 그녀의 남편도 곁에 있을 것이고, 어쩌면 남작부인까지도 옆에 있을지 모르지! 백작부인도 많이 변했을 테지! 내가 그녀 앞에 똑바로 설 수나 있을까?」

그런 중에도 혹시 그 아마존한테로 다가가고 있을지도 모른다는 가냘픈 희망만이 한 줄기 섬광처럼 이따금 이런 우울한 생각들을 꿰뚫고 번쩍하고 스쳐 지나가곤 하였다. 밤이었다. 마차는 어느 저택의 마당 안으로 들어서더니 멈춰섰다. 밀초 횃불을 든 하인 하나가 호화로운 정문으로부터 나왔다. 그는 널따란 계단들을 걸어 내려와 마차 곁에 섰다. 「벌써 오래전부터 기다리고 계십니다」 하고 그는 가죽으로 된 마차문을 열어주면서 말했다. 마차에서 내리고 난 빌헬름은 잠자고 있는 펠릭스를 안아들었다. 그 하인이 등불을 들고 문간에 서 있는 다른 하인을 올려다보면서 외쳤다. 「이 손님을 곧장 남작부인[9]께 안내해 드리게!」

빌헬름의 영혼 속을 번개처럼 휙 스쳐가는 생각이 있었다. 〈얼마나 다행스러운가! 의도적인 것인지 우연인지는 몰라도 남작부인도 여기에 와 있구나! 우선 남작부인을 만나게 되어 있는 모양이다! 아마도 백작부인은 이미 잠자리에 드신 것이겠지! 그대들 착한 영들이시여, 난처하기 그지없는 이 순간이 부디 무

---

9) 〈Baronesse〉는 남작의 부인 또는 남작의 딸을 의미한다. 여기서는 후자의 의미, 즉 〈남작 아씨〉의 의미로 쓰인 것이지만, 빌헬름은 백작부인의 친구였던 그 〈남작부인〉인 줄로 잘못 알아들은 것이다. 이것은 작가 괴테의 반어 Ironie의 일종인데, 여기서 작가는 독자와 더불어 주인공보다 더 우월한 시점을 공유하고 있는 것이다. 물론, 빌헬름도 찬찬히 생각해 봤더라면, 로타리오가 남작이란 것을 아는 이상, 그의 누이동생인 나탈리에도 〈Baronesse〉라는 호칭으로 불릴 수 있다는 것을 모를 리는 없다. 그러나 이 장면에서 그는 백작부인과의 옛일에 온통 신경을 쏟고 있었기 때문에 미처 거기까지 추론해 보지는 못한 것이다. 어쨌든, 여기서 〈Baronesse〉를 〈남작 아씨〉로, 즉 〈이 손님을 곧장 남작 아씨께 안내해 드리게!〉라고, 곧이곧대로 옮기는 것은 빌헬름의 오해를 불가능하게 만들기 때문에 올바른 번역이라고 보기는 어렵겠다.

사히 지나가도록 도와주소서!〉

그는 저택 안으로 들어갔다. 그러자 그가 지금까지 들어가 본 곳 중에서 가장 엄숙한, 자기의 느낌으로 볼 때 가장 신성한 장소에 들어선 것 같은 기분이 들었다. 눈부시게 빛나는 샹들리에의 불빛이 그의 바로 앞에 펼쳐져 있는 한 널따랗고 완만한 계단을 훤히 비쳐주고 있었는데, 그 계단은 방향을 바꾸게 되어 있는 위쪽의 계단참에서는 양쪽으로 나누어졌다. 주각(柱脚)들 위에, 그리고 벽감(壁嵌)들 안에는 대리석으로 된 입상(立像)과 흉상(胸像)이 가지런히 놓여 있었다. 그중 몇몇은 그에게도 눈에 익은 것처럼 생각되었다. 어린 시절에 받은 인상들이란 아무리 사소한 부분들이라도 지워지지 않고 남아 있는 법이다. 그는 자기 조부가 소장하고 있던 뮤즈의 상 하나를 알아보았는데, 그 형상이나 가치 때문에 알아본 것이 아니라 팔 하나를 보충해 놓은 것과 옷 중의 여러 부분을 보수해 놓은 것에서 그것임을 알아볼 수 있었다. 그는 마치 어떤 동화 속에 나오는 이야기를 실제로 체험하고 있는 것 같았다. 안고 있는 아이가 무겁게 느껴졌다. 그는 계단 위에서 머뭇머뭇하다가 마치 아이를 고쳐 안으려는 것처럼 무릎을 꿇고 앉았다. 그러나 사실은 자신이 잠깐 숨돌릴 여유가 필요했기 때문이었다. 그는 거의 다시 일어설 수가 없을 것 같았다. 등불을 들고 앞서가던 하인이 그에게서 아이를 받아 안으려고 했다. 그러나 그는 아이를 내주지 않았다. 이윽고 그는 대기실 안으로 들어섰다. 그런데 더욱더 놀랍게도 그는 그 방의 벽에 저 낯익은 〈병든 왕자〉의 그림이 걸려 있는 것을 보았다. 그는 그 그림을 눈여겨 바라볼 시간도 없었다. 하인이 그를 재촉하여 두세 개의 방을 거쳐 한 내실 안으로 들어가도록 했기 때문이었다. 거기 한 램프갓의 그림자 진

뒤편에 한 여인이 앉아서 책을 읽고 있었다. 〈아, 그녀였으면 좋으련만!〉 하고 그는 그 결정적인 순간에 자신에게 말했다. 그는 아이가 잠에서 깨어나는 듯해서 아이를 내려 앉혀놓았다. 그러고는 그 여인에게로 다가가려고 생각했다. 그러나 아이가 잠에 취한 나머지 폭 고꾸라지는 것이었다. 그 여인이 일어서서 그에게로 다가왔다. 그것은 아마존이었다! 그는 제정신을 가누지 못하고 급히 무릎을 꿇고는 「바로 그 사람이다!」하고 부르짖었다. 그는 그녀의 한 손을 잡고는 무한한 황홀감 속에서 그 손에다 키스를 했다. 아이는 그들 두 사람 사이의 융단 위에 누워 새근새근 잠자고 있었다.

펠릭스는 소파 위로 옮겨 뉘어졌다. 나탈리에는 아이의 곁에 앉았다. 그리고 빌헬름에게는 그 소파 바로 옆에 있는 안락의자에 앉기를 권했다. 그녀는 빌헬름에게 약간의 다과를 권했지만, 그는 그것을 사양하면서, 다만 이 사람이 바로 그녀라는 것을 확인하고 램프갓 때문에 그림자 속에 든 그녀의 얼굴 모습을 자세히 바라보면서 틀림없는 그녀임을 재확인하는 데에만 온통 정신이 팔려 있었다. 그녀는 그에게 미뇽의 병세에 관해 대충 얘기해 주었다. 그 아이가 무슨 깊은 감정 때문인지 차츰차츰 쇠약해 가고 있고, 자신은 숨기려 하지만 매우 쉽게 흥분하는 기질이라 그 가엾은 가슴에 자주 격렬하고도 위험한 발작이 찾아오곤 하며, 뜻밖의 정서적 동요를 일으킬 경우에는 생명에 가장 소중한 이 기관이 갑자기 뚝 멎어버리고 그 착한 아이의 가슴을 만져봐도 고마운 삶의 고동이 뛰고 있는 기미라고는 전혀 느껴지지 않는다는 것이었다. 이런 불안스러운 경련이 지나가고 나면, 자연의 힘이 다시금 강력한 맥박을 띠고 나타나면서 지금까지는 결핍 때문에 괴로워하던 그애를 이제부터는 다시 과잉을 통해 불안하게 만든다는 것이었다.

빌헬름은 그런 경련 장면을 기억해 낼 수 있었다. 나탈리에는 의사의 말을 전하면서, 의사가 이 일에 대해 보다 자세하게 그에게 얘기해 줄 것이고 그 아이의 친구이자 은인인 그를 왜 이리로 부르게 되었는지도 의사가 보다 상세하게 설명해 줄 것이라고 말했다. 「그녀한테서 한 가지 이상한 변화를 발견하시게 될 거예요」하고 나탈리에가 말을 계속했다. 「이제는 여자 옷을 입고 있답니다. 전에는 여자 옷에 대해선 아주 심한 혐오감을 지니고 있었던 모양이던데요」

「어떻게 그렇게 하실 수가 있었지요?」하고 빌헬름이 물었다.

「설령 그것이 바람직한 일이었다 하더라도, 그렇게 된 것은 다만 우연의 덕분일 따름입니다. 어떻게 그렇게 되었는지 들어 보세요. 아마 아시고 계시겠지만, 저는 제 주위에 항상 약간 명의 소녀들을 두고 있습니다. 그들이 저의 곁에서 자라나는 동안 제가 그들의 생각을 착하고 바른 쪽으로 인도할 수 있기를 바라는 것이죠. 그들은 무엇이든 저 자신이 진실이라고 생각하는 것이 아니면 제 입을 통해서는 들을 수 없습니다. 하지만 그들이 이 세상에서 일반적으로 통하고 있는 여러 가지 오류나 편견 따위를 다른 사람들로부터 듣게 되는 것까지는 제가 막을 수도 없거니와 또 막고 싶지도 않습니다. 그들이 그런 것에 대해 물어 오면, 저는 될 수 있는 대로 그 그릇된 낯선 개념들을 그 어떤 올바른 개념에다 결부시켜 설명해 주고자 애씁니다. 그렇게 함으로써 그 그릇된 개념들을 유익한 것으로까지 만들지는 못한다 하더라도 적어도 무해한 것으로 만들 수는 있거든요. 벌써 얼마 전부터 우리 아이들은 농부들의 아이들의 입에서부터 천사들과 산타 할아버지와 그리스도가 특정한 시기에는 친히 나타나 착한 아이들에게는 선물을 주고 못된 아이들에게는 벌을 주는다는 등 많은 이야기들을 듣고 왔습니다. 아이들은 그것은 사람들이 변장을 한 모습임에 틀림없다고 추측하고 있었어요. 그래서 저도 그 추측이 맞을 것이라고 다짐해 주고는, 긴 설명을 해주지는 않은 채 적당한 기회가 오면 아이들에게 실제로 그런 장면을 보여줄 작정을 했죠. 그러던 중에 마침, 평소에 행실이 매우 좋았던 쌍둥이 자매의 생일이 가까이 다가온 사실을 알게 되었어요. 저는 그 꼬마 자매에게, 선물을 받을 만큼 얌전하게 굴었으니 이번에는 천사들이 자그만 선물을 가져올 것이라고 미리 내비쳐 놓았어요. 아이들은 벌써부터 매우 긴장해서 천사가 나타날 날을 고대하고 있었죠. 저는 미뇽을 골라 이 역을 시키기로 미리 작정을 해놓고 있었습니다. 그래서 그날에 그녀에게 길다랗고 가벼운 흰옷을 얌전히 차려 입혔죠. 가슴 둘레에는 금빛 띠도 두르게 하고 머리에는 금빛 왕관도 쓰게 했어요. 애초에는 저는 천사에게 날개는 달지 않으려고 했어요. 하지만 미뇽의 치장을 맡았던 여자들이 자기들의 솜씨를 정말 한번 보여줄 요량으로 큰 금빛 날개 한 쌍을 달아줘야 한다고 주장했지요. 그래서 그 신기한 형체가 한 손에는 백합 한 송이를, 다른 손에는 조그만 바구니를 든 채 소녀들의 한가운데로 걸어 들어왔는데, 그 모습에 저 자신도 깜짝 놀랄 지경이었죠. 〈보아라, 천사다!〉 하고 제가 말했습니다. 소녀들은 모두 주춤 물러서는 듯했지만, 마침내 〈미뇽이다!〉 하고 소리쳤어요. 하지만 그들은 아직도 그 이상한 형체에 감히 가까이 다가설 엄두를 내지 못하고 있었습니다.

〈이것이 너희들에게 주는 선물이야〉 하고 미뇽이 말하면서 그 조그만 바구니를 내밀었습니다. 소녀들은 그녀의 둘레에 모여들어 그녀를 살펴보기도 하고 만져보기도 하면서 그녀에게 물어보는 것이었어요.

〈네가 천사니?〉 하고 한 아이가 물었어요.

〈그렇다면 좋겠구나!〉 하고 미뇽이 대답했어요.

〈백합 한 송이는 왜 갖고 있는 거니?〉

〈내 마음도 이렇게 순결하고 솔직해야 한다는 뜻이야. 그렇게 되면 난 행복해질 테니까 말이야.〉

〈그 날개는 어떻게 된 거니? 어디 좀 보여줘!〉

〈이것은 아직 펼쳐지지 않은 더 아름다운 날개들을 나타내는 거란다.〉

이런 식으로 그 아이는 모든 순진하고 가벼운 질문에 대하여 의미심장하게 대답하는 것이었어요. 그 조그만 무리들의 호기심이 채워지고 그 형체가 주는 인상이 무뎌지기 시작하자 우리는 그 아이한테서 그 옷을 벗기려고 했습니다. 그녀는 그것을 거절하고 자기의 치터를 집어들고는 여기 이 높은 책상에 걸터앉아서 믿을 수 없이 우아한 태도로 노래 한 곡을 불렀어요.

참다운 존재로 될 때까지는 그냥 허깨비로 있게 해주세요![10]

이 흰옷을 벗기지 말아주세요!

이제 곧 이 아름다운 지상을 떠나

---

10) 이 시는 『빌헬름 마이스터의 연극적 사명』에는 아직 수록되어 있지 않은 것으로 보아 괴테가 『수업시대』의 제8권을 집필하면서 지은 것으로 짐작되며, 천사라면 좋겠다는 미뇽의 바람과 천사의 옷을 입고 있겠다는 미뇽의 태도가 직접적으로 시에도 반영되어 있다는 점에서 볼 때, 『수업시대』 안에 삽입된 많은 시들 중에서 전후 문맥과의 연관성이 가장 깊은 시로 생각되며, 미뇽의 본성을 잘 나타내고 있는 시라 하겠다.

저 견고한 무덤으로 내려갈 몸이니까요.

거기서 잠시 쉬고 나면
새로운 눈이 뜨일 거예요.
그럼 저는 이 깨끗한 흰옷도,
띠와 왕관도 다 두고 떠날 거예요.[11]

저 천상의 존재들은
남녀를 묻지 않고,
정화(淨化)된 육체에는
옷이고 주름이고 다 필요없으니까요.

걱정과 수고라곤 모르고 살아왔지만
쓰라린 고통만은 참 많이도 맛보았고,
가슴앓이 때문에 너무 일찍 시들었어요.
저를 영원히 다시 젊게 해주세요!

　저는 즉각 그애한테 옷을 그대로 입혀두기로 결심했습니다」
하고 나탈리에는 얘기를 계속했다. 「그리고 그애를 위해 그런
종류의 옷을 몇 벌 더 마련해 주기로 작정했습니다. 그래서 그
애는 지금 그런 옷을 입고 있어요. 제가 보기에는 그런 옷을 입
고 있으면 그애는 전혀 다른 사람 같은 인상을 주는 것 같아요」
　이미 밤이 깊었기 때문에 나탈리에는 도착한 손님을 그만 나
가 쉬도록 했다. 그는 약간 불안한 마음이 없지 않은 가운데에

---

11) 무덤에서 부활할 때, 육체는 남고 영혼만 정화되어 승천한다는 기독교
　적 사고가 바탕에 깔려 있다.

그녀와 헤어졌다. 〈결혼을 했을까, 아직 미혼일까?〉 하고 그는 혼자서 생각했다. 그는 무슨 소리가 날 때마다 혹시 문이 열리며 남편이 들어서지나 않을까 하고 두려워했다. 그를 방안에까지 안내한 하인은 그가 그 일에 대해 미처 물어볼 엄두도 내기 전에 이미 재빨리 사라져 버리고 없었다. 그는 그 불안 때문에 아직도 한동안 잠을 이루지 못하고 아마존의 모습과 자기가 새로 만나본 여성의 모습을 비교해 보는 데에 몰두했다. 그 두 모습은 아직도 서로 일체를 이루지 못하고 있었다. 아마존의 모습은 말하자면 그가 만들어낸 상이었다. 하지만 이 여성의 실상은 거의 〈그〉를 개조해 놓으려는 것처럼 생각되었다.

3

그 이튿날 아침, 아직도 사방이 쥐죽은듯이 고요했기 때문에, 그는 저택 안을 둘러보기 위해 방에서 나왔다. 그것은 그가 지금까지 보아온 것 중에서 가장 순수하고 아름답고 품위 있는 건축예술이었다. 〈참다운 예술은 마치 훌륭한 사회와 비슷하지 않은가!〉 하고 그는 속으로 외쳤다. 〈그런 사회에서는 우리는 우리의 가장 깊은 본성이 어떤 기준에 따라, 어떤 목표를 위해 형성되어 있는가 하는 표준 척도를 인식하지 않을 수 없도록 강요받게 되는데, 이런 강요는 정말 유쾌하게 받아들일 수 있는 것이야.〉 그의 조부의 소장품이었던 입상들과 흉상들이 그에게 주는 인상은 이루 말할 수 없이 유쾌했다. 와락 그리운 마음이 생겨 〈병든 왕자〉의 그림을 향해 서둘러 가보았는데, 여전히 그는 그 그림을 매력적이고도 감동적이라고 느끼지 않을 수 없었

다. 하인이 그를 위해 다른 여러 방들의 문도 열어주었다. 도서
실과 박물 표본실, 그리고 물리 실험실도 있었다. 그 모든 대상
들을 보면서 그는 자신을 그것들과는 아무 관계도 없는 존재처
럼 느꼈다. 그 사이에 펠릭스가 깨어나 그를 뒤따라 뛰어오고
있었다. 테레제의 편지를 언제 받게 될 것인가, 그리고 어떤 내
용의 답을 받게 될 것인가 하는 생각 때문에 그는 걱정이 되었
다. 미뇽을 보는 것이 두려웠고, 나탈리에를 보는 것 역시 어느
정도까지는 두려운 생각이 들었다. 테레제에게 보내는 편지를
봉하고 나서 그토록 고귀한 여성에게 즐거운 마음으로 완전히
자신을 바치고자 했던 그 순간과 그의 현재의 심적 상태는 얼마
나 다른가!

나탈리에가 사람을 보내어 그에게 아침 식사를 하자고 했다.
그가 안내를 받아 어느 방으로 들어가니, 모두들 열 살 미만인
듯하게 보이는 여러 명의 소녀들이 깨끗하게 옷을 입은 채 식탁
을 차리고 있었고 나이 지긋한 아낙 하나가 여러 종류의 음료들
을 안으로 나르고 있었다.

빌헬름은 소파 위에 걸려 있는 한 초상화를 주의 깊게 바라
보게 되었다. 아주 잘 그린 초상화 같지는 않았지만 그는 나탈
리에의 모습을 알아보지 않을 수 없었다. 마침 나탈리에가 들어
섰는데, 그 닮은 점은 완전히 사라지는 것처럼 보였다. 그에게
그나마 위안이 된 것은 그 인물의 가슴에 소속 교단을 알리는
십자가가 달려 있다는 점이었는데, 그는 나탈리에의 가슴에서
도 똑같은 십자가를 볼 수 있었다.

「여기 이 초상화를 보고 있었습니다」 하고 그가 그녀에게 말
했다. 「저에게 놀랍게 생각되는 것은 한 화가가 이토록 실제 인
물에 가깝게 그렸으면서도 또한 동시에 이렇게 아주 다르게 그

릴 수 있다는 사실이군요. 이 그림은 전체적으로 볼 때 당신을 정말 아주 쏙 빼어놓은 것 같습니다. 그런데도 당신의 얼굴 모습도 아니고 당신의 성격도 그려내지 못했습니다」

「그토록 많이 닮았다는 사실이 오히려 놀랍죠」 하고 나탈리에가 응답했다. 「왜냐하면 이것은 저를 그린 그림이 아니거든요. 이것은 한창때에는 저와 많이 닮아 보였던 제 이모의 초상이에요. 그때 전 아직 어린애였지요. 이모님이 대략 지금의 제 나이일 때에 그려진 것이에요. 그래서 이 초상화를 처음 바라보시는 분은 누구나 저의 초상으로 생각하신답니다. 이 훌륭하신 분을 아셨더라면 좋았을 텐데요. 저는 이 이모님에게 아주 많은 은혜를 입었어요. 몸이 매우 약하셨던 데다 아마 당신 자신의 문제에 너무 몰두하셨던 것 같아요. 게다가 윤리적 종교적 엄격성을 지니고 계셨기 때문에 사회적으로는 큰 인물이 되지 못하셨죠. 만약 상황이 달랐더라면 사회적으로도 크게 되셨을 분이죠. 이모님은 아주 몇 안 되는 친구분들을, 그리고 특히 저를 비쳐주는 등불이었습니다」

잠시 생각에 잠겨 있던 빌헬름은 그토록 많은 갖가지 상황들이 이제 문득 하나의 초점으로 모여드는 것을 느낀 나머지 말했다. 「그렇다면 혹시 당신의 이모님이란 분이 저 아름답고 훌륭하신 영혼의 소유자가 아니신가요? 그분의 그 조용한 고백기는 저도 어쩌다 읽은 적이 있습니다만……?」

「선생님도 그 수기를 읽으셨단 말씀입니까?」 하고 나탈리에가 물었다.

「네, 그럼요!」 하고 빌헬름이 대답했다. 「굉장히 흥미롭게 읽었습니다. 그리고 그것이 제 인생 전체에 영향을 주기도 했습니다. 그 글에서 제가 가장 많이 공감할 수 있었던 것은 그분의 삶의 순수성이었다고 말씀드리고 싶습니다. 그분 자신뿐만 아니라 그분을 둘러싸고 있는 모든 것이 순수했죠. 이 순수성이란 다시 말하면 그분의 본성이 지니고 있는 자주독립성이기도 했고, 그 고귀하고 우아한 정서와 어울리지 않는 것은 무엇이건 일체 자신의 것으로 받아들이지 않는 고결함이라고도 말할 수 있겠습니다」

「그런 말씀을 하시는 걸 보니 선생님은 그 수기를 전해 읽은 많은 다른 사람들보다 그 아름다운 성품의 이모님에 대해 더 적절한 판단을 하고 계시는군요」 하고 나탈리에가 응답했다. 「아니, 더 공정한 판단을 내리고 계시다고 말씀드려도 될 것 같군요. 교양인은 누구나 자기가 꽤 조야한 태도로 자신이나 다른 사람들을 상대로 싸워나가야 한다는 사실을 알고 있으며, 자신의 교양이 얼마나 많은 희생을 치러야 하는가를 알고 있습니다. 그리고, 그 자신도 어떤 경우에는 단지 이기적으로만 생각하고 다른 사람의 은덕을 망각할 경우가 많다는 것도 알고 있지요. 그런 착한 사람은 자기가 보여준 행동에 부드러움이 부족했다고 얼마나 자주 자책합니까! 그렇지만, 이제 만약에 한 아름다운 본성의 소유자가 너무나도 부드럽게, 너무나도 양심적으로 자신을 갈고 닦으면, 즉 지나치게 많은 교양을 쌓는다면, 세상 사람들은 그를 참아주지도 관대하게 봐주지도 않는 것 같습니다. 그럼에도 불구하고 이런 종류의 사람들은 우리 내심의 이상이 우리의 외부에 표출된 존재이며, 흉내낼 수는 없어도 우리가 지표로 삼아 그렇게 되도록 노력해야 할 모범적 인물들입니다. 사람들은 홀란드 여자들의 청결벽을 비웃죠. 그러나, 만약 제 친구 테레제 양이 자기의 가사를 돌보면서 이와 비슷한 청결 관념을 항상 염두에 두지 않았다고 가정할 때, 오늘의 그녀는 과연 무엇이 되어 있을까요?」

「그렇다면 테레제 양의 친구라는 당신은 저 훌륭하신 이모님이 사랑해 마지않았던 바로 그 나탈리에 양이시군요?」 하고 빌헬름이 감격해서 말했다. 「어릴 적부터 그토록 동정심이 많고 친절하고 인정이 많았다는 바로 그 아가씨로군요! 이런 성품의 소유자가 나올 수 있었던 것도 다 그런 가문이었기 때문이었군요! 갑자기 당신의 집안 어른들과 당신이 속해 있는 사회 전체를 굽어볼 수 있게 되니 저의 눈앞에 새로운 조망이 활짝 펼쳐지는 것 같습니다!」

「네, 그건 그래요」 하고 나탈리에가 대답했다. 「우리에 대해 알고자 하실 때에는 어떤 의미에서는 우리 이모님의 수기를 읽으시는 것이 가장 좋은 방법일 것 같네요. 다만, 이모님은 저를 편애하신 나머지 어린 저에 관해 좋은 말씀만 너무 많이 하신 것 같아요. 한 아이에 관해 얘기할 때면 사람들은 대상인 그 아이에 관해서는 말하지 않고 항상 자신들의 희망과 기대를 표명하는 법이거든요」

그 사이에 빌헬름이 재빨리 생각해 보니 그렇다면 자기는 이제 로타리오의 가문과 그의 어린 시절에 관해서도 알게 된 것이었다. 그의 눈앞에는 아름다운 백작부인이 이모의 진주목걸이를 목에 두른 어린이로 나타나 보였다. 그녀의 부드럽고 사랑스러운 입술이 그의 입술을 향해 내려왔을 때 그도 역시 그 아름다운 진주목걸이에 닿을락 말락 한 적도 있었다. 그는 이 아름다운 기억들을 다른 생각들을 통해 멀리해 보려고 애썼다. 그는 그 수기로 인하여 자기가 알게 된 사람들의 얼굴을 차례로 죽 머릿속에 떠올려 보았다. 「그렇다면 저는 지금 그 훌륭한 외종조부님의 저택에 있는 것이군요!」 하고 그는 외쳤다. 「이건 저

택이라기보다는 신전이군요. 그리고 당신은 거기에 어울리는
여사제(女司祭), 아니 그 수호신 자체이십니다. 어제 저녁 제가
여기에 들어섰다가 아주 어린 시절에 보았던 그 옛 그림들이 다
시금 저의 눈앞에 죽 걸려 있는 것을 보았을 때의 그 인상은 평
생 잊지 못할 것입니다. 저는 미뇽의 노래에 나오는 그 자애로
운 대리석상들[12]을 머리에 떠올렸죠. 그러나 그 그림들은 저의
처지를 슬퍼해 줄 필요까지는 없었기에 다만 매우 진지한 표정
으로 저를 바라보고 있었고, 저의 먼 옛날을 현재의 이 순간과
직접적으로 연결시켜 주었습니다. 저는 우리 집안의 유서 깊은
그 보물, 제 조부님께서 애지중지하셨던 그 물건들이 이제 그
토록 많은 다른 귀중한 예술품들과 나란히 그곳에 전시되어 있
는 것을 발견하게 된 것입니다. 그리고, 혈연 때문에 그 훌륭하
신 노인의 귀여움을 받았던 저 자신도, 거기에 어울릴 자격도
없는 사람이지만, 역시 그 자리에 끼여 있었던 것입니다. 아, 맙
소사! 이 무슨 기막힌 인연이며, 어찌하여 제가 이런 분들과 친
분을 맺게 된 것일까요!」

소녀들은 맡은 바 자질구레한 일들을 처리하기 위해 하나씩
차례로 방을 나갔다. 그래서 나탈리에와 단둘이만 남게 된 빌헬
름은 그녀의 청에 따라 자신의 마지막 말을 보다 명확하게 설명
해야 했다. 그래서 빌헬름이 전시되어 있는 예술품들 중 상당한
부분이 자기 조부님의 소장품이었다는 사실을 털어놓자 분위기
가 매우 밝고 명랑해지고 화기애애해졌다. 그 수기를 통해 이

---

12) 제3권 제1장의 첫머리에 나오는 〈미뇽의 노래〉 제2연 참조: 〈대리석 입
상(立像)들이 날 바라보면서, /「가엾은 아이야, 무슨 몹쓸 일을 당했느
냐?」고 / 물어주는 곳.〉 서술자는 여기서 나탈리에의 집에 들어선 빌헬름
이 자신의 상황을 미뇽의 상황과 대비시켜 보는 장면을 연출하고 있다.
소설 이론적으로 볼 때, 대단히 복잡한 성찰구조를 이루는 대목이다.

댁의 내력을 알게 된 것과 마찬가지로 이제 그는 말하자면 조부님의 유품들 속에 다시금 둘러싸이게 된 자신을 발견하게 된 셈이었다. 이제 그는 미농을 보게 해달라고 말했다. 나탈리에는 인근에 왕진을 나간 의사가 다시 돌아올 때까지만 좀 기다려 달라고 했다. 의사란 우리가 이미 알고 있고 「아름다운 영혼의 고백」에서도 이미 언급된 그 자그마하고 활동적인 남자라는 것은 독자 여러분들도 쉽게 짐작할 수 있을 것이다.

「저는 이제 그 수기에 나오는 가문과 그 주변 인물들의 한가운데에 뛰어든 셈이로군요」 하고 빌헬름이 말을 이었다. 「그렇다면, 수기에서 언급되고 있는 그 신부님은 아마 모르긴 몰라도 제가 이상하기 짝이 없는 여러 가지 사건을 겪은 후에 당신 오빠 댁에서 만나뵌 그 묘하고 수수께끼 같은 분과 동일인이 아닌가 싶군요? 그분에 대해서 몇 가지 자세한 설명을 해주실 수 있습니까?」

나탈리에가 대답했다. 「그분에 대해서는 말씀드릴 것이 많습니다. 제가 가장 자세히 알고 있는 것은 그분이 우리의 교육에 끼치신 영향입니다. 그분은 적어도 한동안은 이런 확신을 갖고 계셨죠. 교육이란 다만 타고난 성향을 따라가며 거기에 순응해야 하는 것이라는 확신 말이에요. 지금 어떤 생각을 하고 계시는지는 저로선 말씀드릴 수 없네요. 그 당시 그분의 주장으로는 인간에게 처음이자 마지막인 것은 활동이라는 것이었습니다. 활동하려는 성향이 없고 우리를 활동하도록 촉구하는 본능이 없다면, 우리는 아무 일도 할 수 없다는 것이죠. 〈세상 사람들은 시인이란 천분을 타고난다고들 하지요〉 하고 그분은 말씀하곤 하셨죠. 〈그리고 다른 모든 예술에도 다 그렇다고들 말합니다. 사실 그렇게 인정하지 않을 수 없지요. 왜냐하면 인간이 타고난 그런 천부적 재능의 작용들이란 얼른 보기에 도저히 흉내 낼 수 없을 것 같기 때문입니다. 그러나 자세히 관찰해 보면, 우리는 그런 천부적 재능뿐만 아니라 무슨 능력이라도——아무리 하찮은 능력이라 할지라도 모두——타고난단 말입니다. 즉, 하느님께서 점지하시지 않은 능력이라곤 없지요. 다만 사람들은 우리의 모호하고 산만한 교육 때문에 불확실한 길을 가는 것뿐이지요. 우리의 교육은 본능에 활기를 불어넣어 주지는 않고 욕망만 자극하고 있어요. 그리고 진정한 소질이 싹을 틔우도록 도와주지는 않고, 그런 소질을 향해 나아가려고 애쓰는 본성에는 전혀 어울리지도 않는 대상들을 지향하도록 부추기기만 한단 말입니다. 나는 한 아이나 젊은이가 자신의 길 위에서 방황하고 있는 모습이 낯선 길 위에서 바르게 걷고 있는 것보다 훨씬 더 바람직하다고 생각해요. 전자는 자기 혼자서나 남의 안내를 통해 올바른 길, 즉 자기 천성에 알맞는 길을 한번 찾기만 하면, 다시는 그 길을 놓치지 않을 것입니다. 그러나 후자는 낯선 굴레를 떨쳐버리고 절대적 방종의 늪에 빠져버릴 위험에 시시각각으로 봉착하게 된단 말입니다〉라고요」

「참 이상도 하군요!」 하고 빌헬름이 말했다. 「그 묘한 분이 저에게도 관심을 가지셨고, 보아하니 자기 나름대로——저를 인도까지는 하지 않았다 하더라도 적어도 한동안은——과오의 길 위에서 더욱 헤매도록 부추겼다는 사실 말입니다! 그분이 몇몇 사람들과 연계해서 말하자면 저를 놀려먹은 것 같은데, 앞으로 이 책임을 어떻게 지시려는지 어디 한번 참고 기다려 봐야겠네요」

「설령 그것이 변덕스러운 교육방법이라고 하더라도, 저로서는 그런 교육방법에 대해서 불평할 입장이 아닙니다」 하고 나탈리에가 말했다. 「왜냐하면 저야말로 제 남매들 중에서 그 방법이 가장 성공한 사례이기 때문이에요. 또한 저는 로타리오 오빠 역시 지금보다 더 훌륭한 교양을 쌓기는 어려우리라고 생각해요. 다만 제 착한 여동생인 백작부인만은 좀 다른 교육을 받았더라면 좋았을 것 같군요. 어쩌면 그 아이의 본성에다 좀더 진지하고 강인한 면을 불어넣어 줄 수도 있었을 겁니다. 남동생 프리드리히가 앞으로 어떻게 될지는 전혀 예상조차 못하겠습니다만, 그 아이가 이런 교육적 실험의 희생양이 되지나 않을까 걱정이 된답니다」

「남동생도 하나 있으시군요?」 하고 빌헬름이 외쳤다.

「네! 매우 쾌활하고 경망스러운 성격의 아이랍니다」 하고 나탈리에가 대답했다. 「그애가 세상을 떠돌아 다니려는 것을 말리지 않고 내버려두고 있기 때문에, 그런 방종하고 느슨한 본성으로부터 장차 무엇이 될지 모르겠어요. 제가 그 아이를 본 지도 꽤 오래됐어요. 유일하게 안심이 되는 점은 신부님과 제 오빠의 친구분들 모두가 그애가 어디에 머물고 있고 무슨 짓을 하고 있는지 항상 알고 계신다는 사실이랍니다」

빌헬름은 막 이런 모순된 교육관에 대한 나탈리에의 생각을 묻는 것과 아울러 그 비밀스러운 모임에 대해서도 그녀의 설명을 듣고 싶다는 말을 할 참이었다. 바로 그때 의사가 들어와서는 환영한다는 첫마디를 하고는 즉각 미뇽의 상태에 대해 말하기 시작했다.

그러자 나탈리에가 펠릭스의 손을 잡고는 자기는 그 아이를 미뇽한테 데려다 주고 그녀에게 빌헬름이 나타나리라는 마음의 준비를 시켜놓겠다고 말했다.

이제 빌헬름과 단둘이 있게 되자 의사가 말을 계속했다. 「짐작조차 못하실 묘한 일들을 얘기해 드려야겠군요. 나탈리에는 우리가 보다 자유롭게 얘기할 수 있도록 자리를 피해 주는 것 같습니다. 이 얘기는 나 역시 모두 나탈리에 자신을 통해 알게 되었는데도 그녀의 면전에서는 아무래도 아주 서슴없이 말하기가 좀 거북하거든요. 이제 미뇽에 관해 이야기하자면, 이 착한 아이의 이상한 본성은 거의 깊은 그리움으로만 이루어져 있습니다. 자신의 고국을 다시 보고 싶은 소망과, 마이스터 씨, 당신을 향한 그리움——이 두 가지가 그녀에게 남아 있는 유일한 현세적 욕망이라고 말해도 그다지 지나친 말이 아닌 것 같습니다. 두 가지가 다 무한히 먼 곳에 있어서 손에 잘 잡히지 않고, 이 특이한 심성의 아이에게는 두 대상이 모두 도달할 길 없는 곳에 놓여 있는 것입니다. 그 아이는 밀라노 근방에서 태어난 것으로 추측되는데, 매우 어린 나이에 줄타기 광대들의 곡예단에 유괴되어 부모 곁을 떠나야 했던 것 같습니다. 그애한테서 더 자세한 말을 들을 수는 없습니다. 그 당시에 너무 어렸기 때문에 지명이나 인명을 정확하게 댈 수 없는 까닭도 있지만, 더 큰 이유는 살아 있는 인간에게는 아무한테도 자기 집 주소와 부모의 내력에 관해 자세히 말하지 않겠다는 맹세[13]를 했기 때문이지요. 미뇽이 그런 맹세를 하게 된 이유인즉, 길잃은 아이를 발견한 바로 그 사람들에게 아이가 집 주소를 아주 또박또박 말해 주고 제발 집으로 데려다 달라고 그토록 간곡히 부탁했는데도 그들은 그럴수록 더 황급히 아이를 끌고 그곳을 떠나버리고는 밤이 되자 숙소에서 아이가 자는 줄 알고 근사한 사냥을 했다고 농담을 주고받으며 아이가 돌아가는 길을 다시는 찾지 못

---

13) 제5권 제16장의 끝에 나오는 〈미뇽의 시〉 제3연 참조: 〈이 내 입술만 은 맹세로 굳게 닫혀 / 신이 아니면 열 수 없어요.〉

하도록 해야 한다고 서로 다짐했던 모양입니다. 그 순간 그 불쌍한 아이한테는 무서운 절망감이 덮쳤는데, 그러던 가운데에 마침내 성모 마리아가 나타나 그 아이를 맡아 돌보아 주겠다고 약속을 했다는 것입니다. 그러자 그 아이도 혼자 속으로, 앞으로 아무도 더 이상 믿지 않고 아무에게도 자기의 내력을 이야기하지 않겠으며 직접적인 하느님의 가호를 기대하며 살고 또 죽겠다고 신성한 맹세를 했다는 것입니다. 지금 말씀드리는 이 내용조차도 그녀는 나탈리에에게 명확히 털어놓지 않았습니다. 이것조차도 우리의 귀한 아가씨가 아이의 산발적인 말이나 노래들에서, 그리고 애써 감추고 싶은 것을 도리어 노출시키곤 하는 어린아이다운 부주의한 언행들을 듣고 본 데서 재구성한 것에 불과합니다」

빌헬름은 이제서야 그 착한 아이의 많은 노래와 말이 지니고 있는 원래의 뜻을 이해할 수 있을 것 같았다. 그는 의사에게 그 특이한 아이의 이상한 노래나 고백으로 인하여 그가 알게 된 것은 무엇이든 숨기지 말고 자기에게 말해 달라고 간곡히 부탁했다.

「아! 이상한 고백을 전해 들으시더라도 놀라지 마십시오!」 하고 의사가 말했다. 「당신은 기억도 못하시겠지만 거기서 당신이 큰 역할을 하고 계시는 한 이야기인데, 나로서는 이것이 이 착한 아이의 생사에 관계되는 중대한 이야기가 아닐까 싶어 걱정이 되는군요」

「말씀해 주십시오!」 하고 빌헬름이 말했다. 「어서 듣고 싶습니다」

「「햄릿」 공연이 있던 날 밤에」 하고 의사가 물었다. 「어떤 알지 못할 여성이 당신 방에 찾아들었던 일을 기억하시는지요?」

「네, 또렷이 기억이 납니다!」하고 빌헬름이 부끄러운 기색을 보이며 대답했다. 「하지만 이 자리에서 그 이야기가 나올 줄은 몰랐습니다」

「그게 누구였는지 아십니까?」

「아뇨! 무슨 놀라운 말씀을 하시려는 건지요? 설마 미뇽이라는 말씀은 아니겠지요? 누구였습니까? 말씀해 주십시오!」

「나 자신도 모릅니다」

「그렇다면 미뇽은 아니군요?」

「네, 확실히 미뇽은 아니었어요. 그러나 바로 그때 미뇽도 당신한테로 숨어들려고 하던 참이었지요. 그런데 한 연적(戀敵)이 자기보다 먼저 당신한테로 가는 것을 한쪽 구석에서 목격하고 깜짝 놀랐던 것입니다」

「연적이라!」하고 빌헬름은 외쳤다. 「말씀을 계속해 주십시오! 저는 무슨 말씀인지 전혀 갈피를 못 잡겠습니다」

「당신은 이 수수께끼의 해답을 나한테서 이렇게 힘 안 들이고 들으실 수 있는 것을 다행으로 여기셔야 할 겁니다」하고 의사가 말했다. 「그 아이에 대한 관심이 아주 절실하다고는 하기 어려운 나탈리에와 제가 그 착한 아이를 도와주고 싶다는 일념에서 그애의 혼란된 상태의 본질을 명확히 통찰할 수 있기까지에는 적지않게 애를 먹었거든요. 필리네와 다른 처녀들이 평소에 나누는 경박한 얘기들과 그 어떤 노래의 가사에 자극을 받은 미뇽은 사랑하는 사람의 곁에서 하룻밤을 보낸다는 것이 아주 근사한 생각이라고 여기게 되었습니다. 물론 이때 그녀가 생각할 수 있었던 것은 서로 신뢰하는 가운데에서 조용히 시간을 함께 보내는 행복 이상의 것은 아니었습니다. 그 착한 아이의 마음속에는 이미 당신에 대한 애정이 싹터서 힘차게 뻗어나고 있었고, 그 아이는 이미 많은 고통을 당신의 품안에서 잠재워 오고 있었던 것이지요. 이제 그녀는 그런 행복감을 한번 마음껏 맛보기를 원한 겁니다. 그래서 그녀는 어떤 때는 당신에게 한번 그럴 기회를 달라고 솔직히 부탁할 계획도 세웠지만, 금방 어떤 내밀한 전율을 느낀 나머지 그 계획을 다시 포기하곤 했습니다. 그러던 중 그 즐거운 날 밤에 여러 잔 마신 포도주의 취기 때문에 그녀는 마침내 그 모험을 한번 시도해 볼 용기를 얻었고 그날 밤에 당신의 방으로 잠입해 들어갈 엄두를 내게 된 것입니다. 그녀는 문이 잠겨져 있지 않은 방 안에서 몸을 숨기기 위해 당신보다 먼저 뛰어갔습니다. 그러나 막 계단을 올라갔을 때, 그녀는 무슨 소리를 들었습니다. 그래서 숨어서 보았더니 흰옷을 입은 여자 하나가 당신의 방 안으로 들어가는 것이었습니다. 그러자 곧 당신이 도착했습니다. 그러고는 그 커다란 빗장이 걸리는 소리가 들려왔습니다.

미뇽은 굉장한 고통을 느꼈습니다. 불같은 질투가 몰고 오는 온갖 격렬한 감정이 희미한 정욕이 불러일으키는 알지 못할 욕망과 뒤섞였으며, 이런 격렬한 감정으로 아직 못다 핀 그 꽃봉오리는 심한 타격을 입었습니다. 그때까지 그리움과 기대로 생생하게 뛰고 있던 그녀의 심장이 갑자기 멎는 것 같았고, 마치 하나의 납덩이가 그녀의 가슴을 짓누르는 것 같았습니다. 그녀는 숨을 쉴 수가 없었고 어찌할 바를 몰랐습니다. 그때 그녀는 노인의 하프 소리를 들었습니다. 그녀는 그의 지붕밑 방으로 달려가 그의 발치에서 무서운 경련을 일으키는 가운데에 그날 밤을 보냈다는 것입니다」

의사는 잠시 말을 멈추었다. 그러나 빌헬름이 잠자코 있자 하던 말을 계속했다. 「나탈리에가 저에게 고백하기를, 이 이야기를 하는 그 아이의 상태를 볼 때만큼 그렇게 끔찍하고 참담한 심경을 느껴보기는 평생 처음이라더군요. 아닌게아니라 그 고귀한 성품의 아가씨는 자기가 캐물어서 그 고백을 하도록 유도함으로써 그 착한 아이의 기억을 그토록 잔인하게 되살려 놓은 데 대해 심한 자책감을 느끼고 있었어요.

나탈리에는 이렇게 말했습니다. 〈그 착한 아이는 이런 얘기를——아니, 제가 자꾸 캐어묻는 데 대해 이런 대답을——하던 중, 이 대목에 이르자마자 갑자기 저의 앞에 엎어지면서 한 손을 가슴에 갖다대고는 그 끔찍한 날 밤의 고통이 다시 찾아왔다고 하소연을 했어요. 그 아이는 마치 지렁이처럼 몸을 비비 꼬면서 바닥 위를 구르는 것이었습니다. 그래서 저는 정신을 바짝 차리고는 제가 평소에 이런 상황에 처한 사람의 심신에 좋은 것으로 알고 있던 모든 치료법을 생각해 내고 거기에 따라 그 아이를 구완해 줘야 했답니다.〉」

「말씀을 듣자 하니 참 걱정스럽군요」하고 빌헬름이 말했다. 「그 귀여운 아이를 다시 만나게 되어 있는 바로 이 순간에 그 아이에 대한 저의 여러 가지 불찰을 절감하도록 해주시니 말입니다. 기왕에 그 아이를 만나도록 허가하실 바엔 무엇 때문에 자유로운 마음으로 그애에게 다가갈 수 있는 용기를 빼앗으십니까? 솔직히 말씀드립니다만, 그애의 기분이 그렇다면 제가 나타나는 것이 아무런 도움도 되지 않을 것 같은데요? 만약 선생님이 의사로서 그런 이중의 그리움[14]이 언제 죽을지 모를 정도로 그 아이의 건강을 해쳤다고 확신하고 계신다면, 제가 새

---

14) 위에 나온 의사의 말 참조: 〈자신의 고국을 다시 보고 싶은 소망과, 마이스터 씨, 당신을 향한 그리움——이 두 가지가 그녀에게 남아 있는 유일한 현세적 욕망이라고 말해도 그다지 지나친 말이 아닌 것 같습니다.〉

삼스럽게 나타나서 그애의 고통을 되살리고 자칫 그애의 종말까지 재촉해야 할 필요가 있을까요?」

「젊은 양반!」하고 의사가 대답했다. 「아무 도움이 될 수 없는 경우라 할지라도 고통을 보다 줄여줄 의무는 있는 것입니다. 또한, 사랑하는 사람이 옆에 있기 때문에 환자의 망상이 그 파괴력을 잃게 되고 환자의 애타는 그리움이 평온한 정관(靜觀) 상태로 변하는 수가 자주 있지요. 나는 실제로 그런 중대한 사례들을 알고 있습니다. 모든 일이 다 그렇지만, 절도를 지키고 목적을 망각하지 않는 것이 중요합니다! 사랑하는 사람이 나타남으로써 꺼져가는 열정이 다시 부추겨질 가능성도 마찬가지로 존재하거든요. 그 착한 아이를 보시고 친절하게 대해 주십시오. 그리고 그 결과가 어떻게 나타나는지 어디 좀 두고 보기로 합시다」

마침 그때 나탈리에가 돌아와서 빌헬름에게 자기와 함께 미뇽에게로 가자고 말하고는 앞장을 섰다. 「그 아이는 펠릭스를 보고 아주 행복해하는 것 같아요. 그래서 저는 그애가 친구분도 얌전하게 맞이해 줄 것으로 기대하고 있습니다」 빌헬름은 썩 내키지 않는 기분으로 뒤따라갔다. 그는 지금까지 들은 얘기에 크게 감동해 있었다. 그래서 무슨 열광적인 장면이 벌어지지나 않을까 두려워했다. 그러나 막상 그가 들어섰을 때는 바로 그 정반대의 정경이 나타났다.

숱이 많은 갈색 머리카락을 일부는 곱슬머리로 두고 일부는 말아올린 미뇽이 길다랗고 흰 부인복을 입고 앉아서 펠릭스를 무릎 위에 앉히고 자기 가슴에 꼭 껴안아 주고 있었는데, 그녀는 완전히 이 세상을 떠난 혼백같이 보였으며, 소년은 마치 생명 그 자체와도 같이 보였다. 그래서 그 정경은 마치 하늘과 땅

이 서로 포옹하고 있는 듯한 모습이었다. 그녀는 방긋 웃으며 빌헬름에게 손을 내밀었다. 「저에게 이 아이를 다시 데려다 주셔서 고맙습니다. 어떻게 그런 일이 일어날 수 있었는지는 몰라도, 사람들은 이 아이를 저에게서 빼앗아 가버렸어요. 그때 이래로 저는 살아도 사는 것 같지가 않았습니다. 제 마음이 이 지상에서 아직도 무엇인가 원하는 것이 있는 한, 이애가 그 틈을 채워줄 기예요」

미뇽이 그녀의 친구를 그토록 평온한 태도로 맞이하는 것을 보고 나머지 사람들은 크게 만족해하였다. 의사는 빌헬름에게 자주 그녀를 만나보도록 권했으며 다른 사람들도 모두 그녀의 몸과 마음이 균형을 유지하도록 배려해야 할 것이라고 말했다. 그리고 그 자신은 그 자리를 떠나면서, 곧 다시 오겠다고 약속했다.

이제 빌헬름은 나탈리에를——그녀의 주위 세계 안에서 활동하고 있는 모습 그대로——관찰할 수 있었는데, 누구라도 그녀의 옆에 사는 것보다 더 나은 것을 소망할 수는 없을 것 같다. 그녀의 존재는 어린 소녀들과 여러 연령층의 여자들에게 지극히 순수한 영향을 끼치고 있었다. 이들은 그녀의 집에서 살기도 하고 인근 마을에서 날마다 또는 며칠 걸러 그녀를 찾아오기도 했다.

「당신의 인생 행로는 아마도 기복이 적고 항상 같은 길이었던 것 같군요?」 하고 어느 땐가 빌헬름이 그녀에게 말했다. 「이모님께서 어릴 적의 당신에 대해서 써놓으신 그 글이, 제 기억이 틀림없다면, 지금도 여전히 당신에게 맞는 것 같거든요. 당신을 보면 지금까지 한번도 길을 잃고 헤매신 적이 없었다는 것을 느낄 수 있습니다. 당신은 단 한 걸음이라도 퇴보해야 할 상황에 놓였던 적이 없으십니다」

「그건 외종조부님과 신부님의 덕분입니다」하고 나탈리에가 대답했다. 「두 분은 저의 특이한 성격을 아주 정확히 판단하실 줄 아셨거든요. 어릴 적부터 제 기억에 남아 있는 가장 선명한 인상은 제가 도처에서 사람들이 결핍을 당하는 것을 보고는 그 결핍을 보충해 주고 싶은 억제하기 힘든 욕구를 느꼈던 일입니다. 아직 두 발로 설 수 없는 아이, 더 이상 두 다리로 자기 몸을 지탱할 수 없는 노인, 자식을 얻으려고 애태우는 부유한 집안, 가족들을 먹여살릴 수 없는 가난한 집안, 남에게 말은 못하고 혼자 생업을 찾고 있는 모든 사람들, 예능 계통으로 나아가고자 하는 충동을 느끼는 사람, 세상에 필요한 수많은 사소한 기술에 대한 소질을 타고난 사람——저의 눈은 도처에서 이런 사람들을 발견할 운명을 타고난 것 같았어요. 저는 아무도 저에게 주의를 환기시켜 주지 않은 것을 볼 수 있었거든요. 그러나 또한 저는 다만 그런 것만 볼 수 있도록 타고난 것 같았습니다. 이를테면, 수많은 사람들이 지극히 민감하게 매력을 느끼는 무생물에 관해서는 저는 전혀 무감각했거든요. 그리고 예술의 매력은 저에게는 무생물의 경우보다 더 무력했다고 할 수 있을 정도입니다. 제 감정이 가장 유쾌한 경우는 예나 지금이나 세상의 어떤 결핍, 어떤 욕구를 발견하는 즉시 머릿속에서 그것을 보충하거나 도와줄 방도를 찾고 있을 때입니다.

누더기를 걸치고 있는 가난한 사람을 보면, 저의 머릿속에는 가족들의 장롱 속에 걸려 있던 남아도는 옷들이 떠올랐습니다. 세심한 보살핌을 받지 못하고 야위어가는 아이들을 보면, 부유하고 편안한 나머지 권태롭게 보이던 이댁 저댁의 부인들이 생각났습니다. 많은 사람들이 비좁은 공간에 갇혀 있는 것을 보면, 저는 이 사람들을 그 많은 저택이나 궁성의 넓은 방에서 묵도록 해야 할 것이라고 생각했습니다. 저는 아무런 성찰을 거치지 않고도 아주 자연스럽게 사물을 이런 식으로 볼 수 있었기 때문에 어릴 적부터 이미 이 세상에 대해 기이하기 짝이 없는 언행을 하곤 했고 기상천외의 제안들을 내놓아 주위 사람들을 당황하게 한 적도 한두 번이 아니었답니다. 또 한 가지 제가 특이했던 점은 돈이 결핍을 보충해 줄 수 있는 수단이라는 것을 처음에는 몰랐다가 나중에야 간신히 알게 되었다는 사실입니다. 즉, 제가 베푸는 모든 선심은 현물로 되어 있었답니다. 그래서 종종 주위 사람들의 웃음거리가 되어 온 사실을 저 자신도 잘 알고 있습니다. 다만 신부님만은 저를 이해하시는 것 같았어요. 무슨 일이든지 저의 뜻대로 밀어주시면서 저에게 저 자신을 알도록, 즉 저의 그런 소망과 성향을 스스로 깨우치도록 만들어 주셨고, 또한 어떻게 하면 그런 소망과 성향들을 목적에 맞게 충족시킬 수 있는가를 가르쳐 주셨습니다」

「그렇다면 소녀들을 교육하실 때에 저 묘한 남자분들의 원칙들을 그대로 적용하시는 겁니까?」 하고 빌헬름이 물었다. 「어느 아이나 스스로 자신의 본성을 형성해 나가도록 내버려두시는 건지요? 그렇다면 당신도 역시 소녀들로 하여금 그들의 길을 찾거나 혹은 방황함으로써 오류를 범하게 내버려두고, 다행히도 목적지에 도달하거나 혹은 불행하게도 길을 잘못 들어 헤매도록 방치하시는 건지요?」

「아뇨!」 하고 나탈리에가 말했다. 「사람을 그런 식으로 다루는 것은 제 생각과는 완전히 다를 것 같군요. 지금 도와주지 않는 사람은 영원히 도와주지 않을 사람이라고 생각합니다. 지금 충고해 주지 않는 사람은 영원히 충고해 주지 않을 사람입니다.

이와 마찬가지로 인생을 살아가는 데에 의지가 될 만한 몇몇 법칙을 분명히 말해 주고 아이들에게 엄하게 가르쳐 주는 것은 꼭 필요하다고 봅니다. 그렇습니다, 우리의 본성이 제 멋대로 충동질하는 데에 따라 방황하느니보다는 차라리 규칙들을 따르면서 방황하는 것이 낫다고까지 주장하고 싶을 정도입니다. 그리고 제가 보는 바에 의하면, 우리 인간의 본성에는 항상 어떤 결함이 남아 있는데, 이것은 명확히 규정된 법을 통해서만 메워질 수 있는 것 같아요」

「그러면 당신의 행동방식은 우리의 친구분들이 취하는 방식하고는 완전히 다르군요?」하고 빌헬름이 말했다.

「그렇습니다!」하고 나탈리에가 대답했다. 「하지만 바로 이 사실에서도 당신은 그분들의 크나큰 관용성을 보실 수 있습니다. 그분들은 이것이 제가 갈 길이라는 바로 그 이유 때문에 제가 가는 길을 조금도 방해하지 않고 오히려 제가 원하는 것이면 무슨 일이든지 저의 뜻대로 밀어주시거든요」

나탈리에가 소녀들을 어떻게 다루었는가에 대한 자세한 보고는 다음 기회로 미루기로 하겠다.

미뇽은 자주 그들과 함께 어울리고 싶어했다. 그녀가 빌헬름과 조금씩 다시 친해지고 그에게 자기의 마음을 여는 것 같았으며 전반적으로 더 명랑해지고 쾌활해지는 것같이 보이던 참이었기 때문에, 그녀의 그런 소망은 더욱더 기꺼이 허락되었다. 그녀는 산책을 할 때에는 쉽게 피로를 느껴서 빌헬름의 팔에 매달리다시피 하기를 좋아했다. 「이제 이 미뇽은 더 이상 나무에 기어오르거나 풀쩍 뛰는 짓 같은 건 하지 않아요」하고 그녀가 말했다. 「하지만 아직도 여전히 산꼭대기들 위로 성큼성큼 걸어다니고 싶고 이 집 지붕에서 저 집 지붕으로, 이 나무에서 저

나무로 건너다니고 싶은 욕망을 느낍니다. 저 새들이 참 부러워요! 특히 그렇게 예쁘장하고 정다운 보금자리를 만드는 걸 보면 그래요!」

미뇽은 빌헬름을 하루 한 번 이상 정원으로 데리고 나가곤 했는데, 얼마 가지 않아 이것이 습관처럼 되고 말았다. 빌헬름이 마침 바쁘다거나 눈에 띄지 않을 경우에는 펠릭스가 그의 역할을 대행해야 했다. 이 착한 소녀는 때로는 이 지상을 완전히 떠나버린 존재처럼 보이다가도, 또 어떤 순간에는 마치 다시금 이 지상으로 되돌아와서 이 부자(父子)를 꽉 붙들고서 자신의 존재를 지탱하는 것처럼 보였으며, 이 두 사람과 떨어지는 것을 그 무엇보다도 두려워하고 있는 것 같았다.

나탈리에는 깊은 생각에 잠겨 있는 것 같았다. 「우리는 선생님이 옆에 계심으로써 가엾고 착한 저애의 마음이 다시 열리기를 원했습니다」하고 그녀가 말했다. 「우리가 과연 잘한 일인지 지금은 잘 모르겠군요」그녀는 입을 다물고 잠자코 있었는데, 빌헬름이 무슨 말인가 응답해 주기를 기대하는 눈치였다. 빌헬름 역시 자기가 테레제와 결혼할 경우 이런 상황 아래에서는 미뇽이 틀림없이 크나큰 마음의 상처를 입게 되리라는 생각을 머리에 떠올렸다. 하지만 그는 아직 테레제의 회답이 어떻게 나올지 모르는 불확실한 상태에서 그 결혼 계획을 털어놓을 엄두가 나지 않았다. 그는 설마 나탈리에가 그것을 전해 들었으리라고는 짐작조차 할 수 없었다.

이와 꼭 마찬가지로 그는, 그 고귀한 여성이 자기의 여동생 얘기를 하면서 여동생의 좋은 특성들을 칭찬하고 여동생의 현재의 처지에 대해 유감의 뜻을 표했을 때에도, 자유로운 분별력을 발휘하며 그 대화를 따라갈 수 없었다. 그는 나탈리에가 멀지 않아 백작부인을 여기서 만나보게 될 것이라고 예고해 주었을 때에도 적지않이 당황할 따름이었다. 「지금 저의 제부(弟夫)의 머릿속에는 작고한 백작[15]을 대신하여 교구를 대표하고 자신의 식견과 활동을 통해 그 큰 교단을 지키고 그 교세를 확장해 나갈 일념으로 꽉 차 있어요. 제부가 이번에 동생과 함께 우리한테로 오는 것은 일종의 작별 인사를 하려는 것입니다. 그런 다음에 그는 그 교단이 자리잡은 여러 정착지들[16]을 방문할 예정인데, 주위의 사람들은 그가 하고 싶은 대로 내버려두는 모양이에요. 제 생각으로는 그가 자기 전임자와 아주 비슷하게[17] 되고 싶은 나머지 가엾은 제 여동생을 데리고 미국 여행까지 감행할 듯이 보이는군요. 조금만 더 노력하면 성자가 되는 것은 시간 문제라고 거의 확신하고 있기 때문에, 될 수만 있다면 순교자로서 최후를 장식하겠다는 소망까지도 가끔 마음속에 떠오르는 것 같습니다」

4

지금까지 테레제 양에 관한 얘기가 아주 빈번히 나왔고, 다른 이야기를 하던 도중에 그녀가 언급된 적도 충분히 자주 있었

---

15) 헤른후트 교단의 친첸도르프 백작을 가리킨다.
16) 교단의 발원지는 헤른후트 Herrnhut이지만, 동프로이센의 베테라우 Wetterau(1738), 오버라우지츠 지방의 니스키 Niesky(1742), 튀링겐 지방의 노이디텐도르프 Neudietendorf(1743), 그리고 에버스도르프 Ebersdorf(1746), 바르비 Barby(1747) 등에 차례로 교구 공동체가 생겨났다.
17) 친첸도르프 백작은 1738–1739년, 1741–1743년 두 차례에 걸쳐 각각 서인도제도와 북미를 여행하며 현지 교구민들을 지원한 적이 있다.

다. 그럴 때마다 거의 언제나 빌헬름은 자기가 그 훌륭한 여성에게 사랑을 고백하고 청혼을 한 사실을 새로 사귄 그의 여자 친구에게 고백할 참이었다. 그러나 그 자신도 잘 설명할 수 없는 그 어떤 감정 때문에 그는 번번이 그 고백에까지 이르지는 못하곤 했다. 그가 오랫동안 그렇게 망설이고 있는데, 마침내 나탈리에 자신이 그녀에게서 늘 볼 수 있는 그 고상하고 겸손하면서도 명랑한 미소를 띠고서 그에게 말을 해왔다. 「결국에는 제 쪽에서 침묵을 깨고 당신의 내밀한 일에 억지로 끼여들지 않을 수 없군요! 당신에게 그토록 중대하고 저 자신과도 아주 밀접한 관계가 있는 일을 왜 저한테 숨기시지요? 당신은 제 친구에게 청혼을 하셨습니다. 제가 아무런 소명도 없이 이 일에 끼여드는 것이 아닙니다. 여기에 저의 자격증이 있어요! 여기에 그녀가 선생님에게 쓴, 저를 통해 선생님에게 전하는 편지가 있습니다」

「테레제 양의 편지라고요!」하고 그가 외쳤다.

「네, 그래요! 선생님의 운명은 결정되었어요. 복도 많으십니다. 선생님과 제 친구에게 축하를 드리고 싶습니다」

빌헬름은 말을 못하고 앞만 멀거니 바라보고 있었다. 나탈리에는 그의 얼굴을 쳐다보았다. 그녀는 그의 얼굴이 창백해지는 것을 보았다. 「대단히 기쁘신 모양이군요」하고 그녀는 말을 계속했다. 「기쁨이 놀람의 형태를 띠고 나타나 선생님한테서 말을 빼앗아 버리는군요. 제가 아직 말을 할 수 있다고 해서 저의 축하드리는 마음에 진심이 덜 어려 있는 건 아니에요. 선생님이 저에게 고마워하시리라 기대하고 있어요. 이런 말씀을 드려도 좋을지 모르겠습니다만 테레제 양이 결단을 내리기까지는 저의 영향도 적지 않았거든요. 그 친구가 저에게 조언을 부탁해 왔는

데, 묘하게도 선생님이 마침 여기에 계셨지요. 저는 그 친구가
아직도 품고 있던 한두 가지 의혹을 성공적으로 없애줄 수 있었
지요. 심부름꾼들이 분주하게 오고 간 결과, 여기 이렇게 그 친
구의 결정이 내려진 것이에요. 여기에 그 동안의 발전과정이 모
두 있습니다. 그러니 이제 그 친구의 편지들을 모두 읽어보도록
하세요. 신부 될 사람의 아름다운 마음속을 굴절 없이 마음대로
들여다보세요」

빌헬름은 그녀가 건네주는 봉해지지 않은 편지를 펼쳤다. 거
기에는 다음과 같은 정다운 말이 적혀 있었다.

〈지금 있는 그대로의 저, 그리고 당신이 알고 계시는 저는
당신의 여자입니다. 저도 지금 있는 그대로의 당신, 그리고 제
가 알고 있는 당신을 저의 사람이라고 부르겠어요. 결혼생활을
하는 동안 설령 우리 자신이나 우리의 상황에 무슨 변화가 오더
라도, 우리는 이성과 낙천적인 용기와 선의를 통하여 그런 변
화를 참아낼 수 있을 거예요. 우리를 함께 맺어주고 있는 것이
열정이 아니라 애정과 신뢰인 까닭에 우리는 수많은 다른 짝들
보다 위험 요소가 적은 한 쌍입니다. 제가 이따금 저의 옛 남자
친구를 못 잊어 하더라도 당신은 저를 틀림없이 용서해 주시겠
지요. 그 대신 저는 당신의 아들을 어머니로서 이 가슴에 꼭 껴
안겠습니다. 지금 당장 저의 조그만 집에서 저와 함께 사실 생
각이시라면, 이 집의 주인이며 가장이 되시는 것입니다. 그러
는 사이에 그 토지 구입도 완결되겠지요. 거기에 새로운 시설을
할 때에는 제가 꼭 함께할 수 있기를 소망합니다. 당신이 저에
게 보여주신 신뢰가 헛된 것이 아니었음을 당장 입증해 드리고
싶거든요. 그럼 안녕히 계세요, 정답고 그리운 친구! 사랑하는
신랑, 존경하는 남편! 테레제는 희망과 생의 환희에 부푼 가슴

으로 당신을 껴안습니다. 저의 친구 나탈리에가 당신에게 더 많
은 것을, 아니 모든 것을 얘기해 줄 것입니다.〉

이 편지를 통해 테레제의 모습을 마음속에 다시 한번 완연히
떠올려 보게 된 빌헬름은 다시 완전히 제정신으로 되돌아왔다.
편지를 읽으면서도 그의 마음속에서는 온갖 생각들이 얼핏얼핏
스쳐 지나갔다. 그는 자신의 가슴속에 나탈리에에게 쏠리는 애
징의 생생한 흔적을 발견하고는 깜짝 놀랐다. 그는 자신을 나무
라고 그런 종류의 생각을 모두 부질없는 것으로 돌렸으며 테레
제를 완전한 여성상으로 눈앞에 그려보면서 그 편지를 다시 읽
었다. 그래서 그는 명랑한 기분이 되었다. 아니, 다시 말하자
면, 명랑하게 보일 수 있을 만큼 침착을 되찾았다. 나탈리에는
그 동안 테레제한테서 받은 편지들을 그에게 내주었다. 여기 그
편지들 중의 몇 대목을 발췌해 보기로 하겠다.

테레제는 자기의 신랑 될 사람을 그녀 나름대로 묘사하고 난
뒤에, 계속해서 다음과 같이 써내려 가고 있었다.

지금까지는 내가 상상하는 그 남자의 모습을 그려본 것인
데, 그 사람이 지금 나에게 청혼을 해왔어. 그가 자기 자신
을 어떻게 생각하고 있는지는 나중에 동봉하는 편지들을 읽
어보면 알게 될 거야. 그 편지들 속에서 그는 자신을 아주
솔직하게 묘사하고 있거든. 난 그이와 함께라면 행복하게 살
수 있을 것으로 확신하고 있어.

신분에 관해서 말하자면, 내가 전부터 거기에 대해 어떻게
생각해 왔는지 너도 잘 알잖아. 어떤 사람들은 외적 조건의
불균형[18]을 두려워하고 그것을 이겨내지 못하지. 나는 내 확
신에 따라 행동하고 싶어. 그러나 아무한테도 나처럼 행동하

라고 확신시키고 싶지는 않아. 나는 남들의 본보기가 될 생
각은 없지만, 본보기 없이 행동하지는 않아. 나를 불안하게
하는 것은 단지 내적인 불균형뿐이야. 한 그릇이 자기 자신
속에 담아야 할 내용물과 어울리지 않을 때가 불안한 거야.
호사스러운 겉치레와 즐거움의 결핍, 부와 인색, 귀족과 조
야성, 젊음과 옹졸한 태도, 궁핍과 허례허식——이런 불균
형이야말로, 아무리 세상 사람들이 제멋대로 보증하고 존중
하건 말건, 내가 도저히 참을 수 없는 관계들이야.

난 우리 둘이 서로 어울릴 것이라고 기대하고 있는데, 내
가 이런 기대를 걸 수 있는 주된 근거는 그가 너와 비슷하다
는 데에 있어. 내가 한없이 높이 평가하고 존경해 마지않는
너 나탈리에와 비슷하단 말이야. 사실 그는 더 나은 것을 찾
아 지향적으로 노력해 나가는 네 그 고귀한 성격을 그대로
쏙 빼놓은 것 같애. 우리가 무슨 보물찾기처럼 찾고 있는 선
(善)도 실은 이런 지향적 노력을 해나가는 과정 그 자체에서
비로소 우리가 만들어 내야 하는 것 아니겠어? 네가 이 사람
저 사람을 대하고 이 경우 저 경우에 처하여 행동할 때 내가
내 처지에서 했을 행동과 많이 달랐다고 해서 너를 아주 대
놓고 나무란 적이 자주 있었지. 하지만 그 결말을 보면 대개
의 경우 네가 옳은 것으로 나타나곤 했지. 〈우리가 사람들을
대할 때 그들이 현재 있는 상태 그대로만 취급하면, 우리는
그들을 더 망치게 돼〉하고 넌 말했어. 〈마땅히 그렇게 되어
야 할 사람으로 이미 되어 있는 것처럼 대해 주면, 우리는

---

18) 테레제는 앞서 이미 〈어울리지 않는 결혼 Miβheiraten〉에 대한 자신의
견해를 밝힌 바 있다(제7권 제6장의 끝무렵 참조).

그들이 올라갈 능력이 있는 데까지는 함께 데리고 올라갈 수 있어.〉나는 그런 식으로 생각할 수도 없고, 그렇게 행동할 수도 없어——그건 나 자신이 너무나 잘 알고 있어. 분별력, 질서, 훈육, 명령——이런 것이 내 본령이지. 야르노 씨가 〈테레제는 생도들을 길들이고 나탈리에는 기른다〉고 하던 말이 지금도 기억나는군. 그래, 심지어 그는 어느 땐가 내게는 믿음, 사랑, 소망이라는 세 가지 미덕조차도 전혀 없다는 말까지 했어. 〈테레제는 믿음 대신에 분별력을 갖고 있지〉하고 그가 말했어. 〈사랑 대신에 끈기, 소망 대신에 신뢰를 갖고 있단 말이야.〉내 너에게 기꺼이 고백하지만, 너를 알기 전까지만 해도 나는 이 세상에 명석함과 총명함보다 더 높은 개념이 있을 수 있다는 것을 알지 못했어. 네가 옆에 있었기에 나는 새로운 확신과 활기를 얻었고 이전의 나를 극복할 수 있었어. 네 아름답고 고상한 영혼[19] 앞에서는 나는 기쁜 마음으로 한 걸음 양보할 수 있어. 꼭 같은 의미에서 나는 내 그 사람을 존경하고 있어. 그의 인생 기록은 영원한 추구와 늘 찾지 못함을 묘사한 것이야. 그러나 그는 결코 공허한 찾음이 아니라 선의에서 우러나오는 놀라운 찾음의 정신을 타고났어. 그는 자기 자신으로부터 우러나오는 것만을 이 세상으로부터 받을 수 있다는 이상한 신념을 갖고 있어. 그래서, 친애하는 나탈리에, 나의 명석한 판단력이 이 경우에도 역시 해롭지는 않을 거야. 내 남편이 자기 자신을 알고

---

19) 이 책의 끝에 가서 로타리오가 나탈리에를 가리켜 새 시대의 〈아름다운 영혼 die schöne Seele〉이라고 부르는데, 여기서 테레제는 지나가는 말투로 슬쩍 〈아름답고 고상한 영혼〉이라는 말을 함으로써 뒤에 나올 로타리오의 말을 예시(豫示)하고 있다.

있는 것보다도 내가 그를 더 잘 알 수 있으니까 말이야. 그래서 나는 그를 더욱더 소중히 여기게 돼. 나는 그의 사람됨을 볼 수 있지만, 그렇다고 그라는 인격 전체를 조감할 수는 없어. 내 모든 분별력도 그가 장차 무슨 활동을 할 수 있을지 예감하는 데까지는 미치지 못해. 그를 생각할 때마다 그의 영상이 항상 너의 영상과 뒤섞이곤 하는 바람에 나란 인간이 대체 무슨 자격으로 이런 두 사람과 함께 지낼 수 있는 것인지 모르겠단 말이야. 그러나 나는 내 의무를 행하고 사람들이 나한테서 기대하고 희망하는 바를 충실히 수행함으로써 그런 자격을 갖추어 나가고 싶어.

내가 로타리오 씨를 생각하느냐고? 아주 많이, 그리고 매일같이 생각하지. 마음속에서 나를 둘러싸고 있는 모임에서 그가 없다는 것은 단 한순간도 상상할 수 없을 정도야. 아, 젊은날의 실수 때문에 나와 남매간 비슷하게 돼버린 그 훌륭한 분이 혈연으로 너와 그렇게 가깝다는 사실은 정말 유감이야! 정말이지, 너와 같은 존재가 나보다 더 그와 어울릴 자격이 있어! 너에게라면 나는 그의 배우자 자리를 기꺼이 양보할 수 있고, 또 양보하지 않을 수 없겠지. 그가 어울리는 아내를 찾을 때까지 우리가 할 수 있는 역할을 다하자. 그리고, 그가 다른 아내를 얻게 된 뒤에도, 우리는 지금까지 해온 대로 계속 친하게 지내고 서로 협력하자.

「그런데, 이제 우리 주위 사람들은 어떻게 나올까요?」 하고 나탈리에가 말을 시작했다. 「오빠께서는 아무것도 모르고 계시지요?」──「네! 선생님의 가족들처럼 전혀 모르고 계세요. 이번에 이 일은 지금까지 우리 여자들 사이에서만 의논이 오갔어요. 뤼디에가 테레제의 머릿속에다 무슨 묘한 망상을 불어넣어 놓았는지 모르겠네요. 테레제가 신부님과 야르노를 불신하고 있는 것 같거든요. 그분들의 비밀스러운 교제와 계획에 대해서는 저도 대강은 알고 있지만 제 쪽에서 거기에 참견하겠다고 생각한 적은 한번도 없습니다. 아무튼 뤼디에가 그들의 그런 교제와 계획에 대해 테레제에게 적어도 몇 가지 의구심을 일으키게 한 것 같아요. 그래서 테레제는 자기 인생의 이런 중대 결단을 앞두고도 저 이외에는 아무한테도 조언을 해줄 기회를 주지 않았어요. 저의 오빠하고는 이미 예전에, 만약 그들이 결혼할 경우 서로 알리기만 할 뿐이지 거기에 대해 서로 상의하지는 않기로 합의를 본 상태랍니다」

이제 나탈리에는 그녀의 오빠에게 편지 한 통을 쓰고는 빌헬름에게도 거기에 몇 마디 덧붙여 달라고 했는데, 테레제가 나탈리에한테 그렇게 부탁했던 것이다. 막 편지를 봉하려는 참에 뜻밖에도 야르노가 찾아왔다. 그는 매우 친절한 영접을 받았는데, 그 역시 매우 기분이 좋은 눈치였고 농담을 곧잘 하더니 마침내 참지 못하고 다음과 같이 말을 꺼내는 것이었다. 「내가 여기로 온 것은 실은 여러분들에게 아주 놀라운, 하지만 유쾌하기도 한 소식 하나를 전해 드리기 위해서입니다. 그것은 우리의 테레제 양에 관한 소식입니다. 아름다운 나탈리에 양, 당신은 너무 많은 종류의 일에 관계하고 있다고 해서 가끔 우리를 나무랐지요. 그러나 도처에 첩보망을 갖고 있는 것이 얼마나 좋은 일인지 이제야 아시게 될 겁니다. 알아맞혀 보세요, 당신의 통찰력을 어디 한번 보여주십시오!」

이렇게 말하는 그의 의기양양한 태도와 그가 빌헬름과 나탈리에를 바라보는 그 장난스러운 표정으로 미루어 볼 때 두 사람은 그들의 비밀이 드러난 것임에 틀림없다고 믿었다. 나탈리에가 빙그레 웃으며 대답했다. 「우리는 당신이 생각하시는 것보다는 훨씬 더 능숙합니다. 우리는 수수께끼를 듣기도 전에 이미 그 해답을 종이 위에 적어놓았답니다」

이렇게 말하면서 그녀는 로타리오한테 가는 그 편지를 그의 손에 건네주고는 자기들을 조금 놀라게 해주거나 다소 부끄럽게 만들려던 그쪽의 속셈에 대해 이런 식으로 대응할 수 있게 된 것을 흡족하게 여겼다. 야르노는 약간 의아해하면서 편지를 집어들고는 주욱 훑어 읽더니 깜짝 놀라 그것을 손에서 떨어뜨리면서 눈이 휘둥그레져서 천만 뜻밖이라는 듯한 표정으로 두 사람을 쳐다보았다. 그의 얼굴에 이런 경악의 표정이 나타나기는 흔치 않은 일이었다. 그는 아무 말도 입밖에 내지 않았다.

빌헬름과 나탈리에는 적지않이 당황했다. 야르노는 방안을 왔다갔다하고 있었다. 「무슨 말을 해야 할지?」하고 그가 외쳤다. 「또는 그 말을 해야 할지? 비밀에 붙여둘 수는 없는 일이겠군요. 어차피 혼란은 피할 수 없겠습니다. 자, 그럼 비밀에는 비밀로, 놀라운 소식에는 놀라운 소식으로 나갑니다! 테레제 양은 그녀의 어머니의 친딸이 아니었습니다! 결혼을 저해해 오던 사유가 없어진 것입니다. 내가 이쪽으로 온 것은 그 고귀한 처녀에게 로타리오 씨와 결혼할 마음의 준비를 시켜달라고 부탁하기 위해서입니다」

야르노는 두 사람이 충격을 받은 나머지 땅바닥만 내려다보고 있는 것을 보고는 이렇게 말했다. 「이 경우는 사람들이 모여서 함께 해결하기가 매우 어려운 속성의 일입니다. 각자 생각해야 할 일은 혼자서 생각하는 것이 제일 좋습니다. 적어도 나는 한 시간 동안 혼자 있겠으니 양해하시기 바랍니다」 그는 서둘러 정원으로 나가버렸고, 빌헬름도 기계적으로 그를 뒤따라 나갔지만, 그를 바싹 좇아가지는 않았다.

한 시간이 지난 뒤에 그들은 다시 모였다. 빌헬름이 먼저 말을 시작했다. 「제가 목적이나 계획이 없이 가볍게, 아니 경박하게 살아오던 평소에는 우정, 사랑, 애정, 신뢰가 쌍수를 들고 저를 맞이해 주었습니다. 아니, 그들 쪽에서 저를 향해 다투어 밀려들었다고까지 말할 수 있습니다. 그런데, 제가 진지하게 살아보고자 하는 지금에 와서 운명은 나와는 다른 길을 가려는 것 같군요. 테레제에게 청혼을 하겠다는 결심은 아마도 순전히 저 자신으로부터 나온 첫번째 행동일 것입니다. 저는 숙고를 해서 제 계획을 세웠고 저의 이성도 그 계획과 완전히 일치하였습니다. 그리고 그 훌륭한 아가씨의 승낙을 통해 저의 모든 소망들이 이루어졌던 것입니다. 그런데 이제 기구하기 짝이 없는 운명이 이미 뻗쳐 있는 제 손을 거두도록 압력을 가하고 있습니다. 테레제 양이 그녀의 손을 나에게 멀리서부터, 마치 꿈속에서처럼 내밀어 주고 있습니다만, 나는 그 손을 잡을 수 없고 그 아름다운 영상은 영원히 나를 떠나갑니다. 잘 가요, 그대 아름다운 영상이여! 그리고, 그 주위에 모여 있는 당신들 풍요로운 행복의 영상들이여, 당신들도 부디 안녕히!」

그는 한순간 침묵하면서 자기 앞만 바라보고 있었다. 그래서 야르노가 말하려고 했다. 「한 가지만 더 말씀드리게 해주십시오」 하고 빌헬름이 야르노의 말을 가로막고 나섰다. 「이번에야말로 정말이지 제 인생 전체의 운명이 결판나는 순간이니까요. 바로 이 순간, 저에게 도움이 되는 것이 있는데, 그것은 로타리오 씨란 존재가 제 마음에 새겨놓은, 그리고 항상 제 마음속에 그대로 남아 있는 첫인상입니다. 그분은 어떤 종류의 애정과 우정도 받을 만한 자격이 있는 분입니다. 희생이 없는 곳에서는 우정도 생각할 수 없는 것입니다. 그분을 위해서라면 저는 한 불행한 아가씨를 속이는 일도 어렵잖게 했고, 그분을 위해서라면 세상에 다시 없을 훌륭한 신부를 단념하는 것도 있을 수 있는 일이겠지요. 가셔서 그분에게 이 이상한 얘기를 전해 주십시오. 그리고 저에게 어떤 각오가 되어 있는지 말씀해 주십시오」

이 말을 듣고 나자 야르노가 대답했다. 「내 생각으로는 이런 경우에는 일을 급히 서두르지만 않는다면, 모든 일이 이미 잘 풀리게 돼 있다고 봅니다. 로타리오 씨의 동의 없이는 아무 일도 진척시키지 말도록 합시다! 그분한테로 가겠습니다. 내가 돌아올 때까지, 또는 그분이 편지를 할 때까지 조용히 기다려 주십시오」

야르노는 말을 타고 떠나가 버리고 남은 두 사람은 아주 우울한 기분 속에 잠겼다. 그들에게는 이 사건을 여러 각도에서 되풀이해서 고찰해 보고 거기에 대한 자신들의 의견을 말할 충분한 시간이 있었다. 그때서야 비로소 그들은 자기들이 그 이상한 설명을 하필이면 야르노한테서 그렇게 일방적으로 전해 들었을 뿐, 더 자세한 정황에 관해서는 미처 물어보지도 못했다는 사실을 깨달았다. 그래서 빌헬름은 어쩐지 좀 수상하다는 생각까지 품게 되었다. 그러나 그들의 놀라움과 혼란이 극치에 달한 것은 그 이튿날 테레제한테서 심부름꾼 하나가 와서 다음과 같은 이상한 편지를 나탈리에한테 전했을 때였다.

〈아주 이상하게 생각되겠지만, 앞서 보낸 편지에다 즉각 또 한 통의 편지를 뒤따라 보내면서 내 신랑을 급히 나에게로 보내 달라고 부탁하지 않을 수 없구나. 그분을 내게서 빼앗으려는 어떤 계획에도 굴하지 않고 난 그분을 내 남편으로 삼겠어. 동봉하는 편지를 그이에게 전해 줘! 혹시 누가 옆에 있더라도 절대 모르게 전해 주도록!〉

빌헬름에게 쓴 편지 내용은 다음과 같았다. 〈비할 바 없이 침착한 분별력을 통해 시작된 것으로 보이던 결합을 갑자기 열정적으로 재촉하는 테레제를 보고 당신이 어떻게 생각하실지요? 어떤 사정이 있더라도 단호히 물리치시고 이 편지를 받으시는 즉시 출발해 주세요! 친애하고 사랑하는 친구, 이제는 삼중으로 사랑하는 사람이여, 당신을 제게서 빼앗으려는, 혹은 적어도 당신과의 결합을 곤란하게 만드려는 계획이 진행중이니, 와 주세요!〉

「어떻게 해야지요?」하고 그 편지를 읽고 난 빌헬름이 외쳤다.

「저의 마음과 분별력이 지금처럼 아무 말도 못하고 벙어리 행세를 한 경우는 일찍이 없었어요」하고 나탈리에는 잠시 생각에 잠긴 끝에 대답했다. 「무슨 충고를 드려야 할지, 어떻게 해야 할지 통 알 수가 없네요」

「로타리오 씨 자신이 이 일에 관해서 아무것도 모르고 있다는 사실이 가능할까요?」하고 빌헬름이 격한 어조로 외쳤다. 「혹은 그가 이 일을 알고 있다고 할 경우에, 그 역시 우리와 마찬가지로 비밀스러운 계획의 대상이리라는 것이 가능할까요? 우리가 건네준 편지를 읽으면서 야르노가 즉석에서 그런 이야기를 지어내었을까요? 우리가 그렇게 너무 경솔하게 이실직고하지 않았더라면, 그가 뭔가 다른 말을 했을까요? 어쩌자는 것일까요? 무슨 의도가 있을 수 있나요? 테레제가 말하는 계획이란 무슨 계획일까요? 그래요, 로타리오 씨가 비밀활동을 하고 있는 인간관계로 둘러싸여 있다는 사실은 부인할 수 없지요. 저 자신이 그런 활동을 경험했거든요. 그들이 여러 사람들의 행동과 운명을 어떤 특정한 의미에서 보살펴 주고, 나아가서는 그 사람들의 갈길을 인도해 줄 수 있음을 저도 알고 있습니다. 저는 이런 비밀활동의 궁극적 목적에 관해서는 아무것도 모릅니다. 그러나 저에게서 테레제 양을 빼앗으려는 최근의 의도만은 저의 눈에도 너무나도 분명히 보이는군요. 한편에서는 로타리오 씨가 행복해질 수 있는 길――어쩌면 그것도 단지 속임수로 그러는지도 모르겠습니다만――이라고 저를 설득하려 하고, 다른 편에서는 제가 사랑하고 존경하는 신부가 그녀의 품안으로 돌아오라고 부르고 있습니다. 무엇을 해야지요? 어느 쪽을 내버려두어야 할까요?」

「조금만 참으세요!」 하고 나탈리에가 말했다. 「잠시만이라도 생각해 볼 시간을 가지세요! 이 이상한 관계에서 제가 유일하게 알 수 있는 것은 우리가 너무 성급하게 서둘다가 돌이킬 수 없는 잘못을 저질러서는 안 된다는 것뿐입니다. 터무니없는 이야기나 인위적인 계획에 대해서는 끈기와 명석한 판단이 우리의 편에 서서 싸워줄 것입니다. 그 일이 진실인지 날조된 것인지는 곧 명백히 밝혀질 것입니다. 저의 오빠가 정말 테레제와 결합할 희망이 있는 것이라면, 행운이 그에게 이토록 다정한 미소를 띠고 나타나는 바로 이 순간 그에게서 그 행운을 영원히 빼앗아버리는 건 정말 잔인한 짓이겠지요. 오빠가 그것에 관해서 뭔가를 알고 있는지, 그 자신이 그걸 믿고 있는지, 그리고 그 자신이 희망을 걸고 있는지 어디 좀 두고 기다려 보기로 하죠!」

그녀의 이 말은 다행히도 로타리오로부터 편지 한 통이 도착했기 때문에 이유가 충분한 충고로 밝혀졌다. 〈야르노를 다시 보내지 않는다〉 하고 그는 쓰고 있었다. 〈심부름꾼이 아무리 자세하게 전달을 해봤자 너에게는 내 손으로 직접 쓴 한 줄보다 못할 테지. 나는 테레제가 그녀의 어머니의 친딸이 아니라고 확신하고 있다. 그래서 나는 그녀도 그것을 확신할 수 있게 된 연후에 그녀가 침착한 숙고 끝에 나와 그 친구 중 어느 한쪽으로 결단을 내려줄 때까지는 그녀와 결혼하려는 희망을 포기할 수 없다. 제발 부탁이니 그 친구를 네 곁에서 떠나지 않도록 해다오! 네 오빠의 행복과 인생이 거기에 달려 있다. 내 너에게 약속하거니와, 이렇게 불확실한 상태가 오래 지속되지 않도록 하겠다.〉

「사정이 어떤지 이제 아시게 됐습니다」 하고 그녀가 빌헬름에게 다정하게 말했다. 「이 집을 떠나시지 않겠다고 선생님의 명예를 걸고 저에게 약속해 주세요!」

「약속합니다!」 하고 그는 그녀에게 손을 내밀면서 외쳤다. 「당신의 뜻에 거역해서 이 집을 떠나지 않겠습니다. 저는 이번의 인도에 대해, 즉 당신의 인도를 받은 데에 대해 하느님과 제 수호신에게 감사드립니다」

나탈리에는 테레제에게 그 모든 경과를 편지로 쓰고는 빌헬름을 자기 곁에서 떠나 보낼 수 없게 된 이유를 설명하였다. 동시에 그녀는 로타리오의 편지도 함께 넣어 보냈다.

테레제의 답장은 다음과 같았다. 〈로타리오 씨 자신이 그 소문을 확신하고 있는 데에 난 적지않이 의아해하고 있어. 자기 누이동생한테 이런 정도로까지 자신의 태도를 위장하지는 않을 분인데 말이야. 불쾌해, 매우 불쾌해. 더 이상 아무 말도 않는 게 낫겠어. 제일 좋은 방법은 내가 너한테로 가는 거야. 그러나 우선 불쌍한 뤼디에를 어딘가 맡겨놓아야겠어. 그애는 너무 잔인한 대접을 받고 있어. 우리 모두가 속고 있지나 않은지 두려워. 속아도 영영 흑백이 밝혀지지도 않을 그런 속임수에 걸려든 것이나 아닌지 두렵단 말이야. 만약 빌헬름 씨가 나와 같은 마음이라면, 그래도 네 집에서 살짝 빠져나와 그의 테레제의 품 안으로 달려오리라는 생각이야. 그렇게 해준다면 이젠 아무도 그에게서 테레제를 빼앗아 갈 수 없을 텐데 말이야. 하지만 난 그분도 잃고 로타리오 씨도 되찾을 수 없을까 봐 두려워. 사람 들은 로타리오 씨에게 나와 결혼할 수 있는 희망을 멀리서부터 어렴풋이 보여주면서 그에게서 뤼디에를 빼앗아 버리려는 거 야. 더 이상 말하진 않겠어. 어쨌든 혼란은 더욱더 커질 전망이 야. 그런 혼란의 와중에 이 아름다운 관계들이 연기되고 파괴되 고 교란되어, 설령 나중에 모든 흑백이 가려진다 하더라도, 그 때는 이미 엎질러진 물이 되어 더 이상 수습할 수 없게 되지나 않을지——그건 시간이 가르쳐 줄 거야. 빌헬름 씨가 용단을 내어 떠나오지 않으면, 며칠 안에 내가 그리로 갈 거야. 그러고 는 네 집에서 그를 만나서는 꽉 붙잡고 놓아주지 않을 거야. 네 가 잘 알고 있는 그 테레제가 어쩌다가 이런 열정에 사로잡히게 되었을까 하고 놀라겠지. 이건 열정이 아니라 확신이야. 로타리 오 씨가 나의 사람이 될 수 없는 이상 이 새로운 친구가 내 인 생을 행복하게 해줄 사람이라는 확신 말이야. 함께 떡갈나무 아 래에 앉아 그가 경청해 주는 것을 기뻐했던 그 자그만 청년[20]의 이름으로 이 말을 그에게 전해 줘! 마음을 활짝 열고 그의 청혼 을 받아들였던 테레제의 이름으로 이 말을 그에게 전해 줘! 로 타리오 씨와 함께 살아가려던 내 최초의 꿈은 이제 내 마음의 한구석으로 밀려나 버렸어. 내 새로운 친구와 어떻게 살아갈까

---

20) 남자 복장을 한 테레제가 떡갈나무 아래에서 빌헬름에게 자신의 이야기 를 들려주던 일을 상기시키고 있다(제7권 제6장 참조).

하는 꿈은 아직도 생생하게 내 눈앞에 어른거리고 있어. 이 남자를 저 남자와 즉석에서 다시 바꿔치는 것이 그렇게 쉬운 일로 믿다니! 사람들이 나를 그렇게도 대수롭잖게 여기고 있는 것일까?〉

「선생님을 믿습니다」 하고 나탈리에는 빌헬름에게 테레제의 편지를 건네주면서 말했다. 「제 곁에서 도망치지 않으시리라 믿습니다. 선생님이 제 인생의 행복을 손에 쥐고 있다는 점을 유념해 주세요. 저의 삶은 제 오빠의 삶과 아주 긴밀하게 맺어져 있고 그 뿌리가 서로 뒤얽혀 있기 때문에, 내가 느끼지 못하는 고통을 오빠가 느낄 수 없고, 나를 행복하게 해주지 못하는 기쁨이 오빠의 기쁨일 수가 없을 정도입니다. 그래요, 감히 말씀드릴 수 있습니다만, 우리의 심장이 감동하고 높이 뛸 수 있다는 것, 이 세상에는 기쁨과 사랑이 있고 온갖 본능적 욕구를 초월하는 어떤 만족감이 존재할 수 있다는 것을 제가 느낄 수 있었던 것도 모두 이 오빠의 덕분이었습니다」

그녀는 말을 멈추었다. 빌헬름은 그녀의 손을 잡고 외쳤다. 「아, 얘기를 계속하세요! 지금이야말로 서로 진정한 신뢰를 주고받을 때입니다. 지금 우리에겐 그 어느 때보다도 서로를 더 자세히 알 필요가 있습니다」

「네, 그래요, 빌헬름 씨!」 하고 그녀는 빙그레 웃으며 조용하고 온화하며 이루 형언할 수 없는 기품을 띤 채 말했다. 「아마 제가 이런 말을 하더라도 지금 이 순간에 아주 어울리지 않는 말은 아니겠지요—— 많은 책이나 세상 사람들이 사랑이라고 부르면서 우리에게 보여주는 것이 저에게는 항상 동화같이만 생각되었답니다」

「사랑을 해보신 적이 없으시단 말씀입니까?」 하고 빌헬름이 외쳤다.

「한번도 없어요. 혹은, 언제나 해왔다고 해야 할지!」하고
나탈리에가 대답했다.

5

이런 대화를 나누며 그들은 정원을 이리저리 거닐었다. 나탈
리에는 신기한 모양을 한 여러 종류의 꽃들을 한아름 꺾었다.
빌헬름은 그 꽃들이 전혀 처음 보는 것들이어서 그 이름을 물
었다.

「아마 선생님은 제가 누굴 위해 이 꽃을 꺾었는지 알아맞히
지 못하실 거예요」하고 나탈리에가 말했다. 「이 꽃다발은 지금
우리가 찾아뵙고자 하는 저의 외종조부님께 바치려는 겁니다.
마침 햇볕이 〈과거의 홀〉을 밝게 비춰주고 있네요. 그래서 바로
이 순간에 선생님을 그 안으로 안내해 드리려는 거예요. 그곳에
갈 때마다 저는 제 외종조부님이 특별히 좋아하시던 이 꽃 몇
송이를 꼭 갖고 간답니다. 할아버지는 특이한 분이라 아주 독특
한 인상을 받아들일 수 있는 민감한 감수성을 지니고 계셨지요.
그분은 어떤 동식물, 어떤 인간 유형, 또는 어떤 지역에 대해
서는──몇몇 종류의 광석에 대해서까지도──그만 푹 엎어질
정도의 애정을 갖고 계셨는데, 그 애정의 원인을 딱히 설명할
수 있는 경우는 매우 드물었지요. 할아버지는 자주 이렇게 말씀
하시곤 했어요. 〈만약 내가 젊었을 적부터 나 자신의 욕구를 그
토록 강력히 거역하지 않았더라면, 그리고 내 분별력을 갈고
닦아 넓고 보편적인 것으로 나아가려고 노력하지 않았더라면, 나

는 정말 옹졸하기 짝이 없는 아주 꼴불견인 인간이 되었을 거야. 순수하고 정당한 활동이 기대되는 사람한테서 개성이 잘려 버린 흔적을 보는 것보다 더 견디기 힘든 게 없거든.〉그럼에도 불구하고 할아버지는 가끔씩 당신 자신에 대해 관대해져서 당신이 보기에도 항상 칭찬이나 변명의 대상이 될 수는 도저히 없는 그런 짓을 감히 열정적으로 즐길 엄두를 내곤 하셨다면서, 그렇세라도 하지 않으면 정말이지 생명과 숨이 끊어져 버릴 것 같더라고 스스로 고백하시기도 했습니다. 〈내가 본능과 이성을 완전히 일치시킬 수 없었던 것은 내 잘못은 아니야〉하고 할아버지는 말씀하셨어요. 그럴 때마다 할아버지는 대개는 저를 놀리시면서, 〈나탈리에는 육체가 아직 지상에 머물고 있을 때 이미 천복을 누리는 사람으로 칭송받을 만하다. 네 본성은 세상이 원하고 요구하는 것 이외에는 아무것도 요구하지 않으니까 말이야〉라고 말씀하시곤 했습니다」

이런 말을 하는 동안에 그들은 다시 본관으로 들어오게 되었다. 그녀는 그를 데리고 널찍한 복도를 지나 어떤 문 쪽으로 다가갔다. 그 문 앞에는 화강암으로 된 스핑크스 석상 두 개가 놓여 있었다. 문 자체는 이집트 식으로 윗부분이 아랫부분보다 약간 더 좁았으며, 청동으로 되어 있는 두 문짝은 그 뒤에 어떤 근엄한, 아니 어떤 무시무시한 광경이 나타날 것을 예고하고 있었다. 그러나 막상 그 안으로 들어가 보니 그런 암울한 기대가 뜻밖에도 아주 맑고 밝은 분위기에 녹아들어 버렸기 때문에 매우 유쾌한 기분이 들었다. 왜냐하면 그들이 들어선 곳은 예술과 삶이 죽음과 무덤에 대한 모든 기억을 상쇄해 주고 있는 어떤 큰 홀이었기 때문이었다. 홀의 네 벽에는 균형이 잡힌 아치형의 벽감(壁嵌)이 우묵하게 자리잡고 있었고, 그 안에는 큼직

큼직한 석관(石棺)들이 놓여 있었다. 그 사이에 서 있는 기둥들
에도 오목하게 파놓은 조그만 공간들이 보였는데, 그 안에는
골호(骨壺)와 그릇들이 장식으로 놓여 있었다. 둥근 천장과 벽
의 나머지 면들은 균형에 맞게 구분이 되어 있었고, 여러 가지
모양의 선명한 테두리와 화환들과 장식 무늬들 사이사이에 생
긴 서로 다른 크기의 화면 안에는 재기발랄하고 의미심장한 형
상들이 그려져 있었다.[21] 건축물의 골간(骨幹)이 되는 부분들은
불그스름한 빛이 감도는 아름다운 황색 대리석으로 입혀져 있
었으며, 화학적 합성의 성공작인 담청색 줄무늬들은 천연 유리
석(琉璃石)을 모방한 것으로서, 말하자면 주황색 대리석과 대조[22]
를 이루어 보는 이의 눈을 시원하게 해줌으로써, 전체 건물에
다 통일성과 연계성을 부여하고 있었다. 이 모든 호화로운 장식
은 건축학적으로 볼 때 어김없는 균형을 이루고 있었다. 그래서
이 홀에 들어서는 사람은 누구나 이렇게 예술과 만남으로써 비
로소 인간이란 어떤 존재이며 또 어떤 존재일 수 있는가를 처음
으로 알게 되면서 자신이 보다 높이 고양되는 기분을 느끼게 되
는 것 같았다.

출입문의 맞은편에 놓여 있는 한 호화로운 석관 위에는 어떤
위엄 있는 인물의 대리석상이 보였다. 그는 두루마리 하나를 앞
에 들고 있었는데, 조용히 주의를 기울여 그것을 바라보고 있
는 것 같았다. 그 두루마리는 거기에 적혀 있는 말을 누구나 편
안히 읽을 수 있는 방향으로 펼쳐져 있었다. 그 위에는 〈삶을

---

21) 여기서의 벽화의 묘사는 미켈란젤로의 시스틴 성당 벽화를 연상시키고
있다(함부르크판 제11권 386쪽 참조).
22) 괴테의 색채론에서 청색 Blau의 보색은 주황색 Rotgelb이다(함부르크판
제13권 「색채론 Farbenlehre」, §810 참조).

생각하라!)[23]라고 적혀 있었다.

나탈리에는 시들어 버린 꽃다발 하나를 치우고 새로 갖고 온 꽃다발을 외종조부님의 상 앞에다 놓았다. 그 조상(彫像)이 바로 외종조부님 자신이었던 것이다. 빌헬름은 그 상에서 그 당시 숲속에서 보았던 그 노인의 얼굴 모습을 아직도 엿볼 수 있을 것 같았다. 「이 홀이 완성될 때까지 할아버지와 나는 이곳에서 많은 시간을 함께 보냈어요」 하고 나탈리에가 말했다. 「만년에 할아버지는 솜씨 있는 화가 몇 사람을 집으로 초빙하셔서, 이 벽화들을 위한 스케치와 초벌 그림을 고안해 내고 그런 것들을 결정하도록 돕는 일을 가장 큰 낙으로 삼으셨지요」

빌헬름에게는 자기를 둘러싸고 있는 온갖 물건들이 아무리 보아도 싫증이 나지 않았다. 「이 〈과거의 홀〉에는 생명이 넘쳐 흐르고 있군요!」 하고 그는 감격해서 말했다. 「〈과거의 홀〉이라 지만 그와 동시에 〈현재의 홀〉 또는 〈미래의 홀〉이라 불러도 될 것 같아요. 모든 것이 이렇게 존재했으며, 또 앞으로도 이렇게 존재할 것입니다! 이 모든 것을 즐기고 구경하는 인간만이 덧없 는 존재지요. 아이를 품안에 안고 있는 이 어머니의 상은 수많 은 세대의 행복한 어머니들보다 더 오래 살아 남겠지요. 엄한 태도를 버리고 자기 아들과 장난을 치고 있는 이 수염 난 남자 의 모습은 몇 세기가 지난 후에도 어느 아버지가 바라보며 즐거 워할 것입니다. 어느 시대를 막론하고 신부란 저렇게 수줍은 표 정으로 앉아서 남모르는 소망을 가슴에 품고 있는 동시에 또한 누군가가 저렇게 위로해 주고 달래주는 말을 해주기를 바랄 것

---

23) 중세적 기독교적 금욕주의의 슬로건인 〈죽음을 생각하라 Memento mori〉를 희화적으로 바꾼 말로서, 계몽주의적 세계관의 단적인 표현이라 할 수 있다.

입니다. 신랑은 저렇게 초조하게 문지방 위에서 귀기울이면서 안으로 들어가도 좋을 시간을 기다리고 있을 것입니다」

빌헬름은 그렇게 수많은 그림들을 주욱 훑어보았다. 팔다리를 장난삼아 놀려보고 연습해 보는 어린 시절의 최초의 즐거운 본능으로부터 현자의 고요하고 고독한 진지성에 이르기까지의 그 아름답고도 생생한 과정을 순차적으로 살펴보고 있노라면, 인간이 타고난 소질과 능력에는 불필요하고 쓸모없는 것이라곤 하나도 없다는 것을 실감할 수 있었다. 소녀가 맑은 샘물로부터 물동이를 다시 들어올리려다가 그 동작을 잠시 멈추고는 잠시 물에 비친 제 모습을 흐뭇하게 바라볼 때의 그 최초의 보드라운 자의식으로부터 왕들과 백성들이 그들의 맹약의 증인들로서 제단에 있는 신들의 이름을 외쳐부르는 그런 엄숙한 잔치 장면에 이르기까지 모든 것들이 의미심장하고 힘차게 묘사되어 있었다.

그곳에서 미술품들을 감상하는 사람을 에워싸고 있는 것은 하나의 세계, 일종의 천국이었다. 그리고 그런 조형예술의 형상들이 불러일으키는 생각, 그것들이 불어넣어 주는 느낌 이외에도 거기에는 인간의 온 마음을 사로잡아 감동시키는 또다른 그 무엇이 존재하는 것 같았다. 빌헬름 역시 그것이 무엇인지 딱히 설명할 수는 없었지만 그런 것을 느꼈다. 「이것이 무엇일까요?」 하고 그는 외쳤다. 「인간세사(人間世事)나 인간의 운명이 우리의 마음속에 불러일으키는 모든 공감과 무관하게, 모든 의미와 관계없이 저에게 이렇게 강력하고도 우아한 영향을 끼칠 수 있는 이것은 무엇일까요? 이것은 전체로부터, 그리고 모든 부분들로부터 저에게 말을 걸어오고 있는데, 저는 그 전체를 잘 파악할 수도 없고, 또한 부분들도 특별히 저 자신의 것으로 소화해 내지 못하고 있군요. 그러나 저는 이 평면, 이 선, 이 높이와 나비에, 그리고 이 질량과 색깔에 굉장한 마력이 숨어 있다는 것을 예감할 수 있습니다! 단지 피상적으로 볼 때에는 장식품에 지나지 않아 보이는 이 형상들을——설령 그렇다고 치더라도 장식품으로서도 이미——이토록 보기 좋게 만드는 것은 과연 무엇일까요? 정말입니다, 제가 느끼기에는 여기서는 잠시 발을 멈추고 쉬면서 모든 것을 두 눈으로 포착할 수 있고 행복한 기분에 잠길 수 있을 것 같군요. 그리고 자기 눈앞에 보고 있는 것과는 전혀 다른 그 무엇을 느끼고 생각하게 될 것 같단 말입니다」

그렇다. 만약에 우리가 어떤 장소를 소개할 때에 그곳이 바로 여기처럼 이렇게 구획이 잘 되어 있고 모든 것이 결합과 대조를 통해, 그리고 단색 그림과 다채로운 그림의 혼합을 통해 꼭 그렇게 보여야 할 모습을 보이고 있으며 명확하고도 완벽한 효과를 내고 있는 장소라고 설명할 수 있다면, 그렇다면 우리는 틀림없이 우리의 독자들을 그 장소로 안내할 수 있을 것이며, 또한 독자들도 일단 그 장소에 온 이상 그 자리를 곧 떠나기를 원하지는 않을 것이다.

그 홀의 네 구석에는 네 개의 큰 대리석 촛대가 서 있었고 홀의 한가운데에는 아주 아름답게 조각된 석관 하나를 둘러싸고 네 개의 작은 촛대가 서 있었다. 그 석관의 크기로 미루어 볼 때 그 안에는 체격이 중간쯤 되는 한 젊은 아가씨가 누워 있는 것 같았다.

나탈리에는 그 기념비 옆에 멈춰서서는 한 손을 그 위에 올려놓으면서 말했다. 「제 할아버지께서는 고대의 이 유물을 특히 좋아하셨어요. 할아버지는 가끔 이런 말씀을 하셨습니다. 〈너희들이 저 위의 조그만 선반들에다 갖다꽂곤 하는 갓 피어난 꽃들만 떨어지게 되어 있는 것이 아니고, 가지에 매달려 오랫동안 우리에게 크나큰 희망을 주는 열매들도 떨어질 수가 있는 것이란다. 눈에 보이지 않는 벌레가 열매를 너무 조숙하게 만들어 마침내는 썩어 떨어지도록 만드는 것이지.〉 저는 할아버지가 마치 저 귀여운 미농을 두고 예언하신 것 같아 두려워요」 하고 그녀는 말을 이었다. 「그애는 점점 우리의 보살핌에서 벗어나 이런 조용한 안식처를 찾아가려는 것같이 보이거든요」

그들이 막 거기를 떠나려는 참에 나탈리에가 말했다. 「선생님께 아직 보여드려야 할 게 있어요. 위층의 양쪽에 있는 반원형의 빈 공간을 주의해서 봐주세요! 그곳은 합창대가 사람들의 눈에 띄지 않게 서서 노래를 부를 수 있는 자리예요. 그리고 벽의 돌림띠 장식 밑에 박아놓은 저 청동제 장식들은 장례식 때마다 할아버지의 지시에 따라 융단을 내걸 때에 고리로 쓰기 위한 것이랍니다. 할아버지는 음악이 없이는, 특히 노래가 없이는 살 수 없는 분이었는데, 그때 가수들이 눈에 보여서는 안 된다는 특이한 생각을 하고 계셨죠. 할아버지는 이런 말씀을 하시곤 했어요. 〈극장 때문에 우리의 버릇이 아주 좋지 않아지고 있다. 거기서는 음악이 말하자면 단지 눈요깃거리에 지나지 않게 되고 만다. 음악이 감정을 동반하지 않고 동작에 따라 춤추고 있으니 말이다. 오라토리오나 콘서트에서 우리에게 방해가 되는 것은 언제나 악사들의 모습이지. 참다운 음악은 다만 귀만을 위한 것이야. 아름다운 음성만큼 보편적인 것은 생각할 수 없지. 그런데 그 음성을 내는 제한된 개인이 자신의 모습을 나타내면 저 보편성의 순수한 효과가 없어진단 말이야. 나도 얘기할 때에는 물론 상대방의 얼굴을 보고 싶지. 그 얘기를 가치 있게, 무가치하게 만드는 것은 한 개인의 모습과 성격이거든. 그러나 나를 위해 노래해 주는 사람은 자신의 모습을 보이지 않았으면 좋 겠어. 그의 외모 때문에 내 판단이 더 나아지거나 오도되어서는 안 되지. 음악에서는 다만 목청이란 기관이 귀라는 기관에게 말 하고 있을 따름이지, 정신이 정신에게 말하고 있는 것도, 다채 로운 세계가 사람의 눈에 호소하는 것도, 천국이 인간에게 말 하고 있는 것도 아니란 말이다.〉 할아버지는 기악에서도 이와 꼭 마찬가지로 생각하셨는데, 관현악단도 될 수 있으면 눈에 보이지 않는 곳에 자리잡기를 원하셨어요. 악기 연주자들이 기 계적으로 애쓰고 있는 모습으로 인하여, 그리고 필요불가결한 것이긴 하겠으나 언제나 이상하게 보이게 마련인 여러 가지 동 작들로 인하여 청중의 주의력이 너무 분산되고 산만하게 된다 고 생각하셨기 때문이에요. 그래서 할아버지는 음악을 들으실 때면 늘 눈을 감고 감상하실 수밖에 없으셨지요. 당신의 온 신 경을 순수하게 귀의 향락에만 집중시키려 하셨던 것이죠」

그들이 그 홀을 막 나서려는 참에 아이들이 떠들썩하게 복도 를 달려오는 소리가 들려왔고 연이어 펠릭스가 외치는 소리가 들렸다. 「아니야, 나야! 내가 먼저야!」

열려 있는 문으로 먼저 뛰어 들어온 것은 미뇽이었다. 그녀 는 숨이 차서 한마디도 입밖에 낼 수 없었다. 아직도 약간 뒤처 진 곳에서 펠릭스가 외쳤다. 「테레제 어머니가 오셨어요!」 보아 하니 아이들은 그 소식을 빨리 전하기 위해 달리기 시합을 한 모양이었다. 미뇽은 나탈리에의 두 팔에 덥석 안겨왔는데, 심 장이 터질 듯이 세차게 뛰고 있었다.

「나쁜 아이 같으니라구!」 하고 나탈리에가 말했다. 「심한 운 동을 하면 안 된다고 그랬잖니? 아이구, 이 가슴 뛰는 것 좀 봐!」

「터져버리라지요!」하고 미뇽이 깊은 한숨을 쉬면서 말했다. 「벌써 너무 오랫동안 뛰었는걸요」

그들 두 사람은 어리둥절하고 당황한 나머지 어쩔 줄 모르고 있는데, 테레제가 들어왔다. 그녀는 나탈리에를 향해 달려가서 나탈리에와 미뇽을 한꺼번에 포옹했다. 그러고 나서 그녀는 빌헬름에게로 몸을 돌리더니 그 맑은 눈으로 그를 쳐다보면서 말했다. 「여보세요, 친구분! 어때요? 설마 당신까지 속아 넘어가지는 않았겠지요?」그는 그녀를 향해서 한 걸음 다가섰다. 그녀는 그에게로 뛰어가서는 그의 목에 매달렸다. 「오, 나의 테레제!」하고 그는 소리쳤다.

「내 친구! 내 애인! 내 남편! 그래요, 저는 영원히 당신의 여자예요!」하고 그녀는 뜨거운 키스를 퍼부으며 외치는 것이었다.

펠릭스가 그녀의 치맛자락을 끌어당기며 소리쳤다. 「테레제 어머니, 나도 여기 있어요!」나탈리에는 거기에 우뚝 선 채 자기 앞만 바라보고 있었다. 갑자기 미뇽이 왼손을 가슴께로 가져가더니 오른팔을 쭈욱 내뻗으며 비명을 지르고는 나탈리에의 발치에 죽은 듯이 쓰러졌다.

모두들 깜짝 놀랐다. 미뇽의 심장과 맥박이 뛰는 기색은 조금도 찾아볼 수 없었다. 빌헬름은 팔로 그녀를 안아 급히 어깨 위로 둘러멨다. 그녀의 몸뚱이가 그의 양 어깨 위로 축 늘어져 덜렁거리고 있었다. 의사가 왔지만 별로 도움이 되지 못했다. 의사가 우리가 이미 알고 있는 그 젊은 외과 의사와 함께 애써 보았지만 아무 소용이 없었으며, 그 사랑스러운 아이를 다시 이 세상 목숨으로 되불러 올 수는 없었다.

나탈리에가 테레제에게 눈짓을 했다. 테레제가 빌헬름의 손을 잡고 그를 방 바깥으로 데리고 나왔다. 그는 입을 다문 채 말을 하지 못했으며 그녀의 눈을 쳐다볼 용기도 없었다. 그래서 그는 나탈리에를 처음 만나던 날 그녀가 앉았던 바로 그 소파에 테레제와 나란히 앉아 있었다. 그는 지금까지 자기가 겪어온 일련의 운명들을 머릿속에서 빠른 속도로 주욱 떠올려 보았다. 아니, 떠올려 보았다기보다는 차라리, 그가 떨쳐버리려 해도 떨쳐버릴 수 없는 갖가지 사건들이 그의 영혼을 휩싸고 돌며 실컷 분탕질을 치도록 내버려두었다고 하는 편이 옳을 것이다. 우리 인생에는 과거의 여러 사건들이 마치 날개 달린 북〔紡錘〕과도 같이 우리 눈앞에서 이리저리 움직이면서 어느 정도는 우리 자신이 이미 계획해 놓고 짜기 시작해 놓은 베를 이제는 우리 마음대로 중단할 수도 없이 끝까지 다 짜주는 그런 순간들이 있는 법이다. 「자, 사랑하는 빌헬름 씨!」 하고 테레제가 침묵을 깨면서 그의 손을 잡고 말했다. 「지금 이 순간 우리 힘을 합해 굳게 뭉쳐요! 아마 앞으로도 같이 살다 보면 가끔 이런 경우가 생겨 서로 뭉쳐야 하겠지만 말이에요. 바로 이런 사건들을 견뎌내며 살라는 뜻에서 이 세상이란 강은 둘이서 손잡고 건너가게 되어 있는 것입니다. 빌헬름 씨, 당신은 혼자가 아니라는 사실을 잊지 마시고 그것을 실감해 보세요. 당신이 이 테레제를 사랑한다는 것을 보여주세요. 그러려면 우선 괴로운 점을 저에게 털어놓으세요」 그녀는 그를 포옹하였다. 그러고는 그를 부드럽게 자기 가슴에 꺼안았다. 그도 그녀를 품안에 안은 다음 열렬하게 꽉 꺼안았다. 「슬플 때면 그 불쌍한 아이는 푸근하지도 못한 이 내 가슴에서 보호와 피난처를 구했지요」 하고 그가 외쳤다. 「이 괴로운 순간에 부디 당신의 푸근한 가슴이 나를 평온히 감싸주시오!」 그들은 서로 꽉 꺼안고 있었다. 그는 그녀의 심장이 자기의 가슴께에서 세차게 뛰고 있는 것을 느꼈다. 그러나 그의 마음속은 황량하고 텅 비어 있는 것 같았다. 다만 미뇽과 나탈리에의 모습만이 그의 눈앞에 마치 그림자처럼 떠돌고 있었다.

　나탈리에가 들어왔다. 「우리를 축복해 줘!」하고 테레제가 외쳤다. 「이 슬픈 순간에 우리 둘이 네가 보는 앞에서 결합하도록 해줘!」빌헬름은 테레제의 목덜미 위에 자기 얼굴을 파묻고 있었다. 그는 행복한 나머지 울음이 복받쳐 나왔다. 그는 나탈리에가 다가오는 소리를 듣지 못했고 그녀를 보지도 못했다. 다만 다음과 같은 나탈리에의 목소리가 울리자 눈물이 갑절로 쏟아져 나왔다. 「하느님이 맺어주시는 짝[24]을 내가 떼어놓고 싶지는 않아요」하고 나탈리에가 빙그레 웃으면서 말했다. 「하지만 난 두 사람을 결합시켜 줄 수는 없어. 슬픔과 애정 때문에 내 오빠에 대한 기억이 두 사람의 마음에서 완전히 사라진 것같이 보이는데, 그건 칭찬할 수 없군」그 말을 듣자 빌헬름은 급히 테레제의 포옹에서 빠져나왔다. 「어딜 가시려구요?」하고 두 여자가 놀라서 물었다. 「그 아이를 보게 해주십시오!」하고 그가 외쳤다. 「그 아이는 제가 죽인 것이나 다름없습니다. 불행은 우리가 두 눈으로 보는 편이 차라리 낫습니다. 우리의 상상력이 그 재앙을 우리 마음속에다 억지로 파묻어 버리는 것보다는 차라리 우리 눈으로 직접 보는 편이 더 낫단 말씀입니다. 그러니 우리 이제 그 떠나간 천사를 보기로 하십시다! 그 아이의 맑고 밝은 표정을 보면 우리는 그 아이가 편안히 떠나간 것을 알 수 있을 테니까요!」그 흥분한 청년을 말릴 길이 없었기 때문에 두 여자는 그를 뒤따라갔다. 그러나 그 젊은 외과 의사를 데리고

---

24) 「마태복음」 제19장 제6절 참조.

마침 그들을 향해 걸어오던 노(老)의사가 죽은 아이한테 가까이 가지 못하도록 그들을 만류하면서 이렇게 말했다. 「그 슬픈 주검의 근처에 가지 마십시오. 내 기술이 미치는 한도 내에서 그 특이한 아이의 유해를 어느 정도 보존하고자 하니 양해해 주십시오. 사체에 향유만을 바르는 것이 아니라 생전의 모습까지도 보존하는 훌륭한 방법이 있는데, 나는 그것을 이 사랑스러운 아이에게 당장 써보고 싶습니다. 그애가 죽을 걸 예견하고 있었기 때문에 모든 준비를 해놓은 상태이고, 여기 이 친구도 도와주고 있으니 성공할 수 있을 것으로 봅니다. 나에게 며칠만 시간을 주십시오. 그리고 우리가 그 귀여운 아이를 〈과거의 홀〉에다 옮겨놓을 때까지는 그애를 다시 보겠다고 조르지 마시기 바랍니다」

그 젊은 외과의는 지금도 예의 그 묘한 진료가방을 손에 들고 있었다. 「이분이 들고 계시는 이 가방이 어디서 난 것일까요?」 하고 빌헬름이 노의사에게 물었다. 「그건 내가 아주 잘 알지요」 하고 나탈리에가 응답을 했다. 「이분의 아버님한테서 물려받은 것이죠. 그때 숲속에서 선생님의 상처를 치료해 주신 바로 그분입니다」

「아, 그렇다면 제가 잘못 생각했던 게 아니로군요」 하고 빌헬름이 외쳤다. 「그 끈을 보고 금방 그 가방인 걸 알아보았죠. 그 가방을 저에게 양도해 주십시오! 제게 은혜를 베풀어 준 여인을 찾는 단서를 맨 처음 저에게 제공해 준 것도 이 가방이었습니다. 생명도 없는 이런 물건이 얼마나 많은 기쁨과 슬픔을 겪어내었습니까! 이 끈이 이미 얼마나 많은 고통의 현장을 지켰습니까! 그런데도 아직 실오라기가 튼튼하군요. 이미 수많은 사람들의 임종을 지켜보았을 텐데도 그 색깔이 아직도 퇴색하지 않았군요! 이것은 제 인생의 가장 아름다운 순간들 중의 한순간을 지켜보았습니다. 그때 저는 부상을 당해 땅바닥 위에 누워 있었는데, 그 순간 제 눈앞에 당신의 자비로운 모습이 나타난 것입니다. 지금 우리가 때이른 죽음을 슬퍼하고 있는 미뇽은 그때 머리카락이 피투성이가 된 채 저의 목숨을 구하려고 온갖 걱정과 극진한 간호를 하고 있었습니다」

친구들은 그 슬픈 일에 대해 얘기를 계속할 겨를이 없었고, 테레제 양에게 미뇽에 관해서, 그리고 그애가 갑작스럽게 죽은 원인으로 추정되는 것에 관해서 설명해 줄 시간적 여유가 없었다. 왜냐하면 낯선 손님들이 찾아왔다고 했기 때문이었다. 그런데 막상 나타나는 사람들을 보니 결코 낯선 손님들이 아니었다. 로타리오, 야르노, 그리고 신부가 들어왔던 것이다. 나탈리에는 그녀의 오빠를 향해 다가갔다. 그러나 오누이 이외의 다른 사람들한테서는 순간적으로 침묵이 흘렀다. 이윽고 테레제가 미소를 띠면서 로타리오에게 말했다. 「설마 여기서 저를 만나리라곤 생각 못하셨겠지요. 이런 순간에 우리가 서로 만난다는 것은 적어도 바람직한 일은 아닐 테니까 말입니다. 그건 그렇고, 아주 오랜만에 뵙는군요. 정말 반갑습니다!」

로타리오는 그녀에게 손을 내밀며 대답했다. 「어느 땐가 어차피 괴로움을 안고 포기해야 할 일이라면, 그래도 자기가 사랑하고 원하는 사람이 보는 앞에서 그 일이 일어나도 상관없겠지요. 나는 당신이 결심하는 데에 그 어떤 작용을 하는 것도 원치 않습니다. 당신의 마음과 당신의 분별력과 순수한 감각에 대한 나의 신뢰는 아직도 여전히 크기 때문에 나는 나의 운명과 여기 이 친구의 운명을 기꺼이 당신의 손에 맡기겠습니다」

대화는 곧 일반적인, 말하자면 하찮은 화제 쪽으로 바뀌었다. 일동은 곧 산보를 하기 위해 서로 짝을 지어 헤어졌다. 나탈리에는 로타리오와, 테레제는 신부와 함께 나갔고, 빌헬름은 야르노와 함께 저택에 남았다.

무거운 고통이 빌헬름의 가슴을 짓누르고 있는 순간에 그 세 사람이 나타난 일은 그의 아픈 마음을 달래주기는커녕 오히려 그의 기분을 자극하고 악화시켜 놓았다. 그는 짜증이 났고 불신감을 진뜩 느꼈다. 그래서 야르노가 왜 그렇게 무뚝뚝하게 침묵하고 있느냐고 물었을 때에도 그런 기분을 숨길 수 없었고, 또 숨기고 싶지도 않았다. 「이 판에 무슨 할말이 더 있겠습니까?」 하고 빌헬름이 큰 소리로 투덜거렸다. 「로타리오 씨가 자기 보좌관들을 데리고 나타나지 않았습니까? 항상 분주하게 무슨 일인가 꾸미고 있는 저 비밀스러운 〈탑〉의 세력이 이제 우리를 상대로 무슨 일을 하려는 것이 아니라면, 그게 오히려 이상한 일이겠지요. 우리와 함께, 우리를 두고 도대체 무슨 이상한 계획을 실행하려는 것인지는 알 수 없지만요. 제가 그 성스러운 분들을 아는 한에서는 그분들의 훌륭한 의도는 언제나 결합된 것을 갈라놓고 분리된 것을 결합시키려 하는 것 같군요. 그렇게 해서 짜여 나오는 베는 우리같이 속된 인간들의 눈에는 아마 영원히 보이지 않는 수수께끼 같은 것이겠지요」

「단단히 화가 나셨군요」 하고 야르노가 말했다. 「하긴 그것도 해롭잖겠군. 우선 한번은 정말 화가 나야 일이 더 잘 해결될 수 있을 것 같거든요」

「어떻게든 해결이야 되겠지요」 하고 빌헬름이 응수했다. 「그러나 제가 매우 걱정하는 것은 혹시 사람들이 이번에 저의 타고난, 그리고 생활 속에서 익혀온 인내심을 실컷 들쑤셔 보는 재미를 만끽하고 있지나 않나 하는 점입니다」

「우리는 이 일이 앞으로 어떤 결말이 나는지 직접 보게 될 겁니다. 그러나 그때까지 기다리는 사이에 당신에게 아무래도 〈탑〉에 관해 좀 얘기를 해줘야겠어요. 〈탑〉에 대해 아주 큰 불신감을 품고 있는 것 같으니 말이오」

「이렇게 기분이 산만한 저에게다 대고 그런 모험을 해보시려 한다면, 그건 당신 자유입니다」 하고 빌헬름이 응답했다. 「제 마음은 지금 너무 여러 가지로 어수선해서 그런 훌륭한 모험담에 응분의 관심을 쏟을 수 있을지 자신이 없군요」

「당신의 기분이 설령 유쾌하다고 하더라도 이 일에 관해 설명해 주려던 생각을 갑자기 버릴 내가 아닙니다. 당신은 나를 영리한 놈 정도로 치부하고 있어요. 그러나 거기에 덧붙여 내 정직성도 인정해 줘야 할 겁니다. 그리고 중요한 것은 이번에는 내가 임무를 띠고 얘기한다는 사실입니다」——「저는 또 당신이 자기 자신의 동기에서, 그리고 저에게 사정을 설명해 주려는 선의에서 말씀하시는 줄 알았죠. 불신감이 없이는 당신의 말을 들을 수 없는 내가 당신의 말에 귀를 기울여야 할 이유가 무엇이죠?」——「설령 지금 내가 더 나은 할 일이 없어서 황당무계한 동화나 얘기하고 있다 하더라도 아마 당신은 이 얘기에 잠깐 주의를 기울여 볼 시간적 여유는 있을 겁니다. 우선 당장 다음과 같은 말을 들으면, 당신은 아마도 그럴 마음이 생기겠지요. 즉, 당신이 〈탑〉에서 본 모든 것은 실은 모두 젊은 시절에 계획했던 일의 남은 흔적에 지나지 않아요. 대부분의 신참자들은 그 계획을 두고 애초에는 굉장히 진지한 태도를 보였지만, 지금은 그것을 회상할 때마다 다만 미소를 머금을 정도에 불과하지요」

「그렇다면 그 위엄 있는 상징이나 말은 다만 장난에 지나지 않는다는 건가요?」 하고 빌헬름이 큰 소리로 반문했다. 「우리의

마음에 경외심을 불러일으키는 어떤 장소로 엄숙하게 우리를
데리고 가서 기묘하기 짝이 없는 현상들을 보여주고는 물론 우
리가 거의 이해할 수도 없는 근사하고도 신비스러운 격언들로
가득 차 있는 두루마리를 주면서 지금까지 우리는 수업중인 견
습생이었다는 것을 알려주고 우리를 해방시켜 주는 것이지요.
그러나 그랬다고 해서 우리가 전보다 더 현명해진 것도 아니란
말씀입니다」「그 양피지를 휴대하고 있지 않나요?」하고 야르노
가 물었다. 「거기에는 좋은 말이 많이 적혀 있어요. 그 격언들
은 일반적인 말로 들리지만, 그저 허공에서 뽑아낸 것은 아닙
니다. 물론 그것들을 읽으면서 동시에 자기 체험을 회상하지 않
는 사람한테는 그 격언들이 공허하고 그 뜻이 모호하게 생각되
겠지요. 이른바 그 수업증서라는 것을 가까이 갖고 있으면 나에
게 좀 보여주십시오!」「물론이죠, 아주 가까이 갖고 있죠」하고
빌헬름이 응답했다. 「그런 부적은 항상 품안에 지니고 다녀야
하는 것 아닙니까!」「자!」하고 야르노가 빙그레 웃으며 말했
다. 「누가 알아요, 이 내용이 언젠가는 당신의 머리와 가슴에
중요한 한자리를 차지하게 되지나 않을지?」

야르노는 두루마리를 펼치고는 그 전반부를 눈으로 한번 주
욱 훑어보았다. 「이 부분은 예술 감각의 함양에 관한 것이군」
하고 그가 말했다. 「여기에 관해서는 다른 사람들이 말하는 게
좋겠군. 후반부는 인생살이에 관한 것인데, 이 부분이 내 본령
이지요」

이렇게 말하고 나서 그는 이 대목 저 대목을 읽기 시작하면
서 그 사이사이에 말을 했고 주석이나 이야기를 덧붙이기도 했
다. 「청년들은 비밀결사, 의식(儀式) 절차, 그리고 거창한 말에
대해 비상한 호감을 갖게 마련이며, 어떤 청년이 이런 호감을

보인다는 사실 자체가 그 청년의 성격에 어느 정도의 깊이가 있다는 증거가 될 때도 자주 있지요. 그 나이에는 누구나 자신의 존재 전체가, 모호하고 불확실하게라도 좋으니, 한번 송두리째 사로잡히고 벅찬 감동을 받아보고 싶어하거든요. 청년은 많은 것을 예감할 수 있기 때문에 어떤 비밀결사에서 많은 것을 발견할 수 있을 것으로 생각한 나머지 비밀에 많은 비중을 두고 비밀을 통해 활동해야 하는 것으로 믿습니다. 우리의 신부님이 일련의 젊은이들에게 이런 생각을 갖도록 부추겨 놓았는데, 그의 원칙 때문에 그렇게 한 점도 있지만, 또 일부분은 그의 취미와 습관 때문이기도 했지요. 아마도 그는 이전에 많은 활동을 비밀리에 행하는 어느 단체[25]에 소속해 있었던 것 같아요. 나는 그런 비밀활동에는 전혀 적응할 수 없었죠. 나는 다른 동료들보다 나이가 더 많았고 젊은 시절부터 사물을 명확하게 보아왔으며 모든 사물에서 명확성만을 보기를 원했지요. 나는 세상을 있는 그대로 알겠다는 것 이외에는 아무런 흥미도 갖고 있지 않았고, 이 취미를 나머지 훌륭한 동료들에게도 전염시켰어요. 그 때문에 우리의 모든 수양이 하마터면 그릇된 방향으로 나아갈 뻔했죠. 왜냐하면 우리는 오로지 다른 사람들의 잘못과 편협성만을 들춰내는 한편 우리 자신은 탁월한 존재로 생각하기 시작했거든요. 그때 신부님이 우리를 도와, 사람을 관찰할 때에는 반드시 그의 인격형성에 관심을 가져야 한다는 것을 가르쳐 주셨지요. 그리고 또한 신부님은 우리가 자기 자신을 관찰하거나

---

25) 신부가 관계했던 비밀단체를 〈프리메이슨단〉(제7권 제9장의 주 14) 참조)이라고 규정하지 않고 그저 막연하게 〈어느 단체〉라고만 해둔 것은 다분히 의도적이다. 가톨릭의 신부는 프리메이슨단에 입회하는 일이 드물었고, 대개는 〈예수회 Socie-tas Jesu〉의 회원이었기 때문에, 괴테는 여기서 〈탑〉의 모임의 기원을 의도적으로 막연하게 해둔 것으로 보인다.

내면의 목소리에 귀를 기울이려면 그건 원래 활동을 통해서만
가능하다는 점도 가르쳐 주셨어요. 그는 우리 모임의 초기 형식
들을 견지하는 것이 좋겠다고 우리에게 충고해 주셨어요. 그 때
문에 우리의 집회에는 약간의 규율 같은 것이 남게 된 것이지
요. 아마 초기의 신비적 인상이 전체 조직에 두루 남아 있는 것
을 엿볼 수 있었겠지요. 그러다가 그것이 나중에는 비유적인 의
미에서 일종의 수공업사 소합의 모습을 띠게 되었어요. 물론 여
기서 수공업이라는 것은 거의 예술의 경지에까지 고양된 것을
가리키는 것입니다. 견습생, 조수, 명인(名人)과 같이 위계를
나타내는 명칭들도 여기에서 유래한 것이지요. 우리 자신의 눈
으로 사물을 보고 우리의 세계인식을 모은 우리 자신의 문고를
하나 만들고자 했던 것입니다. 그래서 그 수많은 수기들이 나오
게 되었는데, 그중 일부는 우리가 직접 썼고 나머지 일부는 우
리가 다른 사람들에게 권해서 쓰게 한 것입니다. 그래서 나중에
그 수기들을 바탕으로 〈수업시대〉들이 엮어지게 된 것이지요.
사실 모든 인간이 다 자신의 교양을 생각하는 것은 아니고, 많
은 사람들은 건강을 위한 자가치료 수단이나 부자가 되는 법, 또
는 여러 가지 행운과 복을 얻을 수 있는 비법 같은 것만을 원합
니다. 혼자 두 발로 똑바로 서보려고 하지 않는 이런 모든 사람
들은 속임수나 다른 요술을 써서 일부는 붙잡아두고 일부는 떼
내어 버렸지요. 우리는 우리 나름대로 판단할 때, 자신들이 타
고난 사명을 생생하게 느끼고 분명히 고백할 수 있으며 자신들
의 길을 어느 정도 즐겁고 편안하게 갈 수 있을 만큼 충분히 연
습한 사람들에게만 수업시대가 끝났음을 알려주었어요」

「그렇다면 저의 경우엔 당신들이 매우 빨리 수료를 시켜줬군
요」 하고 빌헬름이 말을 받았다. 「바로 그 순간 이래로 저는 제

능력, 제 소망, 제 의무를 조금도 모르고 있거든요」──「우리가 이런 혼란상태에 빠져들게 된 것은 우리 탓이 아닙니다. 곧 행운이 찾아와서 우리를 이 혼란에서 다시 빼내어 주겠지요. 그때까지는 이런 말이나 좀 들어보십시오. 〈발전의 여지가 많은 사람은 자기와 세상에 대해 비교적 늦게 깨우치게 된다. 극소수의 사람만이 감각을 갖고 있는 동시에 행동할 능력이 있다. 감각은 사람의 폭을 넓혀주지만 기력을 마비시킨다. 행동은 사람에게 활력을 주지만 사람을 편협하게 만든다.〉」

「부탁입니다!」 하고 빌헬름이 중간에 끼여들었다. 「그런 요상한 말은 나에게 더 이상 읽어주지 마십시오」「그럼 읽는 것은 그만두고 설명만 하기로 하지요」 하고 말하면서 야르노는 두루마리를 반쯤 감아올리고는 간혹 가다가 그 안을 힐끗힐끗 들여다볼 따름이었다. 「나 자신이 모임에서나 동료들을 위해서나 아무 쓸모가 없는 사람이었습니다. 아주 모자라는 교사였어요. 누군가 서투른 짓을 하는 것을 참고 보아낼 수가 없었지요. 나는 길을 잘못 든 사람에게는, 비록 그 사람이 똑바로 갈 경우 목이 부러질 위험이 있는 몽유병자라 할지라도, 곧장 소리를 질러 경고를 해야 직성이 풀렸지요. 그 때문에 나는 신부님과는 항상 뜻이 맞지 않았어요. 그의 주장은 오류는 다만 오류를 통해서만 고쳐질 수 있다는 것이었거든요. 당신의 경우를 두고도 우리 둘은 자주 논쟁을 벌였습니다. 신부님은 당신에게 특별한 호의를 보이셨어요. 그의 관심을 그런 정도로까지 끌 수 있다는 것 자체가 벌써 상당한 것입니다. 지금까지 내가 당신을 만날 적마다 사실을 곧이곧대로 당신에게 말해 왔다는 점은 당신도 인정하지 않을 수 없을 겁니다」──「제 입장은 조금도 고려해 주지 않으셨지요」 하고 빌헬름이 말했다. 「당신의 원칙만은 충실히 지켜오신 것 같군요」──「하지만 그 경우에 대체 고려해야 할 입장이 무엇일까요?」 하고 야르노가 응답했다. 「여러 가지 훌륭한 소질을 지니고 있는 한 젊은이가 전혀 그릇된 방향의 길로 접어드는 판인데?」──「용서하십시오, 솔직히 말씀드리겠습니다!」 하고 빌헬름이 말했다. 「당신은 저에게 배우가 될 수 있는 능력이 전혀 없다고 매우 준엄한 판단을 내리셨습니다. 솔직히 말씀드려서, 저 자신이 그 방면에 전혀 능력이 없다고 말하고 싶지는 않습니다, 비록 제가 지금은 그 예술을 완전히 단념해 버린 처지입니다만……」──「그러나 나로서는 아주 객관적 판단을 내린 것입니다」 하고 야르노가 말했다. 「자기 자신과 같은 성격밖에 연기할 줄 모르는 사람은 배우가 아니니까요. 마음과 외모에서 수많은 인물들로 변화할 수 없는 사람은 배우라는 이름으로 불릴 자격이 없습니다. 이를테면 당신은 햄릿과 몇몇 다른 역들은 정말 훌륭히 연기했어요. 그런 역들은 당신의 성격, 당신의 모습, 그 순간의 분위기가 마침 당신에게 잘 맞았던 것이지요. 그런 연기는 동호인 연극을 위해서라든지, 또는 연극 외에 다른 길이라곤 보이지 않는 사람들을 위해서라면 훌륭하다 할 만할 겁니다. 〈완벽하게 발휘할 가망이 없는 재능이라면 경계해 마땅하다.〉 하고 야르노는 두루마리를 내려다보면서 말을 계속했다. 「〈설령 그런 재능으로 뜻한 바 성과를 이룬다 할지라도, 어느 땐가 그 명인의 업적이 밝혀지는 날에는 결국 그런 서투른 짓에 바친 시간과 정력의 낭비를 뼈저리게 한탄하리라.〉」

「그만 읽으시라니까요!」 하고 빌헬름이 말했다. 「제발 부탁입니다, 말로 계속해 주시고 설명을 해주십시오. 내가 궁금해 하는 것을 좀 밝혀주십시오! 그러니까 「햄릿」을 공연할 때에 유령 역을 할 사람을 데리고 와서 저를 도와주신 것도 신부님이시군요?」──「그럴 겁니다. 그분은, 만약 당신이 구원 가능한 사람이라면, 그렇게 하는 것만이 유일한 구원의 방법이라고 확언을 한 적이 있거든요」──「그래서 그는 저에게 베일을 남겨서 저더러 도망치라고 권한 것이구요?」──「그래요, 그분은 심지어는「햄릿」공연과 더불어 당신의 연극에 대한 욕망이 완전히 충족될 것으로 희망하기까지 했어요. 그 뒤에는 당신이 다시는 무대에 발을 들여놓지 않을 거라고 장담하기까지 하셨지요. 나는 그 정반대라고 생각했는데 결국 내 생각이 옳았어요. 우리 둘은 그 공연이 있은 바로 그날 저녁에 이미 거기에 관해 다투었지요」──「그러면 그때 당신도 내가 연기하는 것을 보셨단 말씀입니까?」──「아 물론이지요!」──「그러면 대체 유령역은 누가 했나요?」──「그건 나 자신도 모릅니다. 신부님이거나 그분의 쌍둥이 동생일 것입니다. 내 생각에는 동생인 것 같아요. 동생이 키가 약간 더 크거든요」──「그렇다면 당신들 사이에도 비밀이 있는 겁니까?」──「친구간에도 서로 숨기는 일이 있을 수 있고 또 있어야 합니다. 하지만 친구들 서로가 상대에게 비밀스러운 존재여서는 안 되겠지요」

「참 복잡한 관계군요. 그 관계는 생각만 해도 벌써 혼란스럽습니다. 제가 많은 은혜를 입었으면서도 또한 원망하고 싶은 점도 많은 신부님은 대체 어떤 분이신지 좀 설명해 주십시오」

「그분이 우리에게 소중하고 또 우리 모두가 어느 정도 그분의 다스림을 받고 있는 까닭은 그분이 자유롭고 날카로운 통찰력을 지니고 있기 때문입니다. 사람에게는 여러 가지 힘이 들어있어서 그 힘이 제각기 자기 나름대로 훈련 개발되는 것이 보통인데, 그분은 그 모든 힘들을 다 꿰뚫어볼 수 있는 통찰력을 타고난 분이지요. 대부분의 사람들은, 뛰어난 사람들이라 할지라도, 어느 한 곳에 제한된 존재일 따름이어서, 누구나 자기와 타인한테서 어떤 특정한 성격만을 높이 평가하게 마련이지요. 모두들 단지 그 특성만을 소중히 여기고 단지 그것만을 키우려 든단 말입니다. 신부님의 활동은 이와는 정반대입니다. 그분은 모든 특성을 다 알아보시는 안목을 갖고 계시고 어떤 특성을 보시더라도 그것을 인정하고 북돋워 주고 싶은 흥미를 느끼시지요. 여기서 니는 또다시 두루마리를 들여다봐야겠군요!」하고 야르노는 말을 계속 이어나갔다. 「〈모든 인간이 다 모여서야 인류를 이루고 모든 힘들이 다 합쳐야 세계가 된다. 이 모든 힘들은 자주 자기들끼리 서로 충돌한다. 그들이 서로 파괴하려고 시도하는 동안, 자연은 그들을 응집하고 또다시 만들어 내는 것이다. 아주 하찮은 동물적 수공(手工) 본능으로부터 매우 정신적인 예술의 지고한 실현에 이르기까지, 어린아이의 혀 짧은 소리와 기뻐 날뛰는 소리로부터 웅변가와 가수의 매우 뛰어난 표현에 이르기까지, 소년들의 첫 싸움질로부터 국가를 방어하고 정복하는 거대한 조직에 이르기까지, 아주 대수롭잖은 친절과 그저 일시적일 뿐인 애정으로부터 매우 강렬한 열정과 진지하기 그지없는 결혼에 이르기까지, 감각적 현재에 대한 매우 순수한 감정으로부터 아주 먼 정신적 미래에 대한 아련하기 짝이 없는 예감과 기대에 이르기까지 ——이 모든 것들이, 아니 그 이상의 것들이 인간에게는 들어 있어서, 뻗어나가게 해주고 갈고 닦아주기를 기다리고 있는 것이다. 그러나 이런 힘들이 한 인간 속에 다 들어 있는 것이 아니라 많은 인간들 속에 분산되어 있는 것이다. 어떤 소질이든 모두 중요하며, 모두 잘 뻗어나가도록 도와주어야 한다. 어떤 사람은 아름다움만을 촉진하고 다른 사람은 유용성만을 촉진하지만, 이 두 사람이 함께 모여야 비로소 한 인간이 되는 것이다. 유용성의 촉진은 저절로 이루어지는데, 대중이 스스로 그것을 생산해 내는 까닭이다. 그리고 이 유용성이 없이는 아무도 살아갈 수 없다. 그러나 아름다움은 촉진되지 않으면 안 된다. 왜냐하면 그것을 표현할 수 있는 자는 적은데, 많은 사람들이 그것을 필요로 하기 때문이다.〉」

「이제 그만하십시오!」 하고 빌헬름이 외쳤다. 「저도 모두 읽어본 것입니다」──「몇 줄만 더 읽으면 돼요!」 하고 야르노가 대답했다. 「이 대목에 신부님의 생각이 아주 잘 나타나 있군요 ──〈한 힘이 다른 힘을 다스릴 수는 있지만, 그 어떤 힘도 다른 힘을 만들어 낼 수는 없다. 자신을 완성할 힘은 오직 각자의 소질 속에 이미 들어 있을 따름이다. 남을 가르치고 지도하는 데에 뜻을 두었다 하더라도 이런 이치를 알고 있는 사람들은 극히 적다〉」──「그 이치는 저 역시 모르겠는데요」 하고 빌헬름이 응대했다. ──「이 말에 대한 설명은 앞으로 신부님으로부터 실컷 듣게 될 것입니다. 그러니 〈우리〉에게 무엇이 들어 있고 〈우리〉가 스스로 갈고 닦아야 할 것이 무엇인지나 항상 분명히 알고 틀림없이 파악하고 있도록 하십시다. 그리고 다른 사람들에게 공정한 태도를 가지도록 하십시다. 왜냐하면 우리가 다른 사람들을 올바르게 평가할 수 있는 꼭 그만큼만 우리도 그 사람들에게 존중받을 수 있는 것이니까요」──「맙소사! 제발 그 금언(金言)들은 이제 그만 늘어놓으시라니까요! 그런 말들은 상처받은 가슴에는 좋지 않은 약인 것 같군요. 그보다는 차라리 당신 특유의 그 무자비한 바른 말을 듣고 싶습니다. 당신들이 나에게 기대하는 것이 대체 무엇이죠? 어떻게, 그리고 어떤 방식으로 저를 희생의 제단 위에 올리려 하고들 있나요?」──「내 분명히 말해 두겠는데, 당신이 그렇게 갖은 의혹을 다 품은 것을 장차 우리에게 사과하게 될 것입니다. 검증해 보고 선택하는 것이 당신이 할 일이고, 당신을 돕는 것은 우리가 할 일입니다. 인간은 제한을 모르고 지향적 노력을 기울이지만, 결국 자신의 유한성을 깨닫고 그 안에 머무르는 것을 터득하기 이전까지는 행복해질 수 없는 존재입니다. 내가 아니라 신부님을 의지하고 따라보십시오. 당신 자신을 생각하지 말고 당신을 둘러싸고 있는 주위 세계를 생각하십시오. 이를테면 로타리오 씨의 훌륭한 점을 배우도록 해보십시오. 사물을 조감할 수 있는 그의 통찰력과 그의 활동이 어떻게 서로 불가분의 관계로 결합되고 있으며, 그가 어떻게 항상 진보하고 있으면서 자신의 영역을 넓혀 나가는 동시에 모든 사람들의 마음을 사로잡아 함께 끌고 가는지 눈여겨보십시오. 그는 어디를 가든지 간에 자기 주위에 한 세계를 이끌고 있으며, 그가 있는 곳이면 어디서나 활기가 넘치고 정열이 불타오르게 됩니다. 그에 비하여 우리의 사람 좋은 의사 선생님을 보자면, 바로 그 정반대되는 성품인 것같이 보이지요. 로타리오 씨의 활동이 단지 전체에만, 그리고 동시에 먼 곳까지도 미친다고 한다면, 이분의 밝은 눈은 다만 가장 가까이 있는 사물만을 보고 있지요. 그래서 그는 활동을 창출하고 거기에 활기를 불어넣는다기보다는 오히려 활동을 위한 수단을 생산해 내는 것입니다. 그의 행위는 살림을 잘 꾸려나가는 것과 꼭 같아서, 그의 활동은 자기 주변에 있는 모든 사람들의 활동을 촉진시켜 주지만, 그러면서도 야단스럽지 않고 조용히 진행됩니다. 그의 지식은 끊임없는 수집과 시혜(施惠)이며 소규모의 습득과 전달입니다. 아마도 로타리오 씨는 이 양반이 여러 해에 걸쳐 이룩해 놓은 것을 하루아침에 파괴해 버릴 수도 있겠지요. 그러나 어쩌면 로타리오 씨는 어느 한순간에 다른 사람들에게 힘을 선사하여 그 파괴된 것을 백 배나 더 크게 복구시킬 수도 있을 것입니다」──「하지만 자기 자신과도 갈등을 일으키고 있는 이런 한순간에 다른 사람들의 훌륭한 장점에 대해 생각해야 한다는 것은 비참한 일이군요」 하고 빌헬름이 말했다. 「그런 고찰은 마음이 편안한 사람한테는 몰라도, 열정과 불안감에 마음이 동요하고 있는 저 같은 사람한테는 어울리지 않겠지요」──「조용히, 그리고 이성적으로 고찰하는 것은 어느 때나 해로울 게 없는 법입니다. 우리가 다른 사람들의 장점에 대해 생각하는 습관을 들이면 우리 자신도 모르는 사이에 우리의 장점이 그 자리에 대신 들어서게 되지요. 그렇게 되면 우리는 환상의 유혹에 빠져 저지르기 쉬운 그런 그릇된 행동은 기꺼이 버리게 됩니다. 될 수 있는 대로 당신의 마음에서 모든 의심과 온갖 자질구레한 불안을 쫓아내 버리도록 하십시오! 저기 신부님이 오시는군요. 저분에게 공손하게 대하십시오. 당신이 저분의 은덕을 얼마나 크게 입고 있는지 곧 더 자세히 알게 될 테니까요. 저 장난꾸러기 양반 좀 보게! 저기 나탈리에와 테레제 사이에서 걸어오고 있잖아요! 내 장담하지만 또 뭔가 일을 꾸미고 계실 겁니다. 원래 저분은 운명의 신을 약간씩 흉내내는 짓을 좋아하시지요. 그래서 이따금 중매를 서곤 하는데, 아직도 그 취미를 버리지 못하신단 말입니다」

야르노의 온갖 현명하고도 좋은 말을 듣고 나서도 열정에 들뜨고 짜증스러운 기분이 아직 풀리지 않은 빌헬름은 야르노가 바로 그 순간에 그런 결혼 얘기를 언급하고 있는 것을 지극히 무신경한 태도라고 여겼다. 그래서 미소를 머금긴 했지만 화난 투가 없지 않게 이렇게 말했다. 「제 생각으로는 중매를 서는 취미는 서로 사랑하는 당사자들한테 그냥 맡겨두는 게 좋겠는데요」

6

마침 일행이 모두 다시 모였다. 그래서 우리의 친구와 야르 노는 대화를 중단하지 않을 수 없었다. 얼마 있지 않아 어떤 심 부름꾼이 왔다고 했는데, 그 남자는 로타리오에게 친히 편지 한 통을 전하고 싶어한다는 것이었다. 그 남자가 안내되어 왔 다. 건장하고 유능해 보였고, 입고 있는 제복도 매우 부유하고 고상한 티가 났다. 빌헬름은 그 남자를 어디선가 본 것 같았는 데, 사실 그의 생각이 옳았다. 그것은 그가 전에 마리아네인 줄 알았던 그 장교와 필리네의 행방을 찾아달라고 뒤따라 보냈으 나 감감 무소식이었던 바로 그 남자였다. 빌헬름이 그 남자에게 막 말을 걸려는 순간 편지를 읽고 난 로타리오가 심각한, 그리 고 거의 화난 투로 물었다. 「당신 주인의 성함이 어떻게 되지 요?」

「모든 질문 중에서 그 질문에 대해서만은 전혀 대답을 해드 릴 수가 없습니다」 하고 그 심부름꾼이 공손하게 말했다. 「꼭 필요한 사연은 편지에 적혀 있으리라 믿습니다. 구두로는 아무 말씀도 저에게 부탁하시지 않으셨습니다」

「그가 원하는 대로 해줄 수밖에 없군!」 하고 로타리오가 빙 그레 웃으며 대답했다. 「당신 주인이 나에게 이런 장난기가 넘 치는 편지를 쓸 만큼 신뢰감을 보이고 있으니, 우리도 그를 환 영하겠다고 전하시오」 「오래 기다리시게 하지 않으시고 금방 오실 겁니다」 하고 그 심부름꾼은 절을 하면서 대답하고는 물 러갔다.

「다들 들어보십시오!」 하고 로타리오가 말했다. 「터무니없고 몰취미한 편지 내용입니다. 〈훌륭한 유머야말로 모든 손님들 중에서 가장 유쾌한 손님인 걸로 알고 있사옵니다〉 하고 그 알지 못할 작자가 써 보냈군요. 〈그렇기 때문에 만약 유머가 나타난다면, 즉 제가 그 유머란 친구를 길동무로서 항상 함께 데리고 다니는지라 결국 저와 유머가 함께 나타난다면, 제가 각하를 위해 행하고자 하는 알현을 그다지 불쾌하게 여기시지는 않으실 것입니다. 오히려 제가 바라옵기로는 귀 가문의 전체 구성원들의 완전한 만족을 얻고 싶사오며 그런 다음에는 기회를 보아 다시 물러갈 생각이옵니다. ……그럼 이만 총총 줄이오며, 폰 슈네켄푸스[26] 백작 올림〉」

「그런 가문은 처음 듣는데요」 하고 신부가 말했다.

「황제 권한대행이 남발한 엉터리 백작[27]일지도 모르죠」 하고 야르노가 대답했다.

「그 비밀은 쉽게 풀 수 있어요」 하고 나탈리에가 말했다. 「장담하건대 그건 동생 프리드리히예요. 이미 할아버지께서 돌아가신 뒤부터 우리를 한번 찾아온다 했거든요」

「맞았어요! 아름답고 현명한 누나!」 하고 가까운 수풀로부터 누군가가 외치는 소리가 들림과 동시에 유쾌한 인상을 주는 한 쾌활한 청년이 나타났다. 이 광경을 본 빌헬름은 놀란 나머지 외마디 소리를 지르지 않을 수 없었다. 「어, 이게 누구야?」 하고 그가 외쳤다. 「금발의 장난꾸러기 아냐! 여기서 이 친구까지도 다시 만나게 되다니!」 프리드리히가 눈을 돌려 빌헬름을 바

---

26) 슈네켄푸스 Schneckenfuβ는 〈달팽이의 발〉이란 뜻.

27) 〈황제 권한대행이 남발한 엉터리 백작 Vikariatsgraf〉이란 황제 궐위시 그 권한을 대행하는 자가 돈을 받고 벼슬을 팔 때 작위를 받은 엉터리 백작을 뜻한다. 황제 레오폴트 2세가 죽고 1792년에 그 권한대행을 하던 바이에른의 선제후 카를 테오도르가 작위를 팔았다는 소문이 실제로 나돌기도 했다.

라보고는 외쳤다. 「이거 참 놀랄 일이군요! 여러 가지로 신세를
진 적이 있는 옛 친구인 당신을 여기 우리 할아버지 집 정원에
서 만나게 되다니! 이집트에 붙박이로 서 있는 저 유명한 피라
미드들이나 더 이상 존재하지도 않는다고들 말하는 마우솔루스
왕[28]의 묘가 여기로 옮겨와 있다면 또 몰라도, 이건 정말 놀랄
일이네요. 특별히 인사를 드리고 진심으로 환영합니다!」

주위에 있는 모든 사람들에게 인사와 키스를 하고 난 뒤에
프리드리히는 다시 빌헬름한테로 달려와서는 큰 소리로 말했
다. 「여기 이분을 잘들 대접해 드리세요! 이분은 영웅이고 사령
관이며 연극이론가입니다. 처음 만났을 때 난 이 양반의 머리
손질을 한번 그럴듯하게 해드렸지요. 삼빗으로 훑다시피 쥐어
뜯어 주었거든요. 그런데도 나중에 내가 호된 매를 맞게 되자
저를 그 위기에서 구해 주었어요. 스키피오[29] 장군처럼 도량이
넓고 알렉산더 대왕같이 손이 커서 주위 사람들을 후하게 대접
하는 분이에요. 가끔 사랑에 빠지기도 하지만, 연적을 미워하
는 법이 없는 양반이지요. 예컨대 자기 적들의 머리 위에 숯불
을 쌓아올려서[30] 그들로 하여금 부끄러움을 느끼고 회개하게 만
드는 식이 아니에요. 그런 방식은 결국 사람을 골탕 먹이는 방
식이라고들 하잖아요. 이 양반은 자기 애인을 빼앗아 달아나는
사람들에게 착하고 충실한 심부름꾼까지 뒤따르게 해서 도망자

---

28) 마우솔루스Mausolus는 기원전 4세기 페르시아 제국의 속국 소아시아
카리아Caria 지방의 왕으로서 그의 사후에 아내 아르테미시아Artemisia
에 의해 완성된 웅장한 영묘(靈墓)로 유명하다. 오늘날 〈Mausoleum〉은
〈왕후(王侯)의 영묘〉를 가리키는 보통명사로 사용된다.

29) 스키피오Publius Cornelius Scipio Africanus Major(B.C. 237~183)는 로
마의 장군, 정치가로서 제2차 포에니 전쟁에서 한니발을 격파했다.

30) 「로마서」 제12장 제20절 참조.

들이 돌부리에 채여[31] 넘어지지 않도록 배려해 주기까지 하는
분이랍니다」

이런 식으로 그는 끊임없이 말을 이어나갔는데, 누군가 미처
그의 말을 멈추게 할 수도 없을 지경이었다. 그의 그런 말에 아
무도 그런 투로 응수를 해낼 수가 없었기 때문에 그 자리는 거
의 그의 독무대가 되었다. 「나한테서 성서와 세속의 문헌들을
많이 읽은 티가 난다고 해서 놀라지들 마십시오!」 하고 그가 외
쳤다. 「내가 이런 지식을 얻게 된 경위에 관해서는 차차 얘기해
드리겠습니다」 사람들은 그가 어떻게 지내고 있으며 지금 어디
서 오는 길인지 궁금해하며 물었다. 하지만 그는 온통 금언이나
고사성어들을 늘어놓느라고 그 질문에 대한 분명한 해명에까지
는 좀체 이를 것 같지 않았다.

나탈리에가 나지막한 소리로 테레제에게 말했다. 「동생이 저
렇게 명랑하게 떠들어대는 꼴을 보니 어쩐지 내 가슴이 아파오
는군. 겉으론 저렇게 굴고 있어도 저 아이의 마음이 틀림없이
어딘가 편치 않을 거야」

프리드리히는 야르노가 맞장구를 쳐준 몇 가지 농담을 제외
하고는 자기의 익살에 사람들이 별로 반응이 없자 이렇게 말했
다. 「나로서는 진지한 가족들하고는 역시 진지하게 구는 수밖에
다른 도리가 없겠군. 분위기가 이렇게 심각하게 되기가 무섭게
나의 온갖 죄악의 짐이 내 영혼을 내리누르기 때문에 난 즉석에
서 간단히 총고해(總告解)라도 하고 싶은 결심이 생긴단 말입니
다. 하지만 존경하는 신사숙녀 여러분께서는 거기에 관해서 아
무것도 듣지 않으셔도 됩니다. 여기 이 귀하신 친구분은 이미

---

31) 「마태복음」 제4장 제6절 참조.

내 생활과 행동을 어느 정도 알고 계시니까 이 양반 혼자서 그 고백을 들으셔야 할 겁니다. 더욱이 이 양반만이 그걸 궁금해할 만한 이유가 있거든요. 당신은 궁금하지 않으십니까?」 하고 그는 빌헬름을 향해 말을 계속했다. 「어떻게, 그리고 어디서? 누가? 언제, 그리고 왜?──육하원칙에 따라 알고 싶으시지요? 그리스어의 동사 〈나는 사랑한다 philèo〉〈나는 사랑하였다 philoh〉의 활용형은 어떠하지요? 그리고 이 귀엽기 그지없는 동사의 모든 파생어들[32]은 어떤 모양을 하고 있지요?」

이렇게 말하면서 그는 빌헬름의 팔을 잡고는 갖가지 몸짓으로 껴안기도 하고 키스를 퍼붓기도 하면서 그를 데리고 나가는 것이었다.

빌헬름의 방에 오자마자 프리드리히는 〈날 생각해 주세요!〉라는 글귀가 새겨져 있는 자그만 면도칼 하나가 창턱 위에 놓여 있는 것을 보았다. 「소중한 물건들을 잘 간직하시는 편이군요」 하고 프리드리히가 말했다. 「정말이지 이건 필리네의 면도칼이네요. 제가 당신의 머리칼을 쥐어뜯던 그날 필리네가 당신에게 선물로 주었던 것이죠. 이걸 보시면서 그 아름다운 아가씨를 잊지 않고 많이 생각하셨기를 바랍니다. 제가 확실히 말씀드릴 수 있지만, 그 여자 역시 당신을 잊지 않았답니다. 질투심 따위는 이미 옛날에 제 마음에서 흔적도 없이 몰아내어 버렸기에 망정이지 그러지 않았더라면 지금 저는 당신을 보면서 질투를 느끼지 않을 수 없을 뻔했습니다」

「그 여자에 관해서는 더 이상 아무 얘기도 하지 말게나!」 하고 빌헬름이 대답했다. 「그녀가 옆에 있으면 유쾌했던 인상을

---

32) 이 파생어들 중에 〈필리네 Philine〉도 포함되므로, 프리드리히의 이 말은 필리네의 소식이 궁금하지 않냐는 뜻을 함축하고 있다.

오래 떨쳐버릴 수 없었던 것은 부정하지 않겠네. 그러나 그저 그것뿐이었지」

「쳇, 부끄러운 줄 아십시오!」 하고 프리드리히가 외쳤다. 「연인을 부정하는 사람이 어디 있어요? 당신은 더할 나위 없이 완전히 그녀를 사랑했습니다. 그 아가씨에게 무엇인가 선물을 하지 않고는 하루도 그냥 보내신 적이 없었죠. 독일 남자가 선물을 할 때에는 틀림없이 사랑에 빠진 것입니다. 결국 저는 당신한테서 그녀를 빼앗아 도망치는 수밖에 다른 길이 없었죠. 그래서 그 빨간 제복의 장교가 마침내는 뜻을 이루긴 했지만 말이에요」

「아니, 뭐라구? 그럼 필리네를 찾아왔던 그 장교, 필리네가 함께 여행을 떠났던 그 장교가 바로 당신이었단 말인가?」

「그렇습니다」 하고 프리드리히가 대답했다. 「당신이 마리아네라고 생각했던 그 장교가 바로 저였습니다. 우리 둘은 그렇게 오해하는 것을 보고 실컷 웃어젖혔죠」

「인정머리 없는 사람들 같으니라구!」 하고 빌헬름이 외쳤다. 「나를 그렇게도 속을 태우게 해놓구선!」

「게다가 당신이 우리 뒤를 밟도록 보냈던 그 심부름꾼까지도 금방 우리 쪽에서 고용해 버렸죠」 하고 프리드리히가 대답했다. 「쓸 만한 친구라 그 동안 줄곧 우리 곁을 떠나지 않았어요. 그리고 저는 그 아가씨를 지금도 예나 마찬가지로 미칠 듯이 사랑한답니다. 그녀도 저에게는 아주 특별한 애정을 쏟아주었기 때문에 저는 자신이 거의 어떤 신화 속의 주인공같이만 생각될 지경이고 매일같이 혹시 이러다가 제 모습이 무슨 동물 따위로 바뀌는 것이나 아닐까 걱정할 정도랍니다」

「그런데 우선 궁금한 것은 어디서 그런 해박한 지식을 얻었나?」하고 빌헬름이 물었다. 「자네가 항상 고사성어나 우화를 끌어대며 이야기하는 그 묘한 말투를 듣자니 놀랍기 짝이 없네」

「아주 재미있는 방법으로 학식을 얻었지요. 그것도 크게 박식해진걸요. 필리네가 지금 저하고 함께 살고 있는데, 우리는 어느 기사령의 고성(古城) 한 채를 그 관리인한테서 세를 얻어 그 안에서 마치 요정들처럼 유쾌하기 이를 데 없는 생활을 하고 있답니다. 그 안에서 우리는 규모가 작긴 하지만 정선된 장서를 가진 도서실을 발견했죠. 거기에는 2절판의 성서, [33] 고트프리트의 세계사 연대기, [34] 두 권짜리 유럽사 대관(大觀), [35] 고대 명문선(名文選), [36] 그리피우스[37]의 작품들과, 그 밖에도 이들보다는 못하지만 그래도 제법 귀중한 책들이 많이 소장되어 있었어요. 그런데 우리 둘이서 한바탕 농탕을 치고 나면 이따금 지루할 때도 생기더군요. 그래서 우린 책을 읽기로 했죠. 그런데 그것도 잠시뿐이고 금방 다시 따분해지는 것이었어요. 마침내 필리네

---

33) 동화를 곁들인 2절판의 대형 성서들은 17세기 바로크 시대에 주로 인쇄되었으며, 괴테는 유년시절부터 이와 같은 모양의 성서에 친숙해 있었다.

34) 고트프리트 Johann Ludwig Gottfried에 의해 씌어진 『역사 연대기, 혹은 세계사의 시작으로부터 1619년까지의 역사 기술 Historische Chronica oder Beschreibung der Geschichte vom Anfang der Welt bis auf das Jahr 1619』은 17세기에 널리 읽혀진 역사책이다.

35) 아벨레 Johann Phillipp Abele는 프랑크푸르트의 출판업자 메리안 Merian의 위탁으로 1633년에서 1718년까지 2절판 21권의 『유럽사 대관 Theatrum Europaeum』을 펴냈다.

36) 라우렘베르크 Peter Lauremberg의 『고대 명문선 Accera Philologica』(Rostock, 1633)은 그리스 로마 시대의 명문 200선으로서 17세기를 통틀어 많이 읽힌 책이며, 괴테도 이것을 『시와 진실』(함부르크판 제9권, 35쪽 참조)에서 자신의 유년시절의 애독서로서 언급하고 있다.

37) 그리피우스 Andreas Gryphius(1616-1664)는 독일 바로크 시대의 대표적 시인, 극작가이다.

가 근사한 착상을 내어 책들을 모두 커다란 탁자 위에 펼쳐놓았
죠. 그리고 둘이서 마주보고 앉아서는 서로 번갈아 가며 책을
읽되, 이 책 저 책에서 항상 한 대목씩만 읽는 거예요. 그런데
그렇게 하는 것이 정말 재미있었어요! 우리는 어느 한 화제를
너무 오래 계속하려거나 지나치게 철저하게 설명하려는 태도는
예의에 어긋나는 것으로 간주되는 어느 고상한 모임에 실제로
있다는 가정을 했지요. 또한, 우리는 아무도 다른 사람에게 말
할 기회를 주려 하지 않는 활기찬 모임에 참석해 있는 경우도
가정해 보았어요. 우리는 규칙적으로 매일 이런 장난을 했는
데, 그것을 통해 차차 아주 많은 학식을 얻게 되어 우리 자신도
거기에 대해 깜짝 놀랄 지경이었답니다. 얼마 안 가서 우리에게
는 하늘 아래 더 이상 새로운 것이 없는 것같이 생각되었고, 무
슨 일에나 우리의 지식이 그것을 입증해 주는 자료가 되었죠.
우리는 이런 학습방법을 아주 다양하게 변형시켜 나갔어요. 이
따금 우리는 불과 몇 분 안에 모래가 다 흘러내리는 낡고 거의
못쓰게 된 모래시계 하나를 놓고 낭독을 하기도 했죠. 그녀가
재빨리 모래시계를 뒤집어놓고 어떤 책을 읽기 시작합니다. 그
래서 모래가 다시 다 내려가자마자 제가 또다시 금언을 외기 시
작합니다. 이렇게 우리 둘은 실제로 정말 대학에서 하는 식으로
공부를 했는데, 대학에서의 연구와 다른 점이 있다면 다만 우
리는 거기서보다 더 재미있게 공부했고 우리의 연구분야가 지
극히 다양했다는 점뿐일 것입니다」

　「그런 쾌활한 남녀 한 쌍이 모였으니 그런 굉장한 장난을 할
만도 하겠군그래!」 하고 빌헬름이 말했다. 「하지만 당신들같이
느슨한 한 쌍이 어떻게 그렇게 오랫동안 찰싹 붙어 지낼 수가
있는 것인지 나로선 쉽게 이해가 가지 않는군그래」

「그건 바로 행복인 동시에 불행이 찾아온 때문이지요」하고 프리드리히가 외쳤다.「즉, 필리네가 자기 모습을 남에게 내보여서는 안 되고, 심지어는 자기조차도 자신의 꼴을 보고 싶어 하지 않고 있거든요. 임신중이란 말이에요. 이 세상에 그녀보다 더 보기 흉하고 우스꽝스러운 꼴은 없을 겁니다. 제가 떠나오기 조금 전에도 그녀는 우연히 거울 앞에 서게 되었는데,〈원, 이럴 수가!〉하고 얼굴을 돌려버리며 말하는 것이었어요.〈이건 꼭 멜리나 부인의 꼴이잖아요! 이 추한 모습이라니! 정말이지 너무 천하게 보이네요!〉」

「정말이지 당신들 둘이가 아버지와 어머니로서 함께 있는 광경을 본다는 건 꽤 우스꽝스러우리라 생각되긴 하네」하고 빌헬름이 미소를 띠면서 응대했다.

「내가 결국에는 애 아버지 노릇까지 해야 한다는 건 정말 너무 심한 장난이지요」하고 프리드리히가 말했다.「그녀가 그렇게 주장을 하는데, 시기도 딱 맞아떨어져요. 처음에는「햄릿」공연이 있은 뒤에 그녀가 당신을 찾아간 그 빌어먹을 방문이 약간 내 마음에 걸리긴 했죠」

「날 찾아오다니?」

「설마 그때의 기억을 완전히 잊어버리신 건 아니겠지요? 아직도 모르시는 모양인데, 그날 밤의 그 사랑스럽게 만져지던 유령은 필리네였어요. 그 에피소드는 저에게는 물론 참기 어려운 지참금이었죠. 하지만 그런 것도 참아낼 수 없다면 절대로 사랑이라고는 하지 말아야겠죠. 도대체가 자기가 아버지냐 아니냐 하는 것은 오직 확신하기에 달려 있을 뿐이에요. 나는 확신한다, 고로 나는 아버지다! 내가 논리학을 적절한 경우에 활용할 줄 안다는 것은 당신도 이제 아시겠지요. 우리 애가 태어나는 현장에서 당장 웃다가 죽지 않는다면, 유용하지는 못하다 하더라도 적어도 한 사람의 유쾌한 세계시민은 될 수 있을 테지요」

두 친구가 이렇게 명랑하게 경박한 얘기를 주고받는 동안, 나머지 사람들은 이미 진지한 대화에 들어가 있었다. 프리드리히와 빌헬름이 사라지자마자, 신부는 사람들이 미처 알아차리지 못하는 사이에 그들을 정원이 내다보이는 어느 홀 안으로 데리고 들어갔는데, 일행이 자리를 잡고 앉자 자기가 준비해 온 말을 하기 시작했다.

「우리는 그저 대체적으로 테레제 양이 그녀의 어머니의 딸이 아니라고 주장해 왔습니다」 하고 그가 말했다. 「하지만 이제 우리는 이 점에 관해서 세부적으로 분명히 알아둘 필요가 있습니다. 그래서 이 자리에서 그 이야기를 하도록 하겠고 그 다음에는 제가 모든 방법을 동원하여 그 이야기에 논거를 대고 나아가서는 그것을 증명해 보이겠습니다.

폰 ○○ 부인은 몇 년 간의 신혼시절 동안 그녀의 남편과 금실이 좋게 살았습니다. 다만 그들의 유일한 불행은 두어 번 임신을 하긴 했지만 그때마다 아이가 죽게 된 일이었습니다. 그러다가 세번째에는 의사들이 하마터면 산모의 죽음을 선언할 뻔했으며, 그들은 앞으로 한 번 더 아이를 낳으려 하다가는 산모가 죽음을 면할 수 없으리라고 경고했습니다. 그래서 그 부부는 어쩔 수 없이 결단을 내려야 할 처지에 빠졌지만, 그렇다고 부부의 인연까지 끊고 싶지는 않았습니다. 그들은 시민적 관점으로 볼 때에는 매우 유복한 생활을 하고 있었던 것입니다. 폰 ○○ 부인은 정신적으로 수양을 하고 명사 행세를 하거나 허영의 즐거움을 누리는 가운데에서 자기에게 주어지지 않은 어머니로서의 행복에 대한 일종의 보상을 찾으려고 애썼습니다. 그래서 그녀는 남편이 어느 여자한테 호감을 갖게 되었을 때에도 남편의 잘못을 매우 명랑한 태도로 못 본 척해 주었습니다. 그 여자는 집안의 전체 살림을 맡아보고 있던 처녀로서 몸매가 아름답고 성격도 매우 건실했습니다. 얼마 후에 폰 ○○ 부인은 자기 쪽에서 주선을 하여 그 착한 처녀가 테레제의 아버지에게 몸을 허락하도록 하고 집안일은 전과 다름없이 계속 돌보도록 했습니다. 그 결과 그 처녀는 전보다도 거의 더 열심히 안주인의 시중을 들고 더 공손히 안주인을 모시게 되었습니다.

얼마 뒤에 그 처녀는 자기가 임신한 사실을 고백했습니다. 그러자 주인 부부는 이 일을 두고, 전혀 다른 동기에서이긴 했지만, 꼭 같은 생각을 하기에 이르렀습니다. 폰 ○○ 씨는 정부(情婦)의 아이를 앞으로 적자로 입적시키기를 원했습니다. 그리고 폰 ○○ 부인 또한, 의사의 입이 무겁지 못해서 아이를 못 낳게 된 자기의 상태가 이웃에 알려진 것을 못마땅해하고 있던 참이었기에, 슬쩍 바꿔친 아기를 통해 자신의 명예를 회복할 생각이었으며, 만약 그렇게 하지 않을 경우에 잃게 될지도 모르는 집안에서의 자신의 우위도 이런 양보를 통해 계속 유지해 나갈 생각을 했습니다. 부인은 남편보다 더 소극적인 태도를 취하며 기다리고 있다가 남편이 원하는 것을 미리 읽고 나서도 먼저 얘기를 꺼내지 않고 그쪽에서 고백해 오도록 만들었습니다. 부인은 자기의 조건들을 내세웠으며 그녀의 요구사항이 거의 모두 받아들여졌습니다. 그래서 유언장이 작성되었는데, 거기에는 아이의 장래에 대해서는 거의 고려되지 않은 것 같습니다. 마침 그 늙은 의사가 죽었기 때문에, 활동적이고 영특한 어느 젊은 의사에게 출산을 부탁하게 되었습니다. 그는 큰 사례를 받

았습니다. 그리고 그 젊은 의사 자신도 그의 작고한 동료가 서
툴러서 속단을 하게 된 것을 밝혀내고 새로운 진단을 내리는 일
에서 자신의 명성을 얻을 수 있었던 것입니다. 아기의 진짜 어
머니도 순순히 동의를 해주었기 때문에 그 위장극은 매우 잘 진
행되었습니다. 이윽고 테레제가 이 세상에 태어나 딴 어머니에
게 넘겨지게 되었습니다. 그러나 테레제의 생모는 결국 이 위장
극의 희생이 되었습니다. 산모가 무리를 해서 너무 일찍 자리에
서 일어났기 때문에, 절망에 빠진 착한 남편을 두고 그녀는 그
만 이 세상을 하직하고 말았습니다.

이리하여 모든 일이 폰 ○○ 부인의 뜻대로 이루어졌습니다.
그녀는 세상 사람들의 눈앞에 의기양양하게 내보일 귀여운 아
기를 가지게 되었을 뿐만 아니라, 동시에 연적으로부터도 해방
된 것이었습니다. 부인은 역시 그 여인과 남편과의 관계를 질투
의 눈으로 보고 있었고, 그 여인의 영향력이——적어도 장래에
는——커질 것 같아서 남몰래 두려워하고 있었던 것입니다. 부
인은 아이를 몹시 귀여워했을 뿐만 아니라 남편과 단둘이 있을
적이면 그가 사랑하는 사람을 잃은 데에 대해 아주 깊은 이해심
을 보임으로써 남편이 그녀에게 문자 그대로 푹 빠질 정도로 구
워삶아 놓을 줄 알았습니다. 그래서 그는 자신과 아이의 행복을
모두 그녀의 손에다 맡겼다가 죽기 얼마 전에야 겨우, 그것도
말하자면 단지 장성한 딸을 통해서이긴 했지만, 다시 집안의
주인 노릇을 하게 되었습니다. 아름다운 테레제 아가씨, 이것
이 아마도 편찮으시던 아버님께서 당신에게 그렇게도 알려주고
싶어하시던 비밀이었을 것입니다. 그리고 이것이 내가 지금 당
신에게 자세하게 설명해 드리고 싶었던 사연입니다. 묘하기 이
를 데 없는 세상의 인연으로 당신의 약혼자가 된 그 젊은 친구

가 마침 이 자리에 없기에 이런 설명을 해드리는 것입니다. 여기에 내가 주장한 사실을 확고하게 증명해 주는 서류들이 있습니다. 이 서류들을 보면 동시에 당신은 내가 벌써 얼마나 오랫동안 이와 같은 사실을 캐내기 위해 추적에 추적을 거듭했는지 알 수 있을 것이고, 나 자신도 이제야 비로소 그런 확신에 도달했다는 사실을 알 수 있을 것입니다. 나는 로타리오 씨가 어쩌면 테레제 양과 행복하게 맺어질 가능성이 있다는 말을 감히 입밖에 낼 수 없었답니다. 왜냐하면, 만약 이 두번째 희망마저 또 수포로 돌아간다면, 로타리오 씨의 상처가 너무 커질 것 같기 때문이었지요. 이제 여러분은 뤼디에 양이 왜 나를 의심의 눈초리로 보았는지 이해하실 것입니다. 지금 기꺼이 고백하는 바이지만, 로타리오 씨가 테레제 양과 재결합할 수 있는 가능성을 예측한 이래로 나는 이 착한 아가씨에 대한 로타리오 씨의 애정을 북돋우어 주는 일이라곤 조금도 하지 않았거든요」

신부의 이 이야기에 아무도 무슨 대답을 하지 않았다. 아가씨들은 며칠 뒤에 그 서류들을 되돌려주었지만, 거기에 대해서는 더 이상 아무 언급도 하지 않았다.

근처에는 일동이 함께 있을 때 같이 시간을 보낼 수단은 얼마든지 있었다. 또한 그 근방은 경치 좋은 곳이 많이 있어서 개별적으로 혹은 단체로, 말이나 마차를 이용해서 아니면 걸어서, 그 근방을 둘러보곤 했다. 그런 어떤 기회에 야르노는 자기가 부탁받은 것을 빌헬름한테 알리면서 그에게 문제의 서류들을 보여주었다. 하지만 야르노는 빌헬름한테서 그 이상의 어떤 결단을 요구하는 것 같지는 않았다.

「지금 처해 있는 이런 극히 미묘한 상황에서 저는 처음에 당장 제가 나탈리에 양의 면전에서 틀림없이 순수한 마음으로 말했던 것만을 당신에게 다시 한번 되풀이해서 말씀드리기만 하면 되겠습니다」하고 빌헬름은 야르노의 말에 응답했다. 「즉, 그 때 저는 이런 말을 했지요. 로타리오 씨와 그의 친구분들은 저한테서 어떤 종류의 체념이라도 요구하실 수 있습니다. 저는 여기서 테레제에 대한 저의 모든 요구를 당신의 손에 맡깁니다. 그 대신 저를 명실상부하게 해방시켜 주십시오! 아, 야르노 씨, 결심을 하는 데에는 뭐 길게 생각해 볼 것도 없어요! 지난 며칠 동안에 벌써 저는 느껴왔는걸요, 테레제 양이 여기서 처음 저를 만났을 때 보여줬던 그 열성을 다만 겉보기로나마 유지하기 위해 무척 애쓰고 있다는 것을! 그녀의 애정은 저에게서 떠나가고 없어요. 아니, 제가 그녀의 애정을 차지한 적이라곤 한번도 없었다고 말하는 편이 차라리 더 옳을 겁니다」

「이런 일은 아마도 말을 많이 하는 것보다는 말없이 기다리면서 차차 해결돼 나가기를 기다리는 것이 좋을 것 같군요」하고 야르노가 대답했다. 「말을 많이 하면 항상 당혹스럽고 격앙된 감정 같은 것이 생겨나기 쉽거든요」

「저는 오히려 바로 이런 사건이야말로 극히 조용한 가운데에 매우 순수한 결단을 내릴 수 있는 경우라고 생각합니다」하고 빌헬름이 말했다. 「지금까지 저는 확신이 없이 주저한다는 비난을 자주 받아왔습니다. 저로선 결심이 서 있는 지금, 저의 결점이라고 나무라시던 바로 그 잘못을 왜 저 자신에게 저지르시려는 것이지요? 이 세계가 우리에게 교양을 쌓아주려고 그렇게 애쓰는 것이 설마 우리로 하여금 이 세계 자신은 교양을 쌓기를 원치 않는다고 느끼게 하려는 것은 아니겠지요? 자, 이제 곧 저에게, 이 세계의 가장 순수한 뜻을 좇다가 빠져들게 된 이 괴로운 상황에서 해방되었다는 맑고 산뜻한 기분을 맛보게 허락해 주십시오!」

이렇게 부탁을 했음에도 불구하고 그는 며칠이 지나도록 그일에 대해서는 아무 말도 듣지 못했고 친구들한테서도 별다른 변화를 찾아볼 수 없었다. 그들의 대화는 오히려 단지 일반적이고 대수롭잖은 화제만을 맴돌고 있을 뿐이었다.

7

한번은 나탈리에와 야르노와 빌헬름이 함께 앉아 있게 되었는데, 나탈리에가 말을 시작했다. 「무엇인가를 깊이 생각하고 계신 것 같군요, 야르노 씨! 그러고 계시는 걸 전 벌써 얼마 전부터 알아챘는걸요」

「그렇습니다」 하고 야르노가 응답했다. 「중대한 일을 눈앞에 두고 있지요. 우리 모임에서 이미 오래전부터 준비되어 오던 일인데, 이제는 어쩔 수 없이 착수해야 되겠어요. 당신도 그 계획에 대해서는 이미 대강은 알고 계십니다만, 아마 이 젊은 양반한테도 거기에 대해 말을 해두는 게 좋겠습니다. 거기에 참여할 생각이 있는지는 이 양반의 결단에 달려 있는 것이니까요. 당신이 나를 보게 될 날도 얼마 남지 않았습니다. 배를 타고 미국으로 건너갈 생각을 하고 있거든요」

「미국으로요?」 하고 빌헬름이 미소를 띠면서 되물었다. 「그런 모험을 계획하고 계시다니 전혀 뜻밖인데요. 게다가 저를 동반자로 선택해 주실 줄은 더욱 몰랐구요」

「우리의 계획을 완전히 알게 되면, 그것을 보다 좋게 생각하게 될 것입니다. 아마 그 계획에 열중하게 될지도 모르지요. 내 말을 잘 들어보십시오! 세계무역에 대해 단지 약간의 지식만 있어도 앞으로 커다란 변화가 닥쳐오리라는 것, 그리고 이제 거의 어디서나 재산 소유가 더 이상 확실히 안전하지 않다는 것쯤은 알아차릴 수 있습니다」

「저는 세계무역에 대해서는 잘 모릅니다」 하고 빌헬름이 끼여들며 말했다. 「그래서 얼마 전에야 비로소 저의 재산들에 관해 잠깐 걱정했을 뿐입니다. 어쩌면 그것에 관해서는 신경 쓰지 말고 좀더 오래 내버려둘걸 그랬나 봅니다. 재산을 유지하기 위해 걱정을 하면 그렇게 우울해진다는 걸 관찰하게 되니까요」

「내 말을 끝까지 들으시오!」 하고 야르노가 말했다. 「걱정하는 일은 늙은이들에게 어울립니다. 이것도 다 젊은이들이 한동안 걱정 없이 살아갈 수 있게 하기 위해서지요. 인간이 하는 모든 행동에 균형이 이루어지려면 그것은 유감스럽게도 단지 정반대되는 행동을 통해서만 가능합니다. 따라서 오늘날은 단지 〈한〉 곳에만 재산을 갖고 있고 단지 〈한〉 장소에만 자신의 돈을 믿고 맡기는 것은 바람직하지 않습니다. 그렇다고 해서 여러 곳에 재산을 분산시켜 놓고 관리해 내는 것 또한 어려운 일이지요. 그 때문에 우리는 약간 다른 방책을 생각해 내었습니다. 즉, 우리 유서 깊은 탑으로부터 한 인간공동체가 세상으로 나가서 세계 각처로 전파되고 세계 각처로부터도 사람들이 이 공동체에 가입할 수 있도록 하자는 생각이지요. 국가혁명이 일어나 구성원들 중의 누군가가 자기 영지나 재산을 완전히 잃게 되는 비상 시국에도 살아나갈 수 있는 길을 우리끼리 서로 담보해 두자는 것이지요. 나는 이제 미국으로 건너가서 로타리오 씨가 그곳에 체류할 때 닦아놓은 좋은 여건을 활용할 생각입니다. 신부님은 러시아로 가시려고 합니다. 그리고 당신은, 만약 우리와 행동을 함께 할 생각이라면, 독일에 남아 로타리오 씨를 돕든지 나와 함께 가든지 당신 선택하기에 달려 있습니다. 내 생각에는 아마 후자를 택하는 것이 좋을 것 같군요. 큰 여행을 하는 것은 젊은이에겐 극히 유익한 법이니까요」

빌헬름은 정신을 가다듬고 나서 대답했다. 「숙고해 볼 만한 가치가 있는 제안이군요. 왜냐하면 얼마 안 있어 곧 〈멀리 떠날수록 좋다〉가 저의 좌우명으로 될 것 같거든요. 앞으로 당신의 계획을 저에게 보다 자세히 설명해 주시기 바랍니다. 제가 세상을 잘 모르는 탓인지는 모르겠습니다만, 제가 보기에는 그런 모임에는 극복하기 어려운 어려움들이 생겨날 것 같은데요」

「그런 어려움들의 대부분이 해결되는 것은 다만 지금까지는 우리의 인원수가 몇 안 되는 데다가 모두가 정직하고 똑똑하며 과단성 있는 사람들이기 때문입니다」 하고 야르노가 대답했다. 「모두가 꽤 상식을 갖춘 사람들인데, 오직 이런 상식에서만 공동체적 감각이 생겨날 수 있는 것이지요」

그때까지 듣고만 있던[38] 프리드리히가 그 말을 받아 말했다. 「좋은 말로 권해들 주신다면 저도 함께 가지요」

야르노가 고개를 저었다.

「그래요? 내가 어때서 안 된다는 거예요?」 하고 프리드리히가 말을 계속했다. 「새로운 식민지에는 젊은 이주자들도 필요할 겁니다. 그들을 당장 데리고 오지요. 명랑한 이주자들도 데리고 오겠어요. 정말이라니까요. 그리고 또, 나는 이쪽 구대륙에서는 더 이상 갈 곳이 없는 착하고 젊은 아가씨 하나를 알고 있어

---

38) 원래 대화가 시작될 때에는 나탈리에, 야르노, 빌헬름 세 사람뿐이었는데, 〈그때까지 듣고만 있던 프리드리히가 그 말을 받아 말한다〉는 것은 좀 곤란하다. 이것은 원작자의 사소한 실수가 아닌가 싶다.

요. 그 귀엽고 매혹적인 뤼디에지요. 그녀가 가끔 깊은 바다 밑에다 그 고통과 슬픔을 내던져 버릴 수 없다면, 그리고 한 착실한 남자가 그녀를 받아들여 주지 않는다면, 그 불쌍한 아가씨는 그 번민을 안은 채 대체 어디로 가야 한단 말입니까? 빌헬름 씨, 내 생각에는 어차피 당신은 버림받은 여자를 위로해 주는 길로 들어섰으니 이번에도 결심을 하는 것이 좋지 않겠어요? 그리하여 각자 자기 여자를 꿰어차고 이 노신사를 따라가면 어떨까요?」

이 제안에 빌헬름은 기분이 상했다. 그는 짐짓 평온한 심경을 가장하면서 말했다. 「난 그녀가 정말 주인 없는 여잔지조차 아직 모르잖아. 그리고 나라는 인간은 도대체가 구혼해 봤자 복이 없는 모양이니, 그런 시도를 하고 싶지가 않군그래」

그러자 나탈리에가 말했다. 「프리드리히! 넌 경솔하게 행동하기 때문에 다른 사람들한테도 네 생각이 통할 거라고 믿고 있구나. 이 친구분은 전적으로 자신만을 위해 주는 여성을 얻을 자격이 있는 분이시다. 이분의 곁에 있으면서 다른 남자에 대한 추억으로 마음이 동요하는 여자라서야 되겠니? 다만 테레제와 같은 극히 이성적이고 순수한 성격의 여성일 때에만 그런 모험을 무릅쓰시라고 권해 드릴 수 있었던 거다」

「뭐, 모험이라구요?」 하고 프리드리히가 외쳤다. 「사랑에는 모든 것이 모험이지요. 나무 그늘 아래에서든 제단 앞에서든, 포옹을 통해서든 금반지를 통해서든, 귀뚜라미의 노랫소리를 들으면서든 트럼펫과 북소리를 들으면서든, 모든 것이 그저 모험일 뿐이라구요. 그리고 우연이 모든 것을 행하죠」

「내가 언제나 느껴온 일이지만, 우리의 원칙들이란 다만 우리의 실제 생활양식에 대한 일종의 보충에 불과하단다」 하고 나탈리에가 대답했다. 「우리 인간은 자신의 실수에다가 일반적으로 통용되는 법칙의 옷을 입혀 그 실수를 가리기를 좋아하는 법이다. 너를 그렇게 꼼짝 못 하도록 끌어당겨 꽉 붙들고 있는 그 아름다운 여자가 앞으로 어떤 길로 너를 데리고 갈 것인지 거기에나 단단히 주의하도록 하려무나」

「그 여자 스스로가 이미 매우 훌륭한 길을 가고 있어요」 하고 프리드리히가 응답했다. 「성자가 되는 길을 가고 있다구요. 하긴 우회로이긴 하지만, 그만큼 더 재미있고 확실한 길이지요. 마리아 막달레나[39]도 역시 그 길을 갔지요. 그리고 누가 알아요, 또 얼마나 많은 여자들이 그 길을 갔는지? 누님, 사랑에 관한 이야기라면 도대체 누님은 좀 빠지시는 게 좋겠어요. 제 생각으로는 어디선가 신부가 하나 부족하기 전에는 누님은 결혼을 못하실 겁니다. 그럴 때에야 비로소 평소 누님의 그 자비심을 발휘하여 그 어떤 여자의 보충역으로서 자신을 내맡기시겠죠. 자, 그러니 지금은 다만 이 인신매매업자 양반과 계약이나 맺고 누구누구가 여행단에 낄 것인지나 합의하기로 합시다!」

「당신의 제안은 너무 늦었습니다」 하고 야르노가 말했다. 「뤼디에를 위해서는 더 이상 걱정할 필요가 없어요」

「어떻게요?」 하고 프리드리히가 물었다.

「바로 내가 그녀에게 청혼했습니다」 하고 야르노가 대답했다.

「아니, 아저씨!」 하고 프리드리히가 말했다. 「나이 지긋하신 양반이 한번 히트를 치셨군요. 그 행위를 명사라고 칠 때 그 앞에 여러 가지 형용사들이 붙을 수 있을 것이고, 주어라고 칠 때에도 여러 가지 술어들이 **따라붙을** 수 있을 겁니다」

---

39) 「누가 복음」 제7장 제36절 이하 참조.

「솔직하게 말씀드리자면」하고 나탈리에가 말했다. 「어떤 아가씨가 다른 남자에 대한 사랑 때문에 절망하고 있는 순간에 그녀를 취하려는 것은 위험한 시도라고 하지 않을 수 없네요」

「그런 시도를 감행한 셈이지요」하고 야르노가 대답했다. 「그 어떤 조건만 충족되면 그녀는 내 아내가 될 것입니다. 그리고 사실이지 이 세상에서 가장 귀중한 것은 사랑할 수 있고 정열을 불태울 수 있는 마음이지요. 그 마음이 전에 누구를 사랑했느냐, 아직도 누구를 사랑하고 있느냐, 그런 것이 중요한 것이 아닙니다. 다른 남자에게 쏠리고 있는 사랑도 나에게는 나자신이 받게 될 사랑보다 자칫 더 매력적으로 생각될 지경이거든요. 저는 이런 아름다운 마음의 힘, 그 강력한 매력을 보고 있고, 이기심 때문에 눈이 흐려져 그 순수성을 못 볼 정도는 아닙니다」

「벌써 뤼디에와 최근에 얘기를 나누셨어요?」하고 나탈리에가 물었다.

야르노가 빙그레 웃으면서 고개를 끄덕였다. 나탈리에는 고개를 흔들었다. 이윽고 그녀는 자리에서 일어서면서 말했다. 「당신들이 하는 일을 어떻게 생각해야 좋을지 이젠 정말 모르겠군요. 하지만 부디 제 마음마저 뒤흔들어 놓지는 마시기 바랍니다」

그녀가 막 떠나가려고 하는 참에 신부가 손에 편지 한 통을 들고 들어오면서 그녀를 보고 말했다. 「가지 마시고 잠깐 기다리십시오! 내가 여기서 제안할 것이 한 가지 있는데, 당신의 충고가 필요합니다. 당신의 돌아가신 외종조부님의 친구분이신 그 이탈리아 후작님께서 왜 얼마 전부터 여기로 오시기로 되어 있었잖아요. 그분이 며칠 안으로 여기에 도착하실 것임에 틀림없습니다. 내게 쓰신 편지로는, 독일어가 생각하셨던 것보다 잘 나오지 않아 두세 개의 다른 나라 말과 함께 독일어를 완전히 구사할 줄 아는 동행인 한 사람이 필요하시다는 겁니다. 그분이 정치적 관계보다는 학문적 유대를 더 갖고 싶어하시기 때문에 그런 통역이 꼭 있어야 한다는 것이지요. 나는 여기 계시는 우리의 젊은 친구보다 거기에 더 적합한 사람이 있을지 모르겠군요. 언어감각이 있으신 데다 그 밖에도 아시는 것이 많거든요. 그리고 또 그렇게 훌륭한 분을 모시고 아주 유리한 조건 아래 독일을 두루 구경한다는 것이 젊은 친구 자신을 위해서도 크게 유익할 것입니다. 자기 조국을 알지 못하는 사람은 외국을 헤아릴 수 있는 척도가 없습니다. 여러분의 생각은 어떠신지요? 나탈리에 양의 의견은 어때요?」

그 제안에는 아무도 이의를 제기할 것이 없었다. 야르노는 어차피 당장 미국으로 출발하지는 않을 것이기 때문에 미국으로 가자는 자기의 제안이 신부의 제안에 방해가 된다고 생각하지는 않는 것 같았다. 나탈리에는 아무 말이 없었고 프리드리히는 여행의 효용성에 대한 여러 가지 속담을 끌어대고 있었다.

빌헬름은 이 새로운 제안에 대해 속으로 매우 화가 나서 그것을 거의 감출 수 없을 지경이었다. 그는 모두들 자기를 가능한 한 빨리 떠나 보내버리려는 속셈이라는 것을 너무도 분명히 알 수 있었다. 그리고 무엇보다도 나쁜 것은 그 속셈을 공공연히, 조금도 가차없이 아주 내놓고 보여준다는 점이었다. 뤼디에가 자기한테 품었던 혐의와 그 자신이 체험한 모든 일들이 다시금 새로이 그의 마음속에 되살아났다. 그래서 야르노가 그에게 모든 것을 설명해 주던 그 자연스러운 말투조차도 그에게는 다만 인위적으로 꾸며낸 표현같이만 생각되었다.

　그는 정신을 가다듬고 나서 대답했다. 「하긴 그 제안은 숙고해 볼 만하군요」

　「아마 빠른 결심이 필요할 것 같은데요」 하고 신부가 대답했다.

　「지금은 아직 그런 결심까지는 못하겠는데요」 하고 빌헬름이 대답했다. 「그분의 도착을 일단 기다려서 우리가 서로 어울리는지 어떤지도 봐야겠지요. 그러나 한 가지 중요한 조건은 미리 말씀드려야겠습니다. 즉, 펠릭스를 데리고 가도 괜찮고 어딜 가든 그애를 함께 데리고 다녀도 좋다는 조건입니다」

　「그 조건은 받아들여지기가 어려울 것 같은데요」 하고 신부가 대답했다.

　「그렇다면 왜 제가 어떤 사람의 조건을 받아들여야 하는지 납득이 가지 않는데요?」 하고 빌헬름이 큰 소리로 말했다. 「그리고, 제가 저의 조국을 두루 구경하는 데에 왜 이탈리아인과 동행할 필요가 있는지도 도무지 이해가 가지 않는군요」

　「그것은」 하고 신부는 그 어떤 의연한 진지성을 보이며 대답했다. 「젊은이란 항상 공동체와 결속할 필요가 있기 때문입니다」

　빌헬름은 그의 현재 처지가 나탈리에가 옆에 있기 때문에 그래도 약간 위안을 얻을 수 있을 뿐, 더 오래 자기 고집을 부릴 수 없다는 것을 충분히 알아차리고 있었다. 그 때문에 그는 약간 성급한 투로 다음과 같은 말을 입밖에 내었다. 「잠깐만 생각할 여유를 좀 주시기 바랍니다. 저의 짐작으로는 제가 계속해서 공동체와 결속할 필요가 있는지, 또는 어쩌면 저의 마음과 분별이 거역할 수 없이 명하는 바에 따라 저에게 영원히 비참한 속박이 될 것만 같은 이 여러 가지 끈을 끊어버려야 할 것인지 곧 결판이 날 것 같습니다」

　그는 매우 흥분한 심경으로 이렇게 말했다. 나탈리에의 얼굴

을 한번 힐끗 쳐다보자 그의 마음은 어느 정도 진정을 되찾았
다. 이 격정적인 순간에도 그녀의 자태와 품위가 그만큼 더 그
에게 깊은 인상을 주었기 때문이었다.

「그렇다!」 하고 그는 혼자 있게 되자 자기 자신에게 중얼거
렸다. 「솔직히 고백해 보지그래. 너는 그 여자를 사랑하고 있
다! 그리고 너는 다시금 느끼고 있다, 인간이 온 힘을 다하여
사랑할 수 있다는 것이 무엇을 의미하는지를! 이렇게 나는 마리
아네를 사랑했고, 그 여자한테 그토록 무서운 오해를 했다. 필
리네를 사랑했으나 그녀를 멸시하지 않을 수 없었다. 아우렐리
에를 존중할 수는 있었으나 사랑할 수는 없었다. 테레제를 존경
했으나 실은 펠릭스에 대한 부정(父情)이 그녀에 대한 애정의
모습을 띤 것이었다. 그런데, 사람을 행복하게 할 수 있는 모든
감정이란 감정들이 네 마음속에 모두 모여 있는 지금 하필이면
너는 도망을 치지 않을 수 없는 상황에 처해 있단 말인가! 아, 이
런 감정들, 이런 인식에는 왜 소유하고자 하는 제어할 수 없는
욕망이 함께 끼여들어야 하는 것일까? 그리고 소유하지 못할 때
에는 바로 이런 감정들, 이런 확신들이 왜 온갖 다른 종류의 행
복감들마저 완전히 파괴해 버리고 마는 것일까? 앞으로 내가 태
양과 세계와 사회, 그리고 그 밖의 어떤 행복이라도 향유하는
것이 가능할까? 앞으로 〈이 자리에 나탈리에가 없구나!〉 하고
언제나 너 자신에게 푸념하게 되지 않을까? 그런 가운데 또한
유감스럽게도 나탈리에는 항상 네 마음속에 남아 있게 될 것이
다. 눈을 감아도 그녀의 모습이 눈앞에 나타날 것이고, 눈을 떠
도 눈부신 물건의 잔상처럼 다른 모든 대상 앞에 그녀의 모습이
아른거릴 것이다. 전에도 이미 얼핏 스쳐 지나가는 아마존의 형
체가 네 상상력을 항상 따라다니지 않았던가! 너는 그녀를 단지

보기만 했을 뿐 그녀를 알지도 못했는데도 그러했던 것이다. 이제 네가 그녀를 알게 돼 그녀와 이렇게 가까워졌으며 그녀 또한 네게 그렇게 많은 관심을 보여준 이 마당에는, 전에는 그녀의 모습이 네 감각에 아로새겨졌던 것에 불과했지만, 이제는 그녀의 성품이 네 마음속 깊이 새겨져 있는 것이다. 끊임없이 찾아다니는 것도 안타까운 노릇이지만, 찾아내고도 떠나지 않으면 안 되는 것은 훨씬 더 안타까운 노릇이다. 내 이제 이 세상에서 무엇을 계속 찾아야 한단 말인가? 이제 또 무엇을 더 둘러볼 것인가? 어느 지방, 어느 도시가 이와 필적할 만한 보물을 간직하고 있을까? 그런데도 나는 다만 더 못한 보물을 찾기 위해 여행을 떠나야 한단 말인가? 도대체 인생이란 것이 극점에 다다르자마자 곧장 재빨리 되돌아오지 않으면 안 되는 경주로에 지나지 않는단 말인가? 그래서 선한 것, 탁월한 것이란 단지 확고부동하게 서 있는 목표물 같은 것이어서, 일단 그것에 이르렀다고 생각되면 마찬가지로 재빨리 말머리를 돌려 다시 황급히 떠나야 하는 것일까? 그 대신 현세적인 물건들을 구하려고 하는 자는 누구나 어느 방향 어느 지방에서든 간에, 심지어는 큰 장이나 대목장에서도 원하는 물건들을 살 수 있지 않은가 말이다!

아야, 이리 온!」 하고 그는 마침 뛰어 들어오는 자기 아들을 향해 외쳤다. 「너야말로 내 전부며 앞으로도 변함없이 그럴 것이다! 너는 사랑하는 네 엄마를 대신해서 내게 주어졌다. 너는 내가 너를 위해 정한 두번째 엄마의 역할까지도 나를 위해 대신해 줄 판이었다. 그런데 이제 넌 그보다 더 큰 공허감을 메워줘야겠구나. 네 아름다움, 사랑스러움, 그리고 네 지식욕과 능력으로 부디 내 마음에, 내 정신에 활기를 불어넣어 다오!」

아이는 새 장난감에 몰두해 있었는데, 아버지가 아이를 위해 그것이 더 잘 작동되고 더 바르게, 더 실용적으로 만질 수 있도록 해주려고 했다. 그러나 바로 그 순간 아이는 그만 그것에 대한 흥미를 잃고 말았다. 「너야말로 진정한 인간이로구나!」 하고 빌헬름이 외쳤다. 「자, 내 아들아! 가자, 내 친구야! 우리 될 수 있는 대로 실용적 목적을 두지 말고 이 세상을 돌아다니면서 한번 놀아보자꾸나!」

이곳을 떠나 아이를 데리고 세상의 온갖 대상들을 두루 보면서 기분전환이나 해보고자 하는 그의 결심은 이제 확고한 계획이 되었다. 그는 베르너한테 편지를 써서 돈과 수표책을 부탁하고는 프리드리히의 심부름꾼을 불러 곧바로 돌아와야 한다는 엄한 당부를 해서 베르너에게로 떠나 보냈다. 다른 친구들에 대해서는 기분이 매우 언짢았음에도 불구하고 나탈리에에 대한 그의 관계만은 변함없이 순수하였다. 그는 떠날 계획을 그녀에게 털어놓았다. 그녀도 그가 떠날 수 있고 또 떠나야 한다는 것을 기정사실로 받아들였다. 겉보기에 냉담한 듯한 그녀의 이러한 태도에 그는 마음이 아팠지만, 그녀가 옆에 있으면서 좋은 말을 해주는 것이 그의 마음을 완전히 평온하게 해주기도 했다. 그녀는 그에게 여러 도시들을 방문해서 거기에 살고 있는 자기의 남녀 친구들 몇 명을 사귀어 보라고 권했다. 그 심부름꾼이 빌헬름이 요구했던 모든 것을 갖고 되돌아왔다. 하지만 베르너는 빌헬름이 그렇게 새로 바람을 쐬려는 것에 대해 불만인 듯했다. 〈자네가 마침내 이성을 찾으리라던 내 희망은 이제 당분간 다시 연기된 것이로군!〉 하고 베르너는 쓰고 있었다. 〈자네들은 모두들 한데 어울려 지금 어디를 배회하고 있는 것인가? 자네가 경제적 내조를 받을 수 있다고 하면서 나에게 잔뜩 기대를 갖게 했던 그 아가씨는 도대체 어디에 있지? 그 밖의 다른 친구들도

여기에 없네. 온갖 일이 그 법관과 나에게 떠맡겨져 있네. 그래
도 다행인 것은 내가 재무에 능통한 정도만큼 그도 마침 아주
훌륭한 법률가이고 우리 둘 다 무엇인가 남의 뒤처리를 하는 데
에는 이골이 난 사람들이라는 점이지. 잘 있게! 하긴 자네의 그
느슨한 태도도 너그럽게 용서해 주고 싶네. 그런 탈선이 없었더
라면 이 지방에서의 우리의 거래가 이렇게 잘 진행될 수는 없었
을 테니까 말이네.〉

외적인 조건으로 보자면 이제 빌헬름은 언제라도 출발할 수
있었다. 하지만 그의 마음은 아직도 두 가지 장애에 묶여 떠나
지 못하고 있었다. 사람들은 그에게 위령미사 때가 아니면 미농
을 절대로 보여주려 하지 않았다. 신부가 집전하기로 되어 있는
이 위령미사는 아직 행사 준비가 덜 되었다는 것이었다. 의사
또한 시골 목사의 이상한 편지를 받고 불려가고 없었다. 그것은
하프 타는 노인에 관한 일이었는데, 그 노인의 운명에 관해서
는 빌헬름도 보다 자세히 알고 싶던 참이었다.

이런 상태였기 때문에 그는 밤낮으로 심신이 편하지 못했다.
모두들 자고 있을 때에도 그는 집 안을 이리저리 거닐곤 했다.
눈에 익은 고미술품들이 그의 마음을 끌기도 하고 그에게 거부
감을 불러일으키기도 했다. 자기를 둘러싸고 있는 그 모든 것이
그의 마음에 확연히 잡히지 않았고, 그렇다고 무관심한 대상일
수도 없었다. 미술품들 하나하나가 그에게 온갖 것들을 다 연상
시키는 것이었다. 거기서 그는 자기 인생의 모든 순환과정을 하
나의 반지처럼 굽어볼 수 있었다. 다만 그 반지는 이제 망가진
채 그의 앞에 놓여 있어 영원히 다시 오므려 붙을 것 같지가 않
았다. 그의 아버지가 팔아넘겼던 이 미술품들이 그에게는 마치
이 세상에서 바람직한 것을 편안하고도 철저하게 소유하는 일

이 자기에게는 한편으로는 배제되어 있고, 다른 한편으로는 자신의 잘못 때문이든 다른 사람의 잘못 때문이든 간에 그런 것을 빼앗기게 되어 있는 사실을 상징하고 있는 것처럼 생각되었다. 이런 묘하고도 슬픈 명상에 잠겨 있다 보면 가끔 그는 자신이 무슨 유령 같은 생각이 들었고, 자기 외부의 물건들을 만지거나 더듬어 볼 수 있었음에도 불구하고 자기가 정말 살고 있으며 이 세상에 존재하고 있는가 하는 의심을 완전히 떨쳐버릴 수가 없었다.

자기가 찾아내고 다시 발견한 모든 것을 그토록 어처구니없이, 그렇지만 또 어쩔 수 없이 버려야만 한다는 고통이 가끔 그를 괴롭혔다. 이 생생한 고통만이, 그리고 그의 눈물만이 그에게 자신이 아직 살아 있다는 감정을 다시 느끼게 해주었다. 그는 사실 자기가 현재 처해 있는 상태가 행복한 것이라고 외치며 자기 마음을 달래보고자 했지만 아무 소용이 없었다. 「우리 인간은 여타의 모든 것과도 바꿀 수 없는 그 단 하나를 잃으면, 정말이지 모든 것이 다 이렇게 허무해지는 것이로구나!」하고 그는 탄식하였다.

신부가 후작의 도착을 사람들에게 알렸다. 「보아하니 당신은 아들을 데리고 별도로 여행을 떠날 결심을 하신 것 같군요」하고 그는 빌헬름을 보고 말했다. 「그렇지만 적어도 후작님과 인사는 나누고 가도록 하십시오. 중도에 어디서 그분을 만나시더라도 여하튼 당신한테 도움이 될 수 있는 분이시니까요」후작이 나타났다. 아직 그다지 고령은 아니었으며, 풍채가 좋고 호감을 주는 롬바르디아[40] 사람의 모습을 하고 있는 남자였다. 청년

---

40) 롬바르디아Lombardia는 이탈리아 북부의 평원지방 이름.

일 적에 그는 훨씬 연장자였던 외종조부를 군대에서 알게 되었고, 그 다음에는 사업 관계로 친해졌는데, 나중에 둘은 이탈리아의 대부분을 두루 함께 여행하기도 했다. 그래서 후작이 여기서 다시 보게 되는 예술품들은 그 대부분이 그의 면전에서, 그리고 아직도 그의 기억에 생생한 많은 다행스러운 상황 아래에서 구입 수집된 것들이었다.

이탈리아인들은 일반적으로 다른 나라 사람들보다 예술의 높은 가치에 대해 비교적 깊은 감수성을 지니고 있다. 무슨 일이라도 조금 하고 있는 사람은 누구나 예술가, 명인, 교수라는 칭호로 불러주기를 원한다. 이렇게 칭호를 좋아하는 성벽에서도 최소한 드러나고 있지만, 그들은 무엇인가를 단지 전수를 통해 후딱 습득하거나 연습을 통해 그 어떤 손재주를 익히는 것만으로는 만족하지 않는다. 이탈리아인들은 어느 편이냐 하면 자신들이 하고 있는 일에 대하여 사고할 줄 알아야 하고 원칙을 세울 수 있어야 하며, 왜 이런저런 일을 행하지 않으면 안 되는가 하는 이유들을 자신들도 분명히 알고 또 남에게도 명확히 가르쳐 줄 수 있어야 한다고 생각하는 사람들이다.

그 이탈리아인 후작은 그처럼 아름다운 소장품들을 주인이 타계한 가운데에 다시 보게 된 것에 매우 감동했으며, 그 훌륭한 유품들로부터 자기 친구의 혼이 말을 걸어오는 것 같아서 매우 기뻐하였다. 모두들 그 여러 작품들을 주욱 둘러보면서 미술품에 대한 견해들을 서로 나눌 수 있었기 때문에 매우 유쾌한 분위기였다. 후작과 신부가 주로 얘기했고, 나탈리에는 다시 외종조부님의 곁에 있는 듯한 기분이 들었기 때문에 그들의 견해와 생각에 매우 큰 공감을 느낄 수 있었다. 빌헬름은 그것들 중에 무엇인가를 이해하기 위해서는 일일이 연극용어로 바꿔놓고 생각해 봐야 했다. 사람들은 프리드리히가 농담을 함부로 늘어놓지 못하도록 하느라고 애를 먹었다. 야르노는 마침 그 자리에 함께 있지 않았다.

근래에는 훌륭한 예술작품들이 매우 드물어졌다는 얘기가 나오자 후작이 말했다. 「주위의 상황이 예술가에게 끼치는 영향을 고려하고 개관한다는 것은 쉬운 일이 아닙니다. 그리고 아무리 위대한 천재성, 뛰어난 재능을 타고난 예술가라고 하더라도 그가 자신에게 과해야 하는 요구는 아직도 끝이 없는 것이고, 자신을 도야하기 위해서는 이루 말할 수 없이 큰 근면성이 필요한 것입니다. 그런데 이제 주위의 상황이 그를 위해 별다른 영향을 끼치지 않게 되고, 세상이란 아주 쉽게 만족시킬 수 있고 단지 마음과 기분에 달콤하게 영합하는 경박한 겉모습만을 요구하고 있다는 것을 눈치채게 되면, 그가 쾌락주의와 이기심에 사로잡혀 단지 범용한 것만을 붙잡고 늘어지지 않는다면 오히려 놀라운 노릇이겠지요. 또 그가 다소간이나마 순교자적 고행을 지향하는 올바른 길을 택하기보다는 차라리 유행에 맞는 작품을 만들어 내어 돈과 칭찬과 바꾸지 않는다면 정말 이상한 노릇이겠지요. 그러므로 우리 시대의 예술가들은 결코 무엇인가를 주는 일이 없이 언제나 상품을 공급할 따름입니다. 그들은 결코 만족시키지 않고 언제나 자극하려고만 합니다. 모든 것이 단지 암시만 되고 있을 뿐, 그 어느 곳에도 근본문제가 제시되어 있지 않고 그 철저한 묘사도 찾아볼 수 없습니다. 잠시 동안 어느 화랑에서 조용히 머물면서 대중들이 어떤 작품들에 끌리고 있는가, 그리고 그들이 어떤 작품들을 칭찬하고 어떤 작품들에 등을 돌리고 있는가를 유심히 관찰해 보기만 해도, 우리는 현재에 대한 흥미를 잃게 되고 미래를 위한 희망을 거의 포기하게 될 정도입니다」

「그렇습니다」 하고 신부가 대답했다. 「애호가들과 예술가들이 유감스럽게도 그런 식으로 상호작용하며 성장하는 것이지요. 애호가는 단지 일반적이고 막연한 향락만을 찾고 있습니다. 그래서 그는 예술작품은 대체로 자연 풍경처럼 편안한 느낌을 주는 것이라야 한다고 생각합니다. 이런 사람들의 생각으로는, 예술작품을 감상하는 기관(器官)들도 마치 혀나 입천장같이 저절로 생기는 것이며 한 예술작품을 판단할 때에는 어떤 음식을 맛보는 것과 꼭 같이 하면 된다는 것이지요. 그들은 진정한 예술감상의 경지에 오르기 위해서는 모종의 다른 문화가 필요하다는 사실을 모르고 있는 것입니다. 제 생각으로는 도대체가 인간이 교양을 쌓기를 원한다면 자기 자신에게 우선 어떤 종류의 개체화를 실현시킬 것인지를 정하는 문제가 가장 어려운 문제라고 봅니다. 그렇기 때문에 우리 주위에는 편협한 문화들이 이렇게도 많은 것이며, 그 각 편협한 문화가 문화 전체에 관해 제멋대로 주제넘은 비판을 하고 있는 것입니다」

「방금 하신 말씀이 저에게는 아주 명확히 이해되지 않는데요」 하고 마침 그 자리에 들어온 야르노가 말했다.

「짧은 시간 안에 이 문제에 관해 명확히 설명한다는 것 역시 어렵습니다」 하고 신부가 말했다. 「다만 이것만은 여기서 말해두고 싶습니다. 다양한 활동이나 다양한 향락을 누리겠다는 욕구를 지니자마자 인간은 그렇게 다양한 기관(器官)들을, 말하자면 서로 따로따로, 제 몸에다 만들어 가지고 발달시킬 수 있는 능력 또한 갖추고 있어야 됩니다. 자기 한평생 동안에 하나도 빼지 않고 모든 것을 다 행하고 맛보려고 하는 사람, 바깥 세상의 모든 것을 그런 즐거움과 연결시켜 보고자 하는 사람은 다만 영원히 만족을 모르는 노력만 하다가 자기 세월을 보내게 될 것입니다. 좋은 조각품 하나, 훌륭한 그림 한 장을 그 자체로서 바라보고 노래를 노래 때문에 듣고 배우를 배우로서 경탄하며, 한 건축물을 그 자체의 조화와 영속성 때문에 즐기는 것이 대단히 자연스러운 일같이 보이지만 실은 얼마나 어려운 일입니까! 그런데 하나의 형식을 선택한 결과로서 고정되어 있는 예술작품들을 사람들이 마치 물렁물렁한 찰흙으로 만들어진 것인 양 생각하고 있는 것을 흔히 보게 됩니다. 그들의 취향, 견해, 변덕대로라면 이미 하나의 형상을 이루고 있는 대리석상이 즉각 다시 개조되어야 하고 이미 단단히 벽을 쳐놓은 건물이 연장되거나 수축되어야 하며 한 폭의 그림은 가르침을 담고 있어야 하고 한 희곡작품은 관중을 교화시켜야 한다는 것이지요. 요컨대 모든 예술작품은 무엇이든 요구대로 되어야 한다는 생각들을 하고 있는 것입니다. 그러나 원래 대부분의 인간들 스스로가 아름다운 형식미를 갖추지 못하고 있고, 자신과 자신의 본성에다 그 어떤 형상도 부여할 수 없는 존재인 까닭에, 그들은 모든 대상들로부터 그 형상을 빼앗아 버리는 쪽으로 행동하게 되는 것입니다. 그래야만 모든 것이 그들 자신도 속해 있는 그 모호하고 느슨한 질료로 환원되어 버릴 수 있겠거든요. 결국 그들은 모든 것을 이른바 효용이라는 것으로 축소시켜 버리는 것입니다. 그리하여 여기서는 모든 것이 상대적입니다. 따라서 모든 것이 또한 상대적으로 되어버리는 것이지요. 그리하여 오직 무의미하고 몰취미한 것만이 완전히 절대적인 것으로 군림하는 것입니다」

「말씀을 이해할 것 같습니다」 하고 야르노가 대답했다. 「아니, 차라리 저는 지금 하시는 말씀이 평소 고집하고 계시는 신

부님의 원칙들과 아주 밀접한 관련성을 지니고 있음을 알게 된
것 같다고 말씀드리는 편이 낫겠군요. 그렇지만 저는 인간이란
가련한 요물을 두고 그렇게 세밀하게까지 분석한다는 것은 무
리라고 봅니다. 하기야 예술이나 자연의 위대하기 그지없는 작
품들을 보면 즉각 자기 자신들의 초라하기 짝이 없는 결함들을
연상하고, 오페라를 보러 가도 그들의 양심과 도덕률을 함께
갖고 가며, 한 주랑(柱廊) 앞에 서서 고대 건축을 바라볼 때에
도 자신들의 애증(愛憎)을 떨쳐버리지 못하는 사람들은 제가 아
는 사람들 중에도 얼마든지 있지요. 가장 위대한 최선의 작품이
외부로부터 그들에게 주어진다 해도, 그들은 그 작품을 자기네
들의 상상력 속에서 우선 될 수 있는 대로 축소하지 않으면 안
됩니다. 그래야만 그 작품을 그들 자신의 초라한 존재와 어느
정도만이라도 연결시켜 생각할 수 있거든요」

8

그날 저녁에 신부는 일동에게 미뇽의 위령미사에 참석해 줄
것을 요청하였다. 모두들 〈과거의 홀〉로 들어가 보니 그곳이 아
주 이상하게도 훤히 불이 밝혀져 있고 여러 가지 장식으로 꾸며
져 있었다. 네 벽은 위에서부터 아래에 이르기까지 거의 하늘색
융단으로 덮여 있어서 단지 주각(柱脚)들과 벽면 상단의 돌림띠
장식들만이 엿보일 따름이었다. 구석마다 놓인 네 개의 촛대에
서는 커다란 밀초 횃불들이 활활 타고 있었고, 중앙의 석관 주
위에 있는 네 개의 조그만 촛대에서도 거기에 맞는 조그만 밀초
횃불들이 불타고 있었다. 그 석관 곁에는 은빛 수를 놓은 하늘

색 옷을 입은 소년 넷이 서 있었는데, 그들은 석관 속에 고이 누워 있는 인물을 위해 타조 깃 모양의 넓은 부채로 바람을 보내주고 있는 것같이 보였다. 일동이 자리를 잡고 앉으니 모습이 보이지 않는 두 합창대[41]가 아름다운 노래로 묻기 시작했다. 「우리들의 이 고요한 모임에 그대들이 데려오는 사람이 누구인가?」 그 소년들 네 명이 귀여운 목소리로 대답했다. 「지친 소꿉친구 하나를 당신들에게로 데려왔어요. 장차 천국의 남매들이 환호하며 다시 깨울 테니 그때까지 당신들 가운데에서 쉬게 해줘요」

합창대

우리 모임에 맨 먼저 들어오는 젊은이여, 어서 오라! 슬퍼하며 환영한다! 그대 다음에는 부디 소년도 소녀도 따라오지 말고 단지 노인들만이 순종하는 태도로, 그리고 침착하게 이 고요한 홀로 다가오기를! 그리하여 엄숙한 모임 속에서 이 사랑스럽고 사랑스러운 아이가 편히 쉴 수 있기를!

소년들

아, 얼마나 마지못해 이 친구를 이리로 데려왔던가! 아, 우리 친구가 여기에 머물러야 하다니! 우리도 여기에 머물러 있게 해줘요! 울도록 해줘요, 친구의 관 옆에서 실컷 울도록 해줘요!

---

41) 위의 제5장에 나오는 〈과거의 홀〉의 구조에 대한 나탈리에의 설명을 참조할 것: 〈위층의 양쪽에 있는 반원형의 빈 공간을 주의해 봐주세요! 그곳은 합창대가 사람들의 눈에 띄지 않게 서서 노래를 부를 수 있는 자리예요.〉

합창대

이 힘찬 날개들을 좀 보렴! 가볍고 깨끗한 이 옷을 보려무나! 머리로부터는 황금 리본 찬연히 빛나는구나! 보아라, 이 아름답고 고상한 안식을!

소년들

아, 날개 있어도 그녀를 쳐들어 주지 못하네! 그 옷자락 더 이상 하늘하늘 나부끼지 못하네! 그녀의 머리 위에 장미 화관을 씌워주었을 때 그토록 귀엽고 정답게 우릴 쳐다보더니!

합창대

정신의 눈으로들 바라보아라! 그대들 속에 창조력이 샘솟기를! 그리하여, 가장 아름답고 가장 고귀한 그 생명을 별나라 저 위쪽까지 끌고 가기를!

소년들

아, 그러나 이제 우리는 그녀가 그리워요. 더 이상 정원을 거닐지도 않고 풀밭의 꽃들도 더 이상 꺾어 모으지 않아요! 우리 여기서 울게 해줘요, 그녀를 여기 두게 되었으니! 울게 해줘요, 그녀 곁에 머물게 해줘요!

합창대

아이들아! 삶으로 되돌아가거라! 굽이치는 냇물과 노니는 신선한 바람한테 그대들의 눈물을 말려 달라고 해라. 밤을 피해 도망쳐라! 낮과 즐거움과 지속성은 살아 있는 자들의 운명이란다.

소년들

일어나자! 삶으로 되돌아가자꾸나. 저녁이 우리에게 안식을 가져오고 밤잠이 우리의 생기를 돋울 때까지, 낮이여, 우리에게 일과 즐거움을 다오.

합창대

아이들아, 어서 삶 속으로 들어가거라! 천상의 영광과 불멸의 화관을 쓴 사랑의 여신이 아름다움의 깨끗한 옷 입고서 너희들을 맞이할 것이니!

소년들은 벌써 물러나고 없었고 신부가 그의 의자에서 일어나 관 뒤로 걸어갔다. 「누구든 새로 여기에 안치되는 사람은 엄숙한 의식으로 맞이해야 한다는 것이 이 조용한 거처를 마련하신 분의 지시입니다」 하고 그가 말했다. 「이 집을 지으시고 이 안식처를 마련하신 그분 다음으로는 처음으로 우리가 한 외국 어린이를 여기에 모시게 되었습니다. 그래서 이 작은 공간은 이미 저 엄격하고 자의적이며 가차없는 죽음의 여신의 전혀 다른 두 희생자를 안치하게 된 것입니다. 우리는 특정한 법칙에 따라 인생 속으로 태어나 들어옵니다. 우리로 하여금 스스로 빛을 우러러볼 수 있게끔 성숙시키는 날들은 정해져 있지만 수명에는 아무런 법칙도 없습니다. 아무리 약한 생명의 실오라기라 할지라도 의외로 오랫동안 버티는 수도 있고, 모순을 좋아하는 듯한 운명의 여신의 가위는 가장 튼튼한 실오라기라 할지라도 강제로 잘라버리는 것입니다. 여기 장례를 지내는 이 아이의 신상에 관해서는 우리는 거의 아무것도 모르고 있습니다. 아직도 우리는 이 아이가 어디서 왔는지도 모릅니다. 우리는 이 아이의 부모가 누군지도 모르고 아이의 나이도 그저 추측할 수 있을 뿐입니다. 이 아이는 자기의 마음을 굳게 닫고 있었기 때문에 우리는 그 깊은 내막을 헤아릴 수 없었습니다. 어느 야만적 인간의 손아귀에서 자기를 구해 준 한 남자에 대한 사랑 이외에는 이 아이에 관해 분명히 알 수 있거나 확실히 짐작이 가는 것은 아무것도 없습니다. 그 부드러운 애정, 그 생생한 감사의 정이 이 아이의 생명의 기름을 소모시킨 불꽃이었던 것 같습니다. 능숙한 의술도 그 아름다운 생명을 이 세상에 붙들어 놓을 수 없었고, 세심한 우정도 그 생명을 연장시킬 수 없었습니다. 갖은 기술을 다 써도 떠나가는 영혼을 꽉 잡을 수는 없었지만, 역시 의술이 나서서 망자의 육체만은 보존해서 부패하지 않게 하려고 모든 수단을 다 동원했습니다. 향유가 모든 핏줄을 통해 스며들었기 때문에 이제 피 대신에 그토록 일찍 창백해져 버린 뺨을 물들여 주고 있습니다. 자, 여러분, 가까이 다가오시어 세심한 의술의 기적을 보십시오!」

신부가 베일을 쳐드니, 미뇽은 천사의 옷을 입은 채 마치 잠이라도 자고 있는 듯이 극히 쾌적한 자세로 누워 있었다. 모두들 가까이 다가와서는 마치 살아 있는 사람 같은 그 모습에 경탄했다. 단지 빌헬름만이 그의 의자에 그냥 그대로 앉아 있었다. 아무래도 마음을 가다듬을 수가 없었다. 지금 자기가 느끼는 바를 생각으로 정리할 수가 없었다. 무슨 생각을 하더라도, 그 생각은 지금 자신의 느낌을 산산이 부수어 버리고 말 것 같았다.

신부는 후작을 생각해서 프랑스어로 말을 했다. 후작도 다른 사람들과 함께 다가와서 그 유해를 주의 깊게 바라보았다. 신부가 말을 계속했다. 「사람들한테는 그렇게도 굳게 닫고 있던 이 아이의 착한 마음도 하느님에 대해서는 항상 성스러운 신뢰감을 갖고 우러러보고 있었습니다. 이 아이는 하느님에 대한 겸허한 마음, 즉 외면적으로 순종하려는 경향을 타고난 것 같았습니다. 이 아이는 자기가 태어나고 교육받은 가톨릭교의 독실한 신자였습니다. 그녀는 축복받은 땅 위에서 잠들고 싶다는 은밀한 소망을 말한 적이 자주 있었습니다. 그래서 우리는 교회의 관습에 따라 이 대리석 관에다 축복을 내리고, 베개 속에 살짝 넣어준 한 줌의 흙에다가도 하느님의 축복이 내리도록 해주었습니다. 임종의 순간에 그녀는 수백 개의 작은 점으로 매우 우아하게 새겨져 있는 십자고상(十字苦像)을 두 팔로 끌어안고서 얼마나 열렬히 키스했는지 모른답니다!」 이렇게 말하는 동시에 신부는 그녀의 오른팔을 살짝 걷어올렸다. 그러자 여러 가지 문자와 기호들이 새겨져 있는 십자고상 하나가 하얀 피부 위에서 푸르스름하게 빛나 보였다.

후작은 이제 그 신기한 형체를 아주 가까운 곳에서 바라보게 되었다. 「아아, 이럴 수가!」 하고 그는 전신을 일으켜 세우고 두 손을 하늘로 향해 쳐들면서 부르짖었다. 「가엾은 아이야! 불쌍한 내 조카딸아! 여기서 너를 다시 찾게 되다니! 우리는 이미 오래전에 너를 찾는 것을 단념하고 이 귀엽고 귀한 몸이 오래전에 호수 속에서 물고기들의 밥이 된 줄 알았더니 이제 비록 죽었지만 몸은 보존된 너를 여기서 다시 보게 되다니! 이 얼마나 비통한 기쁨이란 말이냐! 내가 이렇게 네 장례식에 참례하게 되었구나! 외양으로 보아도 훌륭한 장례식일 뿐만 아니라 네 마지막 안식처에 모여주신 좋은 분들 때문에 더욱 훌륭한 장례식이로구나! 그리고 내 언젠가 다시 제대로 말할 기회가 오게 될 것 같으면」 하고 그는 목이 멘 소리로 간신히 말했다. 「내가 이분들에게 고마움을 표해 드릴게」

그는 무엇인가 더 말을 이으려 했으나 눈물이 앞을 가려 말을 중단하지 않을 수 없었다. 신부가 용수철 장치를 눌러 유해가 대리석 관의 바닥으로 내려가도록 했다. 앞서의 소년들과 같은 복장을 한 청년 네 명이 융단 뒤에서 나타나 아름답게 세공이 된 육중한 뚜껑을 관 위로 들고 가면서 동시에 노래를 부르기 시작했다.

청년들

이제 소중한 사람, 과거의 아름다운 형상은 잘 안치되었습니다. 여기 이 대리석 속에서 부패를 모르고 쉴 것입니다. 그리고 당신들의 가슴속에서도 살아남아 계속 활동할 것입니다. 가십시오. 이제 삶으로 돌아가십시오. 이 자리의 신성한 엄숙함을 그대로 갖고 나가십시오. 오직 신성한 엄숙함만이 삶을 영원하게 할 수 있으니까요.

청년들이 마지막 구절을 노래할 때에는 보이지 않는 합창대가 함께 끼여들어 합창을 하기 시작했다. 그러나 일동 중 아무도 기운을 북돋우어 주고 있는 그 가사를 듣지 못했으니, 그러기엔 각자가 그 놀라운 발견과 자기 자신의 느낌에 너무 깊이 빠져 있었기 때문이었다. 신부와 나탈리에는 후작을 부축하고, 테레제와 로타리오는 빌헬름을 인도하여 바깥으로 나왔다.[42] 합창 소리가 그들의 귀에 완전히 들리지 않게 되었을 때에야 비로소 온갖 고통, 성찰, 생각 및 호기심이 그들을 격렬

---

42) 미뇽에게 가장 가까운 친척 및 친지는 후작과 빌헬름이므로 다른 네 사람들이 조위(弔慰)의 격식을 갖춘 것이다.

하게 엄습하였다. 그래서 그들은 그 세계로 다시 한번 되돌아가 보고 싶은 간절한 소망까지 느끼는 것이었다.

9

후작은 그 일에 대해 이야기하는 것을 꺼렸지만, 신부와는 은밀하고 긴 대화를 나누기도 했다. 사람들이 한자리에 모이게 되면 그는 가끔 음악을 듣고 싶다고 청하곤 했다. 그 소원은 기꺼이 받아들여졌다. 모두들 대화를 하지 않아도 되는 것이 좋았기 때문이었다. 이렇게 며칠을 계속 지내던 중이었는데, 후작이 떠날 채비를 하고 있다는 사실이 알려졌다. 어느 날 그는 빌헬름에게 이렇게 말했다. 「나는 그 착한 아이의 유해를 불안하게 옮기고 다닐 생각이 없어요. 그 아이는 자기가 사랑하고 괴로워한 이 고장에 머무는 것이 좋겠지요. 그렇지만 그 아이의 친구분들은 그 아이의 조국으로, 그 불쌍한 아이가 태어나고 자라난 고장으로 나를 방문해 주시겠다고 약속해 주셔야겠습니다. 그 아이가 아직도 희미하게 기억하고 있었던 그 둥근 기둥들과 입상들을 직접 보셔야지요.

그애가 즐겨 조약돌을 줍곤 했던 그 호숫가로 여러분들을 안내해 드리겠습니다. 젊은 양반, 특히 당신은 이렇게 많이 당신에게 은혜를 입은 한 가문의 감사의 뜻을 저버리지 마시기 바랍니다. 내일 나는 여행을 떠납니다. 신부님에게 모든 이야기를 말씀드렸으니, 그분이 여러분들에게 다시 이야기해 주실 겁니다. 그분은 내가 비통한 나머지 자주 말을 잇지 못할 때에도 참고 들어주셨지요. 이제 그분은 제3자로서 전체 사건을 보다 조리 있게 이야기하실 수 있을 겁니다. 당신이 아직도, 신부님이 제안하신 대로, 나의 독일 일주여행에 동행해 줄 의향이 있으시면 대환영입니다. 아드님도 데리고 가시지요. 아드님이 우리에게 사소하게 불편을 끼치더라도 그때마다 내 불쌍한 조카딸을 위한 당신의 보살핌을 다시 상기하도록 하십시다」

바로 그날 저녁에 백작부인이 도착하는 바람에 모두들 깜짝 놀랐다. 부인이 들어오자 빌헬름은 온몸이 부들부들 떨렸다. 부인도 미리 마음의 준비를 하고 있었는데도 그녀의 언니에게 자기 몸을 의지하지 않을 수 없었다. 나탈리에가 그녀에게 재빨리 의자 하나를 권하였다. 부인의 옷차림은 이상하리만큼 검소하였고 그녀의 용모도 많이 변해 있었다. 빌헬름은 감히 그녀 쪽을 바라보지 못했다. 그녀는 그에게 친절하게 인사했으며, 몇 마디 일반적인 말을 했는데도 자신의 생각과 느낌을 숨길 수가 없었다. 후작은 늦지 않은 시각에 잠자리에 들었지만, 다른 일행은 아직도 서로 헤어질 생각이 없었다. 그때 신부가 원고 하나를 끄집어 내었다. 「저는 그 이상한 이야기를 제가 들은 대로 즉시 종이 위에 적었습니다」하고 그가 말했다. 「잉크와 종이를 조금도 아끼지 말아야 할 때란 바로 이런 이상한 사건을 세세하게 적어놓을 경우를 두고 하는 말이겠지요」백작부인에게도 지금 무슨 이야기가 문제되고 있는지 설명을 해주었다. 그러고 나서 신부는 원고를 읽기 시작했다.

「저도 세상을 많이 보아온 사람입니다만, 항상 제 아버님을 매우 이상한 사람들 중의 한 분이시라고 생각하지 않을 수 없습니다」하고 후작님이 말씀하셨습니다. 「성품은 고결 정직하시고 생각은 넓으셔서 가히 위대한 사상가라고도 할 만했으며, 당신 자신에 대해 엄격한 분이셨습니다. 아버님의 모든 계획에서는

확고부동한 결과가 예견되었고 모든 행동에서는 끊임없이 전진
해 가시는 태도를 엿볼 수 있었습니다. 그 때문에 아버님은 한
편으로는 아주 사귀기 쉽고 더불어 사업상의 흥정도 하기 쉬운
분이셨지만, 또한 바로 그 특성 때문에 세상에 잘 적응하지 못
하시는 일면도 지니고 계셨지요. 모든 법을 준수하는 것을 당신
의 신조로 삼으셨을 뿐만 아니라 국가나 이웃 사람들, 자식들
과 하인들에게도 똑같은 것을 요구하셨거든요. 아무리 부드러
운 요구라 하더라도 아버님의 엄격하신 성품 때문에 과도한 요
구들이 되고 마는 것이었습니다. 그래서 아버님은 당신이 생각
하셨던 대로 되는 일이라곤 도대체 없었기 때문에 결코 즐거움
에 이를 수 없으셨습니다. 아버님이 호화저택을 지으시고 정원
을 조성하시고 아주 좋은 위치에 있는 넓은 새 토지를 매입하시
는 순간에도 나는 당신이 절제하고 인내해야 하는 운명을 타고
났다고 확신하시면서 내심으로 진지하기 이를 데 없는 통분을
삭이시는 모습을 보았습니다. 아버님은 외양에 아주 큰 비중을
두셨습니다. 그래서 농담을 하실 때에도 다만 당신의 분별력이
뛰어나다는 점만을 나타내실 따름이었지요. 아버님은 비난을
듣는 것을 참아내지 못하시는 성품이셨습니다. 한번은 제가 생
전 처음으로 아버님께서 완전히 분별력을 잃으신 것을 본 적이
있었는데, 그것은 사람들이 당신의 시설물 중 하나를 가리켜
좀 우스꽝스럽다고 비웃었다는 말을 들으셨을 때였습니다. 아
버님은 당신의 자식이나 재산에 대해서도 바로 이런 정신으로
처리해 나가시는 것이었습니다. 저의 형은 장차 큰 토지를 물려
받아야 할 사람으로 교육받았고, 저는 성직자의 길을, 그리고
막내는 군인의 길을 걸어야 하도록 결정되어 있었지요. 저는 생
기에 넘치고 정열적이고 활동적인 데다 행동이 민첩하여 운동

이라면 무엇이든 능숙했어요. 동생은 오히려 조용히 몽상에 잠기는 편이었고 학문과 음악, 문학에 몰두하는 것 같았습니다. 아주 심한 갈등이 있고 그것이 불가능하다는 완전한 확신을 하신 뒤에야 비로소 아버님은 비록 마지못해서 억지로 양보하신 것이긴 했지만 나와 동생이 직업을 서로 바꾸는 것을 허락해 주셨습니다. 그러나 아버님은 우리 둘이가 다 만족해하고 있는 것을 뻔히 보시면서도 여전히 그 결정을 탐탁잖게 여기시면서 좋은 결과가 나오지는 않을 것이라고 단언하시는 것이었습니다. 아버님은 연세가 드실수록 점점 더 사회로부터 유리된다고 느끼셨습니다. 그러다가 마지막에는 거의 완전히 혼자 사시다시피 하셨지요. 아버님이 전과 다름없이 상대하신 유일한 사람은 독일군대에서 근무를 하다가 원정중에 아내를 잃고 약 열 살 난 딸 하나를 데리고 왔던 옛 친구분 하나뿐이었습니다. 그분은 인근에 자그만 땅을 사서 살면서 매주 어느 특정한 요일, 특정한 시간에 아버님을 찾아왔는데, 그럴 때에는 가끔 그의 딸도 함께 데려오곤 했지요. 그분은 아버님에게 한번도 거역하는 일이 없었고, 아버님도 결국에는 그분한테 완전히 익숙해지셔서 그분만은 유일하게 참고 지낼 수 있는 동무로 용납하셨습니다. 아버님께서 돌아가시고 나서 우리는 이 남자가 우리 아버님으로부터 꽤 많은 금액의 유산을 받았고 자기 시간을 헛되이 보내지는 않았음을 알게 되었습니다. 그는 토지를 더 늘렸고, 그래서 자기 딸에게도 상당한 액수의 지참금을 줄 수 있게 되었습니다. 소녀는 장성해 갔고 묘하게 아름다운 용모였습니다. 그래서 형이 저를 보고 그 아가씨에게 청혼을 해보는 것이 어떻겠느냐고 자주 농담을 하곤 했습니다.

그러는 동안에 동생 아우구스틴은 수도원에서 극도로 묘한

정서상태로 몇 년을 보냈습니다. 그는 신에 대한 몽상의 즐거움
에 완전히 빠졌습니다. 즉, 반은 정신적이고 반은 육체적인 그
감정들은 한동안 그를 셋째 하늘[43]까지 끌어올려 주었다가도 곧
이어서 무력감과 참담한 공허의 나락으로 추락시켜 버리곤 했
던 것입니다. 아버님이 살아계실 때에는 진로 변경이란 생각할
수도 없었습니다. 도대체 무슨 소원을 말씀드리고 무엇을 제안
할 수 있을까요? 그러나 아버님이 돌아가시고 나서는 동생이
자주 우리를 찾아왔습니다. 처음에는 딱하기만 하던 동생의 상
태가 차츰차츰 좋아져서 제법 견딜 만해졌습니다. 이성이 승리
를 거두었기 때문이었지요. 하지만 그 이성은 또한 그가 자연의
순수한 길을 가는 가운데에서 완전한 만족과 구원을 얻을 수 있
음을 그에게 분명히 약속해 주었기 때문에, 그는 성직자가 되
겠다는 맹세에서 자기를 풀어줄 것을 점점 더 강렬하게 우리에
게 요구하고 나왔습니다. 동생은 자기의 의도가 이웃에 사는 스
페라타Sperata에게 있다는 것을 은근히 비쳐왔습니다.

　저의 형은 아버님의 엄격성에 너무 많이 시달려 온 터이라
막내동생의 처지를 보고 무감동하게 가만히 있을 수만은 없었
습니다. 우리는 우리 집안의 고해신부를 찾아뵙고 그 점잖으신
노신부님에게 동생의 두 가지 소망을 털어놓고는 부디 이 일이
성사되도록 도와주십사 하고 청을 드렸습니다. 평소의 태도와
는 달리 신부님은 망설이시는 것 같았습니다. 그러나 결국 동생
이 우리를 졸라대고 우리도 이 일을 두고 신부님에게 더 열심히
부탁을 드리자, 마침내 신부님은 결심을 하시고 우리에게 그

---

43) 첫째 하늘(인간세계), 둘째 하늘(별들의 세계)에 이은 셋째 하늘은 사
　도 바울이 갔다 왔다는 낙원Paradies, 즉 하느님의 세계를 뜻한다(「고린
　도 후서」 제12장 제2절 및 제4절 참조).

이상한 이야기를 털어놓으시지 않을 수 없었습니다.

즉, 스페라타가 우리의 누이동생, 그것도 아버지와 어머니가 모두 같은 친동생이라는 얘기였습니다. 남편으로서의 권능이 이미 사그라져 버린 것처럼 생각되던 만년에 아버지는 다시 한 번 애정과 관능에 사로잡히셨던 것입니다. 그런데 바로 그 얼마 전에 인근에 이와 비슷한 경우가 있어서 사람들의 웃음거리가 된 적이 있었습니다. 아버지는 이와 꼭 마찬가지로 당신 자신도 웃음거리가 되는 것이 싫으신 나머지 만년에 얻은 이 합법적인 사랑의 열매를——마치 사람들이 젊은 혈기에 우연히 얻게 된 애욕의 열매를 감출 때에 기울이곤 하는 그런——세심한 주의를 기울여 감추기로 결심하신 것이었습니다. 그래서 우리 어머니께서 비밀리에 해산을 하시고 아이는 시골로 보내어졌습니다. 늙은 고해신부님과 더불어 유일하게 이 비밀을 알고 있던 그 오랜 집안 친구분이 그 아이를 자기 딸이라고 말하기로 쉽게 양해가 되었습니다. 그리고 그 고해신부님은 단지 부득이한 경우에 한하여 비밀을 밝혀도 좋다는 유보조건을 받아놓게 되었습니다. 아버님께서 돌아가시고 그 귀여운 여아는 어느 노파의 보살핌을 받으며 자라났습니다. 우리는 노래와 음악 때문에 동생이 벌써 그녀의 집에 출입하고 있는 것을 알고 있는 터였습니다. 게다가 동생이 자신의 새로운 인연을 맺기 위해 옛 인연을 끊게 해달라고 자꾸만 우리를 졸라댔기 때문에, 우리는 동생이 지금 처해 있는 위험에 대해 될 수 있는 대로 빨리 동생한테 말해 주지 않을 수 없었습니다.

그러자 동생은 경멸에 가득 찬 사나운 눈초리로 우리를 바라보았습니다. 〈어린애들과 남의 말을 쉽게 믿는 바보 천치들을 위한 그따위 당치도 않은 동화는 집어치워요! 내 마음에서 스페

라타를 빼앗지는 못할걸요. 그 여자는 내 것이에요. 당장 그 끔
찍한 환상이 사실이 아니라고 말해 줘요! 그런 거짓말로는 나를
불안하게 하지 못할 겁니다. 스페라타는 내 누이동생이 아니라
내 아내입니다!〉 그러면서 동생이 황홀경에 빠진 채 우리에게
설명한 바에 의하면, 그 천사 같은 아가씨야말로 자기를 사람
들로부터 부자연스럽게 고립된 상태에서 진정한 삶으로 인도해
주었으며 두 사람의 마음은 마치 자기들의 두 목청들처럼 공명
하고 있다는 것이었습니다. 동생은 자기의 지금까지의 모든 고
통과 방황도——자기로 하여금 그 순간까지 모든 여성들을 멀
리하게 했다가 이제는 그 사랑스러운 아가씨에게 자신을 완전
히 바칠 수 있게 해주었으니——오히려 고맙게 생각하고 있다
는 것이었습니다. 이런 고백에 우리는 경악을 금치 못했고 그의
처지를 딱하고 불쌍하게 여겼지만, 막상 어떻게 대처를 해나가
야 할지 방도를 알 수 없었습니다. 게다가 동생이 격한 어조로
우리한테 확언하는 바에 의하면, 스페라타는 품안에 자기의 아
기를 잉태하고 있다는 것이었습니다. 고해신부님은 당신의 의
무가 명하는 모든 것을 다하셨지만, 그로 인해 일은 더욱더 악
화될 따름이었습니다. 동생은 자연과 종교의 관계, 그리고 윤
리적 정당성과 시민사회의 율법의 관계를 아주 맹렬하게 공박
했습니다. 그에게는 스페라타와의 관계 이외에는 아무것도 신
성하게 보이지 않았고 아버지와 아내라는 이름 이외에는 아무
것도 가치 있게 보이지 않았습니다. 〈아버지와 아내만 자연의
이치에 맞는 관계이고 그 밖의 모든 것은 변덕이고 의견에 불과
합니다〉 하고 그는 외쳤습니다. 〈자매와의 결혼을 허용하고 있
는 고귀한 민족들이 없었단 말입니까? 당신들의 신들의 이름을
들고 나오지 마십시오!〉 하고 그가 소리쳤습니다. 〈우리를 바보

로 만들고 자연의 길에서부터 벗어나도록 인도해서 고귀하기 그지없는 충동을 파렴치한 강압을 통해 범죄로 왜곡하려고 할 때 이외에는 당신들도 그런 신들의 이름을 결코 필요로 하지 않습니다. 당신들은 정신을 크게 혼란시키고 육체를 치욕적으로 남용하기 위해서 산 채로 매장시킬 희생자들을 필요로 하는 것입니다.

나는 이런 말을 할 자격이 있습니다. 그 누구보다도 많은 고통을 겪은 사람이니까요. 가장 높고 가장 감미로운 몽상의 포만 상태로부터 무력감, 공허감, 좌절감, 절망감의 끔찍한 사막에 이르기까지, 천상적인 존재에 대한 지극히 숭고한 예감으로부터 완전한 불신, 나 자신까지도 믿지 않는 무신앙에 이르기까지 나는 다 겪었습니다. 나는 철철 흘러넘치는 술잔[44]을 그 무서운 앙금까지 모두 마셔버린 것이지요. 그래서 나라는 전 존재에 속속들이 독이 스며들었던 것입니다. 그런데 바로 그때, 자애로운 자연은 사랑이라는 가장 큰 선물을 통해 저를 다시 치료해 주었습니다. 나는 천사 같은 한 아가씨의 품안에 안기어 내가 존재하고 있음을 다시 느낄 수 있었고, 그녀가 존재하고 있고 우리 둘이 하나임을 느낄 수 있었으며, 이 생동하는 결합으로부터 제3의 생명이 생겨나 우리를 향해 미소를 보내주리라는 것을 느낄 수 있었습니다. 그런데 이제 당신들은 다만 병든 상상력만을 태울 수 있을 뿐인 당신들의 지옥의 불기둥, 당신들의 연옥의 불바다를 열어젖히고 그 화염을 순수한 사랑의 환희, 생생하고 진실하며 파괴할 수 없는 환희에다 함부로 들이

---

44) 『젊은 베르터의 고뇌』 11월 15일자 편지(함부르크판, 제6권 86쪽)와 「마태복음」 제26장 제39절 및 제42절 참조. 따라서 여기서 술잔 Kelch이라 함은 하느님 아버지께서 주신 운명 Schicksal과 거의 동의어로 쓰였다.

대고 있는 것입니다. 우리를 만나려거든 엄숙한 우듬지를 하늘로 뻗고 있는 저 실측백나무들 아래로 오세요! 레몬꽃, 유자꽃이 우리 옆에서 피고 우아한 미르테가 그 부드러운 꽃들을 우리에게 선사하는 저 화원(花園)으로 우릴 찾아오라구요! 그리고 당신들의 그 음산하고 암울한 그물, 인간이 짠 그물로 어디 감히 우리를 불안하게 해보세요!〉

이렇게 동생은 오랫동안 우리가 하는 이야기를 믿을 수 없다고 끈질기게 버텼습니다. 그래서 결국 우리는 그에게 우리 이야기가 진실이라는 것을 맹세했고 고해신부님 자신이 그것이 사실임을 그에게 다짐하셨지만, 그래도 그는 조금도 동요하지 않고 오히려 이렇게 외치는 것이었습니다. 〈당신들의 수도원의 회랑에 울려퍼지는 메아리에다 묻지 말아요! 당신들의 곰팡이 슨 양피지나 비뚤어지고 변덕스러운 규칙에다 묻지 마시고, 자연에다, 즉 당신들의 가슴에다 물어보시오! 그러면 자연은 당신들이 정작 두려워해야 할 것이 무엇인지 가르쳐 줄 것입니다. 그리고 또 자연은 자기가 영원히, 그리고 돌이킬 수 없이 저주를 퍼붓고 있는 대상을 엄혹하기 짝이 없는 손가락으로 분명히 가리켜 보일 것입니다. 백합을 보십시오. 수술과 암술이 '하나의' 꽃자루에서 나오지 않습니까? 둘을 낳아준 꽃이 다시 둘을 결합시키지 않아요? 더욱이 백합은 순결의 상징이 아닌가요? 그래서 그 남매간의 결합이 열매를 맺지 못하는가요? 만약 자연이 이 결합을 혐오한다면 그것을 분명히 나타낼 것입니다. 존재해서는 안 될 피조물은 생성될 수 없을 것이고 그릇되게 사는 피조물은 진작부터 파멸당하고 말 것입니다. 열매를 맺지 못하는 것, 빈약한 생장, 그리고 때이른 사멸——이것이 자연의 대답이며 자연의 엄격성의 표징입니다. 자연은 단지 직접적인 결과를 통해서만 벌을 줍니다. 자, 당신들의 주위를 살펴보십시오! 무엇이 금지되고 무엇이 저주를 받고 있는지는 금방 당신들의 눈에 띌 것입니다. 고요한 수도원에서, 그리고 시끄러운 세상에서는 자연의 저주를 받고 있는 수많은 행위들이 신성시되고 훌륭한 것으로 추앙받고 있습니다. 자연은 그 슬픈 눈으로 안이한 나태와 과도한 노동을 동시에 내려다보고 방자한 사치와 곤궁스러운 결핍을 동시에 내려다보면서 우리에게 절도를 지킬 것을 요구하고 있는 것입니다. 자연의 모든 관계는 진실하며 자연의 모든 작용은 평온한 가운데에 이루어집니다. 나처럼 고통을 겪은 사람은 자유로워질 권리가 있습니다. 스페라타는 내 것이에요. 단지 죽음만이 내게서 그녀를 빼앗아 갈 수 있습니다. 내가 어떻게 그녀를 붙들어 둘 수 있을지, 내가 어떻게 행복하게 될 수 있는지——그것이나 걱정해 줘요! 지금 당장 나는 그녀에게로 가야겠어요. 그리고 다시는 그녀와 떨어지지 않겠습니다.〉

동생은 그녀한테로 건너가고자 나룻배가 있는 쪽으로 가려고 했습니다. 우리는 그를 말리면서 무서운 결과를 몰고 올 행동을 제발 하지 말아 달라고 애원했습니다. 우리는 그가 자기 생각과 상상의 자유로운 세계 속에 살고 있는 것이 아니라 한 조직체 안에 살고 있으며 그 조직체의 율법과 관계들이 일종의 이겨내기 어려운 자연법칙의 형태를 띠고 있다는 사실을 부디 유념해 달라고 그에게 빌었습니다. 우리는 또한 그 고해신부님에게도, 동생을 항상 감시하는 것은 물론 절대로 집 바깥으로 내보내지 않겠다는 약속을 해야 했습니다. 그런 약속을 받고 나서야 그는 떠나가면서 며칠 안으로 다시 오겠다는 약속을 했습니다. 그런데 우리가 예상했던 일이 그 사이에 일어나고야 말았습니

다. 오성이 동생의 마음을 잠시 굳세게 해주었던 것도 사실이었
지만, 그의 마음은 약했습니다. 전에 받았던 종교적 인상들이
생생하게 되살아나서 그는 무서운 회의에 사로잡히게 되었습니
다. 그는 두 낮과 밤을 그렇게 무서운 회의 속에서 보냈습니다.
고해신부님이 그를 돕고자 다시 오셨지만, 아무 소용도 없었습
니다. 속박을 모르는 자유로운 오성이 동생을 죄의식에서 해방
시켜 주기는 했지만, 그의 감정, 그의 종교, 그에게 친숙한 모
든 관념들은 그를 한 범죄자로 선언하는 것이었습니다.

어느 날 아침 우리는 그의 방이 텅 비어 있는 것을 발견했습
니다. 종이 쪽지 한 장이 책상 위에 놓여 있었는데, 거기에다
그는──우리가 자기를 강제로 감금했기 때문에 자기도 자신의
자유를 찾을 권리가 있다, 자기는 도망쳐서 스페라타한테로 가
는데, 그녀와 함께 도주할 생각이며, 만약 사람들이 기어이 자
기들 둘을 떼어놓으려 한다면 자기는 이미 모든 것을 다 각오하
고 있다──라고 우리들에게 밝히고 있었습니다.

우리는 적지않이 놀랐습니다. 하지만 고해신부님은 우리에게
마음을 진정하고 자기 말을 들으라고 했습니다. 우리의 불쌍한
동생은 빈틈없이 관찰을 당하고 있었기 때문에 뱃사공들이 그
를 스페라타한테로 강을 건네주는 대신에 그의 수도원으로 데
려다 놓았다는 것이었습니다. 마흔 시간 동안 잠을 자지 못하고
깨어 있었기 때문에 피곤했던 그는 배가 달빛을 받으며 그의 몸
을 이리저리 흔들어 주자마자 금방 잠이 들었고 잠에서 깨어났
을 때는 이미 그의 수도 형제들의 손 안에 있는 자신을 발견하
게 되었습니다. 그래서 그가 겨우 정신을 차리게 되었을 때에는
이미 수도원의 문이 자기 등뒤에서 덜컹 하고 닫히는 소리가 들
렸던 것입니다.

동생의 운명이 너무 처참해진 데에 마음이 아팠던 우리는 우리 고해신부님에게 격렬한 항의를 했습니다. 하지만 신부님은 우리의 동정은 그 불쌍한 병자에게는 오히려 치명적일 수 있다는 외과 의사적 논거를 댐으로써 우리를 이내 설득시킬 줄 알았습니다. 그는 결코 자기 마음대로 행동하는 것이 아니라 주교님과 보좌 사제(司祭) 평결회의의 명령에 따라 행동하고 있다는 것이었습니다. 그 의도는 사회의 모든 비난을 피하고 그 슬픈 사건을 비밀스러운 교회 기율(紀律)의 베일로 은폐하려는 것이었습니다. 스페라타는 충격을 받지 않도록 보호하고 애인이 오빠라는 사실을 그녀에게는 알리지 않기로 했습니다. 그녀의 사정을 미리 숙지시킨 어떤 성직자한테 그녀를 돌봐주도록 맡겼습니다. 그래서 그녀의 임신과 해산을 다 비밀에 부칠 수 있었습니다. 그녀는 어머니로서 그 작은 생명체에 아주 큰 행복감을 느끼고 있었습니다. 우리 나라 처녀들이 대개 그렇듯이 그녀도 글을 쓸 줄도, 써놓은 것을 읽을 줄도 몰랐습니다. 그래서 그녀는 자기 애인한테 전하고 싶은 얘기는 모두 그 신부님한테 부탁을 드렸습니다. 그 사제는 젖먹이를 키우고 있는 어머니한테는 그런 경건한 거짓말은 어쩔 수 없는 의무라고 믿었습니다. 그래서 그는 자기로서는 한번도 본 적도 없는 제 동생의 소식들을 그녀에게 전해 주면서, 동생의 이름으로 꼭 안정을 취해야 된다고 말하기도 하고 부디 자신과 아이의 몸을 잘 돌보고 장래 문제는 하느님을 믿고 맡기라고 부탁하기도 했습니다.

스페라타는 종교적인 천성을 타고났습니다. 그런데 그녀의 처지와 그녀의 고독감 때문에 이러한 특성이 더욱 커졌습니다. 그 신부님은 이러한 특성을 조장해서 그녀에게 차츰차츰 영원한 이별에 대한 마음의 준비를 시키려고 했습니다. 아이가 젖을 떼고 그녀의 몸도 영혼의 괴로운 고뇌를 견뎌낼 만큼 충분히 회복되었다고 생각되자마자 그는 그녀의 과오를 무시무시한 색깔로 칠해 보이기 시작했습니다. 그는 한 성직자에게 몸을 허락한 과오를 자연에 대한 일종의 죄악이며 근친상간이나 다름없는 행위로 다루었습니다. 그는 말하자면 그녀가 지금 느껴야 할 후회를, 만약에 그녀가 자기 과오의 진면목을 알았더라면 아마도 틀림없이 느끼게 되었을 그 후회와 똑같이 만들려는 묘한 생각을 하고 근친상간이란 비유를 들먹였던 것이지요. 그래서 그는 그녀의 마음에다 심한 고통과 근심을 심어주고 교회와 그 수장(首長)의 생각을 그녀의 앞에 드높이 그려 보였으며, 만약 그런 사건들을 묵인해 주고 심지어는 그런 죄인들을 합법적으로 결혼시켜 줌으로써 오히려 상주게 될 때에는 모든 인간 영혼의 구제를 위해서도 얼마나 무시무시한 결과가 초래될지를 그녀에게 세세히 설명해 보였습니다. 또한 그는, 그런 과오야말로 때늦지 않게 속죄하고 그 대신 미래의 영광된 왕관을 예비하는 것이 바람직하다는 것을 그녀에게 설명해 주었습니다. 그러자 마침내 그녀도 가련한 죄인으로서 순순히 자신의 죄값을 받겠다고 나서며 자신을 저의 동생으로부터 영원히 떨어져 살도록 해달라고 간절히 부탁하기에 이르렀습니다. 그녀의 설득작업이 여기까지 이루어지자――물론 어느 정도의 감시가 따르기는 했지만――그녀에게 편한 대로 자기 집에 있어도 좋고 때로는 수도원에 있어도 좋다는 자유가 허락되었습니다.

그녀의 아이는 자라남에 따라 곧 이상한 성격을 보이기 시작했습니다. 그 아이는 매우 일찍부터 뛰어다니고 동작이 매우 민첩했고, 금방 노래를 매우 잘 불렀으며 치터를 거의 혼자서 다룰 줄 알았습니다. 다만 말로써 자신의 의사를 잘 표현하지 못했는데, 그 장애는 발성기관에 있다기보다는 오히려 그 사고방식에 있는 것 같았습니다. 그런데 그 가엾은 어머니는 그 아이에 대해 슬픈 감정을 느끼고 있었습니다. 그 성직자의 말이 그녀의 사고방식을 너무나 뒤흔들어 놓았기 때문에 그녀의 정신상태는 미친 것까지는 아니었지만 극도로 이상한 지경에 이르러 있었습니다. 그녀의 과오가 그녀에게는 점점 더 끔찍하고 점점 더 용서받기 어려운 것으로 여겨졌습니다. 신부님이 자주 되풀이해서 말씀하신 그 근친상간의 비유가 그녀의 머릿속에 너무나 깊이 각인된 나머지 그녀는 근친상간에 대해서라면 마치 그 일의 진상을 알게 되었을 때와 비슷한 혐오감을 느끼게 되었습니다. 그 고해신부님은 자기가 한 불행한 여자의 가슴을 찢어놓을 수 있는 기술을 지니고 있는 것을 적지않이 자랑스럽게 여겼습니다. 하지만 자식의 삶과 존재를 진심으로 기뻐하게 마련인 모성애가 이 아이는 차라리 없었으면 좋겠다는 끔찍한 생각과 싸우고 있는 모습을 바라본다는 것은 비통한 노릇이었습니다. 때로는 이 두 감정이 서로 다투기도 했지만, 또 어떤 때에는 자식에 대한 혐오감이 모성애를 아주 이기기도 했습니다.

아이는 이미 오래전에 그녀로부터 떼어놓은 상태에서 호수 아래쪽에 사는 마음씨 착한 부부에게 맡겨져 있었는데, 자유로이 뛰노는 중에 얼마 안 가서 곧 나타난 성격은 무엇에나 기어오르는 것을 특히 좋아한다는 것이었습니다. 아주 높은 산봉우리에까지 올라가고 뱃전 위를 뛰어다니는가 하면 그 고장에 이따금 나타나곤 하는 줄타기 광대들의 극히 신기한 재주들을 흉내내는 것이 그 아이의 타고난 본능이었습니다.

이 모든 동작을 보다 쉽게 해내기 위해서 그 여자애는 남자애들과 옷을 바꾸어 입는 것을 좋아했습니다. 그 아이의 양부모

는 그것을 매우 단정치 못하고 허용할 수 없는 짓이라고 여겼지
만, 우리는 될 수 있는 대로 그 아이를 너그럽게 대해 주라고
말했습니다. 이상하게도 이리저리 뛰어다니다 보니 그녀는 이
따금 멀리까지 가기도 했습니다. 길을 잃어 집에서는 어디로 갔
는지 몰라 애를 태우게도 했으나 항상 돌아오기는 했습니다. 이
렇게 되찾은 경우에는 대체로 이웃 마을에 있는 어떤 별장의 현
관 원주들 밑에 앉아 있곤 했습니다. 그래서 그녀가 보이지 않
아도 모두들 더 이상 찾을 생각도 하지 않고 제 발로 돌아오기
를 기다리게 되었습니다. 그녀는 거기 그 계단 위에서 쉬고 있
는 것 같았습니다. 그러고는 커다란 홀로 달려 들어가 조각상들
을 구경하기도 하다가 누군가 그녀를 특히 붙잡는 사람이 없을
때면 서둘러 집으로 돌아오는 것이었습니다.

그러다가 마침내는 우리의 희망이 수포로 돌아가고 그 아이
에 대한 우리의 관대한 태도가 벌을 받게 되었습니다. 아이가
돌아오지 않는 것이었습니다. 급류가 호수로 떨어지는 지점에
서 그다지 멀지 않은 수면 위에서 그 아이의 모자가 발견되었습
니다. 그 아이가 바위들 사이를 기어오르다가 사고를 당한 것으
로 추측들을 했지만, 아무리 찾아도 시체를 발견할 수는 없었
습니다.

얼마 가지 않아 스페라타는 그녀의 친구들의 부주의한 수다
를 통해 그녀의 딸이 죽은 것을 알게 되었습니다. 하지만 그녀
는 조용하고 명랑한 기색이었으며, 하느님께서 그 가엾은 아이
를 불러들여 주셔서 그애가 더 큰 불행을 당하거나 일으키는 것
을 예방해 주신 것이 기쁘다는 심경까지 거의 노골적으로 내비
치는 것이었습니다.

이 일을 계기로 물에 관한 온갖 전설들이 사람들의 입에 오

르내리게 되었는데, 그중에는 다음과 같은 이야기도 있었습니다. 그 호수는 매년 순진무구한 아이 하나를 집어삼키는데, 죽은 시체를 품고 있기를 싫어해서 조만간 그 시체를 호숫가로 밀어낸다는 것입니다. 심지어는 마지막 잔뼈 하나까지도, 그것이 호수의 밑바닥에 가라앉게 되면, 다시 호수 바깥으로 밀려나오지 않으면 안 된다는 것이지요. 이 호수에 아이를 잃은 한 어머니의 이야기가 전해져 내려오고 있었습니다. 그 어머니가 하느님과 성인들에게 부디 아이의 뼈만이라도 묻게 해주십사고 간구하였다는 것입니다. 그랬더니 다음번 폭풍우 때에는 두개골이, 다시 그 다음번에는 몸통의 뼈가 호숫가로 밀려나왔습니다. 이런 식으로 뼈가 모두 모이자 그 어머니는 그 뼈 전체를 천에 싸 들고 교회로 가져갔습니다. 그런데, 아, 기적이 일어난 것입니다! 그녀가 신전 안으로 들어서자마자 그녀의 보자기가 점점 더 무거워지더니 마침내 그것을 제단의 계단 위에 내려놓았을 때에는 아이가 울기 시작하면서 보자기에서 기어나오는 바람에 모두들 깜짝 놀랐다는 것입니다. 다만 오른손 새끼손가락 뼈 하나가 없어서, 그 어머니가 나중에 그것마저도 애써 찾다가 결국 발견해 내었는데, 그 새끼손가락 뼈는 그 일을 기념하기 위해 다른 성(聖)유물들과 함께 지금도 교회 내에 보관되어 있다는 것입니다.

이런 이야기들이 그 가엾은 아기엄마 스페라타에게 큰 감명을 주었습니다. 그녀의 상상력이 새로이 발동을 하면서 그녀의 가슴속에 숨어 있던 감정을 부추겼습니다. 그래서 그녀는 이렇게 믿게 되었습니다. 즉, 이제 그만 하면 그 아이도 자신과 부모의 죄업을 씻을 만큼 씻었으므로 지금까지 그들 셋에게 내려졌던 저주와 벌도 이제는 완전히 속죄가 된 셈이다, 그러니 이

제 문제는 아이의 뼈를 찾아서 로마로 갖고 가는 것이다, 그렇게만 하면 딸아이는 베드로 교회의 대제단의 계단 위에서 그 아름다운 새 살갗을 얻게 되어 만인이 지켜보는 앞에서 다시금 벌떡 일어설 것이다, 그리하여 자신의 두 눈으로 다시 아빠와 엄마를 바라볼 수 있게 될 것이다, 그러면 교황님도 하느님과 그 성자들의 찬동하심을 확신하시는 가운데에 만백성이 크게 환호하는 속에서 아이의 부모에게도 그 죄악을 용서하시고 면죄를 선언하신 다음 그 부모를 다시 결합시켜 줄 것이다——이렇게 그녀는 믿게 된 것이었습니다.

이제 그녀의 두 눈과 그녀의 마음은 항상 호수와 그 기슭을 향해 쏠리고 있었습니다. 달 밝은 밤에 파도가 넘실거릴 때면 그녀는 그 번쩍이는 물결들이 자기 딸의 뼈를 떠올려 주고 있다고 믿었습니다. 그래서 누군가가 짐짓 달려 내려가서 호숫가로 떠밀려 나온 아이의 뼈를 줍는 시늉을 하지 않으면 안 되었습니다.

이렇게 그녀는 낮에도 자갈 많은 기슭이 평평하게 호수 속으로 후미져 들어가는 지점들을 지칠 줄도 모르고 돌아다니면서 눈에 띄는 온갖 뼈들을 작은 바구니에 담아 모으는 것이었습니다. 아무도 그녀에게 그것들이 동물의 뼈라고는 차마 말할 수가 없었습니다. 그녀는 커다란 뼈는 묻어주고 작은 뼈들만 주워 모았습니다. 그녀는 이 일을 끊임없이 계속했습니다. 불가피하게 자신의 의무를 행하다가 그녀를 이런 상태로 만든 그 성직자도 온갖 정성을 다해 그녀를 돌봐주었습니다. 그 신부님의 영향 덕분으로 그 고장 사람들은 그녀를 미친 여자로 간주하지 않고 하느님에 취해 있는 사람으로 존중했습니다. 그녀가 지나쳐 갈 적에는 사람들은 선 채로 합장을 했고 어린아이들은 그녀의 손에 키스를 했습니다.

그녀와 내 동생이 그 불행한 관계를 맺게 된 데에 대해서는 그녀의 친구이며 보호자였던 노파도 죄책감을 느끼고 있었습니다. 그 고해신부님은 그 노파의 죄를 사해 주되 한 가지 조건을 달았는데, 그것은 노파가 앞으로 평생 동안 이 불행한 여자를 버리지 않고 끊임없이 함께 따라다니라는 것이었습니다. 그런데 노파는 놀라운 인내심과 양심적인 태도로 자기의 의무를 끝까지 잘 수행했습니다.

그러는 동안에도 우리는 동생을 잊지 않고 관찰해 왔습니다. 의사들과 수도원의 성직자들은 우리가 동생의 면전에 나타나는 것을 허락하지 않았습니다만, 동생이 그 나름대로 잘 지내고 있다는 것을 우리에게 확신시켜 주기 위해 우리가 원할 때에는 언제나 정원이나 교회의 안뜰을 거닐고 있는 동생의 모습을 보여주거나 심지어는 동생의 방 천장에 달려 있는 유리창을 통해 동생의 거동을 몰래 살펴볼 수 있게까지도 해주었습니다.

여기서는 일일이 다 보고하지 않겠습니다만, 많은 끔찍하고도 이상한 시기들을 거쳐, 동생은 정신적으로는 안정되고 육체적으로는 불안한 묘한 상태에 빠지게 되었습니다. 동생은 앉아 있는 법이 거의 없었지만, 하프를 들고 연주를 할 때에는 대개 노래까지 곁들여 불렀기 때문에 예외적으로 앉아 있곤 했습니다. 말이 났으니 말입니다만, 동생은 항상 안절부절못하고 서성거렸고, 모든 점에서 극도로 고분고분했고 매우 순종적이었습니다. 왜냐하면 그의 정열은 모두 소진되어 버리고 그에게는 오직 죽음의 공포만이 남아 있는 것 같았기 때문입니다. 그에게 무서운 병에 걸릴 거라든가 죽게 될 것이라고 위협을 하면 이 세상의 무슨 일이든지 시킬 수 있을 정도였습니다.

지칠 줄 모르고 수도원 안을 이리저리 왔다갔다하고, 산이나 골짜기를 이런 식으로 거닐 수 있다면 훨씬 더 좋겠다고 아주 노골적으로 의사 표시를 하는 이 이상한 습벽 이외에도 그는 어떤 허깨비가 나타나 늘상 그를 불안하게 한다는 것이었습니다. 즉, 그의 주장에 의하면, 밤에 어느 시간이건 잠에서 깨어나면 그의 침대 아래쪽에 한 아름다운 소년이 서 있다가 번득이는 칼로 그를 죽이려고 위협한다는 것이었습니다. 그래서 그를 다른 방으로 옮겨줘 보았지만, 거기서도 그 소년이 나타난다는 것이었고, 결국에는 수도원의 다른 장소들에도 그 소년이 매복하고 있다는 것이었습니다. 이리저리 왔다갔다하는 그의 버릇은 더욱 불안해졌으며, 나중에 주위 사람들이 회상한 바에 의하면, 그 무렵에 그는 여느 때보다 더 자주 창가에 서서 호수 건너쪽을 바라보곤 했다는 것입니다.

한편 우리의 그 가엾은 누이동생은 외곬으로 파고드는 생각과 그 한정된 일로 인하여 기력이 차츰차츰 소진되어 가는 것 같았습니다. 그래서 우리의 의사는 그녀가 주위 모은 그 뼈에다가 한 어린아이의 골격에서 나온 뼈들을 차츰차츰 섞어줌으로써 그녀의 희망을 북돋우어 주는 것이 좋겠다고 제안했습니다. 그것은 효과가 의심스러운 시도이기는 했지만, 모든 신체 부분의 뼈들이 다 모이게 되면 적어도 그녀로 하여금 그 끝없는 뼈 수집만은 그만두게 하고 로마로 떠날 희망을 갖도록 하는 데에는 도움이 될 수 있을 것 같았기 때문입니다.

그 제안이 실행되었습니다. 스페라타를 보살펴 주던 그 노파는 우리가 갖다준 어린이의 유골을 스페라타가 주위 모은 뼈와 모르는 사이에 바꾸어 놓았습니다. 그래서 신체 각 부분의 뼈들이 점차로 모이고 아직 뼈가 없는 부분들이 몇 군데 지적될 수 있을 정도에 이르자 그 가엾은 병자의 얼굴에는 믿을 수 없는 환희가 번지는 것이었습니다. 그녀는 신체의 각 부분에 속하는 뼈 조각 하나하나를 실과 끈으로 정성껏 이어 맞춰놓았습니다. 그녀는 사람들이 성자들의 유해를 받들어 모실 때 그러는 것처럼 빈 공간에는 비단과 자수품으로 속을 채워넣었던 것입니다.

그리하여 이제 사지의 뼈가 다 모였으며, 단지 말단의 몇몇 뼈만이 아직 모자라는 상태에 이르렀습니다. 어느 날 아침, 그녀가 아직 자고 있는데, 그녀의 상태를 물어보기 위해 의사가 왔기 때문에, 노파는 그 착한 병자가 열심히 일해 온 증거를 의사에게 보여주기 위해 침실에 놓여 있던 상자로부터 그 애지중지되는 뼈를 꺼내 왔습니다. 조금 지나자 그녀가 침대로부터 화들짝 일어나는 소리가 들려왔는데, 그녀는 상자를 덮어놓은 천을 들추어 보고 그 상자의 속이 비어 있는 것을 발견한 것이었습니다. 그녀는 황급히 두 무릎을 꿇고 앉았습니다. 사람들이 안으로 들어가자 그녀가 기쁨에 넘쳐 열렬히 기도하는 소리가 들렸습니다. 〈그렇습니다! 사실입니다!〉하고 그녀가 부르짖었습니다. 〈꿈이 아니라 사실입니다! 같이들 기뻐해 주세요, 저와 함께 기뻐해 주세요! 저는 그 착하고 예쁜 아이가 다시 살아난 것을 보았습니다. 그 아이가 벌떡 일어서더니 베일을 벗어 던지는 것이었어요. 그 아이의 후광이 온 방안을 환하게 밝혀주었고, 그 아이의 아름다움이 거룩한 모습으로 빛나고 있었어요. 그 아이는 땅에 발을 디디려고 했지만 그럴 수가 없었습니다. 가볍게 둥실둥실 떠올랐기 때문에 저에게 손조차 내밀 수 없었죠. 그러자 그애가 나를 자기 쪽으로 부르면서 제가 따라갈 길을 가리켜 보이는 거예요. 저는 그애를 따라갈 거예요, 곧 따라갈 거예요. 그걸 예감할 수 있답니다. 그래서 이렇게도 마음이

가볍게 느껴지네요. 제 근심걱정이 죄다 사라져 버렸어요. 다시 부활한 제 딸애를 바라본 것만으로도 벌써 천국의 기쁨을 미리 맛본 것 같습니다.〉

그때부터 그녀의 온 마음은 지극히 밝고 희망적인 전망에 몰두하게 되었고, 이제 그녀는 이 세상의 그 어떤 대상에도 더 이상 관심을 보이지 않았으며, 음식조차도 거의 먹지 않았습니다. 그리하여 그녀의 성신은 차츰차츰 육체의 끈으로부터 해방되어 갔습니다. 그러다가 마지막에 그녀는 갑자기 핏기를 잃고 무감각해져 버리고는 두 번 다시 눈을 뜨지 않았습니다. 그렇게 그녀는 우리가 죽었다고 부르는 상태에 도달한 것이었습니다.

그녀가 환시(幻視)를 보았다는 소문이 이내 세상 사람들 사이에 쫙 퍼졌습니다. 그녀가 생시에도 누리고 있던 존경심이 그녀가 죽고 나자 급속히 변해서 모두들 당장에 그녀를 축복받은 사람으로, 아니 심지어는 성녀로 추앙해야 마땅하다고 생각하게까지 되었습니다.

그녀를 무덤에 안장하는 날이 되자, 수많은 사람들이 믿을 수 없을 정도의 열성을 보이며 장지에 쇄도하여, 그녀의 손을, 적어도 그녀의 옷자락이라도 한번 잡아보려고 했습니다. 그렇게 열렬히 경배하는 중에 많은 환자들은 평소에 시달려 오던 고통이 씻은 듯이 사라진 것을 느끼게 되었고, 이제 자기들의 병이 나은 것으로 생각하고 그 사실을 고백하였으며 하느님과 새로 그 곁으로 가신 성녀를 찬양해 마지않았습니다. 교회 당국은 그 유해를 성당 내의 한 예배당에 모시지 않을 수 없었습니다. 민중들이 경배를 드릴 수 있는 기회를 요구했기 때문이었습니다. 그래서 믿을 수 없을 만큼 많은 사람들이 몰려왔습니다. 그렇지 않아도 열렬한 종교적 감정을 지니기 쉬운 산간지방의 주민들이었으므로 그들이 살고 있는 온갖 골짜기들로부터 몰려왔습니다. 예배의 규모, 기적의 수효, 숭배의 강도가 날이 갈수록 늘어만 갔습니다. 그런 새로운 경배행위를 제한하고 점차로 금지시키려는 주교의 지시도 그대로 실행될 수가 없었습니다. 교회측이 제지하려고 할 때마다 민중들은 격분하였고, 자기들이 경배하고 있는 사실을 믿지 않는 사람한테는 폭력까지 휘두를 기세였습니다. 〈우리 조상님들 가운데에는 성 보로메우스[45]님 같은 분도 계셨지 않습니까?〉 하고 그들은 외쳤습니다. 〈그분의 생모께서도 살아 생전에 그분이 복자(福者)가 되시는 기쁨을 누리시지 않았습니까? 선인들이 아로나 근교의 바위 위에 커다란 동상을 세운 것도 다 우리에게 그분의 정신적 위대성을 상징적으로 나타내 보여주려던 것이 아니겠습니까? 그분의 친족들이 아직도 우리 중에 살고 있지 않습니까? 하느님께서도 믿음이 두터운 백성들한테서 당신의 기적을 항상 새로이 보여주시겠다고 약속하시지 않았습니까?〉

시신이 며칠이 지나도 부패하는 기미를 보이지 않고 오히려 더욱 새하얘지고 말하자면 투명해지자, 사람들의 믿음은 점점 더 고조되어 갔습니다. 그리고 군중들 중에서 병이 낫는 사람들이 많이 생겨나서 아무리 주의 깊은 관찰자라 할지라도 그 사례들을 설명해 낼 수가 없었고 그것을 아주 사기라고 말할 수도

---

45) 카를로 보로메오 Carlo Borromeo(1538-1584)는 마지오레 Maggiore 호(湖)의 남단에 있는 소도시 아로나 Arona 태생의 성직자로서 후일 마일란트 Mailand의 추기경이 되었다. 그는 금욕적 생활을 했고, 특히 페스트가 창궐할 적에는 희생적 봉사활동을 벌여 가톨릭 사제들의 귀감이 되었으며, 1610년에 성인의 반열에 올랐다. 1697년에 그의 고향 아로나에 거대한 청동상이 건립되었다. 괴테는 『빌헬름 마이스터의 편력시대』에서 미뇽의 유년시절과 결부시켜 마지오레 호수를 다시 다루게 된다(함부르크판 제8권 226쪽 이하 참조).

없었습니다. 그 지역 전체가 온통 야단이었고, 직접 와보지 못한 사람이라 할지라도 적어도 한동안은 온통 그 소문 이외에는 아무것도 다른 이야기를 들을 수 없었습니다.

다른 지역과 마찬가지로 제 동생이 있는 수도원에도 그 기적들에 관한 소문이 퍼졌습니다. 동생은 평소에 무슨 일에도 관심을 보이는 법이 없었을 뿐만 아니라 아무도 그 소문과 동생과의 관계를 모르고 있었기 때문에 사람들은 전혀 조심하지 않고 동생이 있는 데에서 그 기적에 관해 이야기를 한 것이었습니다. 그러나 이번에는 동생이 그 이야기를 아주 자세히 들은 것 같았습니다. 동생은 대체 수도원을 어떻게 빠져나왔는지 아무도 영원히 알 수 없을 정도로 그렇게 지능적으로 탈출을 했던 것입니다. 나중에야 알게 된 일이지만, 동생은 한 무리의 순례자들 틈에 끼여 배를 타고 물을 건넜다는 것이고, 자기한테서 수상한 점이라곤 전혀 발견하지 못하고 있는 사공들에게 부디 배가 뒤집혀지지 않도록 조심해 달라는 부탁까지 했다는 것이었습니다. 깊은 밤에 동생은 불행한 애인이 그녀의 고통을 뒤로 하고 고이 잠들어 있는 그 예배당으로 들어갔습니다. 단지 몇 안 되는 신도들이 이 구석 저 구석에서 무릎을 꿇고 앉아 있었고, 그녀를 돌봐주던 노파가 그녀의 머리맡에 앉아 있었습니다. 그는 다가가 노파에게 인사를 하고는 안주인의 상태가 어떠냐고 물어보는 것이었습니다. 〈보시는 그대로입니다〉 하고 그 여자는 적지않이 당황해서 대답했습니다. 그는 시체를 다만 옆에서부터만 바라보았습니다. 좀 망설이다가 그는 스페라타의 손을 잡았으나, 손이 찬 데에 깜짝 놀라 금방 그 손을 놓아버리고는 불안하게 주위를 휘둘러보았습니다. 이윽고 그는 노파에게 말했습니다. 〈제가 지금은 그녀 옆에 머물 수가 없습니다. 아직도 매우 먼 길을 가야 하니까요. 그러나 적당한 때가 되면 틀림없이 다시 오겠습니다. 그녀가 깨거든 그렇게 전해 주십시오!〉

그렇게 말한 다음 동생은 가버렸습니다. 우리는 나중에야 이 일에 관해 전해 들었습니다. 동생이 어디로 갔는지 찾아보았지만, 아무 소용이 없었습니다. 동생이 어떻게 그 많은 산들과 골짜기들을 넘어갈 수 있었는지 지금도 도무지 이해가 되지 않습니다. 오랜 시간이 지난 뒤에 마침내 우리는 그라우뷘덴[46]에서 동생의 흔적을 다시 발견했습니다만, 그것도 너무 늦은 시점이었습니다. 그 흔적마저 곧 사라져 버렸거든요. 우리는 동생이 독일로 가지 않았나 하고 추측을 했습니다. 하지만 전쟁통에 그런 희미한 발자국은 흔적도 없이 완전히 지워지고 말았습니다」

10

신부는 읽기를 멈추었다. 아무도 눈물 없이는 들을 수가 없었다. 백작부인은 두 눈에서 그녀의 손수건을 떼지 못하고 있더니, 마침내 일어서서 나탈리에와 함께 방을 나가고 말았다. 남은 사람들은 잠자코 있었다. 이윽고 신부가 말했다. 「이제 우리가 이 사람 좋으신 후작님에게 우리의 비밀을 털어놓지 않은 채 그냥 떠나시도록 해도 좋을 것인가 하는 문제가 생기게 됩니다. 아우구스틴과 우리의 하프 타는 노인이 〈한〉 인물이라는 사실을 누가 단 한순간이라도 의심해 볼 수 있을까 말입니다. 그 불행한 노인을 위해서나 그의 가족을 위해서나 우리가 어떻게 하는

---

46) 그라우뷘덴 Graubünden은 스위스 동부의 주(州) 이름.

것이 좋을지 깊이 생각해 볼 일입니다. 제 의견으로는 조금도 성급하게 굴지 말고, 곧 그곳에서 돌아올 예정인 의사가 무슨 소식을 갖고 오는지 어디 좀 기다려 보는 것이 좋을 듯합니다」

모두 같은 의견이었다. 그래서 신부는 말을 계속했다. 「동시에 또다른 문제가 하나 생기는데, 아마도 이 문제는 보다 신속히 해결될 것 같습니다. 후작님은 그의 가없은 조카딸이 우리 나라에서, 특히 우리의 이 젊은 친구한테서 받은 따뜻한 보살핌에 이루 말할 수 없는 감동을 받으셨습니다. 그분은 나로 하여금 자초지종을 자세하게, 심지어는 되풀이해서 이야기해 주도록 청했습니다. 그러고는 이루 말할 수 없이 따뜻한 감사의 정을 표하는 것이었습니다. 〈그 청년은 저하고 함께 여행하는 것을 거절했는데, 그것은 그가 우리 관계를 알기 이전이었습니다〉 하고 후작님이 말씀하셨습니다. 〈그러나 그에게는 이제 제가 더 이상 남이 아닙니다. 사람의 됨됨이를 확실히 알아야 하고 비위를 맞출 자신이 있어야 하는 그런 낯선 사람이 더 이상 아니란 말입니다. 저는 그와 인연이 깊은 사람입니다. 아니, 친척이라고 해도 좋습니다. 그가 따로 떼어놓지 않으려고 했던 아들이 처음에 저와 동행을 하지 못하게 했던 장애요인이었습니다. 그러나 이제는 그 아이가 우리 사이를 더욱더 단단히 결속시켜 주는 아름다운 연줄이 되도록 힘써 주십시오. 제가 지금도 이미 단단히 그 청년의 신세를 지고 있습니다만, 이번 여행길에도 그 청년의 도움을 좀 받게 해주십시오. 그리고 저의 귀로에 그 청년도 함께 제 고향으로 가준다면 좋겠습니다. 제 형님도 그를 기쁘게 맞아주시리라 생각합니다. 그 청년이 자기 양녀가 받아야 할 유산을 물리치지 말았으면 합니다. 우리 아버님께서 친구분과 해놓으신 비밀 약속에 따라 아버님이 당신의 딸에게 물려주시려던 재산이 있었는데, 그것이 다시 우리 몫으로 되돌아오게 되었거든요. 그래서 우리는 우리 조카딸의 은인에게 당연히 받아야 할 몫을 꼭 드리고 싶은 것입니다.〉」

테레제가 빌헬름의 손을 잡으면서 말했다. 「자신의 이익을 생각하지 않는 선행이 가장 고귀하고 가장 아름다운 이윤을 낳는다는 좋은 예를 여기서 다시 한번 보게 되는군요. 이 특별한 초청을 수락하세요. 이제 후작님을 위해 이중으로 봉사하시다 보면, 당신은 자연히 한 아름다운 나라를 향해 달려가는 결과가 될 겁니다. 그 나라가 당신의 상상력과 마음을 끌어당긴 적도 한두 번이 아니잖아요?」

「저는 저 자신을 전적으로 여러 친구분들의 뜻에 맡기고 인도해 주시는 대로 따르겠습니다」 하고 빌헬름이 말했다. 「이 세상에서 자신의 의지대로 지향하고 노력한다 해도 잘되지 않는 것이니까요. 제가 꽉 붙들고 싶던 것은 포기하지 않을 수 없는 한편, 받을 만한 일도 하지 않은 호의는 억지를 쓰며 저를 뒤따라온단 말입니다」

빌헬름은 테레제의 손을 한번 꼭 잡아주고는 자기 손을 살짝 빼내었다. 「저에 대해 무슨 결정을 내리시든 모든 것을 신부님에게 맡기겠습니다」 하고 그는 신부에게 말했다. 「펠릭스를 떼어놓지 않아도 좋다면, 저는 만족하고 어디든 가서 여러분이 옳다고 여기시는 것을 무엇이든 해보겠습니다」

그 말에 신부는 즉각 자기의 계획을 대강 말해 주었다. 신부의 생각으로는, 후작은 혼자 먼저 떠나게 하고 빌헬름은 의사가 갖고 오는 소식을 기다렸다가 어떻게 하는 것이 좋을지 궁리가 서고 난 다음에 펠릭스를 데리고 뒤따라가면 좋겠다는 것이었다. 그래서 신부는 젊은 친구의 덜 된 여행 준비 때문에 후작님이 기다리실 수는 없다는 구실을 대어 그 동안에 우선 인근 도시의 명소라도 구경하시는 것이 좋겠다고 권했다. 후작은 진심으로 감사하다는 말을 거듭 되풀이하면서 출발했는데, 귀금속들, 세공한 보석들, 수놓은 갖가지 직물 등 남기고 간 선물들이 그의 감사하는 마음을 충분히 입증해 주고 있었다.

　이제는 빌헬름도 완전히 여행 준비가 끝난 상태였다. 그러나 막상 의사로부터 아무 소식이 없자 모두들 적지않이 당황했다. 그 가엾은 하프 타는 노인의 처지를 이제 완전히 향상시킬 수 있겠다는 희망을 품게 된 바로 그 순간에 노인에게 혹시 무슨 불행한 일이라도 생기지 않았는가 해서 모두들 걱정했다. 그래서 예의 그 심부름꾼을 떠나보냈는데, 그 사람이 말을 타고 출발하고 난 바로 그날 저녁에 의사가 낯선 사람 하나를 데리고 들어왔다. 그 사람은 묵직하고 점잖은 풍모에다 어딘가 사람의 눈을 끄는 데가 있었지만, 아무도 그가 누군지를 알지 못했다. 방금 도착한 두 사람은 한동안 아무 말 없이 잠자코 있었다. 마침내 그 낯선 사람이 빌헬름한테로 다가와서 그에게 손을 내밀면서 말했다. 「이제 옛 친구도 못 알아보십니까?」 그것은 하프 타는 노인의 목소리였다. 그러나 그의 옛 모습으로부터 남아 있는 흔적은 아무것도 없는 것 같았다. 그는 한 여행객이 흔히 입음직한 옷을 산뜻하고 단정하게 차려 입었고, 턱수염은 사라지고 없었으며, 곱슬머리는 약간 손질한 흔적까지 엿보였다. 하지만 그를 정말 몰라보도록 만든 것은 그의 묵직한 얼굴에서 더 이상 노인티가 나타나지 않은 탓이었다. 빌헬름은 기뻐 어쩔 줄 몰라 하면서 그를 끌어안았다. 그리고 그를 다른 사람들에게 소개했다. 그는 매우 차분한 태도를 보이고 있었다. 그는 불과 얼마 전에 이 모임에서 자기의 신상이 소상히 알려진 사실을 모르고 있었다. 「부디 이 사람을 인내와 관용으로 대해 주시기 바랍니다」 하고 그는 아주 침착하게 말했다. 「비록 어른이 된 꼴을 하고 있긴 합니다만, 오랫동안 앓고 난 뒤라서 마치 아무것도 모르는 어린애처럼 이제야 비로소 세상에 발을 들여놓게 된 셈입니다. 제가 다시 이렇게 사람들의 모임에 나타날 수 있게 된 것은 모두 이 훌륭한 선생님의 은덕이올시다」

모두들 그를 환영해 주었다. 인사가 끝나자마자 의사는 노인에게 산책이나 하시라고 권했다. 그러고는 즉각 그 대화를 중단하고 평범한 화제로 돌려버렸다.

노인이 나가자 의사는 다음과 같은 설명을 했다. 「우리가 저 노인의 병을 고칠 수 있었던 것은 아주 묘한 우연의 덕분이었습니다. 오랫동안 우리는 우리의 확신에 따라 그를 정신적으로, 그리고 육체적으로 치료해 왔는데, 어느 정도까지는 효과도 있었지요. 하지만 그에게는 죽음에 대한 공포심이 여전히 많이 남아 있었고, 또한 그는 턱수염을 깎아버리고 긴 옷을 벗어던지는 것만은 아무리 타일러도 들으려 하지 않았습니다. 그러나 그는 그 밖의 점에서는 세상 일에 더 많은 관심을 나타내기 시작했고, 그의 사고방식이나 노래도 다시금 삶에 가까워지는 듯했습니다. 여러분들도 아시는 바와 같이 저는 목사님의 묘한 편지를 받고 여기를 떠나 그곳으로 불려갔습니다. 제가 가보니 노인이 완전히 달라져 있었습니다. 그는 자진해서 턱수염을 깎아버렸고 머리카락도 흔히들 하는 모양으로 손질해 주도록 허락한 것이었습니다. 그는 사람들이 흔히 입는 보통 옷을 달라고 하는 등 갑자기 딴사람이 된 것같이 보였습니다. 우리는 호기심이 동하여 이렇게 사람이 변한 원인이 어디에 있는지를 알아내고 싶었습니다만, 그 문제를 놓고 노인 자신과 직접 얘기를 해볼 엄두까지는 감히 내지 못하고 있었지요. 그러던 중에 마침내 우리는 우연하게도 그 이상한 곡절을 알게 되었습니다. 목사님의 가정상비약 중에서 아편액 한 병이 없어져서 피치 못하게 극히 엄중한 조사를 하지 않을 수 없었는데, 누구나 그런 혐의를 극구 부인하고 나섰으며 집안 사람들 사이에 격렬한 말다툼까지 벌어졌습니다. 마침내 노인이 나타나서 자기가 그것을 소지하고 있다고 고백했습니다. 그걸 마셨느냐고 물었더니, 그는 〈아니오!〉 하고 대답했지만, 다음과 같이 말을 계속했습니다. 〈이것을 갖게 된 덕분으로 저는 이성을 되찾게 된 것입니다. 저에게서 이 약병을 빼앗아 가시고 말고는 의향대로 하십시오. 그러나 그렇게 될 경우, 제가 희망을 잃은 채 다시 옛 상태로 되돌아가는 꼴을 보시게 될 것입니다. 이 지상의 고통을 차라리 죽음으로써 끝장내 버리는 것이 좋겠다는 느낌을 갖게 된 순간이 제가 회복의 길에 접어드는 최초의 계기가 되었던 것 같습니다. 그러자 곧 자살을 통해 그 고통을 끝장내려는 착상이 떠올랐습니다. 그래서 그런 의도로 저는 약병을 꺼내었지요. 그런데, 당장에라도 그 엄청난 괴로움을 영원히 종식시킬 수 있다는 가능성을 갖고 보니, 이제 제게는 그 괴로움을 이겨낼 힘까지도 생겨난 것입니다. 그래서 이 호신부(護身符)를 몸에 지니고 다닌 이래로 저는 죽음의 지척에 있기 때문에 다시금 삶 쪽으로 되밀려 들어오게 되었습니다. 제가 이걸 마실까 봐 걱정하지들은 마십시오!〉 하고 노인이 말했습니다. 〈누구보다도 인간의 심리를 잘 아시는 전문가들이시니 만큼 제가 삶과는 이미 끈이 떨어져 버린 상태라는 것을 저에게 솔직히 인정해 주심으로써 우선 저를 삶의 끈에다 매달아 주시겠다는 결정부터 해주시기 바랍니다.〉 심사숙고한 끝에 우리는 노인을 더 이상 추궁하지 않기로 결정을 내렸습니다. 그래서 지금도 노인은 연마(鍊磨) 유리로 만든 그 단단한 작은 병 속에다 그 독약을——참으로 묘하기 짝이 없는 해독제로서——넣어 갖고 다니는 것입니다」

의사는 자기가 떠나가 있는 동안에 드러난 모든 사실에 관해 보고를 들었다. 그리하여 아우구스틴이 깊이 침묵하고 있는 사실에 대해서는 함부로 건드리지 말고 계속 관찰만 하기로 결정되었다. 신부는 계속 그를 자기 곁에 두고 관찰하면서 일단 접어든 그 좋은 길로 그를 계속 인도할 작정이었다.

그러는 동안에 빌헬름은 후작과 함께 독일 일주여행을 마칠 것이었다. 만약 아우구스틴에게 그의 조국에 대한 애정을 다시 불어넣어 주는 것이 가능해 보일 때에는 그의 친척들에게 사실을 털어놓을 작정이었으며, 그럴 경우에는 빌헬름이 그를 그의 가족들한테 다시 데려다 주기로 결정되었다.

그래서 이제 빌헬름도 여행을 떠날 준비를 모두 끝마친 상태였다. 그런데, 아우구스틴이 자기의 옛 친구이자 후견인이었던 빌헬름이 당장 다시 떠나게 되었다는 말을 듣고 기뻐하는 것이 처음에는 좀 이상해 보였지만, 이윽고 신부가 그런 묘한 마음의 움직임의 원인을 알아내었다. 즉, 아우구스틴은 펠릭스에 대해 갖고 있던 그의 옛 공포심을 아직도 완전히 이겨낼 수 없었기 때문에 그 소년이 한시라도 빨리 떠나가 주기를 바란 것이었다.

그런데 아주 많은 손님들이 자꾸만 도착했기 때문에 그 저택과 부속건물들만으로는 그들을 다 수용할 수 없게 되었다. 진작부터 이렇게 많은 손님들을 영접할 준비를 해오지 않았기 때문에 손님들의 수가 더욱더 많은 것처럼 생각되었다. 모두들 같이 아침 식사를 들었고 점심과 저녁 식사도 다함께 모여서 했으

며, 마음속으로는 어느 정도 서로 헤어지기를 바라면서도 화기
애애한 가운데 즐겁게 지내고 있다고 애써 자신을 달래는 것이
었다. 테레제는 이따금 로타리오와 말을 타고 나갔으며, 혼자
서 말을 타고 나가는 때가 더 많았다. 그녀는 벌써 이웃에서 모
든 남녀 농사꾼들과 알고 지내는 사이가 되어 있었다. 그것이
그녀의 경제원칙이었는데, 남녀를 불문하고 이웃 사람들과 친
하게 지내고 항상 그들과 호의를 주고받는 영원한 친선관계에
있어야 한다는 그녀의 원칙이 하긴 틀린 생각은 아닌 것 같았
다. 그녀와 로타리오의 결합 문제는 전혀 화제가 되고 있지 않
은 것 같았고, 두 자매는 서로 회포를 풀어야 할 얘깃거리가 많
았으며, 신부는 하프 타는 노인과 사귀려고 애쓰는 것 같았다.
야르노는 의사와 잦은 회합을 가졌고, 프리드리히는 빌헬름에
게 의지하고 그를 따랐으며, 펠릭스는 자기 멋대로 여기저기
돌아다니고 있었다. 산책을 할 때에도 대개 이런 식으로 짝을
지어 서로 헤어지곤 하였다. 그리고 다시 모여야 될 때에는 재
빨리 음악을 틀어 도피처를 구했는데, 그렇게 하면 모두가 서
로 어울릴 수 있으면서도 각자가 자신의 세계에 침잠할 수 있었
기 때문이었다.

그런데 불시에 백작이 도착하는 바람에 그 모임에 회원이 하
나 더 늘었다. 백작은 자기 부인을 데리러 왔는데, 보아하니 교
단에 들어가기 전에 속세에 남아 있을 자기 인척들에게 엄숙한
작별을 고하기 위해 온 것 같기도 했다. 야르노가 급히 마차까
지 달려나가 그를 맞이했는데, 막 도착하면서 백작이 어떤 사
람들이 와 있느냐고 묻자, 야르노는 백작을 보면 항상 불현듯
발동되는 객기에 사로잡힌 나머지, 다음과 같이 주워섬겼다.
「이 세상의 귀족이란 귀족들은 다 모여 있습니다. 이탈리아 후

작들, 프랑스 후작들, 영국의 자작들과 남작들 등 다 와 있는데, 단지 백작만 없던 참이었습니다」 이런 말을 주고받으면서 그들이 계단을 올라오고 있었는데, 마침 빌헬름이 대기실에서 백작을 향해 제일 먼저 다가가게 되었다. 백작이 한동안 그를 바라본 연후에 「자작 양반!」 하고 프랑스어로 그에게 말을 걸었다. 「뜻밖에도 여기서 다시 뵙게 되어 정말 반갑습니다. 제가 크게 착각하지 않았다면, 공작님을 수행해 오셨을 때 저의 성에서 뵈온 것 같아서 드리는 말씀입니다만」 「제가 그 당시 각하를 모시는 영광을 입었사옵니다」 하고 빌헬름이 대답했다. 「하지만 저를 영국인으로, 그것도 최고위급 귀족으로 간주하시니 저에게는 너무 과분한 영예올시다. 저는 독일인입니다, 즉……」 「즉, 매우 훌륭한 청년이지요」 하고 야르노가 즉각 끼여들며 말했다. 백작은 빙그레 웃으며 빌헬름을 바라보았다. 그러고는 막 무엇인가 대답하려는 참인데, 다른 사람들이 다가와서 아주 친절하게 백작을 영접하는 것이었다. 그를 당장 적당한 방으로 안내해 드릴 수 없어서 죄송하지만, 지체없이 필요한 공간을 마련해 드리겠다고 약속했다.

「허, 참! 방 배정하는 일을 그저 되어가는 대로 우연에다 맡긴 모양이로군!」 하고 백작은 미소를 띠면서 말했다. 「조심해서 잘 처리할 것 같으면, 많은 것이 가능해질 수도 있지요! 지금 부탁하건대, 제발 나 때문에 슬리퍼 한 짝이라도 옮기지 말아요! 그렇게 했다간 큰 혼란이 생길 게 훤히 보이니까 하는 말이지요. 모두가 불편을 겪게 될 것입니다. 아무도 나 때문에 그런 불편을 겪어서는 안 돼요, 설령 단 한 시간만이라도 안 될 일이지요. 당신도 보았잖소?」 하고 그는 야르노를 보고 말했다. 「그리고 젊은 양반, 당신도 그 당시 내가 나의 성에서 그 많은 사

람들을 아주 편안하게 숙박시킨 것을 본 증인입니다」하고 백작
은 빌헬름 쪽으로 몸을 돌리며 말했다. 「손님들과 수행자들의
명단을 나에게 주시오! 그리고 각자가 현재 어떻게 방에 들어
있는지를 나에게 설명해 주시오! 모두들 어렵잖게 널찍한 공간
을 차지할 수 있도록, 그리고 앞으로 우연히 도착하게 될 손님
에게까지도 잠자리가 돌아가도록, 방 배치를 새로 한번 해보겠
소!」

　야르노는 즉각 백작의 부관 역할을 하여 모든 필요한 기록들
을 백작에게 제공하였으며, 가끔 그 노신사를 헷갈리게 만들어
놓고는 자기 나름대로 재미있어 했다. 그러나 백작은 얼마 안
있어 곧 득의의 성과를 거두었다. 방 배정이 끝났는데, 그는 자
기가 직접 보는 앞에서 각 방문에다 이름을 써 붙이도록 했다.
그래서, 약간 번거로운 변경이 없지 않았지만 소기의 목적이
완전히 달성되었음을 모두 인정하지 않을 수 없었다. 또한 야르
노도 여러 가지로 신경을 써서, 현재 서로 가까이 지내고 있는
사람들끼리 같은 방을 쓰게끔 조정했다.

　방 배정 작업이 모두 끝나자 백작은 야르노에게 말했다. 「그
왜 자네가 마이스터라고 부르는, 독일인이라는 청년 말이야, 내
가 그 사람의 족보를 캐어내려고 하는데, 좀 도와주지 않겠나?」
야르노는 입을 다물고 잠자코 있기만 했다. 왜냐하면, 질문을
할 때에는 실은 무엇인가를 주장하고 싶어서 일단 묻는 형식을
취하는 사람들이 종종 있는데, 야르노는 백작이 바로 그런 사
람들 중의 하나라는 것을 익히 잘 알고 있었기 때문이다. 과연
백작은 대답 따위는 기다리지도 않고 자기 말을 계속해 나갔다.
「자네는 그 당시 저 청년을 나에게 소개하면서 공작님이 잘 부
탁하신다고 했지. 어머니가 독일 여잔지는 몰라도, 내 장담하

지만 그의 아버지는 틀림없이 영국인일 거야. 그것도 아주 신분이 높은 귀족이었던 것 같아요. 삼십 년 이래로 독일의 피 속에 흐르고 있는 영국의 피를 누가 일일이 따지겠어? 나도 더 이상 그걸 파고들 생각은 없어요. 당신네들은 그런 가계의 비밀들을 갖고 있는 수가 비일비재하니까 말이오. 하지만 그런 경우에도 결코 내 눈을 속일 수는 없지!」이렇게 말하고 난 백작은 또한 연이어서 그 당시 자기의 성에서 빌헬름과 더불어 일어났던 일도 여러 가지를 얘기했다. 백작이 완전히 생각을 잘못해서 빌헬름을 공작을 수행하던 영국인 청년과 여러 번 혼동했음에도 불구하고, 야르노는 이번에도 잠자코 침묵하고 있었다. 그 선량한 신사는 옛 시절에는 탁월한 기억력을 지니고 있었고, 요즈음도 자기의 젊은 시절의 사소하기 짝이 없는 상황까지도 세세하게 다 기억할 수 있음에 아직도 큰 자부심을 지니고 있었다. 그러나 이제 그는 차차 기억력이 약해져서 자기의 상상력이 얼핏 한번 떠올리게 된 묘한 연상이나 공상까지도 바로 그런 확신을 가지고 진실이라고 여기곤 하는 것이었다. 하긴 그런 습성을 제외한다면 그는 매우 온화하고 친절한 성품으로 변해 있었기 때문에, 그가 함께 있으면 좌중의 분위기가 정말 화기애애해지곤 했다. 그는 뭔가 유익한 책이라도 같이 읽는 것이 어떠냐고 권하기도 했고, 이따금 가벼운 놀이를 하자고 나서기까지 했는데, 그가 그런 놀이에 직접 참여하지 않을 적에는 적어도 하나하나를 세심하게 가르쳐 주는 일이라도 하는 것이었다. 주위 사람들이 뭐 그런 일까지 하시느냐고 의아해하면, 이 세상의 중대사에서 손을 뗀 사람은 누구나 그럴수록 자기의 격을 낮추어 대수롭잖은 일에 자신을 맞추어 나가야 할 의무가 있다고 말하는 것이었다.

그런 놀이들을 하는 중에 빌헬름은 〈여러 번〉이나 마음이 은 근히 불안하고 언짢은 순간을 겪었는데, 그것은 경망스러운 프 리드리히가 기회 있을 때마다 나탈리에에 대한 빌헬름의 애정 을 암시하는 언행을 해댔기 때문이었다. 프리드리히가 어떻게 그런 생각을 하게 되었을까? 무슨 근거로 감히 그런 언행을 할 수 있는 것일까? 두 사람이 함께 지내는 시간이 많으니까 사람 들은 내가 프리드리히에게 그런 경솔하고도 당찮은 고백을 했 으리라고 믿지나 않을지?──빌헬름은 적지않이 불안하고 언짢 은 기분이었다.

어느 날 그들은 그런 농담을 주고받으면서 여느 때보다도 더 유쾌하게 시간을 보내고 있었다. 그때 갑자기 아우구스틴이 문 을 홱 열어젖히고 끔찍한 몸짓을 하며 뛰어 들어왔다. 얼굴은 창백했고 눈매는 사나웠다. 무엇인가 얘기를 하려고 하는 것 같 았지만, 말이 되어 나오지 않았다. 사람들은 깜짝 놀랐다. 로타 리오와 야르노는 광기가 재발한 것으로 짐작하고 그에게로 달 려가 그를 꽉 붙잡았다. 그는 말을 더듬거리면서 희미하게, 그 러다가는 격하고 거칠게 소리를 질렀다. 「이렇게 나를 붙잡고 있을 게 아니라 어서 서둘러요! 도와줘요! 아이를 살려요! 펠릭 스가 독약을 마셨어요!」

두 사람이 그를 놓아주자 그는 급히 문 밖으로 내달았다. 모 두들 깜짝 놀라 그를 뒤쫓아갔다. 누군가가 큰 소리로 의사를 불렀고, 아우구스틴은 신부의 방으로 뛰어갔다. 아이는 거기에 있었다. 「너 무슨 짓을 했니?」 하고 벌써 멀리서부터 어른들이 소리치며 묻자, 아이는 놀라서 어쩔 줄 모르는 것 같았다.

「아버지!」 하고 펠릭스가 외쳤다. 「주전자째 마시진 않았어 요. 잔으로 마셨어요. 아주 목이 말랐거든요」

아우구스틴은 손뼉을 치면서 소리쳤다. 「아이구, 얘가 큰일 났군!」 하고 그는 주위에 둘러서 있는 사람들을 헤치고는 거기 로부터 달아나 버렸다.

그들은 탁자 위에 편도 분말 주스 한 잔이 놓여 있는 것을 발견하였으며, 그 옆에는 반쯤 차 있는 유리 주전자 하나가 놓여 있는 것을 보았다. 의사가 왔다. 그는 사정을 전해 들었다. 그러고는 액상 아편이 들어 있던 그 눈에 익은 조그만 유리병이 텅 빈 채 탁자 위에 놓여 있는 것을 보고 깜짝 놀랐다. 그는 식초를 가져오게 하고는 자기 의술의 온갖 수단들을 총동원했다.

나탈리에는 아이를 방으로 옮기도록 하고는 생명을 걱정하면서 애를 썼다. 신부는 아우구스틴을 찾아 몇 가지 설명이라도 들어보기 위해 밖으로 뛰어나갔다. 그 불행한 아버지도 마찬가지로 뛰어나가 보았지만 헛수고였다. 그가 돌아와 보니 모두들 불안과 근심에 찬 표정을 하고 있었다. 그 사이에 의사는 잔 속에 들어 있던 편도 분말 주스를 조사했는데, 거기에서 많은 양의 아편이 검출되었다는 것이었다. 아이는 소파 위에 누워 있었는데, 매우 아픈 것 같았다. 아이는 제 아빠에게, 아무것도 더 이상 억지로 퍼먹이지 말았으면 좋겠다, 제발 더 이상 괴롭히지 않았으면 좋겠다고 호소해 왔다. 로타리오는 아우구스틴을 찾기 위해 사람을 보냈고, 도망간 아우구스틴의 흔적을 찾아보려고 자기도 직접 말을 타고 나가고 없었다. 나탈리에가 아이 곁에 앉아 있었다. 아이가 그녀의 품안으로 도망치면서 자기를 보호해 달라고 애원했고, 식초가 너무 시어서 죽겠으니 설탕 한 줌만 달라고 졸라대었다. 의사가 그것을 허락해 주었다. 그는 아이가 가공할 흥분상태에 있을 테니 한동안 안정을 시켜야 한다면서, 필요한 모든 조치는 이미 취했지만 앞으로도 가능한 조치를 취할 생각이라고 말했다. 백작이 약간 주저하는 듯한 기색으로 들어왔다. 그는 진지한, 아니 엄숙한 표정이었으며, 두 손을 아이의 머리 위에 얹고는 하늘을 쳐다보면서 잠시 그 자세 그대로 가만히 있었다. 용기를 잃고 어느 안락의자에 푹 쓰러져 있던 빌헬름이 벌떡 뛰쳐 일어나 나탈리에에게 절망에 가득 찬 시선을 던지고는 문 밖으로 나가버렸다.

그러자 백작도 역시 그 방을 떠났다.

「아무리 생각해도 이상합니다」 하고 잠시 후에 의사가 말했다. 「아이한테서 위독한 증세가 조금도 나타나지 않고 있습니다. 단 한 모금만 마셨다 하더라도 엄청난 양의 아편을 복용한 것이 됩니다. 그런데, 이 아이의 맥박을 보면, 내가 치료하느라고 자아낸 흥분과 우리가 이 아이한테 불어넣은 공포심으로 인한 흥분 이상의 흥분상태는 관찰되지 않는단 말입니다」

조금 있다가 곧 야르노가 들어왔는데, 그는 아우구스틴이 다락방에서 피투성이가 된 채 발견되었다는 말을 전했다. 아우구스틴의 옆에는 전지(剪枝) 가위 하나가 놓여 있었는데, 아마도 그가 이 가위로 자기 목을 딴 것 같다는 것이었다. 의사가 급히 달려나갔으나, 아우구스틴을 떠메고 계단 아래로 내려오는 사람들과 마주치게 되었다. 침대 위에 뉘어놓고 자세하게 진찰을 해보니, 기관지 안에까지 자상이 나 있었고, 심한 출혈로 인해서 혼수상태였다. 그러나 아직 목숨은 붙어 있어서 희망이 없지 않음을 알 수 있었다. 의사는 그의 몸을 똑바로 뉘이도록 해놓고 절단된 부분들을 꿰맨 다음 그 위에 붕대를 감았다. 모두들 그날 밤은 잠을 이루지 못하고 걱정스럽게 보냈다. 펠릭스는 나탈리에로부터 잠시도 떨어지려고 하지 않았다. 빌헬름은 그녀의 앞에, 한 걸상 위에 앉아 있었다. 그는 아이의 두 발을 자기 무릎 위에 올려놓고 있었는데, 아이의 머리와 가슴은 그녀의 품안에 안긴 채였다. 그렇게 그들은 소중한 짐과 괴로운 걱정을 서로 나누면서 날이 훤히 밝아올 때까지 불편한 자세와 슬픈 상황을 견뎌내었다. 나탈리에는 빌헬름에게 자기 손을 맡긴 채였는데, 그들은 아무 말도 나누지 않고 아이를 내려다보거나 서로 얼굴을 쳐다보기만 했다. 로타리오와 야르노는 그 방의 다른 쪽 끝에 앉아서 매우 의미심장한 대화를 하고 있었는데, 풀어 나가야 할 사건들이 많아 너무 급박해졌기 때문에 여기서는 그 대화의 내용을 독자 여러분에게 전해 드리지까지는 못하는 것이 유감스럽다. 소년은 새근새근 잘 자고 있었는데, 이른 아침에 아주 명랑한 기분으로 깨어나서는 벌떡 일어나더니 버터 바른 빵을 달라고 하는 것이었다.

아우구스틴이 어느 정도 회복하자마자 그에게서 약간의 설명을 듣고자 애를 썼다. 적지않이 애써서, 그것도 조금씩조금씩 단계적으로 알게 된 것은 대강 다음과 같은 사실이었다. 불행하게도 백작이 방 배치를 다시 하는 바람에 아우구스틴은 신부와 같은 방에 들게 되었는데, 거기서 그는 그 원고, 즉 자기 자신의 이야기를 읽게 된 것이었다. 그의 놀라움과 충격은 이루 말할 수 없었다. 그래서 그는 더 이상 살아서는 안 되겠다는 확신이 들었다. 즉각 그는 평소에 생각해 오던 아편이라는 도피수단을 택하게 되었는데, 액상 아편을 한 잔의 편도 분말 주스 안에다 쏟아부었다. 하지만 막상 그 잔을 입에 갖다대자 오싹 소름이 끼쳐왔다. 그래서 그는 그 잔을 거기에 놓아둔 채 다시 한번 정원을 거닐어 보고 세상을 둘러보기로 했다. 그가 다시 돌아와 보니, 펠릭스가 그 잔을 이미 다 마셔버리고는 유리 주전자를 들고 그 잔을 다시 채우려고 애쓰고 있더라는 것이었다.

모두들 그 불행한 노인에게 부디 진정하시라고 위로했으나, 그는 격렬하게 빌헬름의 손을 잡았다. 「아! 진작 당신을 떠나야 하는 건데!」하고 그가 말했다. 「진작부터 저는 알고 있었지요, 제가 그 아이를 죽이게 되리라는 것을! 또는 그 아이가 저를 죽이게 되든지!」「아이는 살아 있습니다!」하고 빌헬름이 말했다. 유심히 듣고 있던 의사가 아우구스틴한테 유리 주전자 안에 든 편도 주스 전체에 아편액을 넣었느냐고 물었다. 「아니오!」하고 아우구스틴이 대답했다. 「잔에다만 넣었지요」「그렇다면 천만다행이오!」하고 의사가 외쳤다. 「아이는 유리 주전자에 든 주스를 마신 것입니다! 선한 수호신이 손을 써서 그 아이가 바로 가까이에 마련되어 있는 죽음의 잔을 건드리지 않도록 해준 것입니다!」「아니, 아닙니다!」하고 빌헬름이 두 손으로 얼굴을 가리며 비명을 질렀다. 「끔찍하기 이를 데 없는 말씀입니다! 아이는 주전자째 마시지 않고 잔으로 마셨다고 분명히 말했습니다. 아이가 건강한 것도 그렇게 보이는 것일 뿐, 결국 우리의 품안을 빠져나가 죽어갈 겁니다」그는 급히 밖으로 달려나갔다. 의사도 그 방에서 내려와서 아이를 애무해 주면서 물었다. 「그렇지, 펠릭스? 너 주전자째 마신 거지? 잔으로 마신 건 아니지?」아이는 울기 시작했다. 의사는 나탈리에에게 조용히 그 사정을 이야기했다. 그래서 그녀도 아이한테서 사실을 알아내려고 애썼지만 헛수고였다. 아이는 더욱더 심하게 울기만 하다가 마침내 울다 지쳐 잠들고 말았다.

빌헬름은 아이의 곁에서 밤을 새웠다. 그날 밤은 조용히 지나갔다. 하지만 그 이튿날 아침에 아우구스틴이 그의 침대 위에서 죽은 채 발견되었다. 그는 얼른 보기에 심신의 안정을 되찾은 것처럼 속여 그를 간호하는 사람들의 주의를 딴곳으로 돌려

놓은 다음, 남몰래 붕대를 풀어버려서 출혈로 자살한 것이었다. 나탈리에는 펠릭스와 함께 산보를 나갔는데, 그애는 아주 즐거워하던 여느 날들과 마찬가지로 활기에 차 있었다. 「아줌마는 정말 착해요!」하고 펠릭스가 그녀에게 말했다. 「야단도 안치고, 때리지도 않으니까. 아줌마한테만 말할게요, 나 주전자째 마셨어요! 아우렐리에 엄마는 내가 주전자째 마시면 항상 내 손가락들을 때렸어요. 아빠가 아주 무섭게 보였어요. 날 때릴 것이라는 생각이 들었어요」

나탈리에는 날아갈 듯이 가벼운 걸음걸이로 서둘러 저택을 향해 걸어가고 있었는데, 빌헬름이 아직도 걱정에 가득 찬 채 그녀를 향해 다가오고 있었다. 「행복한 아버지!」하고 그녀가 큰 소리로 외치면서 아이를 안아들고 그의 두 팔에다 아이를 던져주었다. 「여기 아드님을 받으세요! 주전자째 마셨답니다! 나쁜 버릇이 아이를 구한 것이군요」

사람들은 일이 그렇게 잘 끝난 것을 백작에게 이야기해 주었다. 하지만 백작은 빙그레 웃으며 아무 말도 하지 않고 겸손한 태도를 취했는데, 거기에는 마치 순진한 사람들의 오류를 여유 있게 보아주는 듯한 확신이 엿보였다. 매사에 주의 깊고 판단이 빠른 야르노도 이번에만은 백작의 그런 고결한 자기 만족감을 어떻게 해석해야 할지 알 수가 없었다. 빙빙 돌려가면서 캐물은 끝에 마침내 그가 알아낸 바에 의하면, 백작은 아이가 정말 독을 마신 것이지만, 기도와 안수(按手)를 통해 자기가 아이의 목숨을 기적적으로 구출해 준 것으로 확신하고 있는 것이었다. 이제는 백작도 즉각 떠나기로 결심했다. 백작의 모든 짐은 예나 다름없이 눈 깜짝할 사이에 다 꾸려져 있었다. 그래서 그 아름다운 백작부인은 작별을 고할 때에 언니의 손을 아직 채 놓기도

전에 빌헬름의 손을 잡고는 네 개의 손을 한데 모아 꼬옥 쥐어
준 다음, 급히 돌아서서는 마차에 올랐다.

이렇게 많은 끔찍하고도 이상한 사건들이 하나씩 꼬리를 물
고 잇따라 밀려들어 어쩔 수 없이 평상시와 다른 생활방식이 들
어서도록 만들었으며 모든 것을 뒤죽박죽으로 뒤흔들어 놓았
다. 그래서 이 사건들로 말미암아 온 저택이 열병에라도 휩싸인
듯한 일종의 대혼란에 빠져들었다. 잠자고 깨어나는 시간, 먹
고 마시는 시간, 함께 어울리는 시간이 완전히 뒤바뀌고 정반
대로 되어 있었다. 테레제 이외에는 아무도 자신의 정상궤도를
지키고 있는 사람이 없었다. 남자들은 알코올이 든 음료들을 통
해 좋은 기분을 되찾으려고 애쓰고 있었다. 오직 자연스러운 분
위기만이 우리 인간들에게 진정 맑고 밝은 기분과 활동력을 보
장해 주는 법인데, 이렇게 억지로 인위적인 분위기를 만들어
내고자 하는 가운데 그들은 자연스러운 분위기로부터는 자꾸만
멀어져 갈 따름이었다.

빌헬름은 격렬하기 짝이 없는 온갖 열정 때문에 극도로 흥분
되고 심신이 뒤흔들려 있었으며, 불시에 엄습하곤 하는 끔찍한
발작들로 인해서 그의 깊은 속마음까지도 안정을 잃게 되어, 이
전부터 그의 심장을 완전히 강점하고 있던 열정에 더 이상 저항
해 낼 수가 없었다. 펠릭스는 다시 그의 품안으로 돌아왔다. 하
지만, 그는 아직도 가슴이 텅 빈 것 같기만 했다. 베르너로부터
의 편지와 수표도 와 있었다. 그가 여행을 떠나는 데에는 이제
아무것도 부족한 것이 없고 다만 박차고 멀리 떠나버릴 용기만
있으면 되었다. 모든 정황이 그로 하여금 이 여행을 떠나도록
재촉하고 있었다. 그는 로타리오와 테레제가 자기가 떠나기만
을 기다렸다가 결혼하리라는 것을 추측할 수 있었다. 야르노는

여느 때와는 달리 말이 없었는데, 그 사람다운 쾌활함을 약간
잃어버렸다고도 말할 수 있을 것 같았다. 다행스럽게도 의사가
빌헬름이 아픈 것 같다고 하면서 약을 처방해 준 덕분에 빌헬름
은 그 당혹스러운 상황을 어느 정도는 모면할 수 있었다.

　사람들은 저녁이 되면 언제나 함께 모여 앉았는데, 그럴 때
에는 늘상 과음을 하곤 하는 자유분방한 프리드리히가 좌중의
대화를 독차지하면서 자기 나름대로 수많은 인용구(引用句)들과
익살맞은 암시들을 통해 좌중을 웃기곤 했다. 또한 그는 자기
마음속의 생각을 남이 들리도록 큰 소리로 중얼거리는 통에 좌
중의 사람들을 당황하게 하는 일도 드물지 않게 일어났다.

　그는 빌헬름의 병을 전혀 믿지 않는 것 같았다. 언젠가 한번
은 모두들 다 함께 모여 있는 자리에서 그가 큰 소리로 외쳤다.
「의사 선생님, 우리 친구가 걸렸다는 병 이름이 무엇이죠? 의학
계의 무지(無知)를 호도하고 있는 삼천 개의 병명들 중에서 아
무것도 그 병에는 맞지 않는 건가요? 적어도 그와 비슷한 예들
은 없지 않았죠!」하고는 이어서 강조하는 어조로 이렇게 말했
다. 「이집트던가 바빌로니아던가는 몰라도 그 나라[47]의 역사에
그런 병이 분명히 나옵니다」

　모두들 서로 얼굴을 쳐다보았다. 그러고는 미소를 띠지 않을
수 없었다.

　「그 왕의 이름이 뭐였지요?」하고 그가 소리쳤다. 그러고는
한동안 말을 멈추고 기다렸다. 「가르쳐 주지들 않을 심산인가

---

47) 원래는 시리아였다. 〈병든 왕자〉의 모티프가 이 작품에서 마지막으로
　의미심장하게 나오고 있다. 시리아의 왕 셀레우코스, 왕비 스트라토니
　케, 병든 왕자 안티오쿠스의 이야기에 대해서는 제1권 제17장의 주 15)
　참조.

본데……」하고 그는 말을 계속했다. 「그렇다면 나 자신이 알아낼 방법을 강구할 수 있을 거예요」 그는 중간문을 활짝 열어젖히고는 현관 방에 걸려 있는 예의 그 큰 그림을 가리켰다. 「저기 왕관을 쓰고 염소 수염을 하고 있는 저 사람의 이름이 뭡니까? 침대 곁에 서서 병든 아들 때문에 애태우고 있는 왕 말입니다. 정숙하고도 교활한 두 눈에 독과 해독제를 동시에 품고서 지금 막 들어오고 있는 저 미녀의 이름은 뭐죠? 그리고 이 순간에야 비로소 눈이 제대로 떠져서 난생 처음 한번 처방다운 처방을 내리고, 근치(根治)를 하는 약, 입에도 단 양약(良藥)을 한번 건네줄 수 있는 기회를 갖게 된 저 돌팔이 의사의 이름은 뭐죠?」

이런 식으로 그는 계속 허풍을 떨어대었다. 좌중의 사람들은 될 수 있는 대로 마음의 동요를 보이지 않으려고 억지로 미소를 띠면서 그들의 당혹감을 감추었다. 가벼운 홍조가 나탈리에의 두 뺨을 물들이면서 그녀의 마음의 동요를 드러내 주고 있었다. 다행히도 그녀는 야르노와 함께 방안을 이리저리 거닐던 참이어서 중간문 곁에까지 오게 되자 현명하게 살짝 현관방으로 빠져나간 다음 거기서 몇 번 왔다갔다하다가 자기 방으로 올라가 버렸다.

모두들 아무 말도 하지 않고 있었다. 프리드리히는 춤을 추면서 노래를 부르기 시작했다.

아, 여러분, 기적을 보시리니!
일어난 것은 일어난 것,
얘기한 것은 얘기한 것입니다!
이 밤이 새기 전에
기적을 보시리로다.

테레제는 나탈리에의 뒤를 따라 나가고 없었으며, 프리드리히는 의사를 그 큰 그림 앞으로 데리고 가서 의학에 대한 우스꽝스러운 찬사를 한바탕 늘어놓더니 슬그머니 꽁무니를 빼어버렸다.

로타리오는 그때까지 창문이 있는 움푹 들어간 공간 안에 서서 꼼짝달싹하지도 않고 정원을 내려다보고 있었다. 빌헬름은 가장 끔찍한 상황에 처해 있었다. 이제 친구와 단둘이만 있게 된 지금도 그는 한동안 잠자코 있었다. 그는 지금까지 걸어온 자기의 인생을 죽 한번 훑어보고는 마지막으로 자신의 현재 처지를 보자 오싹 소름이 끼쳐옴을 느꼈다. 마침내 그는 벌떡 일어나서 큰 소리로 말했다. 「지금 일어나고 있는 일, 그리고 우리 사이에 일어난 일에 대해 제가 책임이 있다면, 부디 나에게 벌을 주십시오! 부디 당신이 나에 대한 우정을 거두시어 제가 이미 겪고 있는 다른 고통에다 그 고통을 덧붙여 견디도록 해주십시오! 그래서 절망 속에서 넓은 세상으로 나가게 해주십시오! 그렇지 않아도 저는 오래전에 이미 그 넓은 세상 속에 자취를 감춰버려야 할 사람이었습니다. 그러나 만약 당신이 저라는 인간한테서 잔인하고 우연한 운명의 손아귀에서 벗어날 수 없었던 희생을 보신다면, 부디 길 떠나는 저에게 당신의 확실한 사랑과 우정을 확인해 주십시오. 저는 이 여행을 더 이상 미루어서는 안 될 것 같습니다. 지난 며칠 동안 저의 마음속에서 일어난 일을 언젠가 당신에게 말할 수 있는 때가 올 것입니다. 지금 제가 이렇게 벌을 받고 있는 것은 아마도 제가 진작에 당신에게 내 속을 털어놓지 않았기 때문, 즉 현재 있는 그대로의 저 자신을 당신에게 완전히 보여드리기를 망설여 왔기 때문이 아닌가 싶습니다. 그렇게 했더라면 당신은 틀림없이 저의 편을 들어주셨을 것이고 궁지에 빠진 저를 때늦지 않게 건져내어 주셨을 것입니다. 자꾸만 되풀이해서 저 자신에 대해 눈이 떠지긴 합니다만, 이렇게 항상 너무 늦은 개안이며, 항상 헛된 깨달음이군요. 저라는 인간은 정말 야르노 씨의 그런 혹평을 들어도 쌌던 것입니다! 저는 그것을 이해했다고 믿었고, 그것을 활용해서 새로운 삶을 시작할 희망을 지녔던 것입니다. 제가 그렇게 할 수 있었을까요? 그렇게 해야 했을까요? 우리 인간은 자신을 나무라고 운명을 한탄하지만 모두가 다 소용없는 짓입니다! 우리는 비참한 존재이며 비참하도록 정해져 있는 것입니다. 그러니 우리를 파멸의 구렁텅이로 몰아넣는 것이 자신의 죄이건 보다 높은 힘의 작용이건, 우연이건, 미덕이건 악덕이건, 지혜이건 광기이건, 실은 아주 똑같은 것이 아닐까요? 그럼 안녕히 계십시오! 저는 본의 아니게 손님으로서의 도리를 이렇게도 엄청나게 저버리게 된 이 댁에는 이제 단 한순간도 더 오래 머물 수 없습니다. 동생 되시는 프리드리히의 실언은 용서하기 어렵습니다. 그렇게 속마음을 누설한 언동은 저의 불행을 극도로 고조시키고 저를 절망하게 합니다」

「그런데 말이오」 하고 로타리오가 그의 손을 잡으면서 말했다. 「테레제가 나와의 결혼을 승낙하기 위한 비밀 조건으로 내건 것이 당신이 내 누이동생과 결혼해야 한다는 것이라면 어떻게 하시겠소? 그 고귀한 처녀는 당신을 위해 그런 보상까지 생각했어요. 그녀는 우리 두 쌍이 〈한 날에〉 예식을 올리러 가야 한다고 맹세하더군요. 〈그분의 분별력이 나를 선택했습니다〉 하고 그녀가 말했어요. 〈하지만 그분의 마음은 나탈리에를 원하고 있어요. 그래서 저의 분별력은 그분의 마음을 편들어 드릴 것입니다.〉 그래서 우리는 나탈리에와 당신을 관찰하기로 의견의 일치를 보고 신부님한테 우리의 마음을 털어놓았지요. 신부님은 우리에게 이 결합을 촉진시키는 일은 일체 하지 않고 만사를 자연스럽게 되어가는 대로 맡겨두겠다는 약속을 하게 하셨습니다. 그래서 우리는 그 약속을 지켰습니다. 과연 자연이 좋은 작용을 해주었습니다. 그러니까 저 촐랑대는 동생녀석은 다만 나무를 흔들어 익은 열매를 떨어뜨려 준 것뿐이지요. 이제 우리가 이처럼 기이하게 서로 인연을 맺게 되었으니 평범한 삶을 살지는 맙시다! 우리 다같이 가치 있는 활동을 하도록 합시다! 한 교양인이 남을 지배하려 들지 않고 많은 사람들의 뒤를 보아줄 마음을 지닌다면, 그리고 그들을 인도해서 그들 모두가 하고 싶은 일을 제때에 행하도록 해준다면, 그래서 그들도 대개 유념은 하고 있지만 막상 어떻게 달성해야 할지 모르는 그 목표로 그들을 데려다 준다면, 그가 자신과 다른 사람들을 위해 행할 수 있는 일은 상상할 수 없을 정도로 많은 것입니다. 우리 그런 일을 하기 위해 동맹을 맺읍시다! 이것은 공상이 아니라 정말 실현이 가능한 이념이며, 언제나 뚜렷하게 자각되는 것은 아니지만 이따금 선량한 사람들에 의해 실천되고 있는 이념입니다. 이에 관해서는 내 누이동생 나탈리에가 산 본보기입니다. 자연이 이 아름다운 영혼에게 지시해 놓은 행동방식은 아무나 도달할 수 없는 본보기로서 언제까지나 남아 있게 될 것입니다. 그렇습니다, 본받을 만한 사람들이 많이 있긴 하지만, 누이동생은 다른 어느 누구보다도 그런 명예로운 칭호를 받을 만합니다. 감히 말하지만, 누이동생은 우리의 고귀한 이모님보다도 더 그럴 자격이 있는 것 같습니다. 이모님도 우리의 선량한 의사가 그 수기에다 그런 제목을 붙일 당시에는 우리가 알고 있는 주위 세계에서는 가장 아름다운 성품을 지닌 분이셨지요. 그 동안에 나탈리에가 성장과 발전을 한 것입니다. 그래서 온 인류가 그 모습을 보고 기뻐할 수 있는 것이죠」

로타리오는 계속해서 이야기를 할 참이었지만, 프리드리히가 큰 소리를 지르며 뛰어 들어왔다. 「아, 내가 어떤 월계관을 받아야 할까요?」 하고 그가 외쳤다. 「당신들은 나에게 무슨 보상을 해주실래요? 미르테, 월계수, 담쟁이덩굴, 떡갈나무 잎사귀? 뭣이든 당신들이 발견할 수 있는 가장 신선한 걸루다 화관(花冠)을 엮어요! 두 분은 내 머리 위에 그런 공로의 표시를 씌워주셔야겠어요! 나탈리에 누나가 당신의 것이 되었어요! 내가 바로 이 보물을 발굴한 마술사란 말입니다」

「이 사람이 꿈을 꾸나?」 하고 빌헬름이 말했다. 「저는 가봐야겠습니다」

「네가 그런 부탁을 받았느냐?」 하고 남작은 빌헬름을 붙들면서 프리드리히에게 물었다.

「아뇨, 나 자신의 힘과 권능으로 전하는 거예요」 하고 프리드리히가 대답했다. 「정 원하신다면, 하느님의 은총까지도 받았다고 해도 좋아요. 아까는 사랑의 심부름꾼이었으나, 지금은 특명 전권대사로 온 것이랍니다. 문에 귀를 대고 엿들었는데, 누나가 신부님에게 자신의 마음을 모두 털어놓았습니다」

「파렴치한 녀석 같으니라구!」 하고 로타리오가 말했다. 「누가 너더러 엿들으랬어?」

「누가 문을 쳐닫고 단둘이 있으랬나요?」 하고 프리드리히가 대꾸했다. 「난 모든 걸 아주 자세히 들었어요. 누나는 매우 감동한 어조였습니다. 아이가 그렇게 아픈 것같이 보이고 몸무게의 반을 누나의 품안에 실은 채 잠이 들어 있었던 그날 밤, 당신은 절망적인 심정으로 누나의 앞에 앉아서 그 사랑하는 아이의 무게를 누나와 함께 감당하고 있었지요. 누나는 그때, 만약 아이가 죽게 된다면 당신에게 사랑을 고백하고 당신에게 구혼을 하기로 맹세했다는 겁니다. 그런데, 아이가 살아 있는 지금, 무엇 때문에 마음을 바꿀 필요가 있느냐 이거지요. 한번 그렇게 맹세한 것은 조건이 어떻게 바뀌든 간에 지킨다는 것이죠. 이제 곧 신부님이 오실 겁니다. 그리고 자신이 전하시게 될 새 소식의 내용에 대해선 신부님 자신도 놀랍다는 생각을 하실걸요」

신부가 방 안으로 들어왔다. 「우리는 모든 것을 알고 있어요」 하고 프리드리히가 그를 향해 외쳤다. 「간단히 말씀하세요. 신부님은 다만 형식을 충족시켜 주기 위해 오시는 것이니까요. 그리고 여기 이 신랑들이 필요한 것도 다만 형식 충족 이상의 것은 아닐 테구요」

「애가 엿들었답니다」 하고 남작이 말했다. 「아주 예의에 어긋나는 짓인데요!」 하고 신부가 외쳤다.

「자, 어서 시작하세요!」 하고 프리드리히가 대꾸했다. 「예식은 어떻게 되는 거죠? 손가락으로 하나씩 꼽아보면 그 절차쯤은 쉽게 나옵니다. 여러분들은 여행을 떠나야 하겠지요. 여러분들한테는 마침 후작의 초청이 아주 안성맞춤이군요. 그냥 알프스를 넘어가기만 하면, 모든 일이 저절로 잘돼 갈 겁니다. 여러분들이 약간 신기한 행사만 계획하더라도 거기 사람들은 고마워할 겁니다. 여러분들은 그들에게 돈이 들지 않는 오락을 마련해 주는 것이죠. 마치 가장무도회를 여는 것과 비슷하게 될 겁니다. 거기엔 온갖 신분의 사람들이 두루 참가하여 같이 춤출 수 있게 될 테니까요」

「하긴 여러분은 이미 그런 민속축제를 열어도 많은 관중들이 모여들 만큼 큰 공을 세웠습니다」 하고 신부가 말했다. 「그리고 보아하니 아마도 오늘은 더 이상 저에게 발언권이 돌아올 것 같지도 않군요」

「모든 것이 내가 말한 대로지요?」 하고 프리드리히가 말했다. 「만약 틀린 점이 있다면, 어디 좀 고쳐주십시오! 자, 갑시다! 모두들 저리로 갑시다! 신부들을 보고 다함께 기뻐해야지요」

로타리오는 빌헬름을 껴안았다. 그러고는 그를 누이동생한테로 데리고 갔다. 그녀는 테레제와 함께 그를 향해 다가왔다. 모두가 아무 말도 못하고 잠자코 있었다.

「뭘 그렇게 우물쭈물하고들 있어요?」 하고 프리드리히가 외쳤다. 「당신들은 이틀 안으로 여행 준비를 해야 합니다. 그런데, 어떻게 생각해요?」 하고 그는 빌헬름한테로 몸을 돌리면서 말을 계속했다. 「우리가 처음 알게 되었을 때, 내가 당신한테 그 아름다운 꽃다발을 달라고 했을 때, 누가 생각이나 했겠어요, 당신이 어느 땐가는 내 손에서 이런 꽃을 받게 될 줄이야?」

「이 지극히 행복한 순간에 그 시절을 회상시키지 말아요!」

「사람이 자기 출신을 부끄러워할 필요가 없는 것과 마찬가지로 당신은 그 시절을 부끄럽게 생각하지 않아도 됩니다. 그건 참 좋은 시절이었지요. 그리고 당신을 바라보면 난 웃지 않을 수 없군요. 당신이 기스Kis의 아들 사울[48]과 비슷하다는 생각이 들거든요. 아버지의 암나귀들을 찾으러 나갔다가 왕국을 얻게 된 그 사울 말입니다」

「난 왕국의 가치는 잘 몰라요」 하고 빌헬름이 대답했다. 「그러나 분에 넘치는 복을 얻게 된 것은 압니다. 나는 이 행복을 이 세상의 그 무엇과도 바꾸고 싶지 않습니다」

---

48)「사무엘 상」제9~10장 참조.

작품 해설
인생에의 길을 탐구한 인식소설

괴테 Johann Wolfgang von Goethe(1749-1832)는 1749년에 마인 강 안의 프랑크푸르트에서 한 유복한 시민의 아들로 태어났다. 당시 삼백여 국의 군주국으로 나뉘어 있던 독일에서 황제 직속의 자유시(自由市) 프랑크푸르트의 부유한 시민계급으로 태어났다는 사실이 우선 특별한 의미를 지니고 있다. 그것은 그가 이미 자본과 교양을 축적하여 신분상승을 지향하던 시민계급의 자제였음을 뜻한다. 부친이 그를 대학에 보내어 법률을 공부하게 한 것도 당시 프랑크푸르트의 부유한 시민계층이 일반적으로 지니고 있던 신분상승 욕구와 결코 무관하지 않다.

괴테가 25세의 젊은 나이에 출간하여 일약 전 유럽에 이름을 떨치게 된 편지소설 『젊은 베르터의 고뇌 Die Leiden des jungen Werthers』(1774)만 보더라도, 주인공 베르터는 부유한 시민인 아버지의 희망에 따라 법과대학을 갓 졸업하고 재력 있는 아버지의 주선으로 당시 제국(帝國) 최고재판소가 있던 베츨라 Wetzlar에 법관 시보(試補) 자리를 얻어 부임해 오는, 장래가 촉망

되는 젊은이였다. 베르터는 괴테와 마찬가지로 가문의 명예를 걸고 출세 가도를 달려야 할 법학도였으며 부는 축적했으나 권력이 없던 당시 시민계급의 기대주였던 것이다.

그러나 아직 때묻지 않은 청년 베르터에게는 이러한 부모의 기대가 부담스럽기만 한 질곡으로 느껴졌을 뿐만 아니라, 고루한 법률관료들이 인습에 젖어 탁상공론을 하고 있는 그 도시 분위기가 답답한 감옥처럼 생각되었다. 그는 자주 교외로 산책을 나가 바람과 새소리, 풀잎과 나무와 벌레, 어린이와 순박한 농부들을 가까이하였고, 자연 풍경을 화첩에 담으면서 큰 해방감과 자유를 느끼는 예술가 기질의 젊은이였다. 베르터——또는 젊은 괴테——의 이러한 심성과 행동양태는 〈자연 Natur〉〈감정 Gefühl〉〈자유 Freiheit〉 등을 모토로 하여 등장한 당시 젊은이들의 이른바 〈질풍노도 Sturm und Drang〉의 시대를 대표하고 있다.

베르터가 B양의 권유로 C백작의 파티에 참석했다가 귀족이 아니라는 이유 때문에 부인네들의 숙덕공론의 대상이 되고 불청객이 되어 쫓겨나는 대목은 언뜻 보기에 대수롭잖은 장면같이 보이지만, 그것은 인간의 순수한 〈감정〉〈자연〉〈자유〉를 숭상하면서 경직된 인습의 세계를 경멸하던 한 시민계급 출신의 젊은이가——비록 재력이 있다 하더라도——당시 귀족 중심의 계급사회에서 겪지 않을 수 없던 수모였으며 시민계급 출신의 젊은이가 당대 신분사회 안에서 어쩔 수 없이 부딪히는 한계였던 것이다. 베르터가 이미 약혼자가 있는 로테 Lotte를 사랑하게 되고 이룰 수 없는 사랑 때문에 결국 스스로 목숨을 끊는 것은 일견 연애소설인 『젊은 베르터의 고뇌』의 외형적 구조를 이루고 있지만, 이 소설의 숨은 주제는 실은 자연 감정에 충실하고 자유의 정신을 추구하는 한 시민계급 출신의 젊은이가 그를 옥죄고 있는 고루한 사회의 질곡에 어떻게 좌절하는가 하는 문제라고도 볼 수 있는데, 바로 이 점이 연애소설 『젊은 베르터의 고뇌』가 품고 있는 사회소설적 성격이다.

이상에서 우리는 잠시 청년 괴테의 편지소설 『젊은 베르터의 고뇌』를 살펴보았는데, 베르터에게서 엿보이고 있는 이러한 시민계급 출신의 한 젊은이의 문제는 이십여 년 뒤에 나온 장년기 괴테의 소설 『빌헬름 마이스터의 수업시대 *Wilhelm Meisters Lehrjahre*』(1795/1796)에서도 그 양태는 다르지만 근본적으로는 비슷하게 나타나고 있다.

하지만, 청년 빌헬름 마이스터는 베르터처럼 법학도가 아니라, 보다 전통적이고 평범한 독일 시민계급의 일원, 즉 상업 분야의 실습생으로서 등장한다. 그는 언뜻 보기에 베르터와는 전혀 다른 인물처럼 보인다. 그러나 상인 기질에 충실한 친구 베르너 Werner와는 달리 그는 상인으로서의 실무 수업에는 별로 뜻이 없고 연극에 심취함으로써 베르터와 마찬가지로 일종의 예술가 기질을 엿보이고 있다.

서구 역사를 볼 때 자본을 어느 정도 축적하고 난 시민계급은 일반적으로 예술세계에 관심을 가지게 되는 것이 보통이지만, 빌헬름의 집안 역시 그의 조부가 이미 미술에 관심을 갖고 고미술품들을 수집 소장해 오기도 했다. 빌헬름의 아버지는 다시 시민계급의 실제적 정신에 충실한 인물이었다. 그는 유산으로 물려받은 고미술품들을 처분하여 친구인 베르너 노인의 사업에 공동 출자했으며, 빌헬름이 인형극 놀이 따위에 몰두하여 지나친 환상에 빠지는 것을 경계했다. 그러나 빌헬름은 어릴 적에 인형극 한 벌을 크리스마스 선물로 받은 이래 연극과 시작 (詩作)에 몰두하게 된다. 청년 빌헬름이 여배우 마리아네를 사랑하게 되는 것도, 그리고 그녀와 더불어 고향을 떠나 연극의 세계에 투신하려는 계획을 세우게 되는 것도, 다른 각도에서 바라보자면, 그가 이미 소박한 시민세계에서 멀어져 예술의 세계로 빠져든 징후에 지나지 않는다. 그는 이미 편협한 시민세계로부터의 해방과 시민사회보다 더 높은 정신적 세계로의 고양을 갈구하고 있는 것이다. 이 점에서 그는 틀림없는 베르터의 형제이다.

1777년에 쓰기 시작한 이 소설의 원래 제목이 『빌헬름 마이스터의 연극적 사명 *Wilhelm Meisters theatralische Sendung*』이었다는 사실은 주인공 빌헬름의 이러한 출발점을 잘 설명해 주고 있다. 말하자면 그는 시민계급의 아들로서, 시민계급의 영역을 떠나 예술의 세계에서 자신의 사명감을 찾고자 하는 인물이다. 빌헬름으로 하여금 연극이라는 예술의 세계로 빠져들게 하는 것은 시민사회의 편협성과 고루성에 대한 권태와 반기임에는 틀림이 없지만, 그래도 그에게서는 시민사회로부터의 해방과 자유에 대한 욕구가 베르터만큼 강렬하지는 않다. 이것은 물론 『젊은 베르터의 고뇌』(1774)와 『빌헬름 마이스터의 수업시대』(1796) 사이에 이십여 년이라는 세월이 가로놓여 있기 때문인데, 그 동안에 청년 괴테는 장년이 되었고 바이마르에서 아우구스트 공을 도와 정치에 관여하게 되었으며 실러와 더불어 독일 고전주의 문학을 주도하게 되었을 뿐만 아니라 역사적으로도 프랑스 대혁명과 그 후유증을 이미 보고 겪었던 것이다. 다시 말하자면, 빌헬름은 더 이상 베르터처럼 사회의 속박과 사랑의 부자유에 좌절하여 스스로 목숨을 끊는 열혈청년일 수만은 없으며, 연극이라는 예술의 길에 들어선 그의 인생행로 또한 어느 정도 의미 있는 궤적을 그려보이지 않으면 안 되는 것이었다. 이것이 바로 〈질풍노도의 문학〉에서 〈고전주의 문학〉으로 나아간 괴테의 도정이기도 했다.

『빌헬름 마이스터의 연극적 사명』은 그 구상 단계(1777년)의 원래 모습으로 보자면 물론『젊은 베르터의 고뇌』와 마찬가지로 〈질풍노도 시대〉의 산물이라 할 수 있다. 괴테는 바이마르에서 갈고 닦은 자신의 경륜, 이탈리아 여행의 체험, 그리고 프랑스 대혁명 이래의 자신의 정치적 모색의 결과에 걸맞게 이 작품을 개작하기 시작했는데, 이것은 1794년의 일이었다. 이 개작에서 괄목해야 할 점은 새 작품 속에서의 〈연극〉의 의미는 주인공 빌헬름의 〈사명〉이라는 높은 위치에서 다소 떨어져 그의 삶에서의 한 〈수업과정〉에 불과하게 된다는 사실이다. 이 점은 또한 주인공 빌헬름에 대한 괴테의 입장이 어느 정도의 동일시에서부터 상당한 거리를 취하게 된다는 사실을 의미하기도 한다. 바로 이 점에서 우리는『빌헬름 마이스터의 수업시대』가 지니고 있는 고전주의적 특성을 찾아볼 수 있는 것이다.

말하자면, 빌헬름이 시민사회의 삶을 버리고 택한 〈연극에의 길〉도 궁극적으로는 〈인생에의 길〉로 회귀한다는 것이다. 사실, 작품 속에서 빌헬름의 인생 도정은 처음에는 모두가 연극과 더불어 시작되고 있다고 해도 과언이 아니다. 유년시절의 인형극 체험으로부터 출발하여 청년시절에 접어들면서 여배우 마리아네Mariane를 사랑하게 되는 것과 동시에 시민계급적 삶을 버리고 마리아네와 더불어 예술의 세계로 달아나기로 결심하는 과정, 마리아네와의 사랑에 환멸을 느끼자 한때 시민계급적 삶으로 잠시 복귀하지만, 그 후 그는 상용(商用) 여행중에 우연히 어느 유랑극단을 만나 다시 연극과 관계를 맺게 된다. 여기서 그는 의리 있고 남성적인 배우 라에르테스Laertes, 인간적이고

감성적인 여성 필리네 Philine, 그녀를 사모해서 따라다니는 소
년 프리드리히 Friedrich, 이국적 외모와 신비적 침묵에 휩싸여
있는 소녀 미뇽 Mignon, 남모르는 비극적 운명을 홀로 감내하
면서 고독하게 유랑하고 있는 하프 타는 노인 등과 한 동아리를
이루게 되어 그들과 쉽게 인연을 끊고 시민사회의 업무로 되돌
아가지 못한다. 유랑극단과 함께 어느 백작의 성에 도착한 그는
귀족들의 여흥을 위해 연극을 공연하는 데에 참여하게 됨으로
써 궁정 연극의 허상까지도 체험하게 된다. 그 후 일행은 백작
의 성을 떠나게 되고 새로운 일터를 찾아 도시로 이동해 가던
중에, 숲속에서 강도들을 만나게 된다. 총격전을 벌이다가 부
상을 당한 빌헬름은 비몽사몽간에 마치 〈아마존〉처럼 생긴 한
아름다운 여성의 자비로운 구원을 받게 되지만, 그가 정신을
되찾았을 때에는 그 여인의 행방을 더 이상 찾을 수가 없었다.
그 여인을 다시 만날지도 모른다는 희망을 항상 남몰래 가슴에
간직한 채 그는 평소 잘 알던 제를로 Serlo를 찾아가 그의 극단
에서 셰익스피어의 작품 공연에 참여할 뿐만 아니라 그 자신이
햄릿의 역을 연기하게 된다. 이렇게 인형극에서 시중 공연극에
이르기까지 연극의 온갖 경로를 두루 거치면서 그가 결국 깨닫
게 되는 것은 지금까지 자기가 걸어온 이 모든 길이 하나의 〈그
릇된 길 Irrweg〉이었다는 사실이다.

〈도망쳐라! 젊은이, 도망쳐라!〉──빌헬름이 득의의 햄릿 역
을 성공적으로 연기해 낸 순간에 〈유령의 베일〉로부터 읽게 되
는 이 메시지는 그로 하여금 극단을 떠나 로타리오 Lothario의
성(城), 즉 〈탑의 모임 Turmgesellschaft〉으로 가도록 만든다.

로타리오의 성에서 그는 개혁귀족 로타리오와 그 주위 사람
들을 사귐으로써 지금까지 자기 인생의 전부로 생각했던 〈연극

에의 길〉이 그의 전체 〈인생에의 길〉에서 일종의 수업시대에 불과한 것임을 깨닫게 된다. 또한 그는 펠릭스가 마리아네가 낳은 자신의 아들임을 알고 아버지로서의 의무를 자각함과 동시에 베르너에게 관리를 맡겨둔 채 까마득히 잊고 있던 자기 재산의 활용에도 눈을 돌리게 된다. 이 무렵, 그는 실제 경제 운용에 밝은 이성적인 여성 테레제 Therese를 알게 되는데, 그녀는 자신이 로타리오와 약혼했다가 부득이한 사정으로 결혼을 할 수 없게 된 사연을 빌헬름에게 고백한다. 가정을 꾸려 펠릭스를 잘 길러야겠다는 의무를 자각하고 있던 빌헬름은 용단을 내려 테레제에게 청혼을 한다.

테레제와의 결합이 이루어지기 직전에 그는 테레제를 통해 마음속에 항상 그려오던 〈아마존〉, 즉 나탈리에 Natalie를 만나게 되는데, 그녀는 로타리오의 여동생, 백작부인의 언니, 프리드리히의 누나인 것으로 밝혀진다. 빌헬름이 그 전에 읽었던 수기 「아름다운 영혼의 고백」의 필자인 〈아름다운 영혼〉은 이 남매들의 이모이고, 자애로운 나탈리에는 새로운 시대의 〈아름다운 영혼〉이라 할 만한 여성으로서 미뇽과 펠릭스를 사랑으로 돌봐준다. 펠릭스의 양육을 생각하는 빌헬름은 이성적으로는 테레제와의 결혼을 원하지만, 그의 마음이 나탈리에에게 기울고 있는 것은 어쩌지 못한다. 한편, 테레제와 로타리오의 재결합의 길이 열리게 되고, 그들 둘의 호의적 지원과 나탈리에의 결심에 의하여 빌헬름은 마침내 〈행복〉 그 자체를 상징한다고도 할 수 있는 나탈리에를 얻게 된다.

〈당신을 바라보면 난 웃지 않을 수 없군요. 당신이 기스 Kis의 아들 사울과 비슷하다는 생각이 들거든요. 아버지의 암나귀들을 찾으러 나갔다가 왕국을 얻게 된 그 사울 말입니다.〉

소설의 끝에 프리드리히가 주인공 빌헬름 마이스터를 보고 하는 이 말은 그의 교양과정이 사울의 경우처럼 처음부터 뚜렷한 목표를 갖고 나아간 것이 아니라 많은 우회로를 헤매고 성실하게 노력한 결과라는 사실을 시사해 주고 있다.

학자에 따라서는 이 사실을 논거로 하여, 빌헬름에게 처음부터 뚜렷한 〈교양목표 Bildungsziel〉가 있었던 것이 아니고, 또 작품의 끝에 그가 이르게 된 도달점도 명백하게 설명하기 어려우므로, 『빌헬름 마이스터의 수업시대』를 교양소설 Bildungs-roman로 보기 어렵다는 꾀까다로운 주장을 펴기도 한다. 그러나 비록 명확한 길과 목표가 제시되고 있지는 않다 하더라도 한 자아가——연극을 통하든 다른 길을 거치든 간에——세계로 나아가 세계와 교감하고 마침내 세계와의 조화를 이루는 일종의 자아형성에 도달하고 있다고 볼 수 있기 때문에, 이 소설은 여전히 교양소설로 보아도 좋을 것이다.

그러나 『빌헬름 마이스터의 수업시대』를 독일 교양소설의 원형으로만 이해하는 것은 이 소설이 지니고 있는 다양하고도 복합적인 성격을 지나치게 단순화할 위험성이 있다.

우리는 『빌헬름 마이스터의 수업시대』를 어떤 고전적 틀 안에 가두지 말고 열린 자세를 지닌 채 여러 각도에서 다양하게 읽어야 한다. 예컨대, 시민계급 출신인 주인공 빌헬름이 여러 여성편력을 거쳐 마지막에는 결국 귀족 신분인 나탈리에와 결합하게 되는 이 소설의 결말을 실제 남녀관계의 해피 엔드만으로 볼 것이 아니라 당시 독일 신분사회의 장벽을 뛰어넘는 결혼, 즉 일종의 상징적 사건으로 이해할 수도 있을 것이다. 이와 같은 독법은 작품 속에서 여러 번 언급되고 있는 〈병든 왕자 kranker Königssohn〉의 그림을 상기하면 상당한 설득력을 얻게 된다. 즉, 이 그림은 원래 빌헬름의 조부가 수집 소장하고 있던 것으로서 빌헬름이 어릴 적부터 집에서 보아온 그림이었는데, 빌헬름이 나탈리에의 집에서 다시 이 그림을 보게 되는 것이다. 이것은 우연으로 보기에는 너무나도 명백한 상징이다. 시민계급 출신인 빌헬름이 귀족 출신인 나탈리에를 감히 사랑할 엄두를 낼 수 있게 된 것은 그가 비록 〈그릇된 길〉이요 〈우회로〉이긴 했지만 〈연극〉이란 〈수업〉을 통해 교양을 쌓았기 때문이다. 만약 그가 그의 친구 베르너의 차원에 계속 머물러 있었다면, 그는 나탈리에라는 〈행복〉을 차지할 엄두조차 낼 수 없었을 것이다. 그러나 나탈리에에 대한 사랑의 아픔은 〈병든 왕자〉의 아픔과 마찬가지로 외부로부터의 구원이 있어야 비로소 치유될 수 있는 성질의 것이다. 이런 점에서 이 소설은 프랑스 대혁명 이후 독일사회에 상존하고 있던 계급갈등을 해소할 수 있는 방안을 상징적으로 제시하고 있는 시대소설로도 읽힐 수 있을 것이다. 작품의 후반부에 빌헬름이 입단하게 되는 〈탑의 모임〉의 중심 인물 로타리오가 나탈리에의 오빠란 점도 우연만은 아닌 것으로 보인다. 〈탑의 모임〉의 동지에서 이제 처남 매부 사이로까지 인연을 맺게 된 로타리오는 빌헬름에게 다음과 같이 말한다.

〈이제 우리가 이처럼 기이하게 서로 인연을 맺었으니 평범한 삶을 살지는 맙시다! 우리 다같이 가치 있는 활동을 하도록 합시다! (중략) 우리 그런 일을 하기 위해 동맹을 맺읍시다! 이것은 공상이 아니라 정말 실현이 가능한 이념이며, 언제나 뚜렷하게 자각되는 것은 아니지만 이따금 선량한 사람들에 의해 실천되고 있는 이념입니다.〉

〈개혁귀족Reformadel〉 로타리오와 시민계급 출신인 빌헬름의 이러한 정치적 〈동맹〉은 프랑스 대혁명의 실상을 목격하고 그

유혈사태와 혼란상에 실망한 나머지 〈혁명〉보다는 차라리 계급 간의 화해와 협력을 통한 〈개혁〉을 원했던 당시 괴테의 정치적 입장을 잘 반영하고 있다. 따라서 이 소설은 주인공의 여성 편력을 나열한 단순한 연애소설, 또는 그 과정을 보여줌으로써 주인공의 인격 형성의 길을 보여준 교양소설에 그치는 것이 아니라 일종의 시대소설로도 읽힐 수 있는 것이다. 프리드리히 슐레겔은 이 소설을 가리켜 피히테의 『지식학』과 프랑스 대혁명과 더불어 당대의 3대 경향의 하나라고 지칭한 바 있지만, 이처럼 이 소설은 프랑스 대혁명에 대한 괴테적 반작용으로도 읽힐 수 있는 것이다.

그렇다고 해서 『빌헬름 마이스터의 수업시대』를 시대소설로 규정하여 오로지 이와 같은 관점 아래에서만 이 작품을 관찰하려는 태도 또한 이 소설의 다양한 면모와 복합적 구조, 심오한 사상적 배경을 지나치게 단순화하는 결과를 낳고 만다. 이 소설을 대할 때 우리가 다시 한번 상기해야 할 점은 이 소설은 『젊은 베르터의 고뇌』처럼 청년 괴테의 작품이 아니라 고전주의 시기의 괴테, 즉 정치가와 자연과학자의 길도 함께 걸어온 괴테, 고전주의 시기의 괴테의 작품이라는 사실이다. 이 시기의 괴테는 이미 청년 베르터와 같이 물불을 가리지 않고 무엇을 열망하는 〈에고Ego〉가 아니라, 이미 인간과 세계를 하나의 유기적 통일체로 보고 분석하기보다는 종합하고, 갈등을 일으키기보다는 조화를 모색하는 초월적 관찰자의 시점을 확보한 큰 지성인이 되어 있었다. 그는 이 세상의 그 무엇에 관해서도 단정적 평가를 내리지 않으려 했고, 그의 「색채론Farbenlehre」 같은 데서 엿볼 수 있듯이, 모든 사물을 〈통일Einheit〉과 〈조화Harmonie〉라는 높은 시점에서 보고자 했다. 여기서 괴테의 〈반어성 Ironie〉이 나타나며, 『빌헬름 마이스터의 수업시대』 역시 이러한 괴테적 반어성의 작품이기도 하다. 과격한 호오(好惡)의 감정을 노출하기보다는 종합과 조화와 반어를 택했던 괴테는 이 작품에서 그가 사랑해 오던 많은 것을 버리지 않으면 안 되었다. 이를테면, 그는 미뇽과 하프 타는 노인과 같이 그 자신과 독자들이 아끼고 사랑하는 인물들을 〈탑의 모임〉과 이성적 실천의 세계를 위해 죽게 하지 않으면 안 되었다. 그러나 그렇다고 해서 우리 인생에서 미뇽과 하프 타는 노인과 같은 인물의 역할과 의미가 완전히 배제되도록 묘사하고 있지도 않다. 그들이 죽고 나서도 독자의 마음에는 그들의 불행한 운명이 영원한 감동으로 살아남는 것이다. 작가 괴테는 〈탑의 모임〉과 개혁귀족 로타리오의 활동에 전망성을 부여하고 있다. 그러나 그의 반어적 태도는 여기에도 완전무결한 긍정성은 부여하고 있지 않다. 이를테면, 로타리오에게는 남녀관계에서 도덕적 완벽성이 결여되어 있고, 야르노는 미뇽과 하프 타는 노인을 가치 없는 존재들로 간주하는 독선적 면모를 보이고 있다. 빌헬름이 마지막에서 두번째로 도달한 여성인 테레제는 실제적 경영정신을 지니고 있는 이성적 여성이지만, 그녀에게도 빌헬름의 마음을 끄는 자비로운 요소가 결여되어 있는 것이다. 소설 속에서 독자는 이 모든 것을 판단해 가면서 유보적 비판적으로 읽게 되는데, 그것은 주인공 빌헬름의 교양과정인 동시에 독자의 교양과정이기도 하다. 빌헬름이란 자아가 세계로 나아가 마침내 얻게 된 나탈리에는 단순한 결혼 상대로서의 여성이 아니라 실은 세계와 조화를 이룬 자아, 나아가서는 빌헬름 자신이라고도 볼 수 있다. 말하자면, 빌헬름은 자신이 나탈리에와 비슷하게 고양됨으로써 나탈리에, 즉 자신의 행복을 얻은 것이다. 그것은 자아가

세계로 나아가 세계와의 교감과 수련을 통하여 세계에서 얻게
된 〈왕국〉이다.

　여기서 우리는 다시금 교양소설이냐 시대소설이냐 하는 문제
로 되돌아온 느낌을 갖게 되는데, 그것은 당연한 노릇이다. 왜
냐하면 괴테는 이 모든 것을 한꺼번에 쓰고 한꺼번에 전달하려
고 했기 때문이다. 한 성숙한 자아는 이 소설에다 자기가 겪은
세계를 통째 담고자, 세계를 모두 끌어안고자 했던 것이다. 그
래서 『빌헬름 마이스터의 수업시대』는 한마디로 일종의 인식소
설이기도 하다. 주인공 자아가 세계를 인식하는, 그래서 독자
자아가 세계를 종합적으로 인식하게 되는 그런 인식소설 말이다.

　독일 소설의 세계적 기여라고 한다면 그래도 교양소설 Bil-
dungsroman을 꼽아야 하고, 교양소설이라 하면 무엇보다도 먼
저 괴테의 『빌헬름 마이스터의 수업시대』부터 논해야 한다.

　천학비재(淺學菲才)한 몸으로 이런 중요한 고전을 번역하느라
고 안간힘을 쏟은 지 꼭 2년이 되었다. 이 기간 동안 항상 괴테
의 그늘 아래, 독일어와 우리말 사이의 틈바구니에서, 그리고
꾀까다로운 역관(譯官) 기질과 당치 않은 예술가 흉내 사이에서
늘 고통스러웠다. 그것은 일종의 형벌이었다. 그리고, 지나놓
고 보니 그 고통과 형벌이 또한 내 삶의 다른 이름이기도 했다.

　매끄럽지 못한 번역, 피하지 못한 오역은 더러 있겠지만, 역
자로서의 성실성만은 한사코 지키려고 노력했다. 성실성——이
얼마나 무서운 말인가! 그러나 이것은 시간과 싸우면서도 좋은
번역을 하고자 했던 역자의 죄의식의 표현일 터이니, 강호 제
현(諸賢)은 부디 너그러운 미소로 대해 주시고, 오역에 대해서
는 가차없는 질정(叱正)을 해주시기 바란다.

  격려해 주신 박찬기 교수님과 민음사 박맹호 사장님께 깊이
감사드린다. 그리고 원고를 읽어주고 새 세대의 어감으로 도움
말을 준 젊은 독문학자 이준서 군과 졸문을 많이 고쳐준 민음사
편집부원에게도 이 자리를 빌려 고마움을 표하고 싶다.

1999년 3월

안삼환

작가 연보

1749년   8월 28일 프랑크푸르트 암 마인에서 태어났다. 아
                버지 요한 카스파르 괴테(1710-1782)는 명목상의
                황실 고문관으로 법학을 공부한 부유한 인사였으
                며, 어머니 카타리나 엘리자베트(1731-1808)는
                프랑크푸르트 시장의 딸로서 천성적으로 활발하
                고 명랑하였다.

1750년(1세)   누이동생 코르넬리아가 태어났다(그 이후 출생한
                남동생 둘, 여동생 둘은 모두 출생 후 얼마 안 되어
                사망하였다).

1753년(4세)   크리스마스날 할머니로부터 인형극 상자를 선물
                받았다(지금도 프랑크푸르트의 괴테하우스에 보존
                되어 전시중이다).

1757년(8세)   조부모에게 신년시를 써서 보냈다(보존되어 있는
                괴테의 시 작품 중 가장 오래된 것이다).

1759년(10세)   프랑스군이 프랑크푸르트를 점령하였다. 군정관
                토랑 Thoranc 백작이 2년쯤 괴테의 집에 머물렀는
                데, 그를 통해 소년 괴테는 미술과 프랑스 연극
                에 대해 깊은 관심을 갖게 되었다.

1765년(16세)   10월에 라이프치히로 가서 대학에 입학하였다.
                베리쉬 Behrisch, 슈토크 Stock, 외저 Oeser 등의

예술가들과 사귀며 문학과 미술 공부를 하였고, 그리스 연구가 빙켈만Winckelmann의 글을 읽고 계몽주의 극작가 레싱Lessing의 연극을 관람하였다.

1766년(17세) 식당 주인 쇤코프의 딸 케트헨을 사랑하여 교제하였다. 그녀에게 바친 시집 「아네테Annette」는 베리쉬에 의해 보존되었다.

1767년(18세) 첫 희곡 「연인의 변덕 Die Laune des Verliebten」을 썼다(이듬해 4월에 완성).

1768년(19세) 케트헨과의 애정 관계를 끝냈다. 6월에 빙켈만의 살해 소식을 듣고 큰 충격을 받았다. 7월 말 각혈을 동반한 폐결핵에 걸려 학업을 중단하고 고향으로 돌아왔다.

1769년(20세) 이전 해 11월에 시작한 희곡 「공범자들Die Mit-schuldigen」을 완성했다.

1770년(21세) 슈트라스부르크 대학에 입학하여 법학 공부를 계속하였다. 눈병 치료차 슈트라스부르크에 온 헤르더Herder와 교우하며 문학과 언어에 관해 많은 영향을 받았다. 10월에 근교의 마을 제젠하임에서 그곳의 목사 딸 프리데리케 브리온Friederike Brion을 만나 사랑에 빠졌다.

1771년(22세) 프리데리케와 자주 만나며 그녀를 위한 서정시를 많이 썼다. 교회사 문제를 다룬 학위 논문은 민감한 내용 때문에 불합격되었으나 대신 그에 준하는 시험에 통과하여 공부를 마쳤다. 8월 프리데리케와 작별하고 고향으로 떠났다. 프랑크푸르트에서 변호사를 개업하였으나 문학에 더 몰입하

였다. 슈투름 운트 드랑의 성향이 짙은 희곡 「괴
츠 폰 베를리힝엔 Götz von Berlichingen」의 초고
를 썼다.

1772년(23세) 아버지의 제안에 따라 베츨라의 고등법원에서 견
습 생활을 했다. 그곳에서 만난 샤로테 부프
Charlotte Buff를 연모하게 되었으나 약혼자가 있
는 여자였으므로 단념하였다. 이 못 이룬 사랑의
체험이 소설 「젊은 베르테르의 슬픔 Die Leiden
des jungen Werther」의 소재가 되었다.

1773년(24세) 「괴츠」를 출간하고, 슈트라스부르크 시절부터 구
상했던 「파우스트 Faust」의 집필을 처음 시작하였
다. 시 「마호메트 Mahomet」, 「프로메테우스 Pro-
metheus」를 쓰고, 오페레타 「에르빈과 엘미레
Erwin und Elmire」의 집필을 시작하였다.

1774년(25세) 소설 「젊은 베르테르의 슬픔」을 시작하여 4월에
완성하였다. 「괴츠」가 베를린에서 초연되었고, 희
곡 「클라비고 Clavigo」를 썼다. 당대의 대시인 클
롭슈톡과 편지를 교환하였다.

1775년(26세) 프랑크푸르트 은행가의 딸 릴리 쇠네만을 사랑하
여 약혼하였으나 반년쯤 후에 파혼하였다. 희곡
「스텔라 Stella」를 썼다. 칼 아우구스트 Karl August
공의 초청을 받고 바이마르를 방문하였다.

1776년(27세) 바이마르(당시 인구 6,000명 정도의 도시)에 머물기
로 결심하고, 7월 추밀원 고문관에 임명된 후 정
식으로 바이마르 공국의 정사에 관여하였다. 궁정
여관(女官) 샤로테 폰 슈타인 Schalotte von Stein

부인과 깊은 우정 관계를 맺고 그녀로부터 많은 격려와 도움을 받았다.

1777년(28세) 「공범자들」, 「에르빈과 엘미레」가 공연되었다.

1778년(29세) 희곡 「에그몬트 Egmont」에 전념하여 몇 장(場)을 집필하였다.

1779년(30세) 「이피게니에 Iphigenie」(산문)를 완성하여 초연하였다. 슈투트가르트에 들러 실러가 생도로 있는 칼 Karl 학교를 방문하였다.

1780년(31세) 희곡 「타소 Tasso」를 구상하였다. 「파우스트」의 원고를 아우구스트 공 앞에서 낭독하였다. 그 원고를 궁정여관 루이제 폰 괴흐하우젠이 필사해 두었는데, 그것이 훗날 「초고 파우스트 Urfaust」의 출간을 가능하게 했다.

1782년(33세) 황제 요제프 2세로부터 귀족의 칭호를 받았다. 아버지가 별세하였다. 「빌헬름 마이스터의 수업 시대 Wilhelm Meisters Lehrjahre」의 집필을 시작하였다.

1786년(37세) 식물학과 광물학의 연구에 관심을 기울였다. 칼 아우구스트 공, 슈타인 부인, 헤르더 등과 휴양차 칼스바트에 체재하다가 몰래 이탈리아 여행길에 올랐다. 로마에서 화가 티슈바인, 앙겔리카 카우프만, 고고학자 라이펜슈타인 등과 교우하며 고대 유적의 관찰에 몰두하였다. 「이피게니에」를 운문 형식으로 개작하였다.

1787년(38세) 이탈리아 체류를 연장하고 나폴리와 시칠리아 섬까지 돌아보았다. 「에그몬트」를 완성하여 원고를 바이마르로 보냈다.

1788년(39세) 6월에 스위스를 거쳐 바이마르로 돌아왔다. 귀환 후 슈타인 부인과의 관계가 소원해졌다. 평민 출 신의 크리스티아네 불피우스와 만나 동거 생활을 시작하였다(후에 괴테의 정식 부인이 되었다). 실 러와 처음 만났으나 절친한 관계에 이르지는 못 했다. 실러는 괴테의 주선으로 예나 대학의 역사 학 교수 자리를 얻었다.

1789년(40세) 크리스티아네와의 사이에 아들 아우구스트가 태 어났다. 당대의 학자 빌헬름 폰 훔볼트와 친교를 맺었다.

1790년(41세) 괴셴 판 괴테전집에 「파우스트 단편 Faust, ein Fragment」을 수록하였다. 색채론과 비교 해부학 연구에 몰두하였다.

1791년(42세) 바이마르에서 「에그몬트」가 초연되었다.

1792년(43세) 프랑스 혁명군에 대항하는 프러시아 군에 소속되 어 베르텡 공방전에 종군하였다.

1793년(44세) 연합군의 일원으로 프랑스군 점령지인 마인츠 포 위전에 참가하였다가 8월에 귀환하였다. 그 체험 을 살려 희곡 「흥분된 사람들 Die Aufgeregten」을 썼다.

1794년(45세) 새로 건립된 예나의 식물원을 맡아 관리하였다. 「빌헬름 마이스터의 수업시대」의 개작을 시작하 였다. 실러와 《호렌 Horen》지 제작에 함께 협조하 면서 가까워졌다. 시인 프리드리히 횔덜린과 처 음으로 만났다.

1795년(46세) 「독일 피난민의 대화 Unterhaltungen deutscher Ausgewanderten」를 출간하였다. 훔볼트 형제와 해부학 이론에 관심을 쏟았고, 실러와 공동으로 경구집(警句集) 「크세니엔 Xenien」의 출간을 구상하였다.

1797년(48세) 서사시 「헤르만과 도로테아 Hermann und Dorothea」를 집필하였다. 실러의 격려와 독촉으로 「파우스트」에 다시 매달려 〈헌사〉, 〈천상의 서곡〉, 〈발푸르기스의 밤〉을 집필하였다.

1799년(50세) 티크, 슐레겔 등과 친교를 맺었다. 희곡 「사생아 Die natürliche Tochter」의 집필을 시작하였다.

1803년(54세) 「사생아」를 완성하여 첫 공연을 가졌다. 절친했던 친구 헤르더가 사망하였다.

1805년(56세) 5월에 실러가 죽었다. 괴테는 그의 죽음을 애도하며, 〈내 존재의 절반을 잃은 것 같다〉고 술회하였다.

1806년(57세) 나폴레옹 군대에 의해 바이마르가 점령되었다. 크리스티아네와 정식으로 결혼식을 올렸다.

1807년(58세) 아우구스트 공의 모친 안나 아말리아가 사망하여 추도문을 작성하였다. 소설 「빌헬름 마이스터의 편력시대 Wilhelm Meisters Wanderjahre」의 집필을 시작하였다.

1808년(59세) 「파우스트」 1부가 출간되었다. 소설 「친화력 Wahlverwandtschaften」을 구상하고 집필을 시작하였다. 9월에 어머니가 별세하였고, 나폴레옹과 두 차례 회견하였다.

1810년(61세) 칼스바트와 드레스덴으로 여행하였다. 「색채론 Zur Farbenlehre」을 완성하였다.

1811년(62세) 자전적 기록인 「시와 진실 Dichtung und Wahrheit」에 전념하여 9월에 1부를 완성하였다. 「에그몬트」에 대한 베토벤의 편지를 받고 2부를 집필하였다.

1812년(63세) 베토벤의 음악을 곁들인 「에그몬트」가 초연되었고, 칼스바트에서 몇 차례 베토벤을 만났다. 「시와 진실」 2부를 집필하였다.

1813년(64세) 「시와 진실」 3부를 완성하고, 「이탈리아 기행 Italienische Reise」의 집필을 시작하였다.

1814년(65세) 페르시아의 시인 하피스의 시집 「디반 Divan」을 읽고 자극을 받아 「서동시집 West-östlicher Divan」에 착수하였다. 라인과 마인 지방을 방문하였다.

1815년(66세) 재상으로 임명되었다. 희곡 「에피메니네스의 각성」이 공연되었고, 「서동시집」에 수록할 140편 정도의 시가 씌어졌다.

1816년(67세) 아내 크리스티아네가 중병으로 사망하였다. 「이탈리아 기행」 1부를 완결하고 곧 2부의 집필에 착수했다. 잡지 《예술과 고대 Über Kunst und Altertum》의 발간을 시작하였다.

1817년(68세) 영국 시인 바이런의 시를 탐독하였다.

1819년(70세) 「서동시집」을 마무리짓고 출판하였다.

1821년(72세) 「빌헬름 마이스터의 편력시대」를 완성하여 출간하였다.

1823년(74세) 괴테 숭배자 에커만 J. P. Eckermann이 찾아와 조수가 되었다. 그는 「만년의 괴테와의 대화Gespräche mit Goethe in den letzten Jahren seines Lebens」의 필자로 유명하다.

1828년(79세) 칼 아우구스트 공이 사망하였다.

1829년(80세) 「파우스트」1부가 다섯 개 도시에서 공연되었다. 「이탈리아 기행」 전편이 완결되었다.

1830년(81세) 아들 아우구스트가 로마에서 사망하였다. 폐결핵에 걸려 각혈까지 하게 되었다.

1831년(82세) 「시와 진실」과 「파우스트」 2부를 완성하였다. 82회 생일을 일메나우에서 보냈다.

1832년(83세) 3월 22일 운명하였다.

세계문학전집 24

빌헬름 마이스터의 수업시대 2

1판 1쇄 펴냄 1999년 3월 25일
1판 43쇄 펴냄 2023년 4월 17일

지은이 요한 볼프강 폰 괴테
옮긴이 안삼환
발행인 박근섭, 박상준
펴낸곳 (주)민음사

출판등록 1966. 5. 19. (제 16-490호)
서울특별시 강남구 도산대로1길 62(신사동) 강남출판문화센터 5층 (우편번호 06027)
대표전화 02-515-2000 팩시밀리 02-515-2007
www.minumsa.com

© 안삼환, 1999. Printed in Seoul, Korea

ISBN 978-89-374-6024-1 04800
ISBN 978-89-374-6000-5 (세트)

* 잘못 만들어진 책은 구입처에서 교환해 드립니다.

세계문학전집 목록

세계문학전집은 계속 간행됩니다.